Némesis

Némesis

Jo Nesbø

Traducción de
Carmen Montes y Ada Berntsen

ROJA Y NEGRA

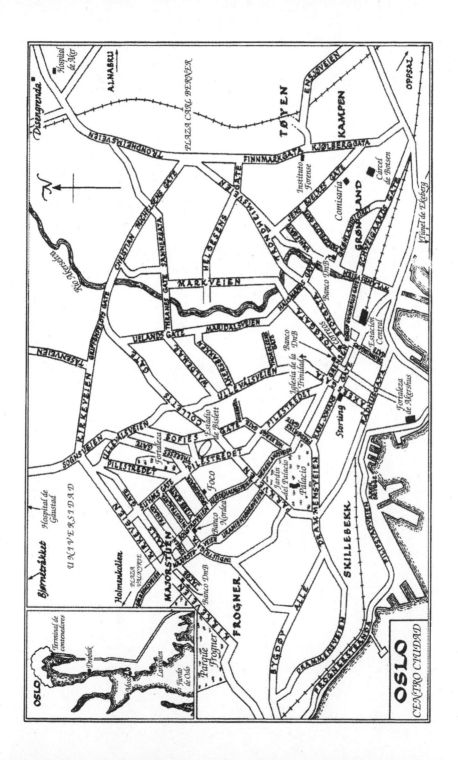

PRIMERA PARTE

1

El plan

Voy a morir. Y no tiene sentido. No era este el plan, por lo menos, no era el mío. Puede que siempre haya estado de camino hacia ese punto sin saberlo. Pero no era este mi plan. Mi plan era mejor. Mi plan tenía sentido.
Estoy mirando al cañón de un arma y sé que de ahí saldrá él. El mensajero. El barquero. El momento para una última carcajada. Si ves luz al final del túnel, puede que sea un fogonazo. El momento para una última lágrima. Tú y yo podríamos haber convertido esta vida en algo bueno. Si hubiéramos seguido el plan. Un último pensamiento. Todos se preguntan cuál es el sentido de la vida, pero nadie indaga cuál es el sentido de la muerte.

2

Astronauta

Al ver a aquel hombre mayor, Harry pensó en un astronauta. Esos pasos cortos tan cómicos, la rigidez de sus movimientos, la mirada muerta y sombría, y el arrastrar de las suelas de los zapatos por el parqué. Como si tuviera miedo de perder el contacto con el suelo y salir flotando por el espacio.

Harry miró el reloj que colgaba en la pared blanca de hormigón, sobre la puerta de salida. Las 15.16 horas. Al otro lado de la ventana, en la calle Bogstadveien, la gente pasaba con las prisas propias de un viernes. El sol bajo de octubre se reflejaba en el espejo retrovisor de un coche atascado en el tráfico de la hora punta.

Harry se fijó en el hombre mayor. Llevaba sombrero y una elegante gabardina gris que, a decir verdad, necesitaba pasar por la tintorería. Debajo de la gabardina vestía una chaqueta de tweed, corbata y unos pantalones grises raídos con la raya muy marcada. Zapatos bien lustrados con tacones desgastados. Era uno de esos jubilados que parecían abundar en el barrio de Majorstua. No era una suposición. Harry sabía que August Schultz tenía ochenta y un años, que había sido comerciante de confección y que llevaba toda la vida viviendo en Majorstua, salvo durante la guerra, que pasó en un barracón de Auschwitz. Y la rigidez de las rodillas se debía a una caída de un puente peatonal de la calle Ringveien, cuando cruzaba para acudir a una de las habituales visitas a casa de su hija. La posición de los brazos, doblados en ángulo recto por el codo, reforzaba la impresión de muñeco mecánico. Del antebrazo derecho colgaba un bastón marrón, y en la mano izquierda sostenía un giro bancario que estaba a punto de entregar al joven de pelo corto que había al otro lado del mostrador número dos. Harry no podía verle la cara, pero sabía que miraba al hombre mayor con una mezcla de compasión y de disgusto.

Eran ya las 15.17 horas y August Schultz había llegado, por fin. Harry suspiró.

Stine Grette, del mostrador número uno, contaba las setecientas treinta coronas del chico del gorro azul que acababa de entregarle un cheque nominativo. El diamante que lucía en el anular izquierdo centellaba cada vez que dejaba un billete en el mostrador.

Harry tampoco podía verlo pero sabía que, a la derecha del chico, delante del mostrador número tres, había una mujer que mecía un cochecito por pura distracción, seguramente, ya que el pequeño estaba dormido. La mujer estaba esperando que la atendiera la señora Brænne, que, a su vez, se afanaba ruidosamente en decirle por teléfono a un señor que no podía pagar mediante un giro sin que el destinatario hubiera firmado una autorización, y que la que trabajaba en el banco era ella, no él. De modo que ¿por qué no dar la discusión por terminada?

En ese instante se abrió la puerta de la sucursal bancaria y dos hombres, uno alto y otro de baja estatura, vestidos con monos oscuros idénticos, entraron rápidamente en el local. Stine Grette levantó la cabeza. Harry miró el reloj y empezó a contar. Los hombres se dirigieron a la esquina donde estaba Stine. El alto se movía como si fuera sorteando pequeños charcos a zancadas, y el bajito se contoneaba al caminar como quien ha desarrollado más músculos de los que su cuerpo es capaz de alojar. El chico del gorro azul se dio la vuelta despacio y empezó a caminar hacia la puerta, tan concentrado en contar el dinero que no se fijó en ellos.

—Hola —le dijo a Stine el alto, que se adelantó y soltó de golpe un maletín negro en el mostrador. El pequeño se ajustó unas gafas de sol de cristal reflectante, se acercó y colocó al lado un maletín idéntico—. ¡El dinero! —exclamó con voz clara—. ¡Abre la puerta!

Fue como pulsar el botón de pausa y todos los movimientos que se estaban produciendo en la sucursal se congelaron en el acto. Tan solo el tráfico que discurría al otro lado de la ventana confirmaba que el tiempo no se había detenido, así como el segundero del reloj de Harry, que ahora indicaba que habían pasado diez segundos. Stine pulsó un botón que tenía debajo de su mesa. Se oyó un zumbido y el más bajo empujó con la rodilla la pequeña puerta giratoria del fondo, junto a la pared.

—¿Quién tiene la llave? —preguntó—. ¡Rápido, no tenemos todo el día!

—¡Helge! —gritó Stine por encima del hombro.

—¿Qué? —respondió una voz procedente del único despacho del banco que, además, tenía la puerta abierta.

—¡Tenemos visita, Helge!

Asomó entonces un hombre con pajarita y gafas para leer.

—Estos señores quieren que les abras el cajero automático, Helge —dijo Stine.

Helge Klementsen miró impasible a los dos hombres, que ya habían pasado al otro lado del mostrador. El más alto oteaba la puerta visiblemente nervioso, pero el bajito no apartaba la vista del director de la sucursal.

—Ah, sí, claro, por supuesto —jadeó Klementsen, como si acabara de recordar una cita olvidada, y estalló en una risa ansiosa y estentórea.

Entretanto, Harry no movió ni un músculo, concentrado en absorber con la vista los detalles de sus gestos y movimientos. Veinticinco segundos. Continuó mirando el reloj que colgaba sobre la puerta, pero en el límite de su campo de visión observó que el director de la sucursal abría desde dentro el cajero automático, extraía dos cajas metálicas alargadas llenas de billetes y se las entregaba a los dos hombres. Todo ocurrió con suma rapidez y en silencio.

—¡Estas son para ti, viejo!

El hombre bajito había sacado dos cajas idénticas del maletín, que ahora le entregó a Helge Klementsen. El director de la sucursal tragó saliva, asintió, las cogió y las colocó en el cajero.

—¡Buen fin de semana! —exclamó el bajito, irguiéndose después de coger el maletín.

Un minuto y medio.

—Un momento, no tan deprisa —advirtió Helge.

El pequeño se detuvo.

Harry apretó las mejillas, intentando concentrarse.

—El recibo… —dijo Helge.

Los dos hombres se quedaron mirando un instante al hombre menudo y canoso y el más bajito se echó a reír. Era una risa chillona y aguda, con un punto de histeria, como se ríe la gente que se ha tomado un chute de speed.

—No creerás que íbamos a largarnos sin tu autógrafo, ¿no? Y entregar dos millones sin recibo, ¡vamos!

—Ya, claro —dijo Helge Klementsen—. Pero a un compañero vuestro casi se le olvida la semana pasada.

—Hay muchos principiantes en el transporte de valores estos días —reconoció el bajito mientras él y Klementsen firmaban y se repartían las copias amarilla y rosa.

Harry esperó a que la puerta de salida se cerrara tras ellos antes de mirar el reloj otra vez. Dos minutos y diez segundos.

A través del cristal de la puerta marrón vio alejarse la furgoneta blanca con el logotipo del banco Nordea.

Entonces se reanudaron las conversaciones entre las personas que había en el local. Harry no necesitaba contarlas, pero lo hizo de todas formas. Eran siete. Tres detrás del mostrador y tres delante, incluidos el niño y el tipo de los pantalones de peto, que se había detenido delante de la mesa que había en el centro del local, para apuntar el número de cuenta en un formulario de ingreso a favor de Saga Solreiser, cosa que Harry sabía.

—Adiós —dijo August Schultz, arrastrando los pies en dirección a la puerta.

Eran exactamente las 15.21.10, el instante en que todo empezó.

15

Cuando se abrió la puerta, Harry vio que Stine Grette levantaba la vista de sus documentos un segundo para volver a ellos enseguida. Pero pronto volvió a levantar la cabeza, muy despacio esta vez. Harry miró hacia la entrada. El hombre que acababa de acceder al local ya se había bajado la cremallera del mono y estaba sacando un fusil AG3 de color negro y verde aceituna. Un pasamontañas azul oscuro le cubría toda la cara, a excepción de los ojos. Harry empezó a contar de cero otra vez.

El pasamontañas empezó a moverse como una muñeca de Henderson justo en el lugar donde debería estar la boca:

—*This is a robbery. Nobody moves.*

No lo dijo muy alto, pero el silencio que se hizo en la pequeña sucursal bancaria podría haber sucedido al disparo de una salva de cañón. Harry miró a Stine. El hombre cargó el fusil y, al ruido del tráfico, se impuso con claridad el deslizante chasquido de las piezas de un arma bien lubricada. El hombro izquierdo de Stine descendió imperceptiblemente.

«Una chica valiente —se dijo Harry—. O quizá muerta de miedo.» Aune, el profesor de psicología de la Escuela Superior de Policía, decía que la gente, cuando está lo bastante aterrada, deja de pensar y actúa según se espera. La mayoría de los empleados de la banca pulsan el botón de alarma silenciosa que avisa de un atraco en un estado rayano a la parálisis. En estado de conmoción, sostenía Aune, refiriéndose a que después, cuando han de dar cuenta de lo sucedido, muchos no recuerdan si activaron o no la alarma. Funcionaron con el piloto automático. «Igual que un atracador de bancos que se ha programado a sí mismo para dispararle a todo aquel que intente detenerlo —explicaba Aune—. Cuanto más miedo tenga, menos probable es que nadie lo haga cambiar de idea.» Harry no se movió, solo intentaba ver los ojos del atracador. Eran azules.

El atracador se quitó la mochila negra y la dejó caer en el suelo, entre el cajero y el hombre del peto, que seguía con la punta del bolígrafo en el último círculo del número ocho que tenía a medias. El hombre de negro recorrió los seis pasos que lo separaban de la portezuela del mostrador, se sentó en el borde, pasó las pier-

16

nas por encima y se quedó de pie justo detrás de Stine, que permanecía inmóvil con la vista al frente. «Bien hecho —pensó Harry—. Se sabe las instrucciones y no provocará al atracador mirándolo a la cara.»

El hombre le encañonó la nuca a Stine con el arma, se inclinó y le susurró algo al oído.

La mujer aún no había caído presa del pánico, pero Harry veía palpitar su pecho, como si aquel cuerpo menudo no pudiera inspirar el aire suficiente bajo la blusa blanca que, súbitamente, parecía demasiado estrecha. Quince segundos.

Stine carraspeó. Una vez. Dos veces. Hasta que las cuerdas vocales respondieron por fin.

—Helge. Las llaves del cajero.

Habló con una voz baja y ronca, totalmente distinta de aquella con la que había pronunciado casi las mismas palabras hacía tan solo tres minutos.

Harry no lo veía, pero sabía que Helge Klementsen había oído la frase inicial del atracador y que ya estaba en la puerta de su despacho.

—Rápido. De lo contrario…

Su voz era apenas audible y, en la pausa que siguió, solo se oyeron las suelas de los zapatos de August Schultz contra el parqué, como un par de palillos que se arrastran despacio sobre la piel seca de un tambor.

—… me pega un tiro.

Harry miró por la ventana. Seguramente habría allí fuera un coche con el motor en marcha, pero desde donde se encontraba no podía avistar más que vehículos que iban y venían y personas que caminaban con paso más o menos despreocupado.

—Helge… —repitió Stine en tono suplicante.

«Vamos, Helge», pensó Harry animando mentalmente al director de la sucursal, al que también conocía bastante. Sabía que en casa lo esperaban dos caniches gigantes, una mujer y una hija embarazada a la que acababa de abandonar el novio. Sabía que tenían ya listas las maletas para irse a la cabaña de la montaña en cuanto Helge Klementsen llegara a casa. Sin embargo, Klementsen tenía ahora la sensación de estar sumergido bajo las aguas en uno de esos sueños en que todos los movimientos son lentos por más que uno intente apresurarse. El director de la sucursal entró en el campo de visión de Harry. El atracador había girado la silla de Stine de manera que seguía detrás de ella, pero mirando a Helge Klementsen. Como un niño temeroso que va a alimentar a un caballo, Klementsen asomaba con el cuerpo hacia atrás y sosteniendo las llaves en la mano, lo más lejos posible. El atracador volvió a susurrarle algo a Stine y giró el arma para apuntar a Klementsen, que reculó trastabillando unos pasos.

Stine carraspeó bajito.

—Dice que abras el cajero y metas las cajas nuevas en esa mochila negra.

Helge Klementsen miró como hipnotizado el fusil con que le apuntaba el atracador.

—Tienes veinticinco segundos antes de que dispare. A mí. No a ti.

Klementsen abrió la boca, como para decir algo, y la cerró enseguida.

—Ahora, Helge —dijo Stine.

El mecanismo de apertura de la puerta emitió un zumbido y Helge Klementsen salió del despacho y pasó al local.

Habían transcurrido treinta segundos desde que comenzó el atraco. August Schultz casi había alcanzado la puerta de salida. El director de la sucursal cayó de rodillas delante del cajero, mirando fijamente las cuatro llaves del llavero.

—Quedan veinte segundos —avisó la voz de Stine.

«La comisaría de policía de Majorstua —pensó Harry—. Sus coches están en camino. Ocho manzanas. Los atascos de los viernes.»

Helge Klementsen cogió una de las llaves con los dedos temblándole de miedo y la metió por el ojo de la cerradura. A mitad de camino, se detuvo. Helge Klementsen empujó más fuerte.

18

—Diecisiete segundos.

—Pero… —balbució.

—Quince segundos.

Helge Klementsen sacó la llave y probó con una de las otras, que entró, pero no giraba.

—Pero, por Dios…

—Trece segundos. Usa la del adhesivo verde, Helge.

Helge Klementsen miró el llavero como si no lo hubiera visto nunca.

—Once segundos.

La tercera llave entró. Y giró. Helge Klementsen abrió la puerta y se volvió hacia Stine y el atracador.

—Tengo que abrir otra cerradura para poder sacar las caj…

—¡Nueve segundos! —gritó Stine.

A Helge Klementsen se le escapó un sollozo mientras apretaba con los dedos los dientes de las llaves como si estuviera ciego y los dientes pudieran revelarle cuál era la llave adecuada.

—Siete segundos.

Harry se concentraba en escuchar. Aún no se oían las sirenas de la policía. August Schultz agarró el picaporte de la puerta de salida.

Las llaves cayeron sobre el parqué y se oyó un tintineo metálico.

—Cinco —susurró Stine.

Entonces se abrió la puerta y los sonidos de la calle inundaron el local. A Harry le pareció oír a lo lejos el aullido lastimero y familiar subiendo y bajando y volviendo a subir. Las sirenas de la policía. La puerta se cerró.

—¡Dos, Helge!

Harry cerró los ojos y contó hasta dos.

—¡Ya! —gritó Helge Klementsen. Había logrado abrir la segunda cerradura y forcejeaba en cuclillas tironeando de las cajas, que parecían haberse atascado—. ¡Espera, ya solo tengo que sacar el dinero! Yo…

Y entonces lo interrumpió un grito estridente. Harry miró hacia el otro lado del local, donde una señora muerta de miedo miraba al atracador, que, inmóvil, sostenía el arma contra la nuca de Stine. La mujer parpadeó y señaló con la cabeza el cochecito del bebé, mientras el llanto del pequeño iba sonando cada vez más alto.

Helge Klementsen estuvo a punto de caer de espaldas cuando logró sacar de la guía la primera caja. Cogió la mochila negra. En seis segundos, metió las cajas en la mochila. Klementsen cumplió la orden de cerrar la cremallera y de colocarse contra el mostrador, todo expresado por la voz de Stine, que ahora sonaba sorprendentemente firme y serena.

Un minuto y tres segundos. El atraco había concluido. El dinero estaba en la mochila, en el suelo. Dentro de unos segundos, llegaría el primer coche patrulla. Dentro de cuatro minutos, otros coches patrulla habrían cerrado las rutas de fuga más próximas al lugar del atraco. Todas las células del cuerpo del atracador deberían estar gritándole que era hora de largarse de una puta vez. Pero entonces ocurrió algo que Harry no podía entender. Simplemente, no tenía sentido. En lugar de echar a correr, el atracador le dio la vuelta a la silla de Stine de modo que los dos quedaron cara a cara. El tipo se inclinó para susurrarle algo al oído. Harry entornó los ojos. Tendría que ir a que le revisaran la vista un día de estos. En cualquier caso, no cabía duda de lo que estaba viendo. Stine miraba fijamente a aquel atracador sin rostro mientras que el de ella sufría una lenta transformación a medida que iba entendiendo lo que el sujeto le susurraba. Las cejas, finas y bien cuidadas, dibujaron sendas eses sobre los ojos, que parecían querer salirse de las órbitas; torció hacia arriba el labio superior al tiempo que las comisuras descendían hasta formar una mueca grotesca. El pequeño dejó de llorar tan súbitamente como había empezado. Harry tomó aire. Porque él sabía que aquello era una foto fija, una foto maestra. La imagen de dos personas capturadas en el instante en que la una acaba de comunicarle a la otra su sentencia de muerte, el rostro enmascarado a dos palmos de distancia del rostro desnudo. El verdugo y su víctima. El cañón del fusil apunta a la garganta, adornada con un pequeño corazón de oro que cuelga de una cadena fina. Harry no lo ve, pero siente latir el pulso debajo de la delicada piel de la mujer.

Un sonido tenue y quejumbroso. Harry afina el oído. Pero no son las sirenas de la policía, sino un teléfono que resuena en la habitación contigua.

El atracador se vuelve y mira a la cámara de vigilancia que hay en el techo, detrás del mostrador. Levanta una mano y separa los cinco dedos enfundados en un guante negro, cierra la otra mano y enseña el dedo índice. Seis dedos. Han sobrepasado en seis segundos el tiempo estipulado. Se vuelve otra vez hacia Stine, coge el fusil con ambas manos, lo sostiene a la altura de la cadera y levanta la boca hasta que le apunta a la cabeza, separa un poco las piernas para amortiguar la fuerza de retroceso. El teléfono suena sin cesar. Un minuto y doce segundos. El anillo de diamantes brilla en la mano de Stine cuando la joven la levanta un poco, como para despedirse de alguien.

Son exactamente las 15.22.22 horas cuando aprieta el gatillo. Una detonación breve y sorda. La silla de Stine sale despedida hacia atrás, la cabeza le cuelga del cuello bailando, como la de una muñeca rota. La silla se vuelca. La cabeza retumba contra el borde del escritorio y desaparece de la vista de Harry, que tampoco puede ver el anuncio del nuevo plan de pensiones de Nordea, pegado en el exterior del cristal, encima del mostrador cuyo fondo, de pronto, aparece rojo. Lo único que Harry percibe es el teléfono que no para de emitir ese timbre persistente y chillón. El atracador pasa al otro lado del mostrador, corre hacia la mochila que está en el suelo. Harry tiene que tomar una decisión. El atracador coge la mochila. Harry se decide. Se levanta de la silla de un salto. Seis pasos largos. Llega al teléfono. Y coge el auricular.

—Háblame.

Durante la pausa que sigue oye el sonido de las sirenas de la policía procedente de la tele del salón, una canción de moda paquistaní de la casa de los vecinos y unos pasos rotundos en el rellano de la escalera que se parecen a los de la señora Madsen. Oye entonces una dulce risa al otro lado del hilo telefónico. Una risa de un pasado remoto. No medido en tiempo, pero remoto al fin y al cabo. Al igual que el setenta por ciento del pasado de Harry, que

21

le sobreviene a intervalos irregulares, como rumores difusos o como pura invención suya. Sin embargo, esta era una historia que podía confirmar.

—¿De verdad sigues usando esa línea machista, Harry?

—¿Anna?

—Vaya, me impresionas.

Harry notó un calor dulce que se le extendía por el estómago, casi como el whisky. Casi. Vio en el espejo una foto que había colgado en la pared de enfrente. Eran él y Søs durante unas vacaciones lejanas de verano en Hvitsten, cuando eran pequeños. Ambos sonríen como lo hacen los niños, cuando todavía creen que nada malo puede ocurrirles.

—Y dime, Harry, ¿qué te gustaría hacer una noche de domingo?

—Bueno... —Harry notó que su voz automáticamente imitaba la de ella. Más profunda y titubeante que de costumbre. Pero eso no era lo que quería. Ahora no. Carraspeó hasta encontrar un tono más neutro—. Lo que la mayoría de la gente.

—¿O sea?

—Ver un vídeo.

3

House of Pain

—¿Has estado viendo un vídeo?

La silla rota chirrió a modo de protesta cuando el agente Halvorsen se inclinó hacia atrás para mirar a su colega, el comisario Harry Hole, nueve años mayor que él, con una expresión de incredulidad en la cara joven y candorosa.

—Eso es —confirmó Harry pasándose el índice y el pulgar por la fina piel de las ojeras que tenía debajo de los ojos enrojecidos.

—¿Todo el fin de semana?

—Desde la mañana del sábado hasta la noche del domingo.

—Entonces, lo pasaste bien el viernes por la noche, por lo menos —dijo Halvorsen.

—Sí. —Harry sacó del bolsillo de la gabardina una libreta azul y la dejó sobre el escritorio que había enfrente del de Halvorsen—. He leído la transcripción de los interrogatorios.

Del otro bolsillo sacó una bolsa gris con café de la marca French Colonial. Él y Halvorsen compartían un despacho casi al final del pasillo, en la zona roja de la sexta planta de la comisaría de policía de Grønland, y hacía dos meses que habían comprado una máquina de café expreso Rancilio Silvio, a la que habían asignado un lugar de honor encima del archivador, debajo de una fotografía enmarcada que representaba a una chica sentada con los pies apoyados encima de un escritorio. Su cara pecosa parecía esforzarse

23

por hacer un mohín, pero la risa había podido con ella. Las paredes del despacho le servían de fondo.

—¿Sabías que tres de cada cuatro agentes de policía confunden indiferente con inverosímil y dicen «Me es inverosímil» en lugar de «Me es indiferente»? —preguntó Harry mientras colgaba la gabardina en el perchero.

—Inverosímil.

—¿Qué has hecho este fin de semana?

—El viernes me lo pasé en un coche frente a la residencia del embajador de Estados Unidos, debido a una amenaza anónima de coche bomba que algún loco había anunciado por teléfono. Falsa alarma, por supuesto, pero estaban tan nerviosos que tuvimos que quedarnos hasta bastante tarde. El sábado intenté encontrar a la mujer de mi vida. El domingo llegué a la conclusión de que no existe. ¿Qué decían los interrogatorios sobre el atracador? —preguntó Halvorsen mientras dosificaba el café en un filtro doble.

—*Nada* —dijo Harry, y se quitó el jersey. Debajo llevaba una camiseta gris marengo que fue negra en su día y de la que casi había desaparecido la leyenda «Violent Femmes». Se desplomó en la silla con un suspiro—. No tenemos a nadie que viera al ladrón en las inmediaciones del banco antes del atraco. Un tipo salió del 7-Eleven de enfrente, en la calle Bogstadveien, y vio al atracador subir Industrigata a la carrera. Se fijó en él por la capucha. La cámara de vigilancia del exterior del banco los grabó cuando el atracador rebasó al testigo a la altura de un contenedor de hierro situado enfrente del 7-Eleven. Lo único interesante que pudo contarnos, y que no se aprecia en el vídeo, es que varios metros más arriba el atracador cruzó dos veces Industrigata, de la acera derecha a la izquierda.

—Un tío al que le cuesta decidirse por una acera. A mí me parece bastante inverosímil. —Halvorsen puso el filtro doble en el portafiltros—. Y nada interesante, vaya.

—Desde luego, qué poco sabes de atracos a bancos, Halvorsen.

—¿Y por qué iba a saber? Nosotros trincamos a asesinos, los ladrones son cosa de los de Hedmark.

—¿Los de Hedmark?

—¿No te has fijado al pasar por la sección de Atracos? Se oye su dialecto y se ven los jerséis típicos por todas partes. Pero entonces, ¿cuál es la explicación?

—La explicación es «Victor».

—¿La unidad canina?

—Por lo general, ellos son de los primeros en acudir a la escena del crimen y eso lo sabe cualquier atracador experto. Un buen perro puede seguir a un atracador que huya a pie por la ciudad, pero si cruza la calle y circulan coches por donde ha pisado él, el perro pierde el rastro.

—¿Y qué?

Halvorsen apelmazó el café con la cucharilla hasta que la torció. Luego se puso a alisar la superficie, operación que, según él, permitía distinguir a los profesionales de los aficionados.

—Eso refuerza la sospecha de que se trata de un atracador bien entrenado. Lo que a su vez nos permite reducir el número de personas en las que centrarnos mucho más drásticamente que si no hubiéramos tenido esa información. El jefe de la sección de Atracos me dijo...

—¿Ivarsson? Creía que no erais tan amigos como para pararos a charlar, precisamente.

—No lo somos, hablaba para el grupo de investigación del que formo parte. Y dijo que los que se dedican a cometer atracos en Oslo son menos de cien personas. De ellos, cincuenta son tan idiotas, están tan drogados o tan idos que se los atrapa casi siempre. La mitad de ellos están encerrados, de modo que quedan excluidos. Otros cuarenta son buenos artesanos que logran escapar si alguien les ha ayudado antes con la planificación. Y luego están los diez que son profesionales, los que se dedican a los transportes de valores y a las centrales de cómputo, y para atraparlos necesitamos un poco de suerte. Intentamos mantenernos al tanto de dónde se encuentran esos diez en cada momento. Hoy están comprobando sus coartadas.

Harry le echó una mirada a Silvia, que resopló desde el archivador.

–Y el sábado hablé con Weber, de la científica.

–Anda, yo creía que Weber se jubilaba este mes.

–Pues alguien habrá calculado mal. No es hasta el verano.

Halvorsen se echó a reír.

–Entonces me figuro que estará más agrio que de costumbre, ¿no?

–Sí, pero no es por eso –dijo Harry–. Él y su grupo no han encontrado una mierda.

–¿Nada?

–Ni una sola huella. Ni un pelo. Ni siquiera una fibra de ropa. Y las huellas de los zapatos indican que eran completamente nuevos.

–Así que no podrán cotejar el desgaste con otros zapatos, ¿no es eso?

–Correcto –confirmó Harry, alargando la primera o.

–¿Y el arma del atraco? –preguntó Halvorsen mientras llevaba una de las tazas de café hasta la mesa de Harry. Cuando lo miró, vio que Harry había enarcado una ceja hasta el nacimiento mismo del pelo rubio, que llevaba peinado de punta–. Perdona, el arma del crimen?

–Eso es. Pues no ha aparecido.

Halvorsen se sentó a su lado de la mesa, bebiendo a sorbitos el café.

–Así que, resumiendo, un hombre entra en un banco lleno de gente, a plena luz del día, coge dos millones de coronas y mata a una mujer, sale caminando y luego sube por una calle del centro de la capital de Noruega, una calle poco transitada de gente pero con bastante tráfico, situada a unos cien metros de la comisaría de policía. Y resulta que nosotros, profesionales remunerados, miembros de la real autoridad policial, no tenemos nada, ¿no es eso?

Harry asintió despacio con la cabeza.

–Casi. Tenemos el vídeo.

–Que tú te sabes ya de memoria segundo a segundo, si no te conozco mal.

–Bueno. Cada décima de segundo, supongo.

–¿Y puedes citar de memoria los informes de los testigos?

—Solo el de August Schultz. Nos contó muchas cosas interesantes sobre la guerra. Mencionó los nombres de sus rivales en el gremio de la confección, hombres que fueron lo que se llamaba buenos noruegos, y que participaron durante la guerra en la confiscación de propiedades a su familia. Sabía exactamente a qué se dedicaban hoy todos y cada uno. Pero no se enteró de que se había cometido un atraco.

Se terminaron el café en silencio. Las gotas de lluvia repiqueteaban contra la ventana.

—A ti te gusta esta vida —dijo Halvorsen de pronto—. Pasarte el fin de semana solo persiguiendo fantasmas.

Harry sonrió, pero no contestó.

—Creía que habías abandonado tu faceta de hombre solitario ahora que tienes compromisos familiares.

Harry lanzó al joven colega una mirada de advertencia.

—No sé si yo lo veo así —dijo despacio—. Ya sabes que ni siquiera vivimos juntos.

—No, pero Rakel tiene un hijo pequeño y eso cambia las cosas, ¿no?

—Sí, Oleg —dijo Harry empujando la taza hasta el archivador—. Se fueron a Moscú el viernes.

—¿Y eso?

—Un juicio. El padre del niño quiere la custodia.

—Es verdad. ¿Cómo es ese tipo? ¿Qué clase de persona es?

—Bueno. —Harry miró la cafetera, que se había quedado un poco torcida—. Es un catedrático al que Rakel conoció cuando trabajaba allí y se casó con él. Pertenece a una familia acaudalada e influyente y, según Rakel, tiene mucha mano en la esfera política.

—En ese caso, me figuro que también conocerá a algún juez.

—Seguramente, pero pensamos que todo va a salir bien. El tipo está loco de remate y todo el mundo lo sabe. Un alcohólico listo con escaso control de sus impulsos, ya sabes.

—Sí, creo que sí.

Harry levantó la vista a toda prisa, justo a tiempo de ver que a Halvorsen se le borraba una sonrisa burlona.

En efecto, los problemas de Harry con el alcohol eran de sobra conocidos en la comisaría. Y resulta que ser alcohólico no es, en sí, una razón de despido de un funcionario público, pero acudir al trabajo en estado de embriaguez sí lo es. La última vez que Harry recayó, fueron los de los pisos superiores quienes sugirieron que se le apartara del cuerpo pero, como de costumbre, el comisario jefe Bjarne Møller, jefe de la sección de Delitos Violentos, le echó a Harry una mano protectora argumentando que existían circunstancias atenuantes de carácter extraordinario. Dichas circunstancias se llamaban Ellen Gjelten, la chica de la foto que Harry tenía colgada encima de la cafetera, compañera de trabajo y buena amiga suya, a la que habían asesinado con un bate de béisbol en un camino junto al río Akerselva. Harry se había recuperado, pero la herida aún dolía. Sobre todo porque, en su opinión, el caso no estaba resuelto. Cuando Harry y Halvorsen encontraron las pruebas técnicas que inculpaban al neonazi Sverre Olsen, el comisario Tom Waaler se presentó rápidamente en el domicilio de Olsen para llevar a cabo la detención. Pero Olsen le disparó a Waaler, que a su vez mató a Olsen de un tiro en defensa propia. Todo ello según el informe de Waaler. Y ni los hallazgos del lugar del crimen ni la investigación de Asuntos Internos indicaban otra cosa. Sin embargo, tampoco se llegó a aclarar el motivo que pudiera haber tenido Olsen para asesinar a Ellen, salvo que la agente hubiese descubierto algún indicio de su posible implicación en la venta ilegal de armas que, en los últimos años, había sembrado Oslo de armas cortas. Pero Olsen no era más que un chico de los recados, y la policía aún no había dado con los que estaban detrás del negocio.

Harry solicitó volver a Delitos Violentos para poder seguir investigando el caso de Ellen, después de haber trabajado un periodo más o menos breve en el servicio secreto, en la última planta. Allí se alegraron de perderlo de vista. Y Møller se alegró de que volviera a la sexta planta.

—Bueno, pues voy a llevarle esto a Ivarsson a la sección de Atracos —dijo Harry agitando en la mano la cinta de VHS—. Quería echarle un vistazo junto con la nueva niña prodigio que tienen allí arriba.

—¿Ah, sí? ¿Quién es?

—Una que terminó la Escuela Superior de Policía este verano y que, por lo visto, ha resuelto ya tres casos de atraco solo mirando los vídeos.

—Vaya. ¿Y está buena o qué?

Harry suspiró.

—Los jóvenes sois demasiado predecibles. Solo espero que sea buena, lo demás no me interesa.

—¿Seguro que es una chica?

—Seguro que a los señores Lønn les pareció gracioso ponerle Beate a un niño.

—Tengo el presentimiento de que está buena.

—Espero que no —dijo Harry antes de, por instinto, agacharse para pasar su metro noventa y cinco por debajo del dintel.

—¿Y eso?

—Los policías competentes son feos —dijo desde el pasillo.

A primera vista, el aspecto de Beate Lønn no daba ninguna indicación ni de lo uno ni de lo otro. No era fea, habría incluso quien dijera que era bonita como una muñeca. Principalmente, porque todo en ella era pequeño, la cara, las orejas, el cuerpo. Beate era, ante todo, pálida. Tenía la piel y el cabello tan incoloros que a Harry le recordó el cadáver de una mujer que él y Ellen sacaron una vez del fiordo Bunnefjorden. Pero al contrario de lo que pasó con el cadáver, Harry tenía la sensación de que olvidaría el aspecto de Beate Lønn en cuanto la perdiese de vista. Algo que a Beate Lønn no pareció importarle mientras se presentaba con un susurro y dejaba que Harry le estrechara aquella mano pequeña y húmeda.

—Hole es algo así como una leyenda en esta casa, ¿sabes? —dijo el comisario jefe Rune Ivarsson, que, de espaldas a ellos, manoseaba un llavero. Encima de la puerta metálica de color gris que tenían delante se veía escrito en caracteres góticos «House of Pain». Y debajo: «Sala de la seción 508». ¿No es así, Hole?

Harry no contestó. No había razón para dudar de a qué categoría de leyenda se refería Ivarsson. Nunca se había esforzado mucho en ocultar que, en su opinión, Harry Hole era una vergüenza para el cuerpo, y que hacía tiempo que deberían haberlo expulsado.

Ivarsson consiguió abrir la puerta por fin y pudieron entrar. House of Pain era una sala especial que la sección de Atracos utilizaba para estudiar, redactar y copiar grabaciones de vídeo. En el centro se veía una mesa grande con tres puestos de trabajo, y no había ventanas. Las paredes estaban cubiertas por una estantería repleta de cintas de vídeo, una docena de notas con fotos de atracadores buscados, una pantalla grande, un mapa de Oslo y diferentes trofeos de cacerías de malos con final feliz. Por ejemplo, el que colgaba al lado de la puerta, dos mangas de jersey con agujeros para ojos y boca. Por lo demás, la decoración se componía de ordenadores grises, televisiones negras, reproductores de VHS y DVD, y de un montón de aparatos de todo tipo cuya utilidad Harry ignoraba.

—¿Qué ha sacado en claro del vídeo Delitos Violentos? —preguntó Ivarsson, dejándose caer en una de las sillas y haciendo hincapié en la palabra «violentos».

—Algo —dijo Harry dejando la casete en la estantería.

—¿Algo?

—No mucho.

—Es una pena que no vinierais a las conferencias que di en la cantina en septiembre. Todas las secciones estaban representadas menos vosotros, si no recuerdo mal.

Ivarsson era alto, con las extremidades largas y un flequillo rubio que le ondeaba encima de los ojos azules. Tenía una cara de rasgos muy masculinos, como los de los modelos de ropa de marca alemana estilo Boss, y aún conservaba el bronceado de tantas tardes de verano como había pasado en la pista de tenis, o quizá, de alguna que otra hora en el solario del gimnasio. Rune Ivarsson era lo que casi todo el mundo llamaría un hombre guapo y, bien mirado, confirmaba la teoría de Harry sobre la relación entre aspecto físico y competencia policial. Pero Rune Ivarsson sabía compensar la falta de talento para la investigación con el olfato para el politiqueo y las alianzas dentro de la jerarquía de la comisaría. Ivarsson tenía, además, esa confianza en sí mismo que mucha gente confunde con las dotes de mando. En el caso de Ivarsson, tal seguridad obedecía únicamente a que había sido bendecido con una ceguera total para sus propias limitaciones, lo que, indefectiblemente, lo llevaría a ascender hasta el día en que se convirtiera en jefe directo o indirecto de Harry. A priori, Harry no veía razón alguna para lamentar que se recurriera al ascenso con objeto de apartar de la investigación a los mediocres, pero el peligro con personas como Ivarsson era que fácilmente podía ocurrírseles que debían dirigir el trabajo de quienes sí entendían de investigación policial.

—¿Nos perdimos algo? —preguntó Harry, pasando el dedo por las pequeñas etiquetas manuscritas que ilustraban el dorso de las casetes.

—Puede que no —dijo Ivarsson—. A menos que a uno le interesen los pequeños detalles decisivos para la resolución de los casos criminales.

Harry consiguió resistir la tentación de decir que no había asistido porque sabía por oyentes anteriores que se trataba de unas conferencias fanfarronas, cuya única finalidad era contarle al mundo que desde que él, Ivarsson, ocupaba el puesto de jefe de la sección de Atracos, el porcentaje de casos resueltos había ascendido del 35 al 50 por ciento. Sin mencionar, claro está, que su traslado a ese puesto había coincidido con la fecha en la que se duplicó la plantilla, con una ampliación generalizada de las autorizaciones de seguimiento, y que, de ese modo, el grupo se había librado de su peor investigador: Rune Ivarsson.

—Creo que soy de los que tienen bastante interés —dijo Harry—. Así que cuéntame cómo resolvisteis este. —Sacó una de las casetes y leyó en voz alta lo que decía la etiqueta—: «20-11-94, Banco Sparebanken NOR, Manglerud».

Ivarsson sonrió.

–Claro. Los cogimos como se ha hecho siempre. Cambiaron de coche en el vertedero de Alnabru y le prendieron fuego al que dejaron. Pero no se quemó del todo. Encontramos los guantes de uno de los atracadores y dentro había un rastro con ADN. Lo cotejamos con las personas que nuestros hombres habían señalado como posibles autores después de haber visto el vídeo, y encontramos una coincidencia. A aquel idiota le cayeron cuatro años por disparar contra el techo. ¿Quieres saber algo más, Hole?

–Bueno. –Harry manoseaba la casete–. ¿Qué clase de rastro de ADN era?

–Ya te digo, uno que coincidía. –A Ivarsson se le encogió en un tic la comisura del ojo izquierdo.

–Vale, pero ¿qué era? ¿Piel muerta? ¿Una uña? ¿Sangre?

–¿Acaso importa? –La voz de Ivarsson sonaba ahora incisiva e impaciente.

Harry se dijo que debería mantener la boca cerrada. Que debería abandonar ese tipo de proyectos quijotescos. Que la gente como Ivarsson no aprendía nunca, de todos modos.

–Puede que no –se oyó decir–. A menos que a uno le interesen los pequeños detalles decisivos para la resolución de los casos criminales.

Ivarsson se quedó mirando a Harry fijamente. En aquella sala especialmente insonorizada, podía sentirse el silencio como una presión física en los oídos. Ivarsson abrió la boca para responder.

–Pelos de los nudillos.

Los dos se volvieron hacia Beate Lønn. Harry casi había olvidado que estaba allí. Ella los miró alternativamente y repitió casi en un susurro:

–Pelos de los nudillos… Esos pelos que crecen en el dedo… ¿no se llaman…?

Ivarsson carraspeó.

–Cierto que era un pelo. Aunque era un pelo de la mano, pero no creo que debamos dedicarle mucho tiempo. ¿Verdad, Beate? –Sin esperar la respuesta, dio un golpecito con el índice en el cristal de un reloj grande de pulsera que llevaba–. Bueno, yo tengo que irme. Pasadlo bien con el vídeo.

En cuanto la puerta se cerró, Beate cogió la casete que Harry tenía en la mano y la metió enseguida en el reproductor de VHS, que se la tragó con un zumbido.

–Dos pelos –dijo Beate–. En el guante izquierdo. Pelos de los nudillos. Y el vertedero era el de Karihaugen, no el de Alnabru. Pero lo de los cuatro años es verdad.

Harry la miró asombrado.

–Pero ¿eso no pasó bastante antes de que tú llegaras aquí?

Ella se encogió de hombros y pulsó el botón de reproducir del mando a distancia.

–No hay más que leer los informes.

–Ya –dijo Harry observándola de soslayo con mucho interés.

Se acomodó bien en la silla.

–Vamos a ver si este ha dejado algún pelo de nudillo.

El reproductor emitió un leve chirrido y Beate apagó la luz. Un segundo después, mientras aún brillaba la imagen azul de pausa en la pantalla, en la cabeza de Harry daba comienzo otra película. Breve, tan solo un par de segundos, una escena bañada en la luz azul del Waterfront, un club de Aker Brygge cerrado hacía ya mucho. Entonces no sabía cómo se llamaba la mujer de ojos castaños y risueños que intentaba decirle algo y hacerse oír a pesar de la música. Ponían música punk. Green On Red. Jason and The Scorchers. Le puso Jim Bean a la Coca-Cola y le dio igual cómo se llamara. Pero la noche siguiente lo supo: en la cama soltaron todas las riendas del caballo sin cabeza del cabecero, y empezaron su viaje inaugural. Harry sintió en el estómago el calor de la noche anterior cuando oyó su voz al teléfono.

Entonces prosiguió la otra película.

El hombre mayor había empezado su marcha para cruzar el local en dirección al mostrador mientras la cámara iba cambiando el ángulo de la toma cada cinco segundos.

–Thorkildsen, el de TV2 –dijo Beate Lønn.

—No, August Schultz —dijo Harry.

—Me refiero al montaje —dijo ella—. Parece un trabajo de Thorkildsen, el de TV2. Faltan unas décimas de segundo aquí y allá...

—¿Que faltan? ¿Cómo ves...?

—Por varias razones. Fíjate en el fondo. El Mazda rojo que se ve en la calle estaba en el centro de la imagen en dos cámaras cuando cambió. Un objeto no puede estar en dos sitios a la vez.

—¿Quieres decir que alguien ha manipulado la grabación?

—No, hombre. Todo el material de las seis cámaras del interior del local y de la exterior se ha grabado en una sola cinta. En la cinta original, la imagen cambia muy rápidamente de una cámara a otra, de forma que solo se ve una película. Por eso hay que montar la película de forma que obtengamos secuencias consecutivas más largas. A veces recurrimos a gente de las cadenas de televisión, si nosotros no tenemos capacidad para hacerlo. Ya sabes, la gente de la tele, como Thorkildsen, hace alguna trampa con la sincronización para que resulte más bonito, no tan intermitente. Una neurosis profesional, supongo.

—Neurosis profesional —repitió Harry, extrañado de que una chica tan joven utilizara una expresión así.

¿O no sería tan joven como él creyó en un principio? Algo pasó en cuanto se apagó la luz, el lenguaje corporal de su silueta se relajó, la voz se volvió más firme.

El atracador entró en el banco y gritó en inglés. Su voz resonó lejana y sorda, como a través de un edredón.

—¿Qué te parece eso? —preguntó Harry.

—Es noruego. Habla en inglés para que no reconozcamos su dialecto, su acento o palabras típicas que podamos relacionar con algún atraco anterior. Lleva ropa lisa que no deja fibras que luego podamos encontrar en el coche que utilizó para huir, en un apartamento de tapadera o en su propia casa.

—Ya, ¿qué más?

—Todas las aberturas de la ropa estaban tapadas con cinta adhesiva para no dejar rastros de ADN. Como pelos o sudor. Puedes ver que las perneras están sujetas con cinta alrededor de las botas,

34

y las mangas, a los guantes. Apuesto a que llevaba cinta adhesiva alrededor de toda la cabeza y cera en las cejas.

—O sea, un profesional, ¿no?

Ella se encogió de hombros.

—El ochenta por ciento de los atracos a bancos se preparan con menos de una semana de antelación y los llevan a cabo personas que actúan bajo los efectos del alcohol o de las drogas. Este atraco estaba planificado y el atracador parece estar sobrio.

—¿Y eso cómo lo ves?

—Si contásemos con mejor iluminación y mejores cámaras, podríamos ampliar las imágenes y ver las pupilas, pero aquí no tenemos nada de eso, así que estudio su lenguaje corporal. Movimientos pausados y pensados, ¿lo ves? Si ha consumido algo, lo más probable es que no sea ni speed ni ningún anfetamínico. Rohypnol, quizá. Es el favorito.

—¿Por qué?

—Un atraco a un banco es una experiencia extrema. No necesitas speed, sino todo lo contrario. El año pasado hubo un tipo que entró en el banco DnB, el de la plaza de Solli, con un arma automática, pegando tiros al techo y a las paredes y al final salió corriendo sin el dinero. Le dijo al juez que había tomado tantas anfetaminas que tenía que soltarlas de algún modo. A mí me gustan más los atracadores que toman Rohypnol, no sé si me entiendes.

Harry señaló la pantalla con la cabeza.

—Mira los hombros de Stine Grette en el mostrador uno, ahí pulsa la alarma. Y, de pronto, el sonido de la reproducción se vuelve mucho mejor. ¿Por qué?

—La alarma está conectada a una máquina de vídeo, y cuando se dispara, la película empieza a pasar mucho más deprisa. Eso mejora bastante las imágenes y el sonido. Tanto, que podemos efectuar un análisis de la voz del atracador. Y entonces no le sirve de nada haber hablado en inglés.

—¿De verdad que es tan eficaz como dicen?

—El sonido de las cuerdas vocales es como las huellas dactilares. El analista de voces de la Politécnica de Trondheim puede cotejar dos voces con un acierto del noventa y cinco por ciento de fiabilidad si le damos diez palabras en una cinta.

—Ya. Pero no podría hacerlo con la calidad de sonido que se obtiene antes de que salte la alarma.

—No, entonces no es tan fiable.

—Así que por eso grita primero en inglés y luego, cuando calcula que se ha disparado la alarma, utiliza a Stine Grette para que hable por él.

—Eso es.

Estudiaron en silencio al atracador vestido de negro mientras lo veían saltar por encima del mostrador y ponerle a Stine Grette el cañón del arma en la cabeza antes de susurrarle sus órdenes al oído.

—¿Qué te parece la reacción de ella? —preguntó Harry.

—¿A qué te refieres?

—La expresión de su cara. Parece bastante tranquila, ¿no crees?

—A mí no me llama la atención. Por lo general, se puede sacar poca información de una expresión. Apuesto a que rondaba las ciento ochenta pulsaciones.

Luego apareció Helge Klementsen, trajinando en el suelo delante del cajero.

—Espero que le ofrezcan una buena terapia —dijo Beate meneando la cabeza—. Conozco casos de personas que han acabado psíquicamente inválidas después de pasar por un atraco así.

Harry no hizo ningún comentario, pero pensó que sería una afirmación que habría oído de cualquier colega de más edad.

El atracador se dio la vuelta y les enseñó seis dedos.

—Interesante —murmuró Beate al tiempo que, sin bajar la vista, anotaba algo en el bloc que tenía delante.

Harry seguía de reojo los movimientos de la joven agente y vio que, literalmente, daba un respingo en la silla cuando se producía el disparo. Mientras el atracador, en la pantalla, saltaba por encima del mostrador, cogía la mochila y se dirigía a la puerta, Beate se quedó boquiabierta y hasta se le cayó el bolígrafo de la mano.

—El último fragmento no lo hemos colgado en internet, ni se lo hemos dado a las cadenas de televisión —dijo Harry—. Mira, ahora aparece en la cámara que hay en el exterior del banco.

Vieron al atracador, que, con el semáforo en verde, cruzaba deprisa el paso de peatones de la calle Bogstadveien antes de subir por Industrigata y desaparecer de la imagen.

—¿Y la policía? —preguntó Beate.

—La comisaría más próxima está en la calle Sørkedalsveien, justo después de pasar la estación de peaje, a tan solo ochocientos metros del banco. Aun así, transcurrieron tres minutos desde que se activó la alarma hasta su llegada. Así que el atracador tuvo unos dos minutos para escapar.

Beate miró pensativa a la pantalla, donde los coches y las personas desfilaban como si nada.

—La huida estaba tan bien planeada como el atraco. Tendría el coche para la fuga a la vuelta de la esquina, para que las cámaras del exterior del banco no lo captaran. Ha tenido suerte.

—Puede —dijo Harry—. Por otro lado, no da la impresión de que sea un individuo que se confíe a la suerte, ¿no?

Beate se encogió de hombros.

—La mayoría de los atracos parecen bien planeados si salen bien.

—De acuerdo pero, en este caso, la probabilidad de que la policía tardara era bastante alta, ya que el viernes a esa hora todas las patrullas estaban ocupadas en otro sitio, es decir…

—… delante de la residencia del embajador de Estados Unidos —exclamó Beate dándose una palmada en la frente—. La llamada anónima sobre el coche bomba. Yo libré el viernes, pero lo vi todo en las noticias de la tele. Y con la histeria general reinante, todos acudieron allí, claro.

—No encontraron ninguna bomba.

—Por supuesto que no. Es un truco clásico, inventar algo que mantenga a la policía ocupada en otro sitio, justo antes de un atraco.

Se quedaron sentados en silencio viendo la última parte de la grabación. August Schultz, que esperaba delante del paso de peatones. El hombrecito verde cambió a rojo y otra vez a verde sin que el anciano se hubiera movido. ¿A qué esperaba?, pensó Harry. Una anomalía, una secuencia de hombrecito verde de longitud superior a la normal. ¿Una especie de año bisiesto de los semáforos? Bueno. No tardaría en llegar. Oyó a lo lejos las sirenas de la policía.

—Hay algo que no encaja —dijo Harry.

Beate Lønn respondió suspirando cansadamente como una anciana.

—Siempre hay algo que no encaja.

Entonces terminó la película y una nevada asoló bruscamente la pantalla.

4

Eco

—¿Nieve?

Harry gritaba por el móvil mientras subía a la acera.

—Vaya que sí —confirmó Rakel a través de la mala conexión de Moscú, que prolongó la respuesta en un eco vibrante—:... í-í-í.

—¿Hola?

—Aquí hace un frío horrible... ble-ble-ble. Tanto dentro como fuera... era-era-era.

—¿Y en la sala de vistas?

—Allí también estamos bajo cero. Cuando vivíamos aquí, hasta su madre decía que debería mudarme con Oleg. Ahora se ha sumado a los demás y me lanza miradas llenas de odio... dio.

—¿Cómo va el asunto?

—¿Cómo quieres que lo sepa?

—Bueno. En primer lugar, porque eres abogada y, en segundo lugar, porque hablas ruso.

—Harry, al igual que otros ciento cincuenta millones de rusos, no entiendo una palabra del sistema judicial de aquí, ¿vale... le?

—Vale. ¿Qué tal lo lleva Oleg?

Harry repitió la pregunta una vez más, pero no obtuvo respuesta, y apartó el móvil para comprobar si se había cortado la conexión, pero en la pantalla pasaban los segundos de la llamada en curso, de modo que volvió a llevarse el aparato a la oreja.

—¿Hola?

—Hola, Harry, te oigo… go. Te echo de menos… nos. ¿Por qué te ríes… es?

—Te repites, es el eco.

Harry ya había llegado a la puerta, sacó las llaves y entró en el portal.

—¿Te parezco una pesada, Harry?

—Por supuesto que no.

Harry saludó con la cabeza a Ali, que estaba intentando pasar el trineo por la puerta del sótano.

—Te quiero. ¿Estás ahí? ¡Te quiero! ¿Hola?

Decepcionado, Harry apartó la vista del teléfono muerto y se encontró con la sonrisa radiante del vecino paquistaní.

—Sí, a ti también, Ali —murmuró mientras intentaba marcar el número de Rakel otra vez.

—El botón de rellamada —dijo Ali.

—¿Qué?

—Nada. Oye, avísame si quieres alquilar el trastero del sótano. No lo utilizas mucho, ¿no?

—Ah, pero ¿tengo un trastero en el sótano?

Ali alzó la vista al cielo.

—¿Cuánto hace que vives aquí, Harry?

—Te decía que te quiero.

Ali miró extrañado a Harry, que, por señas, le explicó que había recuperado la conexión. Subió corriendo las escaleras empuñando la llave como si fuera la vara de un zahorí.

—Por fin, ya podemos hablar —dijo Harry una vez en el interior de aquel apartamento de dos habitaciones, espartano pero pulcro, que a tan buen precio había comprado a finales de los años ochenta, cuando el mercado inmobiliario estaba en el momento de mayor corrupción.

Harry había pensado en más de una ocasión que, con aquella compra, había agotado para el resto de su vida la parte de buena suerte que le correspondía.

—Me habría gustado que estuvieras aquí con nosotros, Harry. Oleg también te echa de menos.

—¿Lo ha dicho?

—No hace falta que lo diga. En eso os parecéis.

—Oye, acabo de decir que te quiero. Tres veces. Con el vecino escuchando. ¿Sabes lo que cuesta eso?

Rakel se echó a reír. Harry adoraba aquella risa desde la primera vez que la oyó. Y el instinto le decía que haría cualquier cosa para poder escucharla a menudo. A ser posible, todos los días.

Se quitó los zapatos y sonrió al ver que el contestador de la entrada parpadeaba, avisándole de que había un mensaje. No le hacía falta ser adivino para saber que era de Rakel, de aquella mañana. Solo ella lo llamaba a casa.

—¿Cómo sabes que me quieres? —preguntó Rakel con voz melosa. El eco había desaparecido.

—Noto cierto calor en… ¿cómo se llama?

—¿El corazón?

—No, no, está un poco más abajo y por detrás del corazón. ¿Serán los riñones? ¿El hígado? ¿El bazo? Sí, eso es, noto cierto calor en el bazo.

Harry no estaba seguro de si lo que se oyó al otro lado fue llanto o risa. Pulsó el botón para reproducir los mensajes del contestador.

—Espero que podamos volver dentro de catorce días —oyó decir a Rakel en el móvil, antes de que el contestador ahogara su voz.

«Hola, soy yo otra vez…»

A Harry le dio un vuelco el corazón y reaccionó sin pensar siquiera. Pulsó el botón de parada, pero se diría que el eco de las palabras pronunciadas por aquella voz de mujer, algo ronca e insinuante, siguiera flotando en el aire.

—¿Qué ha sido eso? —preguntó Rakel.

Harry tomó aire. Una idea intentó abrirse camino hasta el cerebro antes de que pudiera responder, pero llegó demasiado tarde.

—Nada, la radio. —Carraspeó ligeramente—. Cuando lo sepas, dime en qué vuelo llegáis para que vaya a buscaros.

—Claro que sí —dijo Rakel, extrañada.

Se hizo un silencio algo incómodo.

—Harry, tengo que irme ya —dijo Rakel—. Nos llamamos esta tarde sobre las ocho, ¿vale?

—Sí. Bueno, no, a esa hora estaré ocupado.

—¿Ah, sí? Espero que esta vez sea algo divertido.

—Bueno —dijo Harry respirando hondo—. Al menos voy a salir con una mujer.

—Vaya. ¿Quién es la afortunada?

—Beate Lønn. Una agente nueva de la sección de Atracos.

—¿Y cuál es el motivo de la cita?

—Una conversación con el marido de Stine Grette, la empleada de banco a la que mataron en el atraco de la calle Bogstadveien, ya sabes. También hablaremos con el director de la sucursal.

—Bueno, que vaya bien la cosa. Nos llamamos mañana. Oleg quiere darte las buenas noches.

Harry oyó unos pasitos acelerados y, acto seguido, la respiración agitada del pequeño en el auricular.

Después de colgar, Harry se quedó un rato en la entrada, mirando fijamente el espejo que había sobre la mesa del teléfono. Si su teoría era correcta, el agente de policía al que ahora observaba tenía que ser bastante eficiente. Un par de ojos enrojecidos a ambos lados de una narizota surcada de una red de venillas violáceas, todo ello plantado en una cara pálida y huesuda plagada de poros. Las arrugas parecían muescas de cuchillo grabadas al azar en una viga de madera. ¿Cómo se había producido el cambio? Vio en el espejo la pared que tenía detrás, donde colgaba la foto de aquel niño risueño y bronceado, con su hermana. Pero Harry no buscaba la belleza o la juventud perdida. En efecto, la idea de hacía unos minutos había logrado abrirse camino, por fin. Buscaba en su fisonomía ese rasgo traicionero, esquivo y cobarde que acababa de incitarlo a romper una de las promesas que se había hecho a sí mismo: que nunca, jamás, fuese como fuera, le mentiría a Rakel. De todas las piedras que pudieran hallar en el camino, y no eran pocas, su relación con Rakel nunca tropezaría con la de la mentira. Entonces ¿por qué lo hizo? Era cierto que él y Beate iban a interrogar al marido de Stine Grette, pero ¿por qué no le contó que había quedado con Anna después? Una vieja historia, ¿y qué? Fue una aventura breve y atormentada que dejó cicatrices, pero ninguna lesión permanente. Hablarían, tomarían un café, se contarían cómo les iban las cosas. Y luego se marcharían cada uno por su lado.

Harry pulsó el botón para escuchar el resto del mensaje del contestador. La voz de Anna inundó el vestíbulo.

«Me alegro de que vayamos a vernos esta noche en M. Solo quería decirte dos cosas. ¿Podrías pasarte por el cerrajero de la calle Vibe y recoger unas llaves que encargué? Está abierto hasta las siete, y he dado tu nombre para que puedas retirarlas. Y, por favor, ¿podrías ponerte los vaqueros que sabes que tanto me gustaban?»

Una risa profunda y algo ronca.

Era la misma, sin duda.

5

Némesis

En la oscuridad prematura del cielo de octubre, la lluvia dibujaba líneas veloces al contraluz del farolillo que colgaba sobre la placa de cerámica en la que Harry leyó «Aquí viven Espen, Stine y Trond Grette». «Aquí» era una casa adosada de Disengrenda. Tocó el timbre y miró a su alrededor. Disengrenda consistía en cuatro hileras de casas adosadas en medio de un descampado llano y extenso rodeado de bloques de viviendas que a Harry le recordaron a los intentos de los colonizadores por protegerse de los ataques de los indios. Y quizá fuera esa la intención. Aquellas casas adosadas se construyeron en los años sesenta con la idea de alojar a la clase media, que no paraba de crecer. La mermada población obrera autóctona de los edificios de Disenveien y Traverveien habría comprendido ya por aquel entonces que esos eran ahora los vencedores, los que asumirían la hegemonía del país en construcción.

—Parece que no está en casa —dijo Harry llamando al timbre una vez más—. ¿Estás segura de que entendió que veníamos esta tarde?

—No.

—¿Cómo que no?

Harry se volvió hacia Beate Lønn, que tiritaba debajo del paraguas. Llevaba falda y zapatos de tacón y, cuando la recogió en el Schrøder, le dio la impresión de que se había vestido para ir de visita.

—Grette confirmó la cita dos veces cuando llamé —aseguró la joven—. Pero parecía bastante… alterado.

Harry se asomó por la barandilla de la escalera y pegó la nariz a la ventana de la cocina. Dentro estaba oscuro y no vio más que un calendario blanco con el logo de Nordea colgado en la pared.

—Pues nos vamos —dijo.

En ese momento, se abrió de golpe la ventana de la cocina de la casa contigua.

—¿Buscáis a Trond?

La pregunta resonó con el acento de Bergen, con un deje tan marcado que todas las erres sonaban como si estuviera descarrilando un tren de cercanías. Harry se dio la vuelta y vio la cara morena y arrugada de una mujer que parecía querer sonreír y adoptar un aspecto grave al mismo tiempo.

—Sí —dijo Harry.

—¿Sois parientes?

—Policías.

—Ya —respondió la señora, borrando enseguida la expresión de funeral—. Creí que veníais a darle el pésame. El pobre está en la pista de tenis.

—¿En la pista de tenis?

La mujer señaló con el dedo.

—Al otro lado del descampado. Lleva ahí desde las cuatro.

—Pero si es de noche —dijo Beate—. Y está lloviendo.

La mujer se encogió de hombros.

—Será el dolor.

Arrastraba tanto las erres que Harry recordó su infancia en Oppsal y los trozos de papel que solían fijar a las ruedas de las bicicletas para que fueran golpeando los radios.

—Veo que tú también eres de la parte este de la ciudad —le dijo Harry a Beate mientras caminaban en la dirección que les había indicado la vecina—. ¿O me equivoco?

—No —respondió Beate.

La pista de tenis estaba en el descampado, a medio camino entre los bloques de pisos y las casas adosadas. Se oían los golpes

45

sordos de la pelota mojada contra las cuerdas de la raqueta y, al otro lado de una malla muy elevada, divisaron la silueta de un hombre que estaba a punto de hacer un saque en la oscuridad otoñal, que caía rápidamente.

—¡Hola! —gritó Harry al llegar a la malla.

El hombre que estaba al otro lado no contestó. Hasta entonces no habían visto que llevaba chaqueta, camisa y corbata.

—¿Trond Grette?

El hombre lanzó una pelota que dio en un charco negro, rebotó en la malla y les salpicó una fina ducha de agua de lluvia que Beate paró con el paraguas.

Beate tironeó de la puerta.

—Ha cerrado por dentro —susurró.

—¡Hole y Lønn, de la policía! —gritó Harry—. Teníamos una cita, ¿podemos…? ¡Joder!

Harry no vio la pelota hasta que esta fue a estrellarse en la malla, donde se quedó incrustada, a un palmo de la cara. Se secó el agua de los ojos y se miró la ropa. Parecía recién pintada a pistola, con agua sucia de color marrón rojizo. Al ver que el hombre lanzaba al aire la siguiente pelota, Harry se puso de espaldas.

—¡Trond Grette! —El grito de Harry resonó haciendo eco entre los bloques.

Una pelota dibujó una parábola en el resplandor de las luces del bloque, antes de quedar engullida por la oscuridad y aterrizar en algún lugar del descampado. Harry se dio la vuelta, mirando otra vez a la pista, justo a tiempo de oír un grito salvaje y ver que una persona salía de la negrura y se le abalanzaba a toda velocidad. La malla acogió al jugador con un chirrido. Este cayó a cuatro patas en la gravilla, se levantó, tomó impulso y se abalanzó una vez más contra la malla. Cayó, se levantó y volvió a atacar.

—Dios mío, se ha vuelto majareta —murmuró Harry.

Retrocedió instintivamente un paso cuando, de pronto aparecieron ante él una cara pálida y un par de ojos desencajados. Era Beate, que había encendido la linterna y la dirigía hacia Grette, que se había quedado colgado de la malla. Tenía el pelo oscuro empapado y pegado a la frente pálida, y la mirada como si buscara un objetivo en el que fijar la atención mientras se deslizaba hacia abajo por la malla, igual que cuando chorrea la nieve sucia por la ventanilla de un coche, hasta que se quedó inmóvil en el suelo.

—¿Qué hacemos ahora? —dijo Beate.

Harry notó que algo le crujía entre los dientes, se escupió en la mano y, a la luz de la linterna, vio que era gravilla roja de la pista de tenis.

—Tú llamas a una ambulancia mientras yo busco unos alicates en el coche —respondió.

—¿Y le administraron algún tranquilizante? —preguntó Anna.

Harry asintió con la cabeza al tiempo que le daba un trago al refresco.

Los clientes del local, todos pijos y apenas adultos, ocupaban los taburetes que había a su alrededor, bebían vino en copas relucientes o tomaban cola light. M era, como la mayoría de los bares de Oslo, un establecimiento urbano un tanto provinciano y naïf pero de un modo relativamente simpático que a Harry le recordaba a Diss, aquel chico de la clase de secundaria, educado y empollón, al que pillaron con un librito donde iba anotando las expresiones de la jerga que utilizaban los chicos más populares de la clase.

—Llevaron al pobre hombre al hospital. Luego hablamos otro ratito con la vecina y ella nos contó que Grette se había pasado las noches haciendo saques desde que asesinaron a su mujer.

—Madre mía, ¿y eso por qué?

Harry se encogió de hombros.

—No es de extrañar que la gente sufra una psicosis cuando pierde a un ser querido de esa forma. Hay quienes, simplemente, lo niegan todo y fingen que el muerto sigue vivo. Según la vecina, Stine y Trond Grette hacían muy buena pareja en dobles mixtos y se pasaban entrenando casi todas las tardes.

—¿Así que era como si esperara que la mujer le devolviera el saque?

—Podría ser.

—¡Qué barbaridad! ¿Me pides una cerveza mientras voy a los aseos?

Anna se puso en pie contoneándose y desapareció hacia el fondo del local. Harry no intentó mirarla mientras se alejaba. No tenía por qué, ya había visto lo que necesitaba. Anna tenía ahora algunas arrugas alrededor de los ojos y un par de cabellos grises en aquella melena negra; por lo demás, era la misma. Los mismos ojos negros de expresión casi acosada bajo unas cejas muy juntas, la misma nariz fina y alta sobre unos labios carnosos, algo vulgares, y las mejillas hundidas que a veces le otorgaban una expresión hambrienta. Quizá no pudiera decirse que fuera guapa, tenía unas facciones demasiado duras y rotundas, pero aquel cuerpo esbelto conservaba aún suficientes curvas como para que al menos dos hombres, según contó Harry, perdieran el hilo al verla pasar hacia los servicios.

Harry encendió otro cigarrillo. Después de visitar a Grette fueron a ver a Helge Klementsen, el director de la sucursal, que tampoco les proporcionó mucho con que trabajar. El hombre seguía más o menos conmocionado, y lo encontraron sentado en un sillón de su casa, un edificio de dos apartamentos situado en la calle Kjelsås, mirando ya al caniche gigante que le correteaba entre las piernas, ya a su mujer, que correteaba entre la cocina y el salón para servirles un café y las pastas más secas que Harry había probado en la vida. La ropa que había elegido Beate armonizaba más con el hogar burgués de la familia Klementsen que los Levis raídos y las botas Dr. Martens de Harry. Aun así, fue sobre todo Harry quien conversó con la señora Klementsen, que no paraba de ir de aquí para allá, sobre la cantidad inusual de precipitaciones de este otoño y sobre el arte de hacer galletas, interrumpidos de vez en cuando por el resonar grave de pasos y sollozos procedentes del piso de arriba. La señora Klementsen les dijo que su hija Ina, pobrecita, estaba embarazada de seis meses de un hombre que acababa de largarse a Kos, porque era griego. Harry estuvo a punto de atragantarse con la galleta que tenía en la boca cuando por fin Beate tomó la palabra. Con total serenidad se dirigió a Helge Klementsen, quien ya no tenía por qué seguir al perro con la mirada puesto que el animal acababa de salir por la puerta del salón, y le preguntó:

—¿Qué estatura dirías que tenía el atracador?

Helge Klementsen la miró y se llevó la taza de café casi hasta la boca, donde, necesariamente, tuvo que mantenerla en el aire, pues no podía beber y hablar al mismo tiempo.

—Era alto. Dos metros, quizá. Stine siempre llegaba puntual al trabajo.

—Tan alto no era, señor Klementsen.

—Bueno, pues uno noventa. Y siempre iba bien vestida.

—¿Y cómo iba vestido el atracador?

—Llevaba algo negro, como de goma. Este verano fue la primera vez que se tomó unas vacaciones de verdad. Se fue a Kos.

La señora Klementsen resopló.

—¿Cómo que de goma? —dijo Beate.

—Sí, como de goma. Y llevaba capucha.

—¿De qué color, señor Klementsen?

—Roja.

En ese momento, Beate dejó de tomar notas. Minutos después, ya estaban en el coche camino del centro.

—Si los jueces y los jurados supieran lo poco fiables que son los testimonios de los testigos en relación con atracos de este tipo, no nos permitirían utilizarlos como pruebas —dijo Beate—. Es fascinante el margen de error de las reconstrucciones mentales de los testigos; es como si el miedo les pusiera una lente a través de la cual los atracadores parecen más altos y más negros, las armas, más numerosas, y los segundos, más largos. El atracador tardó poco más de un minuto, pero la señora Brænne, la mujer que estaba en el mostrador más próximo a la entrada, dijo que estuvo en el banco cinco minutos como mínimo. Y no mide dos metros, sino metro setenta y ocho. A no ser que utilizara plantillas, lo que tampoco es inusual entre los profesionales.

—¿Cómo puedes estar tan segura de la estatura?

—Por el vídeo. Mides la altura en el marco de la puerta cuando el atracador entra. Estuve en el banco esta mañana, tracé unas marcas con tiza, saqué fotos nuevas y medí.

—Ya. En Delitos Violentos encomendamos ese tipo de trabajos de medición a la científica.

—La medición de la estatura a partir de un vídeo es algo más complicada de lo que parece. La científica se equivocó en tres centímetros en la estatura del atracador del banco DnB de Kaldbakken en 1989, así que prefiero hacer las mediciones por mí misma.

Harry la miró pensando si debía preguntarle por qué se había hecho policía, pero optó por preguntarle si podía dejarlo delante del cerrajero de la calle Vibe. Antes de bajarse del coche, le preguntó también si se había fijado en que Klementsen no derramó una sola gota de la taza de café que sostenía en el aire mientras ella lo interrogaba, pero Beate no se había percatado de ese detalle.

—¿Te gusta este sitio? —preguntó Anna, sentándose otra vez en el taburete.

—Bueno. —Harry miró a su alrededor—. No es mi tipo de bar.

—El mío tampoco. —Anna cogió el bolso y se levantó—. Vamos a mi casa.

—Acabo de pedirte una cerveza. —Harry señaló con la cabeza la jarra de medio litro llena de líquido espumoso.

—Es que es muy aburrido beber sola —señaló Anna con un mohín—. Relájate, Harry. Ven.

Fuera había dejado de llover y el aire fresco y recién purificado olía bien.

—¿Recuerdas aquel día de otoño que fuimos en coche al valle de Maridalen? —preguntó Anna al tiempo que echaba a andar cogida de su brazo.

—No —dijo Harry.

—¡Claro que te acuerdas! En ese Ford Escort lamentable tuyo al que no se le pueden bajar los asientos.

Harry sonrió.

—Te estás ruborizando —dijo ella entusiasmada—. Entonces seguro que también recordarás que aparcamos y nos adentramos en el bosque. Y todas aquellas hojas amarillas eran como un... —le apretó el brazo—, un lecho. Como una cama. Firme y dorada. —Se echó a reír y le dio una palmadita—. Y después tuve que ayudarte a empujar aquel muerto de coche. Supongo que ya te habrás deshecho de él, ¿no?

—Bueno —dijo Harry—. Está en el taller. Ya veremos.

—Madre mía. Cualquiera diría que estás hablando de un amigo al que tienes en el hospital con un tumor o algo así. —Y añadió, con un tono suave—: No deberías haberte rendido tan fácilmente, Harry.

Él no respondió.

—Es aquí —dijo ella—. De eso sí que te acuerdas, ¿no?

Se habían detenido delante de una puerta azul en Sorgenfrigata.

Harry se soltó con delicadeza.

—Verás, Anna —comenzó intentando no hacer caso de la mirada de advertencia—. Tengo una reunión mañana muy temprano con la unidad de vigilancia personal de la sección de Atracos.

—Ni lo intentes —dijo ella mientras abría la puerta.

De pronto, Harry recordó el encargo, metió la mano en el bolsillo interior de la gabardina y le entregó a Anna un sobre amarillo.

—Del cerrajero.

—Ah, la llave. ¿Algún problema a la hora de retirarla?

—El tío del mostrador estudió a fondo mi identificación. Y tuve que firmar. Un tipo muy raro.

Harry miró el reloj y bostezó.

—Son muy estrictos a la hora de entregar esas llaves especiales —dijo Anna rápidamente—. Valen para todo el edificio, la puerta de entrada, la del sótano, la del apartamento, para todo. —Dejó escapar una risa repentina y nerviosa—. Para aceptar el encargo de esta copia, pidieron una autorización escrita de la comunidad.

—Comprendo —dijo Harry, que se balanceó sobre los talones y tomó aire dispuesto a darle las buenas noches.

Ella se le adelantó y, con voz casi suplicante, le dijo:

—Solo un café, Harry.

La misma araña colgaba sobre los mismos muebles antiguos del comedor del gran salón. Harry creía recordar que las paredes eran claras, de color blanco o quizá amarillo pálido, pero no estaba seguro. En cualquier caso, ahora eran azules y la habitación parecía más pequeña. Tal vez Anna hubiera querido reducir el vacío. No debe de ser fácil, para una persona sola, llenar un piso de tres salones y dos dormitorios enormes con techos de tres metros y medio de altura. Harry recordaba que Anna le había contado que su abuela también había vivido sola allí, aunque no pasaba mucho tiempo en el apartamento pues era una soprano famosa y, mientras pudo cantar, estuvo viajando por todo el mundo.

Anna se fue a la cocina y Harry echó una mirada al salón. No había muebles ni decoración alguna, solo un potro con dos aros en la parte superior. Estaba en el centro de la habitación, era tan alto como un poni islandés y descansaba sobre cuatro patas de madera. Harry se acercó al potro y pasó la mano por la piel marrón y lisa.

—¿Has empezado a hacer gimnasia? —le preguntó a Anna alzando la voz.

—¿Te refieres al potro? —dijo Anna desde la cocina.

—Creía que era un aparato para hombres.

—Y lo es. ¿Estás seguro de que no te apetece una cerveza, Harry?

—Totalmente seguro —respondió—. Pero dime, en serio, ¿por qué lo tienes aquí?

Harry se sobresaltó cuando, de repente, oyó la voz de Anna justo a su espalda.

—Porque me gusta hacer cosas de hombres.

Harry se dio la vuelta. Anna se había quitado el jersey y se había parado en el umbral de la puerta. En el último instante, se las arregló para dismular la curiosidad.

—Se lo compré a la Asociación de Gimnasia de Oslo. Se convertirá en una obra de arte. Una instalación. Como la que llamé *Contacto*, que seguramente recordarás.

—¿Te refieres a aquella caja que colocaste en una mesa cubierta con una cortina y en la que había que meter la mano? Tenía un montón de manos artificiales dentro y se suponía que había que estrecharlas, ¿no?

—O acariciarlas. O flirtear con ellas. O rechazarlas. Dentro había unos radiadores que mantenían las manos artificiales a la temperatura del cuerpo humano, y así daban el pego, ¿no es cierto? La gente creía que había alguien escondido debajo de la mesa. Ven, deja que te enseñe otra cosa.

Harry la siguió hacia el salón del fondo. Anna abrió unas puertas correderas, cogió a Harry de la mano y lo condujo hacia el interior a oscuras. Cuando encendió la luz, Harry se quedó mirando la lámpara. Era una lámpara de pie dorada con forma de mujer, que sostenía una balanza en una mano y una espada en la otra. Tenía tres focos que coronaban la punta de la espada, la balanza y la cabeza de la mujer, respectivamente, y cuando Harry se dio la vuelta vio que los focos iluminaban sendas pinturas al óleo. Dos de ellas estaban colgadas de la pared y la tercera, que parecía inacabada, descansaba en un caballete de cuya esquina izquierda pendía una paleta con manchas de color ocre y amarillo.

—¿Qué son estos cuadros? —quiso saber Harry.

—Son retratos, ¿no lo ves?

—Ya. ¿Esto de aquí son los ojos? —Fue señalando con el dedo—. ¿Y eso, la boca?

Anna ladeó la cabeza.

—Si a ti te lo parece… Son tres hombres.

—¿Alguno que yo conozca?

Anna se quedó pensativa y miró a Harry un buen rato antes de contestar.

—No, creo que no conoces a ninguno. Pero puedes llegar a conocerlos. Si lo deseas de verdad.

Harry estudió detenidamente los cuadros.

—Dime lo que ves.

—Veo a mi vecino en un trineo. Veo a un tío saliendo al mismo tiempo que yo de la trastienda del cerrajero. Y veo al camarero del M. ¡Ah!, y al presentador Per Ståle Lønning.

Anna rompió a reír.

—¿Sabías que la retina invierte los objetos y que así es como lo percibe el cerebro en primer lugar? Para ver las cosas como son realmente, hay que observarlas en un espejo. Si lo hicieras, verías en los cuadros a otras personas totalmente distintas. —Anna hablaba con el brillo del entusiasmo en la mirada y Harry no tuvo valor para contradecirla y decirle que la retina no invierte las imágenes de forma especular, sino que las pone boca abajo—. Esta será mi obra maestra, Harry. La obra por la que se me recordará.

—¿Estos retratos?

—No, ellos solo constituyen una parte del conjunto de la obra. Aún no está terminada. Pero ya la verás.

—Ya. ¿Cómo piensas llamarla?

—Némesis —dijo en voz baja.

Harry la miró extrañado y las miradas de ambos quedaron en suspenso un instante.

—Por la diosa, ya sabes.

La mitad del rostro de Anna estaba en sombras. Harry desvió la mirada. Ya había visto bastante. Tenía la espalda arqueada, como esperando una pareja de baile, un pie un poco adelantado, como indeciso sobre si ir o venir, el pecho jadeante y el cuello, esbelto y surcado por una vena donde Harry creyó distinguir sus latidos. Se sentía acalorado, como si le estuviera dando un mareo. ¿Qué fue lo que le dijo Anna? «No deberías haberte rendido tan fácilmente.» ¿Fue eso lo que hizo?

—Harry…

—Tengo que irme —dijo él.

Le quitó el vestido; ella cayó de espaldas, entre risas, sobre la sábana blanca. Soltó la hebilla del cinturón, mientras la luz turquesa que se filtraba desde las palmeras ondeantes del salvapantallas del portátil que había sobre el escritorio recorría los diablillos y demonios que gruñían boquiabiertos desde las tallas imponentes del cabecero. Anna le había contado que la cama perteneció a su abuela y que llevaba allí cerca de ochenta años. Le mordió la oreja y le susurró al oído palabras en un idioma desconocido. Luego dejó de susurrar y se tumbó encima de él gimiendo, riendo, murmurando e invocando a los dioses mientras él deseaba que aquello no acabara. Y justo antes de que se corriera, ella se detuvo de repente, le sujetó la cara entre las manos y le preguntó en un susurro:

—¿Mío para siempre?

—Ni de coña —respondió él riéndose antes de darse la vuelta para quedar encima de ella.

Los demonios de madera se reían.

—¿Mío para siempre?

—Sí —gimió.

Y se corrió.

Ya calmadas las risas, sudorosos y abrazados sobre el edredón, Anna le contó que la cama se la había regalado a su abuela un noble español.

—Después de un concierto que dio en Sevilla en 1911 —dijo levantando un poco la cabeza para coger con los labios el cigarrillo que Harry le ofrecía—. La cama llegó a Oslo tres meses después, en el vapor *Elenora*. El azar y algo más quiso que Jesper Nosecuántos, el capitán danés del barco, se convirtiera en el primer amante de la abuela, que no el primer amor, en visitar esta cama. Al parecer, Jesper era un hombre muy apasionado y por eso, según la abuela, le faltaba la cabeza al caballo de la parte superior del cabecero. El capitán Jesper lo arrancó de un mordisco en pleno éxtasis.

Anna reía y Harry sonrió. El cigarrillo se había consumido y volvieron a amarse mecidos por el crujir y el vaivén de la madera española, lo que inspiró a Harry a imaginar que se hallaban a bordo de un barco y que nadie llevaba el timón, pero que no importaba.

Hacía ya mucho de aquello y fue la primera y la última noche que Harry se durmió sobrio en la cama de la abuela de Anna.

Se dio la vuelta en la estrecha cama de hierro. En la radio despertador que tenía en la mesilla brillaban las 03.21 horas. Soltó un taco. Cerró los ojos y volvió despacio con el pensamiento a Anna y al verano que pasaron entre las sábanas blancas de la cama de su abuela. Estuvo borracho la mayor parte del tiempo, pero las noches que recordaba fueron rosadas y maravillosas, como en las tarjetas eróticas. Hasta las últimas palabras que le dijo cuando terminó el verano fueron un cliché que expresó con calor y mucho sentimiento: «Te mereces a alguien mejor que yo».

Por aquel entonces bebía tanto que solo cabía un final. Y en uno de los momentos de lucidez decidió no arrastrarla a ella en la caída. Anna lo maldijo en su lengua extranjera y le juró que algún día le pagaría con la misma moneda: le arrebataría lo único que hubiera amado.

Habían pasado ya siete años y aquello no duró más que seis semanas. Después, solo la había visto en dos ocasiones. La primera en un bar: ella se le acercó y le rogó llorando que se fuera a otro sitio, cosa que hizo. Y la segunda en una exposición a la que Harry había llevado a Søs, su hermana pequeña. Él le dijo que la llamaría, pero no lo hizo.

Harry se giró otra vez a mirar el reloj. Las 03.32. La besó. Ahora, esta noche. Después de cruzar la puerta de cristal rugoso del apartamento y ya sintiéndose seguro, se inclinó para darle un abrazo de buenas noches que se convirtió en un beso. Fácil e inocuo. O, al menos, fácil. Las 03.33. ¡Mierda! ¿Desde cuándo era tan sensible como para sentir remordimientos por darle a una vieja amiga un beso de buenas noches? Harry intentó respirar hondo y a un ritmo acompasado, y concentrarse en las rutas posibles para escapar desde la calle Bogstadveien pasando por Industrigata. Aspirar. Espirar. Aspirar otra vez. Aún era capaz de recordar su olor. El dulce peso de su cuerpo. Los sonidos ásperos y acuciantes del músculo de su lengua.

6

Guindilla

Los primeros rayos de sol despuntaban apenas por la cima de la colina de Ekebergåsen, por debajo de la persiana a medio subir de la sala de reuniones de la sección de Delitos Violentos, y se colaron por los pliegues del contorno de los ojos entornados de Harry. Al otro lado de la larga mesa estaba Rune Ivarsson balanceándose sobre los talones, con las piernas ligeramente separadas y las manos a la espalda. En un bloc gigante que colgaba detrás de Ivarsson se leía en letras mayúsculas, grandes y rojas la palabra BIENVENIDO. Harry imaginaba que lo habría aprendido en algún seminario de presentación, e hizo un leve intento de ahogar un bostezo en cuanto el jefe de sección empezó a hablar.

—Buenos días a todos. Los ocho agentes congregados hoy alrededor de esta mesa formamos el grupo de investigación responsable del atraco cometido el viernes en la calle Bogstadveien.

—El asesinato —murmuró Harry.

—¿Perdón?

Harry se subió un poco la silla. Fuera cual fuese la postura, los dichosos rayos de sol lo cegaban por completo.

—Lo correcto sería partir de que es un asesinato e investigar según esa premisa.

Ivarsson esbozó media sonrisa que no dedicó a Harry, sino a los demás participantes de la reunión, a quienes fue mirando de uno en uno.

—Había pensado presentaros antes, pero parece que nuestro amigo de Delitos Violentos ya ha empezado. Bjarne Møller, el jefe de la sección, nos ha cedido amablemente al comisario Harry Hole, especialista en homicidios.

—Asesinatos —dijo Harry.

—Asesinatos. A la izquierda de Hole tenemos a Torleif Weber, de la científica, responsable de examinar el lugar de los hechos. Weber es, como algunos de vosotros ya sabéis, nuestro rastreador más experto. Conocido por sus dotes analíticas y su infalible intuición. El comisario jefe llegó a decir en una ocasión que le gustaría incorporar a Weber en el grupo de cacería de Trysil... como perro.

Estallaron las risas en torno a la mesa, pero Harry no tuvo que mirar a Weber para saber que él no sonreía. Weber no sonreía casi nunca y, desde luego, no le sonreía a quien no le gustaba, y a Weber no le gustaba casi nadie. Y mucho menos le gustaba el grupo de jefes jóvenes constituido, en su opinión, por trepas incompetentes sin interés alguno por el trabajo ni por el cuerpo, pero con una afición desmesurada al poder y la influencia burocrática a la que accederían representando el papel de actor invitado en la Comisaría General.

Ivarsson sonrió balanceándose satisfecho, como un capitán en medio del oleaje, mientras esperaba a que cesaran las risas.

—Beate Lønn, nuestra especialista en análisis de audiovisuales, es novata en este terreno.

Beate se puso como un tomate.

—Beate es la hija de Jørgen Lønn, que durante más de veinte años trabajó en Robos y Delitos Violentos, como se llamaba entonces. Por ahora, parece que no defraudará la memoria legendaria de su padre, pues ya ha contribuido de forma decisiva al esclarecimiento de varios casos. No sé si lo he mencionado antes, pero en Atracos hemos incrementado el porcentaje de resolución de casos cerca de un cincuenta por ciento, lo que en un contexto internacional se considera...

—Sí, Ivarsson, ya lo has mencionado.

—Gracias.

Esta vez Ivarsson miró directamente a Harry al lanzar esa sonrisa tiesa de reptil que dejaba al aire parte de la dentadura. Y, con ella pintada en la cara, siguió hasta terminar las presentaciones. Harry conocía a dos de los colegas. Magnus Risan, un chico de Tomrefjorden que pasó seis meses en Delitos Violentos y dejó una buena impresión. El otro era Didrik Gudmundson, el investigador más experto de la mesa y el segundo de a bordo de la sección. Un policía de talante sereno que trabajaba metódicamente y con el que Harry jamás había tenido problemas. Los dos últimos, apellidados Li, también pertenecían a la sección de Atracos, pero Harry constató enseguida que no eran gemelos. Toril Li era una mujer alta y rubia de boca fina y rostro hermético, y Ola Li era un hombre bajo y pelirrojo con cara de gnomo y ojos risueños. Harry se había cruzado con ellos por los pasillos lo bastante como para considerar natural saludarlos, pero nunca se le había ocurrido hacerlo.

—Me imagino que a mí ya me conocéis —dijo Ivarsson para terminar la ronda—. Pero solo para dejarlo dicho, soy el jefe de la sección de Atracos, y se me ha encomendado la dirección de esta investigación. Y, en respuesta a la observación del principio, Hole, no es la primera vez que investigamos un atraco que haya tenido resultado de muerte para una de las víctimas.

Harry intentó no hacerlo. Se esforzó de verdad. Pero la sonrisa de cocodrilo se lo impidió.

—¿Con un porcentaje de esclarecimiento justo por debajo del cincuenta por ciento también en esos casos?

Solo uno de los presentes se rió, pero se rió con ganas. Weber.

—Perdón, creo que se me olvidó deciros algo sobre Hole —dijo Ivarsson, ya sin sonreír—. Tiene grandes dotes cómicas. Casi tan bueno con Arve Opsahl, según me han dicho.

Se hizo un incómodo silencio, seguido de la risita breve y ruidosa de Ivarsson y de un rumor de alivio que se extendió por toda la mesa.

—Vale, empecemos con una síntesis.

Ivarsson pasó la primera hoja del gran bloc. La siguiente estaba en blanco, salvo por el titular CIENTÍFICA. Quitó el tapón del rotulador y se preparó para escribir.

—Adelante, Weber.

Karl Weber se levantó. Era un hombre de estatura baja, con barba y una melena leonada y cenicienta. Su voz resonaba como un murmullo ominoso de baja frecuencia, pero lo bastante claro.

—Seré breve.

—Claro —dijo Ivarsson, y puso el rotulador en la hoja—. Tómate el tiempo que necesites, Karl.

—Seré breve porque no necesito mucho tiempo para decir lo que tengo que decir —gruñó Weber—. No tenemos nada.

—Entiendo —dijo Ivarsson y bajó el rotulador—. Cuando dices nada, ¿a qué te refieres exactamente?

—Tenemos una huella de una zapatilla Nike, totalmente nueva, del cuarenta y cinco. Casi todo lo relativo a este atraco es de lo más profesional, de modo que lo único que me indica este dato es que probablemente no sea ese el número real del atracador. Los chicos de balística ya han analizado el proyectil. Munición estándar de 7,62 milímetros para un AG3, la munición más corriente de las utilizadas en todo el reino de Noruega, pues es la habitual en cualquier barracón militar, en todos los arsenales de armamento y en los hogares de los oficiales del ejército o de los miembros de la milicia local de este país. En otras palabras, es imposible de rastrear. Aparte de eso, es como si nunca hubiera estado allí dentro. O fuera, por cierto, pues también hemos buscado rastros en el exterior.

Weber se sentó.

—Gracias, Weber, ha sido… esclarecedor.

Ivarsson pasó a la siguiente página, titulada TESTIGOS.

—¿Hole?

Harry bajó un poco la silla.

—Todos los que estaban en el banco durante el atraco prestaron declaración inmediatamente después, y ninguno puede contarnos nada que no se vea en la grabación de vídeo. Bueno, recuerdan un par de cosas que sabemos con seguridad que no son ciertas. Un testigo vio cómo el atracador desaparecía subiendo por Industrigata. No disponemos de más testimonios.

—Lo cual nos lleva al siguiente punto, que son los coches de la huida —dijo Ivarsson—. ¿Toril?

Toril Li se acercó y encendió el proyector, donde ya había una transparencia con la lista de los coches robados durante los últimos tres meses. Con ese acento cerrado de Sunnmøre que tenía, señaló los cuatro coches más probables, en su opinión, para efectuar la huida, basándose en que pertenecían a marcas y modelos muy comunes, tenían colores neutrales y claros y eran lo bastante nuevos como para que el atracador confiara en que no iban a fallar. Uno de los coches, un Volkswagen Golf GTI aparcado en la calle Maridalsveien, resultaba de particular interés, ya que lo habían robado por la noche, la víspera del atraco.

—Los atracadores suelen robar el coche de la huida lo más cerca posible del momento del atraco para que no haya tiempo de que figure en las listas de los policías que patrullan las calles —dijo Toril Li, apagando el proyector y sacando la transparencia antes de volver a su sitio.

Ivarsson asintió con la cabeza.

—Gracias.

—De nada —le susurró Harry a Weber.

El titular de la hoja siguiente era ANÁLISIS DE VÍDEO. Ivarsson había vuelto a tapar el rotulador. Beate tragó saliva, carraspeó, tomó un sorbo del vaso que tenía delante y volvió a carraspear antes de empezar, con la mirada clavada en la mesa.

—He medido la estatura…

—Por favor, habla un poco más alto, Beate —dijo Ivarsson con su sonrisa de reptil.

Beate carraspeaba una y otra vez.

—He medido la estatura del atracador a partir de la imagen del vídeo. Mide un metro setenta y nueve. Lo he comprobado con Weber, y está de acuerdo.

Weber asintió con la cabeza.

—¡Estupendo! —gritó Ivarsson con forzado entusiasmo en la voz, quitó el tapón del rotulador y anotó: ESTATURA 179 CM».

Beate siguió hablándole a la mesa:.

—Acabo de hablar con Aslaksen, de la Politécnica de Oslo, nuestro analista de voces. Ha estudiado las cinco palabras que el atracador dice en inglés. Ha dicho que… —Beate lanzó una mirada angustiada en dirección a Ivarsson, ahora de espaldas, listo para anotar—, ha dicho que la grabación es de muy mala calidad, inservible.

Ivarsson bajó el brazo al mismo tiempo que el sol se ocultaba detrás de una nube y pareció que el gran rectángulo de luz que se reflejaba en la pared posterior se desvanecía al mismo tiempo. Se hizo un silencio total en la sala de reuniones. Ivarsson tomó aire y se puso de puntillas, a la ofensiva.

—Menos mal que hemos guardado el as para el final.

El jefe de la sección de Atracos pasó a la hoja final del bloc: VIGILANCIA DE PERSONAS.

—Puede que debamos explicar a los que no trabajáis en la sección de Atracos que los primeros a los que implicamos cuando disponemos de una grabación de un atraco es a los compañeros de vigilancia. En siete de cada diez casos, una buena grabación revela quién es el atracador, si es que se trata de un viejo conocido nuestro.

—¿Aunque estén enmascarados? —preguntó Weber.

Ivarsson hizo un gesto afirmativo.

—Un observador atento detectará a un viejo conocido por la constitución, el lenguaje corporal, la voz, la forma en que habla durante el atraco, todos esos detalles que no puedes ocultar detrás de una máscara.

—Pero no basta con saber quién es —dijo Didrik Gudmundson, el segundo de Ivarsson—. Necesitamos…

—Exacto —lo interrumpió Ivarsson—. Necesitamos pruebas. Un atracador puede deletrearle su nombre a la cámara de vigilancia pero, mientras permanezca enmascarado y no deje pruebas técnicas, estamos en las mismas, desde un punto de vista jurídico.

—¿Y a cuántos de los siete que reconocéis por las grabaciones los condenan por robo? —dijo Weber.

—A alguno que otro —respondió Gudmundson—. En cualquier caso, es mejor saber quién es el autor de un atraco aunque luego no lleguen a condenarlo porque así adquirimos información sobre las pautas y métodos. Y la próxima vez que lo intentan, los atrapamos.

—¿Y si no hay una próxima vez? —preguntó Harry.

Se fijó en que, cuando Ivarsson se reía, se le dilataban las venas que tenía justo encima de las orejas.

—Querido experto en asesinatos —dijo Ivarsson, aún risueño—. Si miras a tu alrededor, verás que la mayoría de los aquí presentes se ríe en tu cara por lo que acabas de preguntar. Y la razón es muy sencilla: un atracador que lleva a cabo un buen golpe lo volverá a intentar siempre, siempre. Es la ley de la gravedad del atraco.

Ivarsson miró por la ventana y se permitió otra risita antes de darse media vuelta rápidamente.

—Si estamos de acuerdo en dar por finalizada la sesión de educación de adultos, quizá podamos pasar a comprobar si tenemos a alguien en el punto de mira. ¿Ola?

Ola Li miró a Ivarsson, no estaba seguro de si debía levantarse o no, y al final optó por quedarse sentado.

—Pues sí, resulta que yo estaba de guardia el fin de semana. A las ocho de la tarde del viernes teníamos un vídeo preparado, así que llamé a los de vigilancia que estaban de guardia para repasarlo en House of Pain. Los que no estaban de guardia debían examinarlo el sábado. Un total de trece personas de vigilancia estuvieron presentes, el primer grupo, el viernes a las ocho, y el segundo...

—Muy bien, Ola —dijo Ivarsson—. Tú cuéntanos lo que encontrasteis.

Ola soltó una risita nerviosa. Sonó como un intento de graznido de gaviota.

—¿Sí...?

—Espen Vaaland está de baja —dijo Ola—. Él conoce a la mayoría de los delincuentes del mundillo del robo. Intentaré que venga mañana.

—¿Qué es lo que quieres decir?

Los ojos de Ola recorrieron fugaces las caras de los reunidos en torno a la mesa.

—No mucho —dijo bajito.

—Ola es todavía bastante nuevo en esto —aclaró Ivarsson, mientras Harry observaba que se le tensaba la mandíbula—. Ola aspira a una identificación segura al cien por cien, y eso es muy loable pero demasiado pedir cuando el atracador...

—El asesino.

—... va enmascarado de arriba abajo, es de estatura mediana, no abre la boca, intenta moverse atípicamente y lleva unos zapatos demasiado grandes. —Ivarsson subió el volumen—. Así que será mejor que nos des la lista, Ola. ¿Quiénes son los posibles culpables?

—No hay posibles...

—¡Tiene que haberlos!

—No —dijo Ola, y tragó saliva.

—¿Estás intentando decirnos que nadie tenía ninguna propuesta, que ninguna de nuestras ratas de alcantarilla voluntarias que se enorgullecen de codearse a diario con los peores delincuentes de Oslo, que ninguno de todos esos maderos cumplidores que en nueve de cada diez casos de atraco se enteran oficiosamente de quién conducía el coche, quién llevaba las sacas con el dinero y quién vigilaba la puerta... de repente, ninguno se atreve a especular siquiera?

—Sí, especular sí especularon. Mencionaron seis nombres.

—¡Pues desembucha de una vez, hombre!

—He comprobado todos los nombres. Tres están en la cárcel. A otro lo vio un colega de vigilancia en el bar Plata, justo a la hora en que se cometió el atraco. Otro está en Pattaya, Tailandia, lo he comprobado. Y luego... había uno en el que coincidieron todos por tener una constitución parecida y por la ejecución tan profesional, me refiero a Bjørn Johansen, de la banda de Tveita.

—¿Sí?

Lo que Ola habría querido más que nada en el mundo era meterse debajo de la mesa.

—Pues que estaba en el hospital de Ullevål. Lo operaron el viernes, de *aures alatae*.

—¿*Aures alatae*?

—Orejas prominentes —resopló Harry, y se secó una gota de sudor de la ceja—. Te aseguro que Ivarsson estaba a punto de estallar.

—¿Hasta dónde has llegado?

—Acabo de pasar veintiuno.

La voz de Halvorsen resonó chillona entre las paredes de hormigón. A esa hora tan temprana de la tarde, tenían el gimnasio de la comisaría prácticamente para ellos solos.

—¿Has cogido un atajo o qué?

Harry apretó los dientes y consiguió aumentar un poco la frecuencia del pedaleo. Ya se había formado un charco de sudor alrededor de la bicicleta ergométrica, mientras que Halvorsen apenas tenía la frente húmeda.

—Así que estáis totalmente en blanco, ¿no? —preguntó Halvorsen con una respiración regular y tranquila.

—A no ser que haya algo relacionado con lo que Beate Lønn dijo al final, la verdad es que no tenemos mucho.

—¿Y qué dijo?

—Está trabajando en un programa de ordenador que compone una imagen tridimensional de la cabeza y las facciones del atracador a partir de las imágenes del vídeo.

—¿Con máscara?

—El programa utiliza la información que recibe de las imágenes. Luz, sombra, concavidades, protuberancias. Cuanto más apretada esté la máscara, más fácil es componer una imagen que se parezca a la persona que se esconde debajo. De todos modos solo será un boceto, pero Beate dice que puede utilizarlo para cotejarlo con fotos de sospechosos.

—Pero ¿con qué lo hace? ¿Con el programa de identificación del FBI?

Halvorsen se volvió hacia Harry y constató con cierta fascinación que la mancha de sudor que empezó en el pecho, a la altura del logo de Jokke & Valentinerne, se había extendido ya a toda la camiseta.

—No, Beate tiene un programa mejor —dijo Harry—. ¿A qué frecuencia vas?

—Veintidós. ¿Qué programa es?

—Giro fusiforme.

—¿Microsoft o Apple?

Harry se señaló con el dedo la frente, enrojecida por el esfuerzo.

—Aplicaciones conjuntas. Se encuentra en la región temporal del cerebro y su única función es reconocer rostros. No hace otra cosa. Esa pieza nos capacita para diferenciar cientos de miles de rostros humanos, pero ni siquiera una docena de hipopótamos.

—¿Hipopótamos?

Harry apretó bien los ojos y trató de librarse del escozor que le causaban las gotas de sudor.

—Era un ejemplo, Halvorsen. Pero, por lo visto, Beate Lønn es un caso muy especial. Su giro fusiforme tiene un par de vueltas adicionales que le permiten recordar casi todos los rostros que ha visto durante toda la vida. Y no estoy hablando solo de personas que conoce o con las que haya hablado, sino hasta de una cara encubierta por un par de gafas de sol que haya pasado a su lado por la calle, entre la multitud y hace quince años.

—Estás de coña.

—No. —Harry relajó el cuello para recuperar la respiración y poder continuar—. Solo se conocen unos doscientos casos de personas como ella. Didrik Gudmundson dijo que en la Escuela Superior de Policía superó una prueba que la clasificó muy por encima de todos los programas de identificación conocidos. Esa mujer es un fichero de rostros ambulante. Si te pregunta dónde te ha visto antes, seguro que no es solo un truco para ligar.

—¡Madre mía! ¿Qué hace en la policía? Con ese talento, quiero decir.

Harry se encogió de hombros.

—¿Recuerdas al investigador que sufrió un tiroteo durante aquel atraco en Ryen, en los años ochenta?

—Entonces yo aún no era policía.

—El hombre se encontraba en los alrededores por casualidad cuando se emitió el aviso, fue el primero en llegar y entró en el banco dispuesto a negociar, a pesar de que no iba armado. Lo ametrallaron con un arma automática y nunca atraparon a los atracadores. Después, el caso se utilizó en la Escuela Superior de Policía como ejemplo de lo que no se debe hacer cuando se llega al lugar de un atraco.

—Hay que esperar a que acudan los refuerzos y no hay que enfrentarse a los atracadores, para evitar exponer a peligros innecesarios tanto a uno mismo como a los empleados del banco y a los delincuentes.

—Correcto, eso dicen los manuales. Lo extraño es que aquel policía era uno de los investigadores más eficaces y expertos con que contaban entonces. Jørgen Lønn. El padre de Beate.

—Ya. ¿Y tú crees que esa es la razón por la que ella se hizo policía?

—Puede ser.

—¿Está buena?

—Es muy competente. ¿Por dónde vas?

—Acabo de pasar veinticuatro, faltan seis.

—Veintidós. Sabes que te alcanzaré, ¿verdad?

—Esta vez no —dijo Halvorsen, y aumentó la frecuencia.

—Sí, porque ahora vienen las cuestas y a mí se me dan mejor, mientras que tú te pondrás nervioso y tenso. Como siempre.

—Esta vez no —dijo Halvorsen apretando el ritmo.

Una gota de sudor se le entrevía bajando por la tupida cabellera. Harry sonrió y se inclinó sobre el manillar.

Bjarne Møller miraba alternativamente la lista de la compra que le había dado su mujer y la estantería donde se hallaba lo que él creía que era cilantro. Margrete se había vuelto una entusiasta de la comida tailandesa desde las vacaciones pasadas en Puket el invierno anterior, pero el jefe de Delitos Violentos no estaba aún familiarizado con todas las verduras que volaban a diario desde Bangkok hasta la tienda de comestibles paquistaní de Grønlandsleiret.

—Es guindilla verde, jefe —dijo una voz justo al lado. Bjarne Møller dio un respingo y, al volverse, vio la cara sudorosa y acalorada de Harry—. Con dos de esas y unas rodajas de jengibre se hace una sopa *tom yam* con la que echas humo por las orejas, pero el sudor ayuda a eliminar muchas toxinas.

—Vaya, pues parece que es lo que acabas de comer tú, Harry.

—No, vengo de un pequeño duelo en bicicleta con Halvorsen.

—¿Ah, sí? ¿Y qué es eso que llevas en la mano?

—Japonesa. Un tipo de guindilla roja.

—No sabía que supieras cocinar.

Harry miró la bolsa de guindillas con cierta sorpresa, como si también fuera una novedad para él.

—Jefe, me alegro mucho de que nos hayamos encontrado. Tenemos un problema.

Møller empezó a sentir un molesto picor en el cuero cabelludo.

—No sé quién habrá decidido poner a Ivarsson al frente de la investigación del asesinato de la calle Bogstadveien, pero no funciona.

Møller dejó la lista de la compra en la cesta.

—¿Cuánto tiempo lleváis trabajando juntos? ¿Dos días enteros?

—Esa no es la cuestión, jefe.

—Solo por una vez, Harry, ¿no podrías dedicarte exclusivamente a la investigación y dejar que otros decidan cómo se organiza? Es casi seguro que no vas a sufrir secuelas irreversibles si tratas de no llevar siempre la contraria, ¿sabes?

—Yo solo quiero que el caso se resuelva pronto, para continuar con el otro caso, ya sabes.

—Sí, lo sé. Pero llevas trabajando en ese caso más de los seis meses que te concedí y no puedo justificar el empleo prolongado de tiempo y de recursos basándome en consideraciones personales y sentimentales, Harry.

—Era nuestra compañera, jefe.

—¡Ya lo sé! —estalló Møller con brusquedad. Luego miró a su alrededor y continuó en voz más baja—. ¿Cuál es el problema, Harry?

—Ellos están acostumbrados a trabajar solo con atracos y, además, Ivarsson no tiene el menor interés por las ideas constructivas.

Bjarne Møller no pudo evitar sonreír al pensar en «las ideas constructivas» de Harry. Este se le acercó un poco más y, con rapidez y vehemencia, le dijo:

—¿Qué es lo primero que nos preguntamos cuando se comete un homicidio, jefe? El porqué. Cuál es el móvil, ¿verdad? En Atracos están tan seguros de que el móvil es el dinero que ni siquiera se plantean la pregunta.

—¿Y cuál crees tú que es el móvil?

—Yo no creo nada, la cuestión es que están aplicando un método equivocado.

—Otro método, Harry, están aplicando otro método. Tengo que terminar la compra e irme a casa, Harry, así que cuéntame qué quieres.

—Quiero que hables con quien tengas que hablar para que pueda llevarme a uno de los otros colegas y trabajar en solitario.

—¿Desligarte del grupo de investigación?

—Llevar una investigación paralela.

—Harry…

—Así fue como atrapamos al Petirrojo, ¿lo recuerdas?

—Harry, no puedo inmiscuirme…

—Quiero llevarme a Beate Lønn. Los dos empezaremos desde el principio. Ivarsson ya está casi en punto muerto y…

—¡Harry!

—¿Sí?

—¿Cuál es la verdadera razón?

Harry cambió de postura para descansar el peso del cuerpo sobre el otro pie.

—No puedo trabajar con ese cocodrilo.

—¿Ivarsson?

—Si sigo ahí, no tardaré en cometer alguna tontería.

Las cejas de Bjarne Møller se juntaron y formaron una uve negra sobre la nariz.

—¿Se supone que es una amenaza?

Harry le puso la mano en el hombro.

—Solo este favor, jefe. Y nunca más te pediré nada. Nunca.

Møller gruñó descontento. Durante los últimos años, ¿cuántas veces había puesto la mano en el fuego por Harry, en lugar de seguir el consejo bienintencionado de colegas de más edad y experiencia y mantener a una distancia prudencial a Harry y sus caprichos? Una cosa era segura con respecto a Hole: algún día las cosas se pondrían realmente feas. Sin embargo, nadie había podido tomar cartas en el asunto, puesto que, hasta ahora, Harry y él siempre habían salido airosos de un modo u otro. Hasta ahora. En cualquier caso, la cuestión más interesante era, en realidad, ¿por qué le hacía caso? Miró a Harry. Un alcohólico. Un liante. Un cabezota insoportable y arrogante a veces. Y su mejor investigador junto con Waaler.

—No hagas tonterías, Harry. De lo contrario, te mando de una patada a un despacho y cierro con llave, ¿comprendes?

—Recibido, jefe.

Møller suspiró.

—Mañana me reúno con el comisario jefe y con el comisario jefe principal de la policía judicial. Ya veremos. Pero no te prometo nada, ¿me oyes?

—Sí, señor. Recuerdos a su señora.

Antes de salir, Harry se dio la vuelta.

—El cilantro está al fondo a la izquierda, jefe, en la estantería de abajo.

Cuando Harry salió del establecimiento, Bjarne Møller se quedó mirando la cesta de la compra. Sí, ya había caído en cuál era el porqué: le gustaba aquel cabezota liante y alcoholizado.

7

Rey blanco

Harry saludó a uno de los clientes habituales y fue a sentarse a la mesa que había debajo de los ventanales estrechos de cristal esmerilado que daban a la calle Waldemar Thrane. En la pared que tenía a su espalda colgaba un cuadro grande que representaba a unos señores con chistera. Tan elegantes caballeros saludaban joviales a unas damas que se protegían con una sombrilla en la plaza Youngstorget. El contraste no podía ser mayor con aquella luz otoñal perenne y mortecina y con el silencio vespertino casi piadoso que reinaba en el restaurante Schrøder.

—Me alegro de que hayas podido venir —le dijo Harry a un hombre corpulento que se sentó en la misma mesa.

Saltaba a la vista que no era cliente asiduo, no por la elegante chaqueta de tweed ni por la pajarita de lunares rojos que lucía, sino por cómo removía el té en la taza blanca, sobre un mantel perfumado de cerveza y perforado de marcas de cigarrillos renegridas. Aquel insólito cliente era el psicólogo Ståle Aune, uno de los mejores del país en su campo, cuyos servicios periciales habían proporcionado muchas alegrías a la policía de Oslo, aunque también algunos sinsabores, pues era hombre extremadamente honrado y celoso de su integridad, que nunca se pronunciaba en un juicio a menos que pudiera esgrimir un fundamento al cien por cien científico. Y, dado que en psicología no existe fundamento para casi nada, a menudo sucedía que, durante su actuación como testigo de la fiscalía, se convertía en el mejor amigo de la defensa, pues las dudas que sembraba solían favorecer al acusado.

Como policía, Harry llevaba tantos años recurriendo a la pericia de Aune para esclarecer casos de asesinato que había empezado a considerarlo más bien un colega. Y como alcohólico, se había confiado a aquel hombre bueno y sabio, y con un punto de tierna arrogancia hasta tal punto que, en un momento de debilidad, podría incluso considerarlo un amigo.

—¿Así que este es tu refugio? —preguntó Aune.

—Así es —dijo Harry haciéndole una seña a Maja.

La camarera, que estaba al lado de la barra, reaccionó enseguida y desapareció por la puerta batiente de la cocina.

—¿Y eso qué es?

—Guindilla japonesa.

Una gota de sudor se deslizó por el tabique nasal de Harry, agarrándose un momento a la punta de la nariz, antes de caer y estrellarse en el mantel. Aune miró sorprendido la mancha húmeda.

—Termostato lento —dijo Harry—. He estado entrenando.

Aune frunció la nariz.

—Como terapeuta supongo que debería aplaudir, pero como filósofo cuestiono la exposición del cuerpo a ese tipo de tensión.

Delante de Harry aterrizaron una jarra de acero y una taza.

—Gracias, Maja.

—Sentimiento de culpa —dijo Aune—. Algunos solo consiguen afrontarlo castigándose. Como cuando tú recaes, Harry. En tu caso el alcohol no es una escapatoria, sino una forma extrema de castigo.

—Gracias, ya te había oído ese diagnóstico.

—¿Por eso entrenas tan duramente? ¿Es que tienes cargo de conciencia?

Harry se encogió de hombros. Aune bajó la voz.

—¿Estás pensando en Ellen?

Harry levantó la vista rápidamente y miró a Aune. Se llevó la taza de café a los labios y bebió un buen trago antes de dejarla otra vez en la mesa con una mueca.

—No, no es el caso de Ellen. No avanzamos nada, pero no es porque hayamos hecho un mal trabajo. Algo aparecerá, tenemos que ser pacientes.

—Bien —dijo Aune—. No es culpa tuya que asesinaran a Ellen, quédate con esa idea. Y no olvides que todos tus colegas creen que cogieron al verdadero culpable.

—Puede ser. Y puede que no. Está muerto y no puede responder.

—No dejes que se convierta en una obsesión, Harry. —Aune metió dos dedos en el bolsillo del chaleco de tweed y sacó un reloj de plata, al que echó una rápida ojeada—. Pero supongo que no querías hablar de sentimientos de culpa.

—No —Harry sacó un taco de fotos del bolsillo interior—. Quiero saber qué opinas de esto.

Aune cogió las fotos y empezó a ojearlas.

—Parece un atraco a un banco. No sabía que este fuera un asunto de la sección de Delitos Violentos.

—La siguiente foto te dará la explicación.

—¿Ah, sí? Le está enseñando el dedo índice a la cámara.

—Perdón, la siguiente.

—Vaya. ¿La…?

—Sí, casi no se ve salir fuego del cañón porque es un AG3, pero acaba de disparar. Como ves, la bala le entra a la mujer por la frente. En la siguiente foto ha salido por la nuca y se ha incrustado en la madera, al lado de la ventanilla de cristal.

Aune dejó las fotos en la mesa.

—¿Por qué tenéis que enseñarme siempre unas fotos tan horribles, Harry?

—Para que sepas de qué estamos hablando. Mira la siguiente foto.

Aune suspiró.

—El atracador acaba de recibir el dinero —dijo Harry, señalando—. Lo único que falta es la fuga. Es un profesional, está tranquilo y decidido, y ya no hay razón para asustar u obligar a nadie a hacer nada. Aun así opta por retrasar la huida todavía unos segundos para dispararle a la empleada del banco. Solamente porque el jefe de la sucursal tardó seis segundos de más en vaciar el cajero.

Aune movió la cucharilla lentamente haciendo ochos en el té.

—Y tú te estás preguntando cuál era el móvil, ¿no?

—Bueno. Siempre hay un móvil, pero es difícil saber en qué lugar de la sensatez hay que buscarlo. ¿Alguna idea?

—Trastornos de personalidad.

—Pero parece muy racional en todo lo que hace.

—Padecer trastornos de personalidad no implica ser tonto. Las personas con estos trastornos son buenas e incluso muy buenas a la hora de conseguir lo que quieren. Lo que las diferencia de nosotros es que quieren otras cosas.

—¿Qué me dices de los estupefacientes? ¿Hay alguna sustancia que vuelva a una persona normal tan agresiva como para que llegue a matar?

Aune negó con la cabeza.

—Un estupefaciente solo intensifica o atenúa inclinaciones que ya están ahí. Quien pega a su mujer cuando está borracho también ha sentido ganas de pegarle estando sobrio. La gente que comete homicidios tan planeados como este está dispuesta a ejecutarlos casi siempre.

—Entonces, lo que dices es que este tipo está loco de remate.

—O programado.

—¿Programado?

Aune hizo un gesto afirmativo.

—¿Te acuerdas de aquel atracador al que no pillaron nunca, Raskol Baxhet?

Harry negó con la cabeza.

—Gitano —dijo Aune—. Durante muchos años circularon rumores sobre aquella figura misteriosa a la que consideraban el cerebro de todos los atracos importantes a transportes de valores y centrales de cómputo de Oslo en los años ochenta. Pasaron muchos años antes de que la policía se convenciera de su existencia real y, aun así, no consiguieron pruebas contra él.

—Sí, me parece que ya sé de quién hablas —dijo Harry—. Pero creo que lo cogieron.

—No es correcto. Lo único que consiguieron fue que dos atracadores prometieran testificar contra Raskol a cambio de una reducción de la condena, pero desaparecieron de repente en circunstancias extrañas.

—No es inusual —dijo Harry sacando un paquete de Camel.

—Lo es, si están en la cárcel —observó Aune.

Harry silbó bajito.

—Sigo pensando que acabó en la trena.

—Y es correcto —dijo Aune—. Pero no lo cogieron. Raskol se entregó voluntariamente. De repente, un día se presenta en la recepción de la Comisaría General y dice que quiere confesar un montón de atracos antiguos. Naturalmente, se arma un gran revuelo. Nadie entiende nada, y el mismo Raskol se niega a explicar por qué ha acudido allí. Antes de la vista de la causa, me llaman a mí para que averigüe si está bien de la cabeza, si las confesiones valdrán ante un juez. Raskol consiente en hablar conmigo con dos condiciones. Que juguemos una partida de ajedrez; no me preguntes cómo sabía que yo lo practico con asiduidad. Y que acuda con una traducción al francés de *El arte de la guerra*, un libro chino antiquísimo sobre tácticas bélicas.

Aune abrió la caja de puritos Nobel Petit.

—Pedí que me enviaran el libro desde París y me llevé un tablero de ajedrez. Entré en la celda y saludé a un hombre que más que nada parecía un monje. Me pidió prestada la pluma, empezó a hojear el libro y me indicó con un movimiento de la cabeza que podía empezar la partida de ajedrez. Coloco las piezas, elijo la apertura Réti, una apertura que no ataca al contrario hasta que se ocupan las posiciones centrales, a menudo efectiva contra jugadores de nivel medio. Después de un solo movimiento, es imposible que conozca mi intención, pero este gitano fija la vista en el tablero por encima del libro, se tira de la perilla, me mira con una sonrisa sabionda, anota en el libro…

La llama de un mechero de plata roza la punta del purito.

—... y prosigue la lectura. Entonces le digo: «¿No vas a mover pieza?». Veo que sigue escribiendo en el libro con la pluma, y me contesta: «No es necesario. Estoy anotando cómo transcurrirá la partida, jugada tras jugada. Acaba cuando tú tumbas a tu rey». Le digo que es imposible saber cómo se va a desarrollar la partida después de un solo movimiento. «¿Apostamos algo?», me pregunta. Intento tomármelo a risa, pero insiste. Accedo y apuesto un billete de cien para que se sienta más cómodo durante la entrevista. Quiere ver el billete de cien, debo dejarlo al lado del tablero, donde él lo vea. Entonces levanta una mano, como para mover pieza, y todo pasa muy deprisa.

—¿Ajedrez rápido?

Aune sonrió mientras soplaba hacia el techo un anillo de humo azul.

—Un instante después me estaba sujetando muy fuerte, me había doblado la cabeza forzada hacia atrás y mirando al techo, perforarme una voz me susurraba al oído. «¿Sientes la hoja de la navaja, *gadzo*?» Ya lo creo que la sentía; el acero afilado y fino como una cuchilla de afeitar me oprimía la laringe, como deseoso de perforarme la piel. ¿Lo has sentido alguna vez, Harry?

El cerebro de Harry repasó el registro de vivencias similares, pero no encontró ninguna que se le pareciera del todo. Negó con la cabeza.

—Era una sensación «fuerte», como dicen algunos de mis pacientes. Tenía tanto miedo que pensé que me iba a mear en los pantalones. Entonces me susurró al oído: «Tumba el rey, Aune». Aflojó un poco y pude levantar el brazo y tumbar mis piezas. Entonces, con la misma brusquedad, me soltó. Se quedó en mi lado de la mesa y esperó a que yo me levantara y recobrara el aliento. «¿Qué coño es esto?», pregunté. «Esto es un atraco», dijo. «Planeado primero y ejecutado después.» Dio la vuelta al libro en el que había anotado la evolución del juego. Lo único que había escrito era mi primera jugada y «El rey blanco capitula». Entonces preguntó: «¿Responde esto a las preguntas que tenías pensado hacerme, Aune?».

—¿Y tú qué dijiste?

—Nada. Llamé al guardia a gritos. Pero, antes de que abriera la puerta, le hice a Raskol una última pregunta, porque sabía que me iba a volver loco pensando si no me respondía allí mismo. Pregunté: «¿Lo habrías hecho? ¿Me habrías cortado el cuello si no hubiera tumbado al rey? ¿Solo por ganar una simple apuesta?».

—¿Y él qué contestó?

—Sonrió y me preguntó si sabía lo que es la programación.

—¿Y?

—Eso fue todo. Abrieron la puerta y salí.

—Pero ¿qué quiso decir con lo de la programación?

Aune apartó la taza de té.

—Uno puede programar el cerebro para seguir cierta pauta de conducta. El cerebro se esfuerza por dominar otros impulsos y sigue las reglas programadas de antemano, pase lo que pase. Resulta útil en situaciones donde la tendencia natural del cerebro consistiría en sentir pánico. Como, por ejemplo, cuando el paracaídas no se abre. En ese caso es de esperar que el paracaidista tenga programado un protocolo de emergencia.

—¿O los soldados en combate?

—Eso es. Pero existen métodos para programar a una persona tan a fondo que la hacen entrar en un trance del que no la saca ni una influencia externa extrema, la convierten en un robot viviente. La verdad es que esto, que es el sueño frustrado de todos los generales, es muy fácil de conseguir si se conocen las técnicas necesarias.

—¿Estás hablando de hipnosis?

—A mí me gusta llamarlo programación, no suena tan misterioso. Se trata solamente de abrir y cerrar vías a ciertos impulsos. Los buenos consiguen programarse a sí mismos con facilidad, es la llamada autohipnosis. Si Raskol se había autoprogramado para matarme en caso de que no tumbara al rey, se habría impedido a sí mismo cambiar de opinión.

—Pero no te mató.

—Toda clase de programación tiene un botón de cancelación, una clave que interrumpe el trance. En este caso podía consistir en que se tumbara al rey blanco.

—Ya. Fascinante.

—Y con esto llego a la cuestión.

—Creo que entiendo —dijo Harry—. El atracador de la foto pudo programarse para disparar si el jefe de la sucursal no conseguía reaccionar a tiempo.

—Las reglas de una programación tienen que ser sencillas —dijo Aune, que dejó caer el purito en la taza del té y colocó el plato encima—. Para conseguir que alguien entre en trance hay que crear un sistema sencillo pero lógicamente cerrado que impida acceder a otros pensamientos.

Harry puso el billete de cincuenta coronas junto a la taza de café, y se levantó; Aune lo observó en silencio mientras recogía las fotos, antes de preguntar:

—No te crees nada de lo que digo, ¿verdad?

—No.

Aune se levantó también y se abotonó la chaqueta.

—Entonces ¿qué crees?

—Creo lo que me ha enseñado la experiencia —dijo Harry—. Que los malos en general son tan tontos como yo, que eligen soluciones fáciles, que tienen móviles poco complicados. Resumiendo, que las cosas suelen ser lo que parecen. Apuesto a que este atracador iba totalmente colocado o que le entró pánico. Lo que hizo fue una gilipollez y, por lo tanto, concluyo que es un gilipollas. Fíjate en ese gitano que tú obviamente consideras tan listo. ¿Cuánto le echaron, por ejemplo, por aquella agresión con navaja?

—Nada —respondió Aune con una sonrisa sardónica.

—¿Ah, sí?

—Nunca encontraron la navaja.

—Me pareció oír que estabais encerrados bajo llave en su celda.

—¿Te ha pasado alguna vez, mientras estás tumbado boca abajo en la playa, que tus amigos te dicen que te quedes completamente quieto porque tienen carbón incandescente sobre tu espalda, y entonces oyes que alguien dice «¡Vaya!» y, un instante después, sientes que te caen trozos de carbón y te achicharran la espalda?

El cerebro de Harry repasó los recuerdos de las vacaciones de verano. Fue rápido.

—No.

—¿Y luego resultaba que era una broma y que no eran más que cubitos de hielo…?

—¿Y?

Aune soltó un suspiro.

—A veces me pregunto dónde has pasado los últimos treinta y cinco años que dices que has vivido, Harry.

Harry se pasó la mano por la cara. Estaba cansado.

—Vale, pero ¿adónde quieres ir a parar Aune?

—Que un manipulador experto puede hacerte creer que el borde de un billete de cien coronas es el filo de una navaja.

La mujer rubia miró a Harry directamente a los ojos y le prometió sol, aunque se nublaría según fuera avanzando el día. Harry pulsó el botón de off y la imagen se encogió hasta formar un puntito luminoso en el centro de la pantalla de catorce pulgadas. Pero, cuando cerró los ojos, fue la imagen de Stine Grette la que se le quedó en la retina, con el eco de la voz del reportero: «… todavía no hay sospechosos».

Harry volvió a abrirlos y observó el reflejo en la pantalla negra. Él, el viejo sillón verde de orejas de Elevator y la mesa de salón, solo decorada con las marcas que habían dejado vasos y botellas. Todo seguía igual que siempre. El televisor portátil llevaba en aquel estante, entre la guía de Tailandia de *Lonely Planet* y el mapa de carreteras de NAF, desde que él vivía allí, y no se había desplazado ni un metro en aquellos siete años escasos. Había leído algo acerca de la desazón de los siete años, que consistía en que, transcurrido ese tiempo, la gente empezaba a tener ganas de cambiar de lugar de residencia. O de pareja. Él no lo había sentido. Y llevaba casi diez años en el mismo trabajo. Harry miró el reloj. Anna le dijo a las ocho.

En cuanto a pareja, nunca le habían durado lo suficiente como para confirmar esa teoría. Aparte de las dos relaciones que quizá habrían podido perdurar, los romances se le terminaban debido a lo que Harry llamaba la desazón de las seis semanas. Ignoraba si la reticencia a implicarse se debía al hecho de haber sido agraciado con una tragedia las dos veces que había amado a una mujer, o si la culpa la tenían sus fieles amantes: la investigación de asesinatos y el alcohol. Sin embargo, antes de conocer a Rakel hacía un año, había empezado a pensar que no estaba hecho para mantener una relación estable. Recordó su dormitorio grande y fresco, en Holmenkollen. Los gruñidos codificados en la mesa del desayuno. El dibujo de Oleg en la puerta de la nevera con tres personas cogidas de la mano y donde la figura debajo de la cual se leía HARRY era tan alta como el sol amarillo en el cielo sin nubes.

Harry se levantó del sillón, encontró el papelito con el número al lado del contestador y lo marcó en el móvil. Sonó cuatro veces antes de que alguien levantara el auricular.

—Hola, Harry.

—Hola. ¿Cómo sabías que era yo?

Una risa baja y profunda.

—¿Dónde has estado los últimos años, Harry?

—Aquí. Y allá. ¿He metido la pata?

Ella se rió más alto.

—Ya, ves el número desde el que llamo en la pantalla. Soy tonto.

Harry se dio cuenta de lo bobo que sonaba, pero no le pesó, lo más importante ahora era decir lo que quería decir y colgar. Y colorín colorado.

—Escucha, Anna, en cuanto a la cita de esta noche…

—¡No seas infantil, Harry!

—¿Infantil?

—Estoy preparando el mejor curry del milenio. Y, si temes que te seduzca, debo defraudarte. Solo pienso que nos debemos el uno al otro unas horas para disfrutar de una cena y charlar un poco. Recordar viejos tiempos. ¿Te acuerdas de la guindilla verde?

—Bueno. Sí.

—¡Estupendo! A las ocho en punto. ¿De acuerdo?

—Bueno…

—Bien.

Harry se quedó mirando el teléfono después de que ella colgara.

8

Jalalabad

–Te voy a matar –dijo Harry agarrando con fuerza el frío metal del rifle–. Solo quiero que lo sepas. Que lo pienses un momento. Abre la boca.

La gente que había a su alrededor eran muñecos de cera. Inmóviles, sin alma, deshumanizados. Harry había empezado a sudar detrás de la máscara, y la sangre le latía en las sienes; cada latido le provocaba un dolor sordo. No quería mirar a la gente que lo rodeaba, no quería toparse con aquellas miradas acusadoras.

–Mete el dinero en la bolsa –le dijo a la persona sin rostro que tenía delante–. Y ponte una bolsa en la cabeza.

El personaje sin rostro se echó a reír y Harry volvió el rifle para pegarle en la cabeza con la culata, pero falló. Entonces también el resto de las personas del local estallaron en risas, y Harry las miró a través del corte irregular de los agujeros de la máscara. De repente le resultaron familiares. La chica del otro mostrador se parecía a Birgitta. Y juraría que el hombre de color que había al lado del dispensador de números para la cola era Andrew. Y la mujer canosa que llevaba un cochecito de niño…

–¿Madre? –susurró.

–¿Quieres el dinero o no? –preguntó la persona sin rostro–. Quedan veinticinco segundos.

–¡Yo decido el tiempo que va a durar esto! –gritó Harry, y le metió el cañón del rifle en la cavidad oscura de la boca–. Eras tú, lo he sabido siempre. Vas a morir, dentro de seis segundos vas a morir. ¡Siente miedo!

Un diente colgaba de un hilo de carne y la sangre brotaba de la boca de la persona sin rostro, pero ella seguía hablando como si no le importara:

—No puedo defender que dediquemos tiempo y recursos basándonos en consideraciones personales.

Un teléfono empezó a sonar en alguna parte frenéticamente.

—¡Siente miedo! ¡Siente tanto miedo como sintió ella!

—Cuidado, Harry, no dejes que se convierta en una obsesión.

Harry notaba cómo la boca amasaba el cañón del rifle.

—¡Ella era una colega, cabrón! Era mi mejor...

La máscara se le pegaba a la boca y le dificultaba la respiración. Pero la voz de la persona sin rostro continuó sin inmutarse.

—Vete a la mierda.

—... amiga.

Harry apretó el gatillo hasta el fondo. No pasó nada. Abrió los ojos.

Lo primero que se le ocurrió fue que solo había echado una cabezada. Estaba sentado en el mismo sillón verde, mirando la pantalla negra del televisor. Pero la gabardina era un elemento nuevo. Lo tapaba y le cubría la mitad de la cara, la boca le sabía a tela mojada. Y la luz del día inundaba el salón. Entonces notó el mazo. Golpeaba un nervio situado justo detrás de los ojos, una y otra vez, con precisión implacable. El resultado fue un dolor a la vez sorprendente y bien conocido. Intentó recapitular. ¿Había terminado en el Schrøder? ¿Había empezado a beber en casa de Anna? Pero tenía la memoria tal como se temía: a oscuras. Recordaba haberse sentado en el salón después de hablar con Anna por teléfono, pero a partir de ahí todo estaba en blanco. En ese momento afloró el contenido del estómago. Harry se inclinó a un lado del sillón y oyó el chasquido del vómito en el parqué. Suspiró, cerró los ojos e intentó no hacer caso del timbre del teléfono, que no paraba de sonar. Cuando saltó el contestador, se había dormido.

Era como si alguien cortara el tiempo con unas tijeras y dejara caer los trozos. Harry despertó de nuevo, pero esperó un momento antes de abrir los ojos para averiguar si sentía alguna mejoría. No notaba nada. La única diferencia era que los mazazos se habían extendido a un área algo mayor, que apestaba a vómito, y que sabía que no iba a poder dormirse otra vez. Contó hasta tres, se levantó, recorrió encorvado y dando tumbos los ocho pasos que lo separaban del baño y dejó que el estómago volviera a vaciarse. Se quedó de pie y agarrado a la taza del retrete mientras recuperaba el resuello y, para su sorpresa, vio que la materia amarilla que caía en la porcelana contenía partículas microscópicas rojas y verdes. Consiguió atrapar uno de los trozos rojos entre el dedo índice y el pulgar y lo llevó hasta el lavabo, donde lo lavó y lo alzó a la luz. Colocó el trozo cuidadosamente entre los dientes y masticó. Hizo una mueca cuando notó el jugo picante de guindilla verde. Se lavó la cara y se incorporó. Entonces vio el enorme moretón en el espejo. La claridad del salón se le clavó en los ojos cuando activó el contestador.

—Aquí Beate Lønn. Espero no molestar, pero Ivarsson dijo que tenía que llamar a todos enseguida. Se ha producido otro atraco. En el banco DnB en la calle Kirkeveien, entre el Frognerparken y el cruce de Majorstua.

9

La niebla

El sol había desaparecido detrás de una capa de nubes de color gris acero que se fueron acercando lentamente a una altura baja desde el fiordo de Oslo y, como un preludio de la lluvia que habían anunciado, el viento del sur arrasó en ráfagas coléricas. Los canalones silbaban, y las marquesinas que ribeteaban la calle Kirkeveien emitían un traqueteo continuo. Los árboles estaban ahora totalmente desnudos, como si le hubieran arrebatado a la ciudad los últimos colores y Oslo se hubiera quedado en blanco y negro. Harry se encogió para protegerse del viento y se sujetó la gabardina con las manos en los bolsillos. Comprobó que el último botón le había dicho adiós, probablemente en algún momento a lo largo de la tarde o la noche, y no era lo único que le faltaba. Cuando iba a llamar a Anna para que le ayudara a reconstruir la noche, reparó en que también había perdido el teléfono móvil. Y al llamarla desde el fijo, una voz que Harry creyó reconocer vagamente como la de una antigua locutora le respondió que la persona a la que llamaba no estaba disponible en ese momento, pero que podía dejar su número o un mensaje. Entonces desistió.

Se había recuperado bastante rápido y venció con una facilidad sorprendente las ganas de seguir, de enfilar el camino, demasiado corto, hasta el Vinmonopolet, el comercio estatal del alcohol, o de ir directamente al Schrøder. Se duchó y se vistió, y caminó desde la calle Sofie pasando por el estadio de Bislett y la calle Pilestredet, bordeó luego el Stensparken y continuó por Majorstua. Le habría gustado saber qué había bebido. En lugar de los consabidos dolores de estómago con los que solía firmar el Jim Bean, tenía todos los sentidos envueltos en un manto de niebla que ni las frescas ráfagas de viento lograban despejar.

Delante de la sucursal del DnB había dos coches patrulla con la luz azul encendida. Harry mostró la tarjeta de identificación a uno de los agentes uniformados, se agachó para pasar la cinta policial y se dirigió a la puerta de entrada donde Weber hablaba con uno de los colegas de la científica.

—Buenas tardes, comisario —dijo Weber poniendo el énfasis en «tardes». Enarcó una ceja al ver el moretón de Harry—. ¿Ha empezado a pegarte tu mujer?

A Harry no se le ocurría ninguna respuesta ocurrente y optó por sacar un cigarrillo del paquete.

—¿Qué tenemos aquí?

—Un tipo enmascarado con un rifle AG3.

—¿Y el pájaro ha volado?

—Más que volado.

—¿Ha hablado alguien con los testigos?

—Sí, Li y Li están en ello en la comisaría.

—¿Ya tenemos algunos detalles de lo que pasó?

—El atracador le dio a la jefa de la sucursal veinticinco segundos para abrir el cajero mientras él le apuntaba con un rifle en la cabeza a una de las mujeres que había detrás del mostrador.

—Y obligó a la mujer a que hablara por él.

—Sí. Y cuando entró en el banco dijo lo mismo en inglés.

—«This is a robbery, don't move» —dijo una voz detrás de ellos, seguida de una risa corta y balbuciente—. Me alegro de que hayas podido venir, Hole. Vaya, ¿te has resbalado en el baño?

Harry encendió el cigarrillo con una mano al tiempo que ofrecía el paquete a Ivarsson, que declinó con la cabeza.

—Esa es una mala costumbre, Hole.

—Tienes razón. —Harry metió el paquete en el bolsillo interior—. Uno no debe ofrecer cigarrillos sino dar por sentado que un caballero compra los suyos propios. Lo dijo Benjamin Franklin.

—¿De verdad? —preguntó Ivarsson sin hacer caso a la sonrisa burlona de Weber—. Te has dado cuenta de muchas cosas, Hole. A lo mejor te has dado cuenta también de que el atracador ha atacado de nuevo, tal como dijimos que haría, ¿no?

—¿Cómo sabes que era él?

—Como habrás notado, es una copia exacta del caso del banco Nordea de la calle Bogstadveien.

—¿Ah, sí? —dijo Harry, e inhaló con fuerza—. ¿Dónde está el cadáver?

Ivarsson y Harry se midieron con la mirada. Apareció un destello en los dientes de reptil. Weber intervino con una aclaración.

—La jefa de la sucursal fue rápida. Consiguió vaciar el cajero en veintitrés segundos.

—Ninguna víctima mortal —añadió Ivarsson—. ¿Desilusionado?

—No —dijo Harry, y echó el humo por la nariz.

Una ráfaga de aire se llevó el humo, pero la niebla que tenía en la cabeza no terminaba de esfumarse.

Halvorsen apartó la vista de Silvia cuando se abrió la puerta.

—¿Puedes hacer un expreso con muchos octanos, *pronto*? —preguntó Harry desplomándose en la silla.

—Yo también te deseo buenos días —ironizó Halvorsen—. Tienes una pinta horrible.

Harry se cubrió la cara con las manos.

—No recuerdo una mierda de lo que pasó anoche. No tengo ni idea de lo que bebí, pero no voy a probar ni una gota de lo que fuera nunca más.

Miró entre los dedos y vio que el colega tenía en la frente una profunda arruga de preocupación.

—Relájate, Halvorsen, son cosas que pasan, ahora estoy sobrio como un mueble.

—¿Qué pasó?

Harry soltó una risita forzada.

–El contenido del estómago indica que estuve cenando con una vieja amiga. He llamado varias veces para confirmarlo, pero no contesta.

–¿Ah, no?

–No.

–¿Te comportaste como un policía «menos» bueno, quizá? –preguntó Halvorsen con cierta precaución.

–Concéntrate en el café –gruñó Harry–. Es solo una vieja amiga. Todo muy inocente.

–¿Cómo lo sabes si no te acuerdas de nada?

Harry se frotó la barbilla sin afeitar con el dorso de la mano. Teniendo en cuenta que, según Aune, la ebriedad solo influye en las inclinaciones que ya se tienen, no sabía si sentirse tranquilo. Algunos detalles ya habían empezado a aflorar. Un vestido negro. Anna llevaba puesto un vestido negro. Y él estuvo tumbado en unas escaleras. Le ayudó una mujer. Con media cara. Igual que en los retratos de Anna.

–Siempre me causa pérdidas de memoria –dijo Harry–. Esta vez no es peor que las demás.

–¿Y ese ojo?

–Supongo que me di con un armario de la cocina al llegar a casa, o algo así.

–No es por fastidiar, Harry, pero tiene pinta de que fue algo más grande que un armario de cocina.

–Bueno –dijo Harry cogiendo con las dos manos la taza de café–. ¿Doy la impresión de estar arrepentido? Las veces que he tenido peleas cuando estaba borracho ha sido con gente que tampoco me caía bien estando sobrio.

–Tengo un recado de Møller. Me pidió que te dijera que parece que se arreglará, pero no dijo qué.

Harry saboreó el café en la boca antes de tragar.

–Te vas superando, Halvorsen, te vas superando.

Aquella misma tarde, el grupo de investigación repasó los detalles del atraco durante la reunión de puesta al día que se celebró en la comisaría. Didrik Gudmundson dijo que transcurrieron tres minutos desde que sonó la alarma hasta que la policía llegó al banco, pero que el atracador ya se había ido del lugar de los hechos. Además de la hilera interior de coches patrulla que enseguida acordonó las calles circundantes, durante los diez minutos siguientes se estableció un cordón exterior en las vías más importantes: la E18 de Fornebu, la circunvalación 3 de Ullevål, la calle Trondheimsveien que pasaba por el hospital de Aker, la calle Griniveien que pasaba por Bærum, y la intersección de la plaza Carl Berner.

—Me gustaría poder llamarlo un cordón de hierro, pero ya sabéis cómo son las cosas con el personal del que disponemos hoy día.

Toril Li le había tomado declaración a un testigo que había visto a un hombre con una capucha sentarse en el asiento del copiloto de un Opel Ascona blanco que esperaba con el motor en marcha en la calle Majorstuveien. El coche giró a la izquierda para subir por la calle Jacob Aal. Magnus Rian contó que otro testigo había visto un coche blanco, posiblemente un Opel, entrar en un garaje de Vindern y justo después vio salir del mismo lugar un Volvo azul. Ivarsson miró el mapa que colgaba de la pizarra digital.

—No suena del todo improbable. Ola, inicia también una búsqueda de Volvos azules. ¿Weber?

—Hebras de tela —dijo Weber—. Dos detrás del mostrador por el que saltó, una en la puerta.

—*Yess!* —Ivarsson agitó un puño cerrado. Había empezado a caminar alrededor de la mesa por detrás de Harry, cosa que a este le resultaba muy irritante—. Entonces solo hay que empezar a buscar candidatos. Colgaremos el vídeo del atraco en internet en cuanto Beate termine de redactarlo.

—¿Estás seguro de que es buena idea? —preguntó Harry, e inclinó la silla hacia la pared de forma que interrumpía el paso a Ivarsson.

El jefe de sección lo miró sorprendido.

—No sé si es buena idea o no, pero no nos importaría que alguien llamara para decir quién es la persona del vídeo.

Ola interrumpió:

—¿Alguien recuerda a aquella madre que llamó y nos dijo que había visto a su hijo en el vídeo de un atraco en internet y que luego resultó que ya estaba en la cárcel por otro atraco?

Risas. Ivarsson sonrió.

—Nunca decimos «No, gracias» a un testigo nuevo, Hole.

—¿Y a un imitador nuevo?

Harry colocó las manos detrás de la cabeza.

—¿Un imitador? No te pases, Hole.

—¿Ah, sí? Si yo fuera a atracar un banco ahora, sin duda imitaría al atracador más buscado de Noruega en estos momentos para que las sospechas recayeran sobre él. Todos los detalles del atraco de la calle Bogstadveien se pueden ver en internet.

Ivarsson negó con la cabeza.

—Me temo que el atracador medio no es tan sofisticado en la vida real, Hole. ¿Alguien más tiene ganas de decir cuál es el rasgo más típico de un atracador en serie? Ya, bueno, pero es que siempre, y con una precisión minuciosa, repite lo que hizo en el último atraco que le salió bien. Hasta que el atraco fracasa, ya sea porque no consiga llevarse el dinero o porque lo pillen, el atracador no cambia el *modus operandi*.

—Eso convierte tu teoría en probable, pero no descarta la mía —dijo Harry.

Ivarsson echó una mirada alrededor de la mesa, como pidiendo ayuda.

—De acuerdo, Hole. Podrás comprobar esas teorías. Acabo de decidir que vamos a introducir un método de trabajo nuevo. Se trata de que una unidad reducida opere de forma independiente pero paralelamente al grupo de investigación. He tomado la idea del FBI, y la razón es evitar que nos estanquemos en una sola forma de enfocar el caso, algo que ocurre a menudo con grupos grandes donde consciente e inconscientemente se crea un consenso sobre las líneas generales. Esa unidad menor aporta puntos de vista nuevos porque trabaja con independencia sin recibir influencias del otro grupo. El método ha resultado eficaz en casos complicados. Creo que la mayoría de vosotros estará de acuerdo en que Harry Hole tiene dotes naturales para participar en una unidad así.

Risas dispersas. Ivarsson se detuvo detrás de la silla de Beate.

—Beate, tú estarás con Harry en esa unidad.

Beate se sonrojó e Ivarsson le apoyó una mano paternal en el hombro.

—Si resulta que no funciona, avísame.

—Lo haré —dijo Harry.

Harry iba a abrir el portal cuando decidió caminar los diez pasos que lo separaban de la tienda de comestibles a la que Ali acarreaba cajas de fruta y verdura desde la acera.

—¡Hola, Harry! ¿Estás mejor?

Ali le dedicó una amplia sonrisa y Harry cerró los ojos un instante. En efecto, tal como se temía.

—¿Me ayudaste, Ali?

—Solo a subir las escaleras. Cuando abrimos la puerta me dijiste que ya podías solo.

—¿Cómo llegué? ¿Andando o…?

—En taxi. Me debes ciento veinte.

Harry suspiró y siguió a Ali hasta el interior de la tienda.

—Lo siento, Ali. De verdad. ¿Puedes darme una versión abreviada sin demasiados detalles desagradables?

—Tú y el taxista discutisteis en la calle. Y, como sabes, nuestro dormitorio mira en esa dirección. —Con una sonrisa amable añadió—: Es una mierda tener una ventana que da a la calle.

—¿Y cuándo fue eso?

—Bien entrada la noche.

—Tú te levantas a las cinco, Ali; no sé qué significa «bien entrada la noche» para una persona como tú.

—Las once y media. Por lo menos.

Harry prometió que aquello nunca volvería a suceder mientras Ali asentía con la cabeza una y otra vez, como cuando oímos historias que ya nos sabemos de memoria desde hace mucho tiempo. Harry le preguntó cómo podía agradecérselo, y Ali contestó que le alquilara el trastero vacío del sótano. Harry dijo que lo pensaría más aún de lo que ya lo había hecho, y le pagó a Ali un refresco y una bolsa de pasta y albóndigas.

—Entonces estamos en paz —dijo Harry.

Ali negó con la cabeza.

—Los gastos de comunidad de tres meses —dijo el presidente, tesorero y señor «Arreglalotodo» de la comunidad.

—Mierda, se me había olvidado.

—Eriksen —sonrió Ali.

—¿Y ese quién es?

—Uno que me mandó una carta este verano. Me pidió que le enviara el número de cuenta para pagar los gastos de comunidad de mayo y junio de 1972. Según él, era la razón por la que no había dormido bien los últimos treinta años. Le escribí para decirle que nadie en la casa lo recordaba, así que no hacía falta que pagara. —Ali señaló a Harry con un dedo—. Pero eso no te va a pasar a ti.

Harry levantó los brazos.

—Mandaré un giro mañana.

Lo primero que hizo al entrar en el apartamento fue marcar otra vez el número de Anna. Le contestó la misma locutora. Pero no había acabado de vaciar la bolsa de pasta y albóndigas en la sartén cuando oyó el timbre del teléfono por encima del chisporroteo. Fue corriendo a la entrada y descolgó el auricular.

—¡Diga! —gritó.

—Hola —lo saludó una voz muy familiar de mujer ligeramente sobresaltada.

—Ah, ¿eres tú?

—Sí. ¿Quién creías que era?

Harry cerró los ojos con fuerza.

—Un colega. Ha habido otro atraco.

Las palabras le sabían a bilis y a guindilla. Y allí estaba de nuevo, ese dolor sordo que se alojaba detrás de los ojos.

—Intenté llamarte al móvil —dijo Rakel.

—Lo he perdido.

—¿Perdido?

—Me lo he dejado, o me lo han robado, no lo sé, Rakel.

—¿Pasa algo malo, Harry?

—¿Malo?

—Se te oye tan… estresado.

—¿A mí…?

—¿Sí?

Harry respiró profundamente.

—¿Cómo va el juicio?

Harry escuchaba, pero no conseguía combinar las palabras para construir frases con sentido. Atinó a oír «situación económica», «lo mejor para el niño» y «conciliación», y comprendió que no había nada nuevo, que la vista siguiente había quedado aplazada hasta el viernes y que Oleg estaba bien, pero harto de vivir en un hotel.

—Dile que tengo ganas de veros —dijo.

Después de colgar, Harry se quedó pensando si debía volver a llamarla. Pero ¿para qué? ¿Para decirle que había cenado con una vieja amiga y que no tenía ni idea de lo que había pasado? Harry puso la mano en el teléfono, pero en ese mismo momento pitó el detector de humos de la cocina. Y, después de retirar la sartén y abrir la ventana, el teléfono sonó otra vez. Más tarde, Harry pensaría que todo podría haber sido muy distinto si Bjarne Møller no hubiera llamado justo esa noche.

—Ya sé que acabas de terminar la jornada —dijo Møller—. Pero andamos un poco escasos de gente y han encontrado a una mujer muerta en su apartamento. Parece que se ha pegado un tiro. ¿Puedes darte una vuelta a ver?

—Por supuesto, jefe —dijo Harry—. Te debo una. A propósito, Ivarsson presentó lo de la investigación paralela como una idea suya.

—¿Qué habrías hecho tú si fueras el jefe y hubieras recibido esa orden desde arriba?

—La sola idea de ser jefe me nubla la razón, jefe. ¿Cómo entro en ese apartamento?

—Espera en casa, irán a buscarte.

Veinte minutos después sonó el timbre; oía aquel sonido tan pocas veces que se sobresaltó. La voz que dijo que el taxi había llegado resonó metálicamente distorsionada a través del portero automático pero, aun así, Harry notó que se le erizaban los pelos de la nuca. Y cuando bajó y vio el deportivo rojo y bajo, un Toyota MR2, se confirmaron sus sospechas.

—Buenas noches, Hole.

La voz salió de la ventanilla abierta, pero esta quedaba tan baja que Harry no podía ver a quien hablaba. Harry abrió la portezuela y lo recibieron los acordes de un bajo funky, de un órgano sintético como un caramelo azul y una voz en falsete muy conocida:

—*You sexy motherfucka!*

A Harry le costó sentarse en aquel asiento tan estrecho.

—Así que esta noche seremos tú y yo —constató Tom Waaler abriendo apenas aquella mandíbula teutona y enseñando una hilera impresionante de dientes perfectos en una cara bronceada por el sol, aunque los ojos, de color azul polar, no podían ser más fríos.

En la Comisaría General eran muchos los que no apreciaban a Harry, pero él sólo conocía a uno que lo odiara de verdad. Sabía que a ojos de Waaler él era un representante indigno del cuerpo de policía, y por lo tanto, un insulto hacia su persona. Harry había expresado en varias ocasiones que no compartía los puntos de vista de Waaler y algunos otros colegas sobre maricas, comunistas, defraudadores del sistema de subvenciones, paquistaníes, asiáticos, negros, gitanos y sudacas, y Waaler, a su vez, lo había llamado «periodista de rock alcoholizado». Pero Harry sospechaba que la razón verdadera de ese odio radicaba en que bebía. Porque Waaler no soportaba la debilidad. Y a ello atribuía Harry que pasara tantas horas en el gimnasio dando patadas y golpes a sacos de arena y aporreando al nuevo sparring de turno. En la cantina, Harry había oído a uno de los agentes jóvenes describir con entusiasmo en la voz cómo Waaler le había roto los dos brazos a uno de los chicos de kárate de la banda de los vietnamitas en la estación de Oslo S. Dadas las ideas de Waaler sobre el color de la piel, a Harry le resultaba paradójico que su colega se pasara tanto tiempo en el solario del gimnasio, aunque tal vez fuera verdad lo que afirmaban algunas mentes ocurrentes: que Waaler en el fondo no era racista. Repartía tundas entre neonazis y negros por igual. Aparte de lo que todo el mundo sabía, faltaba añadir lo que nadie sabía y algunos intuían. Hacía un año que Sverre Olsen, la única persona capaz de contar por qué asesinaron a Ellen Gjelten, apareció en la cama con una pistola detonada en la mano, y la bala de Waaler entre los ojos.

—Ten cuidado, Waaler.

—¿Cómo dices?

Harry estiró la mano y bajó el volumen de los suspiros amorosos.

—Esta noche está resbaladiza. Por la lluvia.

El motor traqueteaba como una máquina de coser, pero era un sonido engañoso porque la aceleración hizo que Harry sintiera la dureza del respaldo. Subieron la cuesta volando, pasaron por el Stensparken y continuaron por la calle Suhm.

—¿Adónde vamos? —preguntó Harry.

—Aquí —dijo Waaler, y torció bruscamente a la izquierda justo delante de un coche que se dirigía hacia ellos.

La ventanilla seguía abierta y Harry percibía el sonido chasqueante de las hojas que lamían los neumáticos desgastados.

—Bienvenido de nuevo a la sección de Delitos Violentos —dijo Harry—. ¿No te querían en Inteligencia?

—Reestructuración —explicó Waaler—. Además, el jefe de la policía judicial y Møller querían que volviera. No sé si te acuerdas de que conseguí muy buenos resultados en esta sección.

—¿Cómo iba a olvidarlo?

—Bueno, se dicen tantas cosas sobre los efectos a largo plazo del consumo de alcohol…

Harry tuvo el tiempo justo para apoyar un brazo en el salpicadero antes de que el frenazo brusco lo desplazara hasta el parabrisas. La puerta de la guantera se abrió y Harry notó en la rodilla el golpe de un objeto pesado, que cayó al suelo.

—¿Qué coño ha sido eso? —dijo.

—Una Jericho 941, una pistola de la policía israelí —dijo Waaler, y apagó el motor—. No está cargada. Déjala, hemos llegado.

—¿Por qué no? —preguntó Harry extrañado, y se agachó para contemplar el edificio amarillo que tenía delante.

Harry notaba que el corazón empezaba a latirle con violencia. Y, mientras buscaba la manilla de la puerta, uno de los muchos pensamientos que le acudieron a la cabeza no pasó y se quedó: debía llamar a Rakel.

Había vuelto la niebla. Llegó muy despacio desde la calle, desde las rendijas que rodeaban las ventanas cerradas, desde detrás de los árboles de la avenida de la ciudad; salía por la puerta azul que se abrió después de que oyeran el breve gruñido que lanzó Weber por el portero automático; surgía de las cerraduras de las puertas que iban dejando atrás al subir las escaleras. Envolvió a Harry como un edredón de plumas y, cuando cruzaron la puerta del apartamento, tuvo la sensación de ir caminando sobre nubes y de que todo aquello que lo rodeaba, las personas, las voces, el chisporroteo de los intercomunicadores, la luz parpadeante del flash, había adquirido un aura de ensueño, un baño de indolencia, porque aquello no era real, no podía serlo. Pero, al llegar a la cama en la que yacía la muerta con una pistola en la mano derecha y un agujero en la sien, no soportó ver la sangre en la almohada, ni fijar la vista en la de ella, vacía y acusadora, y optó por mirar hacia ese lugar del cabecero, hacia el caballo de la cabeza arrancada a mordiscos, a la espera de que la niebla se disipara pronto y él pudiera despertar.

10

Sorgenfri

Las voces iban y venían a su alrededor.

—Soy el comisario Tom Waaler. ¿Alguien me puede dar una versión abreviada de los hechos?

—Llegamos hace tres cuartos de hora. Fue este electricista quien la encontró.

—¿A qué hora?

—A las cinco. Llamó a la policía enseguida. Su nombre es… vamos a ver… René Jensen. Aquí tengo el número de identidad y también la dirección.

—Bien. Llama para que te den los antecedentes que tenga.

—Vale.

—¿René Jensen?

—Soy yo.

—¿Puedes acercarte? Me llamo Waaler. ¿Cómo entraste?

—Como le dije al otro policía, ella se pasó por la tienda el martes, con esta llave de repuesto, porque no iba a estar en casa cuando viniera a hacerle un trabajo.

—¿Porque estaría trabajando?

—No tengo ni idea. No creo que trabajara. Me refiero a un trabajo normal. Dijo que iba a organizar una exposición grande de no sé qué cosas.

—Artista, supongo. ¿Alguien de aquí ha oído hablar de ella?

Silencio.

—¿Qué hacías en el dormitorio, Jensen?

—Buscaba el baño.

Otra voz:

—El baño está detrás de esa puerta.

—Vale. ¿Te pareció notar algo extraño cuando llegaste al apartamento, Jensen?

—Pues… extraño, ¿como qué?

—¿Estaba cerrada la puerta? ¿Había alguna ventana abierta? ¿Algún olor o sonido fuera de lo normal? Lo que sea.

—La puerta estaba cerrada. No vi ninguna ventana abierta, pero tampoco me fijé mucho. El único olor era como a disolventes…

—¿Trementina?

La otra voz:

—Hay útiles de pintura en uno de los salones.

—Gracias. ¿Te fijaste en alguna otra cosa, Jensen?

—¿Qué ha sido lo último que has preguntado?

—Por algún sonido.

—¡Eso, sonido! No, no oí ningún ruido, un silencio sepulcral. Bueno… ja, ja, no era mi intención…

—No pasa nada, Jensen. ¿Conocías a la difunta?

—Nunca la había visto antes de que viniera a la tienda. Parecía muy segura de sí misma.

—¿Qué clase de trabajo te encargó?

—Arreglar los cables del termostato de la calefacción, en el baño.

—¿Puedes hacernos el favor de mirar si realmente hay algún problema? Si de verdad hay un problema con el termostato, vamos.

—¿Por qué…? Ya entiendo, por si lo había planeado todo para que la encontráramos, ¿no es eso?

—Algo así.

—Vale, pero el termostato estaba *kaputt*.

—¿*Kaputt*?

—Estropeado.

—¿Cómo lo sabes?

Pausa.

—Te dijeron que no tocaras nada, ¿verdad, Jensen?

—Sí, pero tardasteis tanto en llegar que me puse un poco nervioso; necesitaba hacer algo.

—¿De modo que ahora la difunta tiene un termostato que funciona?

—Bueno… je, je… sí.

Harry intentó apartarse de la cama, pero los pies no querían moverse. El médico le había cerrado los ojos a Anna, y ahora parecía dormida. Tom Waaler había mandado al electricista a casa con la advertencia de que permaneciera localizable durante los días siguientes, y despachó a los agentes de guardia que se habían presentado. Harry no creía que pudiera llegar a sentirlo alguna vez, pero se alegraba de que Tom Waaler estuviera allí. De no ser por la presencia de aquel colega experimentado, nadie se habría planteado ninguna pregunta racional, y mucho menos habría tomado ninguna decisión sensata.

Waaler le preguntó al médico si podía emitir alguna conclusión preliminar.

—Obviamente, la bala ha entrado por el cráneo, ha destruido el cerebro y, por lo tanto, paralizó todas las funciones vitales. Si damos por supuesto que la temperatura ambiente ha permanecido constante, la temperatura corporal indica que lleva por lo menos dieciséis horas muerta. No hay señales de otro tipo de violencia. Pero… —El médico hizo una pausa calculada—. Las cicatrices de las muñecas indican que ha intentado hacer esto anteriormente. Una conjetura meramente especulativa, pero cualificada, es que era maníaco-depresiva o únicamente depresiva y suicida. Apuesto a que hallaremos algún expediente sobre ella en la consulta de algún psicólogo.

Harry intentó decir algo, pero la lengua tampoco obedecía.

—Lo sabré con más seguridad cuando la examine más a fondo.

—Gracias, doctor.

—¿Quieres decir algo, Weber?

—El arma es una Beretta M92F, un arma muy común. Encontramos solo una serie de huellas dactilares localizadas en la empuñadura y que, necesariamente, tienen que ser de ella. El proyectil estaba alojado en uno de los listones de la cama, y el tipo de munición se corresponde con el del arma, así que el análisis balístico indica que el proyectil se disparó con esta pistola. Pero tendréis el informe completo mañana.

—Muy bien, Weber. Una cosa más. Entiendo que el apartamento estaba cerrado cuando llegó el electricista. Me fijé en que la cerradura era de pestillo y no de resorte, lo cual descarta que alguien pudiera haber estado dentro del apartamento y luego saliera por la puerta. A no ser que tal persona se llevase la llave de la difunta para abrir, claro. Si encontramos la llave podemos acercarnos a una conclusión rápida.

Weber asintió con la cabeza y levantó un lápiz amarillo del que colgaba un manojo de llaves.

—Estaba encima de la cómoda de la entrada. Es una llave que no se puede copiar, de esas que sirven para el portal y todos los cuartos comunes. Lo he comprobado, y abre la cerradura de este apartamento.

—Estupendo. Entonces solo nos falta una carta de suicidio firmada. ¿Alguna objeción a que lo consideremos un caso resuelto?

Waaler miró a Weber, al médico y a Harry.

—Vale. Entonces podemos comunicarle la noticia a los allegados, que podrán venir a identificarla.

Salió al pasillo y Harry permaneció de pie al lado de la cama. Un momento después, Waaler volvió a asomarse.

—¿A que es cojonudo cuando el solitario sale a la primera? ¿Hole?

El cerebro de Harry mandó un mensaje a la cabeza para que hiciera un gesto de asentimiento, pero no tenía ni idea de si la cabeza obedeció.

11

La ilusión

Pongo el primer vídeo. Al pasarlo fotograma a fotograma veo la llamarada. Las partículas de pólvora que aún no se han transformado en energía pura, cual enjambre candente de asteroides que ha seguido al enorme cometa hasta el interior de la atmósfera, y allí se consume mientras el cometa continúa adentrándose inmutable. Y no hay nada que hacer porque esa es la órbita que se decidió hace millones de años, antes de la humanidad, antes de los sentimientos, antes de que nacieran el odio y la misericordia. La bala penetra en la cabeza, cercena el pensamiento, da una vuelta en torno a los sueños. Y en el núcleo de la esfera craneal se astilla la reflexión última, que es un impulso nervioso del centro del dolor, un último SOS contradictorio para uno mismo antes de que todo enmudezca. Hago clic en el vídeo con el otro título. Miro por la ventana mientras el ordenador ronronea y busca en la noche cibernética de internet. Hay estrellas en el cielo, y pienso que cada una de ellas es una prueba de la inmovilidad del destino. No tienen ningún sentido, se elevan por encima de la necesidad humana de lógica y coherencia. De ahí su belleza, pienso.

Ya está listo el otro vídeo. Pulso play. Play a play. Es como un teatro ambulante que representa la misma obra, pero en un escenario nuevo. Los mismos diálogos y movimientos, la misma indumentaria, la misma escenografía. Solo los extras han cambiado. Y la escena final. No hubo tragedia esta noche.

Estoy contento conmigo mismo. He encontrado la esencia del personaje que represento: el antagonista calculador que sabe lo que quiere y mata si debe hacerlo. *Nadie intenta prolongar el tiempo, nadie se atreve a hacerlo después de lo de Bogstadveien.* Por eso soy Dios durante esos dos minutos, ciento veinte segundos que me he concedido a mí mismo. Y la ilusión funciona. La ropa gruesa debajo del mono, las plantillas dobles, las lentes de contacto de color, y los movimientos estudiados.

Apago el ordenador y la habitación se queda a oscuras. Lo único que me llega del exterior es el zumbido lejano de la ciudad. Hoy he visto al Príncipe. Un tío raro; me da la sensación ambivalente de un Pluvianus aegyptius, el chorlito egipcio, ese pajarito que se dedica a limpiar la boca del cocodrilo. Me dijo que todo está bajo control; la sección de Atracos no ha encontrado ninguna pista. Le entregué su parte y él me dio la pistola israelí que me había prometido.

Debería estar contento, pero no hay nada que pueda hacer para que vuelva a estar entero.

Después llamé a la Comisaría General desde una cabina pero no quisieron darme ninguna información hasta que dije que era un familiar. Me comunicaron que había sido un suicidio, que Anna se había pegado un tiro. El caso se ha archivado. Tuve el tiempo justo de colgar antes de echarme a reír.

SEGUNDA PARTE

12

Freitot

—Albert Camus dijo que el suicidio es el único problema serio de la filosofía —dijo Aune mientras olfateaba el cielo gris que se extendía sobre la calle Bogstadveien—. Porque la decisión sobre si vale la pena vivir o no contesta la pregunta básica de la filosofía. Todo lo demás, si el mundo tiene tres dimensiones o el alma nueve o doce categorías, viene después.

—Ya —dijo Harry.

—Muchos de mis colegas han investigado por qué se suicida la gente. ¿Sabes cuál es la causa más frecuente?

—Eso es lo que esperaba que tú me respondieras.

Harry tuvo que practicar eslalon entre la gente que transitaba la estrechez de la acera para mantenerse al lado del psicólogo rechoncho.

—Que ya no quieren vivir más —dijo Aune.

—Suena como para ganar el premio Nobel.

Harry llamó a Aune la noche anterior para quedar en que iría a buscarlo a las nueve al despacho de Sporveisgata. Pasaron por delante de la sucursal de Nordea y Harry se dio cuenta de que el contenedor de basura verde todavía estaba delante del 7-Eleven, al otro lado de la calle.

—A menudo olvidamos que la decisión de suicidarse la suelen tomar personas racionales y mentalmente sanas que piensan que la vida ya no tiene nada que ofrecerles —dijo Aune—. Personas mayores que han perdido a su pareja de toda la vida o cuya salud empeora (o ya es mala), por ejemplo.

—Esta mujer era joven y estaba sana. ¿Qué motivos racionales podría tener?

—Primero habría que definir qué entendemos por racional. Cuando una persona deprimida elige escapar del dolor quitándose la vida, hay que suponer que lo ha sopesado. Por otro lado, es difícil ver el suicidio como algo racional en la situación típica en la que una persona que intenta salir del bache saca fuerzas para ejecutar ese acto planificado que es el suicidio.

—¿Tú crees que el suicidio puede ser un acto espontáneo?

—Por supuesto que puede serlo. Pero es más normal que se empiece por intentos de suicidio, especialmente entre las mujeres. En Estados Unidos se calcula que, entre las mujeres, por cada suicidio consumado, se producen diez casos de lo que llamamos intentos de suicidio.

—¿Cómo que «llamamos»?

—La ingesta de cinco pastillas de somníferos es una petición de socorro, lo cual también es serio pero no lo considero un intento de suicidio cuando el resto del frasco está medio lleno en la mesilla.

—Esta se pegó un tiro.

—Un suicidio masculino, entonces.

—¿Masculino?

—Una de las razones por las que los hombres consiguen suicidarse más a menudo que las mujeres es precisamente que eligen métodos más agresivos y letales que ellas. Armas y edificios altos en lugar de cortes en las muñecas y sobredosis de pastillas. Es muy raro que una mujer se pegue un tiro.

—¿Raro hasta el punto de que resulte sospechoso?

Aune miró a Harry.

—¿Tienes razones para pensar que no fue un suicidio?

Harry negó con la cabeza.

—Solo quiero asegurarme por completo. Tuerce a la derecha, el apartamento está en esta calle.

—¿La calle Sorgenfri? —Aune lanzó un aullido y miró al cielo cargado de nubes amenazantes—. Por supuesto.

–¿Por supuesto?

–Sorgenfri. *Sans souci*. Sin preocupaciones. Ese era el nombre del palacio de Christophe, el rey haitiano que se suicidó al ser apresado por los franceses. Fue él quien enfiló los cañones hacia el cielo para vengarse de Dios, ya sabes.

–Bueno...

–Y sabrás lo que dijo el escritor Ola Bauer sobre esta calle, ¿no?: «Me mudé de la calle Sorgenfri, pero eso tampoco me sirvió de ayuda».

Aune se rió tan de buena gana que le temblaba la papada.

Halvorsen los esperaba delante del portal.

–Me he encontrado con Bjarne Møller al salir de la comisaría –dijo–. Me ha dado a entender que este asunto ya estaba zanjado.

–Solo vamos a comprobar los últimos cabos sueltos –dijo Harry mientras abría la puerta con la llave que le había dado el electricista.

Habían retirado las cintas policiales de la puerta del apartamento y ya habían levantado el cadáver; por lo demás, todo estaba como la noche anterior. Entraron en el dormitorio. La sábana blanca de aquella cama enorme destacaba en la penumbra.

–Bueno, ¿qué hay que buscar? –quiso saber Halvorsen mientras Harry corría las cortinas.

–Una llave de repuesto del apartamento –dijo Harry.

–¿Por qué?

–Hemos supuesto que tenía *una sola* llave de repuesto, la que le dio al electricista. He investigado un poco. No se pueden hacer copias de las llaves maestras en cualquier sitio; hay que encargarlas al fabricante en un cerrajero autorizado. Puesto que la llave abre zonas comunes, como el portal y la puerta del sótano, la comunidad quiere llevar un control de las llaves. Por eso los inquilinos necesitan un permiso escrito de la comunidad para encargar llaves nuevas, ¿verdad? Y según un acuerdo con la comunidad, el cerrajero autorizado es responsable de mantener un registro de las llaves entregadas a cada apartamento. Ayer por la tarde llamé al cerrajero de la calle Vibe. Anna Bethesen recibió dos llaves de repuesto, de modo que en total son tres llaves. Una la encontramos en el apartamento, y el electricista tenía otra. Pero ¿dónde está la tercera llave? Mientras no se encuentre, no podemos descartar que hubiera alguien aquí cuando ella murió y que después saliera y cerrara con llave.

Halvorsen asintió despacio con la cabeza.

—Así que buscamos la tercera llave.

—La tercera llave. Puedes empezar a buscarla aquí dentro, Halvorsen, mientras tanto voy a enseñarle una cosa a Aune.

—De acuerdo.

—Ah, sí, lo olvidaba. No te extrañes si encuentras mi teléfono móvil. Creo que me lo dejé aquí ayer por la tarde.

—¿No me dijiste que lo habías perdido anteayer?

—Lo encontré. Y lo volví a perder. Ya sabes...

Halvorsen meneó la cabeza. Harry condujo a Aune por el pasillo hasta los salones.

—Te he pedido que vengas porque no conozco a nadie más que sepa pintar.

—Eso es mucho decir.

Aune todavía respiraba con dificultad después de haber subido las escaleras.

—Vale, pero por lo menos tienes idea de arte y esperaba que pudieras explicarme algo sobre esto.

Harry abrió las puertas correderas del salón del fondo, encendió la luz y señaló. Pero en vez de contemplar los tres cuadros, Aune susurró un suave «Oh» y se dirigió hacia la lámpara de pie de tres cabezas. Sacó las gafas del bolsillo interior de la americana de tweed, se inclinó y leyó el robusto pie.

—¡Fíjate! Una lámpara auténtica de Grimmer.

—¿Grimmer?

—Bertol Grimmer. Un diseñador alemán mundialmente famoso. Entre otras cosas, diseñó el monumento de la victoria que Hitler erigió en París en 1941. Podría haberse convertido en uno de los artistas más importantes de nuestro tiempo pero, justo cuando estaba en la cima de su carrera, se supo que era gitano en un setenta y cinco por ciento. Lo enviaron a un campo de concentración y le borraron el nombre a todos los edificios y obras de arte en los que había participado. Grimmer sobrevivió, pero, mientras trabajaba en la cantera de los gitanos, sufrió un accidente y se le quedaron los dedos aplastados. Siguió trabajando después de la guerra pero, debido a la lesión, no alcanzó nunca el nivel al que llegó en el pasado. Sin embargo, apostaría a que esta lámpara data de los años posteriores a la guerra.

Aune levantó la pantalla.

Harry carraspeó.

—Yo me refería más bien a estos retratos.

—De aficionado —dijo Aune—. Mejor que contemples esta figura esbelta de mujer. La diosa Némesis, el motivo favorito de Bertol Grimmer. La diosa de la venganza. La venganza es también un motivo habitual de suicidio, ¿sabes? Uno cree que los demás tienen la culpa de que la vida haya sido un fracaso y entonces se suicida para que se sientan culpables. Bertol Grimmer también se suicidó, después de matar a su mujer porque tenía un amante. Venganza, venganza, venganza. ¿Sabías que el ser humano es el único ser vivo que es vengativo? Lo interesante en lo que a la venganza se refiere es…

—¿Aune?

—Ya, vale, se trata de estos cuadros. Quieres que intente interpretarlos, ¿verdad? Bueno, se asemejan algo a las impresiones de tinta de Rorschach.

—Ya. ¿Esas imágenes que utilizáis para que los pacientes establezcan asociaciones?

—Exacto. Así que el problema en este caso es que si interpreto estos cuadros diré más de mi vida interior que de la de ella. Por otra parte, ya nadie cree en las impresiones de tinta de Rorschach, así que ¿por qué no? Vamos a ver… Estos cuadros son bastante oscuros. Reflejan más enojo que depresión, quizá. Pero es obvio que uno de ellos está inacabado.

—¿A lo mejor tiene que ser así, a lo mejor forman un todo?

—¿Qué te hace decir eso?

—No lo sé. Tal vez porque la luz de cada uno de los tres focos ilumina perfectamente cada uno de los cuadros.

—Ya. —Aune se llevó un brazo al pecho y reflexionó un momento con el dedo índice en los labios—. Tienes razón. Sí que tienes razón. ¿Y, sabes qué, Harry?

—Pues no.

—Eso no me dice, y perdona la expresión, una mierda. ¿Hemos acabado?

—Sí. Espera, una pregunta más, ya que tú pintas. Como ves, la paleta está a la izquierda del caballete. ¿No te resulta eso poco práctico?

—Sí, a menos que uno sea zurdo.

—Entiendo. Ayudaré a Halvorsen a buscar. No sé cómo agradecértelo, Aune.

—Ya lo sé. Añadiré una hora en la próxima factura.

Halvorsen había terminado en el dormitorio.

—No tenía gran cosa —dijo—. Casi me ha dado la sensación de estar buscando en una habitación de hotel. Solo hay ropa y artículos de aseo, una plancha, toallas, ropa de cama y cosas así. Pero ni un retrato de familia, una carta o documentos personales.

Una hora más tarde Harry entendió a qué se refería Halvorsen. Habían registrado todo el apartamento y estaban de vuelta en el dormitorio sin haber encontrado ni siquiera una factura de teléfono o un extracto bancario.

—Es lo más extraño que he visto nunca —dijo Halvorsen sentándose al lado de Harry en el escritorio—. Tiene que haberlo recogido ella. A lo mejor quería llevarse todo lo referente a ella, o a cualquier persona, al irse, ya me entiendes.

—Comprendo. ¿No viste signos de que hubiera habido un *laptop* en el escritorio?

—¿*Laptop*?

—Un ordenador portátil.

—¿De qué hablas?

—¿Es que no ves este cuadrado pálido en la madera? —Harry señaló el escritorio—. Parece que aquí hubo un *laptop* pero que alguien se lo ha llevado.

—¿Ah, sí?

Harry notó que Halvorsen lo analizaba con la mirada.

Ya en la calle se quedaron observando las ventanas de Anna en la fachada de color amarillo pálido, mientras Harry se fumaba un cigarrillo que, arrugado como un acordeón, había encontrado en el bolsillo interior de la gabardina.

—Es curioso lo de los familiares —dijo Halvorsen.

—¿El qué?

—¿Møller no te lo ha contado? No encontraron dirección alguna ni de padres, ni de hermanos, ni nada, solo de un tío que está en prisión. Møller mismo tuvo que llamar a la funeraria para que se llevaran a la pobre chica. Como si morirse no fuera bastante solitario.

—Ya. ¿A qué funeraria?

—Sandemann —dijo Halvorsen—. El tío quería incinerarla.

Harry le dio una calada al cigarro y observó cómo el humo ascendía hasta desaparecer. El fin de un proceso iniciado cuando un agricultor sembró semillas de tabaco en un campo de México. En cuatro meses la semilla se convirtió en una planta de tabaco tan alta como un hombre y, dos meses más tarde, la recolectaron, la prensaron, la secaron, la clasificaron, la empaquetaron y la enviaron a las fábricas de RJ Reynolds en Florida o en Texas, donde se convirtió en cigarros con los que llenaron miles de cajetillas de Camel, amarillas y envasadas al vacío, apiladas en un fardo que cargaron en un barco rumbo a Europa. Ocho meses después de ser la hoja de una planta verde que germinaba a la luz del sol de México, se cae del paquete de cigarrillos metido en el bolsillo de la gabardina de un hombre borracho cuando este se precipita por unas escaleras o sale a trompicones de un taxi, o utiliza la gabardina como manta porque no puede o no osa abrir la puerta de ese dormitorio debajo de cuya cama tantos monstruos se esconden. Y entonces, cuando al fin encuentra el cigarrillo, arrugado y lleno de restos del bolsillo, se pone un extremo en la boca maloliente y lo enciende. Y luego, cuando la hoja de tabaco seca y desmenuzada pasa un instante breve y placentero dentro de ese cuerpo, sale expulsada de nuevo y por fin… por fin es libre. Libre para deshacerse, para convertirse en nada. Para caer en el olvido.

Halvorsen carraspeó un par de veces.

—¿Cómo sabías que había encargado las llaves precisamente al cerrajero de la calle Vibe?

Harry dejó caer la colilla y se envolvió bien en la gabardina.

—Parece que Aune tenía razón —dijo—. Va a llover. Si vas directamente a la comisaría, me gustaría ir contigo.

—Harry, en Oslo habrá por lo menos cien cerrajeros.

—Ya. Llamé al vicepresidente de la comunidad. Knut Arne Ringnes. Un tipo amable. Llevan veinte años recurriendo a la empresa de cerrajería Låsesmeden. ¿Nos vamos?

—Me alegro de que hayas venido —dijo Beate Lønn cuando Harry entró en House of Pain—. Anoche descubrí algo. Mira esto. —Rebobinó el vídeo y pulsó el botón de pausa. Una imagen temblorosa del rostro de Stine Grette que miraba al atracador encapuchado llenaba la pantalla—. He aumentado un campo del vídeo. Quería ver el rostro de Stine lo más grande posible.

—¿Por qué? —preguntó Harry, y se sentó en una silla.

—Si miras el contador verás que esto ocurre ocho segundos antes de que el Encargado dispare...

—¿El Encargado?

Ella sonrió incómoda.

—He empezado a llamarlo así para entenderme yo. Mi abuelo tenía una granja, así que yo... bueno.

—¿Dónde?

—Valle, en Setesdal.

—¿Y allí viste matanzas de animales?

—Sí.

Su tono de voz no invitaba a ahondar en el tema. Beate pulsó el botón de slow, y el rostro de Stine cobró vida. Harry la vio parpadear a cámara lenta y mover los labios. Había empezado a temer el disparo cuando Beate detuvo el vídeo.

—¿Lo has visto? —preguntó ansiosa.

Pasaron unos segundos antes de que Harry se percatase.

—¡Stine dijo algo! —exclamó—. Dice algo justo antes de que le dispare pero en la grabación sonora no se oye nada.

—Porque está susurrando.

—¡Cómo no me había dado cuenta! Pero ¿por qué? ¿Y qué dice?

—Espero saberlo pronto. He contactado con un especialista del Centro de Sordos para que le lea los labios. Está en camino.

—Estupendo.

Beate miró el reloj. Harry se mordió el labio inferior, respiró hondo y dijo:

—Oye, Beate…

Notó que su colega se ponía tensa al llamarla por su nombre de pila.

—Yo tenía una compañera que se llamaba Ellen Gjelten.

—Lo sé —dijo ella rápidamente—. La asesinaron cerca del río Akerselva.

—Sí. Cuando ella y yo nos estancábamos, solíamos utilizar diferentes técnicas para activar la información que queda registrada en el subconsciente. Juegos de asociación en los que anotábamos palabras en un papel y cosas así. —Harry sonrió algo incómodo—. A lo mejor suena un poco impreciso, pero a veces daba resultado. Así que pensé que nosotros podíamos intentar lo mismo.

—¿Ah, sí?

Harry se dio cuenta otra vez de que Beate parecía mucho más tranquila cuando se concentraban en un vídeo o en la pantalla de un ordenador. Ahora lo miraba como si le hubiera propuesto echar una partida de póquer e ir apostando la ropa.

—Quisiera saber lo que *sientes* en relación con este caso —dijo.

Ella se rió algo insegura.

—Lo que siento…

—Olvida los hechos por un momento. —Harry se inclinó sobre la silla—. No actúes con corrección. No tienes que demostrar lo que digas. Solo di lo que te dicte el corazón.

Ella se quedó mirando fijamente la mesa. Harry esperó. Ella levantó la vista y lo miró a los ojos.

—Creo que es un caso B.

—¿Un caso B?

—Que gana el contrario. Que es uno de los cincuenta casos de cada cien que no vamos a poder resolver.

—De acuerdo. ¿Por qué no?

—Simple matemática. Si piensas en todos los idiotas que *no* logramos atrapar, un hombre como el Encargado, que lo tiene todo muy bien pensado y evidentemente sabe cómo trabajamos, tiene prácticamente todas las de ganar.

—Ya. —Harry se frotó la cara—. Así que eso es lo que *sientes,* o sea, tus entrañas solo hacen cálculos mentales.

—No solamente. También me guío por su forma de proceder. Tan decidido. Como si algo lo empujara…

—¿Qué es lo que lo empuja, Beate? ¿Codicia?

—No lo sé. En las estadísticas sobre atracos la codicia es el móvil número uno, y la emoción el número dos y…

—Olvida las estadísticas, Beate. Ahora estás investigando, ahora no te limitas a analizar tomas de vídeo sino tus propias interpretaciones subconscientes de lo que has visto. Créeme, es la herramienta más importante con la que cuenta un investigador para guiarse. —Beate lo miró. Harry sabía que estaba a punto de lograr que se lanzara—. ¡Venga! —insistió—. ¿Qué empuja al Encargado?

—Sentimientos.

—¿Qué tipo de sentimientos?

—Sentimientos intensos.

—¿Qué tipo de sentimientos, Beate?

Ella cerró los ojos.

—Amor u odio. Odio. No, amor. No lo sé.

—¿Por qué le disparó?

—Porque él… No.

—Venga. ¿Por qué le disparó?

Harry había desplazado la silla hasta la de ella, a menos de un palmo de distancia.

—Porque tiene que hacerlo. Porque está decidido... de antemano.

—Vale. ¿Por qué está decidido de antemano?

Y entonces llamaron a la puerta.

Harry habría preferido que Fritz Bjelke, del Centro de Sordos, no se hubiera dado tanta prisa en acudir a ayudarles en bici por las calles del centro. Pero ya estaba en la puerta, un hombre rechoncho y sonriente con gafas redondas y casco de bicicleta de color rosa. Bjelke no era sordo y, desde luego, tampoco era mudo. Para que Bjelke adquiriera toda la información posible sobre las posturas labiales de Stine Grette, pusieron en primer lugar la parte inicial del vídeo, en la que se oía lo que decían. Bjelke no paró de hablar mientras la cinta estuvo en marcha.

—Soy especialista pero, en realidad, todos leemos los labios a pesar de oír lo que dice la persona que habla. Por eso nos resulta tan molesto que el sonido y la imagen no estén sincronizados, aunque solo se trate de un desfase de centésimas de segundo.

—Bueno —dijo Harry—. Yo personalmente no saco nada de los movimientos de los labios de Stine.

—El problema es que solo un treinta o un cuarenta por ciento de las palabras se puede leer directamente en los labios. Para entender el resto hay que fijarse en la expresión facial y el lenguaje corporal, y utilizar el sentido lingüístico y la lógica adecuados para deducir las palabras que faltan. Pensar es tan importante como ver.

—Aquí empieza a susurrar —dijo Beate.

Bjelke cerró rápidamente la boca, y siguió los movimientos labiales imperceptibles de la pantalla con la máxima concentración. Beate paró la grabación antes de que se produjera el disparo.

—Vale —dijo Bjelke—. Otra vez.

Y a continuación:

—Otra vez.

Y luego:

—Otra vez, por favor.

Después de siete veces hizo un gesto afirmativo que indicaba que había visto suficiente.

—No entiendo lo que quiere decir —dijo el experto. Harry y Beate intercambiaron una mirada de desconcierto—. Pero creo que sé lo que dice.

Beate tuvo que correr un poco para seguir a Harry.

—Está considerado como el mejor experto del país en esto —dijo la joven.

—Da igual —dijo Harry—. Él mismo afirmó que no estaba seguro.

—¿Y qué pasaría si dijo lo que dice Bjelke?

—No concuerda. Tiene que haber pasado por alto un «no».

—No estoy de acuerdo.

Harry frenó de pronto y Beate estuvo a punto de chocar con él. Se quedó mirando temerosa los ojos muy abiertos de Harry.

—Eso está bien —dijo él.

Beate estaba confundida.

—¿Qué quieres decir?

—Los desacuerdos son buenos. El desacuerdo implica que a lo mejor has visto o entendido algo que ni tú misma sabes todavía. Y yo no he entendido nada. —Él echó a andar de nuevo—. Así que vamos a suponer que tienes razón. Pensemos adónde nos lleva eso.

Se detuvo ante el ascensor y pulsó el botón de llamada.

—¿Adónde vas ahora? —preguntó Beate.

—A comprobar un detalle. No tardaré ni una hora en volver.

Las puertas del ascensor se abrieron y salió el comisario jefe Ivarsson.

—¡Vaya! —exclamó con una sonrisa—. ¿Los maestros detectives detrás de la pista? ¿Algo nuevo de lo que informar?

—Supongo que la gracia del asunto de los grupos paralelos está en que no tenemos que andar siempre informando —dijo Harry al tiempo que esquivaba a Ivarsson y entraba en el ascensor—. Si es que os he entendido bien a ti y al FBI.

Ivarsson sonrió y consiguió sostenerle la mirada.

—La información clave sí hay que compartirla, naturalmente.

Harry apretó el botón del primer piso pero Ivarsson se colocó entre las puertas y las bloqueó.

—¿Así que…?

Harry se encogió de hombros.

—Stine Grette le susurró algo al atracador antes de que este le disparase.

—¿Y qué?

—Creemos que le susurró «Es culpa mía».

—¿«Es culpa mía»?

—Sí.

Ivarsson frunció el entrecejo.

—Eso no puede ser correcto, ¿no? Sería más lógico que dijera «No es culpa mía», es decir, que no era culpa suya que el jefe de la sucursal tardara seis segundos de más en meter el dinero en la bolsa.

—Estoy en desacuerdo —dijo Harry mirando el reloj con descaro—. Hemos contado con la ayuda de uno de los mejores expertos del país en ese campo. Pero Beate te puede facilitar los detalles.

Ivarsson se apoyó en una de las hojas de la puerta del ascensor, que se empecinaba en golpearle la espalda insistentemente con la otra.

—Así que, con el aturdimiento, se olvida del «no». ¿Es eso todo lo que tenéis, Beate?

Beate se sonrojó.

—Acabo de empezar a ver el vídeo del atraco de la calle Kirkeveien.

—¿Alguna conclusión?

Apartó la mirada de Ivarsson y la dirigió a Harry.

—Nada, de momento.

—Así que nada —dijo Ivarsson—. Entonces, seguramente os alegrará saber que hemos localizado a diez sospechosos que hemos traído para que presten declaración. Y tenemos un plan para soltar al fin a Raskol.

—¿Raskol? —preguntó Harry.

—Raskol Baxhet, el mismísimo rey de las ratas —dijo Ivarsson con una sonrisa de satisfacción antes de agarrarse las presillas del cinturón, aspirar con arrogancia y subirse los pantalones—. Pero seguro que Beate podrá facilitarte los detalles.

13

Mármol

Harry tenía claro que, respecto a algunas cosas, era un ser mezquino. Con la calle Bogstadveien, por ejemplo. No le gustaba la calle Bogstadveien. No sabía exactamente por qué, a lo mejor era porque en esa calle, adoquinada a base de oro y petróleo, la quintaesencia de la felicidad en el país de la Felicidad, nadie sonreía. Él tampoco sonreía, pero él vivía en Bislett, no le pagaban por sonreír, y en este momento tenía un par de razones de peso para no sonreír. Claro que eso no significaba que a Harry, como a la mayoría de los noruegos, no le gustara que le sonrieran *a él*.

En su fuero interno, Harry intentó disculpar al chico que había detrás del mostrador del 7-Eleven pensando que tal vez odiara su trabajo, que tal vez él también viviera en Bislett y que acababa de empezar a llover a mares otra vez.

Aquel rostro pálido salpicado de acné enrojecido y virulento miró con desinterés la tarjeta de identificación policial de Harry.

–¿Cómo voy a saber cuánto tiempo lleva ahí ese contenedor?

–Porque es verde y porque te tapa la mitad de la vista de la calle Bogstadveien –dijo Harry.

El chico dejó escapar un suspiro y se apoyó las manos en las caderas que apenas le sujetaban los pantalones.

–Una semana. Más o menos. Oye, hay una cola de gente esperando detrás de ti.

—Ya. He mirado dentro. No tiene casi nada, salvo unas botellas vacías y algunos periódicos. ¿Sabes quién lo encargó?

—No.

—Veo que tienes una cámara de vigilancia encima del mostrador. Por el ángulo, parece cubrir el contenedor que hay delante de la ventana.

—Si tú lo dices.

—Si aún conservas la grabación del viernes pasado, me gustaría verla.

—Llama mañana, estará Tobben aquí.

—¿Tobben?

—El jefe comercial.

—Entonces propongo que llames a Tobben ahora mismo para que te autorice a darme la cinta, y no os molestaré más.

—Mira a tu alrededor —insistió el joven con la cara más encendida todavía—. Ahora no tengo tiempo de ponerme a buscar un vídeo.

—¿Ah, no? —dijo Harry sin volverse—. ¿A lo mejor después de cerrar?

—Tenemos abierto las veinticuatro horas —dijo el chico, y alzó la vista al cielo.

—Era una broma —dijo Harry.

—Vale, jajajá —dijo el chico con voz de sonámbulo—. ¿Vas a comprar algo o qué?

Harry negó con la cabeza y el chico miró por encima de su hombro.

—¡Caja libre!

Harry suspiró y se volvió hacia la cola que se apiñaba en dirección al mostrador.

—Nada de caja libre. Soy de la policía de Oslo —dijo a la vez que mostraba la tarjeta de identidad—. Esta persona está detenida por pronunciar mal el noruego.

En efecto, Harry era mezquino en relación con ciertas cosas concretas. Pero ahora se alegró de la reacción. Le gustaba que le sonrieran.

Aunque no con la sonrisa que parece incluir la formación profesional de predicadores, políticos y agentes funerarios. Sonríen *con los ojos* mientras hablan y eso confería al señor Sandemann, de la Funeraria Sandemann, un fervor que, unido a la temperatura de la sala de camillas situada debajo de la iglesia de Majorstua, hizo que Harry sintiera escalofríos. Miró a su alrededor. Dos féretros, una silla, una corona, un agente funerario, un traje negro y un peluquín.

—Está tan bonita —dijo Sandemann—. Llena de paz. Plácida. Digna. ¿Es usted de la familia?

—No exactamente.

Harry le enseñó la identificación policial con la esperanza de que aquel fervor fuera privilegio de los allegados. Pero no.

—Es trágico que una persona se vaya de esa manera —sonrió Sandemann mientras juntaba las palmas de las manos.

Tenía los dedos excepcionalmente delgados y torcidos.

—Me gustaría revisar la ropa que llevaba la difunta cuando la encontraron —dijo Harry—. En la agencia me han dicho que te la llevaste tú.

Sandemann asintió con la cabeza, buscó una bolsa de plástico blanca y explicó que la guardaba por si podía entregársela a los padres o hermanos, si se presentaban. Harry buscó en balde algún bolsillo en la falda negra.

—¿Busca usted algo en particular? —preguntó Sandemann en un tono inocente, y miró por encima del hombro de Harry.

—Una llave —dijo Harry—. ¿No encontrasteis nada cuando… la desnudasteis?

Sandemann cerró los ojos y negó con la cabeza.

—Lo único que tenía debajo de la ropa era a sí misma. Aparte de la foto que llevaba en el zapato, claro.

—¿Una foto?

—Sí. Extraño, ¿verdad? Seguramente, una costumbre de esa gente. Todavía está en el zapato.

Harry sacó de la bolsa un zapato negro de tacón alto, y al momento la vio en el umbral de la puerta al llegar. Vestido negro, zapatos negros, boca roja. Una boca muy roja.

La imagen era una fotografía arrugada de una mujer y tres niños en una playa, parecía una foto veraniega tomada en algún lugar de Noruega, con rocas vivas y pinos altos en las colinas del fondo.

—¿Ha venido algún familiar? —dijo Harry.

—Solo su tío. Acompañado de uno de sus colegas, naturalmente.

—¿Cómo que naturalmente?

—Sí, tengo entendido que está cumpliendo condena.

Harry no contestó. Sandemann se inclinó hacia delante y encorvó la espalda, la cabeza diminuta se le hundió entre los hombros de modo que parecía un cuervo.

—¿Qué habrá hecho? —También el susurro de su voz resonaba como el graznido gutural de un ave—. Para que ni siquiera lo dejen asistir al funeral, quiero decir.

Harry carraspeó.

—¿Puedo verla?

Sandemann parecía decepcionado, pero señaló cortésmente uno de los féretros.

Como de costumbre, a Harry le impresionó hasta qué punto podía llegar a embellecer un cadáver el trabajo de un profesional. Anna parecía realmente estar en paz. Le tocó la frente. Fue como tocar un bloque de mármol.

—¿Qué es ese collar? —dijo Harry.

—Monedas de oro —dijo Sandemann—. Lo trajo el tío.

—¿Y qué es esto?

Harry levantó un fajo de papel atado con una goma ancha y marrón. Eran billetes de cien.

—Es una costumbre que tienen —dijo Sandemann.

—¿De quiénes hablas?

—¿No lo sabía? —Sandemann dibujó una sonrisa con sus labios finos y húmedos—. Era de etnia gitana.

Todas las mesas de la cantina de la comisaría estaban ocupadas por colegas que conversaban animadamente. Menos una. Y a ella se dirigió Harry.

—Con el tiempo conocerás gente —dijo. Beate lo miró sin entender, y él comprendió que tal vez tenían más en común de lo que había pensado. Se sentó y dejó delante de ella la casete de VHS—. Esta es de la tienda 7-Eleven que hay enfrente del banco, del día del atraco. Y esta otra, del jueves anterior. ¿Puedes ver si hay algo interesante?

—¿Ver si el atracador pasó por allí, quieres decir? —murmuró Beate con la boca llena de pan con paté.

Harry contempló las rebanadas de pan que traían de casa.

—Bueno —dijo—. Siempre cabe albergar esa esperanza.

—Claro —dijo ella, y se le saltaron las lágrimas mientras intentaba tragar—. En el 93 hubo un atraco en el banco Kredittkassen de Frogner y el atracador llevaba bolsas de plástico para el dinero. Las bolsas tenían propaganda de la gasolinera Shell, de modo que supervisamos las grabaciones de vigilancia de la gasolinera Shell más próxima. Resultó que el atracador había pasado por allí para comprar las bolsas diez minutos antes del atraco. Con la misma ropa, pero sin capucha. Lo detuvimos media hora más tarde.

—¿Lo *detuvimos*, hace diez años? —se extrañó Harry.

El rostro de Beate cambió de color como un semáforo. Cogió la rebanada de pan e intentó esconderse detrás de ella.

—Mi padre —murmuró.

—Lo siento, no era mi intención…

—No importa —dijo enseguida.

—Tu padre…

—Murió —dijo ella—. Hace mucho.

Harry se quedó sentado mirándose las manos mientras la oía masticar.

—¿Por qué has traído una cinta de la semana anterior al atraco? —preguntó Beate.

—Por el contenedor —dijo Harry.

—¿Qué pasa con el contenedor?

—Llamé a la empresa encargada del servicio de contenedores para preguntar. Lo solicitó el martes un tal Stein Støbstad, de Industrigata, y se entregó en el lugar acordado el día siguiente, justo delante del 7-Eleven. Hay dos Stein Støbstad en Oslo, y ambos niegan haber encargado un contenedor. Mi teoría es que el atracador lo mandó poner ahí para tapar la visibilidad a través de la ventana, para que la cámara no lo filmase de frente cuando cruzara la calle al salir del banco. Si estuvo comprobando la ubicación del contenedor en el 7-Eleven el mismo día que hizo el encargo, quizá veamos en el vídeo a alguna persona que mire a la cámara y por la ventana para estudiar los ángulos y esas cosas.

—Eso, si tenemos suerte. El testigo que estaba delante del 7-Eleven dice que el atracador seguía enmascarado cuando cruzó la calle. ¿Por qué iba a tomarse entonces tantas molestias con el contenedor?

—A lo mejor el plan era quitarse la capucha mientras cruzaba la calle. —Harry resopló—. No lo sé, solo sé que pasa algo con ese contenedor verde. Lleva ahí una semana y, a excepción de alguna que otra persona que tira algo de basura al pasar, nadie lo ha utilizado.

—Vale —dijo Beate al tiempo que cogía la película de VHS y se levantaba.

—Otra cosa —dijo Harry—. ¿Qué sabes sobre ese Raskol Baxhet?

—¿Raskol? —Beate frunció el entrecejo—. Era una especie de mito hasta que se entregó. Según los rumores, estaba implicado en el noventa por ciento de los atracos de Oslo. Apuesto a que es capaz de identificar a todo el que haya cometido un atraco en esta ciudad en los últimos veinte años.

—Así que Ivarsson lo va a utilizar para eso. ¿Dónde se encuentra?

Beate señaló con el dedo pulgar por encima del hombro.

—Sección A, al otro lado de ese campo de ahí fuera.

—¿En la cárcel de Botsen?

—Sí. Y en todo el tiempo que lleva ahí, se ha negado a hablar con la policía.

—¿Y cómo piensa Ivarsson que lo va a conseguir?

—Por fin ha dado con algo que Raskol quiere y con lo que puede negociar. En Botsen dicen que es lo único que Raskol ha pedido desde que llegó. Se trata de un familiar recién fallecido, una mujer.

—¿Ah, sí? —dijo Harry, y confió en que la expresión de su rostro no lo delatara.

—La entierran dentro de dos días y Raskol le ha enviado al director de la prisión una petición en la que le ruega encarecidamente que le permitan asistir.

Harry se quedó allí sentado cuando Beate se marchó. Había terminado la hora del almuerzo y la cantina se iba quedando vacía. Era lo que llaman un lugar luminoso y acogedor, y estaba regentado por Cantinas del Estado, así que Harry prefería almorzar fuera. Pero de repente recordó que fue precisamente aquí donde había bailado con Rakel en la fiesta de Navidad, justo en aquel lugar se decidió a hablar con ella. O al revés. Aún recordaba la sensación de aquella espalda arqueada en la palma de la mano.

Rakel.

A Anna la enterrarían dentro de dos días y a nadie le cabía duda de que se había suicidado. La única persona que había estado allí y que podía contradecirlos a todos era él mismo, pero no recordaba nada. Entonces ¿por qué no lo olvidaba? Tenía mucho que perder y nada que ganar. ¿Por qué no se olvidaba de todo el asunto aunque solo fuera por ellos, por Rakel y él?

Harry puso los codos en la mesa y apoyó la cara en las manos.

Si hubiera podido contradecirlos, ¿lo habría hecho?

Los colegas de la mesa contigua se volvieron al oír el chirrido de la silla contra el suelo y vieron cómo aquel policía de mala reputación, pelo muy corto y piernas largas salía de la cantina a toda prisa.

14

Lotería

La campanilla de aquel quiosco estrecho y oscuro sonó con furia cuando los dos hombres entraron corriendo. Elmers Frukt & Tobakk era uno de los últimos quioscos de ese tipo, con revistas especializadas sobre vehículos de motor, caza, deporte y pornografía blanda en una pared, y en la otra, cigarrillos y puros, y tres montoncitos de quinielas en el mostrador entre regaliz y cerditos de mazapán secos y grises con un lazo navideño del año anterior.

–Justo a tiempo –dijo Elmer, un hombre delgado y calvo que rondaba los sesenta, con bigote y acento norteño.

–Joder, este ha venido muy deprisa –dijo Halvorsen, y se sacudió la lluvia de los hombros.

–El típico otoño de Oslo –dijo el norteño con un acento de Oslo un tanto forzado.

–O sequía o lluvia torrencial. ¿Un Camel de veinte?

Harry asintió con la cabeza y sacó la cartera.

–¿Y dos rascas para el joven agente?

Elmer le entregó los dos boletos de lotería a Halvorsen, que sonrió algo incómodo mientras se los guardaba rápidamente en el bolsillo.

–¿Puedo fumarme un cigarrillo aquí dentro, Elmer? –preguntó Harry mirando el chaparrón que caía en la acera, de pronto vacía de gente, al otro lado de la sucia ventana.

—Por supuesto —dijo Elmer cuando les dio el cambio—. El veneno y el juego son mi medio de vida.

Agachó un poco la cabeza y pasó detrás de una cortina marrón que colgaba torcida y detrás de la que se oía el borboteo de una cafetera.

—Esta es la foto —dijo Harry—. Solamente quiero que descubras quién es la mujer.

—¿Solamente?

Halvorsen miró la foto granulada y arrugada que le entregaba Harry.

—Empieza por averiguar dónde la hicieron —dijo Harry en medio de un ataque de tos que sufrió al intentar retener el humo en los pulmones—. Parece un lugar de vacaciones. Si es así, habrá una tiendecita de comestibles, alguien que alquile cabañas, cosas así. Si la familia de la foto va con asiduidad de vacaciones, alguno de los que trabajen allí sabrá quiénes son. Cuando lo sepas, me dejas el resto a mí.

—¿Y todo eso porque la foto estaba en un zapato?

—No es un lugar muy corriente para guardar una foto, ¿no?

Halvorsen se encogió de hombros y miró hacia la calle.

—No para —dijo Harry.

—Lo sé, pero tengo que irme a casa.

—¿A qué?

—A eso que se llama vida. Nada que te interese.

Harry levantó las comisuras para dar a entender que había captado la broma.

—Pásalo bien.

Resonaron las campanillas y la puerta se cerró detrás de Halvorsen. Harry dio una calada y, mientras estudiaba la selección de lecturas de Elmer, pensó que compartía pocas aficiones con los noruegos corrientes. ¿Sería porque ya no tenía ninguna? La música sí, pero nadie había hecho nada bueno en diez años, ni siquiera los viejos héroes. ¿Películas? Hoy día se sentía afortunado cuando salía de ver una película sin sentirse como si le hubieran hecho una lobotomía. Por lo demás, nada. En otras palabras, lo único que aún le interesaba era encontrar a la gente y encerrarla. Y ni siquiera eso hacía que el corazón se le acelerase como antaño. Lo que lo asustaba, se dijo Harry, y puso una mano sobre el mostrador frío y liso de Elmer, era que la situación no lo tuviera preocupado. Que se hubiera rendido. Que envejecer solo le resultara liberador.

Las campanillas volvieron a sonar con furia.

—Se me olvidaba contarte lo del joven que detuvimos ayer por posesión ilegal de armas —dijo Halvorsen—. Roy Kvinsvik, uno de esos cabezas rapadas de la pizzería Herbert.

Estaba en el umbral de la puerta mientras la lluvia le bailaba alrededor de los zapatos empapados.

—¿Sí?

—Era evidente que tenía miedo así que le dije que me diera algo que me sirviera para dejarlo ir sin más.

—¿Y?

—Dijo que la noche que asesinaron a Ellen vio a Sverre Olsen en Grünerløkka.

—¿Y qué? Tenemos varios testigos que lo vieron.

—Sí, pero ese tipo vio que Olsen hablaba con una persona en un coche.

A Harry se le cayó el cigarrillo al suelo. No lo recogió.

—¿Sabía quién era? —dijo muy despacio.

Halvorsen negó con la cabeza.

—Solo conocía a Olsen.

—¿Te lo describió?

—Solo recuerda que el tío le pareció un agente de policía. Pero dijo que probablemente lo reconocería.

Harry sintió calor bajo la gabardina y pronunció cada palabra con absoluta claridad:

—¿Te dijo qué modelo de coche era?

—No, pasó muy deprisa.

Harry asintió con la cabeza y pasó la mano de un lado a otro del mostrador.

Halvorsen carraspeó.

—Pero creía que era un deportivo.

Harry miró el cigarrillo que humeaba en el suelo.

—¿Color?

Halvorsen hizo un gesto cansino con la mano.

—¿Era rojo? —preguntó Harry muy bajo, con la voz empañada.

—¿Qué dices?

Harry se enderezó.

—Nada. No olvides ese nombre. Y vete a casa con tu vida.

Y volvieron a tintinear las campanillas.

Harry dejó de pasar la mano por el mostrador, la dejó quieta. De repente la mano también parecía ser de frío mármol.

Astrid Monsen tenía cuarenta y cinco años y se ganaba la vida traduciendo literatura francesa en la oficina que tenía en casa, en Sorgenfrigata, y no había ningún hombre en su vida, aunque sí una grabación continua del ladrido de un perro que se repetía sin cesar junto a la puerta y que activaba por las noches. Harry oyó cómo se acercaba caminando al otro lado y el ruido de, por lo menos, tres cerraduras, antes de que la puerta se entreabriera y dejara ver una cara menuda y pecosa que lo miraba debajo de unos rizos negros.

—Huy —dijo aquel rostro al ver la figura voluminosa de Harry.

A pesar de ser una cara desconocida, tuvo la sensación de haberla visto antes. Con total probabilidad, debido a la detallada descripción que Anna le hizo de aquella vecina miedosa.

—Harry Hole, de la sección de Delitos Violentos —se presentó, y enseñó la identificación—. Perdone que la moleste tan tarde. Tengo algunas preguntas que hacerle sobre la noche en que murió Anna Bethsen.

Intentó mostrar una sonrisa tranquilizadora al ver que a la mujer le costaba cerrar la boca. Harry vio a lo lejos el movimiento de la cortina que cubría la ventanita de la puerta del vecino.

—¿Puedo entrar, señorita Monsen? Solo será un momento.

Astrid Monsen retrocedió dos pasos y Harry aprovechó la oportunidad para colarse y cerrar la puerta. Ahora también pudo examinar la totalidad del peinado afro. Obviamente, estaba teñido de negro y le envolvía la cabecita como un globo terráqueo enorme.

Se quedaron de pie uno enfrente del otro bajo la luz pobre de la entrada, que estaba decorada con flores secas y un póster enmarcado del Museo Chagall de Niza.

—¿Me había visto ya en alguna otra ocasión? —dijo Harry.

—¿Qué... quiere decir?

—Solo si me había visto antes. Ya hablaremos de lo otro.

Ella abrió la boca y volvió a cerrarla. Luego negó con la cabeza.

—Bien —dijo Harry—. ¿Estaba en casa el martes por la noche? Ella afirmó vacilante con la cabeza.

—¿Vio u oyó algo?

—Nada —dijo la mujer, demasiado rápido, a juicio de Harry.

—Tómese su tiempo y piénselo —dijo intentando sonreír con amabilidad, aunque, de su reducido repertorio de gestos faciales, no era ese el que más ensayado tenía.

—En absoluto —dijo ella mientras buscaba con la mirada la puerta detrás de Harry—. Nada en absoluto.

Harry encendió un cigarro en cuanto salió a la calle. Había oído a Astrid Monsen echar el cierre de seguridad tan pronto como él salió por la puerta. Pobrecita. Ella era la última de la ronda y podía concluir que nadie del edificio había visto ni oído nada en la escalera, ni a él ni a nadie más, la noche que murió Anna.

Tiró el cigarrillo después de dos caladas.

Ya en casa pasó un buen rato sentado en el sillón de orejas mirando el piloto rojo del contestador antes de pulsar el botón de reproducción. Eran Rakel, que llamó para darle las buenas noches, y un periodista que quería unas declaraciones sobre los atracos. Después rebobinó la cinta y escuchó el mensaje de Anna: «Y, por favor, ¿podrías ponerte los vaqueros que sabes que tanto me gustaban?».

Se frotó la cara. Sacó la cinta y la tiró a la basura.

Fuera caía la lluvia y, dentro, Harry practicaba un poco de zapping. Balonmano femenino, telenovelas y un concurso para hacerse millonario. Harry se detuvo en la cadena sueca SVT, donde un filósofo y un antropólogo social discutían el concepto de venganza. Uno afirmaba que un país como Estados Unidos, representativo de ciertos valores éticos como la libertad y la democracia, tiene la responsabilidad moral de vengar ataques contra su territorio puesto que también representan una agresión a esos valores. Solo la promesa de venganza —y su materialización— puede proteger un sistema tan vulnerable como una democracia.

—¿Y si esos mismos valores representados por la democracia se convierten en la víctima de un acto de venganza? —replicó el otro—. ¿Qué pasa si se vulneran los derechos de otro país contemplados en el derecho internacional? ¿Qué clase de valores defendemos cuando civiles inocentes se ven privados de sus derechos por dar caza a los culpables? ¿Y qué hay de la moral que nos enseña a poner la otra mejilla?

—El problema —dijo el otro con una sonrisa— es que solo tenemos dos mejillas, ¿verdad?

Harry apagó el televisor. Pensó en llamar a Rakel pero decidió que era demasiado tarde. Intentó leer algo de un libro de Jim Thompson, pero se dio cuenta de que le faltaban las páginas de la veinticuatro a la treinta y ocho. Se levantó y echó a andar de un lado a otro del salón. Abrió la nevera y miró con desinterés un queso blanco y un tarro de mermelada de fresa. Cerró la puerta de la nevera de golpe. ¿A quién quería engañar? Le apetecía una copa.

A las dos de la madrugada se despertó en el sillón con la ropa puesta. Se levantó, fue al baño y bebió un vaso de agua.

—Mierda —se dijo a sí mismo en el espejo.

Se dirigió al dormitorio y encendió el ordenador. Encontró ciento cuatro artículos sobre suicidio en la red, pero ninguno sobre venganza, solo palabras sueltas y un motón de referencias a motivos de venganza en la literatura y en la mitología griega. Iba a apagarlo cuando se dio cuenta de que hacía semanas que no abría el correo. Tenía dos mensajes. Uno era de su compañía telefónica, que lo informaba de un corte, de hacía quince días. El otro lo remitía anna.beth@chello.no. Pulsó y leyó el mensaje: «Hola, Harry. Acuérdate de la llave. Anna». La hora del envío indicaba que lo había mandado dos horas antes de que la viera por última vez. Volvió a leer el mensaje. Tan corto. Tan… simple. Supuso que era el tipo de correo que la gente se manda. «Hola, Harry.» Imaginó que cualquier extraño los vería como amigos de toda la vida, pero solo se habían visto durante seis semanas, en el pasado, y él ni siquiera sabía que ella tuviera su dirección de correo electrónico.

Cuando se durmió, soñó de nuevo que estaba en el banco con el rifle. Las personas que había a su alrededor eran de mármol.

15

Gadzo

−¡Vaya día bueno que hace hoy! −exclamó Bjarne Møller al entrar en el despacho de Harry y Halvorsen a la mañana siguiente.

−Tú lo sabrás porque tienes ventana −dijo Harry al tiempo que levantaba la vista de la taza de café−. Y una silla de oficina nueva −añadió cuando Møller se dejó caer en el asiento defectuoso de Halvorsen, que soltó un chirrido, como un lamento de dolor.

−Vaya −dijo Møller−. Hoy parece que tienes un mal día, ¿no?

Harry se encogió de hombros.

−Me acerco a los cuarenta y empiezo a volverme un poco cascarrabias, ¿pasa algo?

−En absoluto. Por cierto, me gusta verte con traje.

Harry levantó la solapa sorprendido, como si acabara de darse cuenta del traje oscuro que llevaba puesto.

−Ayer hubo una reunión de la sección −dijo Møller−. ¿Quieres la versión completa o la abreviada?

Harry removía el café con un lápiz.

−No nos dejan seguir investigando el caso de Ellen. ¿Es eso?

−El caso está resuelto hace mucho, Harry. Y el jefe de la científica dice que le estás dando la lata para que comprueben toda clase de pistas técnicas que son antiguas.

−Hay un testigo nuevo que ayer…

—Siempre hay un testigo nuevo, Harry. Simplemente, no quieren saber nada de todo eso.

—Pero…

—Punto final, Harry. Lo siento.

Møller se dio la vuelta en el umbral.

—Sal a que te dé el sol. A lo mejor es el último día cálido en una buena temporada.

—Se rumorea que hace sol —dijo Harry cuando entró a ver a Beate en House of Pain—. Solo para que lo sepas.

—Apaga la luz —dijo ella—. Te voy a enseñar una cosa.

Parecía preocupada cuando lo llamó por teléfono, pero no le había dicho por qué. La joven levantó el mando a distancia.

—No encontré nada en la cinta del día que encargaron el contenedor, pero mira esta, del día del atraco.

Harry vio en la pantalla una imagen general del 7-Eleven. Vio el contenedor verde fuera, delante de la ventana, y dentro, los dulces de crema del expositor, la nuca y la raja del culo del chico con el que había hablado el día anterior. Estaba atendiendo a una joven que compró leche, la revista *Det Nye* y unos condones.

—La grabación es de las 15.05, es decir, quince minutos antes del atraco. Mira ahora.

La chica cogió sus cosas y se fue, la cola avanzó, y un hombre con un mono negro y una gorra de visera y orejeras bien caladas señaló algo en el mostrador. Mantenía la cabeza gacha y no pudieron verle la cara. Debajo del brazo llevaba doblada una bolsa negra.

—Hay que joderse —susurró Harry.

—Es el Encargado —dijo Beate.

—¿Seguro? Mucha gente usa monos negros, y el atracador no llevaba gorra.

—Cuando se aleja del mostrador se ve que son los mismos zapatos que los del vídeo del atraco. Y fíjate en el abultamiento que hay en el lado izquierdo del mono. Es el AG3.

—Lo lleva pegado al cuerpo con cinta adhesiva. Pero ¿qué demonios hace en el 7-Eleven?

—Espera a que llegue el transporte de valores y necesita un punto de observación donde nadie se fije en él. Ha estado en el lugar anteriormente y sabe que Securitas llega entre las 15.15 y las 15.20. Mientras tanto no puede andar dando vueltas por ahí vestido con pasamontañas para anunciar que piensa atracar un banco, por eso utiliza una gorra que le cubre la cara al máximo. Cuando llega a la caja se ve, si te fijas muy bien, un pequeño rectángulo de luz que se mueve por el mostrador. Es el reflejo del cristal. Lleva gafas de sol, puto Encargado.

Hablaba bajito, pero rápido y con un entusiasmo que Harry no había notado antes.

—Obviamente, sabe que hay una cámara de vigilancia también en el 7-Eleven, no nos deja verle la cara en absoluto. ¡Fíjate cómo está pendiente de los ángulos! Lo hace bastante bien, hay que reconocerle el mérito.

El chico de detrás del mostrador le entregó al hombre del mono un dulce de crema y, al mismo tiempo, cogió la moneda de diez coronas que este había dejado sobre el mostrador.

—¡Mira! —exclamó Harry.

—Exacto —dijo Beate—. No lleva guantes. Pero no parece que haya tocado nada en la tienda. Y ahí se ve ese rectángulo de luz del que te he hablado.

Harry no vio nada.

El hombre salió de la tienda mientras atendían al último cliente de la cola.

—Ya. Tenemos que volver a buscar testigos —dijo Harry, y se levantó.

—Yo no sería demasiado optimista —advirtió Beate con la mirada todavía fija en la pantalla—. Acuérdate de que solo se presentó un único testigo que había visto al Encargado fugarse en medio de la aglomeración del viernes. La muchedumbre es el mejor escondite del atracador.

—Bueno, pero ¿se te ocurre otra idea?

—Que te sientes. Te estás perdiendo el clímax.

Harry la miró un tanto sorprendido y se volvió hacia la pantalla. El chico del mostrador se había vuelto hacia la cámara con un dedo enterrado en lo más hondo de la nariz.

—Vaya clímax —dijo Harry.

—Fíjate en el contenedor, al otro lado de la ventana.

Había reflejos en el cristal, pero se veía con claridad al hombre del mono negro. Estaba fuera de la acera, entre el contenedor y un coche aparcado. Le daba la espalda a la cámara y miraba hacia el banco mientras se comía el dulce. Había dejado la bolsa en el asfalto.

—Ese es su puesto de vigilancia —dijo Beate—. Encargó el contenedor y lo mandó poner exactamente ahí. Es una idea simple y genial. Le permite estar al tanto de cuándo llega el transporte de valores al mismo tiempo que se esconde de las cámaras de vigilancia del banco. Y fíjate en su posición. Primero, la mitad de la gente que pasa por la acera ni siquiera lo ve, gracias al contenedor. Y luego, la gente que lo consigue, ve a un hombre con mono y gorra al lado de un contenedor, un obrero de la construcción, un empleado de una empresa de mudanzas, un empleado de la limpieza. Resumiendo, nada que se quede grabado en la corteza cerebral. No es extraño que no consigamos testigos.

—Deja unas buenas huellas dactilares en ese contenedor —dijo Harry—. Lástima que no haya parado de llover esta última semana.

—Pero ese dulce de crema...

—También se come las huellas dactilares —suspiró Harry.

—... le da sed. Fíjate ahora.

El hombre se inclinó, abrió la cremallera de la bolsa y extrajo una bolsa de plástico blanca de la que sacó una botella.

—Coca-Cola —dijo Beate—. Utilicé el zoom en el fotograma antes de que vinieras. Es una botella de vidrio con un corcho de vino.

El hombre del mono sujetó la botella por la parte de arriba mientras sacaba el corcho. Luego se inclinó hacia atrás, sostuvo la botella en alto y se la bebió. Vieron salir del cuello de la botella la última gota, pero la gorra tapaba tanto la boca abierta como la cara.

Volvió a meter la botella en la bolsa de plástico, la ató e iba a meterla en la bolsa, pero se detuvo.

—Fíjate, está pensando —susurró Beate en voz baja—. ¿Cuánto espacio ocupará el dinero? ¿Cuánto espacio ocupará el dinero?

El protagonista del vídeo miró el interior de la bolsa. Miró el contenedor. Se decidió y, con un rápido movimiento del brazo, lanzó la bolsa con la botella, que voló formando un arco hasta aterrizar en el centro del contenedor abierto.

—Canasta de tres puntos —rugió Harry.

—¡Victoria de los nuestros! —gritó Beate.

—¡Joder! —exclamó Harry.

—¡No! —dijo Beate, y golpeó el volante con la frente de pura desesperación.

—Seguro que acaban de estar aquí —dijo Harry—. ¡Espera!

Abrió la puerta de golpe delante de un ciclista que consiguió esquivarla, cruzó la calle, entró en el 7-Eleven y fue al mostrador.

—¿Cuándo se han llevado el contenedor? —le preguntó al chico que estaba cobrando dos salchichas Big-Bite a un par de chicas culonas.

—Joder, espera tu turno —le replicó el chico sin levantar la vista.

Una de las chicas soltó un gruñido de indignación cuando Harry se echó hacia delante y bloqueó el acceso a la botella de kétchup para agarrar la pechera verde del chico.

—Hola, soy yo otra vez —dijo Harry—. Atiende bien a lo que te digo, de lo contrario, te meteré la salchicha por el…

La expresión de miedo del chico hizo que Harry se controlara. Lo soltó y señaló hacia la ventana desde la que ahora se veía la sucursal de Nordea, al otro lado de la calle, debido al vacío que había dejado el contenedor verde.

—¿Cuándo se han llevado el contenedor? ¡Responde!

El chico tragó saliva y miró a Harry.

—Ahora. Ahora mismo.

—¿Cuándo es «ahora»?

—Hace… dos minutos —respondió con la piel de gallina.

—¿Adónde han ido?

—¿Cómo lo voy a saber? Yo no entiendo nada de contenedores.

—¿Que no entiendes…?

—¿Qué?

Pero Harry ya se había largado.

Harry se pegó a la oreja el móvil rojo de Beate.

—¿La Central de Tratamiento de Residuos de Oslo? Llamo de la policía, soy Harry Hole. ¿Dónde vaciáis los contenedores? Sí, los privados. ¿Metodica, dónde está…? La calle Verkseier Furulundsvei, en Alnabru. Gracias. ¿Qué? ¿O Grønnmo? ¿Cómo sabré cuál…?

—Mira —dijo Beate—. Hay atasco.

Los coches formaban una pared aparentemente impenetrable en dirección al cruce que hay delante del restaurante Lorry, en la calle Hegdehaugsveien.

—Tendríamos que haber ido por Uranienborgveien —se lamentó Harry—. O por Kirkeveien.

—Lástima que no seas tú quien conduce —dijo Beate, y se subió a la acera con la rueda delantera derecha mientras tocaba el claxon y pisaba el acelerador.

La gente saltaba para hacerse a un lado.

—¿Hola? —dijo Harry al teléfono—. Acabáis de recoger un contenedor verde en Bogstadveien, cerca del cruce con Industrigata. ¿Dónde está ahora ese contenedor? Sí, espero.

—Vamos a Alnabru —propuso Beate mientras se metía en el cruce del tranvía.

Las ruedas cayeron sobre los raíles metálicos antes de alcanzar el asfalto y Harry tuvo una vaga sensación de *déjà vu*.

Habían llegado a Pilestredet cuando el hombre de la Central de Tratamiento de Residuos volvió al auricular para comunicarle que no localizaban al conductor, pero que *probablemente* el contenedor iba camino de Alnabru.

—De acuerdo —dijo Harry—. ¿Podéis llamar a Metodica y pedirles que esperen para vaciar el contenido en el horno hasta que nosotros…? ¿Que tienen la centralita cerrada entre las once y media y las doce? Pero… ¡Ten cuidado! No, no, hablo con el conductor. No, con mi conductor…

Cuando atravesaban el túnel de Ibsen, Harry llamó a la comisaría de Grønland para que mandaran un coche patrulla a Metodica, pero el vehículo más cercano estaba a una distancia de por lo menos quince minutos.

—¡Mierda!

Harry arrojó el móvil por encima del hombro y dio un golpe en el salpicadero.

En la rotonda entre Byporten y Plaza, Beate se coló por la línea blanca entre un autobús rojo y una Chevy Van y, cuando bajaron desde el nudo a ciento diez y derrapó con los neumáticos aullando y mantuvo el control en la curva cerrada que había delante de la estación de ferrocarril de Oslo S, Harry comprendió que aún había esperanza.

—¿Quién demonios te ha enseñado a conducir? —dijo, y se agarró mientras hacían eses entre los coches, en la vía de tres carriles que los conduciría al túnel de Ekeberg.

—Yo —respondió Beate.

En medio del túnel de Vålerenga apareció delante de ellos un camión grande y feo que escupía diésel. Circulaba despacio por el carril derecho y en la plataforma de carga, sujeto por dos brazos de color amarillo, había un contenedor verde con las letras «Oslo Vaktmesterservice».

—*Yess!* ¡Síííí! —exclamó Harry.

Beate giró para situarse delante del camión, redujo la velocidad y puso el intermitente derecho. Harry bajó la ventanilla y sacó un brazo con la tarjeta de identificación, al mismo tiempo que hacía señales con la otra mano para que el camión se apartara a un lado de la vía.

Al conductor no le importaba que Harry echara un vistazo al interior del contenedor, pero le parecía mejor que esperaran a llegar a Metodica, donde podrían verter el contenido en el suelo.

—No queremos que se rompa la botella —gritó Harry desde la plataforma, intentando hacerse oír pese al ruido de los coches que pasaban.

—No, más que nada pensaba en el traje tan bueno que llevas —respondió el conductor.

Pero Harry ya se había subido al contenedor. Un instante después se oyó un estruendo, como un trueno procedente del interior del contenedor, y el conductor y Beate oyeron a Harry maldecir en voz muy alta. Luego lo oyeron escarbar… Y finalmente, un nuevo «Yess!» antes de que asomara por el borde del contenedor una bolsa de plástico blanca que blandía como un trofeo.

—Dale la botella a Weber enseguida y dile que es urgente —ordenó Harry mientras Beate arrancaba el coche—. Salúdalo de mi parte.

—¿Eso nos será de ayuda?

Harry se rascó la cabeza.

—No. Di solo que es urgente.

Ella se rió. Una risa breve y poco entusiasta, pero a Harry no le pasó inadvertida.

—¿Siempre eres tan ansioso? —dijo Beate.

—¿Yo? ¿Y tú qué? Estabas dispuesta a que nos matáramos mientras conducías para conseguir esta prueba, ¿no?

Beate sonrió, pero no contestó. Se limitó a mirar un rato el espejo retrovisor antes de girar. Harry miró el reloj.

—¡Demonios!

—¿Llegas tarde a alguna cita?

—¿Podrías llevarme a la iglesia de Majorstua?

—Por supuesto. ¿Es esa la razón por la que llevas traje oscuro?

—Sí. Una… amistad.

—Entonces, mejor que te quites esa plasta marrón que tienes en el hombro.

Harry volvió la cabeza.

—Del contenedor —dijo, y se sacudió—. ¿Ya está?

Beate le dio un pañuelo.

—Inténtalo con un poco de saliva. ¿Teníais una buena amistad?

—No. Bueno, sí… Por un tiempo lo fue, quizá. Pero hay que ir al funeral, ¿no?

—¿Hay que ir?

—¿Tú no vas?

—Solo he ido a un funeral en toda mi vida.

Siguieron un rato en silencio.

—¿Tu padre?

Ella asintió con la cabeza.

Pasaron el cruce de Sinsen. En Muselunden, aquel descampado inmenso que se extendía debajo de Haraldsheimen, un hombre y dos chiquillos habían logrado volar una cometa. Los tres tenían la vista fija en el cielo azul y llegaron a ver que el hombre cedía la seda al mayor de los niños.

—Todavía no hemos encontrado al que lo hizo —dijo Beate.

—No, así es —dijo Harry—. Todavía no.

—Dios nos da y Dios nos quita —dijo el pastor al mirar hacia los bancos vacíos y al hombre alto de pelo corto que acababa de entrar de puntillas y buscaba un sitio al fondo.

Esperó mientras el eco de un sollozo alto y desgarrador moría debajo de la bóveda.

—Aunque a veces nos da la impresión de que solo quita.

El pastor puso énfasis en «quita», y la acústica elevó la palabra y la llevó hacia atrás. El sollozo volvió a aumentar de intensidad. Harry miró a su alrededor. Creía que Anna, tan sociable y vivaracha, tendría muchos amigos, pero Harry solo contó ocho personas, seis en el primer banco y dos más atrás. Ocho. Bueno. ¿Cuántas irían a su propio funeral? No estaría nada mal que fueran ocho personas.

El sollozo venía del primer banco, donde Harry distinguió tres cabezas tocadas con pañuelos de vivos colores, y tres hombres con la cabeza descubierta. Las otras dos personas que habían acudido eran un hombre, sentado a la izquierda, y una mujer junto al pasillo central. Reconoció el peinado afro en forma de globo terráqueo de Astrid Monsen.

Entonces crujieron los pedales del órgano y resonó la música. Un salmo. Misericordia de Dios. Harry cerró los ojos y se dio cuenta de lo cansado que estaba. Los acordes del órgano ascendían y descendían, las notas altas fluían despacio como el agua por un tejado. Unas voces débiles entonaban cánticos sobre el perdón y la nada. Tuvo ganas de zambullirse, pero en algo que lo calentara y lo escondiera un rato por lo menos. El Señor juzgará a vivos y a muertos. La venganza de Dios, Dios como Némesis. Las notas del registro bajo del órgano hicieron vibrar los bancos de madera vacíos. La espada en una mano, la balanza en la otra, venganza y justicia. O nada de venganza, e injusticia. Harry abrió los ojos.

Cuatro hombres llevaban el féretro. Harry reconoció al agente Ola Li detrás de unos hombres morenos con trajes de Armani desgastados y camisa blanca con el cuello sin abotonar. La cuarta persona era un hombre tan alto que descompensaba completamente el féretro. Llevaba un traje demasiado grande para su cuerpo escuálido, pero era el único que no parecía oprimido por el peso. Fue sobre todo la cara de aquel hombre lo que llamó la atención de Harry. Alargada, bien modelada, con unos grandes ojos castaños que reflejaban el sufrimiento en las cuencas hundidas. Llevaba el pelo negro recogido detrás en una trenza larga que dejaba al descubierto una frente alta y brillante. La boca sensual, en forma de corazón, estaba enmarcada por una barba larga pero cuidada. Se diría que la talla de Jesucristo hubiera descendido del altar situado detrás del sacerdote. Pero había otro detalle. Algo que no se puede decir de muchos semblantes: el de aquel hombre *relucía*. A medida que los cuatro porteadores se acercaban a Harry por el pasillo central, él se esforzó por ver por qué brillaba. ¿Por el dolor? ¿Por su bondad? ¿Por su maldad?

Sus miradas se cruzaron un instante cuando pasaron de largo. Los seguía Astrid Monsen con la vista baja, un hombre de edad mediana con pinta de interventor de banco y tres mujeres, dos mayores y una más joven, vestidas con faldas multicolores. Sollozaban y proferían lamentos a viva voz, mientras movían los ojos y daban palmadas como un mudo acompañamiento.

Harry permaneció de pie mientras el pequeño séquito salía de la iglesia.

—Interesante lo de esos gitanos, ¿verdad, Hole?

Las palabras resonaron en la nave de la iglesia. Harry se dio la vuelta. Ivarsson sonreía vestido con traje oscuro y corbata.

—Cuando era pequeño teníamos un jardinero gitano. Ursario. De esos que iban de un lugar a otro con osos que bailaban, ya sabes. Se llamaba Josef. Música y jaleo todo el tiempo. Pero la muerte, ya lo ves… Esta gente tiene una relación con la muerte más difícil aún que la nuestra. Temen a los *mule*, a los muertos. Creen que se aparecen. Josef solía ir a ver a una mujer que sabía espantarlos; por lo visto, solo las mujeres saben hacerlo. Ven.

Ivarsson se agarró ligeramente del brazo de Harry, que tuvo que hacer un esfuerzo para no zafarse de un tirón. Salieron a la escalinata. El ruido del tráfico de la calle Kirkeveien ahogaba las campanas. Un Cadillac negro con la puerta trasera abierta aguardaba al cortejo fúnebre en la calle Schøning.

—Llevarán el féretro al Vestre Krematorium —dijo Ivarsson—. Incineración, una costumbre hindú. En Inglaterra queman la caravana del difunto, aunque ya no está permitido dejar dentro a la viuda —continuó con una risotada—. Pero sí objetos de valor. Josef contaba que la familia gitana de un dinamitero húngaro metió el resto del lote de dinamita en el féretro e hizo saltar por los aires todo el crematorio.

Harry sacó el paquete de Camel.

—Sé por qué estás aquí, Hole —dijo Ivarsson, y dejó de sonreír—. Querías ver si se presentaría la oportunidad de hablar con él, ¿no es verdad?

Ivarsson señaló con la cabeza el cortejo y la figura alta y delgada que avanzaba a grandes zancadas lentas, mientras los otros tres caminaban a paso ligero para poder seguirlo.

—¿Es ese el tal Raskol? —preguntó Harry poniéndose un cigarro en los labios.

Ivarsson asintió con la cabeza.

—Es su tío.

—¿Y los demás?

—Dicen que son conocidos.

—¿Y la familia?

—No reconocen a la difunta.

—¿Y eso?

—Es la versión de Raskol. Los gitanos tienen fama de mentirosos, pero lo que dice encaja con las historias que contaba Josef sobre su forma de pensar.

—¿Y cómo es esa forma de pensar?

—Pues una en la que el honor de la familia lo es todo. Esa es la razón por la que la expulsaron. Según Raskol, la casaron con un *gringo*-gitano de habla griega en España cuando tenía catorce años pero, antes de que se consumara el matrimonio, ella se fugó con un *gadzo*.

—¿Un *gadzo*?

—Alguien que no es de etnia gitana. Un marinero danés. Lo peor que se puede hacer. Una vergüenza para toda la familia.

—Ya. —El cigarrillo sin prender saltaba en la boca de Harry mientras hablaba—. Parece que has intimado con el tal Raskol, ¿no?

Ivarsson espantaba el humo imaginario del cigarrillo.

—Hemos hablado. Yo lo llamo esgrima de tanteo. Las conversaciones sustanciales llegarán cuando se cumpla nuestra parte del acuerdo. Es decir, después de que haya asistido a este funeral.

—Así que hasta ahora no ha dicho gran cosa.

—No, de momento no ha dicho nada que sea relevante para la investigación. Pero ha habido buen ambiente.

—Tan bueno que, según veo, la policía le ayuda a llevar a sus parientes a la tumba.

—El pastor preguntó si Li o yo podíamos prestarnos a llevar el féretro porque no eran suficientes. No pasa nada, estamos aquí para vigilarlo, de todas formas. Y vamos a seguir haciéndolo. Vigilarlo, quiero decir.

Harry cerró los ojos al intenso sol otoñal.

Ivarsson se volvió hacia él.

–Seré directo. Nadie tiene permiso para hablar con Raskol hasta que acabemos con él. Nadie. Durante tres años he intentado llegar a un acuerdo con el hombre que lo sabe todo. Y ahora lo he conseguido. Nadie va a estropearlo, ¿entiendes lo que te digo?

–Ivarsson, ahora que estamos solos –comenzó Harry, y se quitó una brizna de tabaco de la lengua–, dime si este caso se ha vuelto de repente una competición entre tú y yo.

Ivarsson giró la cara hacia el sol con un gorgorito a modo de risa.

–¿Sabes qué haría si fuera tú? –preguntó con los ojos cerrados.

–¿Qué? –preguntó Harry cuando el silencio se volvió insoportable.

–Mandaría ese traje al tinte, cualquiera diría que te has metido en un vertedero. –Se llevó dos dedos a la frente–. Que tengas un buen día.

Harry se quedó solo fumando en las escaleras mientras veía el féretro blanco alejarse como flotando por la acera.

Halvorsen giró la silla al oír entrar a Harry.

–Hombre, qué bien, tengo buenas noticias. He… ¡Joder, cómo apestas!

Halvorsen se tapó la nariz con la mano.

–¿Qué has hecho con el traje?

–Resbalé en un contenedor de basura. ¿Qué noticias son esas?

–Pues sí, pensé que la foto sería de algún lugar de veraneo del sur del país. Así que envié un correo a todas las comisarías en Aust-Agder. Y atiné. Enseguida me llamó un agente de Risør que me aseguró que conocía bien esa playa. Pero ¿sabes qué?

–Pues no, no lo sé.

–¡No está en el sur del país, sino en Larkollen!

Halvorsen miró a Harry con una sonrisa de expectación y, al ver que Harry no reaccionaba, añadió:

—En Østfold. Al lado de Moss.

—Sé dónde está Larkollen, Halvorsen.

—Sí, pero este agente es de…

—A veces pasa que los del sur también se van de vacaciones. ¿Llamaste a Larkollen?

Halvorsen alzó la vista al cielo con una expresión entre el desánimo y la impaciencia.

—Que sí, que llamé al camping y a dos sitios donde alquilan cabañas. Y a las dos únicas tiendas de comestibles.

—¿Algo positivo?

—Sí. —El rostro de Halvorsen volvió a iluminarse—. Mandé la foto por fax y el tipo de una de las tiendas de comestibles la reconoció. Tiene una de las mejores cabañas del lugar, de vez en cuando le lleva la compra.

—¿Y la señora se llama?

—Vigdis Albu.

—¿Albu? ¿Como «codo»?

—Sí. Solo hay dos personas en Noruega con ese apellido, una nació en 1909. La otra tiene cuarenta y tres años y vive en Bjørnetråkket 12, en Slemdal, con Arne Albu. Y, por arte de magia, aquí tienes el número de teléfono, jefe.

—No me llames así —protestó Harry mientras buscaba el teléfono.

Halvorsen suspiró.

—¿Qué pasa? ¿Estás enfadado o qué?

—Sí, pero no lo digo por eso. Møller es el jefe. Yo no soy jefe, ¿de acuerdo?

Halvorsen estuvo a punto de replicar, pero Harry levantó una mano conminatoria.

—¿La señora Albu?

Alguien había invertido mucho dinero, mucho tiempo y mucho espacio para construir la casa de los Albu. Y mucho gusto. En opinión de Harry, mucho mal gusto. Daba la impresión de que el arquitecto, si es que hubo alguno, intentó fusionar el estilo de las

146

cabañas noruegas tradicionales con el de las plantaciones de los estados sureños y cierto toque de rosa, reflejo de la felicidad de los florecientes barrios residenciales. A Harry se le hundían los pies en la gravilla del acceso para coches que atravesaba un jardín bien cuidado con arbustos decorativos y un pequeño ciervo de bronce que bebía de una fuente. En el tejado de la plaza doble de garaje había una placa ovalada de cobre que exhibía una bandera azul con un triángulo amarillo en el centro.

De detrás de la casa llegaba el sonido de unos ladridos graves. Harry subió la escalinata ancha situada entre columnas, llamó al timbre y casi esperaba que abriera una sirvienta negra con delantal blanco.

−Hola −gorjeó una voz al tiempo que se abría la puerta.

Vigdis Albu parecía recién salida de uno de esos anuncios para ponerse en forma que Harry veía de vez en cuando en la televisión al llegar a casa por la noche. Tenía la misma sonrisa blanca, el pelo descolorido de la muñeca Barbie, el cuerpo firme y entrenado de la clase alta enfundado en unas mallas y un top corto. Y, si los pechos eran operados, al menos había tenido el sentido común de no exagerar con el tamaño.

−Harry...

−¡Adelante! −sonrió con apenas un atisbo de arrugas alrededor de los ojos grandes y azules, discretamente maquillados.

Harry accedió a una entrada habitada por cuatro trolls gordos y feos, tallados en madera, que le llegaban más o menos a la altura de la cadera.

−Estoy de limpieza −dijo Vigdis Albu, y dejó ver aquella sonrisa blanca mientras se quitaba el sudor con el dedo índice con cuidado de no extender el rímel.

−Entonces me quito los zapatos −dijo Harry, que recordó en el acto el agujero que llevaba en el calcetín derecho.

−No, por Dios, no estoy limpiando el suelo, eso tengo quien me lo haga −rió ella−. Pero me gusta encargarme de la ropa personalmente. Hay que limitar el acceso de un extraño a la esfera privada, ¿no te parece?

—Sí, probablemente —dijo Harry, y se vio obligado a ir dando zancadas para seguirla escaleras arriba.

Pasaron por una cocina impresionante y entraron en el salón. Había una gran terraza detrás de unas puertas correderas de cristal. La pared principal estaba decorada con una construcción de ladrillo enorme, algo intermedio entre el Ayuntamiento de Oslo y un mausoleo.

—Diseñado por Per Hummel cuando Arne cumplió cuarenta años —dijo Vigdis—. Per es buen amigo nuestro.

—Sí. Se ve que Per ha diseñado una buena... chimenea.

—Habrás oído hablar de Per Hummel, el arquitecto, ¿no? Ya sabes, la capilla nueva de Holmenkollen...

—Lo siento —dijo Harry al tiempo que, sin más rodeos, le enseñó la foto—. Quiero que mires esto.

Observó la expresión de sorpresa de la mujer.

—Pero... si es una foto que Arne sacó el año pasado en Larkollen. ¿Cómo la has conseguido?

Harry tardó en contestar para comprobar si ella conseguía mantener aquella expresión de asombro tan sincera. Lo consiguió.

—La encontramos en el zapato de una mujer que se llama Anna Bethsen —dijo.

Harry fue testigo de una reacción en cadena de pensamientos, razonamientos y sentimientos que se iban reflejando en el rostro de Vigdis Albu como una telenovela reproducida a velocidad de rebobinado. A la sorpresa inicial siguió el asombro, sucedido por la mayor confusión imaginable. Instantes después, pareció que a Vigdis se le ocurría una idea repentina que, si bien rechazó de entrada con una risa incrédula, no llegó a desechar del todo, pues su germen pareció crecer y transformarse en un principio de comprensión. Hasta acabar con un rostro hermético en el que se leía: «Hay que limitar el acceso de un extraño a la esfera privada, ¿no te parece?».

Harry manoseaba el paquete de cigarrillos que había sacado. Un cenicero grande de cristal dominaba el centro de la mesa del salón.

—¿Conoces a Anna Bethsen, señora Albu?

—No. ¿Debería?

—No lo sé —dijo Harry con toda sinceridad—. Está muerta. Solo quiero saber qué hacía una foto tuya tan personal en el zapato de Anna. ¿Alguna idea?

Vigdis Albu intentó dibujar una sonrisa condescendiente, pero la boca parecía negarse a obedecer. Se conformó con negar con un gesto.

Harry esperó. Inmóvil y relajado. Del mismo modo que los zapatos se habían hundido en la gravilla, ahora sentía que el cuerpo se le hundía en aquel sofá blanco y hondo. La experiencia le había enseñado que de todos los métodos para hacer hablar a la gente, el silencio era el más eficaz. Cuando dos personas extrañas permanecían sentadas una frente a otra, como en esta ocasión, el silencio era como un vacío que succionaba las palabras. Se quedaron así durante diez segundos interminables. Vigdis Albu tragó saliva.

—Puede que la asistenta la encontrara en algún lugar de la casa y se la llevara... Y luego se la diera a esa tal... ¿se llamaba Anna?

—Ya. ¿Te importa que fume, señora Albu?

—Procuramos evitar el humo, ni mi marido ni yo... —Se llevó una mano rápidamente a la trenza del cabello—. Y Alexander, el pequeño, tiene asma.

—Lo siento. ¿A qué se dedica tu marido?

—Es inversor. Vendió la empresa hace tres años.

—¿Qué empresa?

—Albu AS. Importaba toallas y alfombrillas de baño para hoteles y grandes inmuebles.

—Parece que vendió muchas toallas. Y alfombrillas de baño.

—Teníamos la representación de toda Escandinavia.

—Enhorabuena. La bandera del garaje, ¿no es una de esas de los consulados?

Vigdis Albu había recuperado la calma y se quitó la gomilla del pelo. A Harry le dio la impresión de que se había hecho algo en la cara. Algo no cuadraba en las proporciones. Es decir, cuadraban demasiado bien, tenían una simetría casi artificial.

149

—Santa Lucía. Mi marido fue cónsul noruego allí once años. Hay una fábrica que cose las alfombrillas de baño. Y también tenemos una casita, ¿tú has estado...?

—No.

—Una isla fantástica, maravillosa y agradable. Todavía quedan algunos indígenas ancianos que hablan francés. Es verdad que no se les entiende muy bien, pero son encantadores.

—Francés criollo.

—¿Cómo?

—Nada, algo que he leído. ¿Crees que tu marido sabrá por qué la difunta tenía esta foto?

—No lo creo. ¿Por qué lo iba a saber?

—Bueno... —Harry sonrió—. Puede que sea tan difícil de responder como la pregunta de por qué alguien guardaba la foto de una desconocida en el zapato. —Se levantó—. ¿Dónde puedo localizarlo, señora Albu?

Mientras anotaba el número de teléfono y la dirección de la oficina de Arne Albu, miró por casualidad el sofá donde había estado sentado.

—Ah —dijo al ver que Vigdis Albu lo había seguido con la mirada—. Resbalé en un contenedor de basura. Naturalmente, lo...

—No importa —interrumpió ella—. La funda irá a la tintorería la semana que viene, de todos modos.

Ya fuera, en la escalinata, ella le preguntó si podía esperar para llamar a su marido hasta después de las cinco.

—Para entonces ya habrá llegado a casa y no estará tan ocupado.

Harry no respondió y esperó mientras las comisuras de Vigdis subían y bajaban.

—Para que entre los dos estudiemos... si podemos facilitarte alguna información.

—Gracias. Muy amable por tu parte, pero llevo coche y la oficina está de camino, de modo que pasaré por allí a ver si lo encuentro.

—Bueno, muy bien —dijo ella, y sonrió animosa.

Los ladridos de los perros siguieron el descenso de Harry por la entrada interminable. Una vez en la verja, volvió la vista. Vigdis Albu seguía en las escaleras delante del edificio rosa de plantación sureña. Tenía la cabeza baja y el sol le relucía en el pelo y le arrancaba destellos al chándal. En la distancia, se asemejaba a un ciervo de bronce pequeñísimo.

Harry no encontró ni un solo espacio donde estuviera permitido aparcar en la dirección de Vika Atrium, ni tampoco a Arne Albu. Únicamente halló a una recepcionista que lo informó de que Albu tenía alquilada allí una oficina con otros tres inversores más, y que había salido a almorzar con los representantes de una «empresa de agentes de Bolsa».

Comprobó al salir que los agentes de tráfico habían tenido tiempo de dejarle una multa en el limpiaparabrisas. Una multa que Harry se llevó, junto con el mal humor, al DS Louise, que no era un barco de vapor sino un restaurante, en el muelle de Aker Brygge. A diferencia de lo que ocurría en el restaurante Schröder, servían platos comestibles a clientes solventes cuyas oficinas se situaban en lo que, con algo de buena voluntad, cabría llamar la Wall Street de Oslo. Harry nunca se había sentido del todo cómodo en Aker Brygge, pero probablemente se debía a que él era de Oslo y no un turista. Intercambió unas palabras con un camarero que le indicó una mesa al lado de la ventana.

—Señores, lamento interrumpir —dijo Harry.

—Ah, por fin —dijo uno de los tres ocupantes de la mesa mientras se retiraba el flequillo de la frente—. ¿Es esto lo que usted llama un vino a temperatura ambiente, maître?

—Yo lo llamo vino tinto noruego, embotellado en un envase de Clos des Papes —dijo Harry.

El del flequillo observó atónito y de arriba abajo a Harry, y el traje oscuro que llevaba.

—Es broma —dijo Harry con una sonrisa—. Soy de la policía.

El asombro se transformó en temor.

—No soy de Delitos Económicos.

El alivio se tornó en interrogante. Harry oyó una risa jovial. Tenía decidido cómo proceder, pero no sabía cuál sería el resultado.

—¿Arne Albu?

—Soy yo —respondió el que se reía, un hombre delgado de pelo corto, oscuro y rizado, con arrugas finas alrededor de los ojos, lo que indicaba que se reía mucho y que probablemente superaba los treinta y cinco años que Harry le había calculado en un principio—. Lamento el malentendido —continuó con voz aún risueña—. ¿Puedo ayudarte en algo, agente?

Harry lo miró intentando quedarse con una impresión rápida antes de continuar. Tenía una voz sonora y la mirada firme. Las puntas del cuello de la camisa, blanquísimas detrás de un nudo de corbata perfecto, aunque no demasiado apretado. El hecho de que no se hubiera limitado a decir «Soy yo», sino que hubiera añadido una disculpa y un «Puedo ayudarte en algo, agente», aunque con cierto énfasis irónico en la palabra «agente», indicaba bien que Arne Albu era una persona muy segura de sí misma, o bien que tenía mucha práctica en causar esa impresión.

Harry se concentró. No en lo que iba a decir, sino en captar la reacción de Albu.

—Sí, puedes ayudarme, Albu. ¿Conoces a Anna Bethsen?

Albu observó a Harry con una mirada tan azul como la de su mujer, y respondió alto y claro después de un segundo de reflexión.

—No.

El rostro de Albu no reveló ninguna señal que le indicara a Harry lo que no dijo. Pero Harry tampoco había contado con ello. Hacía mucho que no creía en el mito de que quien trata a diario con la mentira aprende a reconocerla. Durante un juicio en el que un agente de policía afirmó que por la experiencia que tenía notaba si el acusado mentía, Aune había vuelto a favorecer a la defensa cuando, después de que le preguntara, contestó que los estudios indican que ningún colectivo profesional es mejor que otro para desenmascarar una mentira: un empleado de la limpieza

152

es igual de bueno que un psicólogo o un policía. Es decir, igual de malo. Los únicos que habían conseguido mejores resultados que la media en los estudios de investigación eran los agentes del servicio secreto. Pero Harry no era un agente del servicio secreto. Era un tío de Oppsal que andaba mal de tiempo, estaba de mal humor y que, en aquel momento, daba muestras de tener poco juicio. En efecto, en primer lugar, no resultaba nada eficaz enfrentar a un hombre a hechos probablemente comprometedores sin que existieran motivos de sospecha y, por si fuera poco, en presencia de otros. En segundo lugar, tal argucia no podía llamarse juego limpio. En otras palabras, Harry sabía que no debía hacer lo que estaba haciendo.

—¿Alguna idea sobre quién pudo darle esta foto?

Los tres hombres miraron la foto que Harry había dejado sobre la mesa.

—No tengo ni idea —confesó Albu—. ¿Mi mujer? ¿Alguno de los niños, quizá?

—Ya.

Harry buscó alguna alteración en las pupilas, signos de aceleración del pulso, como sudor o rubor.

—No sé de qué va esto, agente, pero ya que te has tomado tantas molestias en encontrarme aquí, supongo que no se trata de ninguna tontería. Y, en ese caso, tal vez podríamos hablar de esto a solas cuando el banco Handelsbanken y yo hayamos terminado. Espera, le pediré al camarero que te dé una mesa en la zona de fumadores.

Harry no pudo determinar si la sonrisa de Albu era burlona o simplemente amable. O ni siquiera eso.

—No tengo tiempo —dijo Harry—. Si pudiéramos sentarnos…

—Me temo que yo tampoco tengo tiempo —lo interrumpió Albu, con voz firme y serena—. Estoy trabajando, así que hablaremos esta tarde… si aún crees que puedo serte de alguna ayuda, claro.

Harry tragó saliva. Se sentía impotente y notó que Albu se había percatado de ello.

—De acuerdo —dijo Harry, consciente de lo indeciso que sonaba.

–Gracias, agente. –Albu sonrió y le hizo un gesto afirmativo con la cabeza a Harry–. Por cierto, probablemente tengas razón en cuanto al vino. –Se volvió hacia los representantes de Handelsbanken–. ¿Hablabas de Opticon, Stein?

Harry se guardó la foto y atisbó la mal disimulada sonrisa del agente de Bolsa antes de salir del restaurante.

Ya en el muelle encendió un cigarrillo, pero no le supo bien y lo tiró, irritado. El sol se reflejaba en una ventana de la fortaleza de Akershus y el mar estaba tan en calma que parecía cubierto por una fina capa de hielo transparente. ¿Por qué lo había hecho? ¿Por qué aquel intento de humillar a un hombre al que no conocía para acabar él mismo expulsado con tan sedosa suavidad?

Se puso de cara al sol, cerró los ojos y pensó que, para variar, debería hacer algo sensato. Como olvidarlo todo, por ejemplo. Porque no había nada raro, aquel era, sencillamente, el estado habitual de las cosas, caótico e incomprensible.

Resonó el carillón del Ayuntamiento.

Aún no sabía que habría de darle la razón a Møller: aquel sería el último día cálido del año.

16

Namco G-Com 45

Oleg, un chico tan valiente....

—Saldrá bien —dijo por teléfono una y otra vez, como si tuviera un plan secreto—. Mamá y yo volveremos pronto.

Harry estaba junto a la ventana del salón y miraba el cielo sobre el tejado del otro lado del patio, donde el sol vespertino teñía de rojo y naranja la base de una capa de nubes fina y arrugada. Camino de casa, la temperatura descendió repentina e inexplicablemente, como si alguien hubiera abierto una puerta invisible por la que se escapó todo el calor. El frío ya había empezado a subir por los listones de madera del suelo de su apartamento. ¿Dónde tendría las zapatillas de fieltro, en el trastero del sótano o en el del desván? ¿Tenía zapatillas de fieltro? Ya no se acordaba de nada. Suerte que había anotado el nombre del chisme para la Playstation que había prometido comprarle a Oleg si este conseguía batir el récord de Harry en el Tetris de la Game Boy. Namco G-Com 45.

En el aparato de catorce pulgadas aparecen detrás de él las noticias. Otra gala benéfica de artistas a favor de las víctimas. Julia Roberts daba muestras de compasión mientras Sylvester Stallone atendía llamadas telefónicas de donaciones. Y luego, la otra cara. Imágenes de laderas bombardeadas salpicadas de humo negro, de piedras. Nada crecía en aquel paisaje desierto. Sonó el teléfono.

Era Weber. En la comisaría, Weber tenía fama de ser un terco cascarrabias con quien resultaba difícil trabajar. Harry opinaba todo lo contrario. Solo había que tener en cuenta que si uno le daba la lata o iba de listillo, Weber se cerraba en banda.

—Ya sé que esperas una respuesta —dijo Weber—. No encontramos rastro de ADN en la botella, pero sí una huella que nos podría servir.

—Bien. Tenía miedo de que se hubieran estropeado, pese a estar dentro de una bolsa.

—Suerte que era una botella de cristal. Una de plástico podría haber absorbido la grasa de la huella después de tantos días.

Harry alcanzó a oír de fondo el repiqueteo del instrumental de laboratorio.

—¿Todavía estás en el trabajo, Weber?

—Sí.

—¿Cuándo podremos cotejar la huella con la base de datos?

—¿Me estás metiendo prisa? —refunfuñó con desconfianza el viejo investigador.

—En absoluto. Tengo un montón de tiempo, Weber.

—Mañana. No estoy muy puesto en ordenadores y los jóvenes ya se han ido.

—¿Y tú?

—Solo voy a cotejar la huella con unos cuantos candidatos posibles, pero a la antigua usanza. Que duermas bien, Hole, el patrón de los policías velará por ti.

Harry colgó, entró en el dormitorio y encendió el ordenador. La alegre musiquilla futurista de Microsoft acalló un segundo la vengativa retórica americana que se oía en el televisor. Buscó el vídeo del atraco de la calle Kirkeveien. Pasó el fragmento de película una y otra vez sin llegar a ninguna conclusión concreta. Marcó el icono del correo electrónico. Apareció el reloj de arena y la leyenda «Recibiendo mensaje 1 de 1». En la entrada volvió a sonar el teléfono. Harry miró el reloj antes de echar mano del auricular y dijo «Hola» con la voz suave que reservaba para Rakel.

—Soy Arne Albu, siento llamarte a tu teléfono privado a estas horas, pero mi mujer me dijo tu nombre y pensé que me gustaría aclarar este asunto cuanto antes. ¿Llamo en mal momento?

—No, no hay problema —dijo un tanto avergonzado, ya con un tono de voz normal.

—He hablado con Vigdis y ninguno de los dos conocemos a esa mujer, ni sabemos cómo llegó a sus manos esa foto. Pero el revelado se hizo en un estudio fotográfico y puede que algún empleado se llevara una copia. Además, en nuestra casa entra y sale mucha gente. Así que, caben muchas explicaciones, una cantidad increíble de explicaciones posibles.

—Ya.

Harry se percató de que la voz de Albu no denotaba la misma seguridad de que había hecho gala por la mañana. Después de unos segundos de incómodo silencio, fue Albu quien retomó la conversación.

—Si consideras necesario volver sobre este asunto, quiero que te pongas en contacto conmigo en la oficina. Tengo entendido que mi mujer te facilitó el número de teléfono.

—Y yo entendí que no querías que te molestara en horas de oficina, Albu.

—¿Que no quería…? Bueno, mi mujer está muy nerviosa. Compréndelo, ¡una mujer muerta con esta foto en un zapato, Dios mío! Quiero que hables de esto conmigo, exclusivamente.

—Comprendo. Pero la foto es de ella y de los niños.

—¡Ya he dicho que ella no sabe nada de esto! —Y añadió como arrepentido por el tono de voz empleado—: Prometo investigar todas las posibilidades que se me ocurran y que puedan aclarar lo sucedido.

—Te agradezco la oferta pero, en cualquier caso, debo reservarme el derecho de hablar con ellos si lo considero oportuno. —Harry oyó la respiración de Albu antes de añadir—: Espero que lo comprendas.

—Mira…

—Lo siento, Albu, me temo que esto no es discutible. Me pondré en contacto contigo o con tu mujer cuando quiera saber algo.

—¡Espera! No lo entiendes. Mi mujer se pone… muy nerviosa.

—Tienes razón, no lo entiendo. ¿Está enferma?

—¿Enferma? —repitió Albu sorprendido—. No, pero…

—Entonces te sugiero que pongamos fin a esta conversación ahora mismo. Buenas noches, Albu.

Colgó y volvió a mirar al espejo. Ya no quedaba ni rastro de la sonrisa mezquina, de la satisfacción por el mal ajeno, de la sordidez, del sadismo. Las cuatro eses de la venganza. Pero había otra cosa. Algo que no concordaba, una carencia. Estudió la imagen del espejo. A lo mejor solo era la forma en que la luz incidía sobre él.

Harry se sentó al ordenador y pensó que tenía que acordarse de comentarle a Aune lo de las cuatro eses de la venganza: él se dedicaba a recopilar ese tipo de cosas. El correo que había recibido procedía de una dirección que no había visto antes: furie@bolde. com. Lo abrió.

Y así fue como, mientras estaba allí sentado, el frío se apoderó del cuerpo de Harry Hole para el resto del año.

Ocurrió al leer lo que ponía en la pantalla. Se le erizó el vello de la nuca y la piel se le encogió como una prenda de vestir cuando se lava a más temperatura de la debida.

> ¿Jugamos? Imaginemos que cenas en casa de una mujer y al día siguiente la encuentran muerta. ¿Qué harías?
>
> S#MN

Resonó el timbrazo del teléfono. Harry sabía que era Rakel. Lo dejó sonar.

17

Las lágrimas de Arabia

Halvorsen se sorprendió mucho al ver a Harry cuando abrió la puerta del despacho.

—¿Ya en tu puesto? Sabes que no son más que las…

—No podía dormir —dijo Harry, que, de brazos cruzados, contemplaba la pantalla del ordenador—. ¡Joder, qué lentas son estas máquinas!

Halvorsen miró por encima del hombro de Harry.

—Depende de la velocidad de transferencia cuando se busca en internet. Ahora estás en una línea normal de ISDN, pero alégrate, pronto tendremos banda ancha. ¿Buscas artículos en el periódico *Dagens Næringsliv*?

—Eh… sí.

—¿Arne Albu? ¿Conseguiste hablar con Vigdis Albu?

—Pues sí.

—¿Qué tienen ellos que ver con el atraco al banco?

Harry no levantó la vista. No había dicho que se tratara del atraco, pero tampoco había dicho lo contrario, así que era lógico que su compañero lo relacionara. Harry no tuvo que contestar porque en ese momento el rostro de Arne Albu llenó la pantalla que tenían delante. Encima del nudo firme de la corbata apareció la sonrisa más amplia que Harry había visto en la vida. Halvorsen chasqueó fuertemente la lengua y leyó en voz alta:

—«Treinta millones por la empresa familiar. Hoy, Arne Albu ingresará treinta millones de coronas en su cuenta corriente, después de que la cadena hotelera Choice se hiciera cargo ayer de todas las acciones de Albu AS. Arne Albu ha declarado que la razón principal para vender una empresa tan próspera es su deseo de dedicar más tiempo a la familia. "Quiero ver crecer a mis hijos", aseguró Albu. "La familia es mi mayor inversión"».

Harry pulsó «Imprimir».

—¿No vas a mirar el resto del artículo?

—No, solo quiero la foto —dijo Harry.

—Treinta millones en el banco, ¿y se dedica a atracarlos?

—Luego te lo cuento —dijo Harry al tiempo que se levantaba—. Entretanto, me gustaría que me dijeras cómo se puede averiguar quién es el remitente de un correo electrónico.

—La dirección del remitente figura en el correo que recibes.

—Y luego la encuentro en la guía telefónica, ¿no?

—No, pero puedes saber qué servidor lo ha enviado. Eso aparece en la dirección. Y los dueños del servidor guardan un registro con el abonado al que pertenece cada dirección. Muy sencillo. ¿Has recibido algún correo interesante?

Harry negó con la cabeza.

—Dame la dirección y te lo buscaré en un tris —dijo Halvorsen.

—¿Conoces alguna dirección de servidor que acabe en «bolde. com»?

—No, pero puedo averiguarlo. ¿Cómo es el resto de la dirección?

Harry titubeó.

—No me acuerdo —mintió.

Pidió un coche en el garaje y condujo despacio a través de Grønland. Un viento desapacible arremolinaba a lo largo del bordillo de las aceras las hojas resecas por el sol del día anterior. La gente llevaba las manos metidas en los bolsillos y la cabeza hundida entre los hombros.

En la calle Pilestredet, Harry se situó detrás de un tranvía y buscó NRK Siempre Noticias, de la radio nacional noruega. No dijeron ni una palabra sobre el asunto de Stine. «Se teme que, durante el crudo invierno afgano, mueran cien mil niños refugiados. Ha muerto un soldado estadounidense. Una entrevista con la familia. La familia pide venganza...» A la altura de Bislett, Harry encontró el desvío.

—¿Sí? —Aquel monosílabo pronunciado a través del portero automático bastó para saber que Astrid Monsen sufría un buen catarro.

—Harry Hole. Me gustaría hacerte un par de preguntas. ¿Tienes tiempo?

Ella se sonó un par de veces antes de contestar.

—¿Sobre qué?

—Preferiría no tener que hacerlo desde la calle.

Volvió a sonarse otras dos veces.

—¿No te viene muy bien? —dijo Harry.

Se oyó un zumbido en la cerradura y Harry empujó la puerta.

Cuando Harry subió las escaleras, Astrid Monsen aguardaba en el rellano con los brazos cruzados y un chal sobre los hombros.

—Te vi en el funeral —dijo Harry.

—Pensé que al menos uno de los vecinos debía hacer acto de presencia —respondió la traductora como a través de un megáfono.

—Quería saber si conoces a esta persona.

Cogió la fotografía arrugada con gesto vacilante.

—¿A cuál de ellas?

—A cualquiera de ellas.

La voz de Harry retumbaba en el rellano.

Astrid Monsen miró la imagen fijamente. Un buen rato.

—¿Y?

Ella negó con la cabeza.

—¿Seguro?

La mujer hizo un gesto afirmativo.

—Ya. ¿Sabes si Anna tenía novio?

—¿Un novio?

Harry respiró hondo.

—¿Quieres decir que tenía varios?

Ella se encogió de hombros.

—Aquí se oye todo. Digamos que a veces se oían pasos en la escalera.

—¿Algo serio?

—No lo sé.

Harry esperó. Ella no resistió demasiado.

—Este verano había un papel con un nombre pegado junto al suyo en el buzón. Pero no sé si sería algo muy serio…

—¿No?

—Parecía escrito de su puño y letra. Solo ponía «Eriksen». —Apenas insinuó una sonrisa con aquellos labios tan finos—. ¿A lo mejor se había olvidado de decirle el nombre de pila? De todas formas, el papelito desapareció a la semana.

Harry miró hacia arriba desde la barandilla. Era una escalera empinada.

—Una semana quizá sea mejor que ninguna, ¿no?

—Para algunas, puede —dijo ella, y puso la mano en el picaporte—. Tengo que irme, he oído que acaba de entrarme un mensaje de correo electrónico.

—Bueno, no se te va a escapar, ¿verdad?

De repente, sufrió un ataque de estornudos.

—No, pero tengo que contestar —dijo con los ojos llorosos—. Es el autor. Estamos discutiendo unos aspectos de la traducción.

—Entonces seré breve —dijo Harry—. Solo quiero que le eches un vistazo a esto también.

Le entregó una hoja de papel. Ella la cogió, echó una ojeada y miró a Harry con desconfianza.

—Observa bien la foto —le dijo Harry—. Tómate el tiempo que necesites.

—No hace falta —dijo ella, y le devolvió el folio con la foto impresa.

Harry tardó diez minutos en cubrir la distancia existente entre la comisaría y Kjølberggata, número 21A. El edificio viejo de hormigón había sido, a lo largo de los años, una curtiduría, una imprenta, una forja y, seguramente, varias cosas más. Un recordatorio de que hubo un tiempo en que Oslo tenía industria. Ahora lo ocupaba la policía científica. A pesar de la modernidad de la iluminación y del interior, el edificio tenía cierto aire industrial. Harry encontró a Weber en uno de aquellos habitáculos grandes y fríos.

—Mierda —dijo Harry—. ¿Estás completamente seguro?

Weber le dedicó una sonrisa cansina.

—La huella de la botella es tan buena que, si estuviera en nuestros archivos, el ordenador la habría identificado. Por supuesto que podríamos buscar manualmente para asegurarnos al cien por cien, pero tardaríamos dos semanas y no encontraríamos nada. Te lo garantizo.

—*Sorry* —dijo Harry—. Es que estaba tan seguro de que ya lo teníamos… Contaba con que la probabilidad de que un tío así nunca hubiera estado detenido era microscópica.

—El hecho de que este tipo no figure en nuestros archivos solo significa que debemos buscar en otro sitio. Ahora, al menos, tenemos pistas concretas. Esta huella y algunas fibras de la calle Kirkeveien. Si encontráis al hombre, tenemos pruebas incriminatorias. ¡Helgesen! —rugió Weber.

Un joven que pasaba se detuvo de repente.

—Este gorro de Akerselva ha llegado en una bolsa sin sellar —gruñó el criminalista—. Esto no es un establo de ovejas, ¿me has oído?

Helgesen asintió y cruzó con Harry una mirada elocuente.

—Tienes que afrontarlo como un hombre —dijo Weber, dirigiéndose otra vez a Harry—. Por lo menos te has librado de lo que le ha pasado a Ivarsson hoy.

—¿A Ivarsson?

—¿De verdad que no te has enterado de lo que ha pasado hoy en el túnel subterráneo de Kulvert?

Harry negó con la cabeza y Weber soltó una risita de satisfacción y se frotó las manos.

—Pues huellas no, pero una historia entretenida sí que te vas a llevar, Hole.

El relato de Weber se parecía a los informes que redactaba. Frases cortas y rudimentarias que narraban los hechos sin descripciones pintorescas de sentimientos, sin inflexiones de la voz ni expresiones faciales. Pero a Harry no le costó lo más mínimo rellenar los huecos. Visualizó perfectamente cómo el comisario jefe Rune Ivarsson y Weber entraban en una de las salas de visita de la Sección A y oían como cerraban la puerta con llave. Ambas salas estaban en la zona de recepción y se destinaban a visitas de familiares. Allí, el preso podía pasar un rato con sus más allegados sin que nadie lo molestara; era una sala que incluso pretendía ser algo acogedora, con muebles sencillos, flores de plástico y un par de acuarelas en la pared.

Raskol estaba de pie cuando entraron. Llevaba un libro grueso debajo del brazo, y encima de la mesita baja que tenía delante descansaba un tablero de ajedrez con las fichas ya colocadas. No dijo ni una palabra, se limitó a mirarlos con aquellos ojos castaños y afligidos. Llevaba puesta una camisa a modo de túnica que casi le llegaba por las rodillas. Ivarsson parecía incómodo y, con voz imperiosa, se dirigió a aquel gitano altísimo y escuálido y le pidió que se sentara. Raskol obedeció con una sonrisa.

Ivarsson iba acompañado de Weber, en lugar de cualquiera de los jóvenes del grupo de investigación, porque creía que él, como el viejo zorro astuto que era, podría ayudarle a «tantear a Raskol», según sus propias palabras. Weber arrimó una silla a la puerta y sacó un bloc de notas, e Ivarsson se sentó enfrente del célebre prisionero.

—Por favor, comisario jefe Ivarsson —dijo Raskol, e invitó al agente a iniciar la partida con un gesto con la mano abierta.

—Hemos venido para recabar información, no a jugar —atajó Ivarsson, desabrido, al tiempo que dejaba en la mesa una hilera de fotos del atraco de la calle Kirkeveien.

—Queremos saber quién es este sujeto.

Raskol fue cogiendo las fotos una a una y las examinó mientras carraspeaba ruidosamente.

—¿Me prestas un bolígrafo? —preguntó después de verlas todas. Weber e Ivarsson se miraron.

—Toma el mío —dijo Weber, y le entregó su pluma.

—Prefiero uno normal y corriente —dijo Raskol sin apartar la vista de Ivarsson.

El comisario jefe se encogió de hombros, sacó un bolígrafo del bolsillo interior y se lo dio.

—Primero quiero explicaros algo sobre el principio de los cartuchos de tinta —comenzó Raskol mientras desenroscaba el bolígrafo blanco, que, casualmente, llevaba el logo del banco DnB—. Como sabéis, los empleados de banca siempre intentan meter un cartucho de tinta con el dinero si los atracan. En los cajetines del cajero automático el cartucho ya está montado. Algunos cartuchos de tinta están conectados a un emisor que se activa cuando alguien los mueve, digamos, al meterlos en una bolsa. Otros se activan al pasar por un sensor instalado sobre la puerta del banco, por ejemplo. El cartucho de tinta puede llevar un microemisor conectado a un receptor que lo dispara cuando llega a cierta distancia del receptor, por ejemplo, cien metros. Otros explotan con un sistema de retardo después de haberse activado. El cartucho puede tener muchas y muy variadas formas, pero debe ser tan pequeño que se pueda esconder entre los billetes. Algunos son así de pequeños. —Raskol marcó una distancia de dos centímetros con el pulgar y el índice—. La explosión no es peligrosa para el atracador; el problema es la tinta.

Sacó el cartucho de tinta del bolígrafo.

—Mi abuelo fabricaba tinta. Él me enseñó que, antiguamente, se utilizaba goma arábiga para hacer tinta de hierro. La goma viene de la acacia y se llama «lágrimas de Arabia» porque se extrae en gotas amarillentas de este tamaño.

Entonces formó con el pulgar y el índice un círculo del tamaño de una nuez.

—La importancia de la goma es que da cuerpo y hace que la tinta no sea tan fluida. Se necesita también un disolvente. Antiguamente se recomendaba el agua de lluvia o vino blanco. O vinagre. Mi abuelo decía que se debe usar vinagre en la tinta cuando se le escribe a un enemigo, y vino si se le escribe a un amigo.

Ivarsson carraspeó, pero Raskol continuó sin inmutarse.

—La tinta era invisible al principio. Se hacía visible al entrar en contacto con el papel. Los cartuchos tienen un polvo de tinta roja que provoca una reacción química al tocar el papel de los billetes y hace que no se pueda borrar. El dinero queda marcado para siempre como dinero procedente de un atraco.

—Ya sé cómo funcionan los cartuchos de tinta —interrumpió Ivarsson—. Prefiero saber...

—Paciencia, querido comisario jefe. Lo fascinante de esta tecnología es lo simple que es. Resulta tan simple que yo mismo podría fabricar uno de esos cartuchos de tinta y colocarlo en cualquier sitio para hacerlo explotar cuando el receptor se situara a cierta distancia. Todo el equipo necesario cabría en una fiambrera.

Weber había dejado de tomar notas.

—Pero el principio del cartucho de tinta no consiste en la tecnología, comisario jefe Ivarsson. Sino en que delata. —En este punto, la cara de Raskol se iluminó con una gran sonrisa—. La tinta se adhiere también a la ropa y la piel del atracador. Y es tan potente que, si ya te ha manchado las manos, no se puede quitar. Poncio Pilatos y Judas, ¿verdad? Manos manchadas de sangre. Dinero manchado de sangre. El tormento del juez. El castigo del soplón.

A Raskol se le cayó el cartucho de tinta al suelo, al otro lado de la mesa y, mientras se agachaba para recogerla, Ivarsson le pidió a Weber por señas el bloc de notas.

—Quiero que escribas el nombre de la persona de la foto —dijo Ivarsson, y dejó el bloc en la mesa—. No estamos aquí para jugar.

—¿Jugar? No —dijo Raskol y enroscó el bolígrafo lentamente—. Te prometí que te daría el nombre de quien cogió el dinero, ¿verdad?

—Ese era el trato —dijo Ivarsson, y se inclinó ansioso hacia delante cuando Raskol empezó a escribir.

—Nosotros, los *xoraxanos,* sabemos lo que es un trato —dijo el gitano—. Aquí te escribo no solo su nombre sino también el de la prostituta a la que visita regularmente, y el de la persona con la que contactó para que le rompiera la rodilla al joven que hace poco le rompió el corazón a su hija. Por cierto, que esa persona no aceptó el trabajo.

—Ee… estupendo.

Ivarsson se volvió rápidamente hacia Weber con una sonrisa de entusiasmo.

—Toma —dijo Raskol, y le entregó a Ivarsson bloc y bolígrafo.

El comisario se apresuró a leer.

Y enseguida se esfumaron el entusiasmo y la sonrisa.

—Pero… —titubeó—. Helge Klementsen. Ese es el director de la sucursal. —De pronto, se le hizo la luz y preguntó—: ¿Está implicado?

—Por supuesto —dijo Raskol—. Fue él quien cogió el dinero, ¿no es verdad?

—Y lo metió en la bolsa del atracador —gruñó Weber bajito, desde la puerta.

La expresión de Ivarsson fue cambiando despacio de inquisitoria a rabiosa.

—¿Qué clase de bobada es esta? Prometiste que me ayudarías.

Raskol examinaba la uña larga y puntiaguda del meñique derecho. Afirmó muy serio con la cabeza, se inclinó sobre la mesa y le indicó con un gesto a Ivarsson que se acercara.

—Esa es mi ayuda. Aprende de qué va la vida. Siéntate y observa a tu hijo. No es tan fácil encontrar las cosas que has perdido, pero es posible. —Le dio una palmada en el hombro al comisario jefe, se retrepó en la silla, cruzó los brazos e hizo un gesto hacia el tablero de ajedrez—. Te toca a ti, comisario jefe.

Ivarsson iba echando espumarajos de rabia mientras él y Weber correteaban por el Kulvert, una galería de trescientos metros que unía la cárcel de Botsen con la Comisaría General.

—¡Me he fiado de un tipo que ha resultado ser uno de los inventores de la mentira! —resoplaba Ivarsson—. ¡He confiado en un gitano de mierda!

El eco retumbó en las paredes de hormigón. Weber apretó el paso, quería salir de aquel túnel frío y húmedo cuanto antes. El Kulvert se utilizaba para trasladar a los presos cuando había que interrogarlos en la Comisaría General, y no eran pocos los rumores que circulaban sobre las cosas que habían sucedido allí abajo.

Ivarsson se arropaba con la chaqueta y seguía caminando a saltitos.

—Prométeme una cosa, Weber. No le cuentes nada de esto a nadie. ¿De acuerdo?

Se volvió hacia Weber arqueando una ceja.

—¿Estamos?

La respuesta a la pregunta del comisario jefe iba a ser un sí, de hecho; pero, justo entonces, al llegar al punto donde el Kulvert estaba pintado de color naranja, Weber oyó un pequeño plof. Ivarsson soltó un grito de pavor, cayó de rodillas en un charco y se llevó una mano al pecho.

Weber se giró rápidamente, miró a uno y otro lado del túnel. No había nadie. Se volvió hacia el comisario jefe, que, presa del pánico, se miraba la mano teñida de rojo.

—Estoy sangrando —gimió—. Voy a morir.

Weber se fijó en que parecía que los ojos le aumentaran de tamaño.

—¿Qué pasa? —le preguntó Ivarsson con voz inquieta al ver la cara de sorpresa de Weber.

—Tienes que ir al tinte —dijo Weber.

Ivarsson volvió a fijarse en la mancha. El color rojo se había extendido por toda la pechera de la camisa y parte de la americana de color verde lima.

—Es tinta roja —dijo Weber.

Ivarsson sacó del bolsillo los restos del bolígrafo de DnB. La microexplosión lo había partido en dos mitades. Se quedó sentado con los ojos cerrados hasta que volvió a respirar con normalidad. Luego fijó la vista en Weber.

—¿Sabes cuál fue el mayor pecado de Hitler? —preguntó mientras le alargaba la mano limpia. Weber la cogió y le ayudó a levantarse. Ivarsson miró rabioso hacia el lugar por el que habían venido—. No haber hecho bien el trabajo con los gitanos.

—Ni una palabra de esto —dijo Weber riendo entre dientes mientras remedaba al jefe—. Ivarsson se fue directo al garaje y se marchó a casa. Se le quedará la piel impregnada de tinta tres días por lo menos.

Harry meneó incrédulo la cabeza.

—¿Y qué hicisteis con Raskol?

Weber se encogió de hombros.

—Ivarsson dijo que se encargaría de que lo llevaran a una celda de aislamiento. Pero no creo que vaya a cambiar nada. Ese tío es… diferente. A propósito de diferente, ¿cómo os va a ti y a Beate? ¿Tenéis algo más que la huella dactilar?

Harry negó con la cabeza.

—Esa chica es especial —dijo Weber—. Me recuerda a su padre. Puede llegar a ser muy buena.

—Lo es. ¿Conociste al padre?

Weber afirmó con la cabeza.

—Un buen hombre. Leal. Una pena que acabara así.

—Es extraño que un policía con tanta experiencia metiera la pata de ese modo.

—No creo que fuera una metedura de pata —dijo Weber mientras enjuagaba la taza de café.

—¿Y eso?

Weber murmuró algo.

—¿Qué has dicho, Weber?

—Nada —gruñó—. Solo digo que estoy convencido de que tenía alguna razón para actuar como lo hizo.

—Puede que «bolde.com» sea un servidor —dijo Halvorsen—. Pero no está registrado en ningún sitio. Por ejemplo, podría encontrarse en un sótano de Kiev y tener abonados anónimos que se intercambian pornografía. ¡Yo qué sé! Cuando alguien tiene mucho interés en que no lo localicen en medio de esa jungla, los mortales de a pie como nosotros lo tenemos crudo para dar con él. Para eso tienes que recurrir a un sabueso, a un especialista de verdad.

Llamaron a la puerta con un toque tan discreto que Harry no lo oyó, pero Halvorsen gritó:

—Adelante.

La puerta se abrió despacio.

—Hola —dijo Halvorsen—. Beate, ¿verdad?

Ella asintió con la cabeza y se dirigió a Harry:

—He intentado localizarte. Ese número tuyo de móvil que está en la lista de teléfonos…

—Ha perdido el móvil —dijo Halvorsen, y se levantó—. Siéntate mientras yo preparo un expreso a la Halvorsen.

Ella dudó.

—Gracias, pero… hay algo en House of Pain que quiero enseñarte, Harry. ¿Tienes tiempo?

—Todo el tiempo del mundo —aseguró Harry y se retrepó en la silla—. Weber solo ha podido aportar malas noticias. Ninguna coincidencia con la huella dactilar. Y Raskol le ha tomado el pelo a Ivarsson hoy mismo.

—¿Y esa es una mala noticia? —se le escapó a Beate que, asustada, se tapó la boca con la mano.

Harry y Halvorsen se echaron a reír.

—No dudes en volver, Beate —la invitó Halvorsen antes de que ella y Harry salieran.

No obtuvo respuesta, solo una mirada escrutadora de Harry que lo dejó un tanto avergonzado.

Harry vio una manta arrugada sobre el sofá de IKEA de dos plazas que ocupaba un rincón de House of Pain.

—¿Has dormido aquí esta noche?

—Solo un poco —respondió Beate, y puso en marcha el reproductor de vídeo—. Observa al Encargado y a Stine en esta imagen.

La joven señaló la pantalla, donde había congelado la imagen del atracador y de Stine inclinada hacia él. Harry notó que se le erizaba el vello de la nuca.

—Hay algo extraño en esta imagen, ¿no te parece?

Harry observó al atracador y luego a Stine. Y enseguida lo supo: esa imagen fue la causante de que hubiera estado estudiando el vídeo una y otra vez. Buscaba algo que estaba allí pero que a él se le escapaba… y seguía escapándosele.

—Dime qué es —le rogó—. ¿Qué es lo que tú sí ves y yo no?

—Inténtalo.

—Si ya lo he intentado.

—Fija el fotograma en la retina, cierra los ojos y reflexiona…

—Sinceramente…

—Venga, Harry —le sonrió Beate—. Eso es lo que se llama investigar, ¿no?

Harry la miró con cierta sorpresa, se encogió de hombros e hizo lo que ella le pedía.

—¿Qué ves, Harry?

—El interior de mis párpados.

—Concéntrate. ¿Qué es lo que no encaja?

—Es algo entre ellos dos. Algo sobre… la posición de los dos cuerpos.

—Bien. ¿Qué pasa con la posición?

—Están… no lo sé, solo sé que no cuadra.

—¿Qué no cuadra?

Harry experimentó la sensación de estar hundiéndose, como en la casa de Vigdis Albu. Vio a Stine Grette inclinada hacia delante. Como para oír bien las palabras del atracador. Y este, a través de los orificios de la capucha, miraba directamente a la cara de la persona a la que no tardaría en matar. ¿Qué pensaba? ¿Y qué pensaba ella? ¿Acaso intentaba, en ese instante congelado, averiguar quién era el hombre que se escondía bajo la capucha?

—¿Qué no cuadra? —insistió Beate.

—Están… están demasiado cerca el uno del otro.

—¡Muy bien, Harry!

Él abrió los ojos. El campo de visión se le llenó de estrellas y fragmentos de algo que identificó como amebas.

—¿Muy bien? —repitió en un murmullo—. ¿Podrías ser más explícita?

—Has conseguido expresar en palabras lo que hemos tenido delante de las narices todo el tiempo. Porque es eso, Harry, están demasiado cerca.

—Sí, ya sé lo que he dicho, pero ¿demasiado cerca en relación con qué?

—En relación con la distancia que mantienen dos personas que no se han visto nunca.

—¿Ah, sí?

—¿Has oído hablar de Edward Hall?

—No mucho.

—Antropólogo. Fue el primero en demostrar la correspondencia que hay entre la distancia que mantienen las personas cuando hablan, y la relación que existe entre ellas. Es bastante concreto.

—Sigue.

—La distancia social que media entre las personas que no se conocen va de uno a tres metros y medio. Esa es la distancia que mantenemos cuando las circunstancias lo permiten; piensa en la cola de un autobús o de un aseo. En Tokio se sienten cómodos aunque estén más cerca, pero las variaciones de una cultura a otra son, en realidad, mínimas.

—El atracador no habría podido susurrarle nada a más de un metro de distancia.

—No, pero no le habría costado hacerlo a lo que se denomina una distancia personal, que varía entre un metro y cuarenta y cinco centímetros. Esa es la distancia que mantenemos con amigos y con lo que llamamos conocidos. Pero, como ves, el Encargado y Stine rebasan ese límite. He medido el espacio que los separa: es de veinte centímetros. Eso quiere decir que se encuentran a una distancia propia de una relación de intimidad. En tal situación se está tan cerca, que no alcanzas a ver enfocado el rostro de la otra persona y resulta inevitable sentir el olor y el calor corporal. Es una distancia que se reserva a la pareja y a familiares cercanos.

—Ya —dijo Harry—. Me impresionan tus conocimientos, pero estamos ante dos personas que se hallan en una situación extrema.

—Pues claro, ¡eso, precisamente, es lo fascinante! —exclamó Beate, y se agarró a los reposabrazos de la silla, como para no salir disparada—. Si nadie nos obliga, no rebasamos los límites de los que habla Edward Hall. Y a Stine y al Encargado *no* los obliga nadie.

Harry se frotó la barbilla.

—Vale, vamos a llevar ese razonamiento a sus últimas consecuencias.

—Yo creo que el Encargado conocía a Stine Grette —dijo Beate—. Y que la conocía bien.

—Vale, vale. —Harry apoyó la cara en las palmas abiertas y continuó hablando a través de los dedos—. Así que Stine conoce a un atracador de bancos profesional que comete el atraco perfecto antes de dispararle. Ya sabes adónde nos conducirá esa hipótesis, ¿no?

Beate asintió con la cabeza.

—Iré enseguida a indagar cuanto pueda sobre Stine Grette.

—Estupendo. Después nos pondremos en contacto con alguien que haya frecuentado su compañía en los límites de la intimidad.

18

Un buen día

–Este sitio me da escalofríos –dijo Beate.

–Aquí tuvieron ingresado a un paciente famoso, Arnold Juklerød –dijo Harry–. Según él, esto era el cerebro mismo del animal enfermo de la psiquiatría. Bueno, entonces ¿no has encontrado nada sobre Stine Grette?

–No. Su conducta siempre fue intachable. Y las cuentas bancarias indican que no tenía problemas económicos. Ningún uso desmesurado de tarjetas en tiendas de ropa ni en restaurantes. Ningún pago en el hipódromo de Bjerke Travbane ni otros indicios de que jugara. Lo más extravagante que encontré fue un viaje a São Paulo que hizo este verano.

–¿Y el marido?

–Más de lo mismo. Solvente y poco gastoso.

Pasaron por debajo del pórtico del hospital de Gaustad y entraron en una plaza rodeada de grandes edificios de ladrillo rojo.

–Parece una cárcel –dijo Beate.

–Obra de Heinrich Schirmer –dijo Harry–. Arquitecto alemán del siglo diecinueve. El mismo que diseñó la cárcel de Botsen.

Un enfermero acudió a buscarlos a la recepción. Llevaba el pelo teñido de negro y tenía pinta de ser miembro de una banda de música, o quizá diseñador. Y así era, de hecho.

–Grette se pasa casi todo el tiempo mirando por la ventana –les contó mientras caminaban por el pasillo hacia la Sección G2.

—¿Está lo bastante lúcido como para hablar? —preguntó Harry.

—Sí, hablar sí que habla…

El enfermero, que había pagado seiscientas coronas para que aquel flequillo negro pareciera naturalmente descuidado, apartó un mechón y miró a Harry a través de unas gafas negras de pasta, que le conferían el aspecto de un empollón en la justa medida, de modo que quienes debían comprender comprendieran que no era un empollón, sino que iba a la moda.

—Mi colega se refiere a si Grette está lo bastante bien como para hablar de su mujer —aclaró Beate.

—Podéis intentarlo —dijo el enfermero, y volvió a colocar el mechón delante de las gafas—. Si presenta una reacción psicótica, es que no está en sus cabales.

Harry no preguntó cómo se sabe si alguien presenta una reacción psicótica. Una vez al final del pasillo, el enfermero abrió con llave una puerta con un ojo de buey en la parte superior.

—¿Es preciso tenerlo encerrado? —preguntó Beate al echar un vistazo a la acogedora sala de estar.

—No —dijo el enfermero sin más y señaló la figura solitaria que, envuelta en un batín, ocupaba la silla más próxima a la ventana—. Yo estaré en el puesto de guardia que hay en el lado izquierdo del pasillo cuando os vayáis.

Se acercaron al hombre de la silla, que, girado hacia la ventana, solo movía la mano derecha, con la que desplazaba lentamente un bolígrafo sobre un bloc de dibujo, a trazos cortos y mecánicos, como si fuera la garra de un robot.

—¿Trond Grette? —preguntó Harry.

No reconoció a la persona que se dio la vuelta. Grette se había rapado el pelo, tenía la cara escuálida, y la expresión feroz de la noche que lo vieron en la pista de tenis había dado paso a una mirada abismal, serena y vacía, que los atravesaba. Harry ya lo había visto antes, en las personas que cumplían condena por primera vez, después de las primeras semanas de prisión. E intuía que así, precisamente, se sentía el hombre de la silla, como quien cumple condena.

—Somos de la policía —dijo Harry.

Grette dirigió la vista hacia ellos.

—Veníamos por lo del atraco y queríamos hablar de tu mujer.

Grette entornó los ojos, como si tuviera que concentrarse para entender lo que le decía Harry.

—¿Podríamos hacerte unas preguntas? —dijo Beate alzando un poco la voz.

Grette asintió despacio con la cabeza y Beate acercó una silla y se sentó al lado.

—¿Podrías contarnos algo de ella? —le preguntó.

—¿Contaros algo?

La voz le chirriaba, como una puerta mal engrasada.

—Sí —dijo Beate sonriendo con dulzura—. Queremos saber quién era Stine. Qué hacía. Qué le gustaba. Cuáles eran vuestros planes. Esas cosas.

—¿Esas cosas? —Grette miró a Beate y dejó el bolígrafo—. Íbamos a tener un hijo. Ese era el plan. Inseminación artificial. Ella esperaba que fueran gemelos. Dos más dos, decía siempre. Dos más dos. Estábamos a punto de empezar. Justo ahora —precisó ya con los ojos llenos de lágrimas.

—¿Justo ahora?

—Hoy, creo. O mañana. ¿Qué fecha es hoy?

—Diecisiete —dijo Harry—. Llevabais un tiempo casados, ¿no?

—Diez años —dijo Grette—. No me habría importado que no quisieran jugar al tenis. No se puede obligar a los hijos a que les guste lo mismo que a los padres, ¿verdad? A lo mejor habrían preferido montar a caballo. Montar a caballo está muy bien.

—¿Qué clase de persona era?

—Diez años —repitió Grette, y se volvió de nuevo hacia la ventana—. Nos conocimos en 1988. Yo ya había empezado a estudiar economía y ella estaba en el último curso de la escuela de secundaria de Nissen. Era la chica más guapa que había visto en la vida. Claro que eso es lo que dice todo el mundo, la más guapa es siempre la que no conseguiste y seguramente has olvidado. Pero, en el caso de Stine, era verdad. Y nunca dejaré de pensar que era la más guapa. Empezamos a vivir juntos al mes de conocernos y estuvimos juntos día y noche durante tres años. Aun así, no me lo podía creer cuando aceptó convertirse en Stine Grette. Es extraño, ¿verdad? Cuando quieres tanto a alguien no entiendes que te pueda querer a ti. Debería ser al revés, ¿no?

Una lágrima cayó en el reposabrazos.

—Era una buena persona. No hay mucha gente que sepa apreciar esa cualidad hoy día. Era de fiar, fiel y siempre estaba de buen humor. Y era valiente. Aunque yo siguiera durmiendo, ella se levantaba y bajaba al salón cuando le parecía oír algún ruido. Yo le decía que debía despertarme porque ¿qué pasaría el día que de verdad hubiera ladrones allí abajo? Pero ella se reía y decía «Pues los invito a gofres, así te despertarás tú». A mí me despertaba el olor de los gofres cuando los preparaba… sí.

Respiró con fuerza por la nariz. Las ramas desnudas del abedul los saludaban con cada ráfaga de viento.

—Deberías haber preparado gofres —dijo en un susurro.

Intentó reír, pero sonó como un llanto.

—¿Qué tipo de amigos tenía? —le preguntó Beate.

Grette no había terminado de sollozar y Beate tuvo que repetir la pregunta.

—Le gustaba estar sola —dijo Grette—. Quizá porque era hija única. Se llevaba bien con sus padres. Y nos teníamos el uno al otro. No necesitábamos a nadie más.

—Bueno, podía relacionarse con otras personas sin que tú lo supieras, ¿no? —sugirió Beate.

Grette la miró.

—¿Qué quieres decir?

Beate se sonrojó y, con una sonrisa, precisó:

—Quiero decir que a lo mejor no te contaba cada conversación que mantenía con todas las personas con las que hablaba.

—¿Por qué no? ¿Adónde queréis llegar?

Beate tragó saliva e intercambió una mirada con Harry, que aprovechó para relevarla.

—Hay ciertas circunstancias que siempre investigamos en relación con un atraco, no importa lo improbables que parezcan.

Y una de ellas es que puede darse el caso de que algún empleado del banco haya sido cómplice del atracador. A veces ocurre que el atracador cuenta con la ayuda de alguien de dentro, tanto para planificar el atraco como para llevarlo a cabo. Por ejemplo, no cabe duda de que el atracador sabía la hora a la que se reponía el dinero del cajero automático. –Harry estudiaba la cara de Grette por si veía alguna reacción. Pero los ojos indicaban que los había abandonado, otra vez–. Hemos hablado de esto con todos los demás empleados –mintió Harry.

Fuera se oyó el graznido de una urraca. Quejumbroso, solitario. Grette asintió. Primero lentamente, luego más afanoso.

–Ya –dijo–. Comprendo. Creéis que mató a Stine por eso. Creéis que Stine conocía al atracador. Y cuando ya no le era útil, la mató para borrar posibles conexiones. ¿No es verdad?

–Cuando menos, es una posibilidad teórica –dijo Harry.

Grette negó con la cabeza y rió con una risa cavernosa y triste.

–Es obvio que no conocíais a mi Stine. Ella nunca haría algo así. ¿Y por qué lo iba a hacer? Si llega a vivir un poco más, habría sido millonaria.

–¿Y eso?

–Walle Bødtker, su abuelo. Ochenta y cinco años y dueño de tres edificios en el centro de la ciudad. Le confirmaron cáncer de pulmón este verano y desde entonces solo ha ido a peor. Cada uno de los nietos heredará un edificio.

La pregunta de Harry salió como un acto reflejo.

–¿Quién heredará ahora el edificio de Stine?

–Los otros nietos –aclaró Grette, y dejó traslucir la repulsa que le producía la insinuación implícita en la pregunta–. Y ahora investigaréis si tienen coartada, ¿no?

–¿Crees que no deberíamos hacerlo, Grette? –preguntó Harry.

Grette estaba a punto de responder pero se calló cuando su mirada se cruzó con la de Harry. Se mordió el labio.

–Lo siento –se disculpó pasándose la mano por el corto cabello–. Por supuesto que debería alegrarme de que investiguéis todas las posibilidades. Solo que se me antoja tan imposible. Y absurdo. Aunque lo atrapéis, nunca podré vengar lo que me ha hecho. Ni siquiera una pena de muerte puede hacerlo. Perder la vida no es lo peor que le puede pasar a una persona. —Harry ya sabía lo que venía a continuación—. Lo peor es perder la razón de vivir.

—Bueno —dijo Harry mientras se levantaba—. Aquí tienes mi tarjeta. Llámame si te acuerdas de algo. También puedes preguntar por Beate Lønn.

Grette se había vuelto otra vez hacia la ventana y no vio la tarjeta que Harry le tendía, así que este la dejó encima de la mesa. Fuera ya era casi de noche y la luz arrancaba reflejos transparentes, casi fantasmagóricos a los cristales de las ventanas.

—Tengo la sensación de que lo vi —dijo Grette—. Los viernes suelo ir directamente del trabajo a jugar a squash en las instalaciones de SATS, en Sporveisgata. No tenía pareja, así que me quedé entrenando en el gimnasio. Levantando algunas pesas, haciendo bicicleta, y esas cosas. Pero hay tanta gente a esas horas que te pasas la mayor parte del tiempo haciendo cola.

—Lo sé —dijo Harry.

—Estaba allí cuando mataron a Stine. A trescientos metros del banco. Deseando darme una ducha e ir a casa para empezar a preparar la cena. Yo siempre hacía la cena los viernes. Me gustaba esperarla. Me gustaba… esperar. No a todos los hombres les gusta.

—¿Qué quieres decir con que lo viste? —preguntó Beate.

—Vi pasar a una persona que entró en el vestuario. Llevaba ropa ancha y negra. Un mono o algo así.

—¿Y capucha?

Grette negó con la cabeza.

—¿Gorra con visera, a lo mejor? —preguntó Harry.

—Llevaba la gorra en la mano. Podía ser una capucha. O una gorra con visera.

—¿Le viste la ca…? —comenzó Harry, pero Beate lo interrumpió.

—¿Estatura?

179

—No sé —dijo Grette—. Estatura normal. ¿Qué es normal? Uno ochenta, a lo mejor.

—¿Por qué no nos has contado esto antes? —dijo Harry.

—Porque... como digo, fue una sensación. Ahora sé que no era él —terminó Grette, apretando los dedos contra el cristal de la ventana.

—¿Cómo estás tan seguro? —preguntó Harry.

—Porque dos colegas vuestros vinieron hace unos días. Ambos se llamaban Li. —Se volvió bruscamente hacia Harry—. ¿Son familia?

—No. ¿Qué querían?

Grette retiró la mano. Las marcas de grasa de la ventana se veían rodeadas de rocío.

—Querían comprobar si Stine fue cómplice del atracador. Y me enseñaron fotos del atraco.

—¿Y?

—El mono de la foto era negro y sin etiquetas. El que yo vi en el SATS tenía unas letras grandes y blancas en la espalda.

—¿Qué letras eran? —preguntó Beate.

—P-O-L-I-C-Í-A —les dijo Grette mientras borraba las marcas de los dedos del cristal—. Luego, cuando salí a la calle, oí las sirenas de la policía en Majorstua. Lo primero que pensé fue que era extraño que los ladrones escaparan con tanta presencia policial.

—De acuerdo. ¿Por qué crees que pensaste eso en aquel momento?

—No lo sé. A lo mejor porque alguien me había robado la raqueta de squash en el vestuario mientras entrenaba. Lo siguiente que pensé fue que estaban atracando el banco de Stine. Son cosas que se te ocurren cuando dejas que el cerebro fantasee libremente, ¿no? Luego me fui a casa y preparé lasaña. A Stine le encantaba la lasaña.

Grette intentó sonreír. Y, una vez más, se le llenaron los ojos de lágrimas.

Harry desvió la vista hacia la hoja donde había estado escribiendo Grette para no tener que ver llorar a aquel hombre hecho y derecho.

—Según tu cuenta corriente, has retirado una suma importante en los últimos seis meses. —La voz de Beate sonó dura y metálica—. Treinta mil coronas en São Paulo. ¿En qué las gastaste?

Harry la miró sorprendido. Su joven colega no parecía afectada por la situación.

Grette sonrió entre lágrimas.

—Stine y yo celebramos allí nuestro décimo aniversario de boda. A ella le quedaba una semana de vacaciones y se fue una semana antes que yo. Nunca habíamos estado separados tanto tiempo.

—Te he preguntado en qué gastasteis treinta mil coronas en moneda brasileña —insistió Beate.

Grette miró por la ventana.

—Es un tema privado, no viene al caso.

—Y este es un caso de asesinato, señor Grette.

Grette se volvió hacia Beate y la miró durante un buen rato.

—Nunca has tenido el amor de nadie, ¿verdad?

El rostro de Beate se ensombreció de pronto.

—Los joyeros alemanes de São Paulo se cuentan entre los mejores del mundo —dijo Grette—. Allí compré el anillo de diamantes que Stine llevaba cuando murió.

Dos enfermeros acudieron a buscar a Grette. Hora de comer. Harry y Beate se quedaron observándolo junto a la ventana mientras esperaban al enfermero que los acompañaría a la salida.

—Lo siento —dijo Beate—. He metido la pata… yo…

—No pasa nada —dijo Harry.

—Siempre comprobamos la situación económica de los sospechosos en casos de asesinato, pero en este creo que me he…

—Te digo que no pasa nada, Beate. Nunca pidas perdón por lo que has preguntado, solo por lo que no hayas preguntado.

El enfermero vino y les abrió la puerta.

—¿Cuánto tiempo pasará aquí? —quiso saber Harry.

—Lo mandan a casa el miércoles —dijo el enfermero.

En el coche, camino del centro, Harry le preguntó a Beate por qué los enfermeros siempre «mandan a casa» a los pacientes.

–¿Por qué no «los dejan ir», simplemente? ¿Acaso los pacientes no deciden por sí mismos si quieren ir a casa o a cualquier otro lugar? Entonces ¿por qué no dicen «Se va», o «Le damos el alta»?

Beate no manifestó ninguna opinión al respecto y Harry se concentró en contemplar el cielo gris mientras se decía que ya empezaba a parecer un viejo malhumorado. Antes solo estaba malhumorado.

–Ha cambiado de peinado –dijo Beate–. Y se ha puesto gafas.

–¿Quién?

–El enfermero.

–¿Ah, sí? No pensé que os conocierais.

–No nos conocemos. Lo vi una vez en la playa de Huk. Y en el cine Eldorado. Y en Stortingsgata, creo que era... De eso hará unos cinco años.

Harry la miró.

–No sabía que fuera tu tipo de hombre.

–Y no lo es –le aseguró la joven.

–Ah, ya –dijo Harry–. Olvidaba que tienes un problema cerebral.

Ella sonrió.

–Oslo es una ciudad pequeña.

–¿Ah, sí? ¿Cuántas veces me habías visto a mí antes de entrar en la Comisaría General?

–Una vez. Hace seis años.

–¿Dónde?

–En la tele. Acababas de resolver aquel caso de Sidney.

–Ya. Entiendo que aquello te impresionara.

–Solo recuerdo que te presentaron como a un héroe, a pesar de que habías fracasado.

–No me digas...

–Nunca llevaste al culpable ante los tribunales, le disparaste.

Harry cerró los ojos y pensó en cómo iba a saborear la primera calada del próximo cigarrillo y se palpó el bolsillo interior para asegurarse de que llevaba el paquete. Sacó un papel doblado y se lo mostró a Beate.

—¿Qué es esto? —preguntó.

—La hoja donde Grette estaba haciendo garabatos.

—«Un buen día» —leyó.

—Lo ha escrito trece veces. Como en *El resplandor*, ¿no?

—¿El resplandor?

—Ya sabes, esa película de terror. Stanley Kubrick. —La miró de reojo—. En la que Jack Nicholson escribe la misma frase una y otra vez, en un hotel.

—No me gustan las películas de miedo —dijo ella en voz baja.

Harry se volvió y la miró. Iba a decir algo, pero decidió que era mejor dejarlo.

—¿Dónde vives? —le preguntó Beate.

—En Bislett.

—Está de camino.

—Ya. ¿Adónde?

—A Oppsal.

—¡Vaya! ¿Qué parte de Oppsal?

—La calle Vestlandsveien. Cerca de la estación. ¿Sabes dónde está la calle Jørnsløkkveien?

—Sí, hay una casa de madera grande y amarilla que hace esquina.

—Eso es. Ahí vivo yo. En el segundo piso. Mi madre vive en el primero. Es la casa donde me crié.

—Yo me crié en Oppsal —dijo Harry—. Puede que tengamos conocidos comunes.

—Puede —dijo Beate, y miró por la ventanilla.

—Bueno, es probable —dijo Harry.

Ninguno de los dos dijo nada más.

Llegó la noche y arreció el viento. La previsión del tiempo anunciaba vendaval al sur de Stadt y aumento de la nubosidad en el norte. Harry tosía. Buscó el jersey que su madre le había tejido a su padre, y que este le había regalado a él en Navidad unos años después de que ella muriera. A Harry le pareció un gesto muy extraño. Preparó pasta y albóndigas y luego llamó a Rakel para hablarle de la casa donde había crecido.

Ella no decía gran cosa, pero él notó que le gustaba oírle hablar de la habitación de su infancia. De los juguetes y aquella cómoda pequeña que tenía. Que inventaba historias con los motivos del papel pintado, como si fueran cuentos en clave. Y de aquel cajón de la cómoda que su madre y él acordaron que sería solo suyo y que ella jamás tocaría.

—Allí guardaba todos los cromos de fútbol —confesó Harry—. El autógrafo de Tom Lund. Y una carta de Sølvi, una chica que conocí durante los veraneos en Åndalsnes. Y, más tarde, el primer paquete de tabaco. Y el de condones. Se quedó sin abrir hasta que caducó. Estaban tan secos que reventaron cuando mi hermana y yo los inflamos.

Rakel se rió. Harry seguía contando, solo para oírla reír.

Después deambuló de un lado a otro, sin un objetivo concreto. Las noticias parecían la repetición del día anterior. Tormentas crecientes sobre Jalalabad.

Entró en el dormitorio y encendió el ordenador. Mientras el aparato traqueteaba y se ponía en marcha vio que había recibido otro correo. Notó que se le aceleraba el pulso. Lo abrió.

Hola, Harry.
El juego ha empezado. La autopsia confirmó que tú pudiste estar presente cuando ella murió. ¿Por eso te lo guardas para ti? Seguramente, no es mala idea. A pesar de que, en apariencia, fue un suicidio. Porque hay un par de cosas que no encajan, ¿verdad? Te toca mover ficha.

S#MN

Harry se sobresaltó al oír un estruendo y entonces se dio cuenta de que había golpeado la mesa con todas sus fuerzas con la palma de la mano. Miró a su alrededor en la habitación a oscuras.

Estaba enfadado y tenía miedo, pero lo más frustrante era la sensación de que el remitente estaba muy… cerca. Extendió el brazo y apoyó la mano aún dolorida en la pantalla del ordenador. El cristal frío le refrescó la piel en un primer momento, pero enseguida sintió que el calor, como el de un cuerpo vivo, aumentaba desde el interior de la máquina.

19

Los zapatos en el cable de acero

Elmer caminaba deprisa por Grønlandsleiret y saludaba sonriendo, aunque a toda prisa, a clientes y empleados de las tiendas vecinas. Estaba enfadado consigo mismo, había vuelto a quedarse sin cambio y había tenido que colgar un cartel en la puerta cerrada del quiosco con la leyenda «Vuelvo enseguida» para ir al banco a toda prisa.

Abrió la puerta, entró diciendo «Buenos días» como de costumbre y se apresuró hacia el dispensador de números de turno. Nadie respondió al saludo, pero ya estaba acostumbrado, allí solo trabajaban noruegos blancos. Había un hombre que estaba reparando el cajero automático y los dos únicos clientes que alcanzó a ver se encontraban al lado de la ventana y miraban hacia la calle. Reinaba un silencio insólito. ¿Estaría ocurriendo fuera algo que le había pasado inadvertido?

—Veinte —gritó una voz de mujer.

Elmer miró el número que tenía. Ponía cincuenta y uno pero, como todos los mostradores estaban libres, se acercó a la ventanilla de donde vino la voz.

—Hola, Cathrine, guapa —le dijo sin dejar de mirar por la ventana lleno de curiosidad—. Cinco paquetes de monedas, de cinco y de una.

—Veintiuno.

Entonces se volvió sorprendido hacia Cathrine Schøyen y, al hacerlo, se dio cuenta de que a su lado había un hombre. En un

186

primer momento, le pareció que era negro, pero luego vio que llevaba un pasamontañas negro. El cañón del rifle AG3 que sostenía giró y se paró justo delante de Elmer.

—Veintidós —gritó Cathrine con la voz hueca.

—¿Por qué aquí? —preguntó Halvorsen, y miró con los ojos entornados al fiordo de Oslo, que fluía a sus pies.

El viento le alborotó el flequillo que aleteaba de un lado a otro de la frente. Habían tardado menos de cinco minutos en conducir desde la olla a presión que era el barrio de Grønland hasta Ekeberg, que sobresalía como una torre de vigilancia verde en la esquina sudeste de la ciudad. Debajo de los árboles encontraron un banco con vistas a aquel edificio tan bonito que Harry seguía llamando la Escuela de Marineros, a pesar de que ahora formaba a empresarios.

—En primer lugar, porque aquí se está muy bien —dijo Harry—. Segundo, porque es un sitio perfecto para enseñarle a un forastero algo de la historia de la ciudad. La sílaba «Os» de Oslo significa colina y hace alusión a esta en la que ahora nos encontramos, Ekebergåsen, «la colina de Ekeberg». Y la sílaba «lo» alude a esa planicie que ves allí abajo —dijo mientras señalaba con el dedo—. La tercera razón es que contemplamos esta colina a diario y, por eso, es importante ver también lo que hay detrás, ¿no crees?

Halvorsen no respondió.

—No quería hablar de esto en la oficina —dijo Harry—. Ni en la tienda de Elmer. Tengo que contarte una cosa.

A pesar de la distancia que los separaba del mar, a Harry le parecía notar cierto olor a agua salada en las fuertes ráfagas de viento que soplaban.

—Yo conocía a Anna Bethsen —confesó.

Halvorsen asintió con la cabeza.

—No pareces muy sorprendido —dijo Harry.

—Me lo imaginaba.

—Pero hay más.

—¿Sí?

Harry se llevó a la boca un cigarrillo aún sin encender.

—Antes de seguir, tengo que advertirte que esto debe quedar entre nosotros, lo cual puede plantearte un dilema. ¿Comprendes? Así que si no quieres verte implicado, no te digo nada más y lo dejamos aquí. ¿Quieres que siga o no?

Halvorsen miró a Harry. Si se lo pensó, no invirtió mucho tiempo, pues asintió enseguida.

—Alguien me está mandando correos electrónicos a casa —dijo Harry—. En relación con esa muerte.

—¿Alguien que conoces?

—No tengo ni idea. La dirección no me dice nada.

—¿Así que por eso me preguntaste ayer sobre el rastreo de direcciones electrónicas?

—No tengo ni puta idea de esas cosas, pero tú sí. —Harry hizo un intento fallido de encender el cigarrillo entre las ráfagas de viento—. Necesito ayuda. Creo que a Anna la asesinaron.

Mientras el aire del noroeste arrancaba las últimas hojas de los árboles de Ekeberg, Harry le habló de los extraños correos que recibía de un remitente que parecía al corriente de todo cuanto ellos sabían, e incluso de más. No aludió al hecho de que el contenido de los mensajes lo situaba a él en la escena del crimen la noche que Anna murió, pero mencionó la pistola que ella tenía en la mano derecha, a pesar de que la paleta, la fotografía del zapato y la conversación con Astrid Monsen revelaban que era zurda.

—Astrid Monsen me aseguró que nunca había visto a Vigdis Albu ni a los niños de la foto, pero cuando le enseñé la de su marido, Arne Albu, en el periódico *Dagens Næringsliv*, le bastó con una simple ojeada. Lo había visto varias veces cuando recogía el correo. Venía por la tarde y se iba entrada la noche.

—Eso se llama hacer horas extras.

—Le pregunté a Monsen si solo se veían entre semana, y me dijo que a veces venía a buscarla en coche algún que otro fin de semana.

—A lo mejor les gustaba variar un poco con excursiones a la verde campiña.

—Puede, salvo que el campo no estaría verde. Astrid Monsen es una mujer muy meticulosa y observadora. Me contó que nunca venía en verano. Eso fue lo que me hizo pensar.

—¿Pensar sobre qué? ¿La posibilidad de mirar en hoteles?

—Quizá, pero uno también puede hospedarse en un hotel en verano. Piensa, Halvorsen. Piensa en lo más natural.

Halvorsen hizo una mueca acompañada de un gesto con el que indicaba que no tenía sugerencia alguna. Harry sonrió y expulsó el humo con vehemencia.

—Tú mismo encontraste el sitio.

Halvorsen enarcó las cejas, sorprendido.

—¡La cabaña! Por supuesto.

—¿Verdad? Un nido de amor lujoso y discreto cuando la familia ha vuelto a casa, y los vecinos curiosos han cerrado las contraventanas. Y solo a una hora de Oslo en coche.

—¿Y qué? —preguntó Halvorsen—. Eso no nos dice gran cosa.

—No digas eso. Si podemos demostrar que Anna estuvo en esa cabaña, Albu, como poco, tendrá que dar explicaciones. No necesitamos mucho. Una pequeña huella dactilar. Un cabello. Un comerciante observador que de vez en cuando les llevara pedidos.

Halvorsen se frotó la barbilla.

—Pero ¿por qué no ir directamente al grano y buscar huellas dactilares de Albu en el apartamento de Anna? Tiene que estar lleno.

—Porque dudo que quede alguna. Según Astrid Monsen, hará un año que, repentinamente, dejó de aparecer por allí. Hasta un sábado del mes pasado en que fue a buscarla en coche. Monsen lo recuerda muy bien porque Anna llamó a su puerta para pedirle que estuviera al tanto mientras estaba fuera, por si oía a algún ladrón.

—¿Y tú crees que se fueron a la cabaña?

—Yo creo —dijo Harry, y arrojó a un charco la colilla humeante, que chisporroteó un instante antes de extinguirse— que existe una razón para que Anna tuviera esa foto en el zapato. ¿Te acuerdas de lo que aprendiste en la Escuela Superior de Policía sobre cómo obtener pruebas técnicas?

—Sí, bueno, lo poco que nos enseñaron. ¿Y tú?

–No. Hay un maletín con el equipo habitual en tres de los coches patrulla. Polvos, pincel y láminas de acetato para las huellas dactilares. Cinta métrica, linterna, tenazas, cosas así. Quiero que reserves uno de esos coches para mañana.

–Harry…

–Y llama antes a ese comerciante para que te indique cómo llegar hasta allí. Pregunta con amabilidad, para no levantar sospechas. Di que te estás construyendo una cabaña y que el arquitecto con el que trabajas te ha mencionado la de Albu como referencia. Que solo quieres verla.

–Harry, ¿no podemos simplemente…?

–Tráete también una palanca.

–¡Escúchame!

La subida de tono de Halvorsen espantó a dos gaviotas que levantaron el vuelo rumbo al fiordo entre chillidos broncos. Halvorsen fue contando con los dedos.

–No tenemos la hoja azul con la orden de registro, no tenemos pruebas que nos la faciliten, no tenemos… nada. Y lo más importante, nosotros, es decir, yo, no tengo toda la información. Porque no me lo has contado todo, ¿verdad, Harry?

–¿Qué te hace…?

–Muy simple. No tienes un móvil lo bastante bueno. Conocer a la tía no es un móvil suficiente para que de repente infrinjas todas las normas y entres ilegalmente en la cabaña arriesgando tu puesto de trabajo. Y el mío. Sé que quizá estás un poco loco, Harry, pero no eres idiota.

Harry miró la colilla mojada que flotaba en el charco.

–¿Desde cuándo nos conocemos, Halvorsen?

–Hace casi dos años.

–¿Te he mentido alguna vez en todo este tiempo?

–Dos años no es mucho.

–¿Te he mentido alguna vez? Te pregunto.

–Seguramente.

–¿He mentido alguna vez sobre algo realmente importante?

–No, que yo sepa.

—De acuerdo. Tampoco pienso mentirte ahora. Tienes razón, no te lo he contado todo. Y sí, estás poniendo en peligro tu puesto de trabajo al ayudarme. Lo único que puedo decirte es que te meterías en problemas mucho más graves si te lo contara todo. Tal como están las cosas, tienes que confiar en mí. O no. Todavía estás a tiempo de dejarlo.

Se quedaron sentados mirando al fiordo. Las gaviotas se habían convertido en dos puntos diminutos allá a lo lejos.

—¿Tú qué harías? —dijo Halvorsen.

—Dejarlo.

Los puntos empezaron a crecer: las gaviotas emprendían el regreso.

De vuelta en la Comisaría General, vio que tenía un mensaje telefónico de Møller.

—Vamos a dar una vuelta —le dijo el jefe cuando Harry le devolvió la llamada.

»A donde sea —añadió Møller, ya en la calle.

—A la tienda de Elmer —dijo Harry—. Tengo que comprar tabaco.

Møller siguió a Harry por un sendero fangoso que atravesaba el césped entre la comisaría y la entrada adoquinada de Botsen. Harry se fijó en que los de planificación no parecen entender que la gente siempre encontrará el camino más corto entre dos puntos, independientemente de dónde construyan las calles. Al final del camino había una señal medio tumbada que decía: PROHIBIDO PISAR EL CÉSPED.

—¿Te has enterado del atraco que ha habido esta mañana en Grønlandsleiret? —preguntó Møller.

Harry asintió con la cabeza.

—Es curioso que elija un lugar situado a unos cientos de metros de la comisaría.

—Tuvo la suerte de que la alarma del banco se estaba reparando.

—No creo en la suerte —dijo Harry.

—¿Ah, no? ¿Crees que tenía información de alguien del banco? Harry se encogió de hombros.

—O de alguna otra persona que supiera lo de la reparación.

—Solo el banco y el técnico saben esas cosas. Bueno, y nosotros, claro.

—Pero no querías hablarme del atraco de hoy, ¿verdad, jefe?

—No —dijo Møller, y bordeó un charco de puntillas—. El comisario jefe principal ha estado hablando con el alcalde. Todos estos atracos le tienen preocupado.

Por el camino se pararon para dejar pasar a una mujer que llevaba a rastras a tres niños. Les reñía con voz cansada e irritada, y evitó mirar a Harry a los ojos. Era la hora de las visitas en la cárcel de Botsen.

—Ivarsson es competente, nadie lo duda —dijo Møller—. Pero este Encargado parece estar hecho de otra pasta. Puede que el comisario jefe piense que, en esta ocasión, no bastarán los métodos convencionales.

—A lo mejor no. ¿Y qué? Una victoria más o menos en campo contrario; no es tan grave.

—¿Victoria en campo contrario?

—Un caso sin resolver. Es una jerga de ahora, jefe.

—Nos jugamos más que eso, Harry. Los periodistas llevan todo el día dándonos la lata, es una absoluta locura. Le llaman el nuevo Martin Pedersen. Y la edición digital del periódico *VG* se ha enterado de que le llamamos el Encargado.

—Así que estamos con la misma historia de siempre —dijo Harry mientras cruzaba la calle en rojo con Møller pisándole indeciso los talones—. Son los periodistas quienes deciden a qué debemos dar prioridad.

—Bueno, al fin y al cabo, ha matado a una persona.

—Sí, pero los asesinatos de los que no se habla se archivan.

—¡Ah, no! —exclamó Møller—. No estoy dispuesto a discutir ese asunto una vez más.

Harry se encogió de hombros mientras pasaba por encima de un expositor de periódicos que había volcado en el suelo. En la acera había un periódico cuyas páginas pasaban a una velocidad de vértigo.

—Entonces ¿qué es lo que quieres? —preguntó Harry.

—Como es natural, al comisario jefe principal le preocupa el prestigio en este asunto. Un atraco aislado a una oficina de correos se olvida mucho antes de que se archive; nadie se da cuenta de que el atracador no ha sido detenido. Y cuanto más hablan del atraco a un banco, más curiosidad despierta. Martin Pedersen no fue más que un hombre corriente que hizo lo que muchos sueñan con hacer, un Jesse James moderno, un fugitivo de la justicia. Estos sucesos crean mitos y héroes y generan empatía. Y así aparecen nuevos aspirantes para el gremio de los atracadores de bancos. El número de atracos aumentó sensiblemente en todo el país mientras la prensa escribía sobre Martin Pedersen.

—Teméis el efecto contagio. Vale. ¿Qué tiene eso que ver conmigo?

—Ivarsson es competente, nadie lo duda —dijo Møller—. Pero este Encargado no es un atracador convencional. El comisario jefe principal no está satisfecho con los resultados obtenidos hasta ahora. —Møller señaló hacia la cárcel con un gesto—. Se ha enterado del episodio con Raskol.

—Ya.

—Estuve en el despacho del comisario jefe principal antes del almuerzo y se mencionó tu nombre. Varias veces, por cierto.

—Vaya, ¿debo sentirme halagado?

—Al menos eres un investigador que en otras ocasiones ha obtenido resultados con métodos poco convencionales.

Harry torció la boca queriendo sonreír.

—La genialidad característica del kamikaze…

—El mensaje es el siguiente, Harry. Deja todo lo que tengas entre manos y avísame si necesitas más gente. Ivarsson continuará como antes con su equipo. Pero apostamos por ti. Y… otra cosa… —Møller se acercó más a Harry—. Te damos rienda suelta. Estamos dispuestos a aceptar que te saltes algunas reglas. Siempre y cuando no salga del cuerpo, por supuesto.

—Ya. Me parece que lo he entendido. ¿Y si no es así?

—Te apoyaremos hasta donde sea posible. Pero, por supuesto, hay un límite.

Elmer se dio la vuelta cuando sonaron las campanillas que colgaban del umbral de la puerta y señaló con la cabeza a la radio portátil que tenía enfrente.

—Y yo que creía que Kandahar era una marca de sujeción de esquíes. ¿Un paquete de Camel de veinte?

Harry asintió con la cabeza. Elmer subió el volumen de la radio y la voz del reportero que daba las noticias se mezcló con el zumbido de los sonidos del exterior: los coches, el viento que se afanaba por aferrarse a la marquesina, las hojas que crujían en el asfalto...

—¿Y qué quiere tu colega?

Elmer señaló con la cabeza a la puerta, donde esperaba Møller.

—Quiere un kamikaze —dijo Harry mientras abría el paquete.

—¿Ah, sí?

—Pero se ha olvidado de preguntar el precio —añadió Harry, que no tuvo que volverse para distinguir la sonrisa maliciosa que exhibía Møller en la cara.

—¿Y cuánto se le paga a un kamikaze en los tiempos que corren? —dijo el quiosquero al tiempo que le devolvía el cambio a Harry.

—Si sobrevive, suele pedir permiso para hacer después lo que quiera —dijo Harry—. Es su única condición. Y la única que acepta.

—Es razonable —dijo Elmer—. Que tengan un buen día, señores.

En el camino de vuelta, Møller dijo que hablaría con el comisario jefe principal de la posibilidad de que Harry trabajara tres meses más en el caso de Ellen. Por supuesto, suponiendo que se atrapara al Encargado. Harry asintió con la cabeza. Møller vaciló delante de la señal de PROHIBIDO PISAR EL CÉSPED.

—Es el camino más corto, jefe.

—Sí —dijo Møller—. Pero se le ensucian a uno los zapatos.

194

—Haz lo que quieras —dijo Harry, y echó a andar por el sendero—. Yo ya los tengo sucios.

El atasco se disolvió justo después del desvío de Ulvøya. Había parado de llover y, en Ljan, el asfalto ya estaba seco. Luego la carretera se ampliaba a cuatro carriles y era como si, al llegar la primavera y después de haberlos tenido encerrados durante el invierno, soltaran todos los coches, que, ansiosos de velocidad, circulaban como el rayo. Harry miró a Halvorsen y pensó en cuándo oiría también él los chirridos desgarradores del limpiaparabrisas, pero Halvorsen no oía nada porque se había tomado al pie de la letra la invitación de la canción que sonaba en la radio.

—«Sing, sing, siiing!»

—Halvorsen…

—«For the love you bring…»

Harry bajó el volumen de la radio, y Halvorsen le miró sin entender.

—Los limpiaparabrisas —dijo—. Ya los puedes apagar.

—Oh, sí. *Sorry*.

Continuaron en silencio. Dejaron atrás el desvío de Drøbak.

—¿Qué le dijiste al tipo de la tienda de comestibles? —preguntó Harry.

—No creo que quieras saberlo.

—Bueno, pero ¿llevó algún pedido de comida a la cabaña de Albu el jueves de hace cinco semanas?

—Eso dijo.

—¿Antes de que llegase Albu?

—Dijo que solía abrir la puerta con la llave, entrar y dejar la comida sin más.

—Así que tiene llave.

—Harry, con un pretexto tan malo no podía preguntar demasiado.

—¿Y cuál era el pretexto?

Halvorsen suspiró.

—Le dije que era agrimensor provincial.

—¿Agrimen…?

—… sor provincial.

—¿Qué es eso?

—No lo sé.

Larkollen se encontraba en un desvío, a trece kilómetros interminables y catorce curvas, bastante cerradas, de la carretera principal.

—A la derecha, donde la casa roja, después de la gasolinera —iba repitiendo Halvorsen de memoria antes de girar por un camino de gravilla.

—Vaya, esto son *muchísimas* alfombrillas de ducha —dijo Harry cinco minutos más tarde, cuando Halvorsen paró el coche y señaló hacia la enorme cabaña de madera que se atisbaba entre los árboles.

Parecía un refugio de montaña aquejado de gigantismo que, por algún malentendido, hubiera ido a parar al lado del mar.

—Parece que no hay nadie —dijo Halvorsen a la vez que miraba hacia las cabañas vecinas—. Solo gaviotas. Una cantidad horrible de gaviotas. A lo mejor hay un vertedero cerca.

—Ya. —Harry miró el reloj—. De todos modos, vamos a aparcar un poco más arriba.

El camino desembocaba en una rotonda de cambio de sentido. Halvorsen detuvo el motor y Harry abrió la puerta y salió del coche. Se desentumeció la espalda y prestó atención a los chillidos de las gaviotas y al lejano rumor de las olas que embestían contra las rocas de la playa.

—¡Ah! —exclamó Halvorsen, y llenó los pulmones con deleite—. Esto es otra cosa, y no el aire de Oslo, ¿no?

—Desde luego —dijo Harry mientras buscaba el paquete de tabaco—. ¿Has traído el maletín?

Camino de la cabaña, Harry se fijó en una gaviota grande, de color blanco amarillento, que se había posado sobre un poste de la valla y que fue girando la cabeza despacio mientras pasaban. Harry creyó sentir en la espalda la penetrante mirada del ave durante todo el trecho, hasta llegar arriba.

—Esto no va a ser fácil —auguró Halvorsen después de examinar la sólida cerradura.

Había colgado la gorra en una lámpara de hierro forjado que había encima de la puerta de roble.

—Ya. Empieza tú, yo echaré un vistazo por los alrededores.

—¿A qué se debe que de repente fumes más que antes? —preguntó Halvorsen mientras abría el maletín con herrajes y refuerzos metálicos.

Harry se detuvo un instante. Miró hacia el bosque.

—Es para que tengas una oportunidad de ganarme en la bicicleta.

Troncos de madera negros como el carbón, ventanas recias. Todos los detalles de la cabaña parecían sólidos e impenetrables. Harry pensó que podían entrar por la chimenea de piedra, que era impresionante, pero descartó la idea. Bajó por el sendero, lleno de negro fango después de la lluvia de los últimos días. Le resultó fácil imaginar piececitos desnudos de niño en verano, que bajaban a la carrera por un sendero ardiente por el sol, camino de la playa, a la espalda de los montes pelados. Se detuvo y cerró los ojos. Permaneció así hasta que logró evocar aquellos sonidos. El zumbido de los insectos, el rumor de la alta hierba que se mecía al amor de la brisa, una radio lejana con una canción que llevaba el viento, y los gritos complacidos de niños desde la playa. Él tenía diez años, y se había acercado a la tienda para comprar leche y pan. La gravilla se le clavaba en la planta de los pies, pero apretaba los dientes, porque estaba decidido a curtirse los pies ese verano para correr descalzo con Øystein cuando volviera a casa. Durante el camino de vuelta, la bolsa de la compra pesaba tanto que parecía querer hundirlo en la gravilla del sendero y sentía como si fuera pisando carbón incandescente. Pero entonces fijaba la vista en algo que había delante de él en el camino, una piedra más grande o una hoja, y se proponía como meta llegar hasta allí, cubrir solo esa corta distancia. Cuando, hora y media más tarde, por fin llegaba a casa, la leche se había estropeado con el sol y su madre estaba enfadada. Harry abrió los ojos. Unas bandadas de nubes grises surcaban el cielo muy deprisa.

Miró a su alrededor y pensó que no hay nada tan solitario como una casa de verano en otoño. Saludó a la gaviota al subir hacia la cabaña.

Halvorsen estaba inclinado y resoplaba delante de la cerradura con una ganzúa eléctrica en la mano.

—¿Qué tal va eso?

—Mal.

Halvorsen se enderezó y se secó el sudor.

—No es una cerradura para aficionados. A menos que quieras usar una palanca, habrá que rendirse.

—Nada de palancas. —Harry se frotó la barbilla—. ¿Has mirado debajo del felpudo?

Halvorsen suspiró.

—No. Y tampoco lo voy a hacer.

—¿Por qué no?

—Porque hemos cambiado de milenio y la gente ya no deja la llave de la cabaña debajo del felpudo. Sobre todo, si se trata de cabañas millonarias. A no ser que estés dispuesto a jugarte cien coronas. Simplemente, no me apetece. ¿Te parece bien?

Harry asintió con la cabeza.

—Bien —dijo Halvorsen y se puso en cuclillas para guardar las herramientas en el maletín.

—Quería decir que acepto lo de las cien coronas —dijo Harry.

Halvorsen lo miró.

—¿Te estás burlando de mí?

Harry negó con la cabeza.

Halvorsen levantó el borde del felpudo de fibra sintética verde.

—*Come seven* —dijo al retirar la alfombra de un tirón.

Tres hormigas, dos piojos de mar y una tijereta reaccionaron arrastrándose por la piedra gris, pero no vieron la llave.

—A veces eres increíblemente ingenuo, Harry —dijo Halvorsen, y le tendió la mano—. ¿Por qué iban a dejar una llave?

—Porque… —dijo Harry, que no vio la mano, pues se había concentrado en la lámpara de hierro forjado que colgaba junto a la puerta— la leche se agria si se queda al sol.

Se acercó a la lámpara y empezó a desenroscar la parte superior.

—¿Qué quieres decir?

—La comida se trajo la víspera de la llegada de Albu, ¿verdad? Es obvio que la dejaron dentro de la casa.

—¿Y qué? ¿Crees que puede haber una llave en la tienda de comestibles...?

—No lo creo. Pienso que Albu quería estar totalmente seguro de que nadie pudiera entrar de repente, cuando él y Anna estuvieran en la casa. —Volcó la parte superior y miró dentro—. Y ahora ya estoy seguro.

Halvorsen retiró la mano y masculló una protesta.

—Fíjate en el olor —dijo Harry cuando entraron en el salón.

—Huele a detergente para suelos —dijo Halvorsen—. Alguien ha estado fregando hace poco.

La robustez de los muebles, las antigüedades rústicas y la chimenea de esteatita, todo reforzaba la impresión de estar en un ambiente de montaña. Harry avanzó hasta una librería de pino que había al otro lado del salón y cuyos estantes estaban cargados de libros viejos. Ojeó los títulos que figuraban en los lomos desgastados, pero tuvo la impresión de que nunca los habían leído. Al menos no en aquella cabaña. Quizá hubieran comprado un lote en algún anticuario de Majorstua. Álbumes viejos. Cajones. Y en los cajones cajas de puros Cohíba y Bolívar. Uno de ellos estaba cerrado con llave.

—Mira lo que ha durado la limpieza —dijo Halvorsen.

Harry se dio la vuelta y vio a su colega, que señalaba hacia las huellas húmedas y marrones que afeaban el suelo.

Dejaron los zapatos en la entrada, buscaron una bayeta en la cocina y, después de limpiar el suelo, acordaron que Halvorsen se ocuparía del salón, mientras Harry se dedicaba a los dormitorios y el baño.

Lo que Harry sabía sobre registros lo había aprendido en una aula calurosa de la Escuela Superior de Policía, un viernes después de comer, cuando todos querían irse a casa, ducharse y salir de juerga. No tenían libro de texto, sino las enseñanzas de un inspector jefe llamado Røkke. Y aquel viernes, precisamente, le dio a Harry un consejo que luego habría de servirle como única guía a la hora de efectuar un registro: «No pienses en lo que buscas, piensa en lo que encuentras. ¿Por qué está ahí? Si debe estar ahí. ¿Qué significa? Es como leer, si piensas en una ele mientras miras una ka, no ves bien las palabras».

Lo primero que vio Harry al entrar en el primer dormitorio fue la gran cama doble y la fotografía del señor y la señora Albu en la mesilla. La foto no era muy grande, pero sí llamativa, porque era la única que había y estaba colocada de forma que miraba hacia la puerta. Se veía desde la entrada.

Harry abrió uno de los armarios. Sintió como una bofetada el olor a ropa de otras personas. No era ropa deportiva, sino vestidos de fiesta, blusas y un par de trajes. Y, además, unos zapatos de golf con la suela de clavos.

Harry realizó un registro sistemático de los tres armarios. Llevaba como investigador el tiempo suficiente como para que no le molestara ver y palpar las pertenencias de otras personas.

Se sentó en la cama y observó la foto de la mesilla. Al fondo solo se distinguían el cielo y el mar, pero la forma en que la luz incidía sobre los retratados le sugirió a Harry que se había sacado en algún rincón del sur. Arne Albu estaba bronceado y tenía en la mirada la misma expresión burlona y jovial que Harry detectó en el restaurante de Aker Brygge. Le cogía a su mujer la cintura con tal fuerza que el torso de Vigdis Albu parecía sobresalir.

Harry levantó la colcha y el edredón. Si Anna había dormido en aquellas sábanas, encontraría algún cabello, restos de piel, saliva o residuos de fluidos sexuales. O quizá incluso un poco de todo. Pero fue tal como suponía. Pasó una mano por la sábana, que estaba algo tiesa, y acercó la cara a la almohada para olerla de cerca. Recién lavado. Mierda.

Abrió el cajón de la mesilla. Un paquete de chicles Extra, una caja sin abrir de Paralgin, un llavero con una llave y una placa de latón con las iniciales A. A., la fotografía de un niño encogido como una larva en un cambiador, y una navaja suiza.

Estaba a punto de coger la navaja cuando se oyó el grito solitario y gélido de una gaviota. Inconscientemente se estremeció y miró por la ventana. La gaviota había desaparecido. Iba a reanudar la búsqueda, pero volvió a verse interrumpido por el ladrido agudo de un perro.

Al mismo tiempo apareció Halvorsen por la puerta.

—Sube gente por el sendero.

El corazón se le aceleró como si fuera un motor turbo.

—Yo cojo los zapatos —dijo Harry—. Tú trae el maletín y el equipo.

—Pero…

—Saltaremos por la ventana cuando entren. ¡Rápido!

Los ladridos se oían cada vez más y la intensidad iba en aumento. Harry echó a correr hacia la entrada mientras Halvorsen se acuclilló ante la estantería para guardar en el maletín los polvos, el cepillo y el acetato de contacto. El perro ya estaba tan cerca que se oía el gruñido profundo entre un ladrido y el siguiente. Pasos en la escalera. La puerta no estaba cerrada con llave; demasiado tarde. ¡Lo iban a pillar con las manos en la masa! Harry tomó aire y se quedó de pie. Era mejor enfrentarse a la situación en aquel momento y tal vez Halvorsen pudiera escapar. Así no tendría que cargar con la culpa del despido de su colega.

—¡Gregor! —gritó una voz de hombre desde el otro lado de la puerta—. ¡Ven aquí!

Los ladridos se alejaron y oyó que el hombre bajaba las escaleras.

—¡Gregor! ¡Deja en paz a los ciervos!

Harry se adelantó dos pasos y dio una vuelta a la cerradura. Recogió los dos pares de zapatos y se dirigió de puntillas hasta el salón, mientras oía el sonido de unas llaves al otro lado de la puerta. Cerró la del dormitorio nada más entrar, al tiempo que oía como abrían la puerta de la entrada.

Halvorsen estaba sentado en el suelo, bajo la ventana, y miraba a Harry con los ojos como platos.

—¿Qué pasa? —susurró Harry.

—Estaba intentando salir por la ventana cuando llegó ese perro loco —susurró Halvorsen—. Es un rottweiler enorme.

Harry asomó la cabeza por la ventana y se encontró con las fauces del animal, que daba dentelladas en el aire con las patas delanteras apoyadas en la pared. Al ver a Harry, el perro empezó a dar saltos contra la pared, ladrando y babeando como un poseso. Desde el salón se oían unas pisadas decididas. Harry se dejó caer en el suelo junto a Halvorsen.

—Máximo setenta kilos —susurró—. Pan comido.

—Para ti. Yo he visto un ataque de rottweiler en Victor, la unidad canina.

—Ya.

—Perdieron el control del perro durante el entrenamiento. Al agente que hacía de malo tuvieron que coserle la mano al brazo en el Rikshospitalet.

—Creía que llevaban un buen acolchado.

—Y lo llevan.

Se quedaron sentados escuchando los ladridos. Ya habían dejado de oírse los pasos en el salón.

—¿Salimos a saludar? —susurró Halvorsen—. Solo es cuestión de tiempo que…

—¡Calla!

De nuevo se oyeron los pasos, que ahora se acercaban a la puerta del dormitorio. Halvorsen cerró los ojos, como si quisiera hacer acopio de fuerzas ante aquella humillación inminente. Cuando volvió a abrirlos, vio que Harry lo mandaba callar con el índice en los labios.

Oyeron una voz al otro lado de la ventana del dormitorio.

—¡Gregor! ¡Ven! ¡Vamos a casa!

Después de unos ladridos más, de repente se hizo el silencio. Harry solo oía una respiración bronca y entrecortada, aunque no sabía si era la suya o la de Halvorsen.

—Muy obedientes, esos rottweilers —susurró Halvorsen.

Aguardaron hasta oír que el coche arrancaba y entonces salieron corriendo hacia el salón. Harry tuvo tiempo de ver desaparecer carretera abajo la parte trasera de un Jeep Cherokee azul marino. Halvorsen se desplomó en el sofá y echó la cabeza hacia atrás.

—Dios mío —suspiró—. Ya me imaginaba una retirada sin honor a Steinkjer. ¿Qué coño quería ese? Apenas ha estado aquí dos minutos.

Halvorsen se levantó de un salto.

—¿Crees que volverá? A lo mejor solo van a la tienda…

Harry negó con la cabeza.

—Se han ido a casa. Esa gente no miente a sus perros.

—¿Estás seguro?

—Claro que sí. Un día le gritará: «Ven aquí, Gregor, vamos al veterinario a sacrificarte».

Harry echó una mirada a su alrededor. Avanzó hasta la librería, donde pasó un dedo por los lomos de los libros que tenía delante, desde el estante superior hasta el más bajo.

Halvorsen hizo un gesto afirmativo y sombrío, y miró al infinito.

—Y Gregor obedecerá moviendo la cola. Esto de los perros es curioso.

Harry se paró y se echó a reír.

—¿Te arrepientes, Halvorsen?

—Bueno. No me arrepiento más de esto que de otras cosas.

—Empiezas a hablar como yo.

—Es que estaba citándote. Es lo que dijiste cuando compramos la máquina de café. ¿Qué buscas?

—No lo sé —dijo Harry al tiempo que sacaba y abría un volumen grueso y de gran formato—. Veamos. Un álbum de fotos. Interesante.

—¿Ah, sí? Me he perdido.

Harry señaló hacia abajo, a su espalda. Halvorsen se levantó y miró. Y comprendió al ver el suelo surcado por una serie de huellas húmedas de un par de botas que describían una línea recta desde el umbral de la puerta hasta la librería, justo hasta el lugar donde se encontraba Harry.

Dejó el álbum en su sitio, cogió otro y empezó a hojearlo.

—Exacto —dijo después de que transcurrieran unos segundos. Se apretó el álbum contra la cara.

—Eso es.

—¿El qué?

Dejó el álbum sobre la mesa, delante de Halvorsen, y señaló una de las seis fotos que cubrían la página de color negro. Una mujer y tres niños les sonreían desde una playa.

—Es la misma foto que encontré en el zapato de Anna —dijo—. Huélela.

—No hace falta, huele a pegamento desde aquí.

—Correcto. Acaba de pegar la foto; si tiras un poco de ella se nota que el pegamento aún está blando. Pero huele la foto también.

—Vale. —Halvorsen pegó la nariz a las caras sonrientes de la instantánea—. Huele a... sustancias químicas.

—¿Qué sustancias químicas?

—Como huelen las fotos recién reveladas.

—Correcto otra vez. ¿Y qué podemos deducir de eso?

—¿Que... le gusta pegar fotos?

Harry miró el reloj. Si Albu se fue directo a su casa, llegaría al cabo de una hora.

—Te lo explicaré en el coche —le dijo—. Ya tenemos la prueba que necesitamos.

Cuando salieron a la E6, comenzó a llover. Las luces de los coches que venían de frente se reflejaban en el asfalto mojado.

—Ya sabemos de dónde procedía la foto que Anna llevaba en el zapato —dijo Harry.

—Apuesto a que Anna se las ingenió para cogerla del álbum la última vez que estuvieron en la cabaña.

—Pero ¿para qué querría ella esa foto?

—Quién sabe. Para ver lo que se interponía entre ella y Arne Albu, quizá. Para entender algo. O para tener algún objeto con el que practicar vudú.

—Y cuando le enseñaste la foto, ¿sabía de dónde procedía?

–Por supuesto. Las huellas de los neumáticos del Cherokee de la cabaña son las mismas que las que vimos al llegar, lo que indica que estuvo en la cabaña hace un par de días, como mucho, puede que incluso ayer.

–¿Para limpiar la cabaña y borrar todas las huellas?

–Y para confirmar la sospecha de que faltaba esa foto en el álbum. De modo que, cuando llegó a casa, buscó el negativo de la foto y lo llevó a una tienda de revelado.

–Seguramente a uno de esos sitios donde revelan en el acto. Y hoy ha vuelto a la cabaña para ponerla en lugar de la otra.

–Ajá.

Las ruedas traseras del camión que circulaba delante de ellos dejaron en el parabrisas una película de agua sucia y oleosa y los limpiaparabrisas iban a toda velocidad.

–Albu se ha esforzado mucho por eliminar cualquier rastro de esa aventura amorosa –dijo Halvorsen–. Pero ¿crees realmente que mató a Anna Bethsen?

Harry miró fijamente la leyenda de la puerta trasera del camión: «AMOROMA - tuyo para siempre».

–¿Por qué no?

–No me parece un asesino. Un tío normal, con estudios, buen padre de familia sin antecedentes penales y que ha levantado su propia empresa.

–Ha sido infiel.

–¿Y quién no?

–Sí, quién no –repitió Harry despacio cuando, de pronto, de forma inesperada, dijo irritado–: ¿Es que vamos a quedarnos comiendo mierda detrás de este camión hasta Oslo o qué?

Halvorsen miró el espejo retrovisor y se deslizó al carril izquierdo.

–¿Y cuál sería su móvil, según tú?

–Se lo preguntaremos –dijo Harry.

–¿Qué quieres decir? ¿Insinúas que vamos a ir a su casa a interrogarle? ¿A decirle que conseguimos pruebas de forma ilegal y que de paso nos despidan?

—Tú no tienes que ir. Lo haré solo.

—¿Y qué crees que conseguirás con eso? Si se sabe que hemos entrado en la cabaña sin orden de registro, no habrá un juez en todo el país que no rechace la prueba.

—Precisamente por eso.

—Precisamente… Perdona, pero empiezo a cansarme de tanto acertijo, Harry.

—Porque no tenemos nada que pueda usarse en un juicio, tenemos que provocarlo para que nos proporcione algo que sí podamos utilizar.

—Entonces deberíamos llevarlo a una sala de interrogatorios, ofrecerle una silla cómoda, servirle café y poner en marcha una cinta.

—No. No necesitamos un montón de mentiras en una cinta cuando lo que sabemos no puede utilizarse para probar que miente. Lo que necesitamos es un aliado. Alguien que lo desenmascare por nosotros.

—¿Y quién será ese aliado?

—Vigdis Albu.

—Ah. ¿Y cómo…?

—Si Arne Albu le ha sido infiel, cabe la posibilidad de que Vigdis quiera llegar al fondo del asunto. Y también hay bastantes probabilidades de que ella tenga la información que necesitamos. Y nosotros sabemos un par de cosas que la ayudarán a saber aún más.

Halvorsen bajó el espejo para que no lo deslumbraran las luces de un camión que se les había colocado justo detrás.

—¿Estás seguro de que es una buena idea, Harry?

—No. ¿Sabes qué es un palíndromo?

—No tengo ni idea.

—Un juego de letras. Palabras que se leen igual hacia delante y hacia atrás, una especie de anagrama. Mira el camión por el retrovisor. AMOROMA. Resulta la misma palabra, da igual por dónde empieces a leer.

Halvorsen estuvo a punto de decir algo, pero cambió de idea y se limitó a hacer un gesto de desesperación.

—Llévame al Schrøder —dijo Harry.

El aire del Schrøder estaba viciado de sudor, humo de tabaco y ropa empapada por la lluvia y por los pedidos de cerveza que los clientes exigían a gritos desde las mesas.

Beate Lønn esperaba sentada a la misma mesa que había ocupado Aune. Resultaba tan difícil de distinguir como una cebra en una vaquería.

—¿Llevas mucho esperando? —preguntó Harry.

—No —mintió la joven.

Delante de ella, en la mesa, había un vaso de cerveza intacto y ya sin espuma. Beate observó que Harry se fijaba en la bebida y echó mano del vaso, para disimular.

—Aquí no te obligan a beber —dijo Harry, y buscó a Maja con la mirada—. Solo lo parece.

—No sabe tan mal —respondió ella, y dio un sorbo brevísimo—. Mi padre solía decir que no se fiaba de quienes beben cerveza.

En ese momento aterrizaron en la mesa, delante de Harry, una cafetera y una taza. Beate se sonrojó.

—Yo solía tomar cerveza —dijo Harry—. Tuve que dejarlo.

Beate clavó la mirada en el mantel.

—Pero es el único vicio del que me he quitado —continuó Harry—. Fumo, miento y soy vengativo. —Alzó la taza, como para brindar—. ¿Cuáles son tus vicios, Beate? ¿Aparte de estar enganchada a las cintas de vídeo y de recordar todas las caras que has visto en tu vida?

—No tengo muchos más —dijo mientras levantaba el vaso de cerveza—. Bueno, aparte de sufrir el mal de Setesdal.

—¿Es grave?

—Bastante. En realidad se conoce como enfermedad de Huntington. Es hereditaria y muy común en el valle de Setesdal.

—¿Y por qué allí?

—Es… es un valle estrecho entre montañas altas. Y alejado del resto del mundo.

—Comprendo.

—Tanto mi padre como mi madre son de Setesdal y, al principio, ella no quería relacionarse con él porque creía que una tía suya padecía la enfermedad. Aquella tía de mi padre, decían, iba por ahí estirando los brazos de repente, de modo que la gente solía guardar las distancias con ella.

—¿Y tú tienes esa enfermedad?

Beate sonrió.

—Mi padre siempre le tomaba el pelo a mi madre con eso cuando yo era pequeña. Cuando papá y yo jugábamos a darnos puñetazos, yo era tan rápida y pegaba tan fuerte que él decía que seguro que se debía al mal de Setesdal. A mí me parecía divertido, yo... quería tener la enfermedad de Setesdal. Pero un día mi madre me contó que te puedes morir de la enfermedad de Huntington. —Beate se quedó manoseando el vaso—. Y ese mismo verano aprendí lo que significa la muerte.

Harry saludó con la cabeza a un marinero veterano de guerra que ocupaba la mesa vecina, pero el marinero no le devolvió el saludo. Harry carraspeó y retomó la conversación.

—¿Y qué hay de las ansias de venganza, también padeces de ese mal?

Ella lo miró.

—¿Qué quieres decir?

—Mira a tu alrededor. La humanidad no consigue funcionar sin ese impulso. Venganza y revancha, esa es la fuerza motriz del pequeñajo al que acosan en el colegio y que luego se convierte en multimillonario; y del atracador que piensa que la sociedad lo ha tratado injustamente. Y míranos a nosotros. La venganza acalorada de la sociedad disfrazada de revancha fría y racional, esa es nuestra profesión.

—Así ha de ser —dijo ella sin mirarlo a los ojos—. Sin castigo, la sociedad no funcionaría.

—Sí, pero hay algo más, ¿verdad? La catarsis. La venganza conlleva una suerte de purificación. Aristóteles escribió que el alma del ser humano se purifica con el miedo y la compasión que le infunde la tragedia. Es una idea aterradora, ¿no? A través de la tragedia de la venganza satisfacemos el deseo más íntimo del alma.

—No he leído mucha filosofía.

Levantó el vaso y tomó un buen trago.

Harry inclinó la cabeza.

—Yo tampoco. Solo intento impresionarte. ¿Seguimos con el asunto?

—En primer lugar, la mala noticia —dijo Beate—. La reconstrucción de la cara que habría debajo de la máscara no funcionó. Solo tenemos la nariz y el contorno de la cabeza.

—¿Y la buena noticia?

—La mujer que utilizaron de rehén en el atraco de Grønlandsleiret cree que reconocería la voz del atracador. Dijo que era una voz tan excepcionalmente clara que casi pensó que se trataba de una mujer.

—Ya. ¿Algo más?

—Sí. He hablado con los empleados del gimnasio SATS y he averiguado un par de cosas. Trond Grette llegó a las dos y media, y se fue sobre las cuatro.

—¿Cómo puedes estar segura de eso?

—Porque cuando llegó pagó la hora de squash con tarjeta. El banco BBS registró el pago a las 14.34. ¿Y recuerdas la raqueta de squash que le robaron? Pues, como es natural, se lo dijo a los empleados. La chica que trabajaba ese viernes anotó en el informe del día el tiempo que Grette pasó allí. Se fue del gimnasio a las 16.02.

—¿Y esa era la buena noticia?

—No, la buena viene ahora. ¿Te acuerdas del hombre con el mono que Grette vio pasar por delante de la sala de entrenamiento?

—¿El que llevaba la palabra «policía» en la espalda?

—Ese. He visto el vídeo. Podría ser una cinta adhesiva que el Encargado habría pegado en la espalda y el pecho del mono.

—¿Y?

—Si era el Encargado, quizá tuviera distintivos policiales en cinta adhesiva que pegó en el mono cuando no lo captaban las cámaras.

—Ya.

Harry sorbió ruidosamente el café.

—Eso explicaría que nadie se fijara en una persona con un mono negro: después del atraco, el lugar estaba infestado de uniformes policiales negros.

—¿Qué dijeron los del SATS?

—Eso es lo más interesante. La empleada de turno se acuerda de un hombre con mono al que tomó por agente de policía. Pasó a la carrera y la joven pensó que no querría llegar tarde a la hora de squash que tenía reservada o algo así.

—¿De modo que no tienen el nombre del individuo?

—No.

—Esto no es muy halagüeño...

—No, pero ahora viene lo mejor. La razón por la que se acuerda del tipo es que pensó que sería un agente de operaciones especiales o algo así, porque, según dijo, el resto de su indumentaria era tan hortera como el nombre «Harry». Bueno, yo... —Beate guardó silencio y lo miró temerosa—. No era...

—No importa —dijo Harry—. Continúa.

Beate movió el vaso, y Harry creyó ver una sonrisa triunfal minúscula en aquella boca pequeña.

—Llevaba un pasamontañas bajado hasta la mitad. Y unas grandes gafas de sol le tapaban el resto de la cara. Y, según la empleada, iba cargado con una gran bolsa negra que parecía muy pesada.

Harry se atragantó con el café.

Unos zapatos viejos atados por los cordones colgaban del cable que había tendido entre los edificios de ambos lados de Dovregata. La farola a la que estaba conectado el cable hacía lo que podía para iluminar el camino de adoquines, pero era como si la oscuridad del otoño ya hubiera vampirizado toda la luz de la ciudad. A Harry no le importaba, conocía a ciegas el camino al Schrøder desde la calle Sofie. Lo había comprobado en varias ocasiones.

Beate había conseguido la lista de las personas que tenían reservada hora para un partido de squash o una sesión de aeróbic

210

en el gimnasio SATS a la hora en que estuvo allí el hombre del mono, y empezaría a llamarlos al día siguiente. Si no conseguía localizar al tipo, al menos cabía la posibilidad de que alguien que hubiera estado en los vestuarios cuando se cambió pudiera describirlo.

Harry pasó por debajo del par de zapatos del cable. Llevaba años viéndolos allí colgados y tenía la certeza de que nunca sabría cómo habían acabado allí.

Cuando entró, Ali estaba fregando la escalera.

—Supongo que odiarás el otoño noruego —dijo Harry mientras se limpiaba los zapatos—. No trae más que mierda y agua embarrada.

—En la ciudad donde vivía en Pakistán, la visibilidad era de cincuenta metros por la contaminación —sonrió Ali—. Todo el año.

Harry oyó un sonido lejano pero familiar. Hay una ley que dice que los teléfonos siempre suenan cuando puedes oírlos pero no llegar a tiempo para cogerlos. Miró el reloj. Las diez. Rakel le dijo que llamaría a las nueve.

—El trastero que tienes en el sótano… —comenzó Ali.

Pero Harry ya corría escaleras arriba e iba dejando una huella de las Dr. Martens cada cuatro peldaños.

En cuanto abrió la puerta, el teléfono dejó de sonar.

Se quitó las botas, se pasó las manos por la cara, se acercó hasta el teléfono y levantó el auricular. El número de teléfono del hotel estaba pegado en el espejo con un post-it. Lo cogió y vio reflejado en el espejo el primer correo de S#MN. Lo había impreso y lo tenía colgado en la pared. Una vieja costumbre: en Delitos Violentos solían decorar las paredes con fotografías, cartas y otras pistas de utilidad, a fin de inspirarse y encontrarles una relación o activar de alguna manera el subconsciente. Harry no conseguía leer la carta invertida, pero tampoco lo necesitaba:

¿Jugamos? Imaginemos que cenas en casa de una mujer y al día siguiente la encuentran muerta. ¿Qué harías?

S#MN

Cambió de idea, se fue al salón, encendió la tele y se desplomó en el sillón de orejas. Al rato se levantó de golpe, volvió a salir al pasillo y marcó el número.

Rakel parecía cansada.

—En el Schrøder —dijo Harry—. Acabo de volver.

—Te he llamado al menos diez veces.

—¿Pasa algo?

—Tengo miedo, Harry.

—Ya. ¿Tienes mucho miedo?

Harry se colocó en el umbral de la puerta del salón, y sujetó el auricular entre el hombro y la oreja mientras bajaba el volumen del televisor con el mando a distancia.

—Mucho no —dijo ella—. Un poco.

—Tener un poco de miedo no es peligroso. Uno se hace fuerte cuando tiene un poco de miedo.

—¿Y si me entra mucho miedo?

—Sabes que iré enseguida. Solo tienes que pedírmelo.

—Ya te he dicho que no puedes, Harry.

—En este momento te concedo el derecho a cambiar de opinión.

Harry observó al hombre que aparecía en la pantalla de la tele con turbante y uniforme de camuflaje. Aquella cara le resultó extrañamente familiar, se parecía a alguien.

—El mundo se está derrumbando —dijo ella—. Solo necesitaba saber que hay alguien ahí.

—Pues hay alguien aquí.

—Pero pareces ausente.

Harry dejó de mirar la tele y se apoyó en el umbral.

—Lo siento. Pero estoy aquí y pienso en ti, a pesar de parecer ausente.

Ella empezó a llorar.

—Perdona, Harry. Pensarás que soy una pesada siempre llorando. Ya sé que estás ahí —dijo—. Sé que puedo confiar en ti.

Harry tomó aire. El dolor de cabeza llegó lento pero implacable, como una cinta de hierro que se le ceñía despacio alrededor de la frente. Cuando colgaron, notaba cada pulsación en la sien.

Apagó el televisor y puso un disco de Radiohead, pero no pudo soportar la voz de Thom Yorke. Fue al baño y se lavó la cara. Luego fue a la cocina y echó una mirada frívola al interior de la nevera. Ya no podía retrasarlo más. Entró en el dormitorio. La pantalla del ordenador cobró vida y lanzó una luz fría y azul a la habitación. Estableció contacto con el resto del mundo. Informó de que había recibido un mensaje de correo electrónico. Ahora era perfectamente consciente. La sed. Tiraba de las cadenas como una jauría de perros que quiere soltarse. Pulsó sobre el icono del correo.

Debí mirar en los zapatos. La foto estaría encima de la mesilla de noche y ella la cogió mientras yo cargaba el arma. Está claro que esto añade emoción al juego. Un poco más.

S#MN

P.D.: Anna pasó miedo. Solo quiero que lo sepas.

Harry se metió la mano en el bolsillo y sacó el llavero. Tenía una placa de latón con las iniciales A. A.

TERCERA PARTE

20

El aterrizaje

¿Qué piensa una persona que se enfrenta al cañón de un arma? A veces creo que no piensa. Como esa señora de hoy. «No me dispares», dijo. ¿De verdad creía que podía cambiar las cosas con semejante petición? En la tarjeta de identificación que llevaba ponía «DnB» y «Cathrine Schøyen», y cuando le pregunté por qué había tantas ces y haches en su nombre, me miró con cara de vaca boba y repitió las mismas palabras.

—No me dispares.

Estaba a punto de perder el control, solté un mugido y le disparé entre los cuernos.

Veo el tráfico detenido delante de mí. Noto el asiento en la espalda, pegajosa, sudorosa. La radio está sintonizada en la emisora NRK Siempre Noticias. Aún no han dicho nada. Miro el reloj. Si todo fuera normal, estaría a salvo en la cabaña dentro de media hora. El coche que me precede tiene un condensador y yo apago el ventilador. Ha empezado el atasco de la tarde, pero el tráfico es más lento que de costumbre, si es que puede ser. ¿Habrá habido un accidente más adelante? ¿O la policía habrá montado ya los controles? Imposible. La bolsa con el dinero está bajo una chaqueta, en el asiento trasero. Junto al rifle AG3. El motor que tengo delante acelera con determinación antes de que el conductor consiga soltar el embrague y hacer avanzar el coche dos metros. Volvemos a estar parados. Sopeso si aburrirme, preocuparme o, simplemente, sentirme decepcionado. Y entonces los veo. Dos personas se acercan a pie por la línea que separa ambos carriles. Una es una mujer de uniforme, la otra un hombre alto con gabardina gris.

Escrutan atentos los coches de la derecha y de la izquierda. Una de las dos personas se detiene e intercambia unas palabras amables con un conductor que, al parecer, no lleva puesto el cinturón de seguridad. Será un control rutinario. Se acercan. En el informativo de NRK Siempre Noticias, una voz nasal anuncia en inglés que la temperatura ambiente supera los cuarenta grados y recomienda tomar precauciones para evitar la insolación. Automáticamente empiezo a sudar, aunque sé que fuera hace frío. Los tengo justo delante del coche. Es el comisario Harry Hole. La mujer se parece a Stine. Me mira al pasar. Respiro aliviado. Estoy a punto de romper a reír cuando alguien golpea la ventanilla. Me giro despacio. Muy despacio. Ella me sonríe y reparo en que la ventanilla ya está bajada. Es raro. Ella dice algo pero las palabras quedan ahogadas por el motor del coche de delante que está acelerando.

—¿Cómo? —pregunto y vuelvo a abrir los ojos.

—Could you please put your seat in an upright position?

—¿El respaldo? —pregunto confuso.

—We'll be landing shortly, sir.

Ella vuelve a sonreír y desaparece.

Me froto los ojos para ahuyentar el sueño y todo se repite. El atraco. La fuga. La maleta, con el billete de avión, preparada en la cabaña. Los SMS del Príncipe avisándome de que hay vía libre. Pero, aun así, esa pequeña punzada de nerviosismo cuando enseñé el pasaporte en el mostrador de facturación de Gardermoen. La salida. Todo fue según lo previsto.

Miro por la ventanilla. Es obvio que aún no me he despertado del todo porque, por un momento, tengo la sensación de que volamos por encima de las estrellas. Pero entonces comprendo que son las luces de la ciudad y empiezo a pensar en el coche de alquiler que he reservado. ¿Sería mejor pasar la noche en un hotel de esa ciudad grande, humeante y pestilente, y continuar mañana? No, mañana estaré igual de cansado debido al jet lag. Mejor llegar a puerto cuanto antes. El lugar al que voy es mejor de lo que dicen, incluso viven allí algunos noruegos con quienes podré hablar. Despertar para ver el sol, el mar y llevar una buena vida. Ese es el plan. Al menos, el mío.

Me aferro a la copa que conseguí rescatar antes de que la azafata doblara la mesita que tenía delante. Entonces, si ese es el plan, ¿por qué no termino de creérmelo?

El ruido del motor se intensifica y se amortigua. Ahora noto que descendemos. Cierro los ojos y tomo aire automáticamente al saber lo que vendrá. Ella. Lleva el mismo vestido que la primera vez que la vi. Dios mío, ya la estoy deseando. El hecho de que sea un deseo imposible de saciar aunque estuviera viva no cambia nada. Porque todo lo relacionado con ella era imposible. La virtud y el frenesí. El cabello que debía absorber toda la luz pero que, sin embargo, brillaba como el oro. La risa obstinada mientras las lágrimas le corrían por las mejillas. Esa mirada llena de odio cuando la penetraba. Las declaraciones falsas de amor y la alegría sincera cuando yo venía con excusas baratas después de haber faltado a alguna cita. Las mismas que repetía cuando me quedaba pegado a ella en la cama con la cabeza hundida en la huella que había dejado otro. De eso hace ya mucho tiempo. Millones de años. Cierro los ojos con fuerza para no ver lo que sigue. El disparo que le pegué. Las pupilas se le abrieron lentamente, como una rosa, la sangre fluía lenta, caía y aterrizaba acompañada de suspiros débiles. El crujido del cuello, la cabeza que le cayó hacia atrás. Y ahora la mujer a la que quiero está muerta. Es así de sencillo. Pero sigue sin tener sentido. Por eso es tan hermoso. Tan sencillo y tan hermoso que resulta casi imposible convivir con eso. La presión de la cabina desciende. Oprime. Desde dentro. Una fuerza invisible presiona los tímpanos y el cerebro. Algo me dice que sucederá así: nadie me encontrará, nadie me arrebatará mi secreto. Pero el plan se irá al traste de todas formas. Desde dentro.

21

Monopoly

La alarma de la radio y las noticias despertaron a Harry. El bombardeo se había intensificado. Sonaba como una retransmisión.

Intentó recordar alguna razón para levantarse.

La voz de la emisora contaba que el peso medio del hombre y de la mujer en Noruega había aumentado trece y nueve kilos, respectivamente, desde 1975. Harry cerró los ojos y pensó en algo que había dicho Aune: que el escapismo tiene una mala reputación inmerecida. Llegó el sueño. La misma sensación dulce y cálida que experimentaba de niño cuando, desde la cama, con la puerta abierta, oía a su padre recorrer la casa apagando una a una las lámparas y él notaba que, a medida que las apagaba, aumentaba la oscuridad.

«Tras los atracos con violencia registrados en Oslo en las últimas semanas, los empleados de banca de la capital noruega exigen vigilancia armada en las sucursales más vulnerables del centro. El atraco perpetrado ayer en la sucursal de Gjensidige NOR de Grønlandsleiret se suma a la lista de robos que la policía atribuye al llamado Encargado. La misma persona que disparó y mató a...»

Harry puso la planta de los pies en el frío linóleo. La cara que vio en el espejo del baño se parecía a la de un Picasso del último periodo.

Beate estaba hablando por teléfono. Negó con la cabeza al ver a Harry en el umbral de la puerta. Él asintió y estaba a punto de irse cuando ella le indicó con un gesto que se quedara.

—Gracias de todos modos —dijo ella antes de colgar.

—¿Molesto? —preguntó Harry mientras le ponía delante una taza de café.

—No, mi gesto era por el resultado: negativo. El tipo con el que acabo de hablar era el último de la lista. De todos los hombres que sabemos que estaban en el SATS a la hora en cuestión, solo uno recuerda vagamente a un hombre que llevara mono. Y ni siquiera estaba seguro de haberlo visto en el vestuario.

—Ya.

Harry se sentó y miró a su alrededor. El despacho de Beate estaba tan ordenado como esperaba. Aparte de una conocida planta cuyo nombre ignoraba, la estancia estaba tan despojada de objetos decorativos como la suya. Sobre la mesa vio el reverso de un marco. Intuía quién aparecía en la foto.

—¿Solo has hablado con hombres? —dijo.

—En teoría, entró en el vestuario masculino para cambiarse, ¿no?

—Para luego andar por las calles de Morristown como un hombre cualquiera. Sí, sí. ¿Alguna novedad sobre el atraco de ayer en Grønlandsleiret?

—Tanto como novedad, no. Más bien una repetición, diría yo. La misma clase de indumentaria y un AG3. Utilizó a un rehén para comunicarse. Se llevó el dinero del cajero, tardó un minuto y cincuenta segundos. Sin pistas. Resumiendo…

—El Encargado —dijo Harry.

—¿Qué es esto?

Beate levantó la taza y miró dentro.

—Capuchino. Halvorsen te manda saludos.

—¿Café con leche? —preguntó arrugando la nariz.

—A ver si lo adivino —dijo Harry—. Tu padre decía que no se fiaba de la gente que no toma el café solo.

No había acabado de pronunciar aquellas palabras cuando se arrepintió al ver la sorpresa en el rostro de Beate.

—Perdona —dijo en voz baja—. No era mi intención… no venía a cuento.

—Bueno, ¿qué hacemos ahora? —preguntó Beate rápidamente mientras toqueteaba el asa de la taza—. Hemos vuelto a la casilla de salida.

Harry se escurrió en la silla mientras se miraba la punta de las botas.

—Directos a la cárcel.

—¿Qué?

—Vete directamente a la cárcel y, si pasas por la casilla de salida, no cobres las dos mil coronas.

—¿De qué estás hablando?

—De las cartas de suerte del Monopoly. Es lo único que nos queda. Probar suerte. A la cárcel. ¿Tienes el número de teléfono de Botsen?

—Esto es una pérdida de tiempo —dijo Beate.

La voz de la agente retumbaba en los muros del túnel Kulvert mientras correteaba al lado de Harry.

—Puede ser —dijo él—. Como el noventa por ciento de lo que se hace en cualquier investigación.

—He leído todos los informes y los informes de interrogatorios que se han escrito sobre él. Nunca dice nada. Aparte de un montón de tonterías filosóficas que no tienen nada que ver con el caso.

Harry pulsó el interfono que había a un lado de la puerta de hierro gris, al final del túnel.

—¿Has oído el dicho sobre buscar lo que se ha perdido donde hay luz? Supuestamente, ilustra la vanidad humana. Para mí es sentido común.

—Coloque la tarjeta de identificación ante la cámara —dijo la voz del interfono.

—¿Por qué tengo que acompañarte si quieres hablar con él a solas? —dijo Beate mientras se colaba por la puerta detrás de Harry.

—Es un método que utilizábamos Ellen y yo cuando interrogábamos a los sospechosos. Uno interrogaba y el otro se limitaba a escuchar. Si el interrogatorio se atascaba, hacíamos una pausa. Si yo llevaba el interrogatorio, me iba y Ellen empezaba a hablar de cosas cotidianas. Como dejar de fumar o de que en la tele no dan más que basura. O de que ella empezaba a notar el pago del alquiler porque había roto con el novio. Después de hablar de esas cosas durante un rato, yo me asomaba y anunciaba que me había surgido algo y que ella debía continuar con el interrogatorio.

—¿Funcionaba?

—Siempre.

Subieron las escaleras y cruzaron el portón blindado de acceso a la cárcel. El vigilante que había al otro lado del grueso cristal de seguridad los saludó con la cabeza y pulsó un botón.

—El guardia vendrá enseguida —dijo una voz nasal.

El guardia era un hombre bajito con músculos abultados que caminaba con el contoneo propio de un enano. Los condujo hasta el ala de las celdas, donde una galería de tres pisos ribeteados de hileras de puertas de color celeste rodeaba un patio ovalado. Entre los pisos había una red de acero tensada. No se veía ni un alma y solo el eco de una puerta que se cerró de golpe interrumpió el silencio.

Harry había estado allí en muchas ocasiones, pero cada vez que iba le parecía igual de absurdo que tras aquellas puertas hubiera personas que la sociedad se había visto obligada a encerrar contra su voluntad. Harry no entendía muy bien por qué aquella idea le parecía tan monstruosa. Pero estaba relacionado con su visión de aquello como la manifestación física de la venganza oficial, institucionalizada, del crimen.

La balanza y la espada.

El manojo de llaves del guardia sonó cuando abrió la puerta en la que se leía la palabra VISITAS en letras negras.

—Adelante. Llamen cuando quieran salir.

Entraron y la puerta se cerró. En el silencio que siguió, Harry percibió el suave zumbido de un tubo fluorescente y las flores de plástico de la pared arrojaban unas sombras pálidas sobre los desvaídos colores de las acuarelas. Había un hombre sentado en una silla detrás de una mesa, justo en el centro de la pared pintada de amarillo. Tenía los brazos encima de la mesa, a ambos lados de un tablero de ajedrez. Llevaba el pelo peinado hacia atrás, por encima de las orejas, muy tiesas. Vestía un traje gris liso, parecido a un mono. Las cejas marcadas y la sombra que caía a un lado de la nariz recta dibujaban una T nítida cada vez que se apagaba el fluorescente. Pero, sobre todo, Harry recordaba la mirada del funeral, con esa mezcla contradictoria de sufrimiento e inexpresividad que lo había incitado a pensar en otra persona.

Harry hizo un gesto a Beate para que se sentara junto a la puerta. Él arrimó una silla a la mesa y se sentó enfrente de Raskol.

—Gracias por dedicarnos tu tiempo.

—El tiempo aquí es barato —respondió Raskol con una voz sorprendentemente fina y suave.

Hablaba como los europeos del Este, con erres fuertes y una dicción clara.

—Ya. Soy Harry Hole y mi colega se llama…

—Beate Lønn. Te pareces a tu padre, Beate.

Harry oyó que Beate se quedaba sin respiración y se dio la vuelta. No se había ruborizado, al contrario, su piel blanca había palidecido aún más y por la dureza de la mueca que se le dibujaba en la boca se diría que la hubieran abofeteado.

Harry carraspeó y miró hacia la mesa y, hasta ese momento, no se había dado cuenta de que la simetría casi tétrica en torno al eje que dividía a Raskol y la habitación en sentido longitudinal se veía interrumpida por un pequeño detalle. El rey y la reina del tablero de ajedrez.

—¿Dónde te he visto antes, Hole?

—Paso la mayor parte del tiempo cerca de personas muertas —dijo Harry.

—Ah, sí, en el funeral. Eras uno de los perros guardianes del comisario jefe, ¿no?

—No.

—Así que no te gusta que te considere su perro guardián. ¿Hay enemistad entre vosotros?

—No. —Harry recapacitó—. Pero no nos caemos bien. Tú y él tampoco, por lo que deduje.

Raskol sonrió benigno y el fluorescente se encendió.

—Espero que no se lo tomara como algo personal. Además, parecía un traje muy barato.

—No creo que fuera el traje lo que más le dolió.

—Quería que le contara algo. Así que le conté algo.

—¿Que los soplones quedan marcados para siempre?

—No está mal, comisario. Pero esa tinta se quita con el tiempo. ¿Juegas al ajedrez?

Harry intentó no darse cuenta de que Raskol había utilizado su graduación. Quizá solo había acertado por casualidad.

—Me pregunto cómo conseguiste esconder después el emisor —dijo Harry—. Oí que pusieron toda esta ala patas arriba.

—¿Quién dice que escondí algo? ¿Blancas o negras?

—Dicen que aún eres el cerebro de la mayoría de los atracos importantes que se cometen en Noruega, que esta es tu base de operaciones y que tu parte del botín se ingresa en una cuenta en el extranjero. ¿Por eso te las arreglaste para acabar aquí, en la Sección A de Botsen, porque es precisamente aquí donde encuentras a quienes cumplen condenas cortas y saldrán pronto para llevar a cabo lo que planeas? ¿Y cómo te comunicas con ellos cuando están fuera? ¿Tienes teléfono móvil aquí dentro también?

Raskol suspiró.

—El principio ha sido muy prometedor, comisario, pero ya estás empezando a aburrirme. ¿Jugamos o no?

—Jugar es aburrido —dijo Harry—. A menos que se haga una apuesta.

—Encantado. ¿Qué apostamos?

—Esto.

Harry levantó un llavero con una sola llave y una placa de latón.

—¿Y qué es eso? —preguntó Raskol.

–Nadie lo sabe. A veces hay que correr un riesgo para comprobar si lo que se apuesta tiene algún valor.

–¿Por qué iba yo a hacer eso?

Harry se inclinó hacia delante.

–Porque te fías de mí.

Raskol se echó a reír.

–Dame una razón para que me fíe de ti, *spiuni*.

–Beate –dijo Harry sin apartar la vista de Raskol–. Déjanos solos, por favor.

Oyó los golpes en la puerta y el ruido de llaves detrás. La puerta se abrió y la cerradura hizo clic al cerrarse.

–Echa un vistazo.

Harry dejó la llave encima de la mesa.

Raskol preguntó, sin apartar la vista de Harry:

–¿A. A.?

Harry cogió el rey blanco del tablero. Estaba tallado a mano y era excepcionalmente bello.

–Son las iniciales de un hombre que tiene un problema muy delicado. Era rico. Tenía mujer e hijos. Casa y cabaña. Perro y amante. Todo parecía ir sobre ruedas. –Harry le dio la vuelta a la figura–. Pero, con el paso del tiempo, el hombre rico cambió. Los acontecimientos hicieron que un día reconociera que la familia era lo más importante para él. Vendió la empresa, se deshizo de la amante y se prometió a sí mismo y a su familia que a partir de entonces viviría solo para ellos. El problema fue que la amante empezó a amenazar con desvelar que habían mantenido una relación. Y, bueno, quizá también le pidió dinero. No tanto porque fuera *grisk* sino más bien porque era pobre. Y porque estaba a punto de acabar una obra de arte que consideraba su obra maestra y necesitaba dinero para mostrársela al mundo. Lo presionó más y más, hasta que una noche él decidió hacerle una visita. No era una noche cualquiera; era una noche especial porque ella le había dicho que recibiría la visita de un antiguo amor. ¿Por qué se lo contó? ¿Para ponerlo celoso? ¿O para que viera que había otros hombres que la deseaban? No sintió celos. Se alegró. Aquello era una oportunidad única.

Harry miró a Raskol. Se había cruzado de brazos y observaba a Harry.

—El hombre esperó fuera. Esperó y esperó mientras miraba hacia arriba, a las ventanas iluminadas del apartamento de ella. Justo antes de la medianoche la visita se marchó. Era un hombre cualquiera; en caso necesario, no tendría coartada y, además, se suponía que más tarde alguien sabría que había estado con Anna hasta esa hora. Sin duda, la vecina insomne Astrid Monsen lo habría oído llamar al timbre poco antes. Pero nuestro hombre no llamó al timbre. Nuestro hombre tenía llave. Subió la escalera con sigilo y abrió la puerta del apartamento con la llave.

Harry levantó el rey negro para compararlo con el blanco. Uno podía pensar que eran iguales, si no los examinaba bien.

—El arma no está registrada. Quizá fuese de Anna, quizá perteneciera al hombre. Yo no sé exactamente qué pasó en el apartamento. Quizá el mundo no lo sepa jamás, porque ella está muerta. Por otra parte, la policía ha cerrado el caso como suicidio.

—¿«Yo no sé»? ¿«Por otra parte, la policía…»? —preguntó Raskol mientras se mesaba la barba de chivo—. ¿Por qué no «nosotros» y «por nuestra parte»? ¿Finges que vas por libre en esto, comisario?

—¿A qué te refieres?

—Sabes bien a qué me refiero. Veo que ese truco de mandar fuera a tu colega no tenía otro fin que hacerme creer que esto es un asunto entre tú y yo. Pero… —dijo al tiempo que entrelazaba las manos—. Eso no tiene por qué significar que no sea así, después de todo. ¿Sabe alguien más lo que tú sabes?

Harry negó con la cabeza.

—Entonces ¿qué quieres? ¿Dinero?

—No.

—Yo no respondería tan rápido si fuera tú, comisario. Aún no he tenido tiempo de decirte cuánto vale esa información para mí. Puede que estemos hablando de cantidades de dinero nada desdeñables. Si puedes probar lo que dices. Y si el castigo del culpable se puede llevar a cabo, digamos, en plan privado, sin la intervención innecesaria de las autoridades.

—Esa no es la cuestión —dijo Harry con la esperanza de que el sudor de la frente no se volviera visible—. La cuestión es cuánto vale para *mí* la información que *tú* puedas facilitarme.

—¿Qué propones, *spiuni*?

—Lo que propongo —comenzó Harry con ambos reyes en la misma mano— es un trueque. Tú me dices quién es el Encargado. Yo consigo pruebas contra el hombre que mató a Anna.

Raskol se rió bajito.

—Ya me lo has dicho. Puedes irte, *spiuni*.

—Piénsalo, Raskol.

—No es necesario. Yo me fío de la gente que persigue el dinero, no de héroes y cruzados.

Se miraron. El fluorescente parpadeó. Harry hizo un gesto afirmativo, dejó las piezas en la mesa, se levantó, se dirigió a la puerta y la golpeó.

—Debes de haberla querido —dijo de espaldas a Raskol—. El apartamento de Sorgenfrigata estaba registrado a tu nombre, y yo sé muy bien que Anna andaba mal de dinero.

—¿Ah, sí?

—Como el apartamento es tuyo, he avisado al albacea para que te manden la llave. Llegará por mensajero a lo largo del día de hoy. Te sugiero que la compares con la que yo te he dado.

—¿Por qué?

—Había tres llaves del apartamento de Anna. Anna tenía una, la segunda la tenía el electricista. Yo encontré esta en el cajón de una mesilla de noche en la cabaña del hombre del que te hablé. Es la tercera y última llave. La única que pudo usar el asesino de Anna, si es que la asesinaron.

Oyeron pasos al otro lado de la puerta.

—Y si esto puede avalar mi credibilidad, solo me interesa salvar el pellejo —terminó Harry.

22

América

La gente bebedora bebe en cualquier parte. Por ejemplo, en el Malik, en la calle Therese. Era una hamburguesería y no tenía nada de lo que convierte el Schrøder en un lugar para, pese a todo, beber con algo de dignidad. Cierto que las hamburguesas que daban en el Malik tenían fama de ser mejores que las de la competencia y, con buena voluntad, se podía decir que la decoración, de inspiración ligeramente india y con fotografías de la familia real noruega, tenía un encanto particular. Pero seguía siendo un local de comida rápida donde a la gente dispuesta a pagar por labrarse cierta reputación de alcohólico jamás se le ocurriría tomarse una cerveza.

Harry nunca había sido uno de ellos.

Hacía mucho que no iba al Malik pero, después de echar un vistazo, constató que todo seguía igual. Øystein estaba sentado con varios amigos y una amiga a una mesa de fumadores. Por encima de una gramola de superéxitos de música pop, el Eurosport y el chisporroteo del aceite, mantenía una animada conversación sobre premios de lotería, el caso Orderud y la escasa moral de un amigo ausente.

—¡Vaya, Harry, hola! —La voz ronca de Øystein se abrió camino entre la contaminación acústica.

Con un movimiento de cabeza se apartó las greñas largas y grasientas, se frotó la mano en el pantalón y se la ofreció a Harry.

—Este es el madero del que os hablé, chicos. El que le disparó a aquel tío en Australia. Le diste en la cabeza, ¿no?

—Ya —dijo otro de los dueños, al que Harry no llegó a ver la cara porque estaba inclinado con el melenón como una cortina alrededor del vaso de cerveza—. Saca de aquí esa basura.

Harry señaló una mesa vacía y Øystein asintió con la cabeza, apagó el cigarrillo, se guardó el sobre de tabaco Petterø en el bolsillo delantero de la camisa vaquera y se concentró en llevar hasta la mesa sin derramar la cerveza del vaso que acababan de traerle.

—¡Cuánto tiempo! —dijo Øystein, que empezó a liarse otro cigarrillo—. Lo mismo me pasa con el resto de los chicos. No los veo nunca. Todos se han mudado, se han casado y han tenido críos. —Øystein se rió con una risa dura y amarga—. Todos sentaron la cabeza, a pesar de los pesares. ¿Quién lo iba a decir?

—Ya.

—¿Pasas alguna vez por Oppsal? Tu padre sigue viviendo en la casa, ¿no?

—Sí. Pero no voy mucho por allí. Hablamos por teléfono de vez en cuando.

—¿Y tu hermana? ¿Está mejor?

Harry sonrió.

—No se mejora del síndrome de Down, Øystein. Pero se las arregla bien. Vive sola en un apartamento en Sogn. Tiene novio.

—Vaya. Ya es más de lo que tengo yo.

—¿Qué tal el trabajo en el taxi?

—Acabo de cambiar de jefe, el último me decía que olía mal. Puto loco.

—¿Y sigues sin estar interesado en volver a dedicarte a la informática?

—¡Desde luego! ¿Estás loco? —Øystein se sacudía con una risa sincera mientras pasaba la puntita de la lengua por el papel de liar—. Un millón de sueldo al año y una oficina tranquila, ¡por supuesto que me gustaría! Pero ese tren ya pasó, Harry. En la informática, ya pasó el tiempo de los locos del rock and roll como yo.

—Estuve hablando con un tipo que trabaja en seguridad de datos para el banco DnB. Dijo que te siguen considerando un pionero en descodificación.

—Pionero significa viejo, Harry. Comprenderás que a nadie le interesa un hacker venido a menos que no ha seguido en la brecha durante los últimos diez años. Y, además, todo el jaleo que hubo.

—Ya. ¿Qué es lo que pasó, en realidad?

—¿Que qué pasó? —Øystein levantó la vista al cielo—. Ya me conoces. Una vez maté un gato… Necesitaba pasta. Me metí con una clave que no tenía que haber tocado. —Encendió el cigarrillo y buscó un cenicero, pero sin éxito—. ¿Y qué pasa contigo? ¿Has enroscado el corcho para siempre, o qué?

—Lo intento. —Harry se estiró para coger el cenicero de la mesa de al lado—. Salgo con una tía.

Le habló de Rakel y de Oleg y del juicio en Moscú. Y de la vida en general. No le llevó mucho tiempo.

Øystein le contó cosas del resto de los amigos de la pandilla que habían crecido juntos en Oppsal. De Siggen, que se había mudado a Harestua con una tía que a Øystein le parecía demasiado refinada para él; y de Kristian, que acabó en silla de ruedas después de que un coche lo embistiera al norte de Minnesund mientras iba en la moto, aunque los médicos opinaban que aún había esperanza.

—¿Esperanza para qué? —preguntó Harry.

—Para que pueda volver a follar —dijo Øystein, y apuró el resto del vaso.

Y Tore, que era profesor y se había divorciado de Silje.

—Tiene pocas posibilidades —opinó Øystein—. Ha engordado treinta kilos. Por eso ella se largó. ¡Es verdad! Torkild se la encontró en el centro y ella le dijo que no soportaba toda esa grasa. —Dejó el vaso—. Pero no me habrás llamado para esto, ¿no?

—No, necesito ayuda. Estoy trabajando en un caso.

—¿Para pescar a los malos? ¿Y acudes a mí? ¡Caramba!

Øystein se echó a reír, pero la risotada se transformó en un ataque de tos.

—Es un asunto en el que estoy implicado personalmente —continuó Harry—. Es un poco difícil de explicar con detalle, pero se trata de rastrear a alguien que me escribe correos electrónicos al ordenador personal. Creo que los manda desde un servidor con abonados anónimos instalado en algún lugar del extranjero.

Øystein asintió pensativo.

—O sea, ¿tienes problemas?

—Puede ser. ¿Por qué te lo parece?

—Soy un taxista que bebe demasiado y que no está al tanto de las últimas novedades en el campo de la comunicación informática. Y todos los que me conocen saben que no soy de fiar cuando se trata de trabajo. En pocas palabras, la única razón para que vengas a verme es que soy un viejo amigo. Lealtad. Sé mantener la boca cerrada, ¿no es verdad? —Dio otro sorbo del vaso—. Y es verdad que bebo, pero no soy idiota, Harry. —Se detuvo y dio una calada larga—. Bueno, ¿cuándo empezamos?

La oscuridad de la noche cubría Slemdal. Se abrió la puerta y aparecieron en la escalera un hombre y una mujer. Se despidieron risueños del anfitrión y descendieron por el camino cubierto de gravilla que crujía debajo de los zapatos negros y relucientes mientras, entre susurros, hacían comentarios acerca de la comida, los anfitriones y el resto de los invitados. De ahí que, al salir a la calle Bjørnetråkket, no se fijaran en el taxi que esperaba estacionado un poco más abajo. Harry apagó el cigarrillo, subió el volumen de la radio del coche y escuchó el tema «Watching the Detectives» de Elvis Costello. En la emisora P4. Se había dado cuenta de que, cuando las melodías transgresoras que le gustaban se volvían lo bastante añejas, acababan sonando en emisoras de radio no tan transgresoras. Por supuesto, sabía que eso solo significaba una cosa: que él también había envejecido. El día anterior, sin ir más lejos, habían puesto a Nick Cave en el programa de las nueve.

Una sugerente voz nocturna anunció «Another Day in Paradise» y Harry apagó la radio. Bajó la ventanilla y escuchó las pulsaciones atenuadas del bajo que provenía de la casa de Albu, el único sonido que rompía el silencio. Una fiesta para adultos. Conocidos del trabajo, vecinos y antiguos compañeros de estudios del Instituto de Dirección de Empresas. No podía decirse que fuera música folclórica, precisamente, pero tampoco una *rave*; más bien de gintonic, Abba y Rolling Stones. Gente con estudios a punto de cumplir los cuarenta. En otras palabras, de la que se vuelve pronto a casa y tiene canguro. Harry miró el reloj. Pensaba en el último correo que había recibido en su ordenador cuando él y Øystein lo encendieron.

Me aburro. ¿Tienes miedo o es solo que eres idiota?

S#MN

Le había dejado el ordenador a Øystein, que, a su vez, le prestó el taxi, un destartalado Mercedes de los años setenta, que fue balanceándose como un colchón viejo de muelles al surcar los badenes de la zona residencial, pero, aun así, conducirlo era un sueño. Cuando vio que, de la casa de Albu, salía gente vestida de fiesta, decidió esperar. No había razón para armar un escándalo. Y, de todos modos, debía pensárselo dos veces antes de cometer una tontería. Harry había intentado mantener la calma, pero aquel «Me aburro» se lo impedía.

—Ya lo has pensado —se dijo Harry delante del retrovisor—. *Ya* puedes cometer una estupidez.

Vigdis Albu abrió la puerta. Había ejecutado ese número de magia que solo las malabaristas femeninas dominan y cuyo truco los hombres como Harry nunca consiguen averiguar. Se había convertido en una belleza. Y la única explicación lógica que Harry pudo encontrar fue que llevaba un traje de noche de color turquesa a juego con aquellos enormes ojos azules, ahora sorprendentemente abiertos.

—Siento molestar tan tarde, señora Albu. Quisiera hablar con su marido.

—Tenemos invitados —dijo la mujer—. ¿No puede esperar a mañana?

Le sonrió suplicante, pero a Harry no le pasaron inadvertidas las ganas que parecía tener de cerrar la puerta.

—Lo siento —dijo—. Su marido mintió cuando declaró que no conocía a Anna Bethsen. Y creo que usted también la conocía.

Harry no sabía si era el vestido de noche o lo delicado de la situación lo que lo animó a tratarla de usted. La boca de Vigdis Albu fue a pronunciar una respuesta, aunque se quedó en la intención.

—Tengo un testigo que los ha visto juntos —siguió el comisario—. Y ya sé de dónde procede la foto.

Ella parpadeó un par de veces.

—¿Por qué...? —balbució—. ¿Por qué...?

—Porque eran amantes, señora Albu.

—No, quiero decir, ¿por qué me cuentas esto? ¿Quién te ha dado derecho a contarme tal cosa?

Harry abrió la boca para responder. Iba a decir que, en su opinión, ella tenía derecho a saberlo; que, de todas formas, algún día tendría que salir a la luz, etcétera. Sin embargo, se quedó mirándola sin pronunciar palabra, y es que ahora sabía por qué se lo contaba, pero no lo había sabido hasta ese momento. Tragó saliva.

—¿Derecho a qué, querida?

Harry vio a Arne Albu, que bajaba la escalera. Le brillaba la frente por el sudor y la pajarita del esmoquin colgaba suelta por encima de la pechera de la camisa. Harry oyó que David Bowie afirmaba erróneamente «This is not America» desde el salón.

—Habla bajito, Arne, vas a despertar a los niños —le dijo Vigdis sin dejar de mirar a Harry implorante.

—Venga, no se despertarían aunque lanzaran una bomba atómica —farfulló el marido.

—Creo que es lo que acaba de hacer Hole —dijo ella bajito—. Y, por lo que parece, con el deseo de causar el mayor daño posible.

La mirada de Harry se cruzó con la de la mujer.

—¿Y eso? —sonrió Arne Albu, y rodeó con el brazo los hombros de su mujer—. ¿Puedo jugar yo también?

Era una sonrisa jocosa y, al mismo tiempo, franca, casi inocente, como la expresión del regocijo irresponsable de un chiquillo que ha tomado prestado el coche de su padre sin permiso.

—Lo siento —dijo Harry—. Pero se acabó el juego. Tenemos las pruebas que necesitamos. Y, en este instante, un experto en informática está rastreando la dirección desde donde has mandado los correos electrónicos.

—¿De qué estás hablando? —rió Arne—. ¿Pruebas? ¿Correos?

Harry lo miró.

—La foto que había en el zapato de Anna la había cogido ella misma de un álbum de fotos el día que ella y tú estuvisteis en la cabaña de Larkollen, hace unas semanas.

—¿Unas semanas? —preguntó Vigdis, y miró a su marido.

—Lo supo cuando le enseñé la foto —le dijo Harry a la mujer—. Y volvió a Larkollen ayer, para dejar una copia en el lugar correspondiente.

Arne Albu frunció el entrecejo, sin dejar de sonreír.

—¿Has bebido, agente?

—No debiste decirle que iba a morir —prosiguió Harry, consciente de que estaba a punto de perder el control—. O, al menos, no debiste perderla de vista después. Ella consiguió meter la foto en el zapato, y con ello logró delatarte, Albu.

Harry escuchó la respiración intensa de la señora Albu.

—El zapato… el zapato… —respondió Albu, mientras le acariciaba la nuca a Vigdis—. ¿Sabes por qué los empresarios noruegos no son capaces de hacer negocios en el extranjero? Olvidan el detalle de los zapatos. Usan zapatos comprados en las rebajas de las tiendas de Skoringen, y los combinan con trajes de Prada de quince mil coronas. A los extranjeros les resulta sospechoso. —Albu señaló hacia abajo—. Mira, zapatos italianos hechos a mano. Mil ochocientas coronas. Un precio ridículo cuando lo que quieres es comprar confianza.

—Lo que me gustaría saber es por qué ese empeño tuyo en hacerme saber que existías —dijo Harry—. ¿Por celos?

Arne rompió a reír y negó con la cabeza, mientras la señora Albu se apartaba del brazo de su marido.

—¿Creías que yo era su nuevo amante? —insistió Harry—. ¿O quizá que no me atrevería a mover un dedo en un caso en el que podría verme implicado y querías jugar un poco conmigo, acosarme, que me diera cabezazos contra la pared? ¿Era eso?

—¡Vamos, Arne! ¡Christian quiere pronunciar un discurso!

Un hombre con una copa y un puro en la mano se bamboleaba en lo alto de la escalera.

—Empezad sin mí —respondió Arne—. Voy a despedir a este caballero tan amable.

El hombre frunció el ceño.

—¿Hay algún problema? ¿Qué ocurre?

—No, no —lo tranquilizó Vigdis rápidamente—. Vuelve con los demás, Tomas.

El hombre se encogió de hombros y desapareció sin más.

—Hay otro detalle que me resulta sorprendente —dijo Harry—. Que seas tan arrogante que, incluso después de haberte mostrado la foto, hayas seguido enviándome correos.

—Siento tener que repetirme, agente —dijo Albu—. Pero ¿qué correos… electrónicos son esos?

—Bueno. Mucha gente cree que para enviar un correo anónimo basta con utilizar un servidor que no exija el registro nominal, pero esas personas se equivocan. Un amigo hacker me ha explicado que todo, absolutamente todo lo que se hace en la red, deja una huella electrónica que se puede rastrear, y en este caso *se rastreará*, hasta el ordenador que lo envió. Solo es cuestión de saber buscar.

Harry sacó un paquete de tabaco del bolsillo interior de la chaqueta.

—Por favor, no… —comenzó Vigdis, antes de callarse de repente.

—Dime, Albu, ¿dónde estuviste la noche del martes de la semana pasada, entre las once y la una de la madrugada? —preguntó Harry mientras encendía un cigarrillo.

Arne y Vigdis Albu intercambiaron una mirada cómplice.

—Puedes contestar aquí o en la comisaría —añadió Harry.

—Estuvo aquí —dijo Vigdis.

—Como acabo de decir… —Harry exhaló el humo por la nariz, consciente de que estaba exagerando, pero un follón a medias era un follón malogrado, y ya no había vuelta atrás—, puedes contestar aquí o en la comisaría. ¿Queréis que informe a los invitados de que se ha acabado la fiesta?

Vigdis se mordió el labio.

—Pero… te digo que él estaba… —comenzó vacilante.

Ya no quedaba ni rastro de su belleza.

—Está bien, Vigdis —dijo Albu, y la tranquilizó con unas palmaditas en el hombro—. Vete a atender a los invitados mientras yo acompaño a Hole hasta la verja.

Harry apenas notaba el aire, pero más arriba, por encima de él, debía de soplar el viento con intensidad, porque las nubes avanzaban deprisa por el cielo y de vez en cuando ocultaban la luna. Él y Albu caminaban despacio.

—¿Por qué aquí? —preguntó Albu.

—Lo estabas pidiendo.

Albu asintió con la cabeza.

—Sí, es posible. Pero ¿por qué ha tenido que enterarse de esta forma?

Harry se encogió de hombros.

—¿De qué forma querías que lo supiera?

La música había cesado y desde la casa se oía alguna que otra risa. Christian ya había empezado con sus chistes.

—¿Puedo pedirte un cigarrillo? —preguntó Albu—. En realidad, lo había dejado.

Harry le dio el paquete.

—Gracias. —Albu se puso el cigarrillo en los labios y se inclinó hacia la llama del mechero que le ofrecía Harry—. ¿Qué quieres? ¿Dinero?

—¿Por qué todo el mundo me pregunta lo mismo? —dijo Harry.

—Estás solo. No traes una orden de detención e intentas lanzarme el farol de que me vas a llevar a comisaría. Y si has entrado en la cabaña de Larkollen, tú también tienes problemas.

Harry negó con la cabeza.

—Así que no es dinero, ¿no? —Albu echó la cabeza hacia atrás. Unas estrellas solitarias brillaban en el cielo—. ¿Algo personal, entonces? ¿Erais amantes?

—Creía que lo sabías todo sobre mí —dijo Harry.

—Anna se tomaba el amor muy en serio. Amaba el amor. No, lo *adoraba*, esa es la palabra. Ella *adoraba* el amor. Era lo único que ocupaba un lugar en su vida. Eso, y el odio. —Señaló con la cabeza hacia el cielo—. Esos dos sentimientos eran como estrellas de neutrones en su vida. ¿Sabes qué son las estrellas de neutrones?

Harry negó con la cabeza. Albu alzó el cigarrillo.

—Son residuos estelares tan densos y con tal atracción gravitatoria que, si dejara caer este cigarrillo en uno de ellos, impactaría con la misma fuerza que una bomba atómica. Y lo mismo ocurría con Anna. La atracción gravitatoria que sentía hacia el amor y el odio era tan intensa que no cabía nada más en el espacio que quedara entre ambos sentimientos. Y el más mínimo desencadenante provocaba una explosión nuclear. ¿Entiendes? En realidad, pasó algún tiempo hasta que yo lo comprendí. Era como Júpiter, oculta tras una capa de nubes de azufre. Y humor. Y sexo.

—Venus.

—¿Cómo dices?

—Nada.

La luna asomó entre dos nubes y el ciervo de bronce emergió de entre las sombras del jardín como un animal fabuloso.

—Anna y yo habíamos quedado en vernos a medianoche —dijo Albu—. Al parecer, conservaba algunos objetos personales que quería devolverme. Yo esperé en el coche, que tenía aparcado en Sorgenfrigata, de doce a doce y cuarto. Habíamos quedado en que la llamaría desde el coche, en lugar de llamar al timbre. Por una vecina muy fisgona, me dijo. Desconozco el porqué, pero Anna no contestó a la llamada, de modo que me fui a casa.

—Así que tu mujer ha mentido.

—Por supuesto. El mismo día que viniste con la foto quedamos en que me daría una coartada.

—¿Por qué mencionas esa coartada ahora?

Albu rió relajado.

—¿Qué importancia tiene eso? Somos dos personas que hablan con la luna por testigo mudo. Después puedo negarlo todo. Si tengo que ser sincero, dudo que puedas utilizar nada en mi contra.

—Entonces ¿por qué no me cuentas el resto?

—¿Que la maté, quieres decir? —Volvió a reír, con más fruición que antes—. Tu trabajo es averiguarlo, ¿no?

Había llegado a la verja.

—Solo pretendías ver cómo íbamos a reaccionar, ¿no es cierto? —Albu aplastó la colilla en la piedra de mármol—. Y querías vengarte, por eso se lo has contado a ella. Estabas enfadado. Un niño pequeño y enfurruñado que golpea donde puede. ¿Estás satisfecho?

—En cuanto localice la dirección de correo, te tengo —le advirtió Harry.

Ya no estaba enfadado. Solo cansado.

—No encontrarás una dirección de correo —auguró Albu—. Lo siento, querido amigo. Podemos seguir jugando, pero no vas a ganar.

Y Harry le golpeó. Los nudillos produjeron un sonido bajo y breve al estrellarse contra la carne. Albu se tambaleó, retrocedió unos pasos y se llevó la mano a la ceja.

Harry contempló el vaho gris de su respiración en la oscuridad de la noche.

—Tendrán que darte puntos —dijo.

Albu vio la sangre que le manchaba la mano y volvió a reír.

—Dios mío, Harry, ¡qué mal perdedor eres! ¿Puedo llamarte por tu nombre de pila? Siento que esto nos ha acercado, ¿tú no?

Harry no contestó y Albu rió aún más alto.

—Me pregunto qué vio Anna en ti, Harry. A ella no le gustaban los perdedores. Y mucho menos dejaba que se la follaran.

La risa se intensificaba y se atenuaba a su espalda mientras se dirigía al taxi apretando la llave con tal fuerza que sentía como si los dientes le estuvieran dando un mordisco.

23

La nebulosa Cabeza de Caballo

Cuando sonó el teléfono, Harry se despertó y miró el reloj. Las 07.30. Era Øystein. Hacía solo tres horas que había salido del apartamento de Harry. Para entonces, había logrado rastrear el servidor hasta Egipto; ahora había llegado más lejos.

—He estado escribiéndome con un viejo conocido. Vive en Malasia y todavía se dedica un poco al pirateo informático. El servidor está en El-Tor, en la península del Sinaí. Tienen varios servidores. Al parecer, aquello es una especie de centro para ese tipo de cosas. ¿Estabas durmiendo?

—En cierto modo. ¿Cómo vas a encontrar a nuestro abonado?

—Me temo que solo hay una forma. Viajar hasta allí con un fajo gordo de americanos verdes.

—¿Cuánto?

—Lo suficiente para que alguien nos diga con quién hay que hablar. Y para que la persona con la que haya que hablar quiera contar con quién hay que hablar *realmente*. Y para que la persona con quien haya que hablar realmente quiera…

—Comprendo. ¿Cuánto?

—Mil dólares deberían bastar para un rato.

—¿Qué me dices?

—Hablo por hablar. ¿Qué coño sabré yo de esas cosas?

—Vale. ¿Te encargas tú?

—Depende.

241

—Yo quiero pagar lo mínimo. Viajarás con el vuelo más barato y te alojarás en un hotel de mierda.

—Trato hecho.

Eran las doce, y la cantina de la comisaría estaba atestada. Harry apretó los dientes y entró. No era que sus colegas le disgustaran por principio, solo por instinto. E iba a peor según pasaban los años.

Una paranoia completamente normal, según Aune.

—Yo mismo la sufro. Creo que todos los psicólogos van a por mí cuando, en realidad, no serán más de la mitad.

Harry paseó la mirada por el local y vio a Beate con su tartera y la espalda de alguien que estaba con ella. Intentó obviar las miradas de los colegas que ocupaban las mesas por las que pasaba. Algunos murmuraban «Hola», pero Harry supuso que lo decían con ironía y siguió sin responder.

—¿Molesto?

Beate miró a Harry con la expresión de quien se siente descubierto in fraganti.

—En absoluto —dijo la voz familiar del acompañante, que ya se levantaba—. Estaba a punto de irme.

A Harry se le erizó el vello de la nuca, no por principio, sino por instinto.

—Nos vemos esta noche —dijo Tom Waaler, y le dirigió una sonrisa inmaculada al rostro encendido de Beate.

Cogió su bandeja, saludó a Harry y desapareció. Beate clavó la mirada en el queso de cabra que tenía delante mientras intentaba adoptar una expresión neutra. Harry se sentó al lado.

—¿Qué era?

—¿El qué? —dijo como si no supiera a qué se refería.

—Tenía un mensaje en el contestador en el que decías que había novedades —dijo Harry—. Supuse que era urgente.

—Ya lo he solucionado. —Beate dio un sorbo del vaso de leche—. Era por los dibujos que realizó el programa de la cara del Encargado. Estaba nerviosa, porque me recuerdan a alguien.

—¿Te refieres a las copias que me enseñaste? Pero si no contienen nada que se aproxime siquiera a una cara, no son más que rayas en un folio.

—Aun así.

Harry se encogió de hombros.

—Tú eres la del giro fusiforme. Explícate.

—Anoche me di cuenta de quién era.

Dio otro sorbo y se limpió con la servilleta el bigote blanco que le había dejado la leche.

—¿Sí?

—Trond Grette.

Harry la miró.

—Me tomas el pelo, ¿verdad?

—No —dijo ella—. Solo digo que existe cierto parecido. Y, al fin y al cabo, Grette estaba cerca de la calle Bogstadveien a la hora del asesinato. Pero, como te dije, ya lo he solucionado.

—¿Y cómo…?

—Llamé al hospital de Gaustad. Si se trata del mismo atracador que actuó en la sucursal de la calle Kirkeveien, no puede ser Grette. A esa hora, él estaba en la sala de la televisión con tres enfermeros, como mínimo. Y envié a dos chicos de la científica a casa de Grette para conseguir sus huellas dactilares. Weber acaba de cotejarlas con las huellas de la botella de refresco. Sin lugar a dudas, no son las suyas.

—Es decir, ¿te has equivocado, aunque solo sea por una vez?

Beate negó con la cabeza.

—Buscamos a una persona con ciertos rasgos físicos idénticos a los de Grette.

—Siento decirlo, pero Grette no posee ninguna característica física, ni de otro tipo. Es un interventor con aspecto de interventor. Yo ya ni me acuerdo de cómo es.

—Bueno —objetó la joven colega mientras retiraba el envoltorio de la siguiente rebanada de pan—. Pero yo no lo he olvidado. Y eso ya es una referencia.

—Ya. Yo tengo una noticia que podría ser buena.

—¿Sí?

—Voy a ir a Botsen. Raskol quiere hablar conmigo.

—Vaya. Pues suerte.

—Gracias. —Harry se levantó. Vaciló. Se decidió—. Sé que no soy tu padre, pero ¿puedo decirte algo?

—Adelante.

Miró a su alrededor para asegurarse de que nadie los oía.

—Yo en tu lugar tendría cuidado con Waaler.

—Gracias. —Beate dio un buen mordisco a la rebanada de pan—. En cuanto a lo que acabas de decir sobre mi padre y tú, es correcto.

—Llevo toda la vida en Noruega —dijo Harry—. Me crié en Oppsal. Mis padres eran maestros. Mi padre está jubilado y, desde la muerte de mi madre, vive como un sonámbulo que solo visita a los vivos de tarde en tarde. Mi hermana pequeña le echa de menos. Yo también, supongo. Les echo de menos a los dos. Ellos creían que iba a ser profesor. Yo también lo creía. Pero acabé en la Escuela Superior de Policía. Con unos cursos de derecho. Si me preguntas por qué elegí ser policía, puedo darte diez razones verosímiles, pero yo mismo no me creo ninguna de ellas. No pienso mucho en ello. Es un trabajo por el que me pagan y a veces creo que hago las cosas bien, con eso basta. Era alcohólico antes de cumplir los treinta. Puede que antes de cumplir los veinte. Según se mire. Dicen que se lleva en los genes. Es posible. De mayor me enteré de que mi abuelo de Åndalsnes se pasó borracho todos y cada uno de los días de su vida, durante cincuenta años. Allí, en Åndalsnes, pasamos todos los veranos hasta que cumplí los quince, y no le noté nada a mi abuelo. Por desgracia, no heredé esa habilidad. He hecho cosas que no han pasado inadvertidas precisamente. Para abreviar diré que es un milagro que aún conserve mi puesto en la policía.

Harry miró el cartel de NO FUMAR y encendió un cigarrillo.

—Anna y yo fuimos amantes durante seis semanas. Ella no me quería. Yo no la quería a ella. Cuando dejé de verla le hice

244

un favor más grande a ella que a mí mismo, pero Anna no lo vio así.

El otro hombre de la habitación hizo un gesto de afirmación.

—He querido a tres mujeres en mi vida —prosiguió Harry—. La primera fue un amor de juventud y estuve a punto de casarme con ella antes de que ambos nos arruináramos la vida. Ella se suicidó mucho después de que yo dejara de verla; aquello no tuvo nada que ver conmigo. A la segunda la mató un hombre al que perseguí hasta la otra punta del mundo. Lo mismo le ocurrió a una colega, Ellen. No sé a qué se debe, pero las mujeres que hay a mi alrededor acaban muriendo. Quizá sean los genes.

—¿Y qué pasó con la tercera mujer a la que quisiste?

La tercera mujer. La tercera llave. Harry pasó los dedos por las iniciales A. A. y por los dientes de la llave que Raskol le había puesto en la mesa en cuanto entró. Raskol asintió con un gesto cuando Harry le preguntó si era idéntica a la que había recibido por correo.

Luego le pidió a Harry que le contara cosas sobre su vida.

Raskol le escuchaba con los codos apoyados en la mesa y los dedos largos y finos entrelazados, como si estuviera rezando. Habían cambiado el fluorescente defectuoso y la luz le daba en la cara formando una película de polvo de color azul blanquecino.

—La tercera mujer está en Moscú —dijo Harry—. Creo que es capaz de seguir con vida.

—¿Es tuya?

—Yo no lo expresaría así.

—Pero ¿sois pareja?

—Sí.

—¿Y tenéis pensado pasar el resto de la vida juntos?

—Bueno. No hacemos planes. Es un poco pronto para eso.

Raskol sonrió triste.

—Tú no haces planes, quieres decir. Pero las mujeres sí. Las mujeres siempre hacen planes.

—¿Como tú?

Raskol negó en silencio.

245

—Yo solo sé planear atracos de dinero. Cuando se trata de atracar corazones, todos los hombres somos unos aficionados. Creemos que la hemos conquistado, como un mariscal de campo conquista un fuerte, y, tarde, o incluso nunca, nos damos cuenta de que nos han embaucado. ¿Has oído hablar de Sun Tzu?

Harry hizo un gesto afirmativo. Un general y estratega chino, autor de *El arte de la guerra*.

—Dicen que escribió *El arte de la guerra*. Personalmente, creo que fue obra de una mujer. *El arte de la guerra* es un libro de tácticas en el campo de batalla pero, en el fondo, describe cómo ganar en conflictos. O, para ser más preciso, el arte de conseguir lo que quieres al menor precio posible. El vencedor no es, necesariamente, el que gana la guerra. Muchos ganaban la corona, pero perdían tantos hombres que solo podían reinar a expensas del enemigo aparentemente vencido. Las mujeres no son víctimas de la vanidad que aqueja a los hombres en lo que al poder se refiere. Ellas no necesitan que el poder sea visible, solo quieren el poder para conseguir el resto de las cosas que quieren. Seguridad. Alimento. Gozo. Venganza. Paz. La mujer es el ser humano racional y calculador que piensa más allá de la batalla, más allá de la celebración de la victoria. Y, como posee el don natural de ver las debilidades de la víctima, sabe instintivamente cuándo y dónde debe atacar. Y cuándo no debe hacerlo. Esas cosas no se pueden aprender, *spiuni*.

—¿Por eso estás en la cárcel?

Raskol cerró los ojos y se rió con una risa muda.

—Te puedo responder a eso, pero no creas ni una palabra de lo que diga. Sun Tzu sostiene que el principio fundamental de la guerra es la *tromperie*, el engaño. Créeme, todos los gitanos mienten.

—Ya. ¿Creerte, como en la paradoja griega?

—Vaya, un policía que conoce algo más que el código penal. Si todos los gitanos mienten y yo soy gitano, no es verdad que todos los gitanos mientan. Si yo digo la verdad y, en efecto, todos los gitanos mienten, entonces yo miento. Un círculo cerrado lógico del que es imposible salir. Así es mi vida y esa es la única verdad.

Soltó una risa suave, casi femenina.

—Bueno. Ya has visto mi apertura. Te toca mover.

Raskol miró a Harry. Asintió con la cabeza.

—Me llamo Raskol Baxhet. Es un nombre albano, pero mi padre negaba que fuéramos albanos, decía que Albania era el culo de Europa. Así que a mí y a todos mis hermanos nos contaron que nacimos en Rumanía, y que fuimos bautizados en Bulgaria y circuncidados en Hungría.

Raskol le contó que su familia era probablemente *meckarier*, la más numerosa entre los grupos de gitanos albanos. Cruzaron las montañas hasta Montenegro y emigraron al este para escapar de la persecución de gitanos de Enver Hoxha.

—Adondequiera que llegábamos, nos expulsaban a palos. Decían que robábamos. Claro que lo hacíamos, pero ni siquiera se preocupaban por conseguir pruebas. La prueba era que éramos gitanos. Te cuento esto porque para entender a un gitano hay que comprender que ha nacido con una marca de mala ralea en la frente. Nos han perseguido todos y cada uno de los regímenes de Europa. En esto no hay distinción entre fascistas, comunistas o demócratas. Los fascistas solo fueron un poco más eficaces. Los gitanos no tenemos una visión especial del Holocausto porque no notamos mucha diferencia con la persecución a la que ya estábamos habituados. Parece que no me crees.

Harry se encogió de hombros. Raskol se cruzó de brazos.

—En 1589 Dinamarca aprobó la pena de muerte para los gitanos —continuó—. Cincuenta años después, los suecos decidieron que había que colgar a todos los hombres gitanos. En Moravia, a las mujeres gitanas les cortaban la oreja izquierda; en Bohemia, la derecha. El arzobispo de Maguncia decretó que todos los gitanos fueran ejecutados sin juicio porque la forma de vida que llevaban estaba prohibida. En la Prusia de 1725 se decidió que todos los gitanos mayores de dieciocho años fueran ejecutados sin juicio, aunque más tarde se modificó esta ley: se redujo el límite de edad a catorce años. Cuatro de los hermanos de mi padre murieron en cautividad. Solo uno de ellos durante la guerra. ¿Sigo?

Harry negó con la cabeza.

—Pero eso también es un círculo cerrado lógico —dijo Raskol—. La razón por la que nos persiguen y por la que sobrevivimos es una y la misma. Somos, y queremos ser, diferentes. Igual que no nos permiten entrar en su mundo, nosotros tampoco permitimos que los *gadzos* entren en el nuestro. El gitano es ese ser misterioso, extraño y amenazador del que no sabes nada, pero del que oyes toda clase de rumores. Durante muchas generaciones, la gente pensó que los gitanos eran caníbales. Donde yo crecí, en Balteni, a las afueras de Bucarest, decían que somos descendientes de Caín y que estamos condenados a la perdición eterna. Nuestro vecino *gadzo* nos pagaba para que nos mantuviéramos alejados de ellos.

La mirada de Raskol vagaba por las paredes sin ventanas.

—Mi padre era herrero pero, después de la caída de Ceauşescu, en Rumanía no había trabajo para los herreros. Tuvimos que mudarnos al vertedero de la periferia de la ciudad, donde vivían los gitanos *kalderash*. En Albania, mi padre fue *bulibas*, el patriarca gitano y también juez, pero allí, entre los gitanos *kalderash*, no era más que un herrero sin trabajo.

Raskol exhaló un hondo suspiro.

—Nunca olvidaré la expresión de sus ojos el día que llegó a casa tirando de un oso pardo domesticado, amarrado a una cuerda. Se lo había comprado a un grupo de domadores de osos con el dinero que le quedaba. «Sabe bailar», dijo mi padre. Los comunistas pagaban por ver animales que supieran bailar. Les hacía sentirse mejor. Stefan, mi hermano, intentó dar de comer al oso, pero el animal no quiso, y mi madre le preguntó a mi padre si estaba enfermo. Él contestó que habían venido andando desde Bucarest y que solo necesitaba descansar un poco. El oso murió cuatro días después.

Raskol cerró los ojos y exhibió aquella sonrisa suya tan triste.

—Ese mismo otoño, Stefan y yo nos escapamos. Dos bocas menos que alimentar. Nos dirigimos al norte.

—¿Cuántos años teníais?

—Yo aún no había cumplido nueve y él tenía doce. El plan era llegar hasta Alemania Occidental. Por aquel entonces permitían la entrada a fugitivos de todo el mundo y les daban de comer; quizá una forma de hacer penitencia. Stefan opinaba que cuanto más jóvenes fuéramos, más posibilidades había de que nos dejaran pasar. Pero nos detuvieron en la frontera de Polonia. Conseguimos llegar a Varsovia, donde pasamos la noche bajo un puente, cada uno con su manta, dentro del recinto vallado de Wschodnia, la estación de ferrocarril del este de Varsovia. Sabíamos que allí encontraríamos a un *Schlepper*, un traficante de personas. Después de pasar varios días buscando, dimos con uno que hablaba romaní y afirmaba ser guía fronterizo; nos prometió llevarnos a Alemania Occidental. No teníamos dinero para pagar el precio, pero él dijo que tenía una solución. Conocía a unos hombres que pagaban bien por chicos gitanos jóvenes y guapos. Yo no entendí de qué estaba hablando pero, obviamente, Stefan sí. Se llevó al guía aparte y discutieron mucho mientras el guía señalaba hacia mí. Stefan negó varias veces con la cabeza y, al final, el guía se dio por vencido. Stefan me dijo que esperara hasta que él regresara y se fue en un coche. Yo obedecí, pero pasaron horas. Anocheció, me dormí. Las dos primeras noches que pasamos bajo el puente me había despertado con el chirrido de los frenos al paso de los trenes de mercancías, pero mis oídos infantiles aprendieron rápido que no eran esos los sonidos que debían preocuparme. Me dormí, pues, y no me desperté hasta oír unos pasos sigilosos en medio de la noche. Era Stefan. Se metió debajo de la manta y se apretó contra el muro mojado. Lo oí llorar, pero fingí no enterarme y cerré los ojos. Al cabo de un rato, solo oía los trenes. —Raskol levantó la cabeza—. ¿Te gustan los trenes, *spiuni*?

Harry hizo un gesto afirmativo.

—El guía volvió al día siguiente. Necesitaba más dinero. Stefan se fue otra vez con él en el coche. Cuatro días más tarde me desperté tempranísimo y vi a Stefan. Había pasado toda la noche fuera. Estaba echado con los ojos entornados, como solía, y vi el vaho de su aliento suspendido en el aire frío de la mañana. Tenía sangre en la frente y un labio hinchado. Cogí la manta y me fui a la Estación Central, delante de cuyos servicios se había asentado una familia de gitanos *kalderash* que se dirigían al oeste. Hablé con el mayor de los chicos. Él me contó que la persona que creíamos un *Schlepper* era en realidad un chulo que merodeaba por la estación. A sus padres les había ofrecido treinta *ztote* si dejaba ir con él a los dos chicos menores. Le enseñé mi manta al chico. Era gruesa y buena, robada de un tendedero de Lublin. Le gustó. Pronto llegaría diciembre. Le pedí que me enseñara su cuchillo. Lo llevaba debajo de la camisa.

—¿Cómo sabías que tenía una navaja?

—Todos los gitanos llevan navaja. Para comer. Ni siquiera los miembros de una misma familia comparten cubiertos, existe el riesgo de *mahrime*, de contagio. El chico hizo un buen trueque. Su navaja era pequeña y roma pero, por suerte, pude afilarla en la forja del taller del ferrocarril.

Raskol se pasó la uña del meñique derecho, larga y puntiaguda, por el puente de la nariz.

—Esa misma noche, después de entrar en el coche, Stefan le preguntó al chulo si no tenía un cliente para mí también. Cuando volvió, yo estaba oculto entre las sombras, debajo del puente, y miraba los trenes que entraban y salían de la estación. «Ven, *sinti*», me gritó el chulo. «Tengo un buen cliente. Un hombre rico del partido. ¡Ven, no hay tiempo!» Yo contesté: «Hemos de esperar el tren de Cracovia». Él se me acercó y me agarró del brazo con fuerza. «Tienes que venir ahora, ¿entiendes?» Yo solo le llegaba al pecho. «Allí viene», dije yo, y señalé con la mano. Me soltó y miró hacia arriba. Era una caravana negra de vagones de acero que pasó llena de rostros pálidos que nos miraban. Entonces llegó lo que yo esperaba. El chirrido del acero contra el acero al accionarse los frenos. Un grito que lo encubría todo.

Harry cerró los ojos con fuerza, como si así pudiera dilucidar mejor si Raskol le estaba mintiendo.

—Al paso lento de los últimos vagones, vi un rostro de mujer que me miraba desde una de las ventanillas. Parecía un fantasma.

Me recordaba a mi madre. Levanté la navaja ensangrentada y se la enseñé. ¿Y sabes qué, *spiuni*? Fue el único momento en la vida en que he sentido auténtica felicidad. —Raskol cerró los ojos como queriendo revivir aquel instante—. *Koke per koke*. Cabeza por cabeza. Es la expresión albana para aludir a la venganza de sangre. Es la mejor y la más peligrosa embriaguez que Dios ha otorgado al ser humano.

—¿Qué pasó después?

Raskol volvió a abrir los ojos.

—¿Sabes lo que significa *baxt*, *spiuni*?

—No tengo ni idea.

—El destino. Suerte y karma. Eso es lo que guía nuestras vidas. En la cartera del chulo encontré tres mil *ztote*. Stefan volvió, cruzamos las vías con el cadáver y lo metimos en uno de los vagones del tren de mercancías que iba rumbo al este. Y nosotros nos encaminamos al norte. Dos semanas más tarde nos colamos en un barco de Danzig que nos llevó a Gotemburgo. Desde allí fuimos a Oslo. Llegamos a Tøyen, a un campamento donde había cuatro caravanas, tres de ellas habitadas por gitanos. La cuarta era muy vieja, tenía el eje roto y estaba abandonada. Se convirtió en nuestro hogar durante cinco años. Allí celebramos mi noveno cumpleaños, en Nochebuena, con un vaso de leche y galletas, debajo de la única manta que teníamos. El día de Navidad, cometimos nuestro primer robo en un quiosco y comprendimos que habíamos llegado al lugar adecuado. —Raskol sonrió satisfecho—. Fue como robar golosinas a unos niños.

Se quedaron un buen rato en silencio.

—Aún tengo la impresión de que no me crees —dijo Raskol al fin.

—¿Acaso importa? —preguntó Harry.

Raskol sonrió.

—¿Cómo sabes que Anna no te quería? —preguntó.

Harry se encogió de hombros.

Atravesaron el Kulvert encadenados por unas esposas y cogidos de la mano.

—No des por hecho que sé quién es el atracador —le dijo Raskol—. Puede que se trate de uno de fuera.

—Ya lo sé —dijo Harry.

—Vale.

—Entonces, si Anna era hija de Stefan y él vive en Noruega, ¿por qué no vino al funeral?

—Porque está muerto. Hace varios años, se cayó de una casa que estaban reformando.

—¿Y la madre de Anna?

—Ella se fue con su hermana y su hermano a Rumanía, después de la muerte de Stefan. Desconozco su dirección. Dudo que tenga.

—Le contaste a Ivarsson que la razón por la que la familia no acudió al funeral fue porque Anna los había deshonrado.

—¿Eso hice? —Harry vio el regocijo reflejado en los ojos castaños de Raskol—. ¿Me crees si te digo que mentí?

—Sí.

—Pues no mentí. A Anna la habían expulsado de la familia. Ella ya no existía para su padre, que le había prohibido a todo el mundo que pronunciara su nombre. Para evitar *mahrime*. ¿Comprendes?

—Creo que no.

Entraron en la Comisaría General y se detuvieron a esperar el ascensor. Raskol murmuró algo para sus adentros antes de decir en voz alta:

—¿Por qué te fías de mí, *spiuni*?

—¿Tengo elección?

—Uno siempre tiene elección.

—Es más interesante saber por qué te fías tú de mí. Aunque la llave que te di es igual a la que recibiste del apartamento de Anna, no tiene por qué ser verdad que la encontrara en la casa del asesino.

Raskol negó con la cabeza.

—Me malinterpretas. Yo no me fío de nadie. Solo me fío de mi propio instinto. Y mi instinto me dice que tú no eres un imbécil.

Todo el mundo tiene algo por lo que vivir. Algo que se le puede quitar. Tú también. Es así de sencillo.

Se abrieron las puertas del ascensor y los dos hombres entraron.

Harry observó a Raskol en la penumbra mientras este revisaba el vídeo del atraco. Estaba sentado con la espalda recta y las palmas de las manos unidas, sin hacer el menor gesto. Ni siquiera cuando el distorsionado sonido del disparo del rifle llenó el aire de House of Pain.

—¿Quieres verlo otra vez? —preguntó Harry cuando llegaron las últimas imágenes.

—No es necesario —dijo Raskol.

—Bueno, ¿qué me dices? —dijo Harry a la vez que intentaba ocultar su nerviosismo.

—¿Tienes algo más?

Harry pensó que aquello no tenía buena pinta.

—Bueno. Tengo un vídeo del 7-Eleven que hay al otro lado de la calle, donde estuvo vigilando antes del atraco.

—Pónmelo.

Harry lo pasó dos veces.

—¿Qué me dices? —repitió cuando la pantalla se inundó de puntos blancos y negros.

—Tengo entendido que ha cometido varios atracos, y también podríamos verlos —dijo Raskol, y miró el reloj—. Pero sería una pérdida de tiempo.

—Me pareció que dijiste que tienes todo el tiempo del mundo.

—Una mentira evidente —aclaró antes de ponerse de pie y tenderle la mano—. Tiempo es precisamente lo único que me falta. Tendrás que encadenarme otra vez a ti, *spiuni*.

Harry maldijo para sus adentros. Esposó a Raskol y caminaron de lado entre la mesa y la pared, hasta llegar a la puerta. Harry cogió el tirador.

—La mayoría de los atracadores son almas simples —dijo Raskol—. Por eso se convierten en atracadores.

Harry se detuvo.

–Uno de los atracadores más famosos de la historia fue el estadounidense Willie Sutton –prosiguió Raskol–. Cuando lo atraparon y lo llevaron ante los tribunales, el juez le preguntó por qué atracaba bancos. Sutton respondió: «Because that's where the money is». Se ha convertido en una frase habitual en el lenguaje coloquial estadounidense y, supuestamente, demuestra cómo decir las cosas de forma directa y genial. A mí solo me demuestra que cogieron a un idiota. Los buenos atracadores no tienen fama ni renombre. Nunca oyes hablar de ellos, porque nunca los han atrapado. Porque no son directos ni simples. El que buscáis es de ese tipo.

Harry esperó.

–Grette –dijo Raskol.

–¡¿Grette?! –Beate miraba a Harry con los ojos casi desorbitados–. ¿Grette? –repitió con las venas del cuello a punto de estallar–. ¡Grette tiene una coartada! ¡Trond Grette es un interventor que tiene problemas de nervios, no un atracador! Trond Grette es… es… es…

–Inocente –dijo Harry–. Ya lo sé. –Harry había cerrado la puerta del despacho al entrar y se desplomó en la silla–. Pero no me refería a Trond Grette.

La boca de Beate se cerró produciendo un chasquido húmedo y sonoro.

–¿Has oído hablar de Lev Grette? –preguntó Harry–. Raskol dijo que solo necesitaba ver los treinta primeros segundos, pero quiso ver el resto para asegurarse. Porque nadie ha visto a Lev Grette desde hace varios años. Lo último que sabía Raskol era que Grette vivía en algún lugar del extranjero.

–Lev Grette –repitió Beate con la mirada ausente–. Era uno de esos *wonderboys*, recuerdo que mi padre me habló de él. He leído informes sobre atracos en los que se sospecha que participó cuando solo tenía dieciséis años. Se convirtió en una leyenda porque la policía nunca lo atrapó y, cuando desapareció para siempre, ni siquiera teníamos las huellas dactilares. –Miró a Harry–. ¿Cómo he podido ser tan estúpida? La misma complexión. La similitud de los rasgos faciales. Es el hermano de Trond Grette, ¿no?

Harry afirmó con un gesto.

Beate frunció el entrecejo.

–Pero… eso significa que Lev Grette asesinó a su cuñada.

–Bueno, eso hace que encajen un par de cosas más, ¿no es cierto?

Ella asintió despacio.

–Los veinte centímetros entre ambas caras. Se conocían.

–Y si Lev Grette sabía que le habían reconocido…

–Naturalmente –dijo Beate–. Stine era un testigo y él no podía correr el riesgo de que lo desenmascarase.

Harry se levantó.

–Le pediré a Halvorsen que nos prepare algo muy fuerte. Y ahora, veamos el vídeo.

–Apuesto a que Lev Grette no sabía que Stine Grette trabajaba allí –dijo Harry mientras miraba la pantalla–. Lo interesante es que probablemente la reconociera y, aun así, decidiera utilizarla como rehén. Tenía que saber que ella le reconocería de cerca, al menos, por la voz.

Beate movió la cabeza sin entender mientras observaba las imágenes del banco cuando todo estaba aún en calma y August Schultz, que iba arrastrando los pies, seguía a medio camino del mostrador.

–Entonces ¿por qué lo hizo?

–Es un profesional. No deja nada al azar. Stine Grette quedó condenada a muerte desde *ese* momento. –Harry congeló la imagen donde el atracador había entrado por la puerta y acababa de escanear el local con la mirada–. Cuando vio a Grette y entendió que había alguna posibilidad de que lo identificara, supo que ella tenía que morir. Por eso podía utilizarla como rehén.

—Frío como el hielo.

—Cuarenta bajo cero. Lo único que no acabo de entender es que llegue al extremo de cometer un asesinato para que no lo reconozcan, cuando ya está en busca y captura por otros atracos.

Weber entró en el salón con la bandeja del café.

—Sí, pero Lev Grette no está en busca y captura por atraco —puntualizó Weber, y dejó la bandeja en la mesa con sumo cuidado.

Se diría que el salón lo amueblaron allá por los años cincuenta, y que la mano del hombre no lo había modificado desde entonces. Las sillas de terciopelo, el piano y las plantas llenas de polvo del alféizar irradiaban un silencio extraño; hasta el péndulo del reloj que había en pared de la esquina oscilaba silenciosamente. La mujer canosa y de ojos brillantes cuyo retrato colgaba enmarcado en la chimenea sonreía sin emitir sonido alguno; era como si el silencio se hubiera instalado allí cuando Weber enviudó hace ocho años, como si todo cuanto había a su alrededor hubiera enmudecido; incluso parecía imposible arrancarle una nota al piano. El apartamento estaba en el primer piso de un edificio antiguo de Tøyen, pero el ruido de los coches solo acentuaba el silencio del interior de la casa. Weber se sentó en uno de los dos sillones de orejas, con cuidado, como si fuera una pieza de museo.

—Nunca encontramos la menor prueba concreta de que Grette estuviera implicado en ninguno de los atracos. Ninguna descripción de testigos, ningún soplón del entorno, ninguna huella dactilar ni ninguna otra pista técnica. En los informes solo figuraba como sospechoso.

—Ya. Si Stine Grette no podía delatarlo, era un hombre sin antecedentes.

—Correcto. ¿Una galleta?

Beate negó con la cabeza.

Era el día libre de Weber, pero Harry había insistido por teléfono en que tenían que hablar urgentemente. Notó que a Weber no le gustaba recibir visitas en casa, pero no dio importancia a ese detalle.

—Hemos hablado con el responsable de guardia en la científica para cotejar las huellas dactilares de la botella de refresco con las de los atracos anteriores que Lev Grette pudo cometer —dijo Beate—. Pero no ha encontrado equivalencias.

—Es lo que te digo —insistió Weber, y comprobó que la tapa de la cafetera estaba bien encajada—, Lev Grette nunca dejó pistas en la escena del crimen.

Beate hojeó sus notas.

—¿Estás de acuerdo con Raskol en que Lev Grette es el atracador?

—Bueno. ¿Por qué no? —Weber empezó a servir el café.

—Porque nunca se ha recurrido a la violencia en ninguno de los atracos que se le imputan. Y porque ella era su cuñada. Matar por temor a que te reconozcan es un móvil bastante flojo, ¿no crees?

Weber dejó de servir y lanzó una mirada inquisitiva primero a ella y luego a Harry, que se encogió de hombros.

—No —respondió Weber categórico antes de seguir sirviendo las tazas.

Beate se sonrojó hasta las cejas.

—Weber pertenece a la escuela clásica —dijo Harry para exculparlo—. Según él, el asesinato excluye por definición un móvil racional. Solo existen grados de móviles confusos que de vez en cuando parecen sensatos.

—Exacto —confirmó Weber, y dejó la cafetera en la mesa.

—Lo que me intriga es por qué Lev Grette se fugó del país si la policía no tenía nada contra él —dijo Harry.

Weber fingió retirar unas motas invisibles del reposabrazos.

—No lo sé con seguridad.

—¿Con seguridad?

Weber apretó el asa delgada y fina de la taza de porcelana entre el pulgar, grande y grueso, y un dedo índice que amarilleaba por la nicotina.

—Por aquel entonces circulaba un rumor. Nada de fiar. Se contaba que no huyó de la policía. Alguien había oído decir que el último atraco no había salido del todo según el plan. Que Grette dejó al compinche en la estacada.

—¿En qué sentido? —preguntó Beate.

—Nadie lo sabía. Algunos pensaban que Grette iba de conductor y que escapó del lugar del atraco cuando llegó la policía, aunque el otro aún estaba en el banco. Otros decían que el atraco había salido bien, pero que Grette se había largado al extranjero con el dinero de ambos. —Weber dio un sorbo y dejó la taza encima de la mesa con mucho mimo—. Pero lo interesante para el caso que nos ocupa ahora probablemente no sea cómo pasó, sino quién era la otra persona.

Harry miró a Weber.

—¿Quieres decir que era…?

El viejo policía de la científica asintió con un gesto.

—Mierda —se lamentó Harry.

Beate puso el intermitente izquierdo y esperó a encontrar un hueco en la hilera de coches que venían desde la derecha, de la Tøyengata. La lluvia tamborileaba en el techo. Harry cerró los ojos. Sabía que, si se concentraba, conseguiría que el ruido de los vehículos que circulaban sonara como el de las olas que azotaban la proa del ferry durante aquel vendaval que pasó mirando hacia abajo, a la blanca espuma del mar, cogido de la mano de su abuelo. Pero no tenía tiempo.

—Así que Raskol tiene un asunto pendiente con Lev Grette —dijo Harry antes de abrir los ojos—. Y lo señala a él como el atracador. ¿Es realmente Grette el del vídeo o tenemos que suponer que Raskol solo quiere vengarse? ¿O es otra de las jugarretas de Raskol para engañarnos?

—O, como ha dicho Weber, no es más que un rumor —precisó Beate.

Seguían llegando coches por la derecha mientras ella daba golpecitos en el volante con impaciencia.

—A lo mejor tienes razón —dijo Harry—. Si Raskol quisiera vengarse de Grette, no necesitaría la ayuda de la policía. Pero, si solo es un rumor, ¿por qué señala a Grette si fue él el autor?

—¿Una ocurrencia?

Harry negó con un gesto.

—Raskol es un estratega. No señala al hombre equivocado sin una razón de peso. No es seguro que el Encargado esté solo en esto.

—¿Qué quieres decir?

—A lo mejor es otra persona quien planea los atracos. Alguien que está dentro de la red que suministra las armas. El coche para la fuga. El piso franco. Un *cleaner* que después haga desaparecer la ropa y las armas del atraco. Y un *washer* que blanquee el dinero.

—¿Raskol?

—Si lo que Raskol pretende es desviar nuestra atención del verdadero culpable, ¿qué resulta más ingenioso que enviarnos a buscar a un hombre cuyo paradero desconocen todos, un tipo que esté muerto y enterrado o que viva en el extranjero con otro nombre, un sospechoso al que nunca podríamos eliminar del caso? Al endosarnos un proyecto eterno como ese, nos hará perseguir nuestra propia sombra, en lugar de a su hombre.

—¿Así que crees que miente?

—Todos los gitanos mienten.

—¿Ah, sí?

—Cito a Raskol.

—Por lo menos tiene sentido del humor. ¿Y por qué no iba a mentirte a ti si ha mentido a todos los demás?

Harry no contestó.

—Por fin un hueco —dijo Beate, y pisó ligeramente el acelerador.

—¡Espera! —dijo Harry—. Gira a la derecha. Hacia la calle Finnmarksgata.

—De acuerdo —respondió Beate sorprendida antes de girar delante del parque de Tøyen.

—¿Adónde vamos?

—Vamos a casa de Trond Grette, tenemos que verle.

Habían retirado la red de la cancha de tenis. Y no había luz en ninguna de las ventanas de Grette.

—No está en casa —dedujo Beate después de llamar dos veces al timbre.

Se abrió la ventana de la vecina.

—Trond está en casa —les informó un rostro arrugado de mujer que a Harry le pareció más bronceado que la vez anterior—. Pero no quiere abrir. Siga llamando un buen rato y verá que al final aparecerá.

Beate mantuvo pulsado el botón del timbre y, al cabo de un minuto, oyeron un ruido espantoso que procedía del interior de la casa. La ventana cercana se cerró y enseguida vieron aparecer una cara pálida de mirada indiferente enmarcada por dos anillos de color negro azulado. Trond Grette llevaba puesta una bata amarilla. Parecía recién levantado después de dormir una semana entera aunque se veía que no había sido suficiente. Sin mediar palabra, levantó una mano para indicarles que entraran. La luz del sol le arrancó un destello al anillo de diamantes del dedo meñique.

—Lev era diferente —dijo Trond—. Estuvo a punto de matar a un hombre cuando tenía quince años.

Sonrió al aire como si evocara un recuerdo entrañable.

—Era como si nos hubieran dado una serie completa de genes para repartir entre los dos. Lo que él no tenía, lo tenía yo, y viceversa. Nos criamos aquí, en Diesengrenda, en esta casa. Lev era una leyenda entre el vecindario, pero yo solo era el hermano pequeño de Lev. Entre mis primeros recuerdos hay uno del colegio, del día que Lev se puso a hacer equilibrios en el canalón durante el recreo. Era un edificio de cuatro pisos y los profesores no se atrevieron a subir a buscarlo. Los demás le animábamos desde abajo, mientras él bailaba en las alturas con los brazos extendidos. Todavía veo la silueta perfilada con el cielo azul de fondo. En ningún momento tuve miedo, ni se me pasó por la cabeza que mi hermano mayor se pudiera caer. Y creo que todo el mundo sintió lo mismo. Lev era el único capaz de dar una paliza a los hermanos Gausten, de los bloques de la calle Traverveien, a pesar de que eran dos años mayores y habían pasado por un reformatorio. Lev le cogió el coche a mi padre cuando tenía catorce años, se fue hasta Lillestrøm y volvió con una bolsa de caramelos Twist que había robado en el quiosco de la estación de tren. Mi padre no se dio cuenta de nada. Y la bolsa de Twist me la dio a mí.

Daba la impresión de que Trond Grette intentaba reír. Estaban sentados alrededor de la mesa de la cocina. Trond había hecho chocolate caliente. Había sacado los polvos de cacao de una lata que se quedó mirando un buen rato. Alguien había escrito KAKAO con rotulador en la lata de metal. La letra era esmerada y femenina.

—Lo peor es que Lev pudo haber llegado a algo en la vida —dijo Trond—. El problema era que enseguida se cansaba de todo. La gente decía que era el mejor talento futbolístico que Skeid había tenido en muchos años pero, cuando lo llamaron para una concentración del equipo nacional de alevines, no le dio la gana de presentarse. A los quince años pidió prestada una guitarra y, dos meses después, actuó en el colegio con composiciones propias. Más tarde, un tipo llamado Waaktar le ofreció tocar en un grupo en Grorud, pero él dijo que no porque eran muy malos. A Lev todo se le daba bien. Habría sacado buenas notas en el colegio si hubiera hecho los deberes y no hubiera faltado tanto. —Trond sonrió con amargura—. Me pagó con chucherías robadas para que imitara su caligrafía y le escribiera los trabajos del colegio. Así, por lo menos, sacó buenas notas en noruego. —Trond se rió pero enseguida recobró el aspecto grave—. Luego se cansó de la guitarra y empezó a juntarse con una panda de chicos de Årvoll, todos mayores que él. A Lev nunca le importó dejar lo que tenía entre manos porque siempre había algo más, algo mejor, algo emocionante detrás de la siguiente curva.

—A lo mejor suena tonto preguntarle esto a un hermano, pero ¿dirías que lo conoces bien? —quiso saber Harry.

Trond se lo pensó un poco.

—No, no es una pregunta tonta. Sí, hemos crecido juntos. Y sí, Lev era extrovertido y divertido y todos, chicos y chicas, querían conocerle. Pero, en realidad, era un lobo solitario. Me dijo una vez que nunca había tenido amigos de verdad, solo novias y adeptos. Había muchas cosas de Lev que yo no entendía. Como cuando los hermanos Gausten venían a armar bronca. Eran tres, y todos mayores que Lev. Los otros chicos del barrio y yo nos largábamos en cuanto los veíamos. Pero Lev se quedaba. Estuvieron dándole palizas cinco años. Hasta que un día vino el mayor solo, Roger. Nosotros nos piramos, como siempre. Cuando asomé la cabeza por la esquina, vi a Roger tumbado en el suelo, debajo de Lev. Le había inmovilizado los brazos con las piernas y sostenía un palo. Me acerqué a mirar. Aparte de la respiració acelerada, estaban en silencio. Fue entonces cuando vi que Lev le había metido el palo en el ojo a Roger.

Beate se revolvió en la silla.

—Lev estaba totalmente concentrado, como si fuera algo que requiriera gran precisión y cuidado. Como si intentara extraerle el globo ocular. Y Roger lloraba sangre que resbalaba del ojo a la oreja y del lóbulo de la oreja al asfalto. Era tal el silencio, que se oía la sangre al dar en el suelo. Plop, plop.

—¿Y qué hiciste tú? —preguntó Beate.

—Vomité. Nunca he soportado la sangre, me marea y me pone mal cuerpo. —Trond hizo un gesto con la cabeza—. Lev soltó a Roger y me llevó a casa. A Roger le curaron el ojo pero después de aquello nunca más volvimos a ver a los hermanos Gausten por el barrio. En momentos así pensaba que mi hermano mayor se transformaba en otra persona, en un desconocido que, de vez en cuando, nos hacía una visita inesperada. Por desgracia, con el tiempo aquellas visitas se volvieron cada vez más frecuentes.

—Has dicho que había intentado matar a un hombre.

—Fue una mañana de domingo. Lev cogió un destornillador y un lápiz y se fue en bicicleta hasta uno de los pasos elevados para peatones que hay sobre la calle Ringveien. Habréis pasado por alguno, ¿no? Da un poco de miedo porque vas caminando sobre las cuadrículas del enrejado metálico y ves el asfalto a siete metros por debajo de ti. Como digo, era un domingo por la mañana y había poca gente. Lev soltó los tornillos de una de las rejillas de hierro. Solo dejó dos tornillos en un lado y puso el lápiz en una esquina para apoyar la rejilla en él. Luego esperó. Primero llegó una mujer que, según Lev, «parecía recién follada». Llevaba ropa de fiesta, estaba despeinada, maldecía y cojeaba porque tenía un tacón roto. —Trond rió bajito—. Lev sabía mucho para tener quince años. —Se llevó la taza a la boca y miró sorprendido por la ventana de la cocina: allí estaba el camión de la basura, que se detuvo delante de los contenedores situados detrás del tendedero—. ¿Hoy es lunes?

—No —dijo Harry, que no había tocado su taza—. ¿Cómo le fue a la chica?

—Hay dos hileras de rejillas de hierro. Ella pasó por la fila de la izquierda. Mala suerte, según Lev. Dijo que habría preferido que fuera ella en lugar del hombre mayor. Luego vino el viejo, que tomó la hilera derecha. La rejilla suelta estaba un poco más alta que las otras por el lápiz de la esquina y Lev pensó que el viejo se había dado cuenta del peligro, porque fue aminorando el ritmo de los pasos a medida que se acercaba. Cuando iba a dar el paso decisivo, se quedó congelado en el aire.

Trond movía lentamente la cabeza mientras veía cómo el camión de la basura masticaba los desperdicios del vecindario.

—Cuando puso el pie en la rejilla, esta se abrió como una trampilla, ya sabéis, eso que se usa en los ahorcamientos. El viejo se fracturó ambas piernas por las pantorrillas cuando se estrelló en el asfalto. Si no hubiera sido porque era un domingo por la mañana, lo habrían atropellado en el acto. Según Lev fue mala suerte.

—¿Eso también se lo contó a la policía? —preguntó Harry.

—Sí… la policía… —dijo Trond, y miro el interior de la taza—. Llamaron al timbre dos días más tarde. Y fui a abrir. Preguntaron si la bicicleta que había fuera pertenecía a alguien de la casa. Dije que sí. Al parecer, un testigo había visto a Lev salir del paso elevado y había descrito la bicicleta y a un chico que llevaba una chaqueta roja. Así que les enseñé la chaqueta roja que Lev llevaba puesta.

—¿Tú delataste a tu hermano? —preguntó Harry asombrado.

Trond suspiró.

—Dije que la bicicleta era mía. Y la chaqueta, también. Y Lev y yo nos parecemos bastante.

—¿Por qué demonios hiciste eso?

—Solo tenía catorce años y era demasiado joven para que me hicieran algo. A Lev lo habrían enviado al mismo reformatorio al que había ido Roger Gausten.

—Pero ¿qué dijeron tus padres?

—¿Qué iban a decir? Todos los que nos conocían sabían que Lev había sido el autor de aquello. Él era el loco que mangaba chucherías y tiraba piedras, y yo era el niño bueno que hacía los deberes y ayudaba a las señoras mayores a cruzar la calle. Después, nunca más se habló de aquello.

Beate carraspeó.

—¿Quién propuso que tú asumieras la culpa?

—Yo. Yo quería a Lev más que a nada en el mundo. Pero lo puedo decir ahora que el caso ha prescrito. Y el hecho es que... —Trond sonrió con esa risa ausente tan suya—, algunas veces deseaba haber sido yo quien se hubiera atrevido a hacerlo.

Harry y Beate removían las tazas en silencio. Harry se preguntaba quién de ellos acabaría formulando la pregunta. Si hubiera venido con Ellen, lo habrían notado.

—¿Dónde...? —empezaron al unísono.

Trond parpadeó confuso. Harry le hizo un gesto afirmativo a Beate.

—¿Dónde está tu hermano ahora? —preguntó ella.

—¿Dónde... está Lev? —Trond la miró sin entender.

—Sí —dijo ella—. Sabemos que ha estado desaparecido.

Grette se volvió hacia Harry.

—No dijisteis que se tratara de Lev... —Lo dijo con un tono acusador.

—Dijimos que hablaríamos de todo un poco. Y hemos acabado hablando de esto —constató Harry.

Trond se levantó de repente, cogió la taza, se dirigió a la pila y vertió el cacao.

—Pero Lev... está... ¿Qué iba a tener que ver él con esto?

—Probablemente nada —dijo Harry—. En tal caso, nos gustaría contar con tu ayuda para eliminarlo del caso.

—Ni siquiera vive en el país —suspiró Trond, y se volvió hacia ellos.

Beate y Harry intercambiaron una mirada elocuente.

—¿Y dónde vive? —dijo Harry.

Trond titubeó una décima de más antes de contestar.

—No lo sé.

Harry miró el camión de basura amarillo que pasaba por la calle.

—No eres muy bueno mintiendo, ¿verdad?

Trond lo miró fijamente sin contestar.

—Ya —dijo Harry—. A lo mejor no podemos esperar que nos ayudes a encontrar a tu hermano. Pero, por otro lado, es tu mujer a quien han asesinado. Y tenemos un testigo que ha señalado a tu hermano como el asesino.

Levantó la vista hacia Trond al pronunciar la última palabra, y vio cómo le saltaba la nuez debajo de la piel blanquecina. En el silencio que siguió oyeron una radio encendida en el apartamento contiguo.

Harry carraspeó.

—Así que, si hubiera algo que nos quisieras contar, te lo agradeceríamos mucho.

Trond negó con la cabeza.

Se quedaron un rato más, y luego Harry se levantó.

—Bien. Sabes dónde encontrarnos si recuerdas algo.

De nuevo en la escalera, Trond tenía la misma cara de cansado que cuando llegaron. Harry entornó los ojos enrojecidos a la luz del sol bajo que asomaba entre las nubes.

—Comprendo que no es fácil, Grette —dijo—. Pero quizá sea hora de quitarse esa chaqueta roja.

Grette no contestó, y lo último que vieron antes de salir del aparcamiento fue a Grette en la escalera dando tirones del anillo de diamantes que lucía en el dedo meñique, y una cara morena y arrugada tras la ventana de la casa contigua.

Las nubes se disiparon por la tarde. Al final de la calle Dovregata, cuando volvía a casa desde el Schrøder, Harry se detuvo a contemplar las estrellas. Los astros fulguraban en un cielo sin luna. Una de las luces pertenecía a un avión que avanzaba hacia el norte, a Gardermoen. La nebulosa Cabeza de Caballo, en la constelación de Orión. La nebulosa Cabeza de Caballo. Orión. ¿Quién le había hablado de aquello? ¿Fue Anna?

Cuando llegó al apartamento, encendió el televisor para ver las noticias de NRK. Más historias heroicas de bomberos estadounidenses. La apagó. En la calle, un hombre gritó un nombre de mujer, parecía borracho. Harry buscó en los bolsillos el papelito con el nuevo número que le había dado Rakel, y descubrió que, en uno de ellos, aún conservaba la llave con las iniciales A.A. La dejó en el fondo del cajón de la mesa del teléfono antes de marcar. Nadie contestó. Así que cuando sonó el teléfono estaba seguro de que sería ella, pero distinguió la voz de Øystein en el carraspeo de la línea.

—¡Joder, cómo conducen aquí!

—No hace falta que grites, Øystein.

—¡Es como si quisieran cargarse todo lo que circule por la carretera, coño! Cogí un taxi desde Sharm el-Sheij. Un viaje tranquilo, pensé, directamente a través del desierto, poco tráfico, carretera recta… ¡Pues estaba equivocado! Te juro que es un milagro que esté vivo. ¡Y hace un calor horrible! ¿Y has oído los grillos de aquí, los grillos del desierto? Es el canto de grillos más escandaloso del mundo. Por el tono, quiero decir. Se te mete directamente en el córtex cerebral, una mierda. Y el agua del mar aquí es de locos. ¡Un espanto! Totalmente turbia, con un tono verdoso. Tiene la misma temperatura que el cuerpo, así que tampoco la notas. Ayer salí del mar y, ¡joder!, no podría asegurar que había estado dentro…

—Deja las temperaturas del baño, Øystein. ¿Has encontrado algún servidor?

—Sí y no.

—¿Qué significa eso?

Harry no obtuvo respuesta. Obviamente, los había interrumpido una discusión al otro lado, y Harry oyó fragmentos de «The boss» y «The money».

—Harry. *Sorry*, los chicos de aquí están un poco paranoicos. Yo también. ¡Hace un calor de cojones! Pero he encontrado lo que creo que es el servidor correcto. Es posible que los chicos intenten engañarme, pero mañana voy a ver la máquina y a encontrarme con el jefe. Tres minutos al teclado y sabré si es el que buscamos. Espero. Te llamo mañana. Tendrías que ver los cuchillos que tienen estos beduinos…

La risa de Øystein resonó cavernosa.

Lo último que hizo Harry antes de apagar la luz del salón fue consultar una enciclopedia. La nebulosa Cabeza de Caballo era una nebulosa oscura de la que no se sabía gran cosa; tampoco de Orión, aparte de que se consideraba una de las constelaciones más hermosas. Pero Orión también era una figura de la mitología griega, un titán y gran cazador, ponía. Fue seducido por Eos, y Artemisa lo mató presa de la ira. Harry se acostó con la sensación de que alguien pensaba en él.

Cuando abrió los ojos a la mañana siguiente, tenía la cabeza hecha un lío y los pensamientos fragmentados, con una vaga imagen de cosas que recordaba a medias. Era como si alguien le hubiera practicado un registro en el cerebro, y el contenido, que antes estaba ordenado en cajones y armarios, se hubiera desparramado por todas partes. Seguramente había soñado algo. El teléfono de la entrada sonaba sin cesar.

Harry se obligó a levantarse. Era Øystein, otra vez; estaba en una oficina de At-Tur.

—Tenemos un problema —dijo.

24

São Paulo

Una sonrisa afable se dibujó en la boca y los labios de Raskol. Por tanto, resultaba imposible saber si en ese momento sonreía con afabilidad o no. Harry hubiera jurado que no.

—Así que tienes un amigo que está buscando un número de teléfono en una ciudad de Egipto —dijo Raskol sin que Harry fuera capaz de descifrar si el tono de voz era sarcástico o solo constataba un hecho.

—Sí, en At-Tur —dijo Harry, y frotó la palma de la mano en el reposabrazos de la silla.

Sentía un malestar intenso. No solo por hallarse una vez más en aquella sala de visitas aséptica de la cárcel, sino por todo el asunto. Había sopesado las posibilidades que le quedaban: pedir un préstamo personal; contárselo todo a Bjarne Møller; vender el Ford Escort al taller donde ya se encontraba. Pero esta era la única posibilidad realista, lo único lógico que podía hacer. Y era una locura.

—El número de teléfono no es solo un número —dijo Harry—. Nos llevará al abonado que me ha enviado el correo electrónico. Un correo que demuestra que tiene información detallada sobre la muerte de Anna y que no podría tener a menos que hubiera estado con ella justo antes de su muerte.

—Tu amigo dice que el servidor pide sesenta mil libras egipcias. ¿Es eso?

—Alrededor de ciento veinte mil coronas.

—¿Y pretendes que yo te las dé?

—Yo no pretendo nada, solo te cuento cómo está la situación. Quieren el dinero, y yo no lo tengo.

Raskol se pasó un dedo por el bigote.

—¿Por qué iba a ser esto un problema para mí, Harry? Hemos hecho un trato, y yo he cumplido mi parte.

—Y yo cumpliré la mía, pero sin dinero tardaré más.

Raskol negó con la cabeza, estiró los brazos y murmuró algo que Harry supuso que era romaní. Øystein se había mostrado desesperado por teléfono. Le dijo que no tenía duda de que habían encontrado el servidor correcto. Pero él se había imaginado una antigualla oxidada dentro de una caseta que funcionase a trancas y barrancas, y un mercader con turbante que pediría tres camellos y un cartón de cigarrillos estadounidenses a cambio de pasarle toda la lista de abonados. Sin embargo, había acabado en una oficina con aire acondicionado donde el joven egipcio trajeado que atendía desde el otro lado del escritorio lo miró a través de unas gafas con montura de plata y le dijo que el precio era «non negotiable», que el pago debía ser en efectivo para que no pudiera rastrearse mediante los sistemas bancarios, y que la oferta solo se mantendría durante tres días.

—Supongo que has pensado en las consecuencias si se llega a saber que has recibido dinero de alguien como yo mientras estás de servicio.

—No estoy de servicio —dijo Harry.

Raskol se frotó las orejas con las palmas de las manos.

—Sun Tzu dice que si no controlas los acontecimientos, ellos te controlan a ti. No controlas los acontecimientos, *spiuni*. Eso quiere decir que has metido la pata. No me fío de las personas que meten la pata. Por lo tanto, tengo una propuesta. Propongo que lo hagamos fácil para ambas partes. Tú me das el nombre de ese hombre, y yo me encargo del resto.

—¡No! —Harry dio una palmada en la mesa—. No podemos relegarlo a la tercera clase y dejarlo en manos de tus gorilas. Lo quiero encerrado.

—Me sorprendes, *spiuni*. Si te he entendido bien, la situación en la que te ha puesto este asunto es ya algo incómoda. ¿Por qué no dejar que se haga justicia de la manera menos dolorosa posible?

—Nada de *vendetta*. Ese era el trato.

Raskol sonrió.

—Eres duro de pelar, Hole. Me gusta. Y respeto los acuerdos. Pero empiezas a meter la pata, ¿cómo puedo estar seguro de que este hombre es el correcto?

—Tú mismo comprobaste que la llave que encontré en su cabaña era idéntica a la de Anna.

—Y ahora vienes a pedirme ayuda otra vez. Así que tienes que darme algo más.

Harry tragó saliva.

—Cuando encontré a Anna, tenía una foto en el zapato.

—Continúa.

—Creo que tuvo el tiempo justo de meterla allí antes de que el asesino le pegara el tiro. Es una foto de la familia del asesino.

—¿Eso es todo?

—Sí.

Raskol negó con la cabeza. Miró a Harry y repitió el gesto.

—No sé quién es más tonto. Tú, que te dejas engañar por tu amigo, o tu amigo, que cree que podrá esconderse después de haberme robado. —Suspiró profundamente—. O yo, por daros ese dinero.

Harry pensó que sentiría alegría o, cuando menos, alivio. Pero lo único que experimentó fue que el nudo del estómago se acentuaba.

—¿Y qué datos necesitas?

—Solo el nombre de tu amigo y el banco de Egipto de donde quiere retirar el dinero.

—Lo tendrás dentro de una hora.

Harry se levantó.

Raskol se frotó las muñecas como si acabara de quitarse unas esposas.

—Espero que no creas que me entiendes, *spiuni* —le dijo bajito y sin levantar la vista.

Harry se detuvo.

—¿Qué quieres decir?

—Soy gitano. Mi mundo podría ser un mundo al revés. ¿Sabes cómo se dice «Dios en romaní?»

—No.

—*Devel*. Extraño, ¿no? Cuando uno quiere vender el alma, debe saber a quién se la vende, *spiuni*.

En opinión de Halvorsen, Harry parecía cansado.

—Define «cansado» —dijo Harry, y se inclinó hacia atrás en la silla—. O, bueno, mejor no.

Cuando Halvorsen preguntó qué tal iban las cosas, y Harry respondió que definiera «ir», Halvorsen lanzó un suspiro y salió del despacho para comprobar si tenía más suerte con Elmer.

Harry marcó el número que le había dado Rakel, pero volvió a oír la voz rusa que, según suponía, le comunicaba algún tipo de incidencia. Llamó a Bjarne Møller e intentó transmitirle al jefe la impresión de que no pasaba nada relevante. Møller no quedó muy convencido.

—Quiero buenas noticias, Harry. No informes sobre en qué inviertes el tiempo.

En ese momento entró Beate y le dijo que había estado mirando el vídeo diez veces más, y que ya no le cabía duda de que el Encargado y Stine Grette se conocían.

—Creo que lo último que le comunica es que va a morir. Se le nota en la mirada. Como retadora y aterrada a la vez, igual que en las películas de guerra donde la gente de la resistencia aparece ante el pelotón justo antes de que la fusilen.

Pausa.

—¿Hola? —Beate agitó la mano delante de la cara de Harry—. ¿Estás cansado?

Harry llamó a Aune.

—Soy Harry. ¿Cómo reaccionan las personas cuando las van a fusilar?

Aune cacareó una risotada.

—Se concentran —dijo—. Se concentran en el tiempo.

—¿Y tienen miedo? ¿Están aterrorizadas?

—Depende. ¿De qué tipo de ejecución estamos hablando?

—Una ejecución pública. En un banco.

—Comprendo. Déjame que te llame dentro de dos minutos.

Harry miró el reloj mientras esperaba. Tardó ciento diez segundos.

—El trance de la muerte, igual que el trance de un parto, es un acontecimiento muy íntimo —le explicó Aune—. La razón por la que la gente desea esconderse en esos momentos no estriba únicamente en que se sienta físicamente vulnerable. Morir en presencia de otras personas, como ocurre en las ejecuciones públicas, es un castigo doble, porque atenta del modo más terrible contra el pudor del condenado. Esa era una de las razones por las que se creía que, para prevenir la criminalidad, las ejecuciones públicas resultarían más eficaces entre la gente que los ajusticiamientos en la intimidad de una celda. Aun así, se tenían en cuenta ciertas consideraciones, como ponerle una máscara al verdugo. Al contrario de lo que cree mucha gente, no se hacía así para ocultar su identidad; todo el mundo sabía quién era el matarife local. La máscara se le ponía por consideración hacia el condenado a muerte, para no obligarlo a estar tan cerca de un extraño en el momento de morir.

—Ya. El atracador también llevaba máscara.

—El uso de máscaras forma parte de un pequeño campo de estudio para nosotros, los psicólogos. Por ejemplo, permite darle la vuelta al concepto moderno de que el uso de una máscara nos inhibe. Las máscaras pueden despersonificarnos de modo que, por el contrario, nos sintamos más libres. ¿Por qué crees que eran tan populares los bailes de máscaras en tiempos de la reina Victoria? ¿O el empleo de máscaras en los juegos sexuales? En cambio los atracadores de bancos tienen, por supuesto, razones más prosaicas para utilizar una máscara.

—Puede ser.

—¿Puede ser?

—No lo sé —suspiró Harry.

—Pareces…

—Ya, cansado. Hasta luego.

La posición de Harry en la esfera terrestre se iba alejando lentamente del sol, y poco a poco anochecía antes. Los limones que había delante de la tienda de Ali lucían como estrellitas amarillas y una lluvia fina regaba las calles en silencio cuando Harry subió por la calle Sofie. Había pasado toda la tarde organizando la transferencia a At-Tur. No fue muy complicado. Habló con Øystein, anotó el número de pasaporte y la dirección del banco situado al lado del hotel donde se alojaba, y luego comunicó la información vía telefónica al *Gjengangeren*, el periódico de la cárcel, para el que Raskol estaba escribiendo un artículo sobre Sun Tzu… Ahora solo cabía esperar.

Harry ya había llegado al portal y estaba buscando la llave cuando oyó pasos sigilosos en la acera, a su espalda. No se volvió.

No, hasta que oyó un gruñido discreto.

En realidad, no le sorprendió. Cuando se pone al fuego una olla a presión, se sabe que tarde o temprano algo pasará.

La cara del perro, negra como la noche, ponía la blancura de los dientes que le mostraba. La luz tenue de la lámpara que colgaba sobre la puerta se reflejó en una gota de baba suspendida de uno de los terribles colmillos del can.

—¡Siéntate! —le ordenó una voz familiar desde la penumbra, debajo de la entrada al garaje, al otro lado de la calleja tranquila…

El rottweiler posó de mala gana las caderas anchas y musculosas en el asfalto mojado, pero no dejó de mirar a Harry con aquellos ojos marrones brillantes, que no inspiraban las asociaciones que solían hacerse con la mirada dócil de un perro.

La sombra de la visera se proyectó sobre la cara del hombre que se acercaba.

—Buenas noches, Harry. ¿Te dan miedo los perros?

Harry contempló el interior de las fauces carnosas que el animal tenía abiertas justo delante de él. Recordó un fragmento de los conocimientos adquiridos con el Trivial. Los romanos habían utilizado a los ancestros de los rottweilers para conquistar Europa.

—No. ¿Qué quieres?

—Hacerte una oferta, nada más. Una oferta que no puedes... ¿cómo se dice?

—Vale, limítate a comunicarme la oferta, Albu.

—Armisticio. —Arne Albu levantó la visera de la gorra de Ready. Intentó dibujar la típica sonrisa de chaval que ponía siempre, pero no le salió tan natural como la vez anterior—. Tú me dejas en paz, y yo te dejo en paz.

—Interesante. ¿Y qué me ibas a hacer tú a mí, Albu?

Albu dibujó en el aire un gesto hacia el rottweiler, que, más que sentado, estaba listo en posición de saltar.

—Tengo mis métodos. Y no carezco por completo de recursos.

—Ya. —Harry deslizó la mano hacia el paquete de tabaco que llevaba en el bolsillo de la chaqueta, pero se detuvo cuando el gruñido aumentó peligrosamente—. Pareces cansado, Albu. ¿Estás cansado de correr?

Albu negó con la cabeza.

—No soy yo quien corre, Harry, sino tú.

—¿Ah, sí? Le acabas de lanzar una amenaza algo difusa a un agente de policía, en plena calle. Para mí eso es un signo de agotamiento. ¿Por qué no quieres jugar más?

—¿Jugar? ¿Así es como lo ves tú? ¿Como una especie de parchís en el que se pone en juego el destino de las personas?

Harry vio aflorar la ira en los ojos de Arne Albu. Pero también apreció otra cosa. Tenía las mandíbulas tensas e hinchadas las venas de las sienes y de la frente. Estaba desesperado.

—¿Tienes idea de lo que has provocado? —dijo casi en un susurro, sin hacer el menor esfuerzo por sonreír—. Me ha dejado. Se ha... llevado a los niños y se ha marchado. Por una aventura tonta. Anna ya no significaba nada para mí.

Arne Albu se acercó a Harry.

—Anna y yo nos conocimos un día que fui con un amigo a visitar su galería. Casualmente, ella exponía allí. Compré dos de sus cuadros, no sé exactamente por qué. Dije que eran para la oficina. Naturalmente, nunca los colgué. Cuando llegué para recoger los cuadros al día siguiente, Anna se me acercó, empezamos a hablar y, sin saber cómo, la invité a comer. Después quedamos para cenar. Y dos semanas más tarde, pasamos un fin de semana en Berlín. Las cosas se desmadraron. Me enganchó y ni siquiera intenté soltarme. Hasta que Vigdis descubrió lo que pasaba y amenazó con dejarme.

Hablaba con voz trémula.

—Le prometí a Vigdis que había sido un desliz aislado, un enamoramiento estúpido como el que sufren alguna vez los hombres de mi edad cuando se encuentran con una mujer joven que les recuerda lo que fueron una vez. Jóvenes, fuertes e independientes. Pero le juré que se había acabado. Bueno, cuando tengas hijos lo entenderás…

Se le apagó la voz y respiraba con dificultad. Hundió las manos en los bolsillos de la gabardina y retomó su discurso.

—Anna amaba con tanta fogosidad… Aquello no era normal. Nunca era capaz de renunciar. Literalmente, tuve que soltarme a la fuerza. Me rompió una chaqueta cuando intenté salir por la puerta. Creo que entiendes a qué me refiero; una vez me contó cómo lo pasó cuando tú te fuiste y me dijo que casi se derrumbó del todo.

Harry estaba demasiado sorprendido como para poder contestar.

—Pero supongo que me daba pena —prosiguió Albu—. Si no, no habría aceptado volver a verla. Le había dejado muy claro que lo nuestro se acabó, pero me dijo que solo quería darme un par de cosas. Y yo no sabía que ibas a llegar tú a sacarlo todo de quicio. A hacer que pareciera que habíamos… vuelto a empezar donde lo habíamos dejado. —Agachó la cabeza—. Vigdis no me cree. Dice que no lo hará jamás. Nunca volverá a creerme.

Levantó la cara y Harry le vio la angustia en la mirada.

—Me has quitado lo único que tengo, Hole. Son lo único que tengo. No sé si volverán…

La cara se le contrajo de dolor.

Harry esperaba la reacción de la olla a presión. Ya faltaba poco.

—La única posibilidad que tengo es que tú… que tú no…

Harry reaccionó instintivamente cuando vio que Albu acercaba una mano al bolsillo de la gabardina. Le dio una patada que lo alcanzó en la rodilla, y Albu se desplomó de bruces en la acera. En ese mismo instante, el rottweiler se lanzó sobre él y se cubrió la cara con el antebrazo; oyó el sonido de la tela al rasgarse y notó cómo los dientes le atravesaban la piel y se le clavaban en la carne. Esperaba que se quedara sujeto, pero el maldito animal logró soltarse. Harry intentó darle una patada a aquel conjunto de músculos negro y desnudo, pero falló. Oyó los arañazos de las garras en el asfalto y vio que las fauces abiertas se le acercaban. Alguien le había dicho que, antes de cumplir tres semanas de vida, los rottweilers ya saben que la manera más eficaz de matar consiste en rasgar el cuello, y ahora aquella máquina de músculos de cincuenta kilos de peso se abalanzaba sobre él. Harry aprovechó la inercia de la patada para terminar un giro. Cuando las mandíbulas del perro se cerraron no fue alrededor del cuello, sino de la nuca. Pero sus problemas no acabaron ahí. Se llevó las manos atrás, agarró la mandíbula inferior y la superior del perro con cada una de ellas y tiró con todas sus fuerzas. Pero, en vez de soltarse, las mandíbulas se hundieron unos milímetros más en la nuca. Era como si los tendones y los músculos de la boca del animal estuvieran hechos de cable de acero. Harry retrocedió y se lanzó de espaldas contra la pared. Oyó que al perro se le rompían varios huesos de las costillas, pero las mandíbulas no cedieron. Empezaba a dominarle el pánico. Había oído hablar de ello, de cómo las mandíbulas de algunos animales se cerraban herméticamente, de hienas que se quedaban aferradas al cuello del león mucho después de que las leonas las mataran a bocados y dentelladas. Sintió que le corría la sangre por la espalda, por dentro de la camiseta, y se dio cuenta de que había caído de rodillas. ¿Habría empezado a perder el conocimiento? ¿Dónde estaba todo el mundo? La calle Sofie era una vía tranquila pero, en opinión de Harry, nunca la había visto tan desierta como en aquel momento.Pensó que todo había ocurrido en silencio, sin gritos, ni ladridos, solo el sonido de la carne contra la carne, desgarrándose. Quiso gritar, pero no consiguió emitir sonido alguno. Empezó a perder la visión periférica y comprendió que tenía la aorta aplastada, que solo le quedaba la visión tubular porque no le llegaba riego suficiente al cerebro. Los limones relucientes del exterior de la tienda de Ali empezaban a apagarse. Algo negro, plano, húmedo y pegajoso se alzó y le estalló en la cara. Notó el sabor de la gravilla del asfalto. A lo lejos oyó la voz de Arne Albu: «¡Suelta!».

Notó que cedía la presión en la nuca. Pero la posición de Harry sobre la esfera terrestre seguía desplazándose lentamente y lo apartaba del sol, y la noche ya había caído por completo cuando oyó la voz de alguien que, inclinado sobre él, le preguntaba:

–¿Estás vivo? ¿Me oyes?

Entonces oyó junto a la oreja el clic del acero. Piezas de un arma. El crujido del cargador.

–Jod…

Oyó un ligero suspiro y el chasquido de un vómito en el asfalto. Más tintineos metálicos. Han soltado el seguro… Dentro de unos segundos todo habrá terminado. Así se sentía. Sin desesperación, miedo, ni siquiera pesadumbre. Solo alivio. No dejaba atrás gran cosa. Llenó los pulmones de aire. La red de venas succionó el oxígeno y lo transportó de golpe hasta el cerebro.

–Ahora es… –comenzó la voz, pero calló de repente cuando el puño de Harry se le estampó en el cuello.

Harry consiguió ponerse de rodillas. No fue capaz de levantarse más. Intentó mantener el conocimiento mientras esperaba el golpe decisivo. Transcurrió un segundo. Dos segundos. Notaba en la nariz el olor agrio a vómito. Volvió a enfocar la visión y a distinguir las farolas, que parecían suspendidas sobre él. La calle seguía desierta. Totalmente desierta, salvo por el hombre que, tumbado a su lado, gorgoteaba vestido con un plumífero azul y algo que parecía una camisa de pijama que asomaba por el cuello. La luz de la farola le arrancó un destello a un objeto de metal. No era una pistola, sino un encendedor. Fue entonces cuando Harry vio que aquel hombre no era Arne Albu, sino Trond Grette.

Harry dejó una taza de té muy caliente encima de la mesa de la cocina, delante de Trond, que aún respiraba entrecortadamente y con dificultad, con los ojos tan saltones y empañados por el pánico que se le salían de las órbitas. Él mismo se sentía aturdido y mareado, y el dolor le bombeaba la nuca como si de una quemadura se tratase.

—Bebe —le animó Harry—. Le he puesto muchísimo limón, que tiene un efecto anestésico sobre la musculatura y la relaja. Respirarás mejor.

Trond obedeció. Y, para gran sorpresa de Harry, el remedio pareció funcionar. Después de varios sorbos y un par de ataques de tos, las mejillas paliduchas de Trond empezaron a recuperar el color.

—Stsss comun… —masculló entre dientes.

—¿Cómo dices?

—Tienes una pinta horrible.

Harry sonrió y palpó la toalla que se había puesto alrededor del cuello. Estaba totalmente empapada de sangre.

—¿Por eso has vomitado?

—No soporto la sangre —dijo Trond—. Me vuelvo… —Se interrumpió y alzó la vista al cielo.

—Bueno. Podría haber sido peor. Tú me has salvado.

Trond negó con la cabeza.

—Estaba bastante lejos cuando os vi y lo único que hice fue gritar. No estoy seguro de que fuera esa la razón por la que le ordenó al perro que te soltara. Siento no haberme fijado en la matrícula pero, por lo menos, vi que era un Jeep Cherokee.

—Sé quién es —respondió Harry.

—¿Ah, sí?

–Un tipo al que estoy investigando. Pero ¿por qué no me cuentas lo que hacías tú por este barrio, Grette?

Trond jugueteaba con la taza de té.

–La verdad, deberías ir a urgencias a que te vean esa herida.

–Lo pensaré. ¿Es que has reflexionado un poco desde que hablamos la última vez?

Trond asintió despacio.

–¿Y a qué conclusión has llegado?

–Que ya no puedo ayudarle más.

Harry no estaba seguro de si había susurrado aquella respuesta solo por el dolor en el cuello.

–Entonces ¿dónde está tu hermano?

–Quiero que le contéis que fui yo quien os lo dijo. Él lo entenderá.

–De acuerdo.

–Porto Seguro.

–Ya.

–Es una ciudad de Brasil.

Harry arrugó la nariz.

–Bueno. ¿Cómo lo encontramos?

–Solo me contó que allí tiene una casa. No ha querido darme la dirección, solo un número de móvil.

–¿Por qué no? No está en busca y captura.

–No estoy seguro de que esto último sea cierto –dijo Trond, y dio otro sorbo–. De todas formas, él dijo que lo mejor para mí era que no supiera su dirección.

–Ya. ¿Es una ciudad grande?

–Según Lev, ronda el millón de habitantes.

–De acuerdo. ¿No tienes nada más? ¿Alguien que también lo conozca y pueda estar al tanto de dónde vive?

Trond titubeó antes de negar con un gesto.

–Venga –dijo Harry.

–La última vez que nos vimos en Oslo, Lev y yo tomamos café. Dijo que sabía aún peor que de costumbre, que se había habituado a beber *cafezinho* en un *ahwa* local.

—¿Ahwa? Pero ¿eso no es un local de café árabe?

—Exacto. Por lo visto, el *cafezinho* es una variante brasileña algo fuerte. Lev dijo que va allí casi todos los días. Toma café, fuma narguile y juega al dominó con el propietario turco que ya es algo así como un amigo. También me acuerdo del nombre: Muhammad Ali. Como el boxeador.

—Y como cincuenta millones de árabes más. ¿Te dijo tu hermano cómo se llamaba ese café?

—Seguro, pero eso no lo recuerdo. No puede haber muchos *ahwas* en una ciudad brasileña, ¿no crees?

—A lo mejor no.

Harry reflexionó un instante. Al menos, era algo concreto a partir de lo cual ponerse a trabajar. Quiso llevarse una mano a la frente, pero le dolía la nuca si intentaba extender el brazo.

—Una última pregunta, Grette. ¿Por qué te has decidido a contarme esto?

Trond giraba la taza entre las manos.

—Sabía que él estaba en Oslo.

Harry sintió la toalla como una pesada soga al cuello.

—¿Cómo?

Trond se estuvo rascando la barbilla un buen rato antes de contestar.

—Llevábamos dos años sin hablar y de pronto, un día, me llamó para decirme que estaba aquí. Nos vimos en un café y estuvimos hablando un buen rato.

—¿Cuándo fue eso?

—Tres días antes del atraco.

—¿De qué hablasteis?

—De todo. Y de nada. Cuando te conoces desde hace tanto tiempo como nosotros, lo significativo ha crecido hasta tal punto que prefieres hablar de lo insignificante. De… las rosas para la tumba de papá y de esas cosas.

—¿A qué clase de cosas significativas te refieres?

—Cosas que no se debían haber hecho. Ni dicho.

—¿Así que hablasteis de rosas?

—Yo me encargué de cuidar las rosas de mi padre cuando Stine y yo fuimos a vivir a la casa adosada donde él había vivido. Allí es donde crecimos Lev y yo. Y allí era donde yo quería que crecieran nuestros hijos.

Se mordió el labio. Tenía la mirada fija en el hule marrón y blanco que, por cierto, era lo único que Harry había heredado de su madre.

—¿No dijo nada del atraco?

Trond negó con la cabeza.

—¿Eres consciente de que el atraco ya estaría planeado? ¿Que iba a asaltar el banco donde trabajaba tu mujer?

Trond soltó un suspiro.

—Si hubiera sido como siempre, a lo mejor lo habría sabido y habría podido evitarlo. Lev disfrutaba mucho hablando de los atracos que cometía. Consiguió copias de los vídeos que guardaba en el desván de Diesengrenda, y de vez en cuando insistía en que los viéramos juntos. Para que viera lo bueno que era mi hermano mayor, supongo. Cuando me casé con Stine y empecé a trabajar, le dejé muy claro que no quería saber nada más de sus asuntos, porque podían comprometerme.

—Ya. ¿Así que él no sabía que Stine trabajaba en el banco?

—Le conté que trabajaba en el Nordea, pero creo que no le dije en qué sucursal.

—Pero ¿ellos dos se conocían?

—Se habían visto algunas veces. En reuniones familiares. Lev nunca fue muy partidario de esas cosas.

—¿Y qué tal se llevaban?

—Bien. Lev era un tipo encantador cuando quería —dijo con media sonrisa—. Como os dije a ti y a tu colega, nos repartimos un único paquete de genes. Me alegraba que quisiera mostrarle a ella el lado bueno. Y como le había prevenido acerca del modo en que podía llegar a comportarse con quienes no le gustaban, ella se sintió halagada. La primera vez que estuvo en nuestra casa se la llevó por los alrededores para enseñarle todos los lugares donde jugábamos de niños.

—El paso elevado de peatones no, ¿verdad?

—No, ese no. —Trond levantó las manos y se las miró pensativo—. Pero no creas que lo hizo por él. Lev contaba con mucho gusto todo lo malo que había hecho. Lo hizo porque sabía que yo no quería que ella conociera la verdadera naturaleza de mi hermano.

—Ya. ¿Estás seguro de que no le atribuyes a tu hermano un corazón más noble del que tiene?

Trond negó con la cabeza.

—Lev tiene un lado claro y otro oscuro. Igual que el resto del mundo. Moriría por aquellos a quienes quiere.

—Pero no en prisión.

Trond abrió la boca, pero no dijo nada. Harry notó un tic debajo del ojo de Grette, suspiró y se levantó con pie vacilante.

—Voy a pedir un taxi para ir a urgencias.

—Yo tengo coche —respondió Trond.

El motor del coche zumbaba bajito. Harry miró las farolas de la calle que iluminaban el cielo oscuro, el salpicadero y el volante donde el diamante del dedo meñique de Trond brillaba débilmente.

—Mentiste sobre el anillo que llevas puesto —dijo Harry—. El diamante es demasiado pequeño para valer treinta mil. Apuesto a que costó alrededor de cinco y que lo compraste para Stine en una joyería de Oslo. ¿No es así?

Trond hizo un gesto afirmativo.

—Te viste con Lev en São Paulo, ¿verdad? El dinero era para él.

Trond hizo un gesto afirmativo, una vez más.

—Dinero suficiente para una temporada —dijo Harry—. Suficiente para pagarse el billete de avión cuando decidió volver a Oslo —añadió—. Quiero ese número de móvil.

—¿Sabes qué? —Trond giró despacio a la derecha en la plaza Alexander Kielland—. Anoche soñé que Stine entraba en el dormitorio y me hablaba. Iba vestida de ángel. No como los ángeles reales, sino con uno de esos trajes de mentira que se usan en carnaval. Me dijo que ella no pertenecía a la esfera de allá arriba. Y cuando me desperté, pensé en Lev. Pensé en cuando se sentó en el borde del tejado de la escuela con las piernas colgando, mientras nosotros entrábamos a la siguiente clase. Parecía un puntito pequeño, pero yo recuerdo lo que pensé. Pensé que él pertenecía a la esfera de allá arriba.

25

Baksheesh

Había tres personas sentadas en el despacho del comisario jefe. El propio Ivarsson, tras aquella mesa tan pulcra que tenía, y Beate y Harry al otro lado, en sendas sillas algo más bajas. El truco de utilizar sillas más bajas es una técnica de dominación tan conocida que cabía pensar que ya no funcionaba, pero Ivarsson sabía que sí. La experiencia le decía que las técnicas elementales nunca caducan.

Harry había orientado la silla en diagonal para mirar por la ventana. Las vistas daban al hotel Plaza. Un enjambre de nubes redondeadas se arrastraba por encima de la torre de cristal y de toda la ciudad sin llegar a descargar en forma de lluvia. Harry no había dormido a pesar de que en urgencias le dieron calmantes después de la vacuna del tétanos. La explicación que les dio a los compañeros y, la historia de un perro indómito y sin amo, era lo bastante insólita como para resultar verosímil, y se acercaba tanto a la verdad que pudo contarla de un modo medianamente convincente. Tenía la nuca hinchada y la venda, muy apretada, le rozaba la piel. Harry sabía exactamente el tipo de dolor que sentiría si intentaba girar la cabeza hacia Ivarsson, que estaba hablando en ese momento. Y sabía que tampoco lo habría hecho aunque no le doliera.

—Así que queréis billetes de avión con destino a Brasil para buscar allí —dijo Ivarsson al tiempo que limpiaba con la mano la mesa y simulaba reprimir una sonrisa–. Mientras el Encargado, en realidad, está atracando bancos aquí, en Oslo.

–No sabemos en qué lugar de Oslo está –dijo Beate–. Ni si está en Oslo. Pero esperamos encontrar la casa que tiene en Porto Seguro, según afirma su hermano. Si la localizamos, encontraremos también huellas dactilares. Y, si se corresponden con las que tomamos en la botella de refresco, tendremos pruebas contundentes. Eso debería justificar el viaje.

–¿Ah, sí? ¿Y qué huellas son esas que nadie más ha encontrado?

Beate intentó en vano establecer contacto visual con Harry. Tragó saliva.

–Como la idea inicial era que investigáramos el caso por separado, lo hemos mantenido en secreto. De momento.

–Querida Beate –comenzó Ivarsson, y le guiñó el ojo derecho–, hablas de nosotros, pero yo solo oigo a Harry Hole. Aprecio el celo de Hole por acatar mi método, pero no debemos dejar que los principios obstaculicen los resultados que podamos conseguir juntos. Así que, repito: ¿qué huellas dactilares son esas?

Beate miró a Harry desesperada.

–¿Hole? –dijo Ivarsson.

–Seguiremos como hasta ahora –dijo Harry–. De momento.

–Como quieras –respondió Ivarsson–. Pero olvídate del viaje, de hablar con la policía brasileña y de pedirle que os ayude a conseguir las huellas dactilares.

Beate carraspeó.

–Me he informado. Hay que enviar una solicitud por escrito a través del jefe de policía del estado de Bahía para que un fiscal brasileño revise el caso y autorice un registro de la vivienda. El que me informó sostiene que, sin contactos dentro de la burocracia brasileña, sabe por experiencia que se tarda entre dos meses y dos años.

–Hemos reservado billetes de avión para mañana por la noche –dijo Harry mientras se escrutaba a fondo una uña–. ¿Qué dices?

Ivarsson se echó a reír.

—¿Tú qué crees? Venís pidiendo dinero para viajar en avión hasta el otro lado del mundo sin estar dispuestos a fundamentar las razones. Y pensáis efectuar un registro sin permiso de forma que, si realmente encontráis pruebas técnicas, el juez tendrá que rechazarlas por proceder de una actuación ilegal.

—El truco del ladrillo —dijo Harry en voz baja.

—¿Cómo dices?

—Una persona rompe una ventana con un ladrillo. Por casualidad, la policía pasaba por allí y no necesita una orden de registro para entrar. Les huele a hachís en el salón. Una impresión subjetiva, pero una razón que justifica un registro inmediato. Se obtienen pruebas técnicas, como, por ejemplo, huellas dactilares. Todo perfectamente legal.

—Es decir, ya hemos pensado en tus argumentos —se apresuró a añadir Beate—. Si encontramos la casa, intentaremos obtener huellas dactilares de forma legal.

—¿Ah, sí?

—Esperemos que sin ladrillo.

Ivarsson negó con la cabeza.

—No es suficiente. La respuesta es un no alto y claro. —Miró el reloj para indicar que la reunión había terminado y, con una maliciosa sonrisa de reptil, añadió—: De momento.

—¿No podías haberle dado algo, al menos? —preguntó Beate cuando recorrían el pasillo desde el despacho de Ivarsson.

—¿Como qué? —preguntó Harry, y movió el cuello con cuidado—. Ya lo tenía decidido de antemano.

—Ni siquiera le has dado la oportunidad de que nos brindara esos billetes.

—Le he dado la oportunidad de no verse atropellado.

—¿Qué quieres decir?

Se detuvieron delante del ascensor.

—Lo que te conté sobre que nos han concedido ciertas licencias en este caso.

Beate se volvió para mirarlo.

—Creo que lo entiendo —dijo despacio—. ¿Y qué va a pasar ahora?

—Un atropello. No te olvides la crema solar.

En ese preciso momento, se abrieron las puertas del ascensor.

Más tarde, ese mismo día, Bjarne Møller comunicó a Harry que a Ivarsson le había sentado muy mal que el comisario jefe principal hubiera ordenado personalmente que Harry y Beate se fueran a Brasil, y que los gastos del viaje y la estancia se cargaran a los presupuestos de la sección de Atracos.

—¿Ahora estás satisfecho? —preguntó Beate a Harry antes de que este se fuera a casa.

Sin embargo, cuando Harry pasó por delante del hotel Plaza y por fin las nubes abrieron sus compuertas, curiosamente no sintió satisfacción alguna. Solo vergüenza, falta de sueño y dolor en la nuca.

—¡¿*Baksheesh*?! —le gritó Harry al auricular—. ¿Qué coño es *Baksheesh*?

—Propina —dijo Øystein—. Nadie en este puto país levanta un dedo sin eso.

—¡Mierda!

Harry le dio una patada a la mesa que había delante del espejo. El aparato cayó y el auricular se le fue de la mano.

—¿Hola? ¿Estás ahí, Harry? —se oyó entre los chisporroteos procedentes del auricular que estaba en el suelo.

A Harry le entraron ganas de dejarlo allí. De largarse. O de poner un disco de Metallica a todo volumen. Uno de los viejos.

—¡No te derrumbes ahora, Harry! —lloriqueó Øystein.

Harry se agachó con la nuca tiesa y cogió el auricular.

—*Sorry*, Øystein. ¿Cuánto más dices que quieren?

—Veinte mil egipcios. Cuarenta mil noruegos. Dicen que con eso me dan los números de abonado al momento.

—Nos están exprimiendo, Øystein.

—Desde luego. Pero ¿queremos ese abonado o no?

—Tendrás el dinero. Tú solo procura que te extiendan un recibo, ¿vale?

Harry se echó en la cama y se quedó mirando al techo mientras esperaba que surtiera efecto la dosis triple de analgésicos. Lo último que vio antes de sumirse en la oscuridad fue a un chico sentado allá arriba que lo observaba moviendo las piernas.

CUARTA PARTE

26

D'Ajuda

Fred Baugstad tenía resaca. Treinta y un años, divorciado y operario de perforación de la plataforma petrolífera Statfjord B. Era un trabajo duro en el que no podían probar ni un trago de cerveza mientras duraba la jornada, pero el salario era estupendo, había televisión en las habitaciones, comida de gourmet y, lo mejor de todo, al cabo de tres semanas de trabajo correspondían cuatro semanas libres. Algunos se iban a casa con la mujer y se limitaban a mirar las paredes, otros trabajaban de taxistas o reformaban la casa para no enloquecer de aburrimiento y otros hacían lo que Fred: irse a un país cálido para matarse a copas. De vez en cuando escribía una tarjeta postal a Karmøy, su hija, o su chiquitina, como seguía llamándola a pesar de que ya había cumplido diez años. ¿O eran once? De todos modos, era el único contacto que mantenía con tierra firme, por suerte. La última vez que habló con su padre, este se le quejó de que su madre lo había vuelto a pillar robando galletas Kaptein en la tienda de Rimi.

—Rezo por ella —le dijo su padre antes de preguntarle si, cuando viajaba al extranjero, se llevaba una Biblia en noruego.

—Es un libro tan imprescindible para mí como el desayuno —le respondió Fred.

Lo cual no era sino la pura verdad, pues Fred nunca tomaba nada antes del almuerzo cuando estaba en D'Ajuda, a menos que la caipirinha pudiera considerarse un alimento. Esa era una cuestión de definición, claro, ya que, a cada copa, le añadía como mínimo cuatro cucharadas de azúcar. Fred Baugstad bebía caipirinha porque sabía realmente mal. En Europa, aquel cóctel gozaba de una fama inmerecida porque se preparaba con ron o con vodka en lugar de con cachaza, ese aguardiente crudo y amargo, extraído de la caña de azúcar brasileña que convertía la ingesta de caipirinha en el ejercicio de penitencia para el que Fred pensaba que se había inventado. Los dos abuelos de Fred habían sido alcohólicos y, con una herencia genética como aquella, él prefería prevenir y beber algo que supiera tan mal que nunca le creara adicción.

Aquel día había ido a ver a Muhammad a las doce y se había tomado un café solo y un brandy para, bajo el intenso calor estival, coger después el estrecho camino de gravilla que, lleno de baches, discurría entre el sinfín de casitas de ladrillo bajas y más o menos blancas. La casa que alquilaban él y Roger era de las menos blancas. El enlucido se había caído a trozos y, en el interior, las paredes grises sin pintar estaban tan empapadas por el viento húmedo procedente del Atlántico que, al sacar la lengua, se notaba el sabor amargo a cemento. Pese a todo, la casa no estaba tan mal. Tres dormitorios, dos colchones, una nevera, una cocina. Además de un sofá y una tabla de aglomerado apoyada sobre dos piedras, el mobiliario de la habitación que definían como salón, y que tenía en la pared un agujero casi cuadrado que llamaban «ventana». Cierto que deberían haber limpiado un poco más a menudo. En la cocina había montones de hormigas rojas o *lava-pés*, como las llaman los brasileños, cuyos mordiscos son temibles, pero Fred no entraba en ella muy a menudo desde que trasladaron la nevera al salón. Cuando entró Roger, él estaba tumbado en el sofá, y planeaba la próxima ofensiva del día.

–¿Dónde has estado? –preguntó Fred.

–En la farmacia de Porto –respondió Roger con una sonrisa que le abarcaba toda la cabeza rojiza–. Ni de coña te creerías lo que venden allí sin preguntar. Despachan material que en Noruega no te dan ni con receta.

Vació el contenido de la bolsa de plástico y empezó a leer en voz alta el texto de los prospectos.

—Tres miligramos de benzodiazepina. Dos miligramos de flunitrazepam.

—¡Joder, Fred, eso es casi Rohypnol!

Fred no contestó.

—¿Te encuentras mal? —preguntó Roger con voz cantarina—. ¿No has comido nada todavía?

—*Não.* Solo un café donde Muhammad. Un tipo misterioso le ha preguntado a Muhammad por Lev.

Roger levantó rápidamente la vista de los medicamentos.

—¿Por Lev? ¿Qué pinta tenía?

—Alto, rubio, ojos azules. Parecía noruego.

—Joder, Fred, no me asustes.

Roger prosiguió con la lectura.

—¿Qué quieres decir?

—Digamos que si fuera moreno, alto y delgado habría llegado la hora de largarse de D'Ajuda. Y del hemisferio occidental también. ¿Tenía pinta de madero?

—¿Qué pinta tiene un madero?

—Son… olvídalo.

—Parecía bebedor. Por lo menos sé qué pinta tiene un bebedor.

—Vale. A lo mejor es un amigo de Lev. ¿Le ayudamos?

Fred negó con la cabeza.

—Lev ha dicho que vive aquí completamente de *in… in…* bueno, no sé qué palabra latina que significa «en secreto». Muhammad fingió que nunca había oído hablar de Lev. El tipo dará con Lev si Lev quiere.

—Era broma. Por cierto, ¿dónde está Lev? Llevo varias semanas sin verlo.

—Lo último que supe de él es que se iba a Noruega —respondió Fred, e hizo un esfuerzo por levantar la cabeza.

—Puede que haya atracado un banco y le hayan echado el guante —dijo Roger.

Solo pensar en ello le hizo sonreír. No porque quisiera que atraparan a Lev, sino porque la idea de atracar bancos siempre le hacía sonreír.

Él mismo lo había hecho, en tres ocasiones, y todas habían sido un subidón. Las dos primeras lo cogieron. La última, en cambio, todo salió perfecto. Cuando contaba cómo dio el golpe solía olvidarse de mencionar lo afortunado que fue, pues la cámara de vigilancia estuvo temporalmente fuera de servicio pero, de todas formas, el botín le permitió dedicarse al ocio y, de vez en cuando, al opio, allí en D'Ajuda. Aquel precioso pueblo pintoresco quedaba al sur de Porto Seguro y, hasta hacía poco, había dado cobijo a la mayor concentración, localizada al sur de Bogotá, de individuos en busca y captura del continente. La tendencia comenzó en los años setenta, cuando D'Ajuda se convirtió en punto de encuentro de hippies y viajeros que se ganaban la vida tocando en verano por las calles de diversos países de Europa y vendiendo allí abalorios artesanales u otros adornos. Constituían unos ingresos extra muy bienvenidos en D'Ajuda y, por lo general, no molestaban a nadie, de modo que las dos familias brasileñas que, en principio, poseían todo el comercio de la localidad, llegaron a un acuerdo con el jefe de la policía local para que hiciera la vista gorda con el hecho de que se fumara hachís en la playa, en los cafés, cada vez en más bares y, con el tiempo, también en la calle y en cualquier otro lugar.

Sin embargo, había un problema: una importante fuente de ingresos para los agentes de policía, que recibían un salario estatal mísero, consistía aquí, como en otros sitios, en «multar» a los turistas por fumar marihuana e infringir otras leyes más o menos desconocidas. Para que la policía y los turistas que generaban aquellos ingresos pudieran coexistir pacíficamente, las familias tuvieron que facilitar a la policía otros ingresos alternativos. Comenzaron imponiendo a un sociólogo estadounidense y su compañero sentimental argentino, que se encargaba de la producción local y venta de marihuana, el pago de una comisión al jefe de policía a cambio de protección y garantía del monopolio, lo que se traducía en que detenían a los competidores potenciales y, cuando los entregaban a la policía federal lo divulgaban a bombo y platillo. El dinero se filtraba hacia abajo en el seno de una estructura funcionarial pequeña y nada oscura, y todo iba a pedir de boca hasta que llegaron tres mexicanos que ofrecieron pagar una comisión más alta, de modo que, una mañana de domingo, en la plaza situada delante del edificio de correos, anunciaron a bombo y platillo la entrega del estadounidense y el argentino a la policía federal. Tan eficaz sistema para regular el mercado de compraventa de protección siguió desarrollándose y, muy pronto, un sinnúmero de delincuentes buscados en todo el mundo invadieron D'Ajuda, donde podían asegurarse una vida bastante fiable por un precio muy inferior al que exige la policía de Pattaya y otros muchos lugares. Y así siguieron las cosas hasta que en los ochenta aquella hermosa y, hasta entonces, casi intacta joya de la naturaleza, de playas infinitas, arreboladas puestas de sol y marihuana extraordinaria, fue descubierta por los buitres del turismo, los mochileros. Acudieron a D'Ajuda en manadas y con unas ansias de consumo que obligaron a las dos familias del lugar a replantearse la rentabilidad de D'Ajuda como refugio para los que viven al margen de la ley. A medida que los bares acogedores y oscuros se fueron convirtiendo en tiendas para alquilar equipos de buceo, y que los cafés donde los lugareños bailaban la lambada al estilo tradicional empezaron a organizar Wild West Moonparties, la policía local iba aumentando la frecuencia de las redadas relámpago en las casas menos blancas, donde acababa por llevarse a la plaza a los que protestaban con más energía. En cualquier caso, D'Ajuda seguía siendo, de momento, un lugar más seguro para un delincuente que la mayoría de los lugares del resto del mundo, a pesar de que todos, no solo Roger, fuesen ya víctimas de la paranoia.

Esa es la explicación de que un hombre como Muhammad Ali hallara un lugar en la cadena alimentaria de D'Ajuda. La justificación de su existencia dependía principalmente de ocupar un lugar estratégico en la plaza donde los autobuses de Porto Seguro efectuaban la parada final. Desde detrás del mostrador del *ahwa*, Muhammad observaba todo lo que sucedía en los adoquines ardientes de la única plaza de D'Ajuda. Cuando llegaban los autobuses, él dejaba de servir café y de rellenar narguiles con tabaco brasileño, un mal sustituto del *m'aasil* original de su tierra, para revisar a los recién llegados y desenmascarar a posibles policías o cazarrecompensas. Si su olfato infalible clasificaba a alguno en dichas categorías, enseguida daba la voz de alarma. La alarma era una especie de suscripción casera, cuyo funcionamiento se basaba en que quienes pagaban la cuota mensual recibían una llamada telefónica o un mensaje que les llevaba a casa el pequeño y veloz Paulino. Pero Muhammad también tenía una razón personal para supervisar los autobuses que llegaban. Cuando él y Rosalía huyeron de Río y del esposo de ella, Muhammad sabía a ciencia cierta qué les esperaba si el cónyuge abandonado llegaba a enterarse de su paradero. En las favelas de Río o de São Paulo podían encargarse asesinatos sencillos por unos doscientos dólares, pero incluso un asesino a sueldo profesional y reputado no cobraba más de dos o tres mil dólares, más los gastos, por un encargo de *find-and-destroy*. Y durante los últimos años, el mercado había sido favorable al comprador. Además, a los encargos dobles se les aplicaba un descuento.

Solía ocurrir que las personas que Muhammad señalaba como cazadores acudían directas a su *ahwa*. Normalmente pedían un café para despistar y, cuando llevaban un rato bebiendo, llegaba la pregunta inevitable: «¿Sabes dónde vive mi amigo tal y tal?». O bien: «¿Conoces al hombre de la foto? Es que le debo dinero…». En esos casos, Muhammad cobraba extra si, con su respuesta típica de «Lo vi tomar el autobús a Porto Seguro hace dos días, señor, con una maleta grande», lograba que el cazador se marchara en el primer autobús.

Cuando el tipo alto y rubio con traje de lino arrugado y una venda blanca en la nuca dejó una bolsa y una funda de PlayStation sobre el mostrador, se secó el sudor de la frente y pidió un café en inglés, Muhammad se olió la posibilidad de obtener unos *reais* adicionales a la aportación fija. Sin embargo, no fue el hombre quien le despertó el instinto, sino la mujer que lo acompañaba, que bien podría haber llevado escrita en la frente la palabra «policía».

Harry miró a su alrededor. Además de él, Beate y el árabe que estaba al otro lado del mostrador, había tres personas en el local. Dos mochileros y un turista bastante hecho polvo que parecía estar recuperándose de una resaca monumental. Harry casi se moría del dolor en la nuca. Miró el reloj. Hacía veinte horas que salieron de Oslo. Oleg le había llamado para anunciarle que había logrado batir el récord del Tetris, y Harry tuvo el tiempo justo de comprar un Namco G-Com 45 en la tienda de videojuegos de Heathrow antes de embarcar en el vuelo a Recife, donde cogieron un avión hasta Porto Seguro. En el aeropuerto acordó un precio, probablemente de locos, con un taxista que les llevó hasta un ferry, que a su vez les dejó en la costa de D'Ajuda, donde subieron a un autobús que no paró de dar botes hasta que llegaron a su destino.

Hacía veinticuatro horas que había estado en la sala de visitas explicándole a Raskol que necesitaba cuarenta mil coronas para los egipcios, y que Raskol le había aclarado que el *ahwa* de Muhammad Ali no estaba en Porto Seguro, sino en una localidad cercana.

—D'Ajuda —le había precisado Raskol con una gran sonrisa—. Conozco a un par de muchachos que viven allí.

El árabe miró a Beate y esta negó con la cabeza antes de que el árabe colocara delante de Harry una taza de café fuerte y amargo.

—Muhammad —dijo Harry, que se percató de que el otro se ponía muy tenso—. *You are Muhammad, right?*

El árabe tragó saliva.

—*Who's asking?*

—*A friend.*

Harry metió la mano derecha en el interior de la chaqueta y vio el pánico reflejado en la tez oscura del individuo.

—El hermano pequeño de Lev está intentando dar con él.

Harry sacó una de las fotos que Beate había conseguido en casa de Trond, y la dejó en el mostrador.

Muhammad cerró los ojos un instante, mientras recitaba solo con los labios lo que seguramente sería una oración de agradecimiento.

En la foto aparecían dos chavales. El mayor llevaba un anorak rojo. Reía y, con gesto amistoso, rodeaba con el brazo los hombros del otro, que sonreía incómodo a la cámara.

—No sé si Lev te habrá hablado de su hermano pequeño —continuó Harry—. Se llama Trond.

Muhammad cogió la foto y la estudió detenidamente.

—Ya —respondió el árabe mientras se rascaba la barba—. Nunca he visto a ninguno de los dos. Nunca he oído hablar de ningún Lev que viva aquí, en D'Ajuda. Y eso que conozco a la mayoría de los que viven aquí.

Dicho esto, le devolvió la foto a Harry, que se la guardó de nuevo en el bolsillo interior antes de apurar la taza de café.

—Tenemos que encontrar un sitio para pasar la noche, Muhammad. Luego volveremos. Mientras, reflexiona un poco.

Muhammad negó con la cabeza, cogió el billete de veinte dólares que Harry había deslizado bajo la taza de café, y se lo devolvió.

—No acepto billetes grandes —dijo.

Harry se encogió de hombros.

—Volveremos de todas formas, Muhammad.

Estaban en temporada baja, de modo que en el pequeño hotel Victoria les dieron una habitación doble a cada uno. Harry recibió una llave con el número 69, a pesar de que el hotel solo constaba de dos pisos y una veintena de habitaciones. Supuso que le habían asignado la suite nupcial cuando, al abrir el cajón de la mesilla de noche que había junto a la cama roja en forma de corazón, encontró dos condones y una bienvenida del hotel. La puerta del baño estaba cubierta por un espejo en el que uno podía verse desde la cama. En el armario, exageradamente grande y profundo, el único mueble de la habitación aparte de la cama, colgaban dos albornoces cortos y un tanto desgastados, con motivos orientales en la espalda.

La recepcionista no hacía sino sonreír y, cuando le enseñaron las fotografías de Lev Grette, negó con la cabeza sin añadir comentario alguno. Otro tanto sucedió en el restaurante contiguo y en el cibercafé situado más arriba, en la extrañamente silenciosa calle principal. Tal como manda la tradición, esta discurría desde la iglesia hasta el cementerio, pero el nombre, Broadway, era reciente. En la pequeña tienda de comestibles donde vendían agua y adornos navideños y sobre cuya puerta colgaba un letrero con la leyenda SUPERMARKET, encontraron al fin a una mujer que, sentada tras una caja registradora y con la mirada perdida, respondió «yes» a cuantas preguntas le hicieron hasta que decidieron dejarlo y marcharse. Durante el camino de vuelta solo vieron a una persona, un joven policía apoyado en un jeep con los brazos cruzados y la funda del arma colgada muy por debajo de las caderas que los siguió con la mirada mientras bostezaba.

En el *ahwa* de Muhammad, el chico delgado de la barra les dijo que el jefe, de repente, había decidido tomarse un rato libre para dar una vuelta. Beate preguntó cuándo volvería, pero el chico negó con la cabeza sin entender, señaló al sol con el dedo y dijo «Trancoso».

De nuevo en el hotel, la recepcionista les contó que la caminata de trece kilómetros por la playa de arena blanca que conducía hasta Trancoso era una de las atracciones turísticas más importantes de D'Ajuda. Y, aparte de la iglesia católica de la plaza, la única.

—Ya. ¿A qué se debe que haya tan poca gente aquí, señora? —preguntó Harry.

Ella sonrió y señaló hacia el mar.

Allí estaban. En la ardiente arena que se extendía en ambas direcciones hasta donde permitía ver la calima. Se veía a gente que tomaba el sol en *lit de parade*, vendedores ambulantes que se pateaban la playa vencidos por el peso de las neveras portátiles y de sacos cargados de fruta, camareros sonrientes de bares provisionales en cuyos altavoces, instalados debajo de techumbres de paja, resonaba la samba sin cesar, surfistas enfundados en trajes amarillos del equipo nacional y con los labios blancos por el óxido de zinc. Y también a dos personas que caminaban hacia el sur con los zapatos en la mano. Una con pantalón corto, un pequeño top y un sombrero de paja del hotel, la otra aún con la cabeza descubierta y un traje de lino arrugado.

—¿Ha dicho trece kilómetros? —preguntó Harry apartando entre resoplidos las gotas de sudor que le caían por la punta de la nariz.

—Se hará de noche antes de que estemos de vuelta —dijo Beate, y señaló con la mano—. Mira, todos los demás ya vuelven.

Una línea negra se dibujaba a lo largo de la playa, una procesión aparentemente interminable de gente que volvía a casa de espaldas al sol de la tarde.

—Ni que lo hubiéramos contratado de antemano —dijo Harry, y se colocó bien las gafas de sol—. Una rueda de reconocimiento de todo D'Ajuda. Hay que abrir los ojos: si no vemos a Muhammad, puede que tengamos suerte y nos topemos con el mismísimo Lev.

Beate sonrió.

—Apuesto un billete de cien.

Las caras pasaban veloces en medio del calor. Negras, blancas, jóvenes, viejas, guapas, feas, impasibles, sobrias, sonrientes, desconfiadas. Desaparecieron los bares y los puntos de alquiler de tablas de surf y solo quedaron a la vista mar y arena a la izquierda y una densa vegetación selvática a la derecha. También había aquí y allá algún grupo de gente del que emanaba el inconfundible olor de la marihuana.

—He reflexionado algo más acerca de las distancias de intimidad y de esa teoría nuestra sobre las relaciones personales —dijo Harry—. ¿Crees que Lev y Stine Grette se conocían más que como cuñados?

—¿Sugieres que ella participó en la planificación y luego él le pegó un tiro para eliminar pistas? —Beate entornó los ojos bajo la intensa luz del sol—. Bueno, ¿por qué no?

Aunque eran más de las cuatro, no se notaba que el calor hubiera disminuido. Se calzaron para pasar por unas rocas, al otro lado de las cuales Harry encontró una rama gruesa y seca arrastrada hasta allí por el mar. Enterró la rama en la arena y sacó el pasaporte y la cartera de la chaqueta antes de colgarla en el improvisado perchero.

Ya avistaban Trancoso en la distancia cuando pasó un hombre al que, según dijo Beate, ella había visto en algún vídeo. En un principio, Harry creyó que se refería a algún actor más o menos conocido, pero ella le dijo que se llamaba Roger Person y que, aparte de varias condenas por tráfico de estupefacientes, había cumplido condena por atraco en Gamlebyen y Veitvet, y se sospechaba que era el responsable del atraco a la oficina de correos de Ulleval.

Fred se había tomado tres caipirinhas en el restaurante de la playa de Trancoso, pero seguía pensando que era una idiotez recorrer trece kilómetros solo para, como dijo Roger, «airear la piel antes de que la invadieran los hongos domésticos, como todo lo demás».

—Lo que pasa es que, con esas pastillas nuevas, no eres capaz de estarte quieto —le reprochó Fred a su amigo, que lo precedía en la marcha de puntillas y flexionando mucho las piernas.

—¿Y qué? —dijo Roger—. Te vendrá bien quemar algunas calorías antes de volver al bufet del mar del Norte. Mejor me cuentas lo que dijo Muhammad por teléfono sobre los dos policías.

Fred suspiró e intentó recordarlo en la poca memoria que le quedaba.

—Habló de una tía pequeña y tan pálida que era casi transparente. Y un alemán enorme con nariz de bebedor.

—¿Alemán?

—Muhammad cree que sí. Tal vez sea ruso. O un indio inca o...

—Muy divertido. ¿Estaba seguro de que era un madero?

–¿Qué quieres decir?

Fred estuvo a punto de chocar con Roger, que se había parado en seco.

–No me gusta, como mínimo –dijo Roger–. Por lo que yo sé, Lev no ha atracado bancos en ningún sitio más que en Noruega. Y la policía noruega no viaja a Brasil para pescar a un simple atracador de bancos. Seguramente serán rusos. Mierda. En ese caso, sabemos quién los envía. Y, en ese caso, no buscan únicamente a Lev.

Fred suspiró.

–No empieces con el puto gitano otra vez, por favor.

–Tú crees que estoy paranoico, pero es el mismísimo diablo. No le cuesta ni una caloría cargarse a alguien que le haya timado una corona. Creí que ni siquiera se daría cuenta; solo cogí un par de billetes de mil para gastos de una de las bolsas, ¿no? Pero es una cuestión de principios, ya sabes. Cuando eres jefe en esos ambientes, tienes que infundir respeto, si no…

–¡Roger! Si quisiera oír ese tipo de historias de mafiosos, me alquilaría un vídeo.

Roger no contestó.

–¿Hola? ¿Roger?

–Cierra la boca –dijo Roger–. No te gires, sigue andando.

–¿Qué?

–Si no estuvieras borracho como una cuba, habrías visto que acabamos de pasar junto a dos piezas, una transparente y otra con nariz de bebedor.

–¿De verdad? –Fred se dio la vuelta–. Roger…

–¿Qué?

–Creo que tienes razón. Han dado la vuelta.

Roger siguió caminando sin girarse.

–¡Mierdamierdamierda!

–¿Qué hacemos?

Fred se giró al no obtener respuesta y descubrió que Roger había desaparecido. Presa del mayor asombro, vio las huellas profundas que Roger había dejado al girar repentinamente hacia la izquierda. Levantó la vista otra vez y vio las plantas de los pies de

Roger corriendo a toda velocidad. Fred también echó a correr en dirección a la verde espesura de la vegetación.

Harry se rindió casi enseguida.

—¡No puede ser! —le gritó a Beate, que se detuvo vacilante.

Estaban a solo unos metros de la playa, pero parecían encontrarse en otro mundo. Un calor sofocante y estancado llenaba el espacio existente entre los troncos en penumbra debajo de la techumbre verde del follaje. Los posibles ruidos procedentes de los dos hombres que huían quedaban ahogados por los gritos de los pájaros y el rumor del mar que se extendía detrás.

—El segundo no parecía precisamente un corredor profesional —dijo Beate.

—Conocen estos caminos mejor que nosotros —dijo Harry—. Y nosotros no tenemos armas, pero puede que ellos sí.

—Si no habían avisado a Lev ya, lo harán ahora, seguro. O sea, ¿qué hacemos?

Harry se frotó el vendaje de la nuca, que ya estaba empapado de sudor. Los mosquitos habían logrado atravesarlo y darle un par de picotazos.

—Pasemos al plan B.

—¿Ah, sí? ¿Y en qué consiste?

Harry miró a Beate y se preguntó cómo era posible que no tuviera ni una gota de sudor en la frente, cuando él hacía agua como un canalón carcomido.

—Iremos de pesca —dijo.

La puesta de sol fue breve, pero les brindó un magnífico espectáculo que incluía todos los matices de rojo existentes en el espectro de ese color.

—Aparte de alguno más —precisó Muhammad, y señaló hacia el astro ardiente que se deshacía en el horizonte como la mantequilla en una sartén al rojo vivo.

Pero al alemán que tenía ante la barra no le interesaba la puesta de sol. Acababa de decir que pagaría mil dólares a quien le ayudara a localizar a Lev Grette o a Roger Person. ¿Quizá Muhammad tendría la amabilidad de difundir la oferta? Los informantes interesados podían dirigirse a la habitación 69 del hotel Victoria, dijo el alemán antes de dejar el *ahwa* en compañía de la rubia.

Las golondrinas enloquecieron con el baile nocturno, tan breve como el ocaso, que ejecutaron los insectos. El sol se convirtió en una mancha roja reflejada en la superficie del mar y, diez minutos después, ya era noche cerrada.

Una hora más tarde apareció Roger maldiciendo, pálido debajo del intenso bronceado.

—Puto gitano —murmuró a Muhammad, que, por su parte, le contó a Roger que ya había oído los rumores sobre la generosa recompensa en el bar de Fredo, de donde se largó enseguida.

Por el camino, le dijo, entró en el supermercado para ver a Petra, según la cual el alemán y la rubia habían pasado por allí dos veces aquel día. La última vez, le dijo Petra, no hicieron preguntas, solo compraron un sedal.

—¿Y para qué querrán un sedal? —se preguntó, y echó un vistazo a su alrededor, mientras Muhammad le servía el café—. ¿Es que van a pescar o qué?

—Toma —dijo Muhammad, y señaló con la cabeza la taza de café—. Es bueno para la paranoia.

—¡¿Paranoia?! —gritó Roger—. Es sentido común. ¡Putos mil dólares! La gente de por aquí vendería a su madre por la décima parte.

—Entonces ¿qué piensas hacer?

—Lo que tengo que hacer. Adelantarme al alemán.

—¿Ah, sí? ¿Cómo?

Roger probó el café al mismo tiempo que se sacaba de la cintura del pantalón un arma corta de color negro y marrón rojizo.

—Te presento a la Taurus PT-92C, de São Paulo.

—Aquí no, gracias —respondió el árabe en un susurro—. Guarda eso inmediatamente. Estás majareta. ¿Piensas enfrentarte al alemán tú solo?

Roger se encogió de hombros y se guardó el arma en la cintura del pantalón.

—Fred está en casa temblando como un flan. Dice que no piensa estar sobrio nunca más.

—Ese tío es un profesional, Roger.

Roger preguntó gimoteando:

—¿Y yo no? Yo también lo soy, tengo experiencia como atracador de bancos. ¿Y sabes qué es lo más importante, Muhammad? El factor sorpresa. Eso lo es todo. —Roger apuró el café—. Y ya me sé yo lo profesional que es, cuando va por ahí diciéndole a todo el mundo en qué habitación se aloja.

Muhammad alzó la vista al cielo y se santiguó.

—Alá te ve, Muhammad —dijo Roger con acritud antes de levantarse.

Roger vio a la rubia nada más entrar en la recepción. Estaba sentada con un grupo de hombres que veían un partido de fútbol en el televisor que había colgado sobre la barra. «Es verdad, esta noche hay "flaflu", el derbi tradicional local entre el Flamengo y el Fluminense de Río», se dijo. Por eso estaba tan lleno el bar de Fredo.

Pasó deprisa con la intención de que nadie reparase en él. Subió corriendo la escalera enmoquetada y siguió por el pasillo. Sabía perfectamente dónde se encontraba la habitación pues, cuando el marido de Petra se ausentaba de la ciudad, pasaba por allí a reservar la 69.

Roger acercó la oreja a la puerta, pero no oyó nada. Miró por el ojo de la cerradura, pero dentro estaba oscuro. El alemán habría salido, o estaría durmiendo. Roger tragó saliva. El corazón le latía acelerado, pero el medio Rohypnol que se había tomado lo mantenía sereno. Comprobó que tenía la pistola cargada y el seguro quitado antes de bajar cuidadosamente el picaporte. ¡La puerta no estaba cerrada! Roger entró raudo en la habitación y cerró la puerta sin hacer ruido. Se quedó inmóvil en la oscuridad, aguantando la respiración. Ni se veía ni se oía a nadie. Ningún movimiento, ninguna respiración. Solo el débil zumbido del ventilador del techo. Suerte que Roger conocía la habitación al dedillo. Apuntó la pistola hacia lo que sabía que era la cama en forma de corazón mientras la vista se le iba adaptando a la oscuridad. Un delgado rayo de luna arrojaba una luz pálida sobre la cama. Se veía el edredón doblado a un lado y la cama vacía. Pensó febrilmente. ¿El alemán se había olvidado de cerrar con llave al salir? En ese caso, Roger podía ponerse cómodo y esperar a que volviera y le sirviera de diana en el umbral de la puerta. Sin embargo, aquello parecía demasiado bueno para ser verdad, como si en un banco se olvidaran de activar el cierre retardado. Esas cosas no pasan. El ventilador de techo.

La confirmación le llegó en ese preciso instante.

Roger se sobresaltó al oír un chorro de agua en el baño. ¡El tío estaba sentado en el trono! Roger cogió la pistola con ambas manos y apuntó con los brazos extendidos hacia donde sabía que estaba la puerta del baño. Transcurrieron cinco segundos. Ocho segundos. Roger ya no podía contener la respiración por más tiempo. ¿A qué coño estaba esperando aquel tío? ¡Ya había tirado de la cadena! Doce segundos. ¿Y si había oído algo? Y ahora intentaba huir… Roger recordó que allí dentro había una ventana pequeña en la parte superior de la pared. ¡Mierda! Esta era su oportunidad, no podía dejar que el alemán se le escapara ahora. Roger pasó de puntillas junto al armario donde se guardaba el albornoz que tan bien le sentaba a Petra, se detuvo ante la puerta del baño y puso una mano en el picaporte. Respiró hondo. Iba a darse la vuelta cuando notó un levísimo movimiento de aire. No como el de un ventilador de techo o una ventana abierta. De otro tipo.

—*Freeze* —dijo una voz justo detrás de él.

Y eso exactamente fue lo que hizo Roger después de levantar la cabeza y mirar el espejo de la puerta del baño. Sintió tanto frío que empezaron a castañetearle los dientes. Las puertas del armario se habían abierto, y allí dentro, entre los albornoces blancos, vislumbró una figura gigantesca. Pero no fue eso lo que le provocó aquel frío repentino. El efecto psicológico de descubrir que alguien te está apuntando con un arma mucho más grande que la tuya no disminuye solo por el hecho de poseer ciertos conocimientos sobre armas de fuego. Todo lo contrario, ya que uno sabe que las balas de gran calibre destrozan un cuerpo humano con más eficacia. Y la Taurus PT-92C de Roger era un lanzador de guisantes comparado con el monstruo negro y enorme que vislumbró a su espalda gracias a la luz de la luna. Un crujido le hizo levantar la vista. Algo que parecía un sedal se veía extendido entre el armario y la ranura superior de la puerta del baño.

     –*Guten Abend* –dijo Roger.

Quiso el azar que, seis años más tarde, a Roger lo invitaran a entrar en un bar de Pattaya, donde se encontró con la cara de Fred oculta detrás de una barba bien poblada. Al principio se quedó tan perplejo que no reaccionó cuando le ofreció una silla.

     Fred pidió varias copas y le contó que ya no trabajaba en el mar del Norte. Cobraba una pensión por incapacidad laboral. Roger se sentó indeciso y, sin entrar en detalles, le refirió que durante los últimos seis años había ejercido como correo desde Chiang Rai. Después de dos copas, Fred carraspeó y le preguntó qué había pasado la noche que desapareció de repente de D'Ajuda.

     Roger miró el interior del vaso, respiró hondo y le confesó que no tuvo elección. Que el alemán, que, por cierto, no era alemán, le tendió una encerrona y estuvo a punto de mandarlo al otro barrio aquella misma noche. Pero que, en el último momento, él le propuso un trato que el tipo aceptó. Si le daba treinta minutos de ventaja para salir de D'Ajuda, le diría dónde se escondía Lev Grette.

     –¿Qué tipo de arma dices que tenía aquel tío? –quiso saber Fred.

     –Estaba demasiado oscuro para verla, pero no era una marca conocida. Pero te puedo asegurar una cosa, de haberme disparado, la cabeza habría llegado volando hasta el bar de Fredo.

     Roger echó otra mirada rápida hacia la puerta.

—Por cierto, yo he conseguido casa aquí. ¿Tú tienes donde quedarte o qué?

Roger miró a Fred como si no se le hubiera pasado por la cabeza semejante cuestión. Se frotó la barbilla durante unos instantes antes de responder:

—No, en realidad no.

27

Edvard Grieg

La casa de Lev estaba aislada al final de una calle sin salida. Era, como la mayoría de las casas del vecindario, un edificio sencillo de ladrillo, con la salvedad de que la suya tenía cristales en las ventanas. Una farola solitaria arrojaba un fulgor dorado sobre un lugar en el que una impresionante y variada fauna de insectos peleaba por hacerse un hueco, mientras los murciélagos entraban y salían raudos de la densa oscuridad.

—Parece que no hay nadie en casa —susurró Beate.

—O puede que quiera ahorrar electricidad —dijo Harry.

Se detuvieron delante de una verja de hierro bastante oxidada.

—¿Cómo lo hacemos? —preguntó Beate—. ¿Escalamos y llamas a la puerta?

—No. Tú conectas el móvil y te quedas esperando aquí. Cuando me veas debajo de la ventana, llamas a este número.

Le dio la página que había arrancado del bloc de notas.

—¿Para qué?

—Si oigo que suena un móvil dentro de la casa, es de suponer que Lev está dentro.

—De acuerdo. ¿Y cómo piensas detenerlo? ¿Con eso? —preguntó, y señaló la aparatosa cosa negra que Harry sostenía en la mano derecha.

—¿Por qué no? —dijo Harry—. Funcionó con Roger Person.

—Él estaba en una habitación en penumbra y lo vio reflejado en un espejo de feria, Harry.

—Bueno. Como no nos han permitido introducir armas en Brasil, no nos queda más remedio que usar lo que tenemos a mano.

—¿Como un sedal amarrado a la cisterna del váter y un juguete?

—Pero no se trata de un juguete cualquiera, Beate. Es una Namco G-Com 45 —dijo dando unas palmaditas a la gigantesca pistola de plástico.

—Por lo menos quítale la pegatina de PlayStation —le advirtió Beate meneando la cabeza.

Harry se quitó los zapatos y corrió agazapado por el tramo de tierra seca y agrietada que antes le había parecido césped. Al llegar, se sentó bajo la ventana con la espalda pegada a la pared y le hizo a Beate una señal con la mano. No la veía, pero sabía que ella distinguía su figura, que se plasmaba en la pared blanca. Miró al cielo, que estaba cuajado de estrellas. Segundos más tarde se oyeron tonos débiles, aunque nítidos, procedentes de un móvil en el interior de la casa. «En el salón del Rey de la Montaña.» *Peer Gynt.* En otras palabras, el hombre tenía sentido del humor.

Harry fijó la vista en una de las estrellas e intentó eliminar de la cabeza cualquier pensamiento que no guardara relación con lo que iba a hacer ahora. No lo consiguió. Aune le dijo una vez que, si sabemos que solo en nuestra galaxia hay más soles que granos de arena en una playa mediana, ¿por qué nos preguntamos si hay vida ahí fuera? Más bien deberíamos preguntarnos qué posibilidades hay de que todos tengan buenas intenciones antes de plantearnos si vale la pena arriesgarse a establecer contacto con ellos. Harry apretó la mano que sujetaba la pistola. Era la misma pregunta que él se hacía ahora.

El teléfono dejó de emitir la música de Grieg. Harry esperó. Tomó aire, se levantó y avanzó de puntillas hasta la puerta. Escuchó con atención, pero solo se oían los grillos. Posó la mano con sumo cuidado en el pomo de la puerta, que imaginaba cerrada con llave.

Lo estaba.

Maldijo en voz baja. Si no estuviera cerrada, y eso los privara del factor sorpresa, había decidido de antemano que esperarían al día siguiente para comprar algo de «metal» antes de volver. Dudaba que fuera complicado comprar dos armas cortas decentes en un lugar como aquel. Pero también tenía la sensación de que no tardarían en informar a Lev de los acontecimientos del día, de modo que Beate y él no disponían de mucho tiempo.

Harry dio un respingo al sentir un dolor en la planta del pie derecho. Retiró automáticamente el pie y miró debajo. A la escasa luz de las estrellas consiguió vislumbrar una raya negra en la pared blanca. La raya partía de la puerta, atravesaba el escalón donde había tenido el pie, y seguía bajando los peldaños hasta perderse de vista. Sacó una linterna Mini Maglite del bolsillo y la encendió. Eran hormigas. Hormigas grandes y rojizas, semitransparentes, que desfilaban en dos columnas, una que bajaba la escalera y otra que se adentraba por debajo de la puerta. Se trataba, obviamente, de otra variedad de las hormigas negras habituales en los jardines. Era imposible ver qué transportaban pero, por lo que Harry sabía de hormigas, rojas o no, algo sería.

Harry apagó la linterna. Meditó. Y se fue. Bajó la escalera y avanzó hacia la verja. A medio camino se detuvo, se dio la vuelta y echó a correr. La sencilla puerta de madera medio corroída saltó de los goznes al recibir los noventa y cinco kilos de Hole a algo menos de treinta kilómetros por hora. Junto con los restos de la puerta, Harry cayó al suelo de cemento sobre uno de los codos y el dolor le subió por el brazo hasta la nuca. Se quedó tumbado en la oscuridad a la espera del chasquido limpio del percutor del arma pero, al comprobar que no se producía, se levantó y volvió a encender la linterna. Siguió los cuerpos brillantes de las hormigas que iban por encima de una alfombra mugrienta hasta la siguiente habitación, donde la fila giraba bruscamente a la izquierda y seguía subiendo por la pared. El cono de luz captó en su ascenso el borde de una ilustración del *Kama Sutra*. La caravana de hormigas giraba y seguía por el techo. Harry miró hacia arriba. La nuca le dolía más que nunca. Ahora estaban justo sobre él. Tuvo que volverse. El cono de luz se movió un poco antes de encontrar de nuevo a las hormigas. ¿Era ese realmente el camino más corto hasta donde querían llegar? Harry no tuvo tiempo de pensar en otra cosa antes de encontrarse cara a cara con Lev Grette. El cuerpo se encontraba un poco por encima de Harry, que soltó la linterna y retrocedió. Y aunque el cerebro le decía que ya era demasiado tarde, las manos, con una mezcla de horror y desvarío, tantearon en busca de una Namco G-Com 45.

28

Lava-pés

Beate no soportó el hedor más de un par de minutos, transcurridos los cuales se vio obligada a salir de allí corriendo. Harry la encontró doblada en la oscuridad cuando llegó caminando despacio por la parte trasera. Se sentó en un peldaño de la escalera y encendió un cigarrillo.

—¿Es que no has notado el olor? —se lamentó Beate mientras le caía saliva de la boca y la nariz.

—Disosmia —respondió Harry escrutando el ascua del cigarrillo—. Pérdida parcial del olfato. Hay algunas cosas que ya no puedo olerlas. Aune dice que es porque he olido demasiados cadáveres. Traumas emocionales y esas cosas.

Beate vomitaba.

—Lo siento —volvió a gimotear—. Han sido las hormigas. Es decir, ¿por qué esos bichos asquerosos utilizan precisamente las fosas nasales como una especie de autovía de dos carriles?

—Bueno. Si insistes te puedo contar dónde se encuentran las partes del cuerpo humano que son más ricas en proteínas.

—¡No, gracias!

—Perdón. —Harry tiró el cigarrillo al suelo reseco—. Lo has hecho muy bien ahí dentro, Lønn. No es lo mismo que en un vídeo.

Se levantó y entró de nuevo.

Lev Grette colgaba de un trozo corto de cuerda sujeta al gancho de la lámpara. Flotaba a más de medio metro por encima del suelo y la silla estaba volcada, por eso ahora las moscas tenían el monopolio del cadáver junto con las hormigas amarillas que seguían desfilando arriba y abajo por la cuerda.

Beate había encontrado el móvil con el cargador en el suelo, al lado del sofá, y dijo que averiguaría cuándo había mantenido la última conversación. Harry se fue a la cocina y encendió la luz. En la encimera, sobre un papel de tamaño A4, había una cucaracha de color azul metálico que agitó las antenas antes de emprender una rápida retirada de vuelta a los fogones. Harry levantó la hoja. Estaba escrita a mano. Había leído todo tipo de notas de suicidas y solo una minoría tenía cierta calidad literaria. Las célebres últimas palabras solían consistir en rumores confusos, llamadas desesperadas de socorro o instrucciones prosaicas sobre quién heredaría la tostadora y el cortacésped. Una de las más sensatas, en su opinión, fue la del agricultor de Maridalen que había dejado escrito con tiza en la pared: «Aquí dentro hay colgado un hombre muerto. Por favor, llame a la policía. Lo siento». De ahí que la carta de Lev Grette se le antojara sino única, sí poco habitual.

Querido Trond:

Siempre me he preguntado qué sentiría aquel hombre cuando el paso elevado desapareció de repente. Cuando el abismo se abrió bajo sus pies y entendió que estaba a punto de ocurrir algo totalmente absurdo, que iba a morir inútilmente. Quizá aún le quedaran cosas por hacer. Quizá le esperase alguien aquella mañana. Quizá creyera que, justo aquel día, comenzaría algo nuevo. En esto último, hasta cierto punto habría tenido razón…

Nunca te conté que fui a verlo al hospital. Le llevé un ramo de rosas y le dije que lo había visto todo desde la ventana del bloque, que llamé a la ambulancia y que le di a la policía la descripción del chico y de la bicicleta. Estaba en cama, menudo y gris, y me dio las gracias. Así que le pregunté, como un puto comentarista deportivo: «¿Qué sentiste?».

No me respondió. Estaba allí lleno de tubos y de botellas que goteaban lentamente y me miró. Me volvió a dar las gracias, y un enfermero me dijo que tenía que irme.

Así que nunca supe qué se siente. Hasta que un día el abismo también se abrió de repente bajo mis pies. No pasó mientras corría por Industrigata después del atraco. Ni después, cuando conté el dinero. Ni mientras lo vi en las noticias. Me pasó exactamente como al hombre mayor, una mañana mientras caminaba despreocupado. El sol brillaba, yo había vuelto sano y salvo a D'Ajuda, podía relajarme y permitirme pensar otra vez. Así que pensé. Pensé que le había quitado a la persona que más quiero en el mundo lo que él más quería. Que tenía dos millones de coronas para vivir, pero nada por lo que vivir. Fue esta mañana.

No espero que entiendas lo que hice, Trond. Que atraqué un banco, que ella vio que era yo, que uno está aprisionado en un juego que tiene reglas propias, nada de esto tiene cabida en tu mundo. Y tampoco espero que entiendas lo que voy a hacer ahora. Pero creo que tal vez entiendas que uno también se puede cansar de eso, de vivir.

LEV

P.D.: Entonces no le di importancia al hecho de que el hombre mayor no sonriera al darme las gracias. Pero hoy he pensado en ello, Trond. A lo mejor no lo esperaba nada ni nadie. A lo mejor había sentido alivio cuando el abismo se abrió y pensó que ya no tendría que hacerlo él mismo.

Beate estaba subida a una silla al lado del cadáver de Lev cuando Harry entró en el salón. Intentaba doblar uno de los dedos tiesos de Lev para comprimirlo contra el interior de una cajita metálica.

—Vaya —dijo—. La almohadilla de tinta se ha quedado al sol en la habitación del hotel y se ha secado.

—Si no consigues una huella buena, recurriremos al método de los bomberos —dijo Harry.

—¿Cuál es?

—Cuando nos quemamos, cerramos automáticamente las manos. Incluso en cadáveres calcinados, la piel de la yema de los dedos queda intacta y se pueden obtener identificaciones con las huellas dactilares. Por razones prácticas, los bomberos a veces tienen que cortar un dedo y llevárselo a la científica.

—Eso se llama profanar a los muertos.

Harry se encogió de hombros.

—Si miras la otra mano verás que le falta un dedo.

—Ya lo he visto —dijo ella—. Parece que se lo han cortado. ¿Qué significará eso?

Harry se acercó e iluminó con la linterna.

—La herida no ha cicatrizado y, aun así, casi no hay sangre. Eso indica que cortaron el dedo mucho después de que se colgara. Vinieron y vieron que él mismo había hecho el trabajo por ellos.

—¿Quiénes?

—Bueno. En algunos países, los gitanos castigan a los ladrones cortándoles un dedo —dijo Harry—. Si le han robado a un gitano, claro.

—Creo que he conseguido una huella buena —dijo Beate, y se secó el sudor de la frente—. ¿Lo bajamos?

—No —dijo Harry—. En cuanto echemos un vistazo, lo ordenamos todo otra vez y nos largamos. He visto una cabina telefónica en la calle principal, haré una llamada anónima a la policía desde allí e informaré de lo sucedido. Cuando lleguemos a Oslo, tú llamas y solicitas el informe del forense. No dudo de que muriera por estrangulamiento, pero quiero saber la hora de la muerte.

—¿Y qué hacemos con la puerta?

—Poco se puede hacer con ella.

—¿Y esa nuca? La venda está roja.

—Olvídalo. Me duele más el brazo que me he aplastado al derribar la puerta.

—¿Cuánto te duele?

Harry levantó el brazo con cuidado e hizo una mueca.

—Va bien mientras no lo mueva.

—Entonces alégrate de no padecer el mal de Setesdal.

Dos de los tres que estaban en la habitación se rieron, pero las risas se apagaron enseguida.

Camino del hotel, Beate le preguntó a Harry si le parecía que ya cuadraba todo.

—Desde un punto de vista técnico, sí. Aparte de eso, a mí los suicidios nunca me cuadran.

Tiró el cigarrillo, cuyas ascuas dibujaron parábolas chispeantes en una oscuridad que casi parecía de tela.

—Pero así soy yo.

29

Habitación 316

La ventana se abrió de golpe.

–Trond no está –dijo una voz con la erre típica de Bergen.

Obviamente, el cabello teñido había sido víctima de otra dosis de productos químicos desde la última vez, y el cuero cabelludo relucía entre la melena exhausta.

–¿Habéis estado en algún país mediterráneo?

Harry levantó la cara tostada por el sol y la miró.

–Algo así. ¿Sabes dónde podemos encontrarlo?

–Está metiendo cosas en el coche –dijo ella, y señaló hacia el otro lado de las casas–. Creo que se va de viaje, pobrecito.

–Ya.

Beate hizo amago de irse, pero Harry no se movió.

–¿Llevas viviendo aquí mucho tiempo? –preguntó.

–Pues sí. Treinta y dos años.

–Entonces, supongo que te acuerdas de Lev y de Trond cuando eran pequeños.

–Naturalmente. Sí, ellos dejaron huella en este barrio. –Sonrió y se apoyó en el marco de la ventana–. En particular, Lev. Todo un galán. Enseguida comprendimos que podía ser peligroso para las chicas.

–Peligroso… ya. Probablemente conoces la historia del hombre mayor que se cayó desde el paso peatonal, ¿no?

Se le ensombreció la cara, y susurró con voz trágica:

—Ah, sí. Fue horrible. He oído que nunca más consiguió andar bien del todo; pobre viejo. Se le anquilosaron las rodillas. Resulta increíble que un niño sea capaz de hacer algo tan perverso.

—Ya. Parece que era un bala perdida.

—¿Un bala perdida? —repitió la vecina a la vez que se hacía sombra con la mano—. Yo no diría exactamente eso. Era un chico atento y muy educado. Por eso era tan extraño.

—¿Y todo el barrio sabía que lo había hecho él?

—Todos. Yo misma lo vi desde esta ventana con una chaqueta roja en una bicicleta a toda prisa. Y debí comprender que algo pasaba cuando volvió: venía totalmente pálido.

La mujer se estremeció al sentir una ráfaga de aire frío y luego señaló la calle.

Trond se acercaba caminando con los brazos caídos. Fue aminorando el paso hasta que, al fin, se detuvo delante de ellos.

—Es Lev, ¿verdad? —dijo cuando llegó hasta donde se hallaban.

—Sí —respondió Harry.

—¿Ha muerto?

Harry vio de soslayo el rostro asomado a la ventana.

—Sí. Ha muerto.

—Vale —dijo Trond.

Inclinó la cabeza y se cubrió la cara con las manos.

Bjarne Møller estaba junto a la ventana mirando a la calle con aire de preocupación cuando Harry asomó por la puerta entreabierta antes de llamar con unos golpecitos discretos.

Møller se dio la vuelta y, al verlo, se le iluminó la cara.

—Hola.

—Aquí está el informe, jefe.

Harry arrojó un par de carpetas de cartón verde encima del escritorio.

Møller se dejó caer en la silla, le costó un poco acomodar las largas piernas debajo del tablero, y se puso las gafas.

—Muy bien —dijo al abrir la carpeta titulada DOCUMENTOS.

Dentro había un único folio tamaño A4.

—Pensé que no querríais conocer todos los detalles —dijo Harry.

—Si eso es lo que piensas, seguro que tienes razón —convino Møller paseando la vista por las líneas generosamente espaciadas.

Harry miró por la ventana que quedaba a la espalda de su jefe. No había nada que ver allí fuera, solo una niebla densa que se había extendido sobre la ciudad como un pañal usado. Møller dejó el folio.

—¿Así que llegasteis allí, alguien os dijo dónde vivía el tipo y encontrasteis al Encargado colgado de una soga?

—En resumen, sí.

Møller se encogió de hombros.

—Más que suficiente para mí si hay pruebas sólidas de que este es realmente el hombre que buscábamos.

—Weber cotejó las huellas dactilares esta mañana.

—¿Y?

Harry se sentó en la silla.

—Se corresponden con las que encontramos en la botella de refresco que el atracador había tenido en las manos justo antes del atraco.

—¿Estamos seguros de que es la misma botella que...?

—Relájate, jefe, tenemos la botella y el hombre en el vídeo. Y acabas de leer en el informe que tenemos una carta manuscrita del suicida en la que el propio Lev Grette se confiesa autor del robo, ¿no? Estuvimos en Diesengrenda esta mañana y se lo comunicamos a Trond Grette. Nos prestó algunos libros escolares viejos que guardaba en el desván y Beate los llevó al grafólogo de KRIPOS. Afirma que no hay duda de que la carta del suicida la escribió la misma persona.

—Bueno, bueno, solo quiero estar totalmente seguro antes de informar sobre esto, Harry. Sabes que todos los periódicos lo sacarán en primera página.

—Deberías estar un poco más contento, jefe —dijo Harry, y se puso de pie—. Acabamos de resolver el caso más importante que se nos ha presentado en mucho tiempo… así que esto debería estar engalanado con globos y serpentinas.

—Seguramente tienes razón —dijo Møller, que titubeó antes de preguntar—: Entonces ¿por qué no se te ve contento?

—No lo estaré hasta que hayamos resuelto el otro asunto, ya sabes. —Harry se dirigió hacia la puerta—. Halvorsen y yo ordenaremos las mesas hoy y empezaremos con el caso de Ellen mañana.

Ya se marchaba, pero se detuvo en la puerta cuando Møller carraspeó.

—¿Sí, jefe?

—Solo una pregunta: ¿cómo averiguaste que Lev Grette tenía que ser el Encargado?

—Bueno. La versión oficial es que Beate lo reconoció en el vídeo. ¿Quieres oír la extraoficial?

Møller se frotó la rodilla, que se le había dormido. Puso cara de preocupación.

—Creo que no.

—Bueno, bueno —dijo Harry en el umbral de House of Pain.

—Bueno, bueno —repitió Beate mientras se giraba en la silla y miraba las fotos que desfilaban por la pantalla.

—Supongo que debo agradecerte tu colaboración —dijo Harry.

—Lo mismo digo.

Harry se quedó manoseando el llavero.

—De todas formas, Ivarsson no estará molesto mucho tiempo, recibirá parte de los honores porque fue idea suya que formáramos equipo.

Beate sonrió.

—Hasta que se acabó.

—Y acuérdate de lo que te dije de ya sabes quién.

—No —respondió la colega con un destello en los ojos.

Harry se encogió de hombros.

—Es un cerdo. Mi conciencia no me permite ocultártelo.

—Me alegro de haberte conocido, Harry.

Harry dejó que la puerta se cerrara despacio a su espalda.

Abrió la puerta del apartamento, dejó la bolsa de viaje y la de la PlayStation en el suelo de la entrada y se fue a dormir. Tres horas más tarde, después de un sueño sin ensoñaciones, le despertó el timbre del teléfono. Se dio la vuelta y vio que en el despertador relucían las cifras 19.03. Bajó los pies de la cama, se fue a la entrada, cogió el auricular y dijo «Hola, Øystein» antes de que el otro tuviera tiempo de saludar.

—Hola, Hole. Estoy en el aeropuerto de El Cairo —le dijo Øystein—. Teníamos que llamarnos a esta hora, ¿no?

—Eres la puntualidad en persona —dijo Harry con un bostezo—. Y estás borracho.

—Borracho, no —gangueó Øystein contrariado—. Solo me he tomado dos cervezas Stella. O tres. Hay que vigilar el nivel del líquido aquí en el desierto, ya sabes. Tu chico está lúcido y sobrio, Harry.

—Me parece muy bien. Espero que tengas más buenas noticias.

—Tengo, como dice el médico, una buena y otra mala. Te cuento la buena primero…

—Vale.

Se produjo un largo silencio durante el cual Harry solo oyó el chisporroteo de algo que parecían respiraciones profundas.

—¿Øystein?

—¿Sí?

—Estoy aquí esperando más ilusionado que un niño.

—¿Qué?

—La buena noticia…

—Ah, sí. Bueno, ya… tengo el número de abonado, Harry. *No problemo*, como dicen aquí. Es de un móvil noruego.

—¿Un móvil? ¿Eso se puede hacer?

—Se pueden mandar correos por vía inalámbrica desde cualquier sitio del mundo, solo hay que conectar un ordenador al teléfono móvil y llamar al servidor. Esta noticia es supervieja, Harry.

—Vale, pero ¿tiene algún nombre ese abonado?

—Eh… claro que sí. Pero no lo tienen los chicos aquí en At-Tur; ellos se limitan a pasarle el cargo al operador noruego, en este caso Telenor, que a su vez envía la factura al cliente final. Así que llamé a la información telefónica de Noruega. Y conseguí la respuesta.

—¿Sí?

Harry ya se había despabilado del todo.

—Y… esa es la noticia menos buena.

—¿Por?

—¿Has revisado tus facturas telefónicas durante las últimas semanas, Harry?

Pasaron un par de segundos antes de que Harry empezara a entenderlo.

—¿*Mi* móvil? ¿Ese cabrón está utilizando *mi* móvil?

—Tengo entendido que ya no lo tienes.

—No, lo perdí aquella noche en casa de… de Anna. ¡Joder!

—¿Y no se te ocurrió que sería buena idea darlo de baja cuando viste que había desaparecido?

—¿Si se me ocurrió darlo de baja? —Harry dejó escapar un suspiro—. ¡No se me ha ocurrido nada sensato desde que empezó esta mierda, Øystein! Perdona que me ponga así: ¡es de una simpleza tan obvia! Por eso no encontré el teléfono en casa de Anna. Y por eso él se siente tan superior.

—Siento haberte dado el día.

—Espera un poco —dijo Harry con un súbito entusiasmo—. Si conseguimos probar que tiene mi móvil, también podremos demostrar que estuvo en casa de Anna después de que yo me marchara de allí.

—¡Bien! —se oyó gritar por el auricular. Y luego con más cautela—: ¿Significa eso que estás contento, al fin y al cabo? ¿Hola? ¿Harry?

—Sí, sí, sigo aquí. Estoy pensando.

—Pensar es bueno. Tú sigue pensando, yo tengo una cita con una tal Stella. Bueno, con varias, en realidad. A ver si llego a tiempo de coger el avión para Oslo…

—Adiós, Øystein.

Harry se quedó con el auricular en la mano sopesando si estrellarlo contra la imagen que le devolvía el espejo. Cuando despertó al día siguiente, tenía la esperanza de que la conversación con Øystein hubiera sido un sueño. Y así era, efectivamente, una de las seis o siete versiones de la misma conversación.

Raskol estaba sentado, con la cabeza gacha y apoyada en ambas manos, mientras Harry le hablaba. No se movió ni lo interrumpió mientras Harry le relataba cómo habían encontrado a Lev Grette, y que el móvil de Harry era la razón de que aún no tuvieran pruebas contra el asesino de Anna. Cuando Harry acabó, Raskol entrelazó las manos y levantó la cabeza poco a poco.

—Así que has resuelto tu asunto. Pero el mío sigue pendiente.

—Yo no veo un asunto mío y otro tuyo, Raskol. Mi responsabilidad...

—Pero yo sí lo veo así, *spiuni* —lo interrumpió Raskol—. Y yo dirijo una organización bélica.

—Ya. ¿Y qué quieres decir exactamente con eso?

Raskol cerró los ojos.

—¿Te he contado lo que ocurrió cuando el rey de Wu invitó a Sun Tzu a la corte para que les enseñara a las concubinas el arte de la guerra, *spiuni*?

—Pues no.

Raskol sonrió.

—Sun Tzu era un intelectual y empezó por explicar a las mujeres las órdenes de mando de forma detallada y pedagógica. Pero cuando sonaron los tambores, ellas no se pusieron a desfilar, tal como debían hacer, sino que rompieron a reír. «Si los oficiales no entienden la orden, la culpa es del general», declaró Sun Tzu y volvió a explicárselo todo desde el principio. Pero cuando les ordenó por segunda vez que desfilaran, se repitió la escena. «Si los oficiales no cumplen una orden que han entendido, la culpa es de los oficiales», dijo, y ordenó a dos de sus hombres que apartaran del grupo a las dos concubinas que había designado como oficiales. Fueron decapitadas ante la aterrada mirada de las demás mujeres. Cuando el rey se enteró de que habían ejecutado a sus dos concubinas favoritas, enfermó y tuvo que guardar cama durante varios días. Una vez repuesto, puso a Sun Tzu al mando de las fuerzas armadas. –Raskol volvió a abrir los ojos–. ¿Qué nos enseña esta historia, *spiuni*?

Harry no contestó.

–Pues verás, nos enseña que en una organización bélica la lógica ha de ser total y la coherencia absoluta. Si cedes ante las consecuencias, te quedas con una corte de risueñas concubinas. Cuando viniste a pedir otras cuarenta mil coronas, te las di porque creí la historia sobre la foto que hallaste en el zapato de Anna. Porque Anna era gitana. Cuando viajamos, los gitanos vamos dejando *patrin* en los cruces de los caminos. Un pañuelo rojo atado a una rama, un hueso con una muesca, cada indicio tiene un significado distinto. Una foto significa que alguien ha muerto. O va a morir. Tú no podías saber eso, así que me fié de que decías la verdad. –Raskol puso las manos sobre la mesa con las palmas hacia arriba–. Pero el hombre que mató a la hija de mi hermano sigue libre, y cuando te miro ahora veo a una concubina china que se ríe, *spiuni*. Coherencia absoluta. Dime su nombre, *spiuni*.

Harry tomó aire. Dos palabras. Si delataba a Albu, ¿qué tipo de sentencia recibiría? ¿Asesinato involuntario sin premeditación y por celos? ¿Le caerían nueve años, quedaría libre después de seis? ¿Y las consecuencias para él? La investigación desvelaría necesariamente que él, como agente de policía, había ocultado la verdad para no convertirse en sospechoso. Sería un claro ejemplo de lo que se llama tirar piedras contra el tejado propio. Arne Albu. Dos palabras. Cuatro sílabas. Y todos los problemas quedarían resueltos. Y Albu sufriría las últimas consecuencias.

Harry contestó con un monosílabo.

Raskol asintió con la cabeza y miró a Harry con tristeza en los ojos.

—Temía que esa fuera tu respuesta. Así que no me dejas alternativa, *spiuni*. ¿Te acuerdas de lo que te respondí cuando me preguntaste por qué me fiaba de ti?

Harry asintió con la cabeza.

—Todo el mundo tiene algo por lo que vivir, ¿no es verdad, *spiuni*? Algo que se le puede arrebatar. Bien, si te digo «316», ¿te suena?

Harry no contestó.

—Pues te diré que «316» es un número de habitación del hotel International de Moscú. La encargada de la planta donde está esa habitación se llama Olga. Se va a jubilar pronto y su mayor deseo es tomarse unas largas vacaciones a orillas del mar Negro. Dos escaleras y un ascensor dan acceso a la planta, aparte del ascensor del personal. La habitación tiene dos camas individuales.

Harry tragó saliva.

Raskol apoyó la frente en las manos entrelazadas.

—El pequeño duerme al lado de la ventana.

Harry se levantó, se dirigió hacia la puerta y le asestó un fuerte golpe, cuyo eco se propagó a lo largo del pasillo. Siguió golpeando hasta que oyó la llave en la cerradura.

30

Modo vibración

−*Sorry*; he venido tan pronto como he podido −dijo Øystein antes de retirar el taxi del bordillo de la acera que había delante de Elmers Frukt & Tobakk.

−Bienvenido −dijo Harry, y se preguntó si el autobús que venía por la derecha había entendido que Øystein no tenía intención de parar.

−¿Dices que vamos a Slemdal? −preguntó Øystein sin hacerse eco de los toques airados de claxon del autobús.

−A Bjørnetråkket. ¿Sabes que ahí tenías un ceda el paso?

−He preferido no aprovecharlo.

Harry miró a su amigo. Tras las dos finísimas ranuras de los ojos vislumbró dos globos oculares inyectados de sangre.

−¿Estás cansado?

−El jet lag.

−La diferencia horaria con Egipto es de una hora, Øystein.

−Como mínimo...

Puesto que ni los amortiguadores del coche ni los muelles del asiento daban más de sí, Harry fue notando cada uno de los adoquines y de las juntas del asfalto mientras iban sorteando las curvas hasta el chalé de Albu, pero nada le preocupaba menos en aquellos momentos. Øystein le prestó el móvil, llamó al número del hotel International y le pusieron con la habitación 316. Oleg cogió el teléfono. Captó la alegría en su voz cuando el pequeño le preguntó dónde estaba.

—En un coche. ¿Dónde está mamá?

—Ha salido.

—Creía que no iba al juzgado hasta mañana.

—Tiene una reunión con todos los abogados en Kuznetski Most —le respondió Oleg con un tono de madurez—. Volverá dentro de una hora.

—Escucha, Oleg, ¿puedes darle un recado a mamá? Dile que tenéis que cambiar de hotel. Inmediatamente.

—¿Por qué?

—Porque… ya se lo diré yo. Tú avísala, ¿vale? Llamaré más tarde.

—Vale.

—Buen chico. Tengo que dejarte.

—Oye…

—¿Qué?

—Nada.

—Vale. No olvides decirle a mamá lo que te he dicho.

Øystein frenó y pegó el coche al bordillo de la acera.

—Espérame aquí —le pidió Harry antes de salir—. Si no he vuelto dentro de veinte minutos, llamas al número que te he dado de la central de operaciones. Y di que…

—«El comisario Hole, de Delitos Violentos quiere que venga una patrulla armada enseguida.» Sí, ya lo sé.

—Bien. Y si oyes disparos, llamas sin pensarlo.

—Eso es. ¿De qué película me dijiste que era?

Harry miró hacia la casa. No se oían ladridos de perro. Un BMW azul oscuro pasó despacio y aparcó en la calle unos metros más abajo; aparte de eso, reinaba la calma más absoluta.

—De casi todas.

Øystein sonrió.

—Guay. —De pronto, puso cara de preocupación y, con el entrecejo fruncido, añadió—: Porque es guay, ¿verdad? No solo arriesgado a más no poder, ¿no?

Fue Vigdis Albu quien abrió la puerta. Llevaba una blusa blanca recién planchada y una falda corta, pero a juzgar por la hinchazón de los ojos, se diría que acababa de levantarse.

—He llamado al trabajo de tu marido —comenzó Harry—. Me han dicho que hoy se había quedado en casa.

—Es posible —dijo ella—. Pero ya no vive aquí —se rió—. No pongas cara de sorprendido, comisario. Fuiste tú quien vino con la historia de esa… esa… —gesticuló como si buscara otra palabra pero se resignó con una sonrisa forzada, como si no existiera otra para nombrarla—… puta.

—¿Puedo entrar, señora Albu?

Ella se encogió de hombros y los agitó como si se estremeciera.

—Llámame Vigdis o lo que sea, menos eso.

—Vigdis —dijo Harry, y se inclinó a modo de saludo—. ¿Puedo entrar ahora?

Ella enarcó las cejas, finas y bien depiladas. Dudó un poco. Y, finalmente, hizo un gesto de resignación antes de rendirse.

—¿Por qué no?

Harry creyó notar cierto olor a ginebra, pero también podría ser el perfume que llevaba. No había nada en la casa que indicase algún tipo de anomalía: estaba limpia y ordenada, olía bien y había flores frescas en un florero, sobre el aparador. Harry vio que la funda del sofá estaba un poco más blanca que el blanco sucio que lucía la última vez que estuvo sentado en él. Los acordes suaves de una pieza clásica salían de unos altavoces que no alcanzaba a ver.

—¿Mahler? —preguntó Harry.

—*Greatest hits* —confirmó Vigdis—. Arne solo compraba álbumes recopilatorios. Todo lo que no sea lo mejor carece de interés, solía decir.

—Pues qué bien que no se llevara todos los álbumes. Por cierto, ¿dónde está ahora?

—En primer lugar, nada de lo que ves aquí es suyo. Y en cuanto adónde está, ni lo sé ni quiero saberlo. ¿Tienes un cigarrillo, comisario?

Harry le ofreció el paquete y la observó mientras luchaba con un mechero de mesa muy voluminoso y hecho de teca y plata. Harry estiró el brazo por encima de la mesa para darle el mechero de usar y tirar que llevaba.

—Gracias. Estará en el extranjero, supongo. En algún lugar donde haga calor, aunque me temo que no tanto como el que yo le desearía.

—Ya. ¿Qué quieres decir con que nada de lo que hay aquí es suyo?

—Exactamente eso. La casa, los muebles, el coche, todo es mío. —Exhaló el humo con fuerza—. Pregúntale a mi abogado.

—Yo pensaba que era tu marido quien tenía el dinero…

—¡No lo llames así! —Daba la sensación de que Vigdis Albu se empeñaba en succionar todo el tabaco del cigarrillo—. Sí, el dinero era de Arne. Tenía suficiente dinero para comprar esta casa y estos muebles, los coches, los trajes y la cabaña; y las joyas que me regalaba solo para que las luciera delante de nuestras supuestas amistades. Lo único que significaba algo para Arne era precisamente la opinión de los demás. De su familia, de mi familia, de los colegas, los vecinos, los amigos de la facultad… —La ira le confería a su voz un tono duro y metálico, como si hablara por un megáfono—. Todos eran espectadores de la vida de fábula de Arne Albu; debían aplaudir cuando las cosas iban bien. Si Arne hubiera empleado la misma energía en dirigir la empresa que en cosechar aplausos, tal vez Albu AS no se habría ido al garete como lo hizo.

—Ya. Según el periódico *Dagens Næringsliv*, Albu AS era una empresa modélica.

—Albu AS era una empresa familiar, no una empresa que cotizara en Bolsa y que debiera publicar sus cuentas. Arne hizo que pareciera que tenía superávit al vender activos de la empresa. —Vidgis Albu aplastó en el cenicero el cigarrillo a medio fumar—. Hace un par de años, la empresa atravesó una crisis grave por falta de liquidez y, como Arne respondía personalmente de las deudas, puso la casa y otros bienes a mi nombre y al de los niños.

—Ya. Pero los que compraron la empresa pagaron bastante. Treinta millones, según la prensa.

Vigdis rió con amargura.

—¿Así que te creíste la historia del hombre de negocios de éxito que reduce su actividad para dedicarse a la familia? A Arne se le dan muy bien esas cosas, eso es cierto. Déjame que te lo diga de esta manera: Arne tuvo que elegir entre renunciar voluntariamente a la empresa o ir a la quiebra. Naturalmente, eligió lo primero.

—¿Y los treinta millones?

—Arne puede ser encantador cuando quiere. La gente tiende a creerle cuando se comporta así. Eso fue lo que hizo que el banco y el proveedor mantuvieran la empresa a flote tanto tiempo. En el acuerdo con el proveedor que se hizo cargo y que, más que un acuerdo, debió de ser una capitulación incondicional, Arne consiguió dos cosas. Le permitieron quedarse con la cabaña, que siguió estando a su nombre. Y convenció al comprador para fijar el precio de compra en treinta millones. Esto último significaba poco para ellos, pues podían descontar toda esa cantidad de los beneficios de Albu AS. Pero, por supuesto, lo significaba todo para la fachada de Arne Albu. Hizo que la quiebra pareciera un chollo de venta. No está nada mal, ¿verdad?

Vidgis Albu echó la cabeza hacia atrás y se rió. Harry alcanzó a ver la pequeña cicatriz de la intervención estética debajo del mentón.

—¿Qué pasó con Anna Bethsen? —quiso saber Harry.

—¿Su puta? —La mujer cruzó las piernas perfectamente torneadas, se apartó el cabello de la cara con un dedo y miró al infinito con expresión indiferente—. Ella no fue más que un juguete. El error de Arne fue que no pudo resistirse a la tentación de jactarse de la amante gitana delante de los amigos. Y no todos los que Arne consideraba amigos sentían que le debían especial lealtad, por expresarlo educadamente. Resumiendo, acabé enterándome.

—¿Y?

—Le di otra oportunidad. Por los niños. Soy una mujer razonable.

Sus ojos, hinchados por el agotamiento, le dedicaron a Harry una mirada cansina.

—Pero no la aprovechó.

—¿A lo mejor descubrió que se había convertido en algo más que un juguete?

Ella no respondió, pero los labios, de por sí finos, se afilaron más aún.

—¿No tenía un despacho en casa, o algo así?

Vigdis Albu hizo un gesto afirmativo con la cabeza.

Subió la escalera delante de él.

—A veces cerraba la puerta con llave y se pasaba ahí casi toda la noche.

Abrió la puerta de una habitación del desván con vistas a los tejados vecinos.

—¿Trabajaba?

—Navegaba por internet. Estaba totalmente enganchado a eso. Decía que miraba coches y esas cosas, pero vete a saber.

Harry se adelantó hasta el escritorio y abrió uno de los cajones.

—¿Por qué está vacío?

—Se llevó lo que había aquí. Cabía en una bolsa de plástico.

—¿El ordenador también?

—Solo había un portátil.

—¿Que de vez en cuando conectaba al móvil?

Ella enarcó una ceja.

—No sé nada de eso.

—Solo preguntaba.

—¿Quieres ver alguna otra cosa?

Harry se dio la vuelta. Vigdis Albu estaba apoyada en el quicio de la puerta con un brazo en la cabeza y el otro en la cadera. La sensación de *déjà vu* fue abrumadora.

—Una última pregunta, señora… Vigdis.

—Ah, vaya. ¿Tienes prisa, comisario?

—Tengo un taxímetro en marcha. La pregunta es sencilla. ¿Crees que pudo matarla?

Ella miró pensativa a Harry mientras daba leves patadas a la puerta con el tacón del zapato.

Harry esperó.

—¿Sabes lo primero que me dijo cuando le conté que sabía lo

332

de su puta? «Tienes que prometerme que no se lo dirás a nadie, Vigdis.» ¡*Yo* no debía decírselo a nadie! Para Arne, la apariencia de felicidad de cara a la galería era más importante que la felicidad misma. Mi respuesta, comisario, es que no tengo ni idea de lo que es capaz de hacer. No conozco a ese hombre.

Harry sacó una tarjeta de visita del bolsillo.

—Quiero que me llames si se pone en contacto contigo, o si te enteras de dónde está. Enseguida.

Vigdis miró la tarjeta de visita y sus labios de color rosa pálido dibujaron una sonrisa sutil.

—¿Solo en ese caso, comisario?

Harry no contestó.

Fuera, en la escalera, se volvió hacia ella.

—¿Se lo contaste alguna vez a alguien?

—¿Que mi marido me era infiel? ¿Tú qué crees?

—Bueno. Creo que eres una mujer pragmática.

Ella sonrió abiertamente.

—Dieciocho minutos —dijo Øystein—. Joder, empiezo a recuperar el pulso.

—¿Has llamado a mi número de móvil antiguo mientras estaba dentro?

—Sí. Daba la señal de llamada todo el rato.

—No he oído nada. Ya no está ahí dentro.

—Perdona, pero ¿has oído hablar del modo vibración?

—¿Qué?

Øystein simuló un ataque de epilepsia.

—Así. Modo vibración. *Silent phone.*

—El mío solo costó una corona, y solo funcionaba con sonido. Se lo ha llevado, Øystein. ¿Qué ha pasado con el BMW azul que estaba allí abajo?

—¿Qué?

Harry suspiró.

—Vámonos.

31

La linterna Maglite

−¿Me estás diciendo que *a nosotros* nos persigue un chalado porque tú no encuentras a la persona que asesinó a un familiar suyo?

La voz de Rakel parecía muy desagradable desde el auricular. Harry cerró los ojos. Halvorsen se había ido a la tienda de Elmer, y tenía la oficina para él solo.

−En resumen, sí. Hicimos un trato. Él cumplió su parte.

−¿Y eso significa que ahora nos persiguen a nosotros? ¿Y por eso tengo que huir del hotel con mi hijo, que en un par de días sabrá si le dejarán seguir o no con su madre? ¿Por eso... por eso...? −La voz subía el volumen, entrecortada y furiosa. Él la dejó continuar, sin interrumpirla−. ¿Por qué, Harry?

−Por la razón más vieja del mundo −le contestó−. Venganza de sangre. *Vendetta.*

−¿Qué tiene eso que ver con nosotros?

−Como te he dicho, nada. Tú y Oleg no sois el objetivo final, solo sois el medio. Ese hombre se siente en la obligación de vengar el asesinato.

−¡¿Obligación?! −El grito se le incrustó en los tímpanos−. ¡La venganza es uno de esos territorios frecuentados por los hombres, no tiene nada que ver con las obligaciones, sino con instintos del hombre de Neandertal!

Él esperó hasta que supuso que había acabado.

–Lo siento. Pero ahora no puedo hacer nada.

Ella no respondió.

–¿Rakel?

–Sí.

–¿Dónde estáis?

–Si lo que dices es cierto, si nos encontraron con tanta facilidad, no sé si atreverme a decírtelo por teléfono.

–De acuerdo. ¿Es un sitio seguro?

–Eso creo.

–Ya.

Una voz rusa de fondo entraba y salía de la línea como en una emisora de onda corta.

–¿Por qué no puedes simplemente asegurarme que estamos a salvo, Harry? Dime que te lo has inventado todo, que nos están tomando el pelo. –La voz sonaba como desmadejada–. Cualquier cosa.

Harry se tomó su tiempo antes de contestar con voz clara y serena:

–Porque es preciso que tengas miedo, Rakel. El miedo suficiente como para que hagas lo que es preciso.

–¿Como qué?

Harry respiró hondo.

–Yo lo arreglaré, Rakel. Te lo prometo. Yo lo arreglaré.

Inmediatamente después de hablar con Rakel, Harry llamó a Vigdis Albu, que respondió al primer tono de llamada.

–Hola. ¿Estás al lado del teléfono esperando a que llame alguien, señora Albu?

–Pero ¿qué te has creído, comisario?

Harry percibió en la voz que se habría tomado al menos un par de copas después de que él se marchara.

–No tengo ni idea, pero quiero que denuncies la desaparición de tu marido.

–¿Por qué? Yo no lo echo en falta –dijo con una risita breve y triste.

—Bueno. Necesito un motivo para poner en marcha un dispositivo de búsqueda. Puedes elegir entre denunciarlo como desaparecido o que lo busque yo. Por asesinato.

Siguió un largo silencio.

—No entiendo, agente.

—No hay mucho que entender, señora Albu. ¿Informo de que has denunciado su desaparición?

—¡Espera! —gritó ella. Harry oyó que se rompía un vaso al otro lado—. ¿De qué estás hablando? Sobre Arne ya hay una orden de busca y captura.

—Por mi parte sí. Pero aún no he informado a nadie más.

—¿Ah, no? ¿Y qué hay de los tres investigadores que han estado aquí cuando tú te fuiste?

A Harry le pareció que un dedo gélido le recorría la espina dorsal. ¿Qué tres investigadores?

—¿No os habláis en la policía? No querían irse, casi me entró miedo.

Harry se levantó de la silla.

—¿Han llegado en un BMW azul, señora Albu?

—¿Recuerdas lo que te dije sobre lo de llamarme «señora», Harry?

—¿Qué les has contado?

—Contarles no les he contado nada que no te dijera a ti. Han visto unas fotos y… no es que fueran maleducados, pero…

—¿Qué les has dicho para que se marcharan?

—¿Para que se marcharan?

—No se habrían ido si no hubieran conseguido lo que buscaban. Créeme, señora Albu.

—Harry, me estoy cansando de recordarte…

—¡Piensa! Esto es importante.

—Pero, santo cielo, no les he dicho nada. Yo… bueno, les he dejado escuchar un mensaje que Arne había dejado en el contestador hace dos días. Y luego se fueron.

—Dijiste que no habías hablado con él.

—Y no lo he hecho. Solo me informaba de que había recogido a Gregor. Y era verdad, de fondo se oía ladrar a Gregor.

−¿Desde dónde llamaba?

−¿Cómo lo voy a saber?

−Los que han ido a verte lo han entendido, eso está claro. ¿Puedes ponerme la grabación?

−Pero solo dice que…

−Por favor, haz lo que te digo. Se trata de… −Quería expresarlo de otro modo, pero no lo encontró−: Es cuestión de vida o muerte.

Era mucho lo que Harry ignoraba sobre el tema de las comunicaciones. No sabía que los cálculos habían demostrado que la construcción de dos carriles de túnel en Vinterbro y la prolongación de la autovía eliminarían las colas de las horas punta en la E6 al sur de Oslo. No sabía que los argumentos más importantes para esta inversión multimillonaria no se basaban en los votantes que venían de Moss y Drøbak, sino en la seguridad vial, ni que, en la fórmula que utilizaban las autoridades para calcular la rentabilidad de la sociedad, una vida humana estaba valorada en 20,4 millones de coronas, lo que incluía gastos de ambulancia y de redistribución del tráfico y la pérdida de futuros ingresos tributarios. Porque Harry, que sufría el atasco hacia el sur en la E6 en el Mercedes de Øystein, ni siquiera sabía en cuánto valoraba él la vida de Arne Albu. Y, sobre todo, no era consciente de qué iba a ganar si la salvaba. Solo sabía que no podía permitirse el lujo de perder lo que podía perder. De ninguna manera. Así que más le valía no pensar demasiado.

La grabación que le reprodujo Vigdis Albu por teléfono solo duraba cinco segundos y contenía una sola información importante. Pero era suficiente. No había nada en las nueve palabras que Arne Albu dijo antes de colgar: «Me he llevado a Gregor. Para que lo sepas».

Lo revelador no eran los ladridos frenéticos de Gregor que se oían de fondo.

Sino aquellos chillidos heladores. Los fríos chillidos de las gaviotas.

Cuando vieron la señal del desvío hacia Larkollen, ya había anochecido.

Delante de la cabaña había un Jeep Cherokee. Harry continuó hasta la rotonda de cambio de sentido, pero allí tampoco vio el BMW azul. Aparcó justo debajo de la cabaña. No tenía sentido intentar aproximarse a hurtadillas pues, cuando bajó la ventanilla por la cuesta, ya se oían los ladridos.

Harry era consciente de que debería haber ido armado. No porque hubiera razón alguna para pensar que Arne Albu lo fuera, pues él no podía saber que alguien deseara cobrarse su vida, o su muerte; sino porque ya no eran los únicos actores en aquella función.

Se bajó del coche. No se veían ni se oían gaviotas y pensó que tal vez solo manifestaran su presencia durante el día.

Gregor estaba atado a la barandilla de la escalera de acceso a la entrada principal. Los dientes del can relucían a la luz de la luna y le provocaban a Harry escalofríos en la nuca, aún dolorida, pero él se obligó a continuar avanzando hacia el animal con pasos largos y sosegados.

—¿Te acuerdas de mí? —le susurró cuando estuvo tan cerca que podía sentir el aliento del perro.

La cadena vibraba tensa detrás de Gregor. Harry se puso en cuclillas y, para su sorpresa, los ladridos se apaciguaron. Debía de llevar tiempo ladrando, a juzgar por lo ronco que sonaba. Gregor estiró las patas delanteras, bajó la cabeza y dejó de ladrar. Harry llamó a la puerta. Estaba cerrada. Pegó la oreja. Le pareció oír voces dentro. Había luz en el salón.

—¿Arne Albu?

No obtuvo respuesta.

Harry esperó y volvió a probar suerte.

La llave no estaba en la lámpara, así que cogió un pedrusco, trepó por la barandilla de la terraza, rompió el cristal de uno de los pequeños vanos de la puerta, metió la mano y abrió.

No había signos de lucha en el salón. Solo de una salida precipitada. Vio sobre la mesa un libro abierto. Harry lo cogió para ojearlo. *Macbeth*, de Shakespeare. Con una pluma y tinta de color azul habían marcado una línea del texto. «No tengo palabras; mi voz está en mi espada…» Miró a su alrededor pero no vio pluma alguna.

Solo la cama de la habitación más pequeña parecía usada. En la mesilla de noche había un ejemplar de la revista *Vi Menn*.

De la cocina salía el leve murmullo de una radio mal sintonizada en la emisora P4. Harry la apagó. En la encimera había un entrecot ya descongelado y tallos de brécol todavía envueltos en el plástico. Harry se llevó el entrecot y se dirigió al recibidor. Algo rascaba la puerta. Harry abrió. Unos ojos castaños y dóciles de perro lo miraban atentos. O, mejor dicho, miraban el entrecot, que apenas llegó a aterrizar en la escalera con un chasquido húmedo antes de ser devorado.

Harry observó al perro hambriento mientras se preguntaba qué hacer. Si es que había algo que hacer. Arne Albu no leía a William Shakespeare, de eso estaba seguro.

Cuando desapareció el último resto de carne, Gregor empezó a ladrar con renovadas fuerzas en dirección a la calle. Harry se encaminó a la barandilla, soltó la cadena y a duras penas logró mantenerse de pie sobre el suelo mojado cuando Gregor intentó soltarse. El perro lo llevó a rastras por el camino, cruzó la carretera y bajó la empinada cuesta desde donde Harry vislumbró olas negras rompiendo contra el monte pelado que se veía blanco bajo una luna en cuarto creciente. Atravesaron unas hierbas altas empapadas que se le adherían a las pantorrillas como si quisieran retenerlas, pero Gregor no se detuvo hasta que se oyó el crujir de los guijarros bajo las Dr. Martens de Harry. El animal tensó la cola recortada. Estaban en la playa. Había marea alta. Las olas llegaban casi hasta la alta hierba y el rumor del mar sonaba como si la espuma blanca que se quedaba en la arena al retirarse el agua fuera cargada de anhídrido carbónico. Gregor reanudó los ladridos.

—¿Ha salido de aquí en barco? —preguntó Harry en parte a Gregor y en parte a sí mismo—. ¿Solo o acompañado?

Nadie respondió. En cualquier caso, era evidente que allí terminaban las huellas pero, al tirar de la correa, el gran rottweiler no quiso moverse, de modo que Harry encendió la Maglite y la enfocó hacia el mar. No vio más que hileras blancas de olas como rayas de cocaína encima de un espejo negro. Obviamente, la profundidad era escasa muchos metros adentro. Harry tiró de la correa otra vez, pero entonces Gregor empezó a escarbar en la arena, entre aullidos de desesperación.

Harry suspiró, apagó la linterna y subió hasta la cabaña. Se preparó una taza de café en la cocina, mientras escuchaba los ladridos a lo lejos. Después de enjuagar la taza, regresó de nuevo a la playa, encontró en el monte árido una cavidad escondida, y se sentó allí. Encendió un cigarrillo e intentó pensar. Se ajustó un poco más el abrigo y cerró los ojos.

Durante una de las noches que pasaron en la cama de Anna, ella le dijo algo. Debió de ser hacia el final de aquellas seis semanas y él estaría más sobrio que de costumbre, porque lo recordaba. Fantaseó con que aquella cama era un barco y que ellos eran dos náufragos solitarios, que iban a la deriva y que tenían pánico de avistar tierra. ¿Fue eso lo que les ocurrió, que avistaron tierra? Él no lo recordaba así, más bien diría que él abandonó el barco saltando por la borda. Pero quizá estuviera equivocado.

Cerró los ojos e intentó recuperar aquella imagen. No la de cuando eran náufragos, sino la de la última vez que la vio. Cenaron. Evidentemente. Ella le sirvió… ¿vino? ¿Y él bebió? Evidentemente. Ella le volvió a llenar la copa. Él perdió la noción de las cosas. Se sirvió vino él mismo. Ella se rió de él. Lo besó. Bailó para él. Le susurró al oído las locuras de siempre. Cayó en la cama y soltó amarras. ¿De verdad fue tan fácil para ella? ¿Y para él?

No, no pudo ser así.

Pero Harry no lo sabía, claro. No podía negar rotundamente y con una sonrisa bobalicona en los labios que se había acostado en una cama de Sorgenfrigata solo porque se había reencontrado con una antigua amante, mientras Rakel, insomne por el miedo a perder a su hijo, se pasaba las horas mirando al techo en un hotel de Moscú.

Harry se encogió de frío. El viento húmedo y helado lo traspasaba como un fantasma. Hasta ahora había podido mantener a raya aquellas reflexiones, pero en ese momento acudieron de golpe a su memoria. Ante la duda de si había sido o no capaz de engañar a quien más quería en la vida, ¿cómo podía estar seguro de nada de lo que hubiera hecho? Aune afirmaba que las intoxicaciones solo refuerzan o debilitan lo que cada persona lleva dentro. Pero ¿quién sabía a ciencia cierta lo que él llevaba dentro? El ser humano no es un robot y la química del cerebro se transforma con el paso del tiempo. ¿Quién tiene un inventario completo de lo que puede llegar a hacer en un momento determinado y con la medicación incorrecta?

Harry tiritaba entre maldiciones. Ahora lo sabía. Sabía por qué necesitaba encontrar a Arne Albu y arrancarle una confesión antes de que otros lo silenciaran. No era porque llevara en la sangre la condición de policía ni porque el Estado de Derecho se hubiera convertido para él en una cuestión personal. Era porque necesitaba saber. Y Arne Albu era la única persona que podía contárselo.

Harry apretó los ojos mientras el viento silbaba débilmente al chocar con el granito sobre el vaivén monótono y pausado de las olas.

Cuando volvió a abrir los ojos ya no estaba tan oscuro. El viento había barrido las nubes del cielo y las estrellas brillaban tenues sobre su cabeza. La luna se había desplazado. Harry miró el reloj. Llevaba allí casi una hora. Gregor, frenético, ladraba al mar. Harry se levantó entumecido y fue renqueando hasta donde estaba el perro. La fuerza gravitatoria de la luna actuaba en una nueva dirección, la marea había bajado y Harry descendió por lo que ahora se había convertido en una extensa playa de arena.

—Ven, Gregor, aquí no hay nada.

Cuando quiso coger la correa, el perro resopló y Harry retrocedió automáticamente. Miró hacia el mar. La luz de la luna resplandecía en la noche, pero él vislumbró algo que no había visto cuando el agua estaba en el nivel más alto. Parecían los extremos de dos troncos de amarre que apenas sobresalían del agua. Harry avanzó hasta la orilla y encendió la linterna.

–Dios mío –dijo.

Gregor saltó al agua y Harry se adentró tras él. Los separaban unos diez metros de los troncos, pero el agua solo le llegaba por la mitad de la pantorrilla. Miró hacia abajo, un par de zapatos. Italianos, hechos a mano. Harry dirigió la linterna hacia el agua, cuya luz se reflejó en unas piernas blancas y desnudas que sobresalían como dos lápidas descoloridas.

El grito de Harry se lo llevó el viento y quedó ahogado de inmediato en el fragor de las olas. Pero la linterna, que él dejó caer y que el agua terminaría por apagar más tarde, se quedó unas veinticuatro horas más iluminando el fondo arenoso. Y el verano siguiente, cuando el niño que la encontró se la llevó corriendo a su padre, la sal del mar había corroído el revestimiento negro y nadie asoció la Mini Maglite con la noticia que apareció en los periódicos el año anterior sobre el truculento hallazgo de un cadáver, una noticia que, a aquellas alturas, al ardiente sol del estío, parecía infinitamente remota.

QUINTA PARTE

32

David Hasselhoff

La luz de la mañana formaba una columna blanca que, al aparecer en una grieta entre las nubes, formaba lo que Tom Waaler llamaba un «haz de Cristo» sobre el fiordo. En casa tenían varias fotografías de ese fenómeno. Pasó por encima de las cintas de plástico que impedían el acceso al lugar del crimen. Quienes lo conocían habrían dicho que formaba parte de su naturaleza saltar por encima, en lugar de agacharse y pasar por debajo. Tenían razón en lo primero, pero no en lo segundo. Tom Waaler no sabía de nadie que lo conociera. Y él quería que siguiera siendo así.

Levantó una cámara digital pequeña hasta la altura del cristal azul metálico de las gafas de sol estilo Police, idénticas a las otras doce que tenía en casa, pago con el que un cliente le había agradecido un servicio. Igual que la cámara. El encuadre de la imagen captó el agujero que horadaba el suelo y el cadáver que yacía al lado. Vestía un pantalón negro y una camisa que fue blanca en su día, pero que el lodo y la arena habían vuelto de color marrón.

—¿Otra foto para tu colección privada? —preguntó Weber.

—Este es nuevo —dijo Waaler sin levantar la vista—. Me gustan los asesinatos imaginativos. ¿Habéis identificado a este hombre?

—Arne Albu. Cuarenta y dos años. Casado. Tres hijos. Al parecer, tiene dinero. Es dueño de una cabaña que está aquí detrás.

—¿Alguien ha visto u oído algo?

—Ahora mismo están haciendo una ronda por el vecindario. Pero ya ves lo solitario que es esto.

—¿Alguien de ese hotel, quizá?

Waaler señaló un edificio grande de madera y de color amarillo que se veía al final de la playa.

—Lo dudo —dijo Weber—. No hay gente en esta época del año.

—¿Quién encontró al tipo?

—Llamada anónima desde una cabina de Moss. A la policía de Moss.

—¿El asesino?

—No lo creo. Dijo que vio dos piernas que sobresalían del agua mientras paseaba con el perro.

—¿Grabaron la conversación?

Weber negó con la cabeza.

—No llamó al número de emergencias.

—¿Qué pensáis de esto?

Waaler señaló el cadáver.

—Los forenses redactarán su informe, pero yo diría que lo enterraron cuando aún estaba vivo. No existen signos externos de violencia, pero la presencia de restos hemáticos en nariz y boca, y la hemorragia conjuntival indican hipertensión intracraneal. Además, hay restos de arena en las vías respiratorias altas, lo que apunta a que aún respiraba mientras lo estaban enterrando.

—Comprendo. ¿Algo más?

—Al perro lo encontramos atado fuera de la cabaña. Un rottweiler grande y horroroso que se encontraba en un estado sorprendentemente bueno. La puerta de entrada no estaba cerrada. Ni rastro de enfrentamiento tampoco dentro de la cabaña.

—En otras palabras, entraron tranquilamente, lo amenazaron con un arma, amarraron al perro, cavaron un agujero y le pidieron por favor que se metiera dentro.

—Si fueron varios.

—Un rottweiler grande, un hoyo de metro y medio de profundidad. Creo que podemos asegurar que eran varios, Weber.

Weber no respondió. Nunca había tenido nada en contra de trabajar con Waaler. El tipo tenía un talento especial para investigar; los resultados que obtenía hablaban por sí solos. Pero eso no significaba que a Weber le gustara. Sin embargo, tampoco sería correcto afirmar que le disgustaba. Era otra cosa, algo que, después de un rato, le hacía pensar en esos pasatiempos gráficos titulados «Encuentre-los-siete-errores», donde no consigues decir exactamente qué es pero hay algo que te incomoda. Le *incomodaba*, esa era la palabra.

Waaler estaba en cuclillas junto al cadáver. Sabía que él no le gustaba a Weber. Pero daba igual. Weber era un policía de la científica ya de cierta edad que no aspiraba a llegar a ninguna parte y del que no cabía pensar que pudiera influir en su carrera, ni en su vida en general. Era una persona a la que no tenía que gustar.

—¿Quién lo ha identificado?

—Uno de los lugareños vino a echar un vistazo —respondió Weber—. El dueño de la tienda de ultramarinos lo reconoció. Contactamos con su mujer, que está en Oslo, y la trajimos aquí. Ella confirmó que se trata de Arne Albu.

—¿Y dónde está ahora la mujer?

—En la cabaña.

—¿Ha hablado alguien con ella?

Weber se encogió de hombros.

—Me gustaría ser el primero —dijo Waaler, y se inclinó hacia delante para sacar un primer plano del rostro del cadáver.

—El caso lo lleva la comisaría de Moss. Solo nos han llamado para que les ayudemos un poco.

—Pero nosotros tenemos experiencia —dijo Waaler—. ¿Alguien se lo ha dicho a los camperos con una pizca de educación?

—En realidad, algunos de nosotros ya hemos investigado asesinatos con anterioridad —resonó una voz tras ellos.

Waaler vio a un hombre sonriente con la chaqueta negra de cuero de la policía y una estrella en los galones, ribeteados con hilo dorado.

–*No hard feelings* –replicó el comisario riendo–. Soy Paul Sørensen. Tú debes de ser el comisario Waaler.

Waaler asintió con parquedad y no prestó atención al amago que hizo Sørensen de estrecharle la mano. No le gustaba el contacto físico con hombres desconocidos. Ni tampoco con los conocidos, por cierto. Con las mujeres, en cambio, era otra cosa. Al menos, mientras él llevara la batuta. Y la llevaba siempre.

–Nunca habíais investigado algo así, Sørensen –dijo Waaler, que levantó los párpados del cadáver y dejó al descubierto un par de globos oculares inyectados de sangre–. Esto no es un navajazo en el baile del pueblo, ni el disparo fortuito de un borracho. Por eso nos habéis llamado, ¿no?

–Así es, no parece algo de este pueblo –dijo Sørensen.

–Entonces, propongo que tú y tus chicos os quedéis completamente quietos y vigiléis. Yo iré a hablar con la mujer del fiambre.

Sørensen se rió como si Waaler hubiera contado un chiste, pero se calló al ver que el comisario enarcaba las cejas por encima de las gafas de sol estilo Police. Tom Waaler se levantó y echó a andar hacia las cintas policiales. Contó lentamente hasta tres, y gritó sin girarse:

–¡Y mueve ese coche policial que veo que habéis aparcado en la rotonda, Sørensen! Nuestros técnicos están buscando huellas de las ruedas de un asesino. Gracias por adelantado.

No necesitaba girarse para saber que había borrado la bobalicona sonrisa de la cara de Sørensen. Y que la escena del crimen acababa de quedar bajo la responsabilidad de la comisaría de Oslo.

–¿Señora Albu? –preguntó Waaler al entrar en el salón.

Estaba decidido a acabar con aquello enseguida. Tenía una cita para almorzar con una chica que prometía, y no pensaba faltar.

Vigdis Albu levantó la cabeza del álbum de fotos que estaba hojeando.

–¿Sí?

A Waaler le gustó lo que vio. Un cuerpo muy cuidado, la forma en que estaba sentada, consciente de sí misma, colocada como una Dorthe Skappel cualquiera y con el tercer botón de la blusa desabrochado. Y le gustó lo que oyó. Una voz suave, perfecta para las palabras especiales que le gustaba hacer decir a las mujeres. Y le gustó la boca de la que ya abrigaba la esperanza de oír esas palabras.

–Comisario Tom Waaler –se presentó antes de sentarse enfrente de ella–. Entiendo la impresión que te habrá causado. Y aunque parezca una frase hecha y probablemente no signifique nada para ti en estos momentos, solo quiero presentarte mis condolencias. Yo también he perdido a una persona muy querida.

Esperó. Al final ella tuvo que levantar la vista y él consiguió interceptar su mirada, que descubrió velada por el llanto, pensó Waaler al principio. Hasta que no le contestó, no se dio cuenta de que estaba borracha.

–¿Tienes un cigarrillo, agente?

–Llámame Tom. No fumo. Lo siento.

–¿Cuánto tiempo tengo que estar aquí, Tom?

–Intentaré que sea el menor posible. Solo tengo que hacerte un par de preguntas. ¿De acuerdo?

–De acuerdo.

–Bien. ¿Tienes idea de quién quería ver muerto a tu marido?

Vigdis Albu apoyó la barbilla en la mano y miró por la ventana.

–¿Dónde está el otro agente, Tom?

–¿Perdón?

–¿No debería estar aquí ahora?

–¿Qué agente, señora Albu?

–Harry. Es él quien lleva este caso, ¿no?

La razón fundamental por la que Tom Waaler había hecho carrera en la policía con más rapidez que todos los de su promoción era que sabía que nadie, ni siquiera los abogados defensores, cuestionaba cómo se obtenían las pruebas si estas demostraban la culpabilidad del acusado con la claridad suficiente. La segunda razón consistía en que tenía el vello de la nuca muy sensible. Por supuesto, quizá su vello no reaccionara cuando debía. Pero nunca lo hacía cuando no debía. Y ahora reaccionó.

—¿Estás hablando de Harry Hole, señora Albu?

—Puedes parar aquí.

A Tom Waaler le seguía gustando la voz. Acercó el coche al bordillo de la acera, se inclinó hacia delante en el asiento y miró arriba, hacia la casa rosa situada en la parte superior del montículo. El sol de la mañana se reflejaba en lo que parecía un animal en el jardín.

—Ha sido muy amable por tu parte —dijo Vigdis Albu—. Conseguir que Sørensen me dejara ir y traerme aquí.

Waaler sonrió con calidez. Sabía que podía ser amable. Varias personas le habían dicho que se parecía a David Hasselhoff en *Los vigilantes de la playa*, que tenía el mismo mentón, el cuerpo y la sonrisa. Él había visto *Los vigilantes de la playa* y sabía a qué se referían.

—Soy yo quien debe darte las gracias —respondió.

Y era cierto. Durante el trayecto desde Larkollen se había enterado de muchas cosas interesantes. Como que Harry Hole intentaba encontrar pruebas de que su marido había asesinado a Anna Bethsen que, si no se equivocaba, era la mujer de Sorgenfrigata que se había suicidado hacía algún tiempo. El caso estaba cerrado, fue él mismo quien concluyó que se trataba de un suicidio y quien redactó el informe. ¿Qué andaría buscando ese chalado de Hole? ¿Era una venganza por la vieja enemistad que tenían? ¿Estaría intentando demostrar que Anna Bethsen había sido víctima de un acto criminal para comprometerlo a él, a Tom Waaler? Definitivamente, una invención así sería propia de ese alcohólico perturbado, pero no le cuadraba que Hole invirtiera tanta energía en un asunto que, en el peor de los casos, solo evidenciaría que Waaler se había precipitado en llegar a una conclusión. Descartó enseguida que el móvil de Harry consistiera únicamente en reabrir el caso. Que los policías pierdan su tiempo libre en esas cosas solo pasa en las películas. El hecho de que el sospechoso de Harry hubiera aparecido ahora asesinado daba lugar, por supuesto, a varias respuestas alternativas. Waaler ignoraba cuáles, pero ya que los pelos de la nuca indicaban alguna relación con Harry Hole, quería averiguarlo. Así que, cuando Vigdis Albu le preguntó a Tom Waaler si quería pasar a tomar un café, no fue la excitación que le provocaba la idea de estrenar viuda lo que le animó a aceptar, sino el hecho de que ello pudiera conducirlo a quitarse de encima al hombre que llevaba pisándole los talones… ¿cuánto era? ¿Ocho meses?

Sí, habían pasado ocho meses. Ocho meses desde que la agente Ellen Gjelten, por culpa de una de las meteduras de pata de Sverre Olsen, desenmascaró a Tom Waaler como principal responsable del tráfico de armas organizado con destino a Oslo. Cuando le ordenó a Olsen que la liquidara antes de que tuviera tiempo de contarle a alguien lo que sabía, por supuesto, era consciente de que Hole nunca se rendiría hasta dar con quien la mató. Por eso había procurado que la gorra de Olsen apareciera en la escena del crimen para, luego, pegarle un tiro al sospechoso en «defensa propia» durante la detención. Ninguna pista lo señalaba pero, aun así, de vez en cuando Waaler tenía la desagradable sensación de que Hole se le acercaba. Y de que podía ser peligroso.

—La casa está tan desolada cuando no hay nadie… —se lamentó Vigdis Albu al abrir la puerta.

—¿Cuánto tiempo estarás… esto… sola? —preguntó Waaler mientras seguía subiendo las escaleras hasta el salón.

Le seguía gustando lo que veía.

—Los niños están en casa de mis padres, en Nordby. La idea era que se quedaran allí hasta que las cosas se normalizaran —dijo con un suspiro antes de desplomarse en uno de aquellos sillones tan mullidos—. Necesito una copa. Y tengo que llamarles.

Tom Waaler se quedó de pie, mirándola. Aquella mujer acababa de estropearlo todo con la última frase. El pequeño cosquilleo que había sentido un momento antes se esfumó sin remedio. Y, de repente, aparentaba más edad. A lo mejor estaban disminuyendo los efectos del alcohol. Estos habían alisado las arrugas y suavizado la boca, que ahora se había endurecido en una fisura torcida pintada de rosa.

–Siéntate, Tom. Voy a preparar un poco de café.

Se dejó caer en el sofá mientras Vigdis se fue a la cocina. Separó las piernas y vio una mancha descolorida en la tela del sofá. Le recordó a la mancha que había en su propio sofá, una mancha de sangre menstrual.

El recuerdo le hizo sonreír.

El recuerdo de Beate Lønn.

La dulce e inocente Beate Lønn que había permanecido sentada al otro lado de la mesa del salón y que había engullido cada una de las palabras que él fue pronunciando como si fueran terrones de azúcar en el café con leche, que era lo que solían beber las jovencitas. «Creo que lo más importante es atreverse a ser uno mismo. Lo más importante en una relación es la sinceridad, ¿no te parece?» A veces, con las chicas jóvenes era difícil saber a qué altura había que poner el listón de los tópicos presuntamente sabios pero, al parecer, con Beate había dado en el blanco. Ella le había seguido dócilmente hasta su casa, donde él le preparó una copa de lo menos apta para una jovencita.

Tuvo que reírse. Incluso al día siguiente, Beate Lønn creyó que la amnesia que sufría se debía al cansancio y que la copa que tomó solo era un poco más fuerte de lo habitual. La dosificación correcta lo era todo.

Pero lo más cómico fue cuando entró en el salón por la mañana y la vio limpiando el sofá con una bayeta húmeda, donde la noche anterior habían efectuado la primera ronda antes de que ella perdiera el conocimiento y diera comienzo la verdadera juerga.

–Lo siento –dijo ella casi llorando–. No me he dado cuenta hasta ahora. Qué vergüenza. Creía que no me tocaba hasta la semana que viene.

—No pasa nada —le respondió él mientras le acariciaba la mejilla—. Con tal de que hagas cualquier cosa para quitar esa mierda.

Y se tuvo que ir corriendo a la cocina, abrir el grifo y hacer ruido con la puerta de la nevera para encubrir la risa, mientras Beate Lønn seguía limpiando la mancha de sangre menstrual de Linda. ¿O era de Karen?

Vigdis le gritó desde la cocina.

—¿Tomas leche con el café, Tom?

La voz sonó dura y aguda. Además, ya sabía lo que necesitaba saber.

—Acabo de recordar que tengo una cita en el centro —dijo.

Se giró y la vio en la puerta de la cocina con dos tazas de café y expresión de perplejidad en la mirada. Como si acabara de darle una bofetada. Jugueteó con ese pensamiento.

—Además, necesitas estar sola —dijo, y se levantó—. Lo sé; como te dije antes, yo también he perdido a un ser querido.

—Lo siento —dijo Vigdis desconcertada—. Ni siquiera te he preguntado quién era.

—Se llamaba Ellen. Una colega. La quería mucho.

Tom Waaler ladeó un poco la cabeza y miró a Vigdis, que le sonreía insegura.

—¿En qué piensas? —preguntó ella.

—En que a lo mejor me paso un día de estos a ver qué tal te va.

Dicho esto, le brindó la sonrisa más cálida que fue capaz de dibujar, a lo David Hasselhoff, y pensó en lo caótico que sería el mundo si pudiéramos leer el pensamiento a los demás.

33

Disosmia

Había llegado la hora punta. Por Grønlandsleiret desfilaban lentamente los coches y, ante la Comisaría General, los esclavos asalariados. Un acentor común que estaba posado en una rama vio caer la última hoja, alzó el vuelo y pasó delante de la sala de reuniones de la quinta planta.

—No soy buen orador en ocasiones festivas —comenzó Bjarne Møller, y todos los presentes que ya le habían escuchado en situaciones anteriores asintieron con la cabeza.

Todos los participantes en la investigación del caso del Encargado, una botella de vino espumoso Opera de setenta y nueve coronas y catorce vasos de plástico sin desenvolver aguardaban a que Møller terminara.

—En primer lugar, en nombre del pleno del Ayuntamiento, del alcalde y del comisario jefe principal, quiero daros las gracias a todos por un trabajo tan bien hecho. Como sabéis, estábamos en una situación bastante difícil cuando comprendimos que se trataba de un atracador en serie…

—¡Yo no sabía que los hubiera de otro tipo! —gritó Ivarsson a la vez que cosechaba unas risas.

Se había quedado en la parte posterior de la sala, junto a la puerta, desde donde veía a todo el mundo.

—No, y que lo digas —dijo Møller con una sonrisa—. Me refería a que… bueno, ya sabéis… Nos alegramos de que todo haya terminado. Y, antes de tomarnos una copa de champán y volver a casa, quiero darle las gracias a la persona a la que debemos atribuirle gran parte del mérito…

Harry notó que los demás le miraban. Odiaba este tipo de ocasiones especiales. Discursos del jefe, discursos para el jefe, gracias a los payasos, el teatro de la trivialidad.

—Rune Ivarsson, que ha estado al mando de la investigación. Enhorabuena, Rune.

Aplausos.

—¿Quieres decir unas palabras, Rune?

—No, gracias —dijo Harry entre dientes.

—Sí, gracias —respondió Ivarsson.

La gente se volvió hacia él. El comisario jefe carraspeó.

—Por desgracia, no tengo tanta suerte como tú, Bjarne, que no te consideras buen orador en ocasiones festivas. Porque yo sí lo soy. —Más risas—. Y como orador con experiencia en otros casos resueltos, sé que es aburrido que uno dé las gracias a diestra y siniestra. El trabajo policial es, como todos sabemos, una labor de equipo. Beate y Harry tuvieron el honor de marcar el gol, pero la labor previa la realizó el equipo.

Harry contempló incrédulo los nuevos gestos de asentimiento de la gente.

—Por esa razón, gracias a todos.

Ivarsson paseó la mirada por los rostros de todos los presentes, con la intención evidente de que cada cual se sintiera visto y reconocido, antes de gritar con voz jovial:

—¡Y a ver si abrimos ese champán, hombre!

Alguien le pasó la botella y, después de agitarla a conciencia, empezó a descorcharla.

—No aguanto esto —le susurró Harry a Beate—. Me largo.

Ella lo miró de forma crítica.

—¡Cuidado! —El corcho dio en el techo—. ¡Venga, coged un vaso!

—*Sorry* —dijo Harry—. Nos vemos mañana.

Pasó por el despacho, cogió la chaqueta y, una vez en el ascensor, apoyó la cabeza en la pared. La noche anterior solo había dormido unas horas en la cabaña de Albu. A las seis de la mañana, cogió el coche y puso rumbo a la estación de ferrocarril de Moss. Encontró una cabina telefónica y el número de la comisaría de Moss, y llamó para informar sobre el cadáver que había en el agua. Sabía que pedirían ayuda a la policía de Oslo. Por eso, cuando llegó a Oslo, hacia las ocho de la mañana, se sentó en el Kaffebrenneriet, el café de la calle Ullevålsveien, para tomarse un cortado hasta estar seguro de que el asunto le habría sido asignado a otra persona y de que él podía ir a la oficina sin miedo.

Se abrieron las puertas del ascensor y Harry salió por las puertas giratorias. Se enfrentó al aire frío y nítido del otoño de Oslo, que, según decían, estaba más contaminado que el de Bangkok. Se recordó que no tenía prisa y se obligó a caminar despacio. Hoy no pensaría en nada, solo en dormir con la esperanza de no soñar, en despertarse mañana con todas las puertas cerradas detrás de sí.

Todas, menos una. La que nunca se dejaba cerrar, la que él no *quería* cerrar. Pero no quería pensar en ello hasta el día siguiente. Ese día, Halvorsen y él darían un paseo a lo largo del río Akerselva. Se detendrían en el árbol donde la habían encontrado. Reconstruirían los hechos por enésima vez. No porque se les hubiera olvidado nada, sino para recuperar la sensibilidad, para recuperar el olfato en las fosas nasales. Ya empezaba a temerlo.

Eligió el camino estrecho para cruzar el césped. El atajo. No miró hacia la izquierda, al edificio gris de la cárcel donde Raskol probablemente habría guardado ya el tablero de ajedrez, por esta vez. Jamás hallarían nada en Larkollen ni en ningún otro lugar que señalara al gitano ni a ninguno de sus esbirros, ni siquiera en caso de que el propio Harry hubiera llevado la investigación. Que siguieran el tiempo que estimaran necesario. El Encargado estaba muerto. Arne Albu estaba muerto. «La justicia es como el agua —le dijo Ellen en una ocasión—, siempre encuentra un cauce.» Sabían que no era verdad pero, al menos, era una falacia que de vez en cuando les servía de consuelo.

Harry oyó sirenas. Llevaba un rato oyéndolas. Los coches blancos le adelantaban con los girofaros azules encendidos y desaparecían por Grønlandsleiret. Intentó no preguntarse por qué salían. Quizá no era de su incumbencia. Y si lo era, tendría que esperar. Hasta el día siguiente.

Tom Waaler confirmó que había llegado demasiado pronto, que los inquilinos del edificio amarillo pálido hacían algo más que quedarse sentados en casa durante el día. Acababa de pulsar el último timbre del portero automático y ya se había dado media vuelta para marcharse cuando oyó el sonido hermético y tintineante de una voz: «¿Hola?».

Waaler se volvió.

—¿Hola, es…? —Miró la placa contigua al timbre—. ¿Astrid Monsen?

Veinte segundos más tarde estaba dentro, delante de una cara pecosa y asustada que le miraba por la ranura de la puerta, desde detrás de una cadena de seguridad.

—¿Puedo entrar, señorita Monsen? —preguntó, y exhibió los dientes para brindar una sonrisa especial de David Hasselhoff.

—Prefiero que no lo haga —dijo ella con voz de pito.

Quizá no hubiese visto *Los vigilantes de la playa*.

Le mostró la tarjeta de identificación.

—Vengo para preguntarte si crees que hay algo que debiéramos saber sobre el fallecimiento de Anna Bethsen. Ya no estamos seguros de que fuera un suicidio. Sé que uno de mis colegas lo ha investigado por iniciativa propia y me preguntaba si has hablado con él.

Tom Waaler había oído que algunos animales, sobre todo los salvajes, huelen el miedo. No le extrañaba. Lo que le extrañaba era que no todo el mundo oliera el miedo. El miedo tiene el mismo olor fugaz y agrio que la orina de toro.

—¿De qué tienes miedo, señorita Monsen?

Las pupilas se dilataron más aún. Waaler tenía erizado el vello de la nuca.

—Es crucial que nos ayudes —dijo Waaler—. Lo más importante de la relación entre la policía y los ciudadanos es la sinceridad, ¿no te parece?

Al ver aquella mirada errática, Waaler aprovechó la ocasión.

—Creo que mi colega está implicado de alguna forma en este asunto.

A la joven se le desencajó la mandíbula inferior. Lo miró desvalida. Bingo.

Se sentaron en la cocina. Las paredes marrones estaban forradas de dibujos infantiles. Waaler suponía que era tía de muchísimos niños. Él tomaba notas mientras ella hablaba.

—Oí un ruido en el pasillo y, cuando salí, había un hombre acurrucado en el rellano, delante de mi puerta. Era obvio que se había caído, así que le pregunté si necesitaba ayuda, pero no le saqué ninguna respuesta coherente. Subí y llamé a la puerta de Anna Bethsen, pero tampoco allí me contestaron. Cuando bajé, le ayudé a levantarse. Todo lo que llevaba en los bolsillos se había esparcido por el suelo. Encontré la cartera y una tarjeta de crédito con su nombre y dirección. Luego le ayudé a salir a la calle, paré un taxi que pasaba y le di la dirección al taxista. Eso es todo lo que sé.

—¿Y estás segura de que es la misma persona que vino a verte más tarde, es decir, Harry Hole?

Ella tragó saliva e hizo un gesto afirmativo.

—Esto va muy bien, Astrid. ¿Cómo sabías que él había estado en casa de Anna?

—Lo oí llegar.

—¿Lo *oíste* llegar, y *oíste* que entró en casa de Anna?

—Mi cuarto de trabajo da al pasillo. Se oye todo.

—¿Oíste a alguien más entrar y salir de la casa de Anna?

Ella titubeó.

—Me pareció oír que alguien subía de puntillas la escalera justo después de que el policía se hubiera marchado, pero me pareció una mujer. Tacones altos, ya sabes. Hacen un ruido diferente. Pero creo que era la señora Gundersen, la vecina del cuarto.

—¿Ah, sí?

—Suele andar de puntillas cuando vuelve de tomarse un par de copas en el Gamle Major.

—¿Oíste algún disparo?

Astrid negó con la cabeza.

—Hay una buena insonorización entre los pisos.

—¿Te acuerdas del número del taxi?

—No.

—¿Qué hora era cuando oíste el ruido en el pasillo?

—Las once y cuarto.

—¿Estás completamente segura, Astrid?

Ella afirmó con la cabeza y respiró hondo.

A Waaler le sorprendió la firmeza repentina con la que dijo: «La mató él».

Waaler notó que se le aceleraba el pulso. Un poco.

—¿Qué te hace decir eso, Astrid?

—Comprendí que algo no cuadraba cuando oí que, supuestamente, Anna se había suicidado esa noche. Ese hombre totalmente borracho, tirado en la escalera, y luego ella, que no contestó cuando llamé al timbre… ¿sabes? Pensé en llamar a la policía, pero entonces él volvió… —Miró a Tom Waaler como si estuviera ahogándose y él fuera el socorrista—. Lo primero que me preguntó fue si lo reconocía. Y entendí lo que quería decir; ya sabes.

—¿Qué quiso decir, Astrid?

Su voz subió media octava.

—¿Un asesino que pregunta a la única testigo si lo reconoce? ¿Tú qué crees? Naturalmente, había venido para advertirme de lo que pasaría si lo delataba. Hice lo que él quería, le dije que no lo había visto en la vida.

—Pero ¿dijiste que volvió otra vez para preguntarte sobre Arne Albu?

—Sí, quería que yo inculpara a otro. Tienes que entender que estaba muerta de miedo. Me hice la tonta y le seguí el juego…

Waaler notó que se le tensaban las cuerdas vocales por el llanto.

—Pero, ahora, ¿estarías dispuesta a hablar de esto? ¿También ante un tribunal, bajo juramento?

—Sí, si tú… si sé que no me pasará nada.

Desde otra habitación se oyó el pequeño clic de la recepción de un correo electrónico. Waaler miró el reloj. Las cuatro y media. Había que actuar deprisa, preferiblemente aquella misma noche.

Harry llegó al apartamento a las cinco menos veinte y, en ese mismo instante, cayó en la cuenta de que había olvidado su cita con Halvorsen para hacer bicicleta. Se quitó los zapatos, entró en el salón y pulsó el botón play del contestador, que parpadeaba. Era Rakel.

—Dictarán sentencia el miércoles. He reservado billetes para el jueves. Llegaremos a Gardermoen a las once. Oleg pregunta si vendrás a recogernos.

A «nosotros». Ella le dijo que la sentencia sería firme de inmediato. Si perdían, no habría ningún «nosotros» a quien recoger, solo a una persona, que lo habría perdido todo.

No dejó ningún número al que llamarla para comunicarle que todo había acabado y que ya no había nada que temer. Dejó escapar un suspiro y se hundió en el sillón de orejas de color verde. Cerró los ojos y allí estaba ella. Rakel. La sábana blanca, tan fría que quemaba en la piel; las cortinas, que apenas se agitaban ante la ventana abierta, dejaron pasar un rayo de luna que alcanzó el brazo desnudo. Pasó las yemas de los dedos con sumo cuidado sobre los ojos, las manos, los hombros delicados, el cuello largo y esbelto, las piernas entrelazadas a las suyas. Sentía aquella respiración tranquila y cálida en el hueco del cuello, oía la respiración de ella mientras dormía, una respiración que, casi imperceptiblemente, cambiaba de ritmo con las exquisitas caricias que le hacía en la región lumbar. Las caderas de Harry empezaron a moverse, también imperceptibles, como si solo hubiera estado aletargado, esperando.

A las cinco, Rune Ivarsson levantó el auricular del teléfono de su casa en Østerås con la intención de decirle a quien llamaba que la familia acababa de sentarse a la mesa y que, en aquella casa, la cena era sagrada, así que, por favor, tuviera la amabilidad de llamar más tarde.

—Siento molestarte, Ivarsson. Soy Tom Waaler.

—Hola, Tom —dijo Ivarsson con una patata a medio masticar en la boca.

—Verás... Necesito una orden de arresto contra Harry Hole. Con orden de registro domiciliario de su apartamento. Y cinco personas para llevar a cabo el registro. Tengo razones para pensar que Hole está implicado en un caso de asesinato de una forma muy poco conveniente.

A Ivarsson se le atragantó la patata.

—Es urgente —dijo Waaler—. El riesgo de destrucción de pruebas es enorme.

—Bjarne Møller... —fue todo lo que alcanzó a decir Ivarsson en pleno ataque de tos.

—Sí, sé que es cosa de Bjarne Møller —dijo Waaler—. Pero supongo que estarás de acuerdo conmigo en que él no tiene competencia en este caso. Él y Harry llevan diez años trabajando juntos.

—Algo de eso hay. Pero nos ha llegado otro caso al final del día, así que mis hombres están ocupados.

—Rune... —se oyó decir a la mujer de Ivarsson.

Él prefería no irritarla, había llegado a casa veinte minutos tarde, debido a la celebración con champán y a la alarma por el atraco a la sucursal del banco DnB en la calle Grensen.

—Te volveré a llamar, Waaler. Voy a hablar con el fiscal, a ver qué puedo hacer —carraspeó, y añadió en un tono lo bastante elevado para asegurarse de que lo oyera su mujer—: Después de cenar.

Unos golpes tremendos en la puerta despertaron a Harry. El cerebro llegó automáticamente a la conclusión de que aquellos golpes provenían de alguien que ya llevaba algún tiempo llamando y de que ese alguien tenía la seguridad de que Harry estaba en casa.

Miró el reloj. Las seis menos cinco. Había soñado con Rakel. Se estiró y se levantó del sillón de orejas.

Volvieron a golpear la puerta.

—Sí, sí —gritó Harry de camino a la puerta.

Vio la silueta de una persona a través de cristal esmerilado. Pensó que tal vez fuera un vecino, puesto que nadie había llamado al portero automático.

Ya tenía la mano en el pomo cuando se dio cuenta de que vacilaba. Unos pinchazos en la nuca. Una mancha flotando delante del ojo. El pulso algo acelerado. Tonterías. Giró el pomo y abrió la puerta.

Era Ali, con el entrecejo fruncido.

—Me prometiste que hoy ibas a recoger el trastero del sótano —protestó.

Harry se dio en la frente con la palma de la mano.

—¡Mierda! *Sorry*, Ali. Soy un desastre.

—No pasa nada, Harry, si tienes tiempo te puedo ayudar esta noche.

Harry lo miró sorprendido.

—¿Ayudarme? Lo poco que tengo se recoge en diez segundos. La verdad sea dicha, ni siquiera recuerdo que tenga nada ahí abajo, pero está bien.

—Son cosas valiosas, Harry. —Ali sacudió la cabeza—. Qué locura guardar algo así en un trastero.

—No lo creo. Me voy al Schrøder a comer algo y te llamo cuando vuelva, Ali.

Harry cerró la puerta, se hundió en el sillón de orejas y pulsó el mando a distancia. Las noticias en el lenguaje para sordos. Harry había tenido un caso en que hubo que tomar declaración a varias personas sordas y aprendió algunos de los signos, de modo que ahora intentaba cotejar la gesticulación del reportero con los titulares que aparecían en pantalla. Sin novedad en el frente oriental. Un estadounidense iba a ser sometido a un consejo de guerra por luchar a favor de los talibanes. Harry se rindió. El menú del día en el Schrøder, pensó. Un café, un cigarrillo. Bajar al trastero, y a la cama. Cogió el mando a distancia e iba a apagar la tele cuando vio que el locutor estiró la mano hacia él para apuntarle con el dedo índice mientras mantenía el pulgar hacia arriba. Recordaba ese signo. Habían disparado a alguien. Harry pensó automáticamente en Arne Albu, pero recordó que lo habían ahogado. Bajó la vista hasta el titular. Se quedó petrificado en la silla. Y empezó a pulsar el mando a distancia frenéticamente. Malas noticias, probablemente muy malas noticias. El teletexto no decía mucho más que el titular:

«Empleada de banca tiroteada durante un atraco. Un atracador ha disparado esta tarde a una empleada durante un atraco comentido en la sucursal del banco DnB de la calle Grensen, en Oslo. La empleada se encuentra en estado crítico».

Harry fue al dormitorio y encendió el ordenador. El atraco al banco era el titular de la página principal. Pulsó dos veces.

«Justo antes del cierre de la sucursal, el atracador enmascarado entró y obligó a la directora de la sucursal a vaciar el cajero automático. Como no lo hizo en el plazo de tiempo que le había dado el atracador, disparó a otra empleada de treinta y cuatro años en la cabeza. El estado de la mujer es crítico. El comisario Rune Ivarsson asegura que la policía no tiene pistas sobre el atracador y se niega a hacer declaraciones sobre el hecho de que el atraco parezca seguir las mismas pautas que las del llamado Encargado, al que, según informó la policía hace unos días, hallaron muerto en la localidad brasileña de D'Ajuda.»

Podía ser una casualidad. Por supuesto que podía. Pero no lo era. Ni por asomo. Harry se pasó una mano por la cara. Había temido algo así en todo momento. Lev Grette solo había cometido *un* atraco. Los siguientes eran de otro. Alguien que pensaba que todo iba muy bien. Tan bien que empezaba a tomarse como una cuestión de honor el hecho de imitar al verdadero Encargado hasta en el menor detalle.

Harry intentó interrumpir la línea de pensamientos. En aquel momento no quería pensar más en atracos. Ni en empleadas de banca tiroteadas. Ni en las consecuencias de que pudiera haber dos Encargados. Ni en que quizá le tocara trabajar para Ivarsson en la sección de Atracos y se pospusiera aún más el asunto de Ellen.

«Déjalo. No pienses más por hoy. Mañana.»

Pero las piernas lo condujeron de todas formas hasta la entrada, donde los dedos, por iniciativa propia, marcaron el número del móvil de Weber.

—Aquí Harry. ¿Qué tenéis?

—Tenemos suerte, eso es lo que tenemos. —Weber denotaba una alegría un tanto sorprendente—. Las chicas y los chicos buenos al final siempre tienen suerte.

—Eso es nuevo para mí —dijo Harry—. Cuéntame.

—Beate Lønn me llamó desde House of Pain mientras estábamos trabajando en el banco. Acababa de empezar a ver el vídeo del atraco cuando descubrió algo interesante. El atracador estaba muy cerca de la mampara termoplástica que hay sobre el mostrador mientras hablaba. Ella propuso que comprobáramos si había saliva. Había pasado media hora desde el atraco y todavía era posible encontrar algo.

—¿Y? —preguntó Harry.

—Nada de saliva en la mampara.

Harry suspiró.

—Pero sí una gota microscópica de aliento condensado —dijo Weber.

—¿De verdad?

—*Yes.*

—Se ve que alguien habrá cumplido con Dios y ha rezado sus plegarias últimamente. Enhorabuena, Weber.

—Cuento con que tengamos listo el perfil de ADN dentro de tres días. Y entonces solo hay que empezar a cotejar. Apuesto a que lo tenemos antes del fin de semana.

—Ojalá tengas razón.

—La tendré.

—Bueno. De todas formas, te agradezco que saciaras parte de mi apetito.

Harry colgó y se puso la chaqueta. Estaba a punto de salir cuando se acordó de que no había apagado el ordenador, y volvió al dormitorio. Y, justo cuando iba a pulsar el botón de cierre, lo vio. Tuvo la impresión de que dejaba de latirle el corazón y la sangre se le coagulaba en las venas. Tenía un correo. Naturalmente, podía apagar de todas formas. Debía apagar, nada indicaba que fuera urgente. Podía haberlo enviado cualquiera. En realidad, solo había una persona de la que NO podía venir. A Harry le habría gustado estar camino del Schrøder en ese momento. Subiendo por Dovregata, meditando sobre ese par de zapatos viejos que colgaban suspendidos entre el cielo y la tierra, disfrutando de las imágenes del sueño con Rakel. Cosas así. Pero era demasiado tarde, los dedos habían tomado el control, otra vez. La torre del ordenador empezó a respirar. Apareció el correo. Era largo.

Cuando Harry acabó de leerlo, miró el reloj. 18.40. Era un reflejo que se adquiría después de años escribiendo informes. Para poder escribir exactamente a qué hora se hundió el mundo tal y como él lo conocía.

¡Hola, Harry!

¿Por qué tienes esa cara tan larga? ¿Acaso no contabas con volver a saber de mí? Bueno, la vida está llena de sorpresas, Harry. Algo que, espero, Arne Albu también habrá descubierto cuando leas esto. Nosotros, tú y yo, le hemos complicado bastante la vida, ¿no? No me equivocaré mucho si apuesto a que su mujer lo ha dejado y se ha llevado a los niños. Terrible, ¿verdad? Privar a un hombre de su familia, sobre todo cuando se sabe que es lo más importante que tiene en la vida. Pero es culpa suya. Ningún castigo es lo bastante duro para la infidelidad, ¿no estás de acuerdo, Harry? De todas formas, mi pequeña venganza se acaba aquí. No sabrás más de mí.

Pero, ya que se puede decir que eres una persona inocente que se ha visto involucrada en esto, creo que te debo una explicación. La explicación es relativamente sencilla. Yo quería a Anna. De verdad que la quería. Tanto lo que era como lo que me dio.

Por desgracia, ella solo apreciaba lo que yo le daba. La H con mayúscula. *The Big Sleep.* ¿No lo sabías? Era una drogata empedernida. Como ya he dicho, la vida está llena de sorpresas. Fui yo quien la introdujo en las drogas después de una de sus exposiciones, que, seamos sinceros, fue un fracaso. Y las dos estaban hechas la una para la otra, fue amor a primera vista. Anna fue mi cliente y mi amante secreta durante cuatro años, era imposible separar ambos papeles, por decirlo de alguna manera.

¿Desconcertado, Harry? ¿Porque no encontraste marcas de agujas al desnudarla, quizá? Bueno, aquello del amor a primera vista solo era una manera de hablar. A Anna no le sentaban bien los pinchazos. Fumábamos la heroína en el papel de plata del chocolate Cuba. Naturalmente, es más caro que inyectarla directamente. Por otro lado, Anna conseguía la droga a precio de mayorista mientras estuvo conmigo. Éramos, ¿cómo se dice?, inseparables. Todavía se me llenan los ojos de lágrimas al pensar en aquellos tiempos. Ella me ofreció todo lo que una mujer puede hacer por un hombre: follaba, me daba de comer y de beber, me entretenía y me consolaba. Y me rogaba. En realidad, lo único que no hizo fue quererme. ¿Por qué eso, precisamente, tiene que ser la hostia de difícil, Harry? Te quería a ti, a pesar de que tú no hiciste nada por ella.

Incluso llegó a querer a Arne Albu. Y yo que creía que él no era más que un idiota al que le sacaba el dinero para comprar droga a precio de mercado y librarse de mí por un tiempo.

Pero la llamé una noche de mayo. Acababa de cumplir tres meses de condena por unas minucias, y Anna y yo llevábamos mucho tiempo sin hablar. Le dije que teníamos que celebrar que había conseguido la mercancía más pura del mundo directamente desde Chiang Rai. Enseguida le noté en la voz que algo iba mal. Dijo que lo había dejado. Le pregunté si se refería a la droga o a mí, y ella me contestó que las dos cosas. Es que había empezado esa obra de arte por la que se la recordaría, dijo, y para eso necesitaba concentración total. Como sabes, era una gitana muy tozuda cuando se le metía algo en la cabeza, así que me apuesto lo que sea a que tampoco encontrasteis droga en las muestras de sangre que le tomasteis. ¿Verdad?

Y luego me habló de ese tío. Arne Albu. Que llevaban un tiempo saliendo y querían vivir juntos. Solo que, antes, él tenía que arreglar las cosas con su mujer. ¿Te suena eso, Harry? Bueno, a mí también.

¿No es extraño lo lúcidos que podemos llegar a ser cuando el mundo se hunde a nuestro alrededor? Sabía qué tenía que hacer incluso antes de colgar. Venganza. ¿Primitivo? En absoluto. La venganza es el reflejo del ser humano pensante, una constelación compleja de acción y reacción que ninguna otra especie animal ha conseguido desarrollar hasta ahora. Desde el punto de vista de la evolución, el recurso de la venganza se ha revelado tan eficaz que solo los más vengativos de nosotros han logrado sobrevivir. Vengarse o morir. Parece el título de una película del Oeste, de acuerdo, pero recuerda que es esta lógica de la venganza la que ha creado el Estado de Derecho. La promesa permanente del ojo por ojo, de que el pecador arderá en el infierno o, al menos, colgará en la horca. Sencillamente, la venganza forma los cimientos de la civilización, Harry.

Así que aquella misma noche me senté y empecé a trabajar en el plan.

Un plan sencillo.

Encargué a Trionor unas llaves para el apartamento de Anna. ¿Cómo lo hice?, no te lo pienso contar. Cuando tú saliste de su apartamento, yo abrí la puerta con la llave. Anna ya se había acostado. Ella, yo y una Beretta M92 tuvimos una larga y convincente charla. Le pedí que sacara algo que le hubiera regalado Arne Albu, una postal, una carta, una tarjeta de visita, lo que fuera. El plan era colocarlo sobre ella para ayudaros a relacionarlo con el asesinato. Pero lo único que tenía era la foto que ella había sacado de un álbum y en la que se veía a su familia delante de la cabaña. Supe que sería demasiado críptico, que necesitaríais más ayuda. Así que se me ocurrió una idea. La señora Beretta la convenció para que dijera cómo podría entrar en la cabaña de Albu, que la llave estaba en la lámpara de la entrada.

Después de haberle pegado el tiro, algo que no te voy a relatar en detalle porque sería un anticlímax decepcionante (no expresó miedo ni remordimiento), le metí la foto en el zapato y me fui directo a Larkollen. Dejé, como seguramente habrás adivinado, la llave de repuesto del apartamento de Anna en la cabaña. Pensé en pegarla dentro de la cisterna del baño, es mi sitio favorito, es ahí donde Michael esconde una pistola en *El padrino I*. Pero probablemente no habrías tenido suficiente imaginación para buscar ahí y, además, no tenía sentido. Así que la dejé en el cajón de la mesilla de noche. Fácil, ¿no?

Con esto había montado el escenario, y tú y el resto de marionetas podíais ejecutar vuestra representación. Espero que no te molestase que te facilitara algunas pistas, el coeficiente intelectual que tenéis los tíos de la policía no es precisamente alarmante. Por elevado, quiero decir.

Me despido ya de ti. Te agradezco la compañía y la ayuda; ha sido un placer colaborar contigo, Harry.

S#MN

34

Pluvianus aegyptius

Había un coche de policía aparcado justo delante de la puerta del edificio, y otro cruzado en la calle Sofie, cerca de la calle Dovre.

Tom Waaler había ordenado por el walkie-talkie que nada de sirenas ni de luces giratorias.

Comprobó por el walkie-talkie que todos estaban en sus puestos y recibió confirmaciones breves y roncas a la pregunta. La información de Ivarsson de que la hoja azul, la orden de detención con autorización de registro domiciliario, estaba en camino, había llegado hacía exactamente cuarenta minutos. Waaler comunicó con claridad que no necesitaban la intervención del grupo Delta, quería encargarse de la detención él mismo, y ya contaba con la gente que requería. Ivarsson no le puso pegas.

Tom Waaler se frotaba las manos. En parte debido al viento gélido que bajaba soplando por la calle desde el estadio de Bislett, pero, sobre todo, de satisfacción. Las detenciones eran lo mejor del trabajo. Lo sabía desde pequeño cuando, las tardes otoñales, él y Joakim se apostaban al acecho en el manzanar de sus padres y esperaban a que los idiotas de los niños de los bloques fueran a robar manzanas. Y venían. Unos ocho o diez a la vez. Pero, independientemente del número, el pánico era total cuando él y Joakim encendían las linternas y les gritaban a través de los megáfonos de fabricación casera. Siguiendo el mismo principio de los lobos cuando cazan renos, acorralaban al más pequeño y débil. Mientras que a

Tom le fascinaba la detención, la captura de la presa, a Joakim le gustaba más el momento del castigo. La creatividad que tenían en ese terreno llegaba tan lejos que, en ocasiones, Tom se vio obligado a detenerlo. No porque se compadeciera de las víctimas, sino porque él, al contrario que Joakim, conseguía mantener la cabeza fría y sopesar las consecuencias. Tom pensaba a menudo que no fue casualidad que a Joakim le hubiera ido como le fue. Era ayudante del fiscal en el Juzgado de Oslo y le auguraban un brillante futuro.

Pero cuando se presentó al cuerpo de policía, Tom pensaba en el instante de la *detención*. Su padre quería que estudiara medicina o teología, como él. Tom sacaba las mejores notas del colegio, de modo que ¿por qué iba a hacerse policía? Es importante para la autoestima tener una buena formación, le dijo su padre, y le comentó que su hermano mayor, que trabajaba en una ferretería vendiendo tornillos, odiaba a la gente porque se sentía inferior a los demás.

Tom escuchaba los consejos con aquella media sonrisa que sabía que su padre no soportaba. A él no le preocupaba la autoestima de Tom, sino lo que opinarían los vecinos y la familia si su único hijo *solo* llegaba a ser policía. Su padre nunca comprendió que se podía odiar a la gente siendo mejor que los demás. *Porque* él era mejor.

Miró el reloj. Las seis y trece minutos. Llamó a uno de los timbres del primer piso.

—¿Hola? —dijo una voz de mujer.

—Es la policía —dijo Waaler—. ¿Puedes abrir?

—¿Cómo sé que eres policía?

Una tía paquistaní, pensó Waaler, antes de pedirle que se asomara por la ventana para ver los coches de policía. La cerradura de la puerta zumbó.

—Quédate en casa —espetó Waaler al portero automático.

Waaler apostó a un hombre en el patio interior, junto a la escalera de incendios. Cuando consultó los planos del edificio por intranet, memorizó la ubicación del apartamento de Harry y vio que no había en la parte posterior ninguna escalera por la que preocuparse.

Con sendos MP3 colgados del hombro, Waaler y dos hombres subieron sigilosamente las escaleras de madera ya desgastada. Waaler se detuvo en el tercero y señaló hacia la puerta que ni tenía placa con el nombre ni la había necesitado nunca. Miró a los otros dos. Debajo de los uniformes se notaba cómo se les llenaban de aire los pulmones, aunque no por el esfuerzo de haber subido las escaleras.

Se pusieron las capuchas. Las palabras clave eran «rapidez», «eficacia» y «decisión». Esta última significaba, en realidad, estar dispuestos a emplear la fuerza; en caso necesario, matar. Rara vez era necesario. Hasta los criminales más curtidos se quedaban paralizados cuando varios enmascarados armados entraban sin previo aviso en el salón de su casa. En resumen, usaban la misma táctica que cuando se atraca un banco.

Waaler se preparó e hizo un gesto de asentimiento a uno de sus hombres, que llamó suavemente a la puerta con los nudillos. Eso les permitía escribir en el informe que antes habían llamado a la puerta. Waaler rompió el cristal esmerilado con el cañón de la metralleta, metió la mano por dentro y abrió, todo en el mismo movimiento. Cuando irrumpió corriendo en el apartamento, lanzó un grito. Una vocal o el comienzo de una palabra, no estaba seguro. Solo sabía que era lo mismo que solía gritar cuando él y Joakim encendían las linternas. Aquella era la mejor parte.

—Albóndigas de patata —dijo Maja con el plato en alto y una mirada reprobatoria—. Y no lo has tocado.

—Lo siento —se disculpó Harry—. No tengo hambre. Dile al cocinero que no es culpa suya. Esta vez.

Maja se echó a reír y se fue en dirección a la cocina.

—Maja...

La mujer se volvió despacio. Notó algo en la voz de Harry, en el tono, que le dijo lo que vendría a continuación.

—Tráete una cerveza, por favor.

Ella siguió hacia la cocina. «No es cosa mía —se dijo—. Yo solo sirvo. No es cosa mía.»

—¿Qué pasa, Maja? —preguntó el cocinero mientras vaciaba el plato en la basura.

—No es mi vida —dijo—. Es la suya. La vida de ese idiota.

El teléfono del despacho de Beate sonó débilmente y ella levantó el auricular. Lo primero que percibió fue ruido de voces, risas y vasos tintineantes. Luego oyó la voz:

—¿Molesto?

Por un instante dudó, tenía algo extraño en la voz. Pero no podía ser otra persona.

—¿Harry?

—¿Qué estás haciendo?

—Pues… estaba mirando en internet si ha llegado información. Harry…

—¿Así que habéis colgado el vídeo del atraco de Grensen en internet?

—Sí, pero oye…

—Tengo que contarte un par de cosas, Beate. Arne Albu…

—Vale, pero espera un poco y escúchame.

—Pareces nerviosa, Beate.

—¡Es que estoy estresada! —Se oyó un chisporroteo a través del hilo telefónico. Y luego, más calmada, añadió—: Van a por ti, Harry. Intenté llamarte para advertírtelo en cuanto se fueron de aquí, pero no había nadie en casa.

—¿De qué estás hablando?

—Tom Waaler. Tiene una orden de detención contra ti.

—¿Qué? ¿Me van a detener?

Beate cayó en la cuenta de qué era lo que notaba de extraño en la voz de Harry. Había bebido.

—Dime dónde estás y voy a buscarte. Podemos decir que te has entregado voluntariamente. No sé exactamente de qué va todo esto, pero te voy a ayudar, Harry. Lo prometo. ¿Harry? No hagas ninguna tontería, ¿de acuerdo? ¿Hola?

Se quedó sentada escuchando voces, risas y vasos tintineantes hasta que oyó una voz ronca de mujer a través del auricular:

—Soy Maja, del Schrøder.

—¿Dónde…?

—Se ha ido.

35

SOS

Vigdis Albu se despertó al oír fuera los ladridos de Gregor. La lluvia tamborileaba en el tejado. Miró el reloj. Las siete y media. Había echado una cabezada. El vaso que tenía delante estaba vacío, la casa estaba vacía, todo estaba vacío. No era ese el plan.

Se levantó, se acercó a la puerta de la terraza y miró a Gregor. Estaba vuelto hacia la verja con las orejas y el rabo tiesos. ¿Qué iba a hacer con él? ¿Regalárselo a alguien? ¿Sacrificarlo? Ni siquiera los niños tenían cariño a aquel animal hiperactivo y nervioso. Exacto, el plan. Miró la botella de ginebra medio vacía encima de la mesa de cristal. Era hora de planear algo nuevo.

Los ladridos de Gregor cortaban el aire. ¡Guau! ¡Guau! Arne decía que el sonido le resultaba irritante y tranquilizador a un tiempo, que le transmitía la sensación inconsciente de que alguien estaba de guardia. Decía que los perros huelen a los enemigos porque quienes pretenden hacer daño emanan un olor distinto al de los amigos. Decidió llamar a un veterinario al día siguiente, estaba harta de alimentar a un perro que ladraba cada vez que ella entraba en una habitación.

Entreabrió la puerta de la terraza y escuchó. Entre los ladridos y la lluvia oyó el crujido de la gravilla. Le dio tiempo a pasarse un cepillo por el cabello y a quitarse una mancha de rímel de debajo del ojo izquierdo antes de que el timbre de la puerta reprodujera las tres notas del *Mesías* de Händel, un regalo de sus suegros cuando estrenaron la casa. Tenía cierta idea sobre quién podía ser. Acertó. Casi.

—¿Agente? —dijo francamente sorprendida—. Qué sorpresa más agradable.

El hombre que había en la escalera estaba empapado y le goteaban las cejas. Se apoyó en el umbral de la puerta y la miró sin responder. Vigdis Albu abrió la puerta del todo y entornó los ojos.

—¿No quieres entrar?

Ella iba delante mientras escuchaba a su espalda el borboteo de los zapatos. Sabía que al agente le gustaba lo que veía. Él se sentó en el sillón sin quitarse la gabardina y ella observó que la tela se volvía oscura en las partes que absorbían el agua.

—¿Ginebra, agente?

—¿Tienes Jim Beam?

—No.

—Ginebra va bien.

Se fue a por los vasos de cristal, un regalo de bodas de sus suegros, y sirvió dos.

—Mis condolencias —dijo el agente de policía, y la miró con los ojos rojos y brillantes, indicio de que aquella no era la primera copa del día.

—Gracias —dijo ella.

—Salud.

Cuando dejó el vaso, vio que él había vaciado el suyo hasta la mitad. Estaba jugando con el vaso cuando, de repente, declaró:

—Fui yo quien lo mató.

Vigdis sujetó automáticamente el collar de perlas que llevaba en el cuello. El regalo de tornaboda.

—Yo no quería que terminara así —dijo—. Pero fui estúpido e imprudente. Conduje a los asesinos directamente hasta él.

Vigdis se llevó el vaso rápidamente a la boca para que no viera que estaba a punto de romper a reír.

—Así que ya lo sabes —dijo Harry.

—Ahora lo sé, Harry —dijo ella.

Le pareció ver un amago de sorpresa en su mirada.

—Has hablado con Tom Waaler.

Parecía más una afirmación que una pregunta.

—¿Te refieres a ese investigador que cree que es un regalo de Dios para…? En fin. Sí, he hablado con él. Y, por supuesto, le conté lo que sabía. ¿No debía haberlo hecho, Harry?

Él se encogió de hombros.

—¿Te he puesto en un aprieto, Harry?

Había recogido las piernas en el sillón y lo miró con cierto aire de preocupación desde detrás del vaso.

Él no respondió.

—¿Otra copa?

Él asintió con la cabeza.

—Al menos te traigo buenas noticias. —La observó detenidamente mientras ella le servía la copa—. Esta tarde he recibido un correo de una persona que confiesa ser el asesino de Anna Bethsen. Esa persona me hizo pensar en todo momento que era Arne.

—Pues vaya —dijo ella—. Huy, creo que me he pasado.

Un poco de ginebra se derramó en la mesa.

—No pareces muy sorprendida.

—Ya nada me sorprende. La verdad sea dicha, no imaginaba que Arne tuviera suficiente temple como para matar a una persona.

Harry se frotó la nuca.

—Da igual. El caso es que ahora tengo pruebas de que a Anna Bethsen la asesinaron. Reenvié la confesión de esa persona a un colega antes de salir de casa. Junto con todos los otros correos que he recibido. Eso quiere decir que pongo todas las cartas sobre la mesa en cuanto a mi propio papel. Anna era una vieja amiga mía. Mi problema es que estuve en su casa la noche que la mataron. Debí haberlo dicho enseguida, pero fui un necio y un imprudente y me creí capaz de resolver el caso yo solo y, al mismo tiempo, no verme implicado. Fui…

—Necio e imprudente. Ya lo has dicho. —Lo miró pensativa mientras pasaba la mano por el cojín del sofá contiguo—. Esto explica muchas cosas, por supuesto. Pero no veo muy claro por qué habría de considerarse un crimen el hecho de pasar un rato en compañía de una mujer con la que uno tiene ganas de… pasar un rato. Seguro que hay una explicación, Harry.

–Bueno. –Tomó un trago de la bebida cristalina–. Me desperté al día siguiente sin recordar nada.

–Comprendo. –Ella se levantó del sofá y se situó delante de él–. ¿Sabes quién era él?

Harry apoyó la cabeza en el respaldo y la miró. ¿Quién había dicho que fuera un hombre? Sus palabras la delataban.

Ella le alargó una mano delicadísima. Él la miró extrañado.

–La gabardina –dijo ella–. Y luego te vas directo a darte un baño caliente. Mientras, yo preparo café y busco ropa seca. No creo que Arne hubiera tenido nada en contra. En muchos aspectos era un hombre razonable.

–Es que…

–Venga.

Aquel abrazo ardiente provocó en Harry estremecimientos de placer. Y los suaves mordiscos que iban subiendo por los muslos hacia las caderas y le pusieron la piel de gallina. Exhaló un suspiro. Hundió el resto del cuerpo en el agua caliente y echó la cabeza hacia atrás.

Oía la lluvia e intentaba escuchar a Vigdis Albu, pero ella había puesto un disco. The Police. *Greatest hits* este también. Cerró los ojos.

«Sending out an SOS, sending out an SOS…», cantaba Sting. Y Harry se había fiado de ese tío. A propósito. Contaba con que Beate ya hubiera leído el correo, se lo hubiera comunicado a alguien, y que la caza del zorro se hubiera suspendido. Le pesaban los párpados por el alcohol. Pero cada vez que cerraba los ojos veía dos piernas con zapatos italianos hechos a mano que sobresalían del agua caliente del baño. Tanteó detrás de la cabeza, donde había dejado el vaso en el borde de la bañera. Solo le había dado tiempo a tomar dos jarras de cerveza en el Schrøder cuando llamó a Beate, y eso no le había aportado, ni de lejos, la anestesia que necesitaba. Pero ¿dónde estaba el puñetero vaso? ¿Intentaría Tom Waaler encontrarlo de todas formas? Harry sabía que se moría por detenerle. Pero a él no le interesaba pasar a prisión preventiva antes de tener bien atados todos los cabos de este caso. Desde ahora no se podía permitir el lujo de fiarse de nadie más que de sí mismo. Lo conseguiría. Solo necesitaba relajarse un poco. Otra copa. Que le prestaran el sofá por esta noche. Aclarar las ideas. Conseguirlo. Mañana.

La mano dio con el vaso y el pesado recipiente de cristal se precipitó al suelo de baldosas con un ruido sordo.

Harry soltó una maldición y se levantó. Estuvo a punto de caerse, pero consiguió apoyarse en la pared en el último momento. Se cubrió con una toalla gruesa y tupida y entró en el salón. La botella de ginebra seguía encima de la mesa. Encontró un vaso y lo llenó hasta el borde. Oyó el borboteo de la cafetera. Y la voz de Vigdis desde la entrada, en el primer piso. Volvió al cuarto de baño y dejó el vaso con cuidado junto a la ropa que Vigdis le había traído, una colección completa de Bjørn Borg en azul celeste y negro. Pasó la toalla por el espejo y se encontró con su propia mirada.

—Idiota —susurró.

Miró al suelo. Una raya roja recorría una junta entre baldosas en dirección a la rejilla del desagüe. Siguió la raya en la dirección opuesta, hasta su pie derecho, desde donde brotaba la sangre entre los dedos. Estaba pisando los cristales, ni se había dado cuenta. No se había percatado de una mierda. Volvió a mirarse en el espejo y se echó a reír.

Vigdis colgó. Había tenido que improvisar. Odiaba improvisar, se sentía físicamente enferma cuando las cosas no iban según el plan. Desde que era muy pequeña sabía que nada ocurre porque sí, que trazar un plan lo es todo. Todavía recordaba el momento en que la familia se había mudado de Skien a Slemdal, cuando ella estaba en tercero, y el día en que se sentó delante de la clase nueva. Dijo su nombre mientras los demás la miraban fijamente, observaban la ropa y aquella mochila extraña de plástico, que había motivado las burlas y cuchicheos de algunas niñas. Durante la última clase del día hizo una lista con el nombre de las chicas de la clase que serían sus mejores amigas, el de las que quedarían excluidas, el de los chicos que se enamorarían de ella y el de los profesores para los que ella sería la alumna favorita. Colgó la lista encima de su cama en cuanto volvió a casa, y no la quitó hasta navidades, cuando ya había una señal al lado de cada nombre.

Pero ahora era diferente, ahora dependía de otros para poner las cosas en su sitio.

Miró el reloj. Las ocho y veinte. Tom Waaler le dijo que podrían presentarse allí en doce minutos. Le había asegurado que apagaría la sirena mucho antes de llegar a Slemdal, así que no debía preocuparse por los vecinos, dijo, sin que ella lo hubiera mencionado.

Se quedó sentada en la entrada, esperando. Confiaba en que Hole se hubiera dormido en la bañera. Miró el reloj otra vez. Escuchó la música. Menos mal que las machaconas canciones de Police habían terminado, y ahora Sting cantaba los temas del álbum en solitario, con esa voz maravillosa y relajante. Cantaba sobre la lluvia que, una y otra vez, caería como las lágrimas de una estrella. Era tan hermoso que casi le entraban ganas de llorar.

Entonces oyó los ladridos de Gregor. Por fin.

Abrió la puerta y salió a la escalera, tal como habían acordado. Vio una figura que cruzaba corriendo el jardín en dirección a la terraza, y otra que seguía hasta la parte trasera de la casa. Dos hombres enmascarados con uniformes negros y fusiles pequeños y recortados se detuvieron en su puerta.

—¿Aún sigue en el baño? —susurró uno de ellos a través de la capucha negra—. ¿Arriba a la izquierda?

—Sí, Tom —susurró ella a su vez—. Y gracias por venir tan…

Pero ya estaban dentro.

Cerró los ojos y escuchó con atención. Los pasos acelerados en la escalera, los guau, guau desesperados de Gregor, el suave «How fragile we are», de Sting, el ruido de la patada en la puerta del cuarto de baño.

Se dio la vuelta y entró. Subió las escaleras. Hacia los gritos. Necesitaba una copa. Vio a Tom Waaler al final de la escalera. Se había quitado la capucha, pero tenía la cara tan desencajada que casi no lo reconocía. Le indicó algo. En la alfombra. Ella miró hacia abajo. Era un rastro de sangre. Lo siguió con la mirada a través del salón hasta la puerta abierta de la terraza. No oyó lo que le gritaba aquel idiota vestido de negro. «El plan», era lo único en lo que pensaba. «Este no era el plan.»

36

«Waltzing Mathilda»

Harry corría. Los ladridos en *staccato* de Gregor resonaban de fondo como un metrónomo enojado, todo lo demás estaba en silencio a su alrededor. Las plantas desnudas de los pies chasqueaban en la hierba húmeda. Mantuvo los brazos extendidos al frente mientras atravesaba otro seto y apenas sentía que las espinas le rasgaban la palma de las manos y el traje de Bjørn Borg. No había encontrado su ropa ni los zapatos, supuso que ella lo había bajado todo a la primera planta, donde permaneció a la espera. Buscó otros zapatos, pero Gregor empezó a ladrar y se tuvo que largar tal como estaba, en pantalones y camisa. La lluvia le caía en los ojos y parecía que las casas, los manzanos y los arbustos flotaran nadando delante de él. Otro jardín surgía de la oscuridad. Asumió el riesgo de saltar la valla, pero perdió el equilibrio. Una carrera bajo los efectos del alcohol. Se dio en la cara con un césped bien cuidado. Se quedó tumbado y alerta.

Le pareció oír ladridos de varios perros. ¿Habría llegado la unidad canina Victor? ¿Tan rápido? Seguro que Waaler los tenía preparados y en guardia. Harry se levantó y miró a su alrededor. Estaba en la cima de la colina que se había fijado como objetivo.

Evitó a propósito las carreteras iluminadas donde pudieran verlo y por donde no tardarían en patrullar los coches de la policía. Alcanzaba a ver la propiedad de Albu cerca de Bjørnetråkket. Había cuatro coches aparcados delante de la verja, dos con las luces azules en marcha. Miró hacia el otro lado de la colina. ¿Ese lugar se llamaba Holmen, Gressbanen? Algo así. Había un coche particular aparcado en un cruce allí abajo, con las luces de posición encendidas. Estaba estacionado en un paso de peatones. Harry había sido muy rápido… Pero Waaler lo fue aún más. Solo la policía aparca un coche de esa forma.

Se frotó la cara con fuerza. Intentó ahuyentar la anestesia que un rato antes tanto había deseado. Una luz azul fulguraba entre los árboles de la calle Stasjonsveien. Se encontraba dentro de una red que ya se estaba cerrando. No podría escapar. Waaler era demasiado bueno. Pero no acababa de entenderlo. No podía tratarse de una carrera en solitario por parte de Waaler, alguien tenía que haber autorizado el despliegue de tantos efectivos para detener a un solo hombre. ¿Qué pasaba, es que Beate no había recibido el correo que le había enviado?

Prestó atención. Era evidente que había más perros. Miró a su alrededor, las luces de los chalés diseminados por la colina oscura. Pensó en el calor y el bienestar que se sentiría al otro lado de las ventanas. A los noruegos les gustaba la luz y usaban la electricidad. Solo cuando se iban de vacaciones a los países del sur para pasar quince días fuera apagaban las luces. Fue saltando de casa en casa con la mirada.

Tom Waaler elevó la vista hacia los chalés que decoraban el paisaje como las luces de un árbol de Navidad. Jardines grandes y oscuros. Manzanas robadas. Estaba sentado, con las piernas sobre el salpicadero de la furgoneta modificada de la unidad Victor. Tenían el mejor equipo de comunicaciones, así que había trasladado allí el mando de la operación. Estaba en contacto radiofónico con todas las unidades que acababan de rodear el área. Miró el reloj. Los perros habían empezado, habían pasado casi diez minutos desde que desaparecieron con los guías en la oscuridad, a través de los jardines.

La radio chisporroteó:

—Aquí calle Stasjonsveien a Victor cero uno. Tenemos un coche con un tal Stig Antonsen que se dirige a la calle Revehiveien 17. Dice que viene del trabajo. Vamos a...

—Comprueba la identidad y la dirección y déjalo pasar —ordenó Waaler—. Lo mismo os digo al resto de los que andáis ahí fuera, ¿de acuerdo? Pensad con la cabeza.

Waaler sacó un CD del bolsillo de la pechera y lo introdujo en el reproductor. Canto en falsete de varias voces. «Thunder all through the night, and a promise to see Jesus in the morning light.» El hombre que ocupaba el asiento del copiloto enarcó una ceja, pero Waaler fingió no verlo y subió el volumen. Estrofa. Estribillo. Estrofa. Estribillo. Siguiente pieza. «Pop Daddy, Daddy Pop. Oh, sock it to me. You're the best.» Waaler volvió a mirar el reloj. ¡Mierda, cuánto tardaban los perros! Dio un golpe en el salpicadero. Desde el asiento del acompañante le lanzaron otra mirada.

—Tienen un rastro fresco de sangre —dijo Waaler—. ¡No puede ser tan difícil!

—Son perros, no robots —dijo el hombre—. Relájate, no tardarán en cogerlo.

El artista, que siempre sería Prince, estaba en plena ejecución de «Diamonds and Pearls» cuando llegó la información:

—Victor cero tres a Victor cero uno. Creo que lo tenemos. Estamos delante de un chalé blanco en... eh, Erik, averigua cómo se llama la calle, aunque en la pared de la casa pone el número 16.

Waaler bajó la música.

—De acuerdo. Averígualo y espera a que lleguemos.

—¿Qué es ese chirrido que estoy oyendo?

—Viene de la casa.

La radio chisporroteó:

—Calle Stasjonsveien a Victor cero uno. Siento interrumpir, pero aquí hay un coche del servicio de emergencias Falken. Dicen que va a la calle Harelabben 16. Su central ha registrado una alarma en esa dirección. Voy a...

—¡Victor cero uno a todas las unidades! —gritó Waaler—. ¡Adelante, Harelabben 16!

Bjarne Møller estaba de un humor de perros. ¡En medio del programa *Åpen Post*! Encontró el chalé blanco con el número 16, aparcó enfrente, entró por la verja hasta la puerta abierta donde había un agente de policía con un pastor alemán.

—¿Está Waaler aquí? —preguntó el comisario jefe, a lo que el policía respondió señalando hacia el interior con la cabeza.

Møller se fijó en que el cristal de la ventana de la entrada estaba roto. Waaler estaba en la entrada discutiendo acaloradamente con otro agente.

—¿Qué coño está pasando aquí? —preguntó Møller sin más preámbulo.

Waaler se dio la vuelta.

—Vaya. ¿Qué te trae por aquí, Møller?

—Una llamada de Beate Lønn. ¿Quién ha autorizado esta locura?

—Nuestro jurista policial.

—No estoy hablando de la detención. Pregunto quién ha dado luz verde a la tercera guerra mundial solo porque uno de nuestros colegas podría tener, ¡podría tener!, que explicar un par de cosas con cierto detenimiento.

Waaler se balanceaba sobre los talones mientras miraba a Møller directamente a los ojos.

—El comisario jefe Ivarsson. Encontramos un par de cosas en casa de Harry que lo convierten en algo más que una persona con la que queramos hablar. Es sospechoso de asesinato. ¿Querías saber algo más, Møller?

Møller arqueó una ceja sorprendido y comprendió que Waaler debía de estar muy nervioso: era la primera vez que lo oía hablarle a un superior en tono provocador.

—Sí. ¿Dónde está Harry?

Waaler señaló hacia las huellas rojas del parqué.

—Estuvo aquí. Allanamiento, como ves. Empieza a tener bastante que explicar, ¿no te parece?

—Lo que pregunto es que dónde está ahora.

Waaler y el otro agente intercambiaron una mirada cómplice.

—Al parecer, Harry no tiene ningún interés en explicar nada. El pájaro había volado cuando llegamos.

—¿Ah, sí? Pues a mí me ha parecido que teníais montado un cerco de hierro alrededor de esta área.

—Y lo teníamos —dijo Waaler.

—Entonces ¿cómo se ha escapado?

—Con esto.

Waaler señaló un aparato que había encima de la mesa auxiliar del teléfono. El auricular tenía marcas que parecían de sangre.

—¿Se ha escapado por teléfono?

Møller sintió una necesidad de sonreír por completo irracional, teniendo en cuenta su mal humor y lo grave de la situación.

—Existen razones para creer —dijo Waaler mientras Møller vio cómo le trabajaba la musculatura de las mandíbulas al estilo David Hasselhoff— que pidió un taxi.

Øystein subió lentamente por la avenida y condujo el taxi hasta la plaza adoquinada que formaba un semicírculo delante de la cárcel de Oslo. Dio marcha atrás para colocarse entre dos vehículos, de modo que la parte posterior del coche apuntara hacia el parque vacío y hacia Grønlandsleiret. Dio media vuelta a la llave para apagar el motor, pero los limpiaparabrisas continuaron moviéndose de un lado a otro. Esperó. No se veía a nadie ni en la plaza ni en el parque. Echó una ojeada hacia la comisaría antes de tirar de la palanca situada bajo el volante. Sonó un clic y la puerta del maletero saltó a medias.

—Hemos llegado —gritó mientras miraba por el retrovisor.

El coche se balanceó un poco, el maletero se abrió del todo y se cerró de golpe. Se abrió la puerta del asiento trasero y un hombre se coló dentro. Øystein escudriñó por el retrovisor al pasajero, que tiritaba y estaba totalmente calado.

—Tienes una pinta cojonuda, Harry.

—Gracias.

—Con esa ropa tan elegante.

—No es de mi talla, pero es de la marca Bjørn Borg. Déjame los zapatos.

—¿Qué?

—Unas zapatillas de fieltro son lo único que he encontrado en el pasillo, no puedo hacer una visita carcelaria así. Y la chaqueta.

Øystein alzó la vista al cielo y se quitó la chaqueta corta de cuero.

—¿Has tenido problemas para pasar los controles? —preguntó Harry.

—Solo a la ida. Se aseguraron de que tenía la dirección y el nombre de la persona a la que tenía que entregar el paquete.

—El nombre lo leí en la puerta.

—A la vuelta solo miraron dentro del coche y me indicaron que siguiera. Medio minuto después ya había un follón increíble en la radio. A todas las unidades y todo eso. Ja, ja.

—Sí, me pareció oír algo desde atrás. ¿Sabes que es ilegal tener una emisora de la policía, Øystein?

—Oye, no es ilegal tenerla. Es ilegal usarla. Y yo no la uso casi nunca.

Harry se ató los cordones y le arrojó las zapatillas de fieltro por encima del respaldo.

—Tendrás tu recompensa en el cielo. Si han anotado el número del taxi y recibes una visita, tendrás que decir lo que pasó. Que recibiste una llamada directamente al móvil y que el pasajero insistió en meterse en el maletero.

—¿En serio? Eso no es mentir, ¿no?

—Es lo más verídico que he oído en mucho tiempo.

Harry tomó aire y pulsó el timbre. En principio, no debería haber ningún peligro, pero no sabía con qué rapidez se difundiría la noticia de que lo buscaban. Al fin y al cabo, en esta cárcel entraban y salían constantemente agentes de policía.

—¿Sí? —dijo alguien por el altavoz.

—Comisario Harry Hole —anunció Harry con una dicción exageradamente nítida al tiempo que se giraba directamente hacia la cámara de vídeo instalada sobre la verja con una mirada que esperaba que fuera medianamente clara—. Para Raskol Baxhet.

—No te tengo en la lista.

—¿No? —preguntó Harry—. Le pedí a Beate Lønn que os llamara para apuntarme. Esta noche a las nueve. Pregúntale a Raskol.

—Cuando es fuera de las horas de visita es preciso que figures en la lista, Hole. Tendrás que llamar mañana en horas de oficina.

Harry cambió de tono.

—¿Cómo te llamas?

—Bøygset. Es que no puedo…

—Escucha, Bøygset. Se trata de obtener información para un asunto policial muy importante que no puede esperar al día de mañana en horas de oficina. Seguramente has oído sirenas entrando y saliendo de la comisaría esta noche, ¿no?

—Sí, pero…

—A menos que tengas ganas de andar explicándoles a los periódicos mañana cómo conseguisteis perder la lista con mi nombre, te sugiero que apaguemos el modo robot y pulsemos el botón del sentido común. Es ese que tienes justo delante de las narices, Bøygset.

Harry miró fijamente al ojo muerto de la cámara. Mil uno, mil dos… La cerradura emitió un zumbido.

Cuando entró, Raskol estaba en la celda sentado en una silla.

—Gracias por confirmar la petición de la visita —dijo Harry, y miró a su alrededor en la celda de cuatro metros por dos.

Una cama, un pupitre, dos armarios, algunos libros. Ninguna radio, ni revistas, ningún objeto personal, paredes desnudas.

—Lo prefiero así —dijo Raskol en respuesta a las reflexiones de Harry—. Agudiza la mente.

—Bien, pues mira a ver cómo te agudiza la mente lo que te voy a contar —dijo Harry, y se sentó en el borde de la cama—. Arne

Albu no mató a Anna. Cogisteis al hombre equivocado. Tenéis las manos manchadas con la sangre de un hombre inocente, Raskol.

No estaba seguro, pero a Harry le pareció notar una ínfima contracción en aquella máscara de mártir benévola y fría al mismo tiempo. Raskol inclinó la cabeza y se puso las palmas de las manos en las sienes.

—He recibido un correo electrónico del asesino —continuó Harry—. Resulta que me ha estado manipulando desde el primer momento.

Pasó una mano por la funda de cuadros del edredón mientras reproducía el contenido del último correo. Seguido del resumen de los acontecimientos del día.

Raskol se quedó inmóvil, dispuesto a escuchar hasta que Harry terminara. Después levantó la cabeza.

—Eso significa que también tú tienes las manos manchadas con la sangre de un inocente, *spiuni*.

Harry asintió con la cabeza.

—Y ahora vienes aquí para contarme que soy yo quien te ha manchado de sangre a ti. Y que te debo algo por eso.

Harry no respondió.

—Estoy de acuerdo —dijo Raskol—. Dime lo que te debo.

Harry dejó de pasar la mano por la funda del edredón.

—Me debes tres cosas. Primero, necesito un sitio para esconderme hasta que consiga llegar al fondo de este asunto.

Raskol hizo un gesto de asentimiento.

—Lo segundo es que necesito la llave del apartamento de Anna para comprobar un par de cosas.

—Te la he devuelto ya.

—No me refiero a la llave con las iniciales A. A.; esa está en un cajón en mi apartamento y ahora no puedo ir allí. Y lo tercero…

Harry se calló y Raskol lo miró con curiosidad.

—Si Rakel me dice que alguien los mira aunque sea de refilón, me entrego, lo cuento todo y digo que tú estuviste detrás del asesinato de Arne Albu.

Raskol sonrió con amabilidad y condescendencia, como diciendo que lo sentía por Harry, que lamentaba la realidad de lo que ambos sabían: que nadie encontraría jamás el menor vínculo entre Raskol y el asesinato.

—No tienes que preocuparte por Rakel y Oleg, *spiuni*. Mi contacto recibió orden de retirar a sus artesanos en cuanto acabamos con Albu. Debería preocuparte más el desenlace del juicio. Mi contacto dice que aquello no pinta nada bien. Creo que la familia del padre tiene amigos influyentes.

Harry se encogió de hombros.

Raskol abrió el cajón del pupitre, extrajo una llave reluciente de Trioving y se la entregó a Harry.

—Ve directo a la estación de metro de Grønland. Al bajar las primeras escaleras, encontrarás a una señora sentada a una ventanilla junto a los aseos. Págale cinco coronas para entrar. Dile que ha llegado Harry, vete al aseo de caballeros y enciérrate en uno de los cubículos. Cuando oigas entrar a alguien silbando «Waltzing Mathilda», es que ha llegado tu transporte. Buena suerte, *spiuni*.

La lluvia caía con tal intensidad que una ducha fina salpicaba desde el asfalto y, si uno se tomaba el tiempo suficiente, podía ver arcoíris diminutos en el haz de luz de las farolas del fondo, en la parte estrecha de la calle Sofie que era de dirección única. Pero Bjarne Møller no tenía tiempo para arcoíris. Salió del coche, se echó la gabardina por la cabeza y avanzó corriendo por la calle hacia la verja donde Ivarsson, Weber y un hombre que parecía de origen paquistaní lo estaban esperando.

Møller les dio la mano y la persona de piel oscura se presentó como Ali Niazi, vecino de Harry.

—Waaler viene en cuanto recoja en Slemdal —dijo Møller—. ¿Qué habéis encontrado?

—Me temo que son cosas bastante llamativas —opinó Ivarsson—. Lo más importante ahora es ver cómo le contamos a la prensa que uno de nuestros agentes...

—Vale, vale —rugió Møller—. No tan rápido. Ponme al día.

Ivarsson respondió con una sonrisita.

—Ven aquí.

El jefe de la sección de Atracos marchó delante de los otros tres y cruzó una portezuela antes de bajar por una escalera curvada de piedra que conducía hasta el sótano. Møller dobló el cuerpo largo y delgado lo mejor que pudo para no rozarse con el techo ni con las paredes. No le gustaban los sótanos.

La voz de Ivarsson retumbó en los muros de cemento.

—Como sabes, Beate Lønn recibió anoche varios correos que Hole le había reenviado. Hole asegura que son correos que ha recibido de una persona que confiesa haber asesinado a Anna Bethsen. Yo estaba en la comisaría y leí esos correos hace una hora. En mi opinión se trata, más que nada, de una palabrería incomprensible y confusa. Pero también contiene información que el remitente no podía saber si no conocía de cerca lo que pasó la noche que Anna Bethsen murió. A pesar de que la información sitúa a Hole en el apartamento aquella noche, al mismo tiempo le da lo que parece una coartada.

—¿Cómo que parece? —Møller se agachó para cruzar otro umbral. Al otro lado, el techo era aún más bajo y anduvo encorvado mientras intentaba no pensar que se encontraba cuatro pisos por debajo de una mole de construcción apenas sostenida por barro y troncos de madera de cien años de antigüedad—. ¿Qué quieres decir, Ivarsson? ¿No dijiste que los correos contenían una confesión?

—Primero registramos el apartamento —dijo Ivarsson—. Encendimos el ordenador, abrimos el buzón del correo y encontramos todos los correos que había recibido. Exactamente, tal como él se lo había explicado a Beate Lønn. Es decir, lo que parece una coartada.

—Te estoy escuchando —dijo Møller, claramente irritado—. ¿Podemos llegar a la cuestión?

—La cuestión es, por supuesto, quién envió esos correos al ordenador de Harry.

Møller oyó voces.

—Hay que doblar esa esquina —dijo el que afirmaba ser vecino de Harry.

Se detuvieron delante de un trastero. Detrás de la red de malla había dos hombres en cuclillas. Uno sostenía una linterna dirigida a la parte trasera de un ordenador portátil mientras leía los números en voz alta y el otro los anotaba. Møller vio dos cables que salían del enchufe de la pared. Uno iba hasta el portátil y el otro hasta un teléfono móvil rayado de la marca Nokia, que a su vez estaba conectado al portátil.

Møller se enderezó como pudo.

—¿Y qué significa esto?

Ivarsson puso una mano en el hombro del vecino de Harry.

—Ali dice que él estuvo en el sótano unos días después de que mataran a Anna Bethsen, y entonces fue la primera vez que vio este ordenador portátil conectado al teléfono móvil en el trastero de Harry. Ya hemos investigado el móvil.

—¿Y?

—Pertenece a Hole. Ahora estamos intentando averiguar quién compró el ordenador portátil. De todas formas, ya hemos mirado el buzón de mensajes enviados.

Møller cerró los ojos. Empezaba a dolerle la espalda.

—Y están ahí. —Ivarsson negó despacio con la cabeza con una expresión de lo más elocuente—. Todos los correos que Harry intenta hacernos creer que le ha enviado algún asesino misterioso.

—Ya —dijo Møller—. Esto no tiene buena pinta.

—Pero la prueba definitiva la encontró Weber en el apartamento.

Møller miró inquisitivamente a Weber, que, con aire sombrío, le mostró una bolsita de plástico.

—¿Una llave? —dijo Møller—. ¿Con las iniciales A. A.?

—La encontramos en el cajón de la mesa del teléfono —aclaró Weber—. Los dientes concuerdan con la llave del apartamento de Anna Bethsen.

Møller lanzó una mirada vacía a Weber. La luz penetrante de la bombilla desnuda confería a las caras el mismo color cadavérico de las paredes, y Møller tuvo la sensación de encontrarse dentro de una tumba.

—Tengo que salir de aquí —dijo con serenidad.

37

Spiuni gjerman

Harry abrió los ojos, vio la cara risueña de una chica y notó el primer mazazo.

Volvió a cerrar los ojos, pero ni la cara de la chica ni el dolor de cabeza desaparecieron.

Intentó recordar todo lo que podía.

Raskol, los aseos de la estación de metro, un hombre pequeño, fornido, que iba silbando con un traje de Armani algo raído, una mano tendida con un anillo de oro, pelo negro y una uña larga en el dedo meñique.

—Hola, Harry, soy tu amigo Simon.

Y, contrastando con el traje raído, un Mercedes flamante con un chófer que parecía hermano de Simon, con unos ojos idénticos, castaños y joviales, y el mismo apretón de manos peludo y cargado de oros.

Los dos que viajaban delante en el coche iban hablando una mezcla de noruego y sueco con ese acento extraño que suele tener la gente del circo, los cuchilleros, los predicadores y los vocalistas de grupos de música de baile. Pero no dijeron gran cosa.

—¿Estás bien, amigo?

—Qué tiempo de perros, ¿no?

—Bonita ropa, amigo. ¿Me la cambias?

Risas y chasquidos de mecheros. ¿Si Harry fumaba? Cigarrillos rusos. Aquí tienes. Son malos, fijo, pero «de buena manera,

392

¿sabes?». Más risas. Ni media palabra sobre Raskol, ni sobre adónde iban.

Que luego resultó no ser muy lejos.

Abandonaron la carretera después del Museo Munch y fueron dando tumbos por un camino lleno de baches hasta un aparcamiento situado delante de un embarrado y desierto campo de fútbol. Al final del aparcamiento había tres caravanas. Dos grandes y nuevas y una pequeña y vieja, con cuatro bloques Leca por ruedas.

Se abrió la puerta de una de las caravanas grandes y Harry vio la silueta de una mujer. Tras ella asomaron las cabezas de varios niños. Harry contó cinco.

Harry dijo que no tenía hambre y se sentó en una esquina de la caravana mientras veía comer a los demás. La comida la sirvió la más joven de las dos mujeres y la consumieron rápidamente sin demora ni ceremonia. Los niños miraban a Harry entre risas y codazos. Harry les guiñó un ojo e intentó sonreír, y notó que empezaba a recuperar la sensibilidad en su cuerpo entumecido. Pero eso no eran buenas noticias, ya que medía casi dos metros y le dolía cada centímetro. Después, Simon le dio dos mantas y una palmadita amable en el hombro al tiempo que señalaba con la cabeza hacia la caravana pequeña.

—No es el Hilton, pero ahí estarás seguro, amigo.

El calor corporal que Harry había conseguido acumular desapareció de inmediato al entrar en aquella nevera en forma de huevo que era la caravana. Se quitó los zapatos de Øystein, que eran al menos un número más pequeño que los suyos, se frotó los pies e intentó que las piernas cupieran en la cama, demasiado corta. Lo último que recordaba era que intentó quitarse los pantalones mojados.

—Ji, ji, ji.

Harry volvió a abrir los ojos. La carita morena había desaparecido y la risa venía de fuera, a través de la puerta abierta desde donde un rayo de sol algo atrevido iluminaba la pared que tenía detrás y las fotografías que la adornaban. Harry se apoyó en los codos y las contempló. Una mostraba a dos chicos jóvenes que se rodeaban los hombros con el brazo delante de lo que parecía la misma caravana en la que él estaba tumbado. Se los veía contentos. No, más que eso. Se los veía felices. A lo mejor por eso Harry apenas reconoció al joven Raskol.

Harry sacó las piernas de la litera y decidió hacer caso omiso del dolor de cabeza. Estuvo sentado un par de segundos para comprobar si le aguantaba el estómago. Había pasado borracheras peores que la del día anterior, mucho peores. Durante la cena, estuvo a punto de preguntar si tenían alcohol, pero logró contenerse. ¿Aguantaría mejor el alcohol su cuerpo ahora, después de tanto tiempo de abstinencia?

Obtuvo la respuesta al salir de la caravana.

Los niños lo observaron con los ojos desorbitados de asombro mientras Harry, apoyado en el enganche, vomitaba sobre la hierba marrón. Carraspeó, escupió varias veces y se pasó el dorso de la mano por la boca. Cuando se dio la vuelta vio a Simon, que lo miraba con una sonrisa de oreja a oreja, como si el vaciado de estómago fuera un comienzo del día de lo más natural.

—¿Comida, amigo?

Harry tragó saliva y asintió.

Simon le prestó un traje arrugado, una camisa limpia con un cuello enorme y unas gafas de sol. Montaron en el Mercedes y subieron Finnmarksgata. Se detuvieron en un semáforo en rojo de la plaza Carl Berner, donde Simon bajó la ventanilla y le gritó algo a un hombre que fumaba un puro delante de un quiosco. Harry tuvo la sensación de que ya le había visto antes. Y, por experiencia, sabía que esa sensación implicaba que tenía antecedentes policiales. El hombre se rió y le respondió a gritos algo que Harry no entendió.

—¿Un conocido?

—Un contacto —precisó Simon.

—Un contacto —repitió Harry, y vio el coche de policía que estaba esperando la luz verde al otro lado del cruce.

Simon giró al oeste, en dirección al hospital de Ullevål.

—Dime, ¿qué clase de contactos tiene Raskol en Moscú, capaces de localizar a una persona en una ciudad de veinte millones... —Harry chasqueó los dedos— así? ¿Es la mafia rusa?

Simon soltó una carcajada.

—Puede ser. Si no se te ocurre nadie mejor para localizar a gente.

—¿El KGB?

—Si no me equivoco, amigo, eso ya no existe.

Simon lanzó una carcajada aún más sonora.

—Nuestro experto de Inteligencia en temas sobre Rusia me comentó que la gente del antiguo KGB aún lo lleva todo en ese país.

Simon se encogió de hombros.

—Favores, amigo. Y devolución de favores. En eso consiste todo, ya sabes.

—Creía que se basaba en el dinero.

—Pues eso, amigo.

Harry se apeó en Sorgenfrigata y Simon prosiguió para arreglar «unos negocios en Sagene, ya sabes».

Harry miró con atención calle abajo y calle arriba. Pasó una furgoneta. Le había pedido a Tess, la chica de los ojos castaños, que fuera corriendo a Tøyen a comprarle los periódicos *Dagbladet* y *VG*, pero no decían nada sobre la orden de busca y captura. Ninguno de ellos. Eso no significaba que pudiera dejarse ver porque, si no andaba muy equivocado, habrían colgado su foto en todas las comisarías.

Harry avanzó con rapidez hasta la puerta, introdujo la llave de Raskol en la cerradura y la giró. Intentó no perturbar el silencio de las escaleras. Había un periódico en el suelo ante la puerta de Astrid Monsen. En cuanto entró en el apartamento de Anna, cerró la puerta con cuidado, y tomó aire.

«No pienses qué estás buscando.»

Olía a cerrado. Entró en el salón. No habían tocado nada desde la última vez que estuvo allí. El polvo bailaba a la luz del sol que entraba por la ventana e iluminaba los tres retratos. Se detuvo a mirarlos. Notaba algo extrañamente familiar en las formas torcidas de las cabezas. Se acercó a los cuadros y pasó la yema de los dedos sobre los grumos secos de pintura. Puede que le estuvieran diciendo algo, pero él no lo entendía.

Fue a la cocina.

Olía a basura y a grasa rancia. Abrió la ventana y repasó los platos y los cubiertos que había sobre la encimera del fregadero. Estaban aclarados, pero sin fregar. Hurgó en los restos de comida con un tenedor. Consiguió sacar un trocito rojo de la salsa. Se lo llevó a la boca. Guindilla japonesa.

Detrás de una voluminosa olla había dos grandes copas de vino tinto. Una tenía un poso fino y rojo y la otra no parecía usada. Harry acercó la nariz al interior pero solo le olió a cristal caliente. Junto a las copas de vino tinto había dos vasos corrientes. Cogió un trapo de cocina para levantarlos hacia la luz sin dejar huellas. Uno estaba limpio, el otro tenía una capa pegajosa. Rascó la capa con la uña y se chupó el dedo. Azúcar. Con sabor a café. ¿Cola? Harry cerró los ojos. ¿Vino y cola? No. Agua y vino para uno. Y cola y un vaso de vino sin usar para el otro. Envolvió el vaso en el trapo y se lo guardó en el bolsillo de la americana. Un impulso le hizo entrar en el baño, desenroscar la tapa de la cisterna y palpar el interior. Nada.

Cuando salió a la calle, manchaban el cielo unas nubes procedentes del oeste y el aire era más frío. Harry se mordió el labio. Se decidió y echó a andar hacia la calle Vibe.

Harry reconoció enseguida al joven que había detrás del mostrador de la tienda de llaves Låsesmeden.

—Buenos días, vengo de la policía —dijo Harry, y confió en que el chico no le pidiera la identificación, que se había quedado en la chaqueta en Slemdal, en casa de Albu.

El chico dejó la revista.

—Ya lo sé.

Harry vivió un momento de pánico.

—Recuerdo que estuviste aquí para recoger una llave. —El chico le sonrió—. Me acuerdo de todos los clientes.

Harry carraspeó.

—Bueno, yo no soy exactamente un cliente.

—¿No?

—No, la llave no era para mí. Pero no he venido por eso...

—Tenía que serlo —lo interrumpió el chico—. Era de seguridad, ¿no?

Harry asintió con la cabeza. Con el rabillo del ojo vio pasar lentamente un coche patrulla por la calle.

—Quería información sobre llaves de seguridad. Me preguntaba cómo puede una persona no autorizada conseguir una copia de una llave de seguridad. Una llave del fabricante Trioving, por ejemplo.

—Es imposible —respondió el chico con la seguridad de quien lee la revista científica *Illustrert Vitenskap*—. Solo Trioving puede hacer una copia que funcione. Así que la única manera consistiría en falsificar la autorización del encargo por parte de la comunidad de propietarios. Pero hasta eso se descubriría al recoger la llave, porque pedimos la identificación de la persona que viene a por ella y la comprobamos en la lista de los propietarios de los apartamentos del edificio.

—Pero yo recogí aquí una de esas llaves de seguridad. Y se trataba de una llave que otra persona me había pedido que recogiera.

El chico frunció el entrecejo.

—No, me acuerdo perfectamente de que me enseñaste tu identificación y de que comprobé el nombre. ¿De quién era la llave que te entregué?

Harry miró el reflejo en la puerta de cristal situada detrás del mostrador y vio pasar de vuelta el mismo coche patrulla.

—No importa. ¿Hay alguna otra forma de conseguir una copia?

—No. La empresa Trioving, que hace esas llaves, solo admite encargos de distribuidores autorizados como nosotros. Y, como te he dicho, comprobamos la documentación y llevamos un registro de las llaves encargadas por cada comunidad. Se supone que el sistema es bastante seguro.

—Eso parece —respondió Harry, que, irritado, se pasó una mano por la cara—. Llamé hace un tiempo y me dijeron que una mujer que vivía en Sorgenfrigata había pedido tres llaves para su apartamento. Encontramos una en el apartamento, la otra se la dio al electricista que debía ir a hacer un arreglo, y la tercera la encontramos en otro lugar. Lo que pasa es que no creo que fuera ella quien encargara la tercera llave. ¿Puedes hacerme el favor de comprobarlo?

El chico se encogió de hombros.

—Claro que puedo, pero ¿por qué no se lo preguntáis a ella?

—Le han pegado un tiro en la cabeza.

—Vaya —dijo el chico sin inmutarse.

Harry se quedó totalmente inmóvil. Notó algo. Un escalofrío mínimo, una corriente de aire, quizá. Lo suficiente para que se le erizara el vello de la nuca. Se oyó un suave carraspeo. No había oído entrar a nadie. Intentó ver quién era sin volverse, pero el ángulo se lo impedía.

—La policía —dijo una voz alta y clara detrás de él.

Harry tragó saliva.

—¿Sí? —dijo el chico mirando por encima del hombro de Harry.

—Están fuera —dijo la voz—. Dicen que han robado en casa de una señora mayor en el número 14. Necesita una cerradura nueva enseguida y preguntan si podemos mandar a alguien de inmediato.

—Ve tú, Alf. Como ves, yo estoy ocupado.

Harry aguzó los oídos hasta que los pasos se alejaron.

—Anna Bethsen —se oyó susurrar—. ¿Puedes comprobar si ella recogió todas las llaves personalmente?

—No tengo por qué, *tuvo* que hacerlo.

Harry se inclinó sobre el mostrador.

—¿Puedes comprobarlo de todas formas?

El chico dejó escapar un suspiro y se fue a la habitación trasera. Volvió con una carpeta y fue pasando las hojas.

—Míralo tú mismo —dijo—. Aquí, aquí y aquí.

Harry reconoció los formularios de entrega, eran idénticos a los que él mismo había firmado al recoger la llave de Anna. Pero todos los formularios que tenía delante estaban firmados con el nombre de ella. Iba a preguntar dónde estaba el formulario con su propia firma, cuando vio las fechas.

—Aquí pone que la última llave la recogió en agosto —dijo—. Pero eso es mucho antes de que yo estuviera aquí y…

—¿Sí?

Harry miró al infinito.

—Gracias —dijo—. Ya sé lo que necesito.

Fuera, el aire se había densificado. Harry llamó desde una de las cabinas telefónicas de la plaza de Valkyrie.

—¿Beate?

Dos gaviotas planeaban contra el viento sobre la torre de la Escuela de Marinería. Por debajo de ellas se extendían el fiordo de Oslo, que había adquirido un ominoso color verde oscuro, y Ekeberg, donde las dos personas que ocupaban el banco se veían como puntos diminutos.

Harry había acabado de hablar de Anna Bethsen. De cuando se conocieron. De la última noche que la vio, de la que no recordaba nada. De Raskol. Y Beate había terminado de contarle que habían rastreado el origen del ordenador portátil hallado en el trastero de Harry, que lo habían comprado tres meses antes en la tienda Expert de Colosseum. Que la garantía estaba a nombre de Anna Bethsen. Que el teléfono móvil al que estaba conectado era el que Harry insistía en haber extraviado.

—Odio los gritos de las gaviotas —dijo Harry.

—¿Eso es todo lo que tienes que decir?

—En este momento, sí.

Beate se levantó del banco.

—Yo no debería estar aquí, Harry. No tenías que haberme llamado.

—Pero estás aquí —dijo Harry después de haber renunciado a encender el cigarrillo, pues las ráfagas de viento se lo impedían—. Eso quiere decir que me crees, ¿no?

Beate levantó los brazos enojada por toda respuesta.

—Yo no sé más que tú —admitió Harry—. Ni siquiera sé si no disparé a Anna Bethsen.

Las gaviotas se alejaron y se dejaron llevar por una ráfaga de viento en un rizo elegante.

—Cuéntame otra vez lo que sabes —le pidió Beate.

—Sé que, de alguna manera, ese tipo consiguió la llave del apartamento de Anna y que entró y salió de allí la noche del asesinato. Cuando se fue, se llevó el ordenador portátil de Anna y mi teléfono móvil.

—¿Por qué estaba tu teléfono móvil en el apartamento de Anna?

—Se debió de caer del bolsillo en algún momento de la noche. Como ya te he comentado, yo estaba un poco alegre.

—¿Y qué más?

—Su plan inicial era sencillo. Irse a Larkollen después del asesinato y dejar la llave que había utilizado en la cabaña de Arne Albu ensartada en un llavero con las iniciales A. A., para no crear dudas. Pero cuando encontró mi teléfono móvil, comprendió de repente que podía darle otro giro al plan y que pareciera que yo había asesinado a Anna y luego lo había amañado todo para echarle la culpa a Albu. Utilizó mi número de móvil para contratar una cuenta de internet en un servidor de Egipto, y empezó a enviarme correos con un remitente imposible de rastrear.

—Y, en caso de que consiguieran rastrearlo, conduciría hasta…

—Hasta mí. De todas formas, yo no descubriría que estaba pasando algo hasta recibir la factura de Telenor. Probablemente, ni siquiera entonces, porque no me preocupo mucho de leerlas.

—Ni de dar de baja el número cuando pierdes el teléfono móvil.

—Ya. —Harry se levantó de repente y empezó a caminar de un lado a otro delante del banco—. Lo más difícil de entender es cómo consiguió entrar en mi trastero del sótano. No encontrasteis ninguna señal de que la cerradura estuviera forzada ni de que nadie del edificio hubiera dejado entrar a alguien de fuera. Lo que indica que tenía una llave. En realidad, le bastaba con *una* llave, puesto que las llaves de seguridad sirven para el portal de la calle, el desván, el sótano y la puerta de cada apartamento, pero es difícil hacerse con una llave de seguridad de esas. Y la llave que consiguió del apartamento de Anna también era de seguridad...

Harry se detuvo y miró hacia el sur. Un carguero verde con dos grúas enormes estaba entrando en el fiordo.

—¿En qué estás pensando? —preguntó Beate.

—Me pregunto si puedo pedirte que compruebes algunos nombres.

—Prefiero no hacerlo, Harry. Como te he dicho, ni siquiera debería estar aquí.

—Y también me pregunto por qué tienes esos cardenales.

Ella se tocó el cuello rápidamente.

—Entrenamiento. Judo. ¿Hay algo más que quieras saber?

—Sí, ¿puedes llevarle esto a Weber? —Harry sacó el trapo con el vaso del bolsillo de la americana—. Pídele que compruebe si hay huellas dactilares y que las coteje con las mías.

—¿Tiene tus huellas?

—La científica tiene las huellas de todos los investigadores que trabajan en la escena del crimen. Y pídele que analice lo que contenía el vaso.

—Harry... —empezó a decir ella en tono de advertencia.

—Por favor.

Beate suspiró y cogió el vaso envuelto en el trapo.

—Låsesmeden AS —dijo Harry.

—¿Y eso qué es?

—Por si cambias de opinión sobre aquello de comprobar nombres, ¿podrías averiguar el nombre de los trabajadores de esa empresa? Es una pequeña.

Lo miró resignada.

Harry se encogió de hombros.

—Con que hagas lo del vaso me quedaré más que contento.

—¿Y dónde te encontraré cuando tenga la respuesta de Weber?

—¿De verdad lo quieres saber?

Harry sonrió.

—Quiero saber lo menos posible. ¿Tú te pones en contacto, entonces?

Harry se ciñó aún más la chaqueta.

—¿Nos vamos?

Beate asintió con la cabeza, pero no se movió del lugar. Harry la miró extrañado.

—Lo que escribió —dijo ella—. Eso de que solo los más sedientos de venganza sobreviven. ¿Crees que es verdad, Harry?

Harry estiró las piernas en la cama demasiado corta de la caravana. El zumbido de los coches por Finnmarksgata lo transportó a la infancia, cuando dormía en la cama de Oppsal con la ventana abierta y oía el tráfico. Cuando iban en verano a casa del abuelo en medio del silencio de Åndalsnes, eso era lo único que echaba de menos: el zumbido regular y adormecedor que solo se veía interrumpido por alguna moto, un silenciador agujereado, o el remoto lamento de una sirena de la policía.

Llamaron a la puerta. Era Simon.

—Tess quiere que le vuelvas a contar un cuento de buenas noches también mañana —dijo al entrar.

Harry le había contado cómo los canguros habían aprendido a saltar y todos los niños le dieron un abrazo de buenas noches como recompensa.

Los dos hombres fumaban en silencio. Harry señaló hacia la foto de la pared.

—Son Raskol y su hermano, ¿verdad? Stefan, el padre de Anna.

Simon asintió con la cabeza.

—¿Dónde está Stefan ahora?

Simon se encogió de hombros como mostrando desinterés, y Harry entendió que era un tema del que no se hablaba.

—En la foto parecen llevarse bien —dijo Harry.

—Eran como gemelos siameses, ¿sabes? Colegas. Raskol fue a la cárcel dos veces por Stefan. —Simon se rió—. Veo que te sorprende, amigo. Es una tradición, ¿comprendes? Es un honor cumplir condena por un hermano o un padre, ¿sabes? No diferenciaban a Raskol de Stefan. Hermanos gitanos. No era fácil para la policía noruega. —Sonrió y le ofreció a Harry otro cigarrillo—. Sobre todo si iban enmascarados.

Harry le dio una calada al cigarrillo y se decidió a disparar a ciegas.

—¿Qué fue lo que pasó entre ellos?

—¿Tú qué crees? —Simon abrió los ojos con dramatismo—. Una mujer, por supuesto.

—¿Anna?

Simon no contestó, pero Harry sabía que no se había equivocado mucho.

—¿Porque Stefan no quiso saber nada más de Anna cuando se lió con un *gadzo*?

Simon apagó el cigarrillo y se levantó.

—No fue por Anna, ¿sabes? Anna tenía madre. Buenas noches, *spiuni*.

—Ya. Solo otra pregunta.

Simon se detuvo.

—¿Qué significa *spiuni*?

Simon volvió a reír.

—Es la abreviación de *spiuni gjerman*, «espía alemán». Pero no te preocupes, amigo, no es un insulto, se usa incluso para nombrar a los niños en algunos sitios.

Cerró la puerta y desapareció.

El viento había amainado y lo único que se oía era el zumbido de Finnmarksgata. Aun así, Harry no logró conciliar el sueño.

Beate estaba en la cama oyendo los coches que transitaban por la calle. Cuando era pequeña solía dormirse al arrullo de la voz de su padre. Los cuentos que relataba no podían leerse en un libro, se creaban a medida que hablaba. Nunca eran exactamente iguales a pesar de que a veces empezaban de la misma manera y tenían los mismos personajes: dos ladrones malos, un papá bueno y su valiente pequeña. Y acababan siempre bien, con los dos ladrones capturados y encerrados.

Beate no recordaba haber visto nunca leer a su padre. De mayor comprendió que su padre padecía de algo que llaman dislexia. De no ser por eso, habría llegado a letrado, solía decir su madre.

–Lo que queremos que seas tú.

Pero los cuentos no hablaban de abogados y, cuando Beate contó que la habían admitido en la Escuela Superior de Policía, su madre se echó a llorar.

Beate abrió los ojos de repente. Habían llamado a la puerta. Bajó los pies de la cama con un suspiro.

–Soy yo –dijo la voz en el portero automático.

–He dicho que no quiero verte más –dijo Beate tiritando con aquella bata tan fina–. Vete.

–Me voy en cuanto te haya pedido perdón. Ese no era yo. Yo no soy así. Me volví… un poco loco. Por favor, Beate. Solo cinco minutos.

Ella dudó. Aún tenía el cuello rígido, y Harry se había percatado de los cardenales.

–Te traigo un regalo –dijo la voz.

Ella suspiró. Tenía que volver a verle de todas formas. Era mejor arreglar las cosas aquí y no en el trabajo. Pulsó el botón, se ató la bata con firmeza y esperó en la puerta mientras escuchaba los pasos en la escalera.

–Hola –dijo él al verla, y sonrió.

Una sonrisa amplia y blanca, al estilo David Hasselhoff.

38

Giro fusiforme

Tom Waaler le dio el regalo pero se contuvo de tocarla, ya que aún mostraba en el lenguaje corporal el miedo de un antílope que olfatea a un depredador. Pasó por delante de ella hasta el salón y se sentó en el sofá.

—¿No lo vas a abrir? —preguntó.

Ella lo abrió.

—Un disco —dijo desconcertada.

—Pero no un disco cualquiera —puntualizó él—. *Purple Rain.* Ponlo y lo entenderás.

La estudió mientras encendía aquella triste minicadena compacta que ella y sus congéneres llamaban equipo estereofónico. La señorita Lønn no era exactamente guapa, pero a su manera era maja. Un cuerpo algo aburrido, con pocas curvas que agarrar. Pero era esbelta y estaba en buena forma. Le había gustado lo que le hizo y había mostrado un entusiasmo sano. Por lo menos durante las primeras rondas, mientras él se lo tomó con tranquilidad. Sí, porque había habido más de una ronda. Algo extraño, puesto que ella no era su tipo en absoluto.

Pero una noche le dio la sesión completa. Y ella, como la mayoría de las mujeres con las que se topaba, no se había mostrado muy por la labor. Algo que a él le resultaba mucho más satisfactorio, en realidad, pero también solía significar que se convertía en la última vez que querían verlo. Cosa que también le parecía muy bien. Pero Beate debería estar contenta. Pudo haber sido peor. Un par de noches antes, en la cama de él, ella le contó de repente dónde lo había visto por primera vez.

—En Grünerløkka —le dijo—. Era de noche, tú estabas sentado en un coche rojo. Había mucha gente por las calles y tenías la ventanilla bajada. Era invierno. El año pasado.

Se quedó bastante sorprendido. Sobre todo, porque la única noche que recordaba haber estado en Grünerløkka el invierno anterior fue la noche de sábado que acabaron con Ellen Gjelten.

—Tengo facilidad para recordar las caras —le dijo ella con una sonrisa triunfal cuando vio la expresión de extrañeza en el rostro de Waaler—. El giro fusiforme. Es esa región del cerebro que reconoce la forma de la cara. La mía es anormal. Debería estar en un parque de atracciones.

—Ya —dijo él—. ¿Qué más recuerdas?

—Estuviste hablando con otra persona.

Se levantó y se apoyó en los codos, se inclinó sobre ella y le pasó el pulgar por el cuello. Notaba que el pulso le latía dentro como a una liebrecilla asustada. ¿O era su propio pulso?

—Entonces también recordarás la cara de la otra persona —añadió, y empezó a maquinar.

¿Sabría alguien que ella estaba allí aquella noche? ¿Habría mantenido la boca cerrada acerca de su relación, tal como él le había pedido? ¿Tendría bolsas de basura en la cocina?

Ella se volvió hacia él y le preguntó asombrada:

—¿Qué quieres decir?

—¿Reconocerías a la otra persona en una fotografía?

Se lo quedó mirando un buen rato. Lo besó con suavidad.

—¿Qué me dices? —preguntó él, y sacó la otra mano de debajo del edredón.

—Pues... no. Estaba de espaldas.

—Pero te acordarás de la ropa que llevaba, ¿no? Si tuvieras que identificarla, quiero decir.

Ella negó con la cabeza.

—El giro fusiforme solo recuerda caras. El resto de mi cerebro es bastante normal.

—Pero te acuerdas del color del coche en el que estaba sentado. Ella se echó a reír y se acurrucó a su lado.

—Supongo que significa que me gustó lo que vi.

Él retiró la mano del cuello, con cuidado.

Dos noches más tarde él le representó la función completa. Y entonces no le gustó lo que vio. Ni lo que oyó. Ni lo que sintió.

«Dig if you will the picture of you and I engaged in a kiss – the sweat of the body covers me...»

Ella bajó el volumen.

—¿Qué quieres? —le preguntó, y se sentó en el sillón.

—Ya te lo he dicho. Pedirte perdón.

—Pues ya está. Lo olvidamos. —Ella le brindó un bostezo bastante elocuente—. Estaba a punto de acostarme, Tom.

Él notó que le entraba la ira. No la variante roja, que altera y ciega, sino la blanca, que ilumina y aporta claridad y energía.

—Bien, entonces iré al grano. ¿Dónde está Harry Hole?

Beate se rió. Prince gritaba en falsete.

Tom cerró los ojos, notó que la ira le fluía refrescante por las venas como agua helada y lo fortalecía cada vez más.

—Harry te llamó la noche que desapareció. Te reenvió los correos. Tú eres su contacto, la única persona de quien se fía en este momento. ¿Dónde está?

—Estoy muy cansada, Tom. —Beate se levantó—. Si tienes más preguntas de las que no vas a obtener respuesta ahora, te sugiero que sigamos mañana.

Tom Waaler se quedó sentado.

—Hoy he tenido una conversación muy interesante con uno de los funcionarios de la cárcel de Botsen. Harry estuvo allí anoche, delante de nuestras narices, mientras nosotros y la mitad del equipo de guardia lo buscábamos. ¿Sabías que Harry trabaja con Raskol?

—No tengo ni idea de lo que me estás hablando, ni de qué relación guarda con el asunto.

—Yo tampoco, pero te propongo que te sientes, Beate. Y escuches una historia que creo que te hará cambiar de opinión en lo que a Harry y sus amistades se refiere.

—La respuesta es no, Tom. Fuera.

—¿Ni siquiera si tu padre está involucrado en la historia?

Tom apreció una ligera tirantez en su boca, y supo que ese era el camino correcto.

—Tengo fuentes que, ¿cómo te diría?, no son accesibles a cualquier policía, pero me permiten saber qué ocurrió cuando tirotearon a tu padre en Ryen. Y quién lo hizo.

Ella lo miró.

Waaler se rió.

—No contabas con esto, ¿verdad?

—Estás mintiendo.

—A tu padre le dispararon seis balas en el pecho con un Uzi. Según el informe, entró en el banco para negociar a pesar de estar solo y desarmado y, por tanto, no tenía con qué negociar. Lo único que podía conseguir era poner más nerviosos y más agresivos a los atracadores. Una metedura de pata garrafal. Incomprensible. Sobre todo porque tu padre era legendario precisamente por su profesionalidad. Pero, en realidad, sí iba acompañado, por un colega. Un agente joven, un hombre que prometía, del que se esperaban grandes cosas, un hombre con toda una carrera por delante. Pero nunca se había enfrentado a un atraco en vivo o, por lo menos, no a atracadores con armas de verdad. Ese día va a llevar a tu padre a casa después del trabajo, porque se esforzaba por llevarse bien con sus superiores. Así que tu padre llega a Ryen en un coche cuyo propietario no consta en el informe, pero que no era el suyo. Porque el suyo se encuentra en el garaje de tu casa, Beate, donde estáis tú y tu madre, cuando os dan la noticia, ¿no es así?

Vio que las venas del cuello se le hinchaban y se volvían gruesas y azules.

—Vete a la mierda, Tom.

—Ven aquí y escucha el cuento de papá —dijo, y dio una palmada en el cojín que tenía al lado—. Porque te voy a hablar muy bajito y te aseguro que es fundamental que entiendas todo lo que te pienso decir.

Ella dio un paso adelante con desgana y se detuvo.

–Vale –dijo Tom–. Resulta que ese día… ¿cuándo fue, Beate?

–Viernes 3 de junio –susurró ella.

–Eso, junio. Oyen la información por la radio, el banco está cerca, se dirigen hacia allí y se posicionan fuera con armas. El joven agente y el comisario experimentado. Siguen el manual, esperan a que lleguen refuerzos, o a que los atracadores salgan del banco. Hasta que uno de los atracadores se presenta en la puerta del banco con el fusil apuntando a la cabeza de una empleada. Grita el nombre de tu padre. El atracador los ha visto fuera y ha reconocido al comisario Lønn. Grita que no va a hacer daño a la mujer, pero que necesita tener un rehén. Que si Lønn quiere cambiarse por ella, a él le parece bien. Pero para hacer el canje debe soltar el arma y entrar en el banco solo. ¿Y qué hace tu padre? Piensa. Tiene que pensar con rapidez. La mujer está en estado de shock. La gente se muere de shock. Piensa en su mujer, tu madre. Un día de junio, viernes, casi fin de semana. Y el sol… ¿hacía sol, Beate?

Ella asintió con la cabeza.

–Piensa en el calor que debe de hacer dentro del banco. En la tensión. La desesperación. Así que toma una decisión. ¿Qué decide? ¿Qué decisión toma, Beate?

–Entra.

Respondió con un hilo de voz, al borde del llanto.

–Entra. –Waaler bajó el tono de voz–. El comisario Lønn ha entrado y el joven agente espera. Espera a que lleguen los refuerzos. Espera a que salga la mujer. Espera a que alguien le cuente lo que tiene que hacer, o que sea un sueño, o un simulacro, y que pueda irse a casa porque es viernes y hace sol. Y, sin embargo, oye… –Waaler chasqueó la lengua–. Tu padre cae contra la puerta que se abre y queda tendido con medio cuerpo fuera. Con seis tiros en el pecho.

Beate se dejó caer en la silla.

–El joven agente ve que el comisario yace en el suelo y comprende que no es un simulacro. Ni un sueño. Que ahí dentro tienen armas automáticas de verdad y que disparan a los policías a sangre fría. Nunca ha tenido tanto miedo y nunca volverá a tenerlo. Ha estudiado ese tipo de cosas; sacó buenas notas en las asignaturas de psicología. Pero algo acaba de debilitársele por dentro. Se siente presa de ese pánico sobre el que tan bien escribió en los exámenes. Se mete en el coche y se va. Conduce y conduce hasta que llega a casa, y su mujer, con la que acaba de casarse, sale a su encuentro enfadada porque se ha presentado tarde a comer. Y él permanece tieso como una vela mientras recibe la reprimenda y promete que no se repetirá, y luego se sientan a comer. Después de comer ven la tele, donde un reportero dice que han disparado a un policía que ha muerto asesinado durante un atraco. Tu padre ha muerto.

Beate escondió la cara entre las manos. Lo había revivido todo. Aquel día íntegro. Con aquel sol redondo y como sorprendido y extrañado en un cielo absurdo y sin nubes. También ella creyó que era un sueño.

–¿Quiénes serán los atracadores? ¿Quién sabe el nombre de tu padre, quién sabe quién trabaja en la sección de Atracos y que, de los dos policías que había allí fuera, el que representaba una amenaza para ellos era el comisario Lønn? ¿Quién es tan frío y calculador como para plantearle a tu padre una disyuntiva, a sabiendas de cuál sería su respuesta, para poder dispararle y después tenerlo fácil con el joven agente, que tan asustado estaba? ¿Quién es, Beate?

Las lágrimas le rodaban por entre los dedos.

–Ras...

Beate se sorbió la nariz.

–No te he oído, Beate.

–Raskol.

–Sí, Raskol. Nadie más que él. Su compañero montó en cólera. «Somos atracadores, no asesinos», le dice. Y comete la estupidez de amenazar a Raskol con entregarse y delatarlo. Pero tuvo suerte y logró escapar al extranjero antes de que Raskol pudiera cogerle.

Beate sollozó. Waaler esperó.

—¿Sabes qué es lo más gracioso? Que te dejaste engañar por el asesino de tu padre. Igual que tu padre.

Beate lo miró.

—¿Qué… qué quieres decir?

Waaler se encogió de hombros.

—Le pedís a Raskol que señale a un asesino. Él está buscando a una persona que ha amenazado con testificar contra él en un caso de asesinato. ¿Qué hace Raskol? Por supuesto, señala a esa persona.

—¿Lev Grette? —preguntó a la vez que se secaba las lágrimas.

—¿Por qué no? Así le ayudabais a dar con él. Leí que encontrasteis a Grette colgado de una cuerda. Que se había suicidado. No lo juraría. Yo no juraría que alguien no se os haya adelantado.

Beate carraspeó.

—Olvidas un par de detalles. En primer lugar, encontramos una carta de suicidio. Lev no dejó muchas cosas escritas pero hablé con su hermano y él encontró algunos de los viejos cuadernos escolares de Lev en el desván de Disengrenda. Se los llevé a Jean Hue, el grafólogo de KRIPOS, y él confirmó que la nota la había escrito Lev. En segundo lugar, Raskol está en la cárcel. Se entregó voluntariamente. Eso no concuerda del todo con que estuviera dispuesto a matar para no ir a la cárcel.

Waaler negó con la cabeza.

—Eres una chica lista pero, como a tu padre, te falta comprensión psicológica. No entiendes cómo funciona el cerebro de un delincuente. Raskol no está en la cárcel, solo está estacionado temporalmente en Botsen. Una condena por asesinato lo cambiaría todo. Y, mientras tanto, lo proteges. Tú, y su amigo Harry Hole. —Se inclinó hacia delante y le puso una mano en el brazo—. Lo siento si te ha dolido, pero ahora ya lo sabes, Beate. Tu padre no cometió un error. Y Harry colabora con quien lo mató. Así que ¿qué dices? ¿Buscamos juntos a Harry?

Beate apretó los párpados, se secó la última lágrima y abrió los ojos. Waaler le ofreció un pañuelo, que ella aceptó.

—Tom —dijo—. Tengo que decirte una cosa.

—No es necesario. —Waaler le acarició la mano—. Lo entiendo. Se trata de un conflicto de lealtades. Solo piensa en lo que habría hecho tu padre. Profesionalidad, ¿verdad?

Beate lo miró pensativa. Luego asintió lentamente con la cabeza. Tomó aire. En ese momento sonó el teléfono.

—¿No lo coges? —preguntó Waaler después de tres timbrazos.

—Es mi madre —dijo Beate—. La llamaré dentro de treinta segundos.

—¿Treinta segundos?

—Es el tiempo que necesito yo para aclararte que si supiera dónde está Harry, eres la última persona a la que se lo diría. —Le devolvió el pañuelo—. Y el tiempo que necesitas tú para ponerte los zapatos y largarte.

Tom Waaler notó que la ira le subía como un rayo por la espalda y la nuca. Se tomó unos segundos para disfrutar de la sensación antes de atraparla con una mano y deslizarla debajo de su cuerpo en el sofá. Ella se resistió jadeante, pero él sabía que había notado la erección y que aquellos labios que ella apretaba con tanta fuerza no tardarían en abrirse.

Harry colgó después de seis tonos y salió de la cabina telefónica para dejar pasar a la chica que iba detrás de él. Se puso de espaldas a Kjølberggata y al viento, encendió un cigarrillo y echó el humo en dirección al aparcamiento y las caravanas. En realidad, tenía gracia. Allí estaba, a unos tiros de piedra de la científica en una dirección, de la comisaría en otra y de la caravana en la tercera. Vestido de gitano. Con una orden de busca y captura pesando sobre él. Para morirse de risa. A Harry le castañeteaban los dientes. Se dio media vuelta cuando un coche patrulla bajó por la calle bastante transitada de coches pero sin gente. No conseguía dormir. No soportaba estar tumbado sin hacer nada mientras el tiempo corría en su contra. Pisó la colilla con el talón y miró el reloj. Casi medianoche, era extraño que ella no estuviera en casa. ¿A lo mejor estaba dormida y había desconectado el teléfono? Marcó el número otra vez. Respondió a la primera.

—Beate.

—Soy Harry. ¿Te he despertado?

—Pues… sí.

—*Sorry*. ¿Quieres que te llame mañana?

—No, no importa.

—¿Estás sola?

Siguió una pausa.

—¿Por qué lo preguntas?

—Pareces tan… Bueno, olvídalo. ¿Has encontrado algo?

La oyó tragar saliva como para recuperar la respiración.

—Weber cotejó las huellas del vaso. Y la mayoría son tuyas. Los análisis de los restos que había en el interior del vaso estarán listos dentro de un par de días.

—Bien.

—En cuanto al ordenador del trastero, sabemos que tenía un programa Ilie que permite programar de antemano la fecha y la hora en que debe enviarse un correo. La última modificación que se hizo en los correos tiene la fecha del día que murió Anna Bethsen.

Harry ya no sentía el aire gélido.

—Eso significa que los correos que recibiste ya estaban preparados en el ordenador cuando lo instalaron en el trastero —continuó Beate—. Lo que explica que ese vecino tuyo paquistaní llevara viéndolo allí un tiempo.

—¿Quieres decir que ha estado funcionando solo todo el tiempo?

—Con corriente tanto para la máquina como para el teléfono móvil ha funcionado perfectamente.

—¡Mierda! —Harry se dio un golpe en la frente—. Pero eso significa que quien haya programado mi ordenador ha previsto todos los acontecimientos. Toda la puta historia ha sido un guiñol. Y los títeres éramos nosotros.

—Eso parece. ¿Harry?

—Sí, estoy aquí. Intento asimilarlo. Es decir, tengo que olvidarlo durante un rato, es demasiado de golpe. ¿Y qué pasa con los nombres de los trabajadores de la empresa que te di?

—Eso, los nombres de los trabajadores de la empresa. ¿Qué te hace pensar que he hecho algo al respecto?

—Nada. Antes de que dijeras lo que acabas de decir.

—Si no he dicho nada.

—No, pero lo has dicho en un tono de voz esperanzador.

—¿Ah, sí?

—Has encontrado algo, ¿verdad?

—He encontrado algo.

—Desembucha.

—Llamé a la empresa que lleva la contabilidad de Låsesmeden AS y le pedí a una señora que me enviara el número de identidad de las personas que trabajan allí. Cuatro a jornada completa y dos a media jornada. Lo cotejé con el registro de antecedentes penales. Cinco de ellas no tienen antecedentes. Pero uno de los tipos...

—¿Sí?

—Tuve que desplazar bastante la pantalla hacia abajo para verlo todo. Sobre todo estupefacientes. Lo han acusado de venta de heroína y de morfina, pero solo lo han condenado por posesión de pequeñas cantidades de hachís. También ha estado en la cárcel por allanamiento y dos atracos con violencia.

—¿Violencia?

—Utilizó una pistola durante uno de los atracos. No hubo disparos, pero el arma estaba cargada.

—Perfecto. Ese es nuestro hombre. Eres un ángel. ¿Cómo se llama?

—Alf Gunnerud. Treinta y dos. Soltero. Domicilio en la calle Thor Olsen 9. Parece que vive solo.

—Repite el nombre y la dirección.

Beate lo repitió.

—Ya. Es increíble que a Gunnerud lo contratara una empresa de cerrajería con estos antecedentes.

—Un tal Birger Gunnerud figura como propietario de la empresa.

—Ya. Entiendo. ¿Estás segura de que no te pasa nada?

Pausa.

—¿Beate?

—No me pasa nada, Harry. ¿Qué piensas hacer?

—Pienso hacer una visita a ese apartamento a ver si encuentro algo de interés. Te llamaré desde allí para que puedas enviar un coche y obtener las pruebas conforme al protocolo.

—¿Cuándo vas a ir?

—¿Por qué lo preguntas?

Otra pausa.

—Para saber si estaré en casa cuando llames.

—Mañana, a las once de la mañana. Supongo que entonces Gunnerud estará trabajando.

Después de colgar, Harry se quedó de pie mirando el cielo nocturno y cargado de nubes, que formaban una cúpula amarilla sobre la ciudad. Había oído música de fondo. Apenas. Pero fue suficiente: «I only want to see you in the purple rain».

Metió otra moneda en la ranura y marcó el 1881.

—Necesito el número de un tal Alf Gunnerud…

El taxi se deslizaba como un pez negro y silencioso dejando atrás semáforos, bajo las farolas y las señales que indicaban la dirección al centro de la ciudad.

—No podemos seguir viéndonos de esta manera —observó Øystein.

Miró por el retrovisor y vio que Harry se estaba poniendo el jersey negro que le había traído.

—¿Te has acordado del pie de cabra? —dijo Harry.

—Está en el maletero. ¿Qué pasa si al final resulta que el tipo está en casa?

—La gente que está en casa suele contestar al teléfono.

—¿Y si llega mientras tú estás en el apartamento?

—Entonces haces lo que te he dicho; dos toques cortos del claxon.

—Sí, sí, pero no tengo ni idea de la pinta que tiene ese tío.

—Ya te he dicho que alrededor de los treinta. Si ves entrar en el número 9 a alguien así, tocas el claxon.

Øystein se detuvo junto a una señal de prohibido aparcar en una calle contaminada y cargada de tráfico como un conducto intestinal obstruido, cuyo nombre aparece en la página doscientos sesenta y cinco de un volumen polvoriento titulado *Los padres de la ciudad, IV*, y que se encuentra en la biblioteca Deichmanske, volumen en el que se la describe como «esa calle insignificante y carente de interés que lleva el nombre de Thor Olsen». Pero precisamente aquel día a Harry le venía muy bien que fuera así. El ruido, el tránsito de vehículos y la oscuridad le servirían de camuflaje, y nadie se fijaría en un taxi que está esperando.

Harry deslizó el pie de cabra por dentro de la manga de la chaqueta de cuero y cruzó la calle con rapidez. Vio aliviado que había por lo menos veinte timbres en el número 9. Eso le daría más posibilidades si la trola no colaba en los primeros intentos. El nombre de Alf Gunnerud aparecía el penúltimo empezando desde arriba en la columna de la derecha. Levantó la vista hacia la parte superior de la fachada en el lado derecho. En las ventanas del quinto piso no había luz. Harry llamó al timbre del primer piso. Respondió una voz somnolienta de mujer.

—Hola, vengo a ver a Alf —mintió—. Pero creo que tienen la música tan alta que no oyen el timbre. Quiero decir Alf Gunnerud. El cerrajero del quinto. ¿Me abres, por favor?

—Es más de medianoche.

—Lo siento, intentaré que Alf baje el volumen de la música.

Harry esperó. Llegó el zumbido.

Subió los peldaños de tres en tres. En el quinto se detuvo a escuchar pero solo oyó sus propios latidos. Tuvo que elegir entre dos puertas. En una vio un trozo de papel gris donde habían escrito «Andersen» con rotulador, en la otra no ponía nada.

Aquella era la parte más crítica del plan. Una única cerradura se podía forzar sin despertar a toda la escalera, pero si Alf tenía instalado todo el arsenal de Låsesmeden AS, sería un problema. Repasó la puerta de arriba abajo. Ninguna pegatina del servicio de emergencias Falken de la policía judicial, u otras centrales de alarma. Ninguna cerradura de seguridad antitaladro. Ningún cilindro Twin antiganzúa con doble línea de pitones. En otras palabras, pan comido.

Harry sacó el brazo de la chaqueta de cuero y con el pie de cabra bien agarrado en la mano. Dudó antes de meter la punta en la puerta, justo debajo de la cerradura. Era demasiado fácil. Pero no había tiempo de pararse a pensar y tampoco tenía elección. No forzó la puerta hacia fuera, sino lateralmente, hacia las bisagras, para poder deslizar la tarjeta de crédito de Øystein por dentro de la cerradura de resorte al mismo tiempo que el pestillo se salía un poco del cerrojo del marco. Ejerció cierta presión sobre el pie de cabra para que la puerta se saliera un poquito de su sitio, y metió la punta del pie de cabra por el borde inferior. La puerta crujió contra las bisagras cuando empujó el pie de cabra al mismo tiempo que tiraba de la tarjeta. Entró y cerró la puerta. Había tardado ocho segundos.

El zumbido de una nevera y risas del televisor de un vecino. Harry intentó respirar tranquila y profundamente mientras prestaba atención en la oscuridad. Se oían pasar los coches fuera y se notaba una corriente fría en la puerta; ambas cosas indicaban que las ventanas eran antiguas. Pero lo más importante: ningún sonido que indicara que hubiera alguien en casa.

Encontró el interruptor de la luz. El pasillo necesitaba un lavado de cara. El salón, una renovación completa. La cocina estaba en estado de desahucio. Las escasas medidas de seguridad se entendían a la perfección al ver el mobiliario del apartamento. O, mejor dicho, la ausencia de mobiliario. Porque Alf Gunnerud no poseía nada, ni siquiera un equipo de música para que Harry pudiera pedirle que bajara el volumen. Lo único que indicaba que alguien vivía allí eran dos sillas de camping, una mesa de salón verde, la ropa, que estaba esparcida por todas partes, y una cama con un edredón sin funda.

Harry se puso los guantes de fregar que le había traído Øystein y llevó una de las sillas de camping hasta la entrada. La puso delante de la fila de armarios superiores que llegaban hasta el techo, de tres metros de altura. Dejó la mente en blanco y subió con cuidado. En ese momento sonó el teléfono, Harry dio un paso para mantener el equilibrio pero la silla se desplomó y se fue al suelo con estrépito.

Tom Waaler tenía un mal presentimiento. A la situación le faltaba la predecibilidad que él aspiraba a conseguir en todo momento. Como su carrera y su futuro no estaban únicamente en sus manos, sino también en manos de las personas con quienes se aliaba, el factor humano era un riesgo con el que tenía que contar. Y el mal presentimiento se debía al hecho de que en ese momento no sabía si podía fiarse de Beate Lønn, de Rune Ivarsson o, y esto era lo más importante, del hombre que representaba su fuente más importante de ingresos: Jota.

Cuando Tom oyó que la corporación municipal había empezado a presionar al comisario jefe para que la policía detuviera al Encargado después del atraco de Grønlandsleiret, le dijo a Jota que se escondiera. Habían acordado que iría a un sitio conocido para él. Pattaya tenía la mayor concentración de delincuentes occidentales en el hemisferio oriental, y estaba solo a un par de horas en coche al sur de Bangkok. Como turista blanco, Jota desaparecería entre la multitud. Jota llamaba a Pattaya «la Sodoma asiática», de modo que Waaler no podía comprender por qué, de repente, había reaparecido en Oslo con la excusa de que no podía pasar más tiempo allí.

Waaler se detuvo en un semáforo en rojo en Uelandsgate y puso el intermitente izquierdo. Un mal presentimiento. Jota había cometido el último atraco sin consultar primero con él, y eso suponía una grave infracción de las reglas. Quizá hubiera que tomar medidas.

Acababa de llamar a casa de Jota, pero nadie contestó. Eso podía significar, por ejemplo, que estaba en la cabaña de Tryvann trabajando en los detalles del transporte de valores del que habían hablado. O que estuviera repasando el instrumental, la ropa, las armas, la emisora policial, los planos. Pero también podía significar que había recaído y estaba en un rincón de la casa con una jeringuilla colgándole del brazo.

Waaler conducía despacio por aquel tramo de calle sucio y oscuro en el que vivía Jota. Había un taxi esperando al otro lado de la calle. Waaler miró hacia las ventanas del apartamento. Qué raro, había luz. Si Jota se había enganchado otra vez, se armaría un follón. Sería fácil entrar en el apartamento. Jota tenía una cerradura de mierda. Miró el reloj. La visita en casa de Beate lo había despabilado, y sabía que no podría dormirse hasta al cabo de un buen rato. Daría algunas vueltas con el coche, haría un par de llamadas y vería qué pasaba.

Waaler subió el volumen de Prince, pisó el acelerador y entró por la calle Ullevålsveien.

Harry estaba en la silla de camping con la cabeza apoyada en las manos, una cadera dolorida y sin pruebas de que Alf Gunnerud fuera el hombre que buscaba. Solo había tardado veinte minutos en revisar las pocas pertenencias que encontró en el apartamento, tan pocas que cabría sospechar que Gunnerud vivía en otro sitio. Harry encontró en el baño un cepillo de dientes, un tubo casi vacío de pasta Solidox, y un trozo de jabón irreconocible dentro de una jabonera. Además de una toalla que quizá hubiera sido blanca. Eso era todo. No había nada más. Pero era un riesgo que había que correr.

Le entraron ganas de echarse a llorar. De darse cabezazos contra la pared. De abrir una botella de Jim Beam rompiéndole el cuello y beber alcohol y trozos de cristal. Porque tenía que ser él, tenía que ser Gunnerud. De todos los indicios que apuntaban hacia cada persona, había uno que superaba a todos los demás desde un punto de vista estadístico: condenas anteriores y cargos. El asunto apestaba a Gunnerud. Sus antecedentes incluían droga y uso de armas; trabajaba con un cerrajero; podía encargar las llaves de seguridad que quisiera, por ejemplo, para el apartamento de Anna. Y para el de Harry.

Se acercó a la ventana. Reflexionó sobre cómo había seguido al pie de la letra las instrucciones de un loco. Pero ya no habría más instrucciones, ni conversación. La luna apareció a través de una brecha de la capa de nubes como un chicle de menta a medio masticar, pero ella tampoco le sugirió ninguna idea.

Cerró los ojos. Se concentró. ¿Qué había visto en el apartamento que le diría cómo continuar? ¿En qué no se había fijado? Lo repasó todo de memoria, tramo a tramo.

Paró al cabo de tres minutos. Había terminado. Allí no había nada.

Se aseguró de dejarlo todo tal como estaba cuando llegó, y apagó la luz del salón. Entró en el baño, se plantó delante del inodoro y se desabrochó. Esperó. Dios mío, ni eso podía hacerlo ya. Pero se alivió y suspiró cansado. Tiró de la cadena, el agua salió a chorros, y en ese preciso momento se quedó de piedra. ¿Había oído un claxon por encima del rumor del agua? Se fue a la entrada y cerró la puerta del baño para oír mejor. Ya lo oía. Un bocinazo corto y fuerte subía desde la calle. ¡Gunnerud volvía! Harry ya estaba en la puerta cuando se dio cuenta. En ese mismo instante lo entendió todo. Cuando ya era demasiado tarde.

El rumor del agua. La pistola. «Es mi sitio favorito.»

—¡Joder, joder!

Harry volvió corriendo al baño, agarró el botón de la cisterna y empezó a desenroscarlo frenéticamente. Aparecieron roscas oxidadas.

—Más rápido —susurró, se torció la mano y notó que el corazón se le aceleraba mientras la puta barra daba vueltas y vueltas con un sonido quejumbroso, pero sin querer soltarse.

Oyó cerrarse una puerta al principio de las escaleras. Entonces, la barra se soltó y él levantó la tapa de la cisterna. El sonido rasposo de la porcelana contra la porcelana rugió dentro de la oscuridad, donde el agua seguía subiendo. Introdujo la mano y pasó los dedos por una capa pegajosa de algas de cisterna. ¿Qué coño? ¿Nada? Giró la tapa. Y ahí estaba. Pegada con cinta adhesiva en el interior. Aspiró profundamente. Conocía cada mella, pico y hendidura de la llave que estaba debajo de una de las tiras de cinta adhesiva. Pertenecía al patio, el sótano y el apartamento de Harry. También conocía la foto que había pegada al lado. Era la foto que faltaba encima del espejo. Søs sonreía y Harry intentaba hacerse el duro. Los dos con un moreno estival y con la felicidad de la inocencia. Por otro lado, Harry no sabía nada del polvo blanco que había dentro de la bolsa de plástico sujeta con tres tiras anchas de cinta, pero estaba dispuesto a apostar una buena suma a que se trataba de diacetilmorfina, más conocida como heroína. Mucha heroína. Por lo menos seis años de incondicional. Harry no tocó nada. Volvió a colocar la tapa en su sitio y empezó a enroscarla mientras estaba pendiente por si oía pasos. Tal como había apuntado Beate, las pruebas no valdrían una mierda si se descubría que Harry había estado en el apartamento sin la hoja azul. El botón quedó por fin en su sitio y él corrió hasta la puerta. No tenía elección. Abrió y salió al descansillo. Pasos subiendo. Cerró la puerta con cuidado, miró por la barandilla y vio un pelo oscuro y fuerte. Dentro de cinco segundos, la cabeza vería a Harry. Pero tres largos pasos hacia el sexto piso bastarían para desaparecer.

El joven se paró de pronto al ver a Harry allí delante, sentado en la escalera.

—Hola, Alf —dijo Harry a la vez que miraba el reloj—. Te estaba esperando.

El chico lo miró con los ojos como platos. La cara delgada, pálida y pecosa quedaba enmarcada por una media melena grasienta con ondas al estilo Liam Gallagher por las orejas, y a Harry no le recordó a un duro asesino, sino a un muchacho temeroso de recibir otra paliza.

—¿Qué quieres? —preguntó el chico con voz alta y clara.

—Que me acompañes a comisaría.

El chico reaccionó al instante. Se dio la vuelta, se cogió a la barandilla y saltó hasta el descansillo de abajo.

—¡Oye! —gritó Harry, pero el chico ya había desaparecido de su vista.

Los fuertes zapatazos que daba al bajar los escalones de cinco en cinco o de seis en seis, producían un eco que ascendía por el hueco de la escalera.

—¡Gunnerud!

La única respuesta que obtuvo Harry fue el ruido de la puerta que se cerró abajo.

Se palpó el bolsillo interior y se dio cuenta de que no tenía cigarrillos. Se levantó y siguió al chico. Ahora le tocaba el turno a la caballería.

Tom Waaler bajó el volumen de la música, sacó del bolsillo el móvil que sonaba, pulsó el botón de «yes» y se llevó el teléfono a la oreja. Al otro lado oyó una respiración rápida y temblorosa y el traqueteo del tráfico rodado.

—¡Hola! —dijo la voz—. ¿Estás ahí?

Era Jota. Parecía asustado.

—¿Qué pasa, Jota?

—Uf, menos mal que estás ahí. Menudo follón. Tienes que ayudarme. Enseguida.

—No tengo que hacer nada. Contesta a mi pregunta.

—Nos han descubierto. Cuando he llegado a casa había un madero esperándome en la escalera.

Waaler se detuvo en un paso de cebra antes de la calle Ringveien. Un hombre mayor cruzó la calle con unos pasos extraños y cortísimos. Tardó una infinidad.

—¿Qué quería? —preguntó Waaler.

—¿Tú qué crees? Detenerme, por supuesto.

—¿Y por qué no estás detenido?

—He echado a correr como un demonio. Me he pirado enseguida. Pero me van pisando los talones, ya han pasado tres coches de policía por aquí. ¿Me oyes? Me van a coger si...

—No grites en el auricular. ¿Dónde están los otros policías?

—No he visto a nadie más, simplemente he salido corriendo.

—¿Y has podido escapar tan fácilmente? ¿Estás seguro de que el tipo era policía?

—¡Sí, era él!

—¿Él? ¿Quién?

—Harry Hole. Volvió por la tienda hace poco.

—Eso no me lo habías contado.

—¡Es una cerrajería! ¡No paran de entrar policías!

El semáforo se puso en verde. Waaler le pitó al coche que tenía delante.

—Vale, hablaremos de eso luego. ¿Dónde estás ahora?

—Estoy en una cabina delante de... los Juzgados. —Se rió nervioso—. Y no me gusta estar aquí.

—¿Hay algo en tu apartamento que no debería estar allí?

—Está limpio. Todo está en la cabaña.

—¿Y tú, estás limpio?

—Sabes de sobra que no me meto nada. ¿Vienes o qué? Joder, me tiembla todo el cuerpo.

—Tranquilízate, Jota. —Waaler estaba calculando el tiempo que necesitaría. Tryvann. La comisaría. El centro de la ciudad—. Imagina que es un atraco. Te daré una pastilla cuando llegue.

—Lo he dejado, te digo. —Dudó antes de añadir—: No sabía que llevaras pastillas encima, Príncipe.

—Siempre.

Pausa.

—¿Qué tienes?

—Mother's arms. Rohypnol. ¿Llevas la pistola Jericho que te di?

—Siempre.

—Vale. Entonces escúchame bien. Nos encontraremos en el muelle, al este del almacén portuario. Estoy un poco lejos, así que me tienes que dar cuarenta minutos.

—¿De qué hablas? ¡Tienes que venir aquí, joder! ¡Ahora!

Waaler oía el siseo de la respiración en la membrana, sin responder.

—Si me cogen te… te arrastraré conmigo, espero que lo entiendas, Príncipe. Te delataré si gano algo con eso. No voy a pasarme un tiempo a la sombra por ti, si tú no…

—Esto suena a pánico, Jota. Y no nos conviene caer presas del pánico ahora. ¿Quién me garantiza que no estás detenido, y que esto no es una trampa para relacionarme contigo? ¿Comprendes? Quiero que vengas solo y que me esperes debajo de una de las farolas para que te vea bien cuando llegue.

Jota suspiró.

—¡Mierda! ¡Mierda!

—¿Qué?

—Bueno. Vale. Pero tráete esas pastillas. ¡Mierda!

—En el almacén portuario dentro de cuarenta minutos. Debajo de una farola.

—No te retrases.

—Espera, hay más. Voy a aparcar un poco lejos de ti y, cuando te diga, sostienes la pistola en alto para que la vea bien.

—¿Por qué? ¿Estás paranoico o qué?

—Digamos que la situación es un poco confusa ahora mismo, y no voy a correr riesgos. Tú haz lo que te digo.

Waaler pulsó el botón de «no» y miró el reloj. Giró el botón del volumen hasta el máximo. Guitarras. Ruido maravilloso y blanco. Ira maravillosa y blanca.

Entró en una estación de servicio.

Bjarne Møller cruzó el umbral y observó el salón con aire displicente.

—Muy acogedor, ¿verdad? —dijo Weber.

—Un viejo conocido, ¿no?

—Alf Gunnerud. Al menos, el apartamento está a su nombre. Tenemos un montón de huellas dactilares que pronto sabremos si son suyas. Cristal. —Señaló hacia un joven que limpiaba los cristales con un pincel–. Las mejores huellas están siempre en el cristal.

–Si habéis empezado a tomar huellas dactilares, supongo que habréis encontrado algo más aquí, ¿no?

Weber señaló una bolsa de plástico que estaba al lado de otros objetos encima de una manta en el suelo. Møller se puso en cuclillas y metió un dedo en una raja de la bolsa.

–Mmm. Sabe a heroína. Aquí debe de haber cerca de medio kilo. ¿Y qué es esto?

–Una foto de dos niños que aún no sabemos quiénes son. Y una llave Trioving que no pertenece a esta puerta.

–Si es una llave de seguridad, la firma Trioving te dirá quién es el propietario. El niño de la foto me resulta familiar.

–A mí también.

–Giro fusiforme –declaró una voz de mujer detrás de ellos.

–La señorita Lønn –dijo Møller sorprendido–. ¿Qué hace la sección de Atracos aquí?

–Fui yo quien recibió el soplo según el cual había heroína en este domicilio. Y quien pidió que te llamaran a ti.

–¿Así que también tienes soplones en el mundo de la droga?

–Los atracadores y los drogadictos forman una gran familia feliz, ya sabes.

–¿Quién es el soplón?

–No tengo ni idea. Me llamó a casa después de que me acostara. No quiso decir su nombre ni cómo supo que yo era policía. Pero la información era tan precisa y detallada que me puse manos a la obra y desperté a uno de los juristas policiales.

–Ya –dijo Møller–. Estupefacientes. Condenas anteriores. Peligro de destrucción de pruebas. Te dieron la autorización enseguida, supongo.

–Sí.

–No veo ningún cadáver, ¿por qué me han llamado a mí?

–Porque el soplón me dio otra pista.

–¿Ah, sí?

–Se supone que Alf Gunnerud conoció muy de cerca a Anna

Bethsen, como amante y como camello, hasta que ella lo dejó porque conoció a otro mientras él estaba en la cárcel. ¿Qué te parece eso, Møller?

Møller la miró.

—Me alegra —dijo—. Me alegra más de lo que te puedes imaginar.

Continuó mirándola y, al final, ella tuvo que bajar la vista.

—Weber —dijo—. Quiero que acordones este apartamento y llames a toda la gente que tengas. Hay trabajo que hacer.

39

Glock

Stein Thommesen llevaba dos años como policía en el servicio de guardia de la policía judicial. Quería ser investigador y soñaba con llegar a especialista. Tener un horario fijo, despacho propio y un sueldo más alto que un comisario. Llegar a casa y comentar con Trine algún problema profesional interesante que estuviera discutiendo con un especialista de Delitos Violentos y que a ella le pareciera profunda e incomprensiblemente complejo. Mientras tanto hacía guardias por un salario miserable, se despertaba cansado a pesar de haber dormido diez horas y, cuando Trine le decía que no pensaba vivir así el resto de su vida, intentaba explicarle cómo afecta al cuerpo pasarse el día llevando a urgencias a jóvenes con sobredosis, explicándoles a los niños que tienen que llevarse a su padre porque le pega a mamá y recibiendo el desprecio de cuantos odian el uniforme que llevas puesto. Y Trine alzaba la vista al cielo como diciéndole que el disco estaba rayado.

Cuando el comisario Tom Waaler de Delitos Violentos entró en la garita de guardia y pidió a Stein Thommesen que lo acompañara a detener a uno que estaba en busca y captura, el primer pensamiento de Thommesen fue que Waaler tal vez podría darle algún consejo sobre lo que debería hacer para convertirse en investigador.

Cuando lo mencionó en el coche bajando por la calle Nylandsveien, Waaler sonrió y le dijo que escribiera algo en un papel; eso era todo. Y a lo mejor él, Waaler, podría recomendarlo.

—Eso estaría... muy bien.

Thommesen se preguntó si debía darle las gracias o si parecería que le estaba haciendo la pelota. Realmente, aún no había mucho que agradecer. Al menos le contaría a Trine que había tocado algunas teclas. Y nada más, simplemente la dejaría con la intriga hasta que le dijeran algo.

—¿Qué clase de tipo es ese que vamos a coger? —preguntó.

—Andaba dando una vuelta por ahí y oí por la radio que se habían incautado de un alijo de heroína en la calle Thor Olsen. Alf Gunnerud.

—Sí, lo oí en la guardia. Casi medio kilo.

—Y un momento después me llamó un tío y me dijo que había visto a Gunnerud por el almacén portuario.

—Los soplones están activos esta noche. También fue un soplo anónimo el que condujo a la incautación de la heroína. Puede ser una casualidad, pero es extraño que dos anónimos...

—Quizá se trate del mismo soplón —dijo Waaler—. Alguien que quiere vengarse de Gunnerud, alguien a quien haya estafado o algo así.

—Puede...

—Así que tienes ganas de investigar —dijo Waaler. A Thommesen le pareció notarle cierta irritación en la voz. Dejaron el núcleo del tráfico y entraron en la zona portuaria—. La verdad es que lo entiendo. Es como... bueno, algo diferente. ¿Has pensado en qué sección?

—Delitos Violentos —respondió Thommesen—. O Atracos. Sexuales creo que no.

—No, claro que no. Ya hemos llegado.

Pasaron por una plazoleta a oscuras, con contenedores apilados unos sobre otros y con un edificio grande y rosa al fondo.

—Mira, ese de allí, el que ves debajo de la farola, corresponde a la descripción —observó Waaler.

—¿Dónde? —dijo Thommesen entornando los ojos.

—Allí, junto al edificio.

—¡La hostia, qué vista tienes!

—¿Vas armado? –preguntó Waaler, y aminoró la marcha.

Thommesen miró a Waaler sorprendido.

—No dijiste nada de…

—Vale, yo tengo. Quédate en el coche, así podrás contactar con otros coches si la cosa se pone difícil, ¿de acuerdo?

—Vale. ¿Estás seguro de que no deberíamos llamar…?

—No hay tiempo.

Waaler encendió las luces largas y detuvo el coche. Thommesen calculó en unos cincuenta metros la distancia que los separaba de la silueta, pero mediciones posteriores revelarían que la distancia exacta era de treinta y cuatro metros.

Waaler cargó la pistola, una Glock 20 para la que había solicitado y obtenido un permiso especial. Cogió una linterna grande y negra que había entre los asientos delanteros y salió del coche. Gritó algo mientras se encaminaba hacia el tipo. En los informes respectivos de ambos agentes sobre lo que ocurrió, habría diferencias justo en este punto. Según el informe de Waaler, sus palabras fueron: «¡Policía, enséñamelas!». Lo que se debería entender como pon las manos sobre la cabeza. El fiscal estuvo de acuerdo en que era razonable suponer que una persona que ya había sido condenada y detenida varias veces conocía esa jerga. En cualquier caso, el comisario Waaler había informado claramente de que era policía. En el informe de Thommesen se recogía inicialmente que Waaler gritó: «¡Hola, aquí el padrino policía! ¡Enséñamela!». Después de que Thommesen y Waaler mantuvieran una charla, Thommesen dijo que la versión de Waaler sería más correcta.

Sobre lo que pasó a continuación no había desacuerdo. El hombre de la farola reaccionó y se llevó la mano al interior de la chaqueta para sacar una pistola que luego se supo que era una Glock con el número de serie borrado, imposible de rastrear. Waaler tenía, según el SEFO, la sección de Asuntos Internos, una de las mejores calificaciones del cuerpo en las pruebas de tiro. Gritó y efectuó tres disparos consecutivos. Dos de ellos impactaron en Alf Gunnerud. Uno en el hombro izquierdo y el otro en la cadera.

Ninguno de los impactos fue mortal de necesidad, pero hicieron que Gunnerud cayera hacia atrás y se quedara tumbado en el suelo. Waaler corrió hacia Gunnerud con la pistola en alto mientras gritaba: «¡Policía! ¡No toques el arma, o disparo! ¡No toques el arma, he dicho!».

Desde ese punto y hasta el final, el informe del agente Stein Thommesen no añadía nada sustancial, ya que se encontraba a treinta y cuatro metros de distancia, estaba oscuro y Waaler tapaba a Gunnerud con sus movimientos. Por otro lado, no había nada en el informe de Thommesen, ni en las pistas halladas en el lugar de los hechos, que refutara las declaraciones contenidas en el informe de Waaler relativas a lo que ocurrió a continuación: que Gunnerud cogió la pistola y le apuntó a pesar de las advertencias, pero que Waaler tuvo tiempo de disparar primero. La distancia entre ambos era entonces de entre tres y cuatro metros.

Voy a morir. No tiene sentido. Tengo delante el cañón humeante de un arma. Este no era el plan, al menos, no mi plan. Puede que siempre haya estado dirigiéndome hacia este punto sin saberlo. Pero mi plan no era así. Mi plan era mejor. Mi plan tenía sentido. La presión de la cabina está bajando y una fuerza invisible me oprime los tímpanos desde dentro. Alguien se inclina hacia mí y me pregunta si estoy listo, vamos a aterrizar.

Digo entre susurros que he robado, mentido, vendido estupefacientes, fornicado y maltratado. Pero nunca he matado a nadie. Lo de la mujer a la que lastimé en Grensen fue un accidente. Las estrellas brillan a nuestros pies a través del fuselaje.

—Cometí un único pecado… —sigo susurrando—. Contra la mujer a la que amo. ¿También ese se me puede perdonar?

Pero la azafata ya se ha ido y las luces de aterrizaje lo iluminan todo.

Fue aquella noche que Anna dijo que no por primera vez y yo dije que sí y entré dándole un empujón a la puerta. Era la droga más pura que había visto y en aquella ocasión no íbamos a estropear el buen rollo fumándola. Ella protestó, pero yo le dije que invitaba la casa y preparé la jerin-

guilla. Ella nunca había tocado una jeringuilla y fui yo quien le puso el
chute. Es más difícil ponérselo a otra persona. Tras fallar dos veces, ella me
miró y me dijo serena:
—Llevo tres meses limpia. Me había librado.
—Bienvenida de nuevo —dije.
Se rió y me contestó:
—Te voy a matar.
Acerté al tercer intento. Las pupilas se le dilataron lentamente, como
una rosa negra, las gotas de sangre del antebrazo aterrizaron en la alfom-
bra y se le escapó un suspiro. Se le fue la cabeza hacia atrás. Me llamó al
día siguiente; quería más. Las ruedas chirrían contra el asfalto.

Tú y yo podríamos haber convertido esta vida en algo bueno. Ese era
el plan, ese era el fin. Pero no sé qué fin puede tener esto.

Según el informe de la autopsia, el proyectil de diez milímetros
impactó y le cercenó el tabique nasal a Alf Gunnerud. Algunos
fragmentos atravesaron junto con la bala el fino tejido que cubre
el cerebro, y el plomo y el hueso destrozaron principalmente el
tálamo, el sistema límbico y el cerebelo, antes de que la bala pe-
netrara en la parte posterior del cráneo. Al final de la trayectoria,
el proyectil perforó el asfalto, que aún estaba fresco porque hacía
dos días que la empresa Veidekke AS había arreglado la plaza.

40

Bonnie Tyler

Fue un día triste, corto y, en general, innecesario. Unas nubes de un gris plúmbeo se arrastraban colmadas de lluvia por encima de la ciudad sin descargar una sola gota, y el viento resonaba a ráfagas esporádicas en los periódicos de los expositores exteriores del establecimiento Elmers Frukt & Tobakk. Los titulares indicaban que la gente había empezado a cansarse de la llamada «guerra contra el terrorismo», que había adquirido el tono ligeramente odioso de lema electoral y que, además, había perdido actualidad, porque nadie sabía dónde se encontraba el responsable principal. Había incluso quien opinaba que estaba muerto. Por ese motivo los periódicos volvían a dedicarles espacio a las estrellas de telerrealidad, a los famosos extranjeros de segundo orden que habían hablado bien de algún noruego y a los planes vacacionales de la familia real. Lo único que interrumpió la monótona calma fue un tiroteo que se produjo en el almacén portuario, donde un asesino y traficante muy buscado, que apuntó con un arma a un agente de policía, murió de un tiro antes de que le diera tiempo a disparar. Según el jefe de la sección de Estupefacientes, en el piso del delincuente muerto hallaron una buena cantidad de heroína, y el jefe de Delitos Violentos afirmó que el hombre, de treinta y dos años, era sospechoso de un asesinato cuya investigación seguía en marcha. El periódico con la hora de cierre más tardía logró añadir que existían pruebas de peso contra el individuo, que no era de origen extranjero. Y que, curiosamente, el policía implicado era el mismo que disparó en su domicilio al neonazi Sverre Olsen en el transcurso de la investigación de un caso similar, el año anterior. «El policía ha sido suspendido hasta que Asuntos Internos finalice la investigación», decía el periódico citando al jefe de la policía judicial, según el cual ese era el protocolo aplicable en tales ocasiones y que aquel asunto nada tenía que ver con el caso de Sverre Olsen.

Dedicaban también un pequeño espacio al incendio de una cabaña en Tryvann, pues se había encontrado una lata de gasolina cerca de la vivienda, que quedó totalmente calcinada. De ahí que la policía no descartara que se tratase de un incendio provocado. No obstante, nada decía el diario de los intentos de los periodistas por localizar a Birger Gunnerud para preguntarle cómo se sentía al perder a su hijo y la cabaña la misma noche.

Anocheció muy pronto. A las tres de la madrugada se encendieron las farolas de la calle.

Cuando Harry entró en House of Pain, una foto fija del atraco de Grensen temblaba en la pantalla.

—¿Has descubierto algo? —preguntó, y señaló con la cabeza la imagen, en la que aparecía el Encargado en plena carrera.

Beate negó con la cabeza.

—Estamos esperando.

—¿A que ataque de nuevo?

—En estos momentos se encuentra en algún lugar, planeando el próximo atraco. Sospecho que será la semana que viene.

—Pareces segura.

Ella se encogió de hombros.

—Experiencia.

—¿Tuya?

Ella sonrió y no contestó.

Harry se sentó.

—Espero no haberos torcido los planes al no hacer lo que te dije que haría por teléfono.

Ella frunció el entrecejo.

433

—¿A qué te refieres?

—Te dije que no registraría el apartamento hasta hoy.

Harry la miró. Su semblante revelaba una incomprensión sincera. Por otro lado, Harry no trabajaba en los servicios secretos. Iba a decir algo, pero cambió de idea, y Beate tomó la palabra.

—Tengo que preguntarte una cosa, Harry.

—Dispara.

—¿Sabías lo de Raskol y mi padre?

—¿A qué te refieres?

—Que era Raskol quien… estaba en aquel banco. Que fue él quien disparó.

Harry bajó la vista y se examinó las manos.

—No —dijo—. No lo sabía.

—Pero ¿te habías planteado la posibilidad?

Levantó la vista y se encontró con la mirada de Beate.

—Había pensado en esa posibilidad, sí. Nada más.

—¿Y qué fue lo que te hizo considerar esa posibilidad?

—La expiación de la culpa. El cumplimiento de condena.

—¿La expiación de la culpa?

Harry respiró hondo.

—A veces la monstruosidad de un delito ciega la vista. O el entendimiento.

—¿Qué quieres decir?

—Todo el mundo necesita expiar alguna culpa, Beate. Tú la tienes. Y Dios sabe que yo la tengo. Y Raskol la tiene. Es algo tan esencial como la necesidad de lavarse. Es cuestión de armonía, de conseguir un equilibro vital e imprescindible en uno mismo. Ese equilibrio es lo que llamamos moral.

Harry vio que Beate palidecía para enrojecer enseguida. Y abrió la boca, como para decir algo.

—Nadie sabe por qué se entregó Raskol a la policía —continuó Harry—. Pero estoy convencido de que lo hizo para expiar alguna culpa. Para alguien que ha crecido con la libertad de movimiento como única prerrogativa, la cárcel es la forma de castigo más extrema. Robar vidas es diferente a robar dinero. Supón que cometiera un delito que le hiciera perder el equilibrio. Elige expiar la culpa en secreto, para sí mismo y para su dios, si tiene alguno.

Beate logró por fin articular palabra:

—¿Un… asesino… con sentido ético?

Harry aguardó, pero la joven colega no dijo nada más.

—Una persona con sentido ético es aquella que asume las consecuencias de su propia moral —dijo en voz baja—. No la de los demás.

—¿Y si yo hubiera llevado esto? —preguntó Beate con amargura en la voz, abrió el cajón que tenía delante y sacó una funda de pistola—. ¿Y si me hubiera encerrado con Raskol en una de las salas de visita y hubiera dicho que me atacó y que le disparé en defensa propia? ¿Vengar a un padre al mismo tiempo que se extermina a un mal bicho es lo bastante ético para ti?

Golpeó la mesa con la funda.

Harry se retrepó en la silla y cerró los ojos hasta que oyó que la respiración agitada de Beate recobraba un ritmo normal.

—La cuestión es: ¿qué es lo ético para ti, Beate? No sé por qué te has traído la funda de la pistola y no pienso evitar que hagas lo que sea que tengas en mente.

Se levantó.

—Procura que tu padre se sienta orgulloso de ti, Beate.

Ya tenía la mano en el picaporte cuando la oyó llorar. Se dio la vuelta.

—¡Tú no lo entiendes! —sollozó—. Creía que podría… Creí que conseguiría una especie de… equilibrio, ¿sabes?

Harry estaba de pie. Empujó una silla hasta la de ella, se sentó y le puso una mano en la mejilla. La piel áspera de sus dedos fue absorbiendo la tibieza de las lágrimas mientras ella seguía hablando.

—Nos hacemos policías porque creemos que tiene que existir un orden, un equilibrio, ¿no? Ajuste de cuentas, justicia, esas cosas. Y un día, de repente, te ofrecen la oportunidad de ajustar cuentas de una manera con la que, en realidad, solo has soñado. Y entonces comprendes que no es eso lo que quieres, al fin y al cabo. —Beate seguía llorando—. Mi madre me dijo una vez que solo hay una cosa peor que quedarse con las ganas. Y es no tener ganas de nada. El odio es lo último que te queda cuando pierdes todo lo demás. Y hasta eso te lo pueden quitar.

La funda estaba en la mesa. La barrió con el brazo y la estampó contra la pared con un ruido sordo.

Había caído la noche y Harry se encontraba en la calle Sofie y rebuscaba las llaves en el bolsillo de una chaqueta más conocida que la que había llevado hasta el momento. Una de las primeras cosas que hizo al presentarse en la comisaría aquella mañana fue recuperar la ropa en la sede de la científica, adonde la habían llevado desde la casa de Albu. Pero lo primero que hizo fue presentarse en el despacho de Bjarne Møller. El jefe de Delitos Violentos dijo que casi todo parecía estar en orden con respecto a Harry, pero que tendría que esperar por si alguien ponía una denuncia en relación con la irrupción ilegal en el número 16 de la calle Harelabben. Y que a lo largo del día se decidiría si se tomaban medidas con respecto al hecho de que Harry no informara de que había estado en el apartamento de Anna Bethsen la noche que esta murió. Harry había aclarado que, en caso de que se llevara a cabo una investigación, él se vería obligado a mencionar el acuerdo alcanzado con el comisario jefe y con el propio Møller sobre la flexibilidad de las autorizaciones para localizar al Encargado, y sobre la aprobación del viaje a Brasil sin informar a las autoridades brasileñas.

Bjarne Møller sonrió y le aseguró que, a su entender, concluirían que no era necesario llevar a cabo investigación alguna y... bueno, que apenas se produciría ningún tipo de reacción.

En el portal reinaba la calma. Harry quitó la cinta policial de la puerta de su apartamento. Habían colocado un tablero de aglomerado delante del cristal roto de la entrada.

Se quedó mirando el salón. Weber le dijo que habían sacado fotografías del apartamento antes de iniciar el registro, así que después pudieron volver a colocarlo todo en su sitio. Aun así, no pudo evitar la desagradable sensación de que otras manos y otros ojos hubieran pasado por allí. No porque tuviera mucho que ocultar: unas viejas cartas de amor algo subidas de tono, un paquete de condones abierto y seguramente caducado y un sobre con fotos del cadáver de Ellen Gjelten que alguien podría considerar una perversión. Aparte de eso, dos revistas pornográficas, un disco de Bonnie Tyler y un libro de Suzanne Brøgger.

Harry observó durante un buen rato la luz roja e intermitente del contestador antes de pulsar. Una conocida voz de niño llenó la habitación, que tan extraña le resultaba ahora.

—Hola, somos nosotros. Nos dieron el veredicto hoy. Mamá está llorando, así que quería que te lo dijera yo.

Harry tomó aire para coger fuerzas.

—Mañana volvemos a casa.

Contuvo la respiración. ¿Había oído bien? ¿«Volvemos» a casa?

—Hemos ganado. Tenías que haber visto la cara de los abogados de papá. Mamá dijo que todo el mundo creía que íbamos a perder. Mamá, ¿quieres…? No, no hace más que llorar. Iremos al McDonald's a celebrarlo. Mamá quería saber si vendrás a buscarnos. Hasta luego.

Oyó la respiración de Oleg en el auricular y a alguien de fondo que se sonaba la nariz y se reía. Y la voz de Oleg otra vez, más baja: «Sería estupendo que vinieras, Harry».

Harry se sentó en el sillón. Algo excesivamente grande le oprimía la garganta e hizo que se le saltaran las lágrimas.

SEXTA PARTE

41

S#MN

No había nubes en el cielo, pero el viento soplaba helado y ese pálido sol irradiaba tan poco calor que Harry y Aune se habían levantado la solapa y bajaban pegados el uno al otro por la avenida de abedules ya despojada del ropaje del otoño.

—Le conté a mi mujer lo feliz que se te veía cuando contaste que Rakel y Oleg habían vuelto —dijo Aune—. Me preguntó si eso significa que no tardaréis en iros a vivir juntos.

Harry solo respondió con una sonrisa.

—Desde luego, en su casa hay espacio suficiente —continuó Aune para presionarlo.

—Sí, en la casa hay espacio suficiente —corroboró Harry—. Saluda a tu Karoline de mi parte con una cita de Ola Bauer: «Me mudé a Sorgenfrigata».

—«Pero eso tampoco resolvió nada» —completó Aune.

Ambos se echaron a reír.

—Además, ahora mismo estoy demasiado ocupado con este caso —se excusó Harry.

—Eso, el caso —dijo Aune—. He leído todos los informes, como me pediste. Extraño. Realmente extraño. Te despiertas en tu propia casa, no te acuerdas de nada, y de repente te ves atrapado en el juego de ese tal Alf Gunnerud. Por supuesto, es difícil emitir un diagnóstico psicológico post mórtem, pero se trata de un caso realmente interesante. Sin duda, muy inteligente e ingenioso. Sí, casi artístico, el plan que tramó es una obra maestra. Pero hay un par de detalles que me inquietan. He leído las copias de los correos que te envió. Al principio jugaba con la baza de que no te acordabas de nada. ¿Significaría eso que te vio salir del apartamento en estado de embriaguez y pensó que no lo recordarías al día siguiente?

—Eso es lo que pasa cuando tienen que ayudarte a entrar en el taxi, no sueles recordar nada. Apuesto a que estaba en la calle, espiando, tal como describió en el correo cuando me hizo creer que quien estuvo allí fue Arne Albu. Lo más probable es que hubiera mantenido algún contacto con Anna y supiera que aquella noche yo iría a su casa. El hecho de que yo saliera tan ebrio de la casa… supongo que no había contado con ese punto a su favor.

—Así que después entró en el apartamento con una llave que había conseguido del fabricante a través de Låsesmeden AS. Y le pegó un tiro. ¿Con su propia arma?

—Probablemente. El número de serie estaba limado, igual que el del arma que llevaba Gunnerud en el puerto. Weber dice que la forma en que están limadas indica que las armas proceden del mismo proveedor. Parece que alguien se dedica a la importación masiva de armas ilegales. La pistola Glock que encontramos en casa de Sverre Olsen, el que mató a Ellen, tenía exactamente las mismas marcas de pulido.

—Así que puso la pistola en la mano derecha de ella. A pesar de que era zurda.

—Un cebo —dijo Harry—. Naturalmente sabía que en algún momento yo intervendría en el caso, aunque solo fuera para asegurarme de que no se me implicaba de una forma comprometedora. Y que, al contrario que los investigadores que no la conocían, yo descubriría lo de la mano equivocada.

—Y luego lo de la foto de la señora Albu y los niños.

—Claro, que me llevaría hasta Arne Albu, su último ligue.

—Y antes de salir se llevó el portátil de Anna y el móvil que se te cayó en el apartamento a lo largo de la velada.

—Otro punto inesperado a su favor.

—Así que este cerebro traza de antemano un plan complejo y sin fisuras para fastidiar a su amante infiel, al hombre con quien le fue infiel mientras él estaba en la cárcel y al nuevo proyecto con el antiguo ligue, el policía rubio. Pero, además, empieza a improvisar. Vuelve a aprovechar que trabaja en la empresa Låsesmeden AS para conseguir la llave de tu apartamento y tu trastero. Instala allí el portátil de Anna conectado a tu móvil, para el cual ya ha solicitado una cuenta anónima de correo por medio de un servidor que no se puede rastrear.

—Casi no se puede rastrear.

—Pues sí, ese amigo tuyo, genio desconocido de la informática, lo logró, pero lo que no consiguió averiguar fue que los correos que recibiste se habían escrito de antemano y se enviaron en fechas programadas desde el ordenador de tu sótano; que el remitente, en otras palabras, lo había preparado todo antes de instalar el ordenador portátil y el móvil en tu trastero. ¿Correcto?

—Sí. ¿Has repasado el contenido de los correos, como te pedí?

—Sí. Cuando se leen a posteriori se nota que, al mismo tiempo que procura otorgar cierto orden a los acontecimientos, los correos son imprecisos. Pero eso no se aprecia cuando se está metido en el ajo, claro, entonces da la impresión de que el remitente está muy bien informado y on line en todo momento. Pero para él era fácil conseguirlo porque, hasta cierto punto, era él quien lo dirigía todo.

—Bueno. Todavía no sabemos si fue Gunnerud quien orquestó la muerte de Arne Albu. Un compañero de trabajo en Låsesmeden AS dice que él y Gunnerud estaban tomando una cerveza a la hora en que se supone que se cometió el asesinato.

Aune se frotó las manos. Harry no sabía si era por lo frío que soplaba el viento o porque se alegraba del gran número de posibilidades lógicas e ilógicas que se desplegaban ante él.

—¿Qué destino había planeado para Albu cuando te guiaba para que fueras tras él? ¿Que lo condenaran? Pero, en ese caso, tú quedarías libre. Y al contrario, dos hombres no pueden ser condenados por el mismo asesinato.

—Exacto —dijo Harry—. Aquí cabría preguntarse qué era lo más importante en el mundo para Arne Albu.

—Excelente —dijo Aune—. Un padre de familia con tres hijos que, voluntaria o involuntariamente, ha rebajado sus aspiraciones laborales. La familia, supongo.

—¿Y qué habría conseguido Gunnerud destapando, o mejor dicho, haciendo que yo destapara, que Arne Albu había seguido viendo a Anna?

—Que la mujer lo dejara y se llevara a los niños.

—«Porque lo peor que le puede suceder a una persona no es perder la vida, sino perder la razón de vivir.»

—Buena cita. —Aune hizo un gesto de reconocimiento—. ¿Quién lo dijo?

—Lo he olvidado —respondió Harry.

—Pero la siguiente pregunta que hay que formular es: ¿qué es lo que te quería arrebatar a ti, Harry? ¿Qué hace que tu vida valga la pena?

Habían llegado al edificio de Anna. Harry estuvo un rato manoseando las llaves.

—¿Qué me dices? —preguntó Aune.

—Gunnerud solo me conocía por lo que Anna le hubiera contado de mí. Y ella me conoció cuando yo no tenía… bueno, mucho más que el trabajo.

—¿El trabajo?

—Lo que quería era que me encerraran. Pero, sobre todo, que me echaran de la policía.

Subieron las escaleras sin hablar.

Weber y su gente ya habían terminado el trabajo dentro del apartamento. Weber estaba satisfecho y comentó que habían encontrado las huellas dactilares de Gunnerud en varios lugares, entre ellos, en el cabecero de la cama.

—No puso mucho cuidado —dijo Weber.

—Ha estado aquí tantas veces que, de todos modos, alguna huella ibas a encontrar —dijo Harry—. Además, estaba convencido de que nadie sospecharía de él.

—En realidad, es interesante la forma en que Albu fue asesinado —dijo Aune mientras Harry abría la puerta corredera de la habitación donde estaban los retratos y la lámpara de Grimmer—. Enterrado boca abajo. En una playa. Recuerda mucho a un ritual, como si el asesino quisiera contarnos algo de sí mismo. ¿No lo habías pensado?

—Yo no trabajo en ese caso.

—No es eso lo que te he preguntado, Harry.

—Bueno. El asesino quería, supongo, decirnos algo acerca de la víctima.

—¿Qué insinúas?

Harry encendió la lámpara de Grimmer y la luz iluminó los tres cuadros.

—Recuerdo de cuando estudiaba derecho un pasaje de la ley de Gulating, que data del año 1100. Dice que todo el que muere debe recibir sepultura en tierra sagrada a excepción de los criminales, los que asesinan o los que traicionan al rey. A esos hay que enterrarlos donde se sitúa la línea de la marea, donde se encuentran el mar y las algas. El lugar donde enterraron a Arne Albu no indica que se tratara de un crimen pasional por celos, tal como habría ocurrido si lo hubiera matado Gunnerud. Alguien quería hacernos ver que Arne Albu era un delincuente.

—Interesante —dijo Aune—. ¿Por qué tengo que ver estos retratos otra vez? Son horribles.

—¿Estás completamente seguro de que no ves nada en esos retratos?

—Sí, veo a una artista joven y pretenciosa con un sentido histriónico exagerado y sin sentido del arte pictórico.

—Tengo una colega que se llama Beate Lønn. No ha podido venir hoy porque tenía que acudir a una conferencia para investigadores en Alemania y hablar sobre cómo reconocer a delincuentes enmascarados con la ayuda de un poco de manipulación fotográfica y un poco de giro fusiforme. Ella ha nacido con una capacidad especial: reconoce cualquier rostro que haya visto en su vida, aunque solo haya sido una vez.

Aune hizo un gesto afirmativo.

–Sí, sé que hay quienes tienen esa capacidad.

–Cuando le enseñé los retratos, reconoció a las personas representadas.

–¿Ah, sí? –Aune enarcó las cejas–. Cuéntame.

Harry señaló.

–El de la izquierda es Arne Albu, el del centro es Alf Gunnerud y el último soy yo.

Aune entornó los ojos, se ajustó las gafas e intentó ver los retratos desde diferentes distancias.

–Interesante –murmuró–. Muy interesante. Solo veo formas craneales.

–Solo quería saber si tú, como perito, puedes confirmar que esta clase de reconocimiento es posible. Nos ayudaría a establecer una relación más estrecha entre Gunnerud y Anna.

Aune sacudió la mano.

–Si lo que dices sobre la señorita Lønn es cierto, ella sí puede reconocer un rostro basándose en una información mínima.

Ya en la calle, Aune le dijo que, por interés profesional, le gustaría conocer a Beate Lønn.

–Supongo que es investigadora.

–En la sección de Atracos. Trabajé con ella en el caso del Encargado.

–A propósito, ¿qué tal va ese asunto?

–Bueno. Hay pocas pistas. Esperaban que actuara un día de estos, pero no ha sido así. Un poco raro, la verdad.

En la calle Bogstadveien descubrió Harry los primeros copos de nieve del invierno revoloteando en el aire.

–¡El invierno! –le gritó Ali a Harry señalando al cielo desde el otro lado de la calle. Le dijo algo en urdu a su hermano, que enseguida siguió metiendo cajas de fruta en la tienda. Ali cruzó la calle hasta que llegó a donde se encontraba Harry–. ¿No es estupendo que todo haya acabado? –preguntó sonriente.

—Sí —respondió Harry.

—El otoño es una mierda. Por fin un poco de nieve.

—Ah, sí. Creí que te referías al caso.

—¿Lo del ordenador en tu trastero? ¿Se ha acabado?

—¿No te lo han contado? Han encontrado al hombre que lo instaló.

—Muy bien. Quizá por eso le dijeron a mi mujer que no hacía falta que me presentara en la comisaría para que me interrogaran. ¿De qué iba el caso, en realidad?

—Resumiendo, te diría que iba de un tipo que intentaba que yo pareciera implicado en un delito grave. Invítame un día a cenar y te contaré los detalles.

—¡Te he invitado ya, Harry!

—Pero no me has dicho cuándo.

Ali alzó la vista al cielo.

—¿Por qué necesitáis una fecha y una hora para atreveros a visitar a alguien? Llama a la puerta y te abriré, siempre tenemos suficiente comida.

—Gracias, Ali. Llamaré alto y claro.

Harry abrió la verja.

—¿Averiguasteis quién era la señora? ¿Si era cómplice?

—¿A qué te refieres?

—La desconocida que vi delante de la puerta del sótano aquel día. Se lo dije a ese que se llama Tom algo.

Harry se quedó de piedra, con la mano en el picaporte.

—¿Qué le dijiste exactamente, Ali?

—Me preguntó si había visto algo fuera de lo normal dentro o cerca del sótano, y entonces me acordé de que había visto a una mujer desconocida que estaba de espaldas a mí junto a la puerta del sótano cuando entré en el portal. Lo recuerdo porque iba a preguntarle quién era, pero entonces oí que se abría la cerradura y pensé que, si tenía llave, no pasaba nada.

—¿Cuándo sucedió eso que me cuentas y qué pinta tenía esa mujer?

Ali abrió los brazos como excusándose.

–Tenía prisa y solo le vi la espalda un momento. ¿Hará tres semanas? ¿Cinco semanas? ¿Pelo rubio? ¿Pelo oscuro? No tengo ni idea.

–Pero ¿estás seguro de que era una mujer?

–Por lo menos debí de pensar que era una mujer.

–Alf Gunnerud tenía una estatura media, era estrecho de hombros y tenía el pelo castaño oscuro y cortado en media melena. ¿Pudo ser eso lo que te hizo pensar en una mujer?

Ali reflexionó.

–Sí. Por supuesto que es posible. Y también podía ser la hija de la señora Melkersen, que estaba de visita. Por ejemplo.

–Hasta luego, Ali.

Harry decidió darse una ducha rápida antes de cambiarse e ir a ver a Rakel y a Oleg, que lo habían invitado a tortitas y Tetris. Rakel se trajo de Moscú un precioso juego de ajedrez con piezas talladas y un tablero de madera y nácar. Por desgracia, a Rakel no le gustó la pistola Namco G-Com 45 que Harry le había comprado a Oleg y se la confiscó de inmediato, aduciendo que había dicho con claridad que no permitiría que Oleg jugara con armas hasta que hubiera cumplido como mínimo doce años. Harry y Oleg lo aceptaron sin protestar, algo avergonzados. Pero sabían que Rakel aprovecharía para salir a correr esa noche mientras Harry se quedaba al cuidado de Oleg. Y Oleg le susurró a Harry que sabía dónde había escondido Rakel la Namco G-Com 45.

El chorro de agua caliente de la ducha ahuyentó el frío del cuerpo mientras intentaba olvidar lo que había dicho Ali. Siempre había lugar para las dudas en un caso, con independencia de lo evidente que pareciera todo. Y Harry era un escéptico nato. Pero en algún momento había que empezar a creer para otorgar contornos y sentido a la existencia.

Se secó, se afeitó y se puso una camisa limpia. Se miró en el espejo y sonrió dejando ver los dientes. Oleg le dijo que los tenía amarillos y Rakel se rió de buena gana, incluso más de lo normal. Vio en el espejo el primer correo impreso de S#MN, que seguía clavado en la pared de enfrente. Lo retiraría al día siguiente y colgaría otra vez la foto en la que aparecían él y Søs. Mañana, se dijo. Estudió el correo del espejo. Resultaba un tanto extraño que no lo hubiera notado la noche que, en la misma posición que ahora, experimentó la sensación de que faltaba algo. Harry y su hermana pequeña. Sería porque cuando miramos una cosa muchas veces, nos volvemos ciegos y dejamos de verla. Nos volvemos ciegos. Una vez más, se fijó en el correo del espejo. Pidió un taxi, se puso los zapatos y esperó. Miró el reloj. Seguramente el taxi habría llegado. Se habría ido. De pronto, allí estaba, echando mano del auricular una vez más y a punto de marcar un número.

–Aune.

–Quiero que leas esos correos otra vez. Y que me digas si crees que los ha escrito un hombre o una mujer.

42

Re sostenido

Esa misma noche se derritió la nieve. Astrid Monsen acababa de salir del edificio y caminaba por el asfalto oscuro y mojado hacia la calle Bogstadveien cuando vio al policía rubio en la otra acera de la calle. Aumentó la frecuencia de sus pasos y se le aceleró bastante el pulso. Avanzaba con la vista al frente, confiando en que no la vería. Las fotos de Alf Gunnerud habían salido en los periódicos y los investigadores se pasaron días subiendo y bajando las escaleras e impidiéndole trabajar a gusto. Pero pensó que todo había terminado.

Se dirigió deprisa hacia el paso de peatones. La panadería de Baker Hansen. Si conseguía llegar hasta allí, estaría a salvo. Una taza de té y un bollo berlinés en la mesa del fondo del pasillo, detrás del mostrador. Cada día a las diez y media en punto.

—¿Té y bollo berlinés?

—Sí, por favor.

—Son treinta y ocho.

—Tenga.

—Gracias.

Aquella era la conversación más larga que mantenía con otra persona la mayoría de los días.

En las últimas semanas le había ocurrido en alguna ocasión que, cuando ella llegaba, había un señor mayor sentado a esa mesa y, aunque hubiera varias mesas libres, esa era la única donde podía sentarse porque… no, no quería pensar en esas cosas, ahora no. Comoquiera que fuese, tuvo que empezar a acudir a la cafetería a las diez y cuarto para ser la primera en ocupar la mesa y pensó que, precisamente aquel día, le venía muy bien porque, de lo contrario, habría estado en casa cuando él llamara al timbre. Y entonces habría tenido que abrir, porque se lo había prometido a su madre. Después de aquella ocasión en que se pasó dos meses sin contestar al teléfono ni al timbre y la policía dejó de ir a su casa, su madre la amenazó con internarla otra vez.

Y a su madre no le mentía.

A otros, sí. A otros les mentía todo el tiempo. Cuando hablaba por teléfono con la editorial, en las tiendas, y cuando chateaba por internet. Sobre todo eso. En internet podía hacerse pasar por otra persona, por algún personaje de los libros que traducía o por Ramona, la mujer decadente y promiscua aunque intrépida que fue en una vida anterior. Astrid descubrió a Ramona cuando era pequeña. Era bailarina, tenía el pelo largo y negro y los ojos castaños y almendrados. Astrid solía dibujar a Ramona y, muy en particular, sus ojos, pero lo tenía que hacer a escondidas porque su madre rompía los dibujos y decía que no quería ver esa clase de mujerzuelas en casa. Ramona llevaba muchos años ausente, pero ahora había vuelto y Astrid era consciente de que, poco a poco, se había ido apoderando de ella, sobre todo cuando se escribía con los autores de los libros que traducía. Hechas las consultas iniciales sobre lengua y documentación, solía enviarles correos más informales y, después de unos cuantos, los escritores franceses insistían en verla. Cuando vinieran a Oslo a presentar el libro o, en fin, el simple hecho de verla era razón suficiente para emprender el viaje. Ella siempre declinaba la propuesta, sin que ello mermara el entusiasmo de los pretendientes, más bien todo lo contrario. Y en eso se había convertido ahora su misión como escritora, después de que, hacía ya unos años, hubiera abandonado el sueño de publicar sus propias obras, el día en que un asesor editorial estalló gritándole por teléfono que ya no soportaba «aquella insistencia histérica» y que ningún lector pagaría jamás por compartir sus reflexiones, aunque un psicólogo sí lo haría, pago previo.

—¡Astrid Monsen!

Notó que se le cerraba herméticamente la garganta y, por un instante, fue presa del pánico. No podía sufrir un ataque de disnea en mitad de la calle. Iba a cruzar pero, en ese momento, cambió el semáforo y apareció el muñeco rojo.

—Hola, iba camino de tu casa. —Harry Hole se plantó a su lado. Todavía tenía esa mirada apremiante, los mismos ojos enrojecidos—. Ante todo quiero decirte que leí el informe de Waaler sobre la conversación que mantuvo contigo. Y comprendo que mintieras al hablar conmigo porque tenías miedo.

Ella sabía que no tardaría en empezar a hiperventilar.

—Fue muy poco acertado por mi parte no revelarte enseguida todo lo relacionado con mi papel en el asunto —dijo Harry.

Ella lo miró sorprendida. Parecía realmente afligido.

—Y yo he leído en los periódicos que por fin han cogido al culpable —se oyó decir a sí misma.

Se quedaron mirándose el uno al otro.

—O que lo han matado —añadió en voz baja.

—Bueno —dijo él a la vez que se esforzaba por sonreír—. A lo mejor, de todos modos, puedes ayudarme con un par de preguntas...

Era la primera vez que no se sentaba sola a la mesa de Baker Hansen. La chica de la barra la miró con una sonrisa cómplice de amiga, como si el hombre alto con el que venía fuera un pretendiente. Y, como tenía pinta de recién salida de la cama, puede que la chica hasta creyera que... no, no quería pensar en eso, ahora no.

Se sentaron y él le mostró unas copias de varios correos electrónicos a los que quería que echara un vistazo. Si ella, como escritora, los consideraba redactados por un hombre o por una mujer. Ella los miró. La había llamado «escritora». ¿Debería decirle la verdad? Alzó la taza de té para que no viera la sonrisa que le provocaba la sola idea. Por supuesto que no. Debía mentir.

—Es difícil decirlo —respondió ella—. ¿Es ficción?

—Sí y no —dijo Harry—. Creemos que la persona que los ha escrito es la que asesinó a Anna Bethsen.

—Supongo que entonces será un hombre.

Harry miró la mesa y ella le echó una rápida ojeada. No era guapo, pero tenía algo. Ya lo había notado… por improbable que sonara, en cuanto lo vio tumbado en el rellano delante de la puerta. A lo mejor porque había tomado un Cointreau de más, pero le vio pinta de pacífico, casi guapo, mientras lo contemplaba allí tumbado, como un príncipe durmiente que alguien hubiera dejado delante de su puerta. El contenido de los bolsillos estaba desperdigado por los peldaños de la escalera y ella recogió los objetos uno a uno. Incluso ojeó la cartera para ver el nombre y la dirección.

Harry levantó la vista y ella apartó la suya de inmediato. ¿Podría haberle gustado? Seguramente. El problema era que a él no le gustaría ella. Insistencias histéricas. Miedos infundados. Ataques de llanto. A él no le gustaría. Él querría mujeres como Anna Bethsen. Como Ramona.

—¿Estás segura de que no la reconoces? —preguntó despacio.

Lo miró asustada. Hasta ese momento no se había percatado de que le estaba enseñando una foto. La misma que le enseñó en otra ocasión. Una mujer y dos niños en una playa.

—¿No la has visto nunca? La noche del asesinato, por ejemplo —preguntó Harry.

—No la he visto en la vida —declaró Astrid Monsen con voz firme.

Otra vez caía la nieve. Copos de nieve grandes y húmedos teñidos de un color gris sucio incluso antes de posarse en el campo marrón que había entre la comisaría y la prisión de Botsen. En el despacho le esperaba un mensaje de Weber. Un mensaje que confirmaba la sospecha de Harry, la misma sospecha que le había hecho ver los correos de otra forma. Aun así, aunque, en cierto modo, se lo esperaba, le impresionó el mensaje breve y conciso del técnico criminalista.

Harry se pasó el resto del día hablando por teléfono y yendo y viniendo al fax. Mientras meditaba, fue colocando piedra sobre piedra y procuró no pensar en qué buscaba. Pero ya era demasiado evidente. Esta montaña rusa podía subir, bajar y retorcerse todo lo que quisiera, era como cualquier otra montaña rusa, debía terminar donde había empezado.

Cuando Harry acabó y lo vio casi todo claro, se recostó en la silla. No experimentó una sensación de triunfo, solo de vacío.

Rakel no le hizo preguntas cuando la llamó para decirle que no lo esperara. Luego subió las escaleras hasta el comedor y salió a la terraza, donde tiritaba un grupo de fumadores. En el crepúsculo prematuro fulguraban ya las luces de la ciudad. Harry encendió un cigarro, pasó la mano por el borde del muro e hizo una bola de nieve. La amasó. Cada vez con más fuerza, le dio palmadas con la mano, la apretó hasta que el agua fundida fluyó entre los dedos. La lanzó hacia la ciudad, hacia el campo. Siguió la bola de nieve blanca con los ojos mientras caía cada vez más rápido, hasta que desapareció en el fondo blanco y gris.

—En mi clase había un chico llamado Ludwig Alexander —dijo Harry en voz alta.

Los fumadores miraron al comisario mientras pateaban el suelo para mantenerse en calor.

—Tocaba el piano y nosotros lo llamábamos Re porque una vez, en clase de música, cometió la estupidez de decirle en voz alta a la profesora que re sostenido menor era su tonalidad favorita. Cuando nevaba nos pasábamos los recreos jugando a guerras de bolas de nieve entre cada una de las clases. Re no quería participar, pero lo obligábamos. Era lo único en lo que lo dejábamos participar…, como carne de cañón. Lanzaba con tan poca fuerza que solo conseguía unas bolas penosas. A la otra clase iba un tal Roar, un tío gordo que jugaba al balonmano en el Oppsal. Solía parar las bolas con la cabeza, por diversión, y luego acribillaba a Re con sus lanzamientos bajos. Un día, Re metió una piedra grande dentro de la bola de nieve y la lanzó lo más alto que pudo. Roar saltó riendo y le dio un cabezazo. Sonó como cuando cae una piedra en aguas

454

poco profundas; duro y suave al mismo tiempo. Fue la única vez que vi una ambulancia en el patio del colegio.

Harry le dio una buena calada al cigarrillo, antes de proseguir:

—En la sala de profesores se pasaron varios días discutiendo si había que castigar a Re. Él no le había tirado la bola de nieve a nadie en particular, de modo que la cuestión era si había que castigar a una persona por no tener en cuenta que un idiota se comportará como tal.

Harry tiró la colilla y entró.

Eran más de las tres y media. El frío viento había tomado carrerilla en el espacio abierto que quedaba entre el río Akerselva y la estación de metro de la plaza Grønland, cuyos usuarios, hasta entonces estudiantes y jubilados, se veían ya reemplazados por hombres y mujeres trajeados y con gesto serio que salían de la oficina para volver a sus hogares. Harry empujó ligeramente a uno de ellos al bajar las escaleras a toda velocidad, lo que le valió un improperio que retumbó en las paredes de hormigón. Se detuvo ante la ventanilla de los lavabos, donde se encontró a la misma señora mayor de la otra vez.

—Tengo que hablar con Simon cuanto antes.

Ella lo miró con su ojos castaños y tranquilos.

—No está en Tøyen —dijo Harry—. Se han marchado todos.

La mujer se encogió de hombros sin comprender.

—Dile que soy Harry.

Ella negó con la cabeza y lo espantó con la mano.

Harry se apoyó en el cristal que los separaba.

—Dile que soy el *spiuni gjerman*.

Simon tomó la calle Enebakkveien, en lugar del largo túnel de Ekeberg.

—No me gustan los túneles, ¿sabes? —le dijo mientras subían por la ladera a paso de tortuga, ralentizados por el tráfico de la hora punta vespertina.

—Así que los dos hermanos huyeron a Noruega, crecieron juntos en una caravana y se pelearon porque estaban enamorados de la misma chica —dijo Harry.

—Maria procedía de una familia *lovarra* con prestigio. Se quedaron en Suecia, donde su padre era *bulibas*. Se casó con Stefan y se mudó a Oslo cuando ella solo tenía catorce años y él dieciocho. Stefan estaba enamorado a muerte. Por aquella época, Raskol se escondía en Rusia, ¿sabes? No de la policía, sino de unos albano-kosovares de Alemania que le acusaban de haberlos estafado en un negocio.

—¿Un negocio?

—Se encontraron con un tráiler vacío en la autopista, cerca de Hamburgo —sonrió Simon.

—Pero ¿Raskol volvió?

—Un buen día de mayo regresó a Tøyen de improviso. Y entonces Maria y él se vieron por primera vez. —Simon se rió—. Dios mío, y cómo se miraron. Tuve que desviar la vista al cielo para comprobar si se acercaba alguna tormenta de lo cargado que estaba el ambiente.

—Así que se gustaron, ¿no?

—Desde el primer instante. Delante de todo el mundo. A algunas mujeres les dio hasta vergüenza.

—Pero, si fue tan evidente, los familiares reaccionarían, ¿no?

—Pensaron que no era importante. Tienes que recordar que nos casamos más jóvenes que vosotros, ¿sabes? Es imposible parar a la juventud. Se enamoraron. Trece años, te puedes imaginar...

—Puedo —aseguró Harry, y se frotó la nuca.

—Pero esto era serio, ¿sabes? Ella estaba casada con Stefan, pero amó a Raskol desde el día en que lo vio. Y a pesar de que ella y Stefan vivían en su propia caravana, se encontraba con Raskol, que pasaba allí todo el tiempo. Y pasó lo que tenía que pasar. Cuando nació Anna, los únicos que no entendieron que Raskol era el padre fueron Stefan y el propio Raskol.

—Pobre chica.

–Y pobre Raskol. Solo Stefan estaba feliz. Andaba por ahí como si midiera tres metros. Decía que Anna era tan guapa como su padre.

Simon sonrió con los ojos empañados de tristeza.

–Quién sabe si no podrían haber seguido así. Si Stefan y Raskol no hubieran decidido atracar un banco…

–¿Y no salió bien?

La hilera de coches llegaba hasta el cruce de Ryen.

–Éramos tres. Stefan era el mayor, así que él entraría y saldría en primer lugar. Mientras los otros dos corrían a buscar el coche para darse a la fuga, Stefan se quedó armado dentro del banco para que no accionaran la alarma. Eran aficionados, ni siquiera sabían que el banco tenía alarma silenciosa. Cuando llegaron con el coche para recoger a Stefan, lo encontraron con la cara pegada al capó de un coche de policía. Un agente lo estaba esposando. Raskol conducía. Solo tenía diecisiete años y ni siquiera se había sacado el carné de conducir. Bajó la ventanilla. Con trescientas mil en el asiento trasero, avanzó despacio hacia el coche de policía sobre cuyo capó pataleaba su hermano. Raskol y el policía establecieron contacto visual. Ay, Señor, el ambiente estaba tan cargado como cuando se conocieron él y Maria. Y se miraron fijamente unos segundos que duraron una eternidad. Yo tenía miedo de que Raskol gritara, pero no dijo ni media palabra. Solo siguió conduciendo. Fue la primera vez que se vieron.

–¿Raskol y Jørgen Lønn?

Simon asintió con la cabeza. Salieron de la rotonda y entraron en la curva de Ryen. Simon frenó al lado de una gasolinera y puso el intermitente. Pararon delante de un edificio de doce plantas. En el bloque contiguo relucía el logotipo de DnB en un rótulo azul fluorescente encima de la entrada.

–A Stefan le cayeron cuatro años por disparar la pistola al techo –dijo Simon–. Pero después del juicio, ocurre algo extraño, ¿sabes? Raskol visita a Stefan en Botsen y, al día siguiente, uno de los carceleros comunica que el recluso recién llegado parece haber cambiado de aspecto. El jefe le dice que es normal en los que entran en la cárcel por primera vez. Y le cuenta que se da el caso de que las propias esposas no reconocen al marido el primer día que vienen a visitarlo a la cárcel. El carcelero se conforma con eso pero, varios días más tarde, una mujer llama a la cárcel. Dice que tienen preso al hombre equivocado, que a Stefan Baxhet lo ha suplantado su hermano menor y que tienen que soltar al recluso.

—¿Es eso verdad? —preguntó Harry, que sacó el mechero y lo acercó al cigarrillo.

—Claro —le confirmó Simon—. Entre los gitanos del sur de Europa es bastante normal que los hermanos menores o los hijos cumplan condena en lugar del condenado, si este tiene una familia que mantener. Como la tenía Stefan. Para nosotros es un honor, ¿sabes?

—Pero las autoridades descubrirán el error, ¿no?

—¡Ah! —Simon abrió los brazos, como abatido—. Para ellos un gitano es un gitano. Si cumple condena por algo que no ha hecho, seguro que es culpable de alguna otra cosa.

—¿Quién llamó por teléfono?

—Nunca lo averiguaron, pero Maria desapareció aquella misma noche. Nunca volvieron a verla. La policía llevó a Raskol a Tøyen en plena noche y sacó a Stefan pataleando y maldiciendo de la caravana. Anna tenía dos años, estaba en la cama llamando a su mamá y nadie, ni hombre ni mujer, consiguió acallar los gritos. Hasta que Raskol entró y la cogió en brazos.

Miraron hacia la entrada del banco. Harry se fijó en la hora. Solo faltaban unos minutos para que cerrara.

—Y entonces ¿qué pasó?

—Cuando Stefan cumplió la sentencia, enseguida se fue del país. Yo hablaba con él por teléfono de vez en cuando. Viajaba mucho.

—¿Y Anna?

—Ya sabes, creció en la caravana. Raskol la envió al colegio. Tuvo amigos *gadzo*. Costumbres de *gadzo*. Ella no quería vivir como nosotros, quería hacer lo que hacían sus amigos, decidir sobre su propia vida, ganar su propio dinero y vivir en su propia casa.

Cuando heredó el apartamento de su abuela y se mudó a Sorgen-frigata, dejamos de tener noticias suyas. Ella… bueno. Ella misma eligió mudarse. Raskol era el único con el que mantenía algún contacto.

—¿Crees que sabía que era su padre?

Simon se encogió de hombros.

—Por lo que yo sé, nadie le dijo nada, pero estoy seguro de que lo sabía.

Se quedaron en silencio.

—Aquí fue donde sucedió —dijo Simon cuando llegaron al lugar.

—Justo antes de la hora de cierre —dijo Harry—. Igual que ahora.

—No le habría disparado a Lønn si no hubiera sido necesario —dijo Simon—. Pero él hace lo que tiene que hacer. Es un guerrero, ya sabes.

—Nada de concubinas risueñas.

—¿Cómo?

—No, nada. ¿Dónde está, Simon?

—No lo sé.

Harry esperó. Vieron que un empleado del banco cerraba la puerta por dentro. Harry siguió esperando.

—La última vez que hablé con él llamaba desde una ciudad de Suecia —dijo Simon—. Gotemburgo. Es todo lo que te puedo decir para ayudarte.

—No me estás ayudando a mí.

—Ya lo sé —dijo Simon—. Lo sé.

Harry dio con la casa amarilla de la calle Vetlandsveien. Tenía las luces encendidas en ambas plantas. Aparcó, salió del coche y se quedó mirando hacia la estación de metro. Allí era donde solían reunirse las primeras tardes oscuras de otoño para ir a robar man-zanas. Siggen, Tore, Kristian, Torkild, Øystein y Harry. Esa era la alineación fija del equipo. Iban en bici hasta Nordstrand, porque allí las manzanas eran más grandes y la probabilidad de que alguien conociera a tu padre, más pequeña. Siggen era el primero que saltaba la valla, y Øystein hacía guardia. Y Harry, que era el más alto, llegaba hasta las manzanas más hermosas. Pero una tarde no tuvieron ganas de ir tan lejos e hicieron una incursión por el vecindario.

Harry vio el jardín situado al otro lado de la calle.

Ya se habían llenado los bolsillos cuando descubrió que una cara los miraba desde la ventana iluminada del segundo piso. Sin decir una palabra. Era Re.

Harry abrió la verja y se dirigió a la puerta. Las palabras «Jørgen y Kristin Lønn» figuraban en una placa de porcelana encima de los dos timbres. Harry llamó al de más arriba.

Beate contestó al segundo timbrazo.

Le preguntó si le apetecía un té, pero Harry le dijo que no y ella se fue a la cocina mientras él se quitaba las botas en la entrada.

—¿Por qué está todavía el nombre de tu padre en la placa de la puerta? —preguntó cuando la vio entrar en el salón con una taza—. ¿Para que los extraños crean que vive un hombre en la casa?

Ella se encogió de hombros y se sentó en un sillón hondo.

—Nunca hemos pensado en cambiarlo. Supongo que el nombre lleva tanto tiempo ahí que ya no lo vemos.

—Ya. —Harry juntó las palmas de las manos—. De eso precisamente es de lo que quiero hablar.

—¿De la placa de la puerta?

—No. De disosmia, de oler cadáveres.

—¿A qué te refieres?

—Ayer estuve en la entrada de mi casa mirando el primer correo que recibí del asesino de Anna. Me pasaba como con vuestra placa. Los sentidos lo registran, pero el cerebro no. Eso es la disosmia. La copia del correo lleva tanto tiempo colgada allí que he dejado de verla, como la foto mía y de Søs. Cuando desapareció la foto, solo me di cuenta de que algo había cambiado, pero no podía decir qué. ¿Y sabes cuál es la razón?

Beate negó con la cabeza.

—Porque no había pasado nada que me hiciera ver las cosas de otra manera. Solo veía lo que se suponía que había allí. Pero ayer pasó algo. Ali dijo que había visto a una desconocida de espaldas delante de la puerta del sótano. Y me di cuenta de que, sin saberlo, siempre he pensado que tenía que ser un hombre quien asesinó a Anna. Cuando uno comete el error de imaginarse lo que cree que busca, no ve el resto de las cosas que va encontrando. Y eso me hizo ver el correo con otros ojos.

Beate lo miró sin comprender.

—¿Quieres decir que no fue Alf Gunnerud quien asesinó a Anna Bethsen?

—¿Sabes lo que es un anagrama? —preguntó Harry.

—Un juego de palabras…

—El asesino de Anna me había dejado un *patrin*. Un anagrama. Lo vi en el espejo. El correo está firmado con un nombre de mujer. Invertido. Así que le envié el correo a Aune, que se puso en contacto con un experto en psicología cognitiva y lenguaje. Se ha dado el caso de que él, a partir de una sola frase en una carta anónima con amenazas, ha podido determinar el sexo, la edad y la procedencia de la persona. Esta vez llegó a la conclusión de que los correos estaban escritos por una persona de entre veinte y setenta años procedente de cualquier punto del país y de cualquier sexo. En otras palabras, no fue de mucha ayuda. Con la salvedad de que dijo que probablemente se trataba de una mujer. Por una sola palabra. Escribe «los tíos de la policía», en lugar de «la policía». El experto dice que el remitente pudo elegir esa expresión de forma inconsciente porque diferencia entre el sexo del destinatario y el del remitente.

Harry se recostó en el sillón.

Beate dejó la taza.

—No puedo decir que esté muy convencida, Harry. Una mujer sin identificar en el portal, una clave que al revés se convierte en un nombre de mujer y un psicólogo que opina que Alf Gunnerud eligió una palabra femenina.

—Ya. —Harry asintió con la cabeza—. Estoy de acuerdo. Solo quería contarte qué me puso sobre la pista. Pero antes de decirte

461

quién mató a Anna, te quería preguntar si me puedes ayudar a encontrar a una persona desaparecida.

—Por supuesto. Pero ¿por qué me preguntas a mí? Las desapariciones no son exactamente...

—Sí. —Harry sonrió con tristeza—. Las desapariciones son tu campo.

43

Ramona

Harry encontró a Vigdis Albu en la playa. Estaba sentada en el mismo monte pelado donde él había dormido, abrazada a las rodillas y contemplando el fiordo. En la bruma matutina, el sol parecía una copia descolorida de sí mismo. Gregor acudió corriendo y moviendo el rabo al encuentro de Harry. Había marea baja y olía a algas y a petróleo. Harry se sentó en una roca detrás de ella y sacó un cigarrillo.

—¿Fuiste tú quien lo encontró? —preguntó ella sin volverse.

Harry se preguntó cuánto tiempo llevaría esperándolo.

—A Arne Albu lo encontró mucha gente —dijo—. Yo fui uno más.

Ella apartó un mechón de pelo que le bailaba al viento delante de los ojos.

—Yo también, pero hace mucho, mucho tiempo. Puede que no me creas, pero hubo un tiempo en que lo quise.

Harry hizo clic con el mechero.

—¿Por qué no iba a creerte?

—Cree lo que quieras, no todo el mundo es capaz de amar. Nosotros, y ellos, creemos que sí, quizá, pero no es cierto. Aprendemos los gestos, las frases y los pasos, eso es todo. Algunos tienen tal dominio que llegan a engañarnos durante mucho tiempo. Lo que me sorprende no es que lo consigan, sino que les apetezca hacerlo. ¿Por qué esforzarse tanto para ser correspondidos con un sentimiento cuya naturaleza ignoran? ¿Tú lo entiendes, agente?

Harry no contestó.

—Quizá solo tengan miedo —dijo, y se volvió hacia Harry—. De mirarse en el espejo y descubrir que son unos discapacitados.

—¿De quién estás hablando, señora Albu?

Ella se volvió otra vez hacia el agua.

—¿Quién sabe? Anna Bethsen. Arne. Yo misma. En lo que me he convertido.

Gregor le lamía la mano a Harry.

—Sé cómo mataron a Anna Bethsen —dijo Harry. Observó la espalda de la señora Albu, pero no vio reacción alguna. Logró encender el cigarrillo al segundo intento—. Ayer por la tarde recibí respuesta de la policía científica sobre un análisis de uno de los cuatro vasos que había en la encimera de la cocina de Anna Bethsen. Tenía mis huellas. Parece ser que bebí cola. No se me ocurriría jamás beberla mezclada con vino. Resulta que uno de los vasos de vino estaba sin usar. Lo interesante es que en los restos de cola había clorhidrato de morfina. Mejor dicho, morfina. Ya conoces el efecto que tiene en dosis grandes, ¿no es así, señora Albu?

Ella lo miró. Hizo un gesto lento de negación con la cabeza.

—¿No? —dijo Harry—. Síncope y amnesia durante el periodo en que se está dopado, seguido de fuertes náuseas y dolor de cabeza cuando uno vuelve en sí. En otras palabras, se puede confundir fácilmente con una buena borrachera. Por eso, como el Rohypnol, funciona bien como droga para cometer una violación. Y eso es lo que ha pasado, nos han violado. A todos. ¿No es verdad, señora Albu?

Una gaviota planeó sobre sus cabezas profiriendo una especie de risa estridente.

—Otra vez tú —dijo Astrid Monsen a la vez que lo invitaba a entrar con una risa breve y nerviosa.

Se sentaron en la cocina. Ella trajinaba preparando té y abriendo un pastel que había comprado en Baker Hansen «por si venía alguna visita». Harry murmuraba nimiedades sobre la nieve caída el día anterior y sobre el mundo que no había cambiado demasiado, pese a que todos auguraban que se derrumbaría junto con los altos edificios derribados que habían visto en la televisión. Astrid se sirvió el té y, cuando se sentó, Harry le preguntó qué le parecía Anna.

La dejó boquiabierta.

—Tú la odiabas, ¿verdad?

En el silencio que siguió se oyó un pequeño clic electrónico desde otra habitación.

—No. No la odiaba. —Astrid agarró con fuerza la enorme taza de té verde—. Solo que era... diferente.

—¿En qué sentido era diferente?

—La vida que llevaba. Cómo era. Ella consiguió ser como... como quería ser.

—¿Y eso no te gustaba?

—Bueno... no sé. No, puede que no me gustara.

—¿Por qué no?

Astrid Monsen se lo quedó mirando. Un buen rato. La sonrisa le revoloteaba en los ojos, asomaba y desaparecía como una mariposa inquieta.

—No es lo que crees —dijo Astrid—. Yo envidiaba a Anna. La admiraba. Había días que deseaba ser ella. Era lo contrario de mí. Yo siempre estoy sentada aquí dentro, pero ella...

Se le fue la mirada por la ventana.

—Era como si Anna saliera a la vida vestida con su desnudez. Los hombres venían y se iban y, aunque sabía que no se quedarían con ella, se entregaba de todos modos al amor. No sabía pintar, pero exponía los cuadros para que el resto del mundo los viera. Hablaba con todo el mundo como si tuviera razones para creer que gustaba a los demás. A mí también. Algunos días sentía que me había robado la persona que yo era en realidad, que no había sitio para las dos y que tenía que esperar mi turno. —Volvió a soltar esa risita nerviosa—. Pero entonces murió. Y descubrí que no era así. Que no puedo ser ella. Ahora nadie puede ser ella. ¿No es triste? —preguntó mirando a Harry—. No, yo no la odiaba. Yo la amaba.

Harry notó un cosquilleo en la nuca.

—¿Puedes contarme lo que pasó la noche que me encontraste en el rellano?

La sonrisa iba y venía como la luz de un fluorescente estropeado. Como si, de repente, apareciera una persona feliz que pudiera mirar a través de sus ojos. Harry tuvo la sensación de estar ante un dique a punto de romperse.

—Estabas horrible —susurró—. Pero de una manera hermosa.

Harry enarcó una ceja.

—Ya. ¿Notaste si olía a alcohol cuando me levantaste?

Ella pareció sorprendida, como si no hubiera reparado antes en ese detalle.

—No. En realidad, no. No olías a nada.

—¿A nada?

Ella se sonrojó mucho.

—A nada… en especial.

—¿Perdí algo en las escaleras?

—¿A qué te refieres?

—Un teléfono móvil. Y llaves.

—¿Qué llaves?

—Eso es lo que me tienes que decir tú.

Ella negó con la cabeza.

—Ningún teléfono móvil. Y las llaves las volví a meter en tu bolsillo. ¿Por qué lo preguntas?

—Porque sé quién mató a Anna. Solo quería volver a comprobar los detalles.

44

Patrin

Al día siguiente habían desaparecido los restos de la nieve caída en las últimas cuarenta y ocho horas. En la reunión matinal de la sección de Atracos, Ivarsson dijo que, si querían avanzar en el caso del Encargado, lo mejor que podría pasarles era que se cometiera otro atraco; pero que, por desgracia, los presagios de Beate sobre la probabilidad de que el Encargado actuara a intervalos cada vez más breves no se habían hecho realidad. Para sorpresa de todos, a Beate no pareció importarle la crítica indirecta, solo se encogió de hombros y repitió con voz firme que era cuestión de tiempo que el Encargado cometiera un error.

Esa misma tarde, un coche patrulla entró en el aparcamiento delante del Museo Munch y se detuvo. Salieron de él cuatro hombres, dos agentes uniformados y dos vestidos de civil que, a cierta distancia, daban la impresión de ir caminando cogidos de la mano.

—Siento las medidas de seguridad —dijo Harry, y señaló las esposas con la cabeza—. Era la única forma de que me dieran permiso para hacer esto.

Raskol se encogió de hombros.

—Creo que te molesta más a ti que a mí que estemos encadenados, Harry.

La comitiva atravesó el aparcamiento en dirección al campo de fútbol y las caravanas. Harry indicó a los agentes que esperasen fuera, antes de que él y Raskol entraran en la pequeña caravana.

Simon los esperaba dentro. Había sacado una botella de Calvados y tres vasos pequeños. Harry declinó con la cabeza, abrió las esposas y se sentó en el banco.

—¿Te resulta raro estar aquí? —preguntó Harry.

Raskol no contestó y Harry esperó mientras los negros ojos del gitano inspeccionaban la caravana. Harry se percató de que se detenía en la foto de los dos hermanos que colgaba encima de la cama y creyó ver que se le torcía levemente la dulce expresión de la boca.

—Prometí que estaríamos de vuelta en Botsen antes de las doce, así que vamos al grano —dijo Harry—. No fue Alf Gunnerud quien mató a Anna.

Simon miró a Raskol, que clavó en Harry una mirada inquisitiva.

—Y tampoco fue Arne Albu.

En la pausa que siguió a aquellas palabras pareció aumentar el volumen del zumbido de los coches por Finnmarksgata. ¿Echaría Raskol de menos aquel zumbido cuando se acostaba en su celda? ¿Echaría de menos la voz procedente de la otra cama, el olor, el sonido de la respiración de su hermano? Harry se volvió hacia Simon.

—¿Nos dejas solos?

Simon miró a Raskol y este asintió. Cerró la puerta tras de sí. Harry entrelazó las manos y levantó la mirada. Los ojos de Raskol se veían ahora brillantes, como si tuviera fiebre.

—Hace tiempo que lo sabes, ¿verdad? —dijo Harry en voz baja.

Raskol unió las palmas de las manos, en señal de aparente calma, pero las yemas de los dedos revelaban otra cosa.

—Quizá Anna hubiera leído a Sun Tzu —dijo Harry—. Sabía que el principio fundamental en cualquier guerra es el engaño. Aun así me dio la solución, solo que yo no conseguí descifrar el código. Ese, almohadilla, eme y ene. Incluso me dijo que la retina invierte los objetos, de modo que hay que mirarlos en un espejo para verlos tal como son.

Raskol tenía los ojos cerrados, como si rezara.

—Su madre era guapa y alocada —susurró—. Anna heredó ambas cualidades.

—Deduzco que hace mucho que has resuelto el anagrama —dijo Harry—. La firma era una S seguida de una almohadilla, como el signo de la nota si sostenido. Luego una M y una N. Si se lee la firma de esa manera, resultaría «sisemen». Escríbelo y míralo invertido en un espejo: «Né-me-sis». La diosa de la venganza. Lo dijo abiertamente. Aquella sería su obra maestra, por la que se la recordaría.

Harry lo dijo sin un tono triunfal en la voz. Solo afirmaba. Y parecía que la angosta caravana se estrechara aún más a su alrededor.

—Cuéntame el resto —susurró Raskol.

—Supongo que te lo puedes imaginar.

—¡Cuéntalo! —dijo.

Harry observó el ventanuco circular que había en la pared, encima de la mesa, y comprobó que ya estaba cubierto de vaho. Un ojo de buey. Una nave espacial. De repente, se le ocurrió la idea de que, si limpiaba el vaho, descubriría que se encontraban en el espacio; dos astronautas solitarios en la nebulosa Cabeza de Caballo, a bordo de una caravana voladora. Eso sería, seguramente, más fantástico que lo que se disponía a contar ahora.

45

El arte de la guerra

Raskol se enderezó en el asiento y Harry comenzó el relato:

–Mi vecino Ali Niazi recibió este verano una carta de una persona que creía deber los gastos de comunidad de cuando vivió en el edificio, hace varios años. Ali no pudo encontrar su nombre en la lista de inquilinos, así que le envió una carta diciéndole que se olvidara del asunto. El nombre era Eriksen. Ayer llamé a Ali para pedirle que buscara aquella carta. Resultó que la dirección del remitente era Sorgenfrigata 17. Astrid me contó que, el verano pasado, en el buzón de Anna se pegó durante unos días una etiqueta con el nombre de Eriksen. ¿Para qué querría ella aquella carta? Llamé a la empresa Låsesmeden AS. En efecto, habían recibido un encargo de copias de las llaves de mi apartamento. Me enviaron los documentos por fax. Lo primero que vi fue que el encargo se había efectuado una semana antes de la muerte de Anna. Iba firmado por Ali, presidente y responsable de las llaves de nuestra comunidad. La falsificación de la firma del encargo no era más que pasable, como hecha por una pintora solo pasable, que la hubiera copiado de una carta, por ejemplo. Pero fue más que suficiente para que Låsesmeden encargara enseguida a Trioving una llave del apartamento de Harry Hole. En cualquier caso, Harry Hole tenía que presentarse personalmente, enseñar la documentación y firmar la entrega de la llave. Y eso hizo. En la creencia de que firmaba la entrega de una llave de repuesto para Anna. Para morirse de risa, ¿verdad?

Raskol no parecía tener problemas para reprimirla.

–Lo organizó todo entre aquel encuentro y la cena de la última noche. Dio de alta el número de mi móvil en un servidor en Egipto, y guardó los correos con fechas de envío programadas desde el ordenador portátil. Entró en nuestro sótano durante el día y averiguó cuál de los trasteros era el mío. Utilizó la misma llave para entrar en mi apartamento con la intención de hallar algún objeto personal fácilmente reconocible que pudiera dejar en casa de Alf Gunnerud. Eligió la foto donde estamos Søs y yo. El siguiente punto del plan consistía en hacerle una visita a su antiguo amante y camello. Puede que a Alf Gunnerud le extrañara volver a verla. ¿Y qué quería? Tal vez que le prestara o le vendiera una pistola, pues sabía que él tenía una de esas armas que tanto circulan ahora por Oslo, esas que tienen limado el número de serie. Buscó la pistola, una Beretta M92F, mientras ella entró en el baño. Quizá le pareció que tardaba mucho. Y que, de repente, cuando salió, tenía prisa y dijo que tenía que irse. Al menos, podemos imaginar que ocurrió de esa forma.

Raskol apretó las mandíbulas con tanta fuerza que Harry vio cómo le desaparecían los labios de la cara. Harry se retrepó y prosiguió:

–El siguiente paso fue entrar y dejar la llave de repuesto de su propio apartamento en la cabaña de Albu. No le resultó difícil, ella sabía que la llave de la puerta estaba en la lámpara. Mientras estuvo allí arrancó del álbum una foto de Vigdis y los niños y se la llevó a casa. Ya lo tenía todo listo. Solo quedaba esperar a que Harry acudiera a la cena. El menú: *tom yam* con guindilla japonesa y cola con clorhidrato de morfina. Este último ingrediente es especialmente conocido como droga para cometer violaciones porque es líquido y más o menos insípido, la dosificación es sencilla y el efecto predecible. La víctima despertará con un agujero negro en la memoria que atribuirá al alcohol, ya que sufrirá todos los síntomas de una resaca. Y, en cierto modo, puede decirse que me violaron. Me quedé tan aturdido que ella no tuvo ningún problema para quitarme el móvil de la chaqueta antes de empujarme por la puerta. Cuando me marché, ella también se fue, entró en mi trastero del sótano y conectó el móvil al ordenador portátil. De nuevo en casa, subió las escaleras de puntillas. Astrid Monsen la oyó, pero creyó que se trataba de la señora Gundersen, la vecina del cuarto.

»Luego se preparó para la actuación final y dejó que la trama siguiera su curso. Naturalmente, ella sabía que yo estudiaría el caso tanto si me tocaba investigarlo como si no, así que me dio dos *patrin*. Sujetó la pistola con la mano derecha, puesto que yo sabía que era zurda. Y metió la foto en el zapato.

Los labios de Raskol se movieron como para decir algo, pero no emitió sonido alguno.

Harry se pasó una mano por la cara.

—La última pincelada que dio a la obra maestra fue apretar el gatillo de una pistola.

—Pero ¿por qué? —susurró Raskol.

Harry se encogió de hombros.

—Anna era una persona extrema. Quiso vengarse de las personas que, en su opinión, le habían arrebatado la razón de vivir. El amor. Los culpables eran Albu, Gunnerud y yo. Y vosotros, la familia. En resumen, ganó el odio.

—*Bullshit* —dijo Raskol.

Harry se giró, cogió la foto de Raskol y Stefan y la puso encima de la mesa, entre los dos.

—¿No es cierto que en tu familia siempre ha ganado el odio, Raskol?

Raskol echó la cabeza hacia atrás y apuró el contenido del vaso. Luego sonrió abiertamente.

Más tarde, Harry recordaría los segundos siguientes como una secuencia de vídeo en avance rápido y, una vez transcurridos, se vio en el suelo, Raskol lo sujetaba con fuerza por el cogote, tenía los ojos inundados de alcohol, olor a Calvados en la nariz y, en el cuello, los dientes de vidrio de la botella rota.

—Solo hay una cosa más peligrosa que tener la tensión alta, *spiuni* —le susurró Raskol—. Tenerla demasiado baja. Así que no te muevas.

Harry tragó saliva e intentó hablar, pero Raskol apretó más fuerte y solo logró emitir un suspiro.

–Sun Tzu es muy claro en cuanto al odio y el amor, *spiuni*. Tanto el odio como el amor ganan en la guerra, son inseparables como hermanos siameses. Los que pierden son la ira y la compasión.

–Entonces, ambos estamos a punto de perder –musitó Harry.

Raskol apretó con firmeza.

–Mi Anna nunca habría escogido la muerte. –Le temblaba la voz–. Ella amaba la vida.

Harry apenas logró resoplar al formular la pregunta:

–¿Igual que… tú… amas… la… libertad?

Raskol aflojó un poco y Harry logró introducir aire en los pulmones doloridos. Sentía los latidos del corazón en la cabeza, pero volvió a oír el ruido de los coches.

–Tú hiciste una elección –resopló Harry–. Te entregaste para cumplir condena. Incomprensible para los demás, pero fue lo que elegiste. Lo mismo hizo Anna.

Raskol apretó la botella contra el cuello de Harry cuando este intentó moverse.

–Tenía mis razones.

–Ya lo sé –dijo Harry–. Expiar las culpas es un instinto casi tan intenso como la sed de venganza.

Raskol no contestó.

–¿Sabías que Beate Lønn también ha elegido? Ha comprendido que nada le va a devolver a su padre. Ya no le queda rabia. Así que me pidió que te dijera que te perdona. –Uno de los bordes afilados del vidrio le arañó la piel. Parecía la punta de una pluma sobre un papel grueso… una pluma que estuviera escribiendo la última palabra a regañadientes. Solo faltaba poner el punto final. Harry tragó saliva–. Ahora te toca a ti elegir, Raskol.

–¿Elegir qué, *spiuni*? ¿Si te dejo vivir?

Harry tomó aire mientras intentaba mantener el pánico bajo control.

–Si quieres liberar a Beate Lønn. Si le quieres contar lo que pasó el día que le disparaste a su padre. Y si quieres liberarte a ti mismo.

—¿A mí mismo?

Raskol se rió con esa risa suya tan suave.

—Lo he encontrado —dijo Harry—. Quiero decir, Beate Lønn lo ha encontrado.

—¿A quién?

—Vive en Gotemburgo.

La risa de Raskol cesó de pronto.

—Lleva diecinueve años viviendo allí —continuó Harry—. Desde que se enteró de quién era el verdadero padre de Anna.

—¡Mientes! —rugió Raskol, y alzó la mano con la botella por encima de la cabeza.

Harry notó que se le secaba la boca y cerró los ojos. Cuando volvió a abrirlos, Raskol tenía la mirada vidriosa. Respiraban al unísono, los torsos jadeantes el uno contra el otro.

Raskol susurró.

—¿Y… Maria?

Harry tuvo que intentarlo dos veces antes de conseguir que resonaran las cuerdas vocales.

—Nadie sabe nada de ella. Alguien le dijo a Stefan que hace unos años la vieron con un grupo nómada en Normandía.

—¿Stefan? ¿Has hablado con él?

Harry asintió.

—¿Y por qué iba a querer hablar él con un *spiuni* como tú?

Harry intentó encogerse de hombros, pero no podía moverse.

—Pregúntaselo tú mismo…

—¿Que le pregunte…? —Raskol miró incrédulo a Harry.

—Simon fue a buscarlo ayer. Está en la caravana de al lado. Tiene un par de asuntos pendientes con la policía, pero los agentes tienen orden de no tocarlo. Quiere hablar contigo. Lo demás depende de ti.

Harry metió la mano entre el cuello y los filos del vidrio. Raskol no intentó detenerlo cuando se levantó. Solo preguntó:

—¿Por qué has hecho esto, *spiuni*?

Harry se encogió de hombros.

—Tú procuraste que los jueces de Moscú dejaran que Oleg se quedara con Rakel. Yo te brindo la oportunidad de quedarte con el único que tienes de los tuyos. —Sacó las esposas del bolsillo y las puso encima de la mesa—. No importa lo que elijas, considero que estamos en paz.

—¿En paz?

—Tú te encargaste de que los míos volvieran. Yo me encargué de los tuyos.

—Oigo lo que dices, Harry. Pero ¿qué significa?

—Significa que contaré todo lo que sé sobre el asesinato de Arne Albu. Y vamos a ir a por ti con todo lo que tenemos.

Raskol arqueó una ceja.

—Sería más fácil para ti que lo olvidaras, *spiuni*. Sabes que no podéis acusarme de nada, así que ¿por qué intentarlo?

—Porque somos policías —dijo Harry—. Y no concubinas risueñas.

Raskol lo miró un buen rato. Luego le hizo una breve reverencia.

Ya en la puerta, Harry se volvió. Raksol, aquel hombre enjuto, estaba inclinado sobre la mesita de formica y las sombras le ocultaban el rostro.

—Tenéis hasta medianoche, Raskol. A esa hora los agentes te llevarán de vuelta.

Una sirena de ambulancia rasgó el ruido de Finnmarksgata, subía y bajaba, como si buscara la nota perfecta.

46

Medea

Harry abrió la puerta del dormitorio con cuidado. Casi podía oler aún el perfume, pero el aroma era tan vago que no estaba seguro de si procedía de la habitación o del recuerdo. La gran cama ocupaba el centro del dormitorio como un galeón romano. Se sentó en el colchón, puso los dedos en la ropa de cama fresca y blanca, cerró los ojos y sintió que flotaba. Olas grandes y perezosas. ¿Fue allí, así, como Anna le estuvo esperando aquella noche? Un ruido irascible resonó de pronto. Harry miró el reloj. Las siete en punto. Era Beate. Aune llamó al timbre unos minutos más tarde, con la papada enrojecida a causa del esfuerzo de subir las escaleras. Saludó a Beate respirando con dificultad y los tres entraron en el salón.

–¿Así que eres capaz de decir quién aparece en estos retratos? –le preguntó Aune.

–Arne Albu –dijo Beate, al tiempo que señalaba el retrato de la izquierda–. Alf Gunnerud, en el centro, y Harry a la derecha.

–Impresionante –dijo Aune.

–Bueno –dijo Beate–. Una hormiga es capaz de distinguir entre millones de caras de hormigas en el hormiguero. En relación con su peso corporal, tiene un giro fusiforme mucho más desarrollado que el mío.

–Me temo que mi relación numérica en ese contexto es extremadamente baja –dijo Aune–. ¿Tú ves algo, Harry?

—Al menos, veo algo más que la primera vez, cuando Anna me los enseñó. Ahora sé que son los tres acusados por ella. —Harry hizo un gesto hacia la figura femenina que sostenía las tres luces—. Némesis, la diosa de la venganza y de la justicia.

—Que los romanos birlaron a los griegos —dijo Aune—. Conservaron la balanza, sustituyeron el látigo por la espada, le vendaron los ojos y la llamaron Justicia. —Se acercó hasta la lámpara—. Seiscientos años antes de Cristo, cuando se empezó a entender que el sistema de la venganza de sangre no funcionaba y decidieron despojar de ella a los individuos y convertirla en un asunto público, fue precisamente esta mujer la que se convirtió en el símbolo del Estado de Derecho moderno —dijo mientras pasaba la mano por aquella fría mujer de bronce—. La justicia ciega. La venganza fría. Nuestra civilización descansa en sus manos. ¿No es hermosa?

—Hermosa como una silla eléctrica —dijo Harry—. La venganza de Anna no fue precisamente fría.

—Fue caliente y fría —dijo Aune—. Premeditada y apasionada al mismo tiempo. Sería muy sensible. Obviamente, tenía el alma herida, pero eso nos pasa a todos. En realidad, todo depende de la intensidad de la herida.

—¿Y qué tipo de herida crees tú que presentaba Anna?

—Yo no la conocí, así que me limitaré a adivinar.

—Adivina, pues —lo animó Harry.

—Puesto que hablamos de los dioses de la Antigüedad, supongo que habéis oído hablar de Narciso, el dios griego que se enamoró tan perdidamente de su propia imagen reflejada en el espejo que no fue capaz de apartarse de ella. Fue Freud quien introdujo el concepto de narcisismo en la psicología para aludir a las personas que se creen exageradamente únicas y que están poseídas por el sueño de un éxito ilimitado. Para los narcisistas, la necesidad de vengarse de las personas que los ofenden es a menudo superior al resto de las necesidades. Se llama ira narcisista. El psicoanalista estadounidense Heiz Kohut ha descrito un tipo de personas que, sin reparar en los medios, buscan la forma de vengar una ofensa que al resto puede parecernos insignificante. Por ejemplo, un aparente rechazo cotidiano la llevaría a comportarse con una terquedad obsesiva y sin tregua para restablecer el equilibrio, si es necesario, hasta la muerte.

—¿La muerte de quién?

—De todos.

—¡Eso es de locos! —exclamó Beate.

—Sí, eso es lo que quiero decir —dijo Aune tajante.

Entraron en el comedor. Aune probó una de las viejas sillas rectas que había colocadas alrededor de la mesa de roble larga y estrecha.

—Ya no las hacen así.

Beate suspiró.

—Pero que se quitara la *vida* solo para… vengarse… Deberían existir otras formas.

—Por supuesto —dijo Aune—. Pero el suicidio suele ser una venganza en uno mismo. Se aspira a implantar un sentimiento de culpa en quien uno considera que le ha fallado. Anna solo lo llevó unos pasos más allá. Además, hay razones para suponer que, en el fondo, no quería seguir viviendo. Se sentía sola, expulsada de su propia familia y rechazada en su vida amorosa. Había fracasado como artista y se había refugiado en las drogas sin hallar solución alguna. Era una persona profundamente decepcionada y desgraciada que, de un modo frío y deliberado, escogió el suicidio. Y la venganza.

—¿Sin consideraciones morales? —preguntó Harry.

—La cuestión moral es, por supuesto, interesante. —Aune se cruzó de brazos—. Nuestra sociedad nos impone una obligación moral que nos exige vivir y, por tanto, condenar el suicidio. Pero, dada la admiración que le inspiraba la Antigüedad, Anna se apoyó probablemente en los filósofos griegos según los cuales el ser humano debe decidir cuándo morir. Nietzsche también opinaba que todo el mundo está moralmente en su derecho de quitarse la vida. Incluso utilizó la palabra *Freitod* o «muerte voluntaria». —Aune levantó el dedo índice—. Pero ella también se enfrentaba a otro dilema moral. La venganza. No sé en qué medida ella creía en la ética cristiana, pero esta rechaza la venganza. La paradoja es, claro está, que los cristianos creen en un Dios que representa la mayor de todas las venganzas. Si lo desafías, arderás eternamente en el infierno, una venganza por completo desmedida, casi una causa digna de Amnistía Internacional, en mi opinión. Y si...

–¿A lo mejor solo sentía odio?

Aune y Harry se volvieron hacia Beate. Ella los miró asustada, como si las palabras se le hubieran escapado por equivocación.

–La moral –susurró–. El deseo de vivir. El amor. Y pese a todo... el odio es el más fuerte.

47

Fluorescencias del mar

Harry estaba delante de la ventana abierta y oía la sirena lejana de una ambulancia que fue ahogándose despacio en el estruendo de los ruidos de la ciudad. La casa que Rakel había heredado de su padre estaba en lo alto, por encima de cuanto sucedía allá abajo, en el manto de luz que se vislumbraba entre los pinos esbeltos del jardín. Le gustaba mirar desde allí. Contemplar los árboles, pensar en el tiempo que llevaban en aquella casa y sentir que ese pensamiento le tranquilizaba. Y las luces de la ciudad, que recordaban a fluorescencias del mar. Solo las había visto una vez, una noche que el abuelo lo llevó en barca a coger cangrejos cerca de Svartholmen. Solo lo vio aquella noche, pero nunca lo olvidaría. Era uno de los recuerdos que más nítido y real se volvía a medida que pasaban los años. No ocurría lo mismo con todo. ¿Cuántas noches había pasado con Anna, cuántas veces se habían hecho a la mar en el barco del capitán danés, en cuántas ocasiones perdieron el rumbo? No lo recordaba. Y pronto habría olvidado también el resto. ¿Triste? Sí. Triste y necesario.

A pesar de todo, había dos momentos que llevaban el nombre de Anna y que, lo sabía, jamás llegarían a borrarse del todo. Dos imágenes casi idénticas, ambas con su pelo vigoroso esparcido en la almohada, como un abanico grande y negro, los ojos muy abiertos y una mano sujeta a la sábana blanca, blanquísima. La diferencia estribaba en la otra mano. En una de las imágenes tenía los dedos entrelazados a los suyos. En la otra, sujetaban una pistola.

–¿No vas a cerrar la ventana? –preguntó Rakel a su espalda.

Estaba sentada en el sofá, sobre las piernas dobladas y con una copa de vino tinto. Oleg se había ido contento a la cama después de haberle dado a Harry una buena paliza al Tetris por primera vez, y Harry sospechaba que aquella etapa llegaba a su irrevocable final.

Los informativos no dieron noticias nuevas. Solo las cantinelas de siempre: cruzadas en Oriente, represalias contra Occidente... Apagaron el televisor y pusieron un disco de Stone Roses que, para su sorpresa, encontró en la colección de música de Rakel. La juventud. Hubo un tiempo en que nada lo ponía de mejor humor que aquellos niñatos ingleses, gilipollas y arrogantes, con sus guitarras y sus militancias. Ahora le gustaban Kings of Convenience, porque cantaban con esmero y tenían un tono un pelín menos cursi que Donovan. Y los Stone Roses sonaban lánguidos. Tristes, pero auténticos. Y, probablemente, necesarios. Los acontecimientos siguen ciclos. Cerró la ventana y se prometió que llevaría a Oleg al mar para coger cangrejos en cuanto tuviera tiempo.

«Down, down, down», susurraban los Stone Roses desde los altavoces.

Rakel se inclinó y tomó un sorbo de vino.

–Es una historia primitiva –susurró–. Dos hermanos que aman a la misma mujer es como la receta ancestral de la tragedia.

Permanecieron en silencio, con los dedos entrelazados y escuchando cada uno la respiración del otro.

–¿La querías? –preguntó ella.

Harry se lo pensó antes de contestar.

–No me acuerdo. Fue una época de mi vida muy... difusa.

Ella le acarició la mejilla.

–¿Sabes qué me resulta extraño? Que esa mujer, a la que nunca he conocido, se paseara por tu apartamento y contemplara la foto donde estamos nosotros tres en Frognerseteren, la que tenías colgada en el espejo, sabiendo que iba a destruirlo todo. Y que puede que vosotros dos os amarais.

—Ya. Lo había planeado todo hasta el último detalle antes de saber de ti y de Oleg. Consiguió la firma de Ali el verano pasado.

—Lo que le costaría imitar esa firma siendo zurda...

—Pues no lo había pensado. —Giró la cabeza en su regazo y la miró—. ¿Hablamos de otra cosa? ¿Qué te parece si llamo a mi padre y le pregunto si puede prestarnos la casa de Åndalsnes este verano? Normalmente hace un tiempo de perros, pero hay un cobertizo donde guarda la barca del abuelo.

Rakel se rió. Harry cerró los ojos. Adoraba aquella risa. Pensó que, si no cometía errores, podría seguir oyéndola durante bastante tiempo.

Harry se despertó de repente. Tuvo que hacer un gran esfuerzo para incorporarse en la cama y le costaba respirar. Había soñado, pero no recordaba qué. El corazón le latía desbocado y resonaba como un tambor. ¿Estaría otra vez hundido en el agua de la piscina de Bangkok? ¿O delante del terrorista de la suite del hotel SAS? Le dolía la cabeza.

—¿Qué pasa? —murmuró Rakel en la oscuridad.

—Nada —susurró Harry—. Vuelve a dormirte.

Se levantó, fue al baño y bebió un vaso de agua. Su cara lo miraba muy pálida y cansada desde el espejo. Fuera soplaba el viento. Las ramas del gran roble del jardín arañaban la fachada. Le daban en el hombro. Le hacían cosquillas en el cogote y se le erizó el vello de la nuca. Volvió a llenar el vaso y bebió despacio. Ahora lo recordaba. Lo que había soñado. Un chico sentado sobre el tejado del colegio con las piernas colgando. Que no entró en clase. Que le pedía a su hermano pequeño que le escribiera las redacciones. Que le enseñaba a la novia de su hermano todos los lugares donde jugaron de pequeños. Harry había soñado con la receta para una nueva tragedia.

Cuando volvió a meterse bajo el edredón, Rakel ya se había dormido. Fijó la mirada en el techo y aguardó la llegada del alba.

El reloj de la mesilla de noche marcaba las 05.03 cuando no aguantó más. Se levantó y llamó al servicio de información telefónica, donde le facilitaron el número de la casa de Jean Hue.

48

Heinrich Schirmer

La tercera vez que aporrearon la puerta, Beate se despertó.
Se dio media vuelta y miró el reloj. Las cinco y cuarto. Se quedó tumbada pensando qué sería lo mejor, si levantarse y mandar a la mierda a quien fuera o simular que no estaba en casa. Llamaron otra vez y comprendió que, quien fuera, no pensaba rendirse.

Suspiró y se puso la bata. Levantó el auricular del portero automático.

—¿Sí?

—Siento llamar tan tarde, Beate. O tan pronto.

—Vete a la mierda, Tom.

Se hizo una larga pausa.

—No soy Tom —dijo la voz—. Soy yo. Harry.

Beate masculló una maldición y pulsó el botón de abrir.

—No aguantaba seguir en la cama sin dormir —se excusó Harry al entrar—. Se trata del Encargado.

Se sentó en el sofá y Beate se fue al dormitorio.

—Como te dije, lo de Waaler no es asunto mío —gritó hacia la puerta abierta del dormitorio.

—Y, como tú mismo acabas de decir, ya me lo dijiste —respondió ella a gritos desde la habitación—. Además, está suspendido.

—Ya lo sé. Asuntos Internos me ha llamado para interrogarme sobre mi relación con Alf Gunnerud.

Ella volvió vestida con una camiseta blanca y unos vaqueros y se quedó de pie delante de él. Harry la miró.

—Quiero decir que yo lo he suspendido —dijo ella—. Es un gilipollas. Pero que tengas razón no quiere decir que puedas decirle lo que quieras a cualquiera.

Harry ladeó la cabeza y cerró un ojo.

—¿Te lo repito? —preguntó ella.

—No —dijo él—. Creo que ya lo he entendido. ¿Y si en lugar de cualquiera es un amigo?

—¿Café? —le preguntó Beate, pero no le dio tiempo a volverse hacia la cocina cuando ya se había sonrojado.

Harry se levantó y la siguió. Solo había una silla al lado de la mesita. En la pared había una placa de madera con una antigua poesía nórdica adornada con unas rosas dibujadas:

> *Los ojos has de usar*
> *antes de entrar*
> *en moradas y rincones*
> *en moradas y recodos*
> *pues es difícil saber*
> *dónde los rivales se sientan ante tu presencia.**

—Rakel dijo anoche dos cosas que me hicieron pensar —dijo Harry, y se apoyó en la encimera de la cocina—. Lo primero fue que la historia de dos hermanos que aman a la misma mujer es la receta para una tragedia. Lo segundo fue que Anna tuvo que esforzarse mucho para imitar la firma de Ali, ya que era zurda.

—¿Y?

Beate vació en la cafetera la cucharilla dosificadora del café.

—Los cuadernos de Lev, los que te dio Trond Grette para cotejarlos con la letra de la nota suicida, ¿recuerdas de qué asignatura eran?

---

* Primera estrofa de los «Hávamál» (*Edda poética*), en traducción inédita de Mariano González Campo a partir de la versión en nuevo noruego de Ivar Mortensson-Egnund, que cita el original. (*N. de las T.*)

–No me fijé muy bien, solo sé que comprobé que realmente fueran suyos.

Echó agua en la cafetera.

–Eran de lengua noruega –dijo Harry.

–Puede ser –dijo ella, y se volvió hacia él.

–Lo sé –dijo Harry–. Vengo de KRIPOS, de ver a Jean Hue.

–¿El grafólogo? ¿Ahora, en plena noche?

–Trabaja en casa y fue comprensivo. Cotejó el cuaderno y la nota suicida con esto. –Harry desdobló una hoja de papel y la dejó en la encimera–. ¿Tarda mucho ese café?

–¿Es urgente? –preguntó Beate, y se inclinó sobre la hoja.

–Todo es urgente –aseguró Harry–. Lo primero que tienes que hacer es comprobar otra vez esas cuentas bancarias.

A Else Lund, la encargada y una de las empleadas de la agencia de viajes Brastour, la despertaba a veces en plena noche algún cliente al que le habían robado la cartera, o que había perdido el pasaporte y el billete en Brasil y que, en medio de la desesperación, la llamaba al móvil sin reparar en la diferencia horaria. Por eso dormía con el móvil apagado. Y por eso se enfadó bastante cuando le sonó el teléfono fijo a las cinco y media de la madrugada y la voz del otro lado le preguntó si podía presentarse en el trabajo lo antes posible. El enfado se le pasó ligeramente cuando la voz añadió que era la policía quien llamaba.

–Espero que sea un asunto de vida o muerte –dijo Else Lund.

–Lo es –afirmó la voz–. Sobre todo, de muerte.

Como de costumbre, Rune Ivarsson fue el primero en llegar al trabajo. Miró por la ventana. Le gustaba el silencio, tener toda la planta para él, pero no lo hacía por eso. Cuando llegaban los demás, Ivarsson ya había leído todos los faxes, los informes de la tarde anterior y todos los periódicos, y contaba con la ventaja que necesitaba. Era necesario para funcionar bien como jefe. Cobrar altura, tender un puente desde el que disponer de un buen panorama. Cuando sus subordinados de la sección expresaban de vez en cuando su malestar ante el hecho de que la jefatura retuviera información, no comprendían que saber es poder y que la jefatura ha de tener poder para marcar el rumbo que los llevará a puerto. Sí, sencillamente, redundaba en su propio beneficio que dejaran la información en manos de la jefatura. Cuando ahora había ordenado que todos los que trabajaban en el caso del Encargado le informaran directamente a él, fue precisamente para concentrar la información allí donde debía estar, en lugar de perder el tiempo en interminables reuniones que solo se celebraban para transmitir a los subordinados cierta sensación de participación. Ahora mismo era más importante que él fuera eficiente como jefe, mostrando iniciativa y energía. A pesar de haber hecho lo que pudo para que la revelación de Lev Grette como el Encargado pareciera obra suya, sabía que la forma en que había sucedido contribuía a mermar su autoridad. Se dijo que la autoridad de la jefatura no solo era cuestión de prestigio personal, sino que era algo que repercutía en todos.

Llamaron a la puerta.

—No sabía que fueras una persona del tipo A, Hole —le dijo Ivarsson a la cara pálida que asomó por la puerta, antes de seguir leyendo el fax que tenía delante. Había solicitado que le enviaran las declaraciones de un diario que lo entrevistó en relación con la búsqueda del Encargado. No le gustaba la entrevista. En realidad, no encontró declaraciones erróneas pero, en cierto modo, conseguían hacerle parecer esquivo e indeciso. Por suerte, las fotos estaban bien—. ¿Qué quieres, Hole?

—Solo quería decirte que he convocado a algunas personas en la sala de reuniones del sexto piso. Pensé que a lo mejor te interesaría asistir. Se trata del presunto atraco al banco de la calle Bogstadveien. Empezamos ahora mismo.

Ivarsson dejó de leer y levantó la vista.

—¿Así que has convocado una reunión? Interesante. ¿Puedo preguntar quién ha autorizado esa reunión, Hole?

—Nadie.

—Nadie. —Ivarsson soltó una risa entrecortada y repiqueteante, como de gaviota—. Entonces mejor subes y dices que la reunión se ha aplazado hasta después del almuerzo. Ahora mismo tengo que leer un montón de informes. ¿Comprendes?

Harry asintió lentamente con la cabeza como si lo hubiera meditado muy bien.

—Comprendo. Pero el caso depende de Delitos Violentos y empezamos ahora. Suerte con la lectura de los informes.

Se dio la vuelta y, en ese preciso instante, la mano de Ivarsson se estrelló contundente contra la mesa.

—¡Hole! ¡Ni se te ocurra darme la espalda de esa manera, joder! Aquí soy yo quien convoca las reuniones. Especialmente, si se trata de atracos. ¿Entendido?

Al jefe de sección le temblaba el labio rojo y húmedo en medio de la cara pálida.

—Habrás oído que me he referido al «presunto» atraco de la calle Bogstadveien, Ivarsson.

—¿Qué coño quieres decir con eso? —chilló más que preguntó.

—Con eso quiero decir que lo de Bogstadveien nunca fue un atraco —dijo Harry—. Fue un asesinato muy bien planeado.

Harry estaba delante de la ventana y miraba hacia la prisión de Botsen. Fuera, el día comenzaba a regañadientes, como un carro que avanza chirriante. Nubes de lluvia sobre Ekeberg y paraguas negros en Grønlandsleiret. Todos habían acudido a la reunión. Bjarne Møller bostezaba hundido al máximo en el sillón. El jefe de la judicial, que conversaba sonriente con Ivarsson. Weber, mudo e impaciente, con los brazos cruzados. Halvorsen con el bloc de notas. Y Beate Lønn con la mirada errante y nerviosa.

49

Stone Roses

A medida que avanzaba el día fueron cesando los chaparrones. El sol asomó vacilante entre la masa gris plomiza y las nubes se abrieron de repente, como un telón antes del último acto. Serían las últimas horas de cielo despejado de aquel año, antes de que la ciudad se cubriera finalmente con el manto gris del invierno, y Disengrenda aparecía bañada por el sol cuando Harry pulsó el timbre por tercera vez.

El timbre se oyó como un murmullo en el interior de la casa adosada. La ventana vecina se abrió de golpe.

—Trond no está en casa —dijo la voz. La cara de la vecina tenía esta vez otro tono moreno, una especie de moreno amarillento que recordó a Harry la piel teñida por la nicotina—. Pobre hombre —añadió.

—¿Dónde está? —preguntó Harry.

Ella levantó la vista al cielo por toda respuesta. Luego señaló con el pulgar por encima del hombro.

—¿La cancha de tenis?

Beate echó a andar hacia la pista, pero Harry se quedó.

—He pensado en lo que hablamos la última vez —dijo Harry—. Sobre el paso elevado de peatones. Dijiste que todo el mundo se sorprendió mucho porque era un chico muy tranquilo y educado.

—¿Sí?

—Pero todo el mundo aquí en Grenda sabía que fue él quien lo hizo.

—Es que lo vimos salir de aquí en la bicicleta por la mañana.

—¿Con la chaqueta roja puesta?

—Sí.

—¿A Lev?

—¿Lev? —Se echó a reír y negó con la cabeza—. No me refería a Lev. Él hacía muchas cosas raras, pero no tenía maldad.

—Entonces ¿quién era?

—Trond, me refería a él todo el tiempo. Ya dije que estaba totalmente pálido cuando volvió. Trond no puede ver sangre.

Estaba a punto de levantarse el viento. Al oeste, unas nubes como palomitas empezaban a tomar posesión del cielo azul. Las ráfagas de viento erizaban los charcos de lodo en la arena rojiza de la pista de tenis y desdibujaban el reflejo de Trond Grette, que, en ese momento, lanzaba la pelota al aire para efectuar un nuevo saque.

—Hola —dijo Trond al tiempo que le daba a la pelota que estaba girando lentamente en el aire.

Se levantó una pequeña nube de tiza blanca que se esfumó enseguida cuando la pelota dio en la esquina del cuadro de saque, y botó muy alta, inalcanzable, para pasar al contrincante imaginario al otro lado de la red.

Trond se volvió hacia Harry y Beate, que estaban al otro lado de la malla de acero. Llevaba camiseta de tenis blanca, pantalones cortos de tenis blancos, calcetines blancos, zapatillas blancas.

—Perfecto, ¿verdad? —sonrió.

—Casi —dijo Harry.

Trond le brindó una sonrisa más amplia todavía, se hizo sombra con la mano y miró al cielo.

—Parece que se va a nublar. ¿En qué puedo ayudaros?

—Puedes acompañarnos a la Comisaría General —dijo Harry.

—¿La Comisaría General? —Los miró sorprendido, o más bien intentando aparentar sorpresa. Abrió mucho los ojos de una forma demasiado teatral y percibieron un tono casi amanerado en la voz que no habían notado al hablar con él en ocasiones anteriores. Ahora era exageradamente bajo, con un ascenso brusco en la cadencia final–: ¿La Comisaría General?

Harry notó que se le erizaba el vello de la nuca.

–Ahora mismo –dijo Beate.

–Eso es. –Trond asintió con la cabeza como si se acabara de dar cuenta de algo, y sonrió otra vez–. Por supuesto.

Echó a andar hacia el banco, sobre el que asomaban unas raquetas bajo la gabardina gris. Caminaba arrastrando las zapatillas por la grava.

–Está descontrolado –susurró Beate–. Le pondré las esposas.

–No… –comenzó Harry, e intentó cogerla del brazo, pero ella ya había empujado la puerta de malla y estaba dentro.

Fue como si el tiempo se expandiera de repente, como si se inflara igual que un airbag que retenía a Harry y le impedía el menor movimiento. A través de la malla vio que Beate iba a coger las esposas que llevaba colgadas del cinturón. Oyó las zapatillas de Trond arrastrándose en la grava. A pasos cortos. Como un astronauta. Automáticamente, Harry se llevó la mano a la pistola que tenía en la funda, bajo la chaqueta.

–Grette, lo siento… –le dio tiempo a decir a Beate antes de que Trond llegara al banco y metiera la mano debajo de la gabardina.

El tiempo empezó a respirar otra vez, se encogía y se expandía en un único movimiento. Harry notó que la mano se le cerraba en torno a la empuñadura de la pistola, pero sabía que entre ese momento y aquel en que ya tuviera fuera el arma, la cargara, soltara el seguro y apuntara, existía una eternidad. Debajo del brazo alzado de Beate vislumbró un jirón de luz solar.

–Yo también –dijo Trond, y levantó hasta el hombro el fusil AG3 de color gris acero y verde oliva. Ella retrocedió un paso–. Querida –dijo Trond en voz baja–, quédate totalmente quieta si quieres vivir unos segundos más.

—Nos hemos equivocado —dijo Harry, y abandonó la ventana para volverse hacia los congregados—. A Stine Grette no la asesinó Lev, sino su propio marido, Trond Grette.

La conversación entre el jefe de la policía judicial e Ivarsson cesó, Møller dio un respingo en la silla, Halvorsen y Waaler se olvidaron de tomar notas e incluso Weber perdió por un instante la expresión de desgana que tenía.

Al final fue Møller quien rompió el silencio.

—¿El contable?

Harry hizo un gesto de asentimiento hacia aquel grupo de rostros incrédulos.

—No es posible —dijo Weber—. Tenemos el vídeo del 7-Eleven y las huellas dactilares de la botella de cola, que no dejan lugar a dudas sobre la autoría de Lev Grette.

—Tenemos la caligrafía de la nota de suicidio —dijo Ivarsson.

—Y si no recuerdo mal el atracador fue identificado como Lev Grette por el propio Raskol —dijo Waaler.

—Parece un caso bastante obvio —terció Møller—. Y «bastante» resuelto.

—Dejad que os cuente —dijo Harry.

—Sí, si tienes la bondad —intervino el jefe de la policía judicial.

Las nubes se movían aceleradas y entraron planeando sobre el hospital de Aker como una armada tenebrosa.

—No cometas una estupidez —dijo Trond con la boca del fusil apoyada en la frente de Beate—. Suelta el arma que sé que tienes en la mano.

—¿Y qué si no lo hago? —preguntó Harry, y sacó la pistola.

Trond rió suavemente.

—Elemental. Le pego un tiro a tu compañera.

—¿Igual que le disparaste a tu mujer?

—Se lo merecía.

—¿Ah, sí? ¿Porque Lev le gustaba más que tú?

—¡Porque era mi mujer!

Harry tomó aire. Beate estaba entre Trond y él, pero de espaldas a él, de modo que le era imposible verle la cara. A partir de ese momento, tenía varias opciones. La primera era decirle a Trond que estaba cometiendo una estupidez y que se estaba precipitando, con la esperanza de que lo comprendiera. La segunda, obedecer a Trond, soltar la pistola y esperar a que lo sacrificara. Y la tercera, presionarlo, forzar la situación para que pasara algo que le hiciera cambiar de plan o explotar y apretar el gatillo. La primera alternativa era absurda, la segunda le daría el peor resultado posible y la tercera provocaría que Beate acabara como Ellen. Y Harry sabía que sería incapaz de vivir con ello, si lograba sobrevivir.

—Ya, pero quizá ya no quería ser tu esposa —dijo Harry—. ¿Fue eso lo que pasó?

Trond apretó los dedos alrededor del gatillo y cruzó la mirada con la de Harry por encima del hombro de Beate. Harry empezó automáticamente a contar por dentro. Mil uno, mil…

—Creía que podía dejarme así como así —dijo Trond en voz baja—. A mí, que se lo di todo. —Se rió—. A cambio de un tío que nunca hizo nada por nadie, que creía que la vida era una fiesta de cumpleaños y que todos los regalos eran para él. Lev no robaba. Solo que no sabía leer las tarjetas de «para» y «de».

El viento se llevó su risa como se llevaría las migajas de una galleta.

—Como, por ejemplo, «Para Stine, de Trond» —dijo Harry.

Trond cerró los ojos con fuerza.

—Stine me dijo que lo quería. *Lo quería.* No utilizó esas palabras el día que nos casamos. A mí me *apreciaba*, dijo, me apreciaba. Porque yo era bueno con ella. Pero a él lo quería. A Lev, que se limitaba a esperar la salva de aplausos sentado en un tejado con las piernas colgando de un canalón. Para él todo consistía en eso, en una salva de aplausos.

Los separaban menos de seis metros y Harry podía ver que los nudillos de la mano izquierda de Trond palidecían cuando apretaba el cañón del fusil.

—Pero no para ti, Trond, tú no necesitabas aplausos, ¿verdad? Tú disfrutabas de los triunfos en silencio. En solitario. Como aquella vez en el paso elevado.

Trond hizo una mueca.

—Reconoce que me creísteis.

—Sí, te creímos, Trond. Creímos cada palabra que dijiste.

—Entonces ¿qué fue lo que falló?

—Beate ha comprobado los movimientos bancarios de Trond y Stine Grette de los últimos seis meses —comenzó Harry.

Beate levantó un montón de papeles para que los vieran los que estaban en la habitación.

—Ambos ordenaron sendas transferencias a la agencia de viajes Brastour —dijo Beate—. La agencia nos confirmó que Stine Grette reservó un viaje a São Paulo en junio y que Trond Grette se marchó una semana después.

—Eso concuerda con lo que nos dijo Trond Grette —intervino Harry—. Lo extraño es que Stine le comentó a Klementsen, el director de la sucursal, que se iba de vacaciones a Tenerife. Y no es menos raro que Trond Grette reservara y comprara el billete el mismo día que se marchó. Una planificación bastante deficiente, si querían pasar las vacaciones juntos y celebrar el décimo aniversario de boda, ¿no?

Era tal el silencio que se adueñó de la sala de reuniones que hasta el motor de la nevera que había al otro lado del pasillo se oía cada vez que se ponía en marcha.

—Todo lo cual hace pensar en una esposa que le ha mentido a todo el mundo sobre el destino del viaje y en un marido que, desconfiado, comprueba todos los movimientos de la cuenta bancaria y concluye que Brastour no cuadra con Tenerife. Ese marido llama a Brastour, consigue el nombre del hotel donde se hospeda su mujer y se va a por ella para traerla a casa.

—¿Y después? —preguntó Ivarsson—. ¿La encontró con un negro?

494

Harry negó con la cabeza.

—Creo que no la encontró.

—Lo hemos revisado y no se alojó en el hotel que había reservado —dijo Beate—. Y Trond volvió en un vuelo anterior al de ella. Además, Trond sacó treinta mil coronas con la tarjeta del banco en São Paulo. Primero dijo que había comprado un anillo de diamantes, luego que había visto a Lev y le había dado dinero porque estaba sin blanca. Pero estoy seguro de que ni lo uno ni lo otro es cierto, creo que el dinero le sirvió para pagar una mercancía por la que São Paulo es más renombrada aún que por las gemas.

—¿Que es? —preguntó Ivarsson claramente irritado cuando la pausa sc prolongó hasta un extremo insoportable.

—Un asesinato por encargo.

A Harry le apetecía esperar aún más, pero vio en la mirada de Beate que estaba a punto de caer en lo melodramático.

—Lev se pagó el viaje a Oslo de este otoño con su dinero. No estaba sin blanca y no tenía intención de atracar un banco. Había vuelto a casa para llevarse a Stine a Brasil.

—¿A Stine? —exclamó Møller—. ¿La mujer de su hermano?

Harry asintió. Los congregados se miraron sin comprender.

—¿Y Stine se iba a mudar a Brasil sin contárselo a nadie? —continuó Møller—. ¿Ni a sus padres, ni a sus amigos? ¿Sin despedirse del trabajo?

—Bueno —dijo Harry—. Cuando decides compartir la vida con un atracador buscado tanto por la policía como por tus compañeros de trabajo, no vas por ahí anunciando tus planes y tu nueva dirección. Solo se lo había contado a una persona: a Trond.

—La última persona a quien debió contárselo —añadió Beate.

—Supongo que pensó que lo conocía bien, después de trece años de convivencia. —Harry se acercó a la ventana—. El contable sensible, pero bueno y fiable, que tanto la quería. Especularé un poco sobre lo que ocurrió a continuación.

Ivarsson resopló.

—¿Y lo que has hecho hasta ahora no ha sido especular? ¿Cómo lo llamas?

—Cuando Lev llega a Oslo, Trond se pone en contacto con él. Dice que, como adultos y hermanos, tendrían que ser capaces de hablar tranquilamente del asunto. Lev se siente contento y aliviado. Pero no quiere que lo vean por ahí, es demasiado arriesgado, así que acuerdan verse en Disengrenda mientras Stine está trabajando. Aparece Lev y Trond lo recibe bien y le dice que al principio le dolió mucho, pero que ya se le ha pasado y que se alegra por ellos. Abre una botella de cola para cada uno, los dos beben y comentan los detalles de tipo práctico. Lev le da a Trond su dirección secreta en D'Ajuda para que pueda mandarle el correo a Stine, el sueldo que le deben y cosas así. Cuando Lev se marcha, no sabe que acaba de darle a Trond los últimos datos que necesitaba para llevar a cabo el plan que comenzó cuando su hermano visitó São Paulo.

Harry nota que Weber empieza a asentir lentamente con la cabeza.

—El viernes, el día D, Stine volará a Londres con Lev por la tarde, y desde allí a Brasil a la mañana siguiente. El viaje se reserva a través de Brastour, donde su compañero de viaje figura como Petter Berntsen. Dejan las maletas preparadas en casa, pero ella y Trond salen a trabajar como de costumbre. A las dos, Trond sale del trabajo y se va al gimnasio SATS de Sporveisgata. Una vez allí, paga con tarjeta una hora de squash que ha reservado, pero dice que no encuentra con quién jugar. Con eso ya se ha procurado la primera coartada. Un pago registrado del BBS, la central de cobro bancario automático, a las 14.34. Luego dice que, en vez de jugar, entrenará un rato, y entra en el vestuario. A esa hora hay mucha gente y mucho movimiento. Se encierra en los servicios con la bolsa, se pone un mono y probablemente una gabardina larga para ocultarlo, espera el tiempo suficiente como para que los que le vieron entrar se hayan marchado, se pone unas gafas de sol, coge la bolsa y sale rápido e inadvertido del vestuario cruzando la recepción. Apuesto a que entonces se dirige al Stensparken y sube por Pilestredet, donde hay un edificio en obras cuyos operarios acaban la jornada a las tres. Entra, se quita la gabardina y se pone un pasamontañas que dobla y disimula debajo de una gorra de visera. Luego sube la cuesta y gira a la izquierda y baja por Industrigata. Cuando llega al cruce con la calle Bogstadveien, entra en el 7-Eleven. Ya estuvo allí, unos quince días antes, para controlar los ángulos de la cámara. Y el contenedor que encargó sigue en su sitio. El escenario está listo para que los investigadores lo comprueben todo con esmero, como sabe que harán, todo lo que encuentren en las grabaciones de la hora del atraco registradas en comercios y gasolineras de los alrededores. Luego lleva a cabo esa pequeña representación en la que no le vemos la cara, pero nos muestra con *mucha* claridad que, desprovisto de guantes, bebe de una botella de cola que mete en una bolsa de plástico: de este modo se asegura, y nos asegura, que las huellas dactilares no se estropearán, por ejemplo, con la lluvia. Deposita la bolsa en el contendor verde que aún seguirá allí durante un tiempo. En realidad, sobreestimó nuestra eficacia y poco faltó para que esa prueba se fastidiara, pero tuvo suerte, Beate condujo como una loca y llegamos a tiempo de darle a Trond Grette esa sólida coartada, pues conseguimos una prueba definitiva e indiscutible contra Lev.

Harry guardó silencio. Los rostros que tenía delante reflejaban cierta confusión.

—La botella de cola era la misma de la que Lev había bebido en Disengrenda —aclaró Harry—. O en algún otro lugar. Trond la había guardado para darle ese uso.

—Me temo que te olvidas de una cosa, Hole —objetó Ivarsson riendo entre dientes—. Vosotros mismos visteis que el atracador tocó la botella sin guantes. Si era Trond Grette, sus huellas también deberían estar en la botella.

Harry señaló a Weber con la cabeza.

—Pegamento —dijo el viejo policía escuetamente.

—¿Perdón? —El jefe de la judicial se volvió hacia Weber.

—Un conocido truco entre los atracadores de bancos. Te pones un poco de pegamento Carlson en la yema de los dedos, lo dejas secar y, *voilà*, no dejas huellas.

El jefe de la judicial negó con la cabeza.

—Pero ¿no decís que es un contable? ¿Dónde ha aprendido estos trucos?

—Era el hermano pequeño de uno de los atracadores más profesionales de Noruega —dijo Beate—. Conocía muy bien los métodos y el estilo de Lev. Lev guardaba, entre otras cosas, grabaciones de vídeo de sus propios atracos en la casa de Disengrenda. Trond se había aprendido tan detalladamente la forma de operar de su hermano que hasta Raskol pensó que vio a Lev Grette. Además, la similitud física entre los dos permitió que la reconstrucción por ordenador mostrara que *podía* tratarse de Lev.

—¡Joder! —dijo Halvorsen.

Se agachó y miró atemorizado a Bjarne Møller, pero el jefe miraba al vacío boquiabierto, como si una bala le hubiera atravesado la cabeza.

—No has soltado la pistola, Harry. ¿Me puedes decir por qué?

Harry intentaba respirar pausadamente a pesar de que hacía rato que tenía el corazón desbocado. Oxígeno para el cerebro, eso era lo más importante. Intentó no mirar a Beate, cuyo cabello rubio y fino se agitaba al viento. Vio que se le tensaban los músculos del cuello y que le temblaban los hombros.

—Elemental —replicó Harry—. Nos pegarás un tiro a los dos. Tienes que ofrecerme un trato mejor, Trond.

Trond se rió y apoyó la mejilla contra el cañón verde del fusil.

—Veamos qué te parece este trato, Harry: tienes veinticinco segundos para pensar en las opciones que te he dado y soltar el arma.

—¿Los veinticinco segundos de rigor?

—Eso es. Supongo que te acuerdas de la rapidez con que pasaron. Así que piensa con rapidez, Harry.

Trond dio un paso atrás.

—¿Sabes qué fue lo que nos dio la idea de que Stine conocía al atracador? —gritó Harry—. Que estabais demasiado cerca el uno del otro. Mucho más cerca que tú y Beate ahora. Es curioso, pero hasta en situaciones de vida o muerte las personas respetan las zonas de intimidad, a ser posible. ¿No es llamativo?

Trond puso el cañón debajo de la barbilla de Beate y le levantó la cara.

—Beate, ¿puedes contar, por favor? —le pidió, y recurrió de nuevo a un tono de voz melodramático—. Del uno al veinticinco. Ni demasiado rápido, ni demasiado despacio.

—Me pregunto una cosa —continuó Harry—. ¿Qué fue lo que te dijo justo antes de que dispararas?

—¿Te gustaría saberlo, Harry?

—Sí, me gustaría.

—Entonces, Beate tiene dos segundos para empezar a contar. Uno… ¡Cuenta, Beate!

—Uno —obedeció ella con un susurro sordo—. Dos.

—Stine firmó su propia sentencia de muerte. Y la de Lev —aseguró Trond.

—Tres.

—Dijo que le disparara, pero que salvara a Lev.

Harry notó que se le bloqueaba la garganta y que la mano aflojaba la presión sobre la pistola.

—Cuatro.

—En otras palabras, ¿habría asesinado a Stine independientemente del tiempo que el director de la sucursal hubiera tardado en meter el dinero en la bolsa? —preguntó Halvorsen.

Harry asintió con la cabeza.

—Como el sabelotodo que eres, supongo que también conoces el itinerario de la fuga —dijo Ivarsson.

Intentó conseguir un tono de voz provocativo y jocoso, pero la irritación se traslucía con una claridad incuestionable.

—No, pero supongo que volvió por donde vino. Subió por Industrigata, bajó por la calle Pilestredet, entró en la obra donde se quitó el pasamontañas y pegó la palabra POLICÍA en la espalda del mono. Cuando volvió a entrar en el SATS llevaba una gorra y gafas de sol, y no hizo nada para que los empleados no se fijaran en él, ya que no lo podían reconocer. Se fue derecho a los vestuarios, se puso otra vez la ropa deportiva que llevaba cuando llegó del trabajo, se mezcló con la gente que había en la sala de ejercicios, hizo un poco de bicicleta y quizá incluso levantó algunas pesas. Se duchó y salió a la recepción, donde denunció que alguien le había robado la raqueta de squash. Y la chica que recibió la denuncia anotó la hora exacta, 16.02. La coartada ya estaba lista. Luego salió a la calle, oyó el concierto de sirenas y se fue a casa. Por ejemplo.

—No sé si he entendido el porqué de que se pusiera las letras de POLICÍA —dijo el jefe de la judicial—. La policía ni siquiera usa monos.

—Psicología elemental —dijo Beate, cuyas mejillas se encendieron al ver que el jefe de la judicial enarcaba una ceja—. Quiero decir… no elemental en el sentido de que sea… obvia.

—Continúa —la animó el jefe.

—Trond Grette sabía que la policía buscaría a todas las personas con mono que hubieran sido vistas en la zona. Por eso tenía que llevar en el mono algo que hiciera que la policía descartara automáticamente a la persona sin identificar del gimnasio SATS. Pocas cosas llaman tanto la atención de la gente como el letrero de POLICÍA.

—Una afirmación interesante —dijo Ivarsson con una sonrisa agria, y se llevó las puntas de dos dedos debajo de la barbilla.

—Tiene razón —dijo el jefe de la judicial—. Todo el mundo siente cierto miedo a la autoridad. Continúa, Lønn.

—Pero, para estar totalmente seguro, se utilizó a sí mismo como testigo y nos habló del hombre que había visto pasar desde la sala de ejercicios que vestía un mono en el que ponía POLICÍA.

—Desde luego, solo eso ya era una idea genial —dijo Harry—. Grette lo contó como si ignorase que la palabra POLICÍA descalificaba a aquel hombre. Sin embargo, reforzaba la credibilidad de Trond Grette a nuestros ojos, ya que confesaba voluntariamente algo que podía situarlo a él en la ruta de fuga del asesino.

—¿Qué? —estalló Møller—. Repite eso último otra vez, Harry. Despacio.

Harry tomó aire.

—Bueno, mejor déjalo —dijo Møller—. Me duele la cabeza.

—Siete.

—Pero no hiciste lo que ella te pidió —dijo Harry—. No salvaste a tu hermano.

—Por supuesto que no —afirmó Trond.

—¿Sabía él que tú la habías matado?

—Tuve el placer de contárselo yo mismo. Por el móvil. Él estaba esperándola en el aeropuerto de Gardermoen. Le dije que si no cogía ese avión iría a por él también.

—¿Y te creyó cuando le dijiste que habías matado a Stine?

Trond se rió.

—Lev me conocía. No lo dudó ni un segundo. Estaba leyendo la información sobre el atraco al banco en el teletexto de la sala business mientras yo le contaba los detalles. Colgó cuando oí que lo llamaban para embarcar en su vuelo. El suyo y el de Stine. ¡Oye, tú! —gritó, y pegó el cañón a la frente de Beate.

—Ocho.

—Pensaría que su refugio era seguro —dijo Harry—. No sabía nada del contrato que habías cerrado en São Paulo.

—Lev era un ladrón, pero un tío ingenuo. No debería haberme dado esa dirección secreta de D'Ajuda.

—Nueve.

Harry intentaba no prestar atención a la monótona voz mecánica de Beate.

—Así que le mandaste instrucciones al asesino a sueldo. Junto con la nota de suicidio. Que escribiste tú mismo. La escribiste con la letra que utilizabas para escribir las redacciones de Lev.

—Vaya —dijo Trond—. Buen trabajo, Harry. Con la salvedad de que la envié antes del atraco.

—Diez.

—Bueno —dijo Harry—. El asesino a sueldo también hizo un buen trabajo. Realmente, parecía que Lev se había ahorcado. Aunque resultaba un tanto extraño que le faltara el dedo meñique. ¿Fue el comprobante de la operación?

—Digamos que un dedo meñique cabe en un sobre normal.

—Creía que no te gustaba ver sangre, Trond.

—Once.

Harry oyó a lo lejos resonar un trueno por encima del silbido del viento que no dejaba de arreciar. Los campos y las calles estaban desiertos a su alrededor, como si todo el mundo se hubiera refugiado a la espera de lo que se avecinaba.

—Doce.

—¿Por qué no te rindes? —gritó Harry—. Comprenderás que no hay esperanza.

Trond se rió.

—Por supuesto que no hay esperanza. Esa es la cuestión. No hay esperanza. Nada que perder.

—Trece.

—Así que ¿cuál es el plan, Trond?

—¿El plan? Tengo dos millones procedentes de un atraco y proyectos para una larga, aunque ignoro si feliz, vida en el exilio. Tendré que adelantar el viaje un poco, pero ya contaba con eso. El coche lleva listo desde el atraco. Podéis elegir entre recibir un tiro y quedaros enganchados a la valla con las esposas.

—Catorce.

—Sabes que no saldrá bien —le advirtió Harry.

—Créeme, sé mucho sobre cómo puede desaparecer una persona. Lev no hacía otra cosa. Solo necesito veinte minutos de ventaja y ya habré cambiado dos veces de identidad y medio de transporte. Dispongo de cuatro coches y cuatro pasaportes para la ruta de fuga, y cuento con buenos contactos. En São Paulo, por ejemplo. Veinte millones de habitantes, ya puedes ponerte a buscar.

—Quince.

—A tu compañera le falta poco para morir, Harry. Así que ¿qué va a ser?

—Nos has contado demasiado —dijo Harry—. Nos matarás de todas formas.

—Tendrás la oportunidad de averiguarlo. ¿Cuáles son tus opciones?

—Que tú mueras antes que yo —dijo Harry, y cargó la pistola.

—Dieciséis —susurró Beate.

Harry había acabado.

—Una teoría muy entretenida, Hole —dijo Ivarsson—. Sobre todo la del asesino a sueldo en Brasil. Muy... —dejó ver los dientecillos a través de una sonrisa minúscula— exótica. ¿Tienes algo más? ¿Pruebas, por ejemplo?

—La letra de la nota de suicidio —dijo Harry.

—Acabas de decir que no se corresponde con la letra de Trond Grette.

—No con su forma habitual de escribir, pero en las redacciones escolares...

—¿Tienes algún testigo de que fue Trond quien las escribió?

—No —admitió Harry.

Ivarsson dejó escapar un suspiro.

—En otras palabras, no tienes pruebas concluyentes en este caso de homicidio.

—Asesinato —precisó Harry en voz baja y miró a Ivarsson.

Luego observó que Møller, algo molesto, apartaba la vista y que Beate se retorcía las manos de desesperación. El jefe de la judicial carraspeó.

Harry soltó el seguro.

—¿Qué haces? —Trond entornó los ojos y empujó con el fusil la frente de Beate, cuya cabeza se desplazó hacia atrás.

—Veintiuno —suspiró ella.

—Es liberador, ¿verdad? —dijo Harry—. Cuando por fin comprendes que no tienes nada que perder. Facilita mucho cualquier elección.

—Te estás marcando un farol.

—¿De verdad?

Harry apuntó a su propio antebrazo izquierdo con la pistola y disparó. La detonación resonó penetrante. Pasaron unas décimas de segundo antes de que los muros de los bloques devolvieran el eco. Trond lo miró fijamente. En torno al agujero de la chaqueta de cuero del policía se perfilaba un borde deshilachado y el viento se llevó un trocito del forro de lana. Empezaron a caer gotas. Unas gotas densas y rojas que caían al suelo con un sonido sordo como el del tictac de un reloj, para desaparecer absorbidas por la tierra en la mezcla de gravilla y de hierba podrida.

—Veintidós.

Las gotas crecían y caían cada vez más deprisa, sonaban como un metrónomo en aceleración. Harry levantó la pistola, apoyó el cañón en uno de los cuadrados de la malla y apuntó:

—Así es mi sangre, Trond —dijo en un tono apenas audible—. ¿Quieres que echemos un vistazo a la tuya?

En ese momento, las nubes dieron alcance al sol.

—Veintitrés.

Una negra sombra se proyectó como una pared desde el oeste, primero sobre los campos y luego sobre las casas adosadas, los edificios, la gravilla roja y las tres personas que allí había. También la temperatura cayó súbitamente, como si la persona que interceptaba la luz no solo impidiera que les llegara el calor sino que, además, ella misma irradiara frío. Pero Trond no lo notaba. Lo único que notaba y veía era la respiración entrecortada y acelerada de la agente, aquel rostro pálido e inexpresivo y el cañón de la pistola del policía, que lo miraba como un ojo negro que por fin había encontrado lo que buscaba y que ya lo estaba atravesando, lo disecaba, lo abría en canal. Un trueno resonó a lo lejos, pero Trond solo oía el ruido de la sangre. El agente de policía estaba abierto y su contenido se derramaba. Su sangre, su obra, su vida. Chasqueaba al caer en la hierba no como si esta lo engullera, sino como si él mismo fuera algo cáustico y estuviera quemando la tierra. Y Trond sabía que, aunque cerrara los ojos y se tapara los oídos, seguiría oyendo su propia sangre, cantando y empujando, como si quisiera salir.

Ya notaba las náuseas, como un dolor suave de parto, como un feto que fuera a nacerle por la boca. Tragó saliva, pero el líquido fluía fresco desde todas las glándulas, lo lubricaba por dentro, lo ponía a punto. Los campos, los bloques y la pista de tenis empezaron a balancearse despacio. Se agachó, intentaba esconderse tras la agente de policía, pero era demasiado pequeña, demasiado transparente, una finísima cortina de vida que temblaba a cada ráfaga de viento. Se agarró con fuerza al fusil como si el arma lo sostuviera a él y no al revés, apretó los dedos alrededor del gatillo, pero esperó. Tenía que esperar. ¿A qué? ¿A que el miedo lo dejara ir? ¿A que las cosas hallaran el equilibrio? Pero no lo encontrarían, seguirían dando vueltas sin descanso hasta estrellarse contra el fondo. Todo había sido una caída libre de principio a fin, desde el segundo en que Stine le dijo que se marchaba y el zumbido de la sangre en los oídos le recordó que la velocidad de la caída iba en aumento. Cada mañana se despertaba pensando que tendría que haberse acostumbrado a caer, que el miedo debería haber cedido, que el final estaba escrito, el dolor, sufrido. Pero no era así. De modo que empezaba a añorar el final, el día en que por lo menos pudiera dejar de sentir miedo… Y cuando por fin vio el fondo, sintió más miedo aún. El paisaje del otro lado de la malla se le acercaba zumbando amenazante.

—Veinticuatro.

Beate estaba a punto de llegar. El sol le daba en los ojos, se encontraba en una sucursal bancaria en Ryen y la luz de fuera la cegaba, hacía que todo pareciera duro y blanco. Su padre estaba a su lado, en silencio, como siempre. Su madre gritaba desde algún sitio, pero lejos, como siempre. Beate contaba imágenes, veranos, besos, derrotas. Había muchas, le sorprendía que hubiese tal cantidad. Recordaba caras, París, Praga, una sonrisa debajo de un flequillo negro, una declaración de amor torpemente formulada, un «¿te duele?» emitido entre jadeos y lleno de preocupación y un restaurante de San Sebastián que se le pasaba del presupuesto pero donde, de todas formas, había reservado una mesa. ¿Quizá debería estar agradecida, después de todo?

La boca del fusil en la frente la arrancó de aquellos recuerdos. Las imágenes desaparecieron y en la pantalla no quedó más que el crepitar de una ventisca blanca. Y pensó: ¿por qué se limitaba mi padre a estar a mi lado, por qué no me pedía nada? Nunca lo hizo. Y le odiaba por ello. ¿Acaso no sabía que era lo único que ella quería, hacer algo por él, cualquier cosa? Ella caminaba en su dirección pero, cuando daba con el atracador, el asesino, el hacedor de viudas, y quería vengar a su padre con una venganza conjunta, él permanecía en silencio a su lado, como siempre, y rechazaba su ayuda.

Y ahora la propia Beate estaba en la misma situación que su padre, en la misma situación en que se encontraron todas las personas que ella había visto en los vídeos de atracos de todo el mundo durante noches enteras, pasadas en House of Pain, en las que se preguntaba qué se les pasaría por la cabeza en esos instantes. Ahora ella se encontraba en la misma situación, pero seguía sin saberlo.

Alguien apagó la luz, el sol desapareció y ella se dejó engullir por el frío. Y fue en esa oscuridad donde volvió a despertar. Como si el primer despertar hubiera sido a un sueño nuevo. Y volvía a contar. Pero ahora contaba lugares donde no había estado, personas que no había conocido, lágrimas que no había llorado, palabras aún por oír.

—Sí —dijo Harry—. Lo puedo probar.

Sacó una hoja de papel y la dejó en la mesa.

Ivarsson y Møller se inclinaron al mismo tiempo y estuvieron a punto de darse un cabezazo.

—¿Qué es esto? —ladró más que preguntó Ivarsson—. ¿Qué es «Un buen día»?

—Son garabatos —dijo Harry—. Escritos en un bloc de dibujo en el hospital psiquiátrico de Gaustad. Dos testigos, además de Lønn y yo, estábamos presentes y pueden testificar que el que escribía era Trond Grette.

—¿Y qué?

Harry los miró. Les dio la espalda y volvió despacio a la ventana.

—¿Os habéis fijado en los garabatos que hacéis cuando estáis pensando en otra cosa? Pueden ser bastante reveladores. Por eso me traje la hoja de papel, para ver si tenía algún sentido. Al principio no lo tenía. Quiero decir, cuando acaban de asesinar a tu mujer, te ves encerrado en la planta de psiquiatría y escribes «Un buen día» una y otra vez, o estás loco de remate o escribes exactamente lo contrario de lo que piensas. Pero, de repente, se me ocurrió una idea.

La ciudad estaba pálida y gris, como la cara de un hombre mayor y cansado, pero hoy, al sol, resplandecían los pocos colores que aún lucía. Como una última sonrisa antes del adiós, pensó Harry.

—«Un buen día» no es una idea, ni un comentario ni una afirmación. Es el título de una redacción que se suele hacer en la escuela primaria.

Un acentor común pasó volando ante la ventana.

—Aquel día, Trond Grette no pensaba, solo hacía garabatos de forma mecánica. Igual que cuando iba al colegio y practicaba su otra letra. Jean Hue, el grafólogo de KRIPOS, ya ha confirmado que la misma persona escribió las redacciones y la nota de suicidio.

Era como si la película se hubiera atascado y la imagen hubiera quedado congelada. Ni un movimiento, ni una palabra, solo los repetitivos sonidos de una fotocopiadora fuera, en el pasillo.

Finalmente, Harry se dio la vuelta y rompió el silencio:

—Me da la impresión de que estáis de acuerdo en que Lønn y yo vayamos a buscar a Trond Grette para someterlo a un pequeño interrogatorio.

¡Joder, joder! Harry intentaba sujetar bien la pistola, pero los dolores lo mareaban y las ráfagas de viento lo sacudían y tiraban de él. Trond había reaccionado a la sangre, tal como Harry esperaba, y por un instante tuvo una línea directa de tiro. Pero Harry vaciló y Trond logró colocar a Beate de forma que Harry solo le veía el hombro y parte de la cabeza. ¡Se parecía tanto, Dios mío, cómo se parecía! Harry parpadeó con fuerza para volver a tenerlos enfocados. La siguiente ráfaga de viento fue tan intensa que se llevó en volandas la gabardina gris que había en el banco y, durante un momento, pareció que un hombre invisible, vestido únicamente con una gabardina, corriera de un lado a otro por la pista de tenis. Harry sabía que iba a caer una tromba de agua, que aquellas eran las masas de aire que enviaba la lluvia intensa como preludio de su llegada. Oscureció de repente, como si hubiera caído la noche. Los dos cuerpos que tenía delante se fundieron y, entonces, empezó a llover. Gotas grandes y pesadas que caían con violencia.

—Veinticinco.

La voz de Beate resonó esta vez alta y clara.

En la ráfaga de luz, Harry vio la sombra de los cuerpos en la gravilla roja. El ruido que siguió fue tan estridente que se desplegó como una capa sobre los oídos. Uno de los cuerpos se separó del otro y cayó al suelo.

Harry se puso de rodillas y se oyó gritar:

—¡Ellen!

Vio que la figura se daba la vuelta y echaba a andar hacia él fusil en mano. Harry apuntó, pero la lluvia le caía por la cara como un riachuelo y lo cegaba. Parpadeó y apuntó. No sentía nada, ni dolor, ni frío, ni triunfo, solo un vacío enorme. Las cosas no estaban destinadas a tener sentido, solo se repetían como un mantra eterno que se explicaba a sí mismo: vivir, morir, resucitar, vivir, morir. Apretó el gatillo hasta la mitad. Apuntó.

—¿Beate? —susurró.

Ella dio una patada a la puerta de malla y le lanzó el AG3 a Harry, que lo agarró al vuelo.

—¿Qué… ha pasado?

—El mal de Setesdal —dijo ella.

—¿El mal de Setesdal?

—Ha caído fulminado, pobrecito. —Le enseñó la mano derecha. La lluvia aguaba y limpiaba la sangre que caía de dos heridas en los nudillos—. Yo estaba esperando que algo lo distrajera. Ese trueno lo ha asustado muchísimo. Y a ti también, por lo que parece.

Contemplaron el cuerpo que yacía inmóvil en el cuadro de saque izquierdo.

—¿Me ayudas con las esposas, Harry?

El pelo se le pegaba a la cara en mechones rubios, pero ella no parecía notarlo. Le sonreía.

Harry cerró los ojos y miró hacia arriba.

—Dios que estás en los cielos —murmuró—. Esta pobre alma no debe quedar en libertad hasta el 12 de julio del año 2020. Ten piedad.

—¿Harry?

Abrió los ojos.

—¿Sí?

—Si lo tienen que soltar en el 2020, hay que llevarlo a comisaría enseguida.

—No lo digo por él —dijo Harry, y se levantó—. Es por mí. Para entonces me toca jubilarme.

Ella le rodeó los hombros con el brazo y sonrió.

—Vaya con el mal de Setesdal…

50

La colina de Ekeberg

Volvió a nevar la segunda semana de diciembre. Y esta vez a base de bien. La nieve se amontonaba en torno a las casas y se anunciaban más precipitaciones. El miércoles por la tarde llegó la confesión. Asesorado por su abogado, Trond Grette contó cómo primero planeó y luego llevó a cabo el asesinato de su mujer.

Estuvo nevando toda la noche y al día siguiente confesó también su implicación en el asesinato de su hermano. El tipo al que pagó para que hiciera el trabajo respondía al apodo de El Ojo, no tenía dirección y cambiaba de nombre artístico y de número de móvil todas las semanas. Trond se había visto con él una sola vez, en un aparcamiento de São Paulo, donde acordaron los detalles. Le pagó quince mil dólares por adelantado y metió el resto dentro de una bolsa de papel en una taquilla de la consigna de la Terminal Tietê. El acuerdo consistía en que enviaría la nota de suicidio a una oficina de correos de Campo Belo, un barrio situado al sur del centro, adonde también remitiría la llave en cuanto recibiera el dedo meñique de Lev.

El único atisbo de alegría que observaron en el semblante de Trond durante los interrogatorios se produjo cuando, en respuesta a una pregunta sobre cómo él, siendo turista, consiguió contactar con un asesino profesional a sueldo, contestó que le había resultado bastante más fácil que contactar con un fontanero en Noruega. Desde luego, no era un símil gratuito.

—Fue Lev quien me lo contó —dijo Trond—. Figuran como «plomeros» al lado de los anuncios de sexo en el periódico *Folha de São Paulo.*

—*Plum...* ¿qué?

—«Plomero.» Fontanero.

Con la escasa información que había recopilado, Halvorsen envió un fax a la embajada de Brasil, donde se abstuvieron de burlarse y le prometieron educadamente que se encargarían del asunto.

El fusil AG3 que Trond utilizó en el atraco había pertenecido a Lev y estuvo varios años olvidado en el desván en Disengrenda. Fue imposible averiguar la procedencia, ya que el número de serie estaba limado.

La Nochebuena se presentó anticipadamente para el consorcio de aseguradoras de Nordea, ya que el dinero del atraco de la calle Bogstadveien apareció en el maletero del coche de Trond, y no faltaba ni una corona.

Pasaron los días, llegó la nieve y siguieron los interrogatorios. Un viernes por la tarde, cuando ya todos estaban cansados, Harry le preguntó a Trond cómo es que no vomitó cuando disparó a su mujer en la cabeza, si no soportaba ver sangre. La sala de interrogatorios se quedó en silencio. Trond miró un buen rato a la cámara de vídeo de la esquina. Luego negó con la cabeza, sin más.

Pero cuando hubieron acabado, y mientras atravesaban el Kulvert para regresar a la celda de prisión preventiva, se volvió de repente hacia Harry.

—Hay sangre y sangre.

Harry se pasó el fin de semana sentado en una silla al lado de la ventana viendo cómo Oleg y los niños del vecindario construían un castillo de nieve en el jardín de aquella casa de gruesas vigas. Rakel le preguntó qué pensaba y él estuvo a punto de soltarlo, pero cambió de idea y le propuso que dieran un paseo. Ella se fue a buscar el gorro y las manoplas. Pasaron por el salto de esquí de

Holmenkollen y, justo allí, Rakel le preguntó si no quería que invitaran a su padre y a su hermana Søs a pasar la Nochebuena en la casa de ella.

—Solo estamos nosotros tres —dijo ella, y le apretó la mano.

El lunes, Harry y Halvorsen comenzaron con el caso de Ellen. Lo hicieron desde el principio. Interrogaron a testigos que ya habían declarado anteriormente, leyeron informes antiguos, supervisaron información que había quedado sin procesar y siguieron pistas viejas que resultaron ser falsas.

—¿Tienes la dirección del tipo que dijo que había visto a Sverre Olsen con un tío en un coche rojo en Grünerløkka? —preguntó Harry.

—Kvinsvik. Está registrado con la dirección de sus padres, pero dudo que lo encontremos allí.

Harry no esperaba mucha cooperación cuando entró en la pizzería Herbert y preguntó por Roy Kvinsvik. Pero después de pagarle una cerveza a un tipo joven con el logo de la Alianza Nacional en la camiseta, le dijeron que Roy ya no estaba sujeto al secreto profesional, pues había cortado recientemente todo vínculo con sus antiguos amigos. Al parecer, conoció a una chica cristiana y perdió la fe en el nazismo. Nadie sabía quién era la muchacha ni dónde vivía Roy en la actualidad, pero alguien lo había visto cantando delante del edificio de la Congregación de Filadelfia.

La nieve se acumulaba en pequeños montículos mientras las quitanieves iban y venían por las calles del centro.

A la mujer que recibió un tiro en la sucursal del DnB de Grensen le dieron el alta hospitalaria. En una foto del diario *Dagbladet* mostraba con el dedo por dónde había entrado la bala, y con dos dedos lo cerca que había estado la bala de darle en el corazón. Ahora se iba a casa a preparar la Navidad con su marido y sus hijos, decía el diario. El miércoles de esa misma semana, a las diez de la mañana, Harry se sacudió la nieve de las botas delante de la sala de reuniones número tres de la comisaría, antes de llamar a la puerta.

–Entra, Hole –dijo la estruendosa voz del juez Valderhaug, el responsable de la investigación de Asuntos Internos sobre el episodio del tiroteo en el almacén del puerto.

A Harry lo sentaron en una silla frente a un comité formado por cinco personas. Además del juez Valderhaug, había un fiscal, una investigadora, un investigador y el abogado defensor Ola Lunde, a quien Harry conocía como un tipo duro, pero competente y honrado.

–Nos gustaría terminar el informe del fiscal antes de Navidad –comenzó Valderhaug–. ¿Puedes contarnos de la manera más escueta y detallada posible tu relación con este caso?

Harry les habló del breve encuentro que mantuvo con Alf Gunnerud, con el repiqueteo del teclado del investigador como música de fondo. Cuando concluyó, el juez Valderhaug le dio las gracias y revolvió entre sus papeles durante un rato, hasta que encontró lo que buscaba. Miró a Harry por encima de las gafas.

–Nos gustaría saber si a ti, basándote en la impresión que tuviste durante el breve *rendez-vous* con Gunnerud, te sorprendió que sacara un arma contra un policía.

Harry recordaba lo que pensó cuando vio a Gunnerud en las escaleras: que era un chico temeroso de recibir otra paliza, no un asesino experimentado. Harry le devolvió la mirada al juez y dijo:

–No.

Valderhaug se quitó las gafas.

–Pero cuando Gunnerud se encontró contigo, optó por escapar en lugar de sacar un arma. ¿Por qué cambiaría de táctica cuando se encontró con Waaler?

–No lo sé –dijo Harry–. Yo no estaba allí.

–Ya, bueno, pero ¿no te resulta extraño?

–Sí.

—¡Pero si acabas de contestar que no te sorprendió!

Harry echó la silla un poco hacia atrás.

—Soy policía desde hace mucho tiempo, señor juez. Ya no me sorprende que la gente haga cosas extrañas. Ni siquiera los asesinos.

Valderhaug volvió a encajarse las gafas y a Harry le pareció ver un amago de sonrisa en aquella cara surcada de arrugas.

Ola Lunde carraspeó.

—Como sabes, el comisario Tom Waaler fue suspendido de sus funciones el año pasado, durante un breve periodo, debido a un episodio similar relacionado con la detención de un joven neonazi.

—Sverre Olsen —dijo Harry.

—En aquella ocasión, Asuntos Internos llegó a la conclusión de que no había razones para que el fiscal presentara cargos.

—Tardasteis solo una semana —dijo Harry.

Ola Lunde miró inquisitivamente a Valderhaug, que asintió con la cabeza.

—Eso no importa —dijo Lunde—. Naturalmente, nos resulta extraño que el mismo hombre se encuentre de nuevo en situación idéntica. Sabemos que existe una gran unión dentro del cuerpo y que nadie quiere contribuir a poner a un colega en una tesitura difícil y… eh…

—Chivarse —dijo Harry.

—¿Perdón?

—Creo que la palabra que buscas es «chivarse».

Lunde volvió a intercambiar una mirada con Valderhaug.

—Comprendo lo que quieres decir, pero preferimos llamarlo facilitar información relevante, lo cual permite cumplir las reglas del juego. ¿Estás de acuerdo, Hole?

La silla de Harry aterrizó en las patas delanteras con un golpe seco.

—Sí, lo estoy. Solo que no soy tan bueno como tú con las palabras.

Valderhaug ya no podía disimular la sonrisa.

—Pues yo no estoy tan seguro de eso, Hole —observó Lunde, que también empezaba a sonreír—. Me alegro de que estemos de acuerdo; ya que tú y Waaler habéis trabajado juntos durante muchos años, nos gustaría utilizarte como testigo para que des fe de su carácter. Otras personas que han pasado por aquí han hablado de la intransigencia con que Waaler trata a los delincuentes y, en parte, también a los no delincuentes. ¿Podría ser que Waaler disparara a Alf Gunnerud de forma irreflexiva?

Harry se quedó un buen rato mirando por la ventana. Apenas distinguía el contorno de la colina de Ekeberg bajo las capas de nieve. Pero sabía que se alzaba exactamente allí. Llevaba años viéndolo desde el despacho de la comisaría, siempre había estado allí y siempre lo estaría, verde en verano, negra y blanca de nieve en invierno, nadie podía llevársela a otro lugar, seguiría allí como un hecho inalterable. Lo bueno de los hechos es que uno no tiene por qué reflexionar sobre si son o no deseables.

—No —respondió Harry—. No cabe dentro de lo imaginable que Tom Waaler disparase a Alf Gunnerud de forma irreflexiva.

Si alguien de Asuntos Internos se percató del énfasis imperceptible que Harry puso en la palabra «irreflexiva», nada dijo.

Cuando Harry salió al pasillo, Weber se levantó de la silla en la que estaba sentado.

—Lo siguiente —dijo Harry—. ¿Qué tienes ahí?

Weber le mostró una bolsa de plástico.

—La pistola de Gunnerud. Tendré que entrar y terminar con esto.

—Ya. —Harry sacó un cigarrillo del paquete—. Una pistola muy poco común.

—Israelí —aclaró Weber—. Una Jericho 941.

Harry se quedó de pie mirando la puerta que se cerró al salir Weber hasta que Møller pasó y le informó de que llevaba un cigarrillo sin encender en la boca.

En la sección de Atracos imperaba un silencio inusual. Los investigadores bromearon un tiempo asegurando que el Encargado se había ido a hibernar, pero ahora decían que había dejado que le pegaran un tiro y lo enterraran en un lugar secreto para convertirse en una leyenda eterna. La nieve se posaba en los tejados de la ciudad, caía al suelo, volvían a caer nuevos copos mientras el humo subía lentamente por las chimeneas.

Las secciones de Atracos y de Delitos Violentos y Sexuales organizaban el típico bufet navideño en la cantina. Los asientos estaban asignados de antemano y a Bjarne Møller, Beate Lønn y Halvorsen les tocó sentarse juntos. Entre ellos había una silla vacía y un plato con un papel en el que se leía el nombre de Harry.

—¿Dónde está? —preguntó Møller mientras le servía vino a Beate.

—Por ahí, buscando a uno de los amigos de Sverre Olsen que dice que lo vio con otro tío la noche del asesinato —dijo Halvorsen mientras intentaba abrir una botella de cerveza con el encendedor.

—Esas cosas son frustrantes —dijo Møller—. Pero dile que no se mate trabajando. Después de todo, tenemos todo el derecho a disfrutar de una comida navideña.

—Díselo tú —dijo Halvorsen.

—Puede que, sencillamente, no tenga ganas de estar aquí —apuntó Beate.

Los dos hombres la miraron y sonrieron.

—¿Qué pasa? —preguntó ella riendo—. ¿Creéis que no conozco a Harry?

Brindaron. Halvorsen no dejaba de sonreír. Solo la miraba. Beate tenía algo diferente, no sabría decir qué. La última vez que la vio fue en la sala de reuniones, pero entonces no apreció *la vida* que irradiaban sus ojos. Esa sangre que le sonrosaba los labios. La postura, el arco de la espalda.

—Harry prefiere la cárcel a encuentros como este —dijo Møller antes de contar la anécdota del día que Linda, la recepcionista de los servicios secretos, le obligó a bailar.

Beate lloró de risa. Se volvió hacia Halvorsen y ladeó un poco la cabeza.

—¿Y tú, Halvorsen, no haces nada, solo mirar?

Halvorsen notó que el rubor le quemaba las mejillas y encontró el momento de balbucear un vacilante «No» antes de que Beate y Møller estallaran de nuevo en carcajadas.

Más tarde se armó de valor y le preguntó si le apetecía darse una vuelta por la pista de baile. Møller se quedó solo hasta que Ivarsson vino a sentarse en la silla de Beate. Estaba borracho, farfullaba y quería hablar de aquella vez que pasó tanto miedo en el asiento trasero de un coche, delante de la sucursal de un banco de Ryen.

—De eso hace mucho, Rune —dijo Møller—. Acababas de salir de la Escuela. Y de todos modos no habrías podido cambiar el desenlace.

Ivarsson echó la cabeza hacia atrás y se quedó mirando a Møller un buen rato. Luego se levantó y se fue. Møller pensó que Ivarsson pertenecía a esa clase de personas que, sin saberlo, están solas.

Cuando los pinchadiscos Li y Li pusieron «Purple Rain», Beate y Halvorsen chocaron con otra pareja. Halvorsen notó que todo el cuerpo de Beate se tensaba en un segundo. Miró a la otra pareja.

—Lo siento —dijo una voz grave.

Unos dientes blancos y fuertes plantados en una cara al estilo David Hasselhoff brillaron en la oscuridad.

Al final de la fiesta era imposible conseguir un taxi y Halvorsen se ofreció a acompañar a Beate. Se fueron cruzando la nieve hacia el este y tardaron más de una hora en llegar a la puerta de su casa en Oppsal.

Beate sonrió y se volvió hacia Halvorsen.

—Si quieres, eres bienvenido —dijo.

—Me gustaría —dijo él—. Muchas gracias.

—Entonces tenemos una cita —dijo ella—. Mañana se lo diré a mi madre.

Él le dio las buenas noches, la besó en la mejilla y emprendió un viaje polar hacia el oeste.

El 17 de diciembre, la agencia de noticias NTB comunicó que estaba a punto de batirse el récord de precipitaciones registradas: hacía veinte años que no nevaba tanto.

El mismo día se terminó el informe de Asunto Internos sobre el caso Waaler.

Según dicho informe, no se había descubierto nada que contraviniera el reglamento, al contrario, felicitaban a Tom Waaler por haber actuado correctamente en una situación extrema. El jefe de la policía judicial llamó al comisario jefe para preguntarle discretamente si consideraba adecuado proponer a Tom Waaler para una distinción pero, como la familia de Alf Gunnerud era una de las más respetables de la ciudad y su tío era miembro de la corporación municipal, consideraron que podría interpretarse como algo impropio.

Harry reaccionó con un simple gesto de asentimiento cuando Halvorsen le comunicó la noticia de que Waaler había vuelto a su puesto.

Llegó la Nochebuena y la paz navideña descendió, cuando menos, sobre aquel pequeño reino de Noruega.

Rakel echó a Harry y Oleg para quedarse sola y preparar la cena de Navidad. Cuando volvieron, olía a costillas asadas en toda la casa. Olav Hole, el padre de Harry, llegó en un taxi acompañado por Søs.

A Søs le encantó la casa, la comida, Oleg, todo. Durante la cena estuvo charlando con Rakel como si fueran íntimas amigas, mientras el viejo Olav y el joven Oleg pasaron la velada sentados uno enfrente del otro intercambiando sobre todo monosílabos. Pero se animaron cuando llegó la hora de los regalos y Oleg abrió el paquete grande en el que ponía «De Olav para Oleg». Eran las obras completas de Julio Verne. Oleg pasó boquiabierto las páginas de uno de los libros.

—Es el mismo que escribió la historia del viaje a la Luna, la que Harry te leyó —le recordó Rakel.

—Son las ilustraciones originales —dijo Harry, y señaló el dibujo del capitán Nemo al lado de la bandera en el polo sur, y leyendo en voz alta—: «¡Adiós, sol! ¡Desaparece, astro refulgente! ¡Deja envuelto mi nuevo dominio en la sombra de una noche de seis meses…!».

—Estos libros estaban en la biblioteca de mi padre —dijo Olav, tan entusiasmado como Oleg.

—¡No importa! —exclamó Oleg.

Olav recibió el abrazo de agradecimiento con una tímida pero calurosa sonrisa.

Después de acostarse, cuando Rakel ya se había dormido, Harry se levantó y se acercó a la ventana. Pensó en todos los que ya no estaban. En su madre, en Birgitta, el padre de Rakel, Ellen y Anna. Y en los que estaban. En Øystein, de Oppsal, al que Harry había regalado unos zapatos nuevos; en Raskol, recluido en Botsen; y en las dos mujeres de Oppsal que habían tenido la amabilidad de invitar a Halvorsen a una cena de Navidad, porque este año le había tocado guardia y no podía irse a Steinkjer con su familia.

Algo ocurrió aquella noche. No sabía qué, pero se había producido un cambio. Se quedó un buen rato contemplando las luces de la ciudad, antes de darse cuenta de que había dejado de nevar. Huellas. Quienes caminaran esa noche junto al río Akerselva dejarían huellas.

—¿Has conseguido lo que deseabas? —le susurró Rakel cuando Harry volvió a la cama.

—¿Lo que deseaba?

La abrazó.

—Cuando estabas ahí, junto a la ventana, parecías estar deseando algo. ¿Qué era?

—Tengo todo lo que puedo desear —dijo Harry, y la besó en la frente.

—Cuéntame qué es —le pidió ella en un susurro, y se apartó para verle la cara.

—¿De verdad quieres saberlo?

—Sí —le dijo, y se acercó más otra vez.

Él cerró los ojos y la película empezó a pasar despacio, tan despacio que veía cada imagen como una foto fija. Huellas en la nieve.

—Paz —mintió.

51

Sans souci

Harry contempló la foto, la sonrisa blanca y cálida, las mandíbulas poderosas y los ojos azules como el acero. Tom Waaler. Le pasó la foto por encima del escritorio.

—Tómate el tiempo que necesites —dijo—. Y observa detenidamente.

Roy Kvinsvik parecía nervioso. Harry se apoyó en el respaldo y miró a su alrededor. Halvorsen había colgado un calendario navideño en la pared, encima del archivador. El primer día de las vacaciones de Navidad. Tenía casi toda la planta para él solo. Eso era lo mejor de las vacaciones. Dudaba de que se le brindara la oportunidad de oír las revelaciones de Kvinsvik hablando por los codos, como el día que Harry lo encontró en la primera fila de la Congregación de Filadelfia, pero le quedaba esa esperanza.

Kvinsvik carraspeó y Harry se enderezó en la silla.

Fuera, en las calles vacías, los copos de nieve caían suavemente en el asfalto.

Índice